中國近代文學叢書

梅曾亮 著
彭國忠 胡曉明 校點

柏梘山房詩文集

增補本

上海古籍出版社

圖書在版編目(CIP)數據

柏梘山房詩文集：增補本 / 梅曾亮著；彭國忠，胡曉明校點. —上海：上海古籍出版社，2020. 5
(中國近代文學叢書)
ISBN 978-7-5325-9576-1

Ⅰ. ①柏… Ⅱ. ①梅… ②彭… ③胡… Ⅲ. ①古典詩歌—詩集—中國—清代②古典散文—散文集—中國—清代
Ⅳ. I214. 92

中國版本圖書館 CIP 數據核字(2020)第 062917 號

全國古籍整理出版規劃領導小組資助出版

中國近代文學叢書

柏梘山房詩文集(增補本)

梅曾亮 著

彭國忠 胡曉明 校點

上海古籍出版社出版發行
(上海瑞金二路 272 號 郵政編碼 200020)
(1) 網址：www. guji. com. cn
(2) E-mail：guji1@guji. com. cn
(3) 易文網網址：www. ewen. co
上海展强印刷有限公司印刷
開本 850×1168 1/32 印張 25 插頁 5 字數 460,000
2020 年 5 月第 2 版 2020 年 5 月第 1 次印刷
印數：1—1,500
ISBN 978-7-5325-9576-1
I·3475 精裝定價：108. 00 元
如有質量問題，請與承印公司聯繫
電話：021-66366565

序言

錢仲聯

叢書是一種彙集各種同類性質或不同類性質以及多種性質的重要著作而輯印聚集在一編的大部頭書。正式啓用「叢書」這一名稱，盛於明清兩代。在此以前，雖有叢書性質而並不稱爲叢書的，如宋人所輯的《百川學海》等，還不算在內。叢書從正式啓用此名到發展，越來越多，有以時代爲範圍的，如《漢魏叢書》、《唐宋叢書》；有以輯佚書爲範圍的，如《漢學堂叢書》；有以史學方志考訂研究爲專題的，如《廣雅書局叢書》、《史學叢書》之類；有仿刻或翻刻以至影印宋元古籍版本爲宗旨的，如《士禮居叢書》、《古逸叢書》、《續古逸叢書》之類；有以校勘古籍爲宗旨的，如《抱經堂叢書》、《經訓堂叢書》、《岱南閣叢書》之類，這都是彙輯多家著作於一編者。此外，又有刊一人獨撰著作的，如清王初桐《古香堂叢書》、張雲璈《雲影閣叢書》、焦循《焦氏叢書》、朱駿聲《朱氏叢書》、丁晏《頤志齋叢書》、胡薇元《玉津閣叢書甲集》、況周頤《蕙風叢書》、易順鼎《琴志樓叢書》、吳之英《壽櫟廬叢書》、曹元忠《箋經室叢書》、章炳麟《章氏叢書》等，僂指不可盡。現在上海古籍出版社在負責編輯的《中國近代文學叢書》，便是屬於《漢魏叢書》、《唐宋叢書》等以時代爲範疇的一種大型叢書。

叢書而以「近代文學」爲幟，從名稱上看便知爲近代，而現代、當代不在內。近代的範圍，現在學術界公認爲始於一八四〇年鴉片戰爭以後，迄於「五四」新文學改革運動以前。但這一階段的文學家，有生略早於一八四〇年，死或更在「五四」以後較長一段時間，而其人主要的文學成就或成名，則在此時期內的，一般也認爲應包括在內，當然也包括了「同光體」、「彊邨詞派」、「南社」等流派。它不是簡單地類同於《近代文學大系》那類「大系」式的分類選本（當然，可以包括有價值的選本在內），而是近代各種舊體文學專著的精華，或已刊而流傳不廣，現多已絶版者，或至今未刊者，或所刊不全者（如近代著名文學家黄人的《石陶梨煙室詩詞》，聞近有人從全國的期刊、各地的圖書館、藏書室等處，收集不少已刊的黄人集子以外的東西），一種一種地校刊或影印問世。近代文學介於古代文學和現代文學之間，其在文學史上承上啓下、繼往開來的地位和作用，自是無須贅言，至於近代舊體文學的樣式，到今天還有不少愛好而能寫作很高明的人，便可證明它的生命力依然存在，如新文學的巨擘俞平伯、沈尹默諸先生晚年都不寫新體白話詩而改寫古體詩詞便可爲證，駢文、散曲等，專門名家也很多。這裏，不是在討論新舊文學高低的較量，所以不多饒舌，衹是闡説一下「叢書」而名「近代文學」的簡略内涵。由於編者的學力視野有限制，這部叢書，無疑會存在取舍、標點等方面的不足，統待讀者指正。

二〇〇二年三月三日九五叟錢仲聯書於蘇州大學

前言

一

梅曾亮(一七八六—一八五六),字伯言,譜名曾蔭,晚號相月齋居士。江蘇上元(今南京)人。世居宣城柏梘山,自曾祖文穆公始奉旨移籍江寧,時當乾隆之世。爲示不忘祖先,故名其集爲《柏梘山房集》。集中許多文章及詩歌,祭拜祖墓,叙述家世,情摯語款,可見其鄉土觀念及宗法觀念無比深厚。

梅曾亮少從舅氏侯子有學,晚聞,母侯芝自教之。侯芝頗有文化素養,曾手訂《再生緣》彈詞;侯子有則工尺牘,能畫擅詩,有《曇花居士存稿》。梅曾亮評其詩云:「先生所作不主科臼,而汪洋炫爛,其才固有大過人者。然汪洋而不失之淺易,炫爛而不失之浮艷,則性情之深厚淡遠者爲之,非逐爵禄富貴而不返者所可及與!」(《侯青甫舅氏詩序》)梅曾亮十六歲左右,入尊經書院學習。十八歲,見姚鼐於鍾山書院。兩年後正式拜入姚門,得親受桐城義法之學,並結識管同、方東樹,遂肆力於古文創作。二十九歲,爲吴鼒延入揚州唐文館,與吴氏、顧廣圻、秦敦夫等考證金石、文字,吟詠酬唱。三十五歲,舉順天鄉試。三十七歲，即道光二年（一八二二），以三甲第八十九名中第。以縣令注官遠任，因父母年高，不便就養，遂告病繳照鄉居。期間，或授講宣城文峰家塾，或主持如泉講席、翠螺書院。道光六年（一八二六）、十一年（一八三一），先後入安徽巡撫鄧廷楨和江蘇巡撫陶澍幕府，與管同、方東樹、程恩澤等人詩酒相交，意氣相投，炳炳乎成一時幕府文學之盛。其關於幕府與文學關係的論斷「詩莫盛於唐，而工詩者多幕府時作」（卷五《陳拜鄦詩序》），應源於自己的切身體驗。

道光十四年（一八三四），梅曾亮四十九歲，入京，納貲爲户部郎中。至六十四歲即道光二十九年（一八四九），出都返家。其間十餘年，梅氏在京師聯合同道，講論古文詞，發揚古學，振興人心，姚鼐桐城餘緒既賴以不墜，梅氏亦儼然爲一代宗師。李詳《論桐城派》曾謂：「至道光中葉以後，姬傳弟子僅梅伯言郎中一人。當時好爲古文者，群尊郎中爲師，姚氏之薪火，於是烈焉。復有朱伯韓、龍翰臣、王定甫、曾文正、馮魯川、邵位西、余小坡之徒，相與附麗，儼然各有一桐城派在其胸中。伯言遂亦抗顏居之不疑。」蓋道光後期，姚鼐弟子之姚瑩、方東樹等已經離京，陳用光、吴德旋、劉開、管同先後去世，唯梅氏居京師重鎮，且成就、聲名隨年歲而日隆，「京師士大夫日造門問爲文法」（吴汝綸《孔叙仲文集序》），甚至「自曾滌生、邵位西、余小坡、劉椒雲、陳藝叔、龍翰臣、王少鶴之屬，悉以所業來質，或從容談宴竟日」（朱琦《柏梘山房文集書後》）。應該説，梅氏侄婿朱慶元爲光緒石印本《精刊梅伯言全集》所作跋語「我朝之文，得方而正，得姚而精，得先生而大」之評論，如果將「我朝之文」改成「桐城之文」，還是很恰當的。

梅曾亮在桐城派的發展過程中，確實起到了承上啓下、壯大聲勢的重要作用。

梅氏離京後，在揚州主講於梅花書院，直至咸豐二年（一八五二）冬方歸上元。次年，太平天國攻佔南京，梅氏携家避難，自王墅村輾轉至興化，最後移居淮安。咸豐四年（一八五四），館於同年楊以增（至堂）之清宴園。時楊氏爲江南南河總督，二人交往情親，乃爲梅氏刊行《柏梘山房文集》。然續刊詩集、駢體文未竟，楊氏遽逝。二十餘日後，梅氏亦卒，年七十一。一生著述，除《柏梘山房文集》外，尚有編著之《古文詞約》二十四卷。

二

對梅曾亮的文學思想，前人及時賢多有論述，各有見地。我們以爲，梅氏文學思想的核心，在一「真」字。人們所津津樂道的「因時」等觀點，都須首先納入「真」的範疇之内。

楊鍾羲《雪橋詩話·餘集》稱：「温明叔侍郎及惜抱之門，與梅伯言甲乙科皆同榜，自謂實師事之。謂伯言論詩，以真爲貴。」温氏以同年、同門兼師法弟子身份所認識的「伯言論詩，以真爲貴」，當是其感同身受的真實記録，頗具可信度。這一説法，是可以被梅氏著述所證實的。

梅曾亮對「真」非常推崇。《莊子·徐無鬼篇》有一個寓言：徐無鬼因女商見魏武侯，告以相狗馬之事，武侯大悦而笑；而女商不解地問：「吾所以説吾君者，横説之則以《詩》、《書》、《禮》、《樂》，從説之以《金板》、《六弢》，奉事而大有功者不可爲數，而吾君未嘗啓齒。今先生何以説吾君，使吾君説若此乎？」徐無鬼總結道：「久矣夫，莫以真人之言謦欬吾君之側者乎！」梅氏借此寓言先申而論之：「吾以是知物之可好於天下者，莫如真也。」繼而又稱：「吾是以知物之可好於天下者，莫如真也。」（《黄香鐵詩序》）他曾明確指出：「夫詩，亦何必不奇、不博、不新、不異者，而必貴夫古人，何也？曰：吾非貴古也，貴古之能得其真。」（《朱尚齋詩集叙》）表明他之所以貴古，是因爲古詩能得「真」。在《太乙舟山房文集叙》中，他認爲：「見其人而知其心，人之真者也。見其文而知其人，文之真者也。人有緩急剛柔之性，而其文有陰陽動静之殊。譬之查梨橘柚，味不同而各符其名、肖其物，猶裘葛冰炭也，極其所長，而皆見其短。使一物而兼衆味與衆物之長，則名與味乖；而飾其短，則長不可以復見。皆失其真者也。失其真，則人雖接膝而不相知。得其真，雖千百世上，其性情之剛柔緩急，見於言語行事者可以坐而得之。蓋文之真僞，其輕重於人也，固如此。」凡此，均可見其尚真的文學觀。而觀其論文之語，「真」字不僅於文學意義十分重要，且具多層内涵。要而言之，約有以下諸端：

景境真。即再現山川風物之真實情狀及人物所歷環境、情境之真實狀態。梅曾亮賞嘆厲茶心詩集《衡游草》，「凡山水之情狀，風雨雲日之興象，皆見於詩，悉力呈露，而不使之稍縱」，特别是其中《過洞庭》詩，使洞庭湖「洶湧滂湃之狀，震掉紙上。余雖未嘗至，恍然遇之」。（《衡游草序》）這種境界的獲得，即深得「真」字訣奥。他譬喻説：如果要畫家「使山淵易其狀，草木變其質，蟲魚鳥獸恢其形」，那極其簡單，人人都能；但如果使「山如履其石，水如臨其流，蟲魚鳥獸草木如撫其鱗甲羽毛柯葉，則非國能者將縮手而不進」。因爲前者是一種變形的、不真實的描寫，没有具體的評判標準；後者卻是寫實的，真實的，有山水草木蟲魚鳥獸之實物作爲判別依據，這類似於畫鬼與畫人的區别。作家個人「登臨游宦之所得，風俗利病之所經，觸於情、感於物者，人人之所同也」，寫出這人人之所同並不難，難在能「適肖其情與物之真」（《朱尚齋詩集敘》）。景境之真，是創作的最基本要求，也是作品生命力之所在。但細味梅氏所言，這種「真」，不是簡單再現的問題，因爲無論登臨游覽，仕宦經歷，或是風俗民情，都有不可避免的相似性，一味地如實摹寫，可能會産生古今相似、人我雷同現象，也就不真。真正的「真」，是在人人所同之外，能逼真地反映出特定情境中特定對象之「真」。故梅氏對這個問題的看法，其實質已經涉及到創作個性問題，是一種更高層次的藝術真實。

情事真。梅曾亮主張作品通過具體真實的事情，刻畫人物性格、形象，抒發作者的思想感情。《黄香鐵詩序》中，他稱讚「今黄子之詩，述家人親友悲喜之情，生計憂艱，及耳目所近接，可驚歎悲憫事，亦時有物色慢戲綺麗之作，亦不至於淫放。適乎境而不夸，稱乎情而不歉，審乎才而不剽竊曼衍，放乎其真，適足而止。此則黄子之詩，非天下人之詩也，可以言真矣」，而認爲「稱觴貴人之前，美言洋洋，錦屏高張，而讀者神不偕來也」。他在這裏不是從「歡娱之詞難工，而悲苦之言易好」的角度肯定前者，否定後者，而從事情的真實與否看問題。對一般人來説，前者更可能發生，故真；後者則往往不會出現，故不真。不真，就不能吸引讀者，也就不會産生感人的力量。這種情事之真，有時就體現爲細節的真實，瑣事的真實。他的依據是「吾以爲觀人於微而得其真」（《徐廉峰尺牘遺稿序》），故他服膺明代歸有光之爲人爲文，於其古文善於以小事寫人抒情尤其心儀神往：「歸熙甫撰《先妣事略》，皆瑣屑無驚人事，失母者讀之，痛不可止。夸者飾浮語過情，人人同，安知爲誰氏子乎？」（《艾方來傳》）瑣屑無驚人之事，因爲真實可信，讀來歷歷在目，令人感同身受，從而能觸動失母者的心弦。而若雕琢文辭，誇大或捏造事實，以求感人，則不但不足以感動人，效果還會適得其反，連誰爲其母記事都難讓人知道。

時代真。創作要有時代性，能反映時代的風雲際會、人情物態。在《答朱丹木書》中，他提出：「惟竊以爲文章之事，莫大乎因時。立吾言於此，雖其事之至微，物之甚小，而一時朝野之風俗好尚，皆可因吾言而見之。」認爲創作要具有時代特點，即使是非常微小之事之物，也要見出那個時代的印痕。他舉例説：「爲文章於唐代貞元、元和之世，而讀者不知其爲貞元、元和時人；爲文章於宋代嘉祐、元祐之世，而讀者不知其爲嘉祐、元祐時人，都不可取，缺乏時代面目的文章，既不真實，也就喪失了生命力。正是緣於文章須具時代氣息的觀念，他對韓愈「唯陳言之務去」的主張，提出自已新的理解：「韓子曰『惟陳言之務去』，豈獨其詞之不可襲哉！」質言之，其精神實質，在於既反對語言文字的沿襲，又反對思想内容的陳因。《覆上汪尚書書》在談及「君子在上位受言爲難，在下位則立言爲難」時，他解釋立言之所以爲難，是因爲「立者非他，通時合變，不隨俗爲陳言是已」。「立言」來自儒家「三不朽」説，「陳言」仍然出自韓愈。而將「不爲陳言」與「通時合變」相聯一處，同樣能見出他强調作品思想内容與語言文字都要積極表現時代特徵反映時代變化的基本態度。

作爲桐城派姚氏四大高足之一，梅曾亮的文論主張，是對桐城派理論的補充和發展。前此，方苞「義法」論，其「義」偏於儒家正統綱常倫理，一以合乎「醇雅」爲標準。劉大櫆「行文之實」説中「義理、書卷、經濟」之「經濟」，固是對「義」的一種補充，但仍屬於傳統「言志」的範疇。姚鼐「道與藝合」中的「道」，以及「義理、考據、辭章」三合一中的「義理」，則是對方苞「義法」之「義」的回歸。儘管我們可以説：方苞提倡「義法」，是康熙宋學興盛時期學術、思想的直接產物，姚鼐「義理、考據、辭章」也是乾嘉漢學鼎隆時期學術風氣的折光，它們都沾濡時代潮流，但不能不承認：「桐城三祖」恰恰没有提出「因時」、「通時合變」的理論主張，這是一大遺憾。梅曾亮生當清王朝由盛而衰的轉折時期，敏鋭地感覺到「山雨欲來風滿樓」的非同尋常，充分認識到它豐厚的内涵及「新」的意義，適時提出新的理論主張，補充發展了桐城派關於文章内容的見解，也推動了整個桐城派的向前發展。

情性真。要求創作見出作者的真情性，真情感，見出真「我」。詩歌如何達到「工」的境界？如何以一人之詩區别於千萬人之詩？梅曾亮的回答是：「肖乎吾之性情而已矣，當乎物之情狀而已矣。」（《李芝齡先生詩集後跋》）他推崇吳清鵬詩歌能使讀者得其人之「性情、居處、笑語」，以及「家林之優游，羈旅之感慨，親愛疾病之歡悲」，乃至「從容於侍從，而迴翔於卿寺，華不加榮，寂不嫌默」。其内在原因，即在於吴氏能做到「吾一人之情也，性也，使的然呈露於文字聲律之間，而人皆以爲境如是、情如是者，千萬人而不得一也。幸而得之，則其人之神理，緜萬世而不竭。吾之境，非人之境也；情，非人之情也。吾不自肖其情，安知不肖乎人之情？人則舍其情，而以吾之自肖其情者爲同乎人之情，此吾所以於先生詩而得其人也。然則詩有不能得其人者，何也？得喪不能齊，而自諱其真也。」（《吴笏菴詩集序》）創作一旦「自諱其真」，便失卻自家面目。在《雜説》篇中，梅曾亮説：「堯之眉，舜之目，仲尼丘山之首，合以爲土偶，則不如籧篨戚施，僞與真也……太白之詩豪而夸，子美之詩深而悲，子建之詩怨而忠，淵明之詩和而傲。其人然，其詩亦然，真也。」

在論及自然外物山川景觀、作家性情才氣幾者關係時，梅曾亮更强調情性之「真」：「人之境，百不同也。境同而性情不同，則其詩舍境而從心。心同而才力不同，則其詩隱心而呈才。境不同，人不同，而詩爲之徵象，此古人之真也。境不同，人不同，而詩同焉，是天下人之詩，非吾詩也。天下人得爲之詩，而吾代爲作之，烏乎真？人情之愛人，必不如其自愛也。吾日爲不知誰何之人作之，而曰『吾甚愛之』，愛烏乎至！」（《黄香鐵詩序》）這段表述，可以看出梅氏「真」的觀念中，「境」與「性情」並不處於同一層次，性情之真顯然要高於境真，當境同而人性情不同時，他寧可「舍境而從心」。心（情性）之真，是作品有異於「天下人之詩」、「天下人得爲之詩」的最根本因素。梅曾亮可謂深得個中三昧。至於心與才的關係，他並無抑心揚才之意，而是説：在作家心性相同或接近時，「隱心而呈才」，即是隱淡心性，呈露才情。其實質，是展顯才情以顯現性情：性情是體，才情是用。故在境、心（人，情性）、才三者關係中，梅曾亮所持乃真情性至上論。

在梅曾亮看來，「真」是成就作家獨特藝術風格的重要因素。梅曾亮爲人，胸襟宏達。身爲姚門高足，他於漢學宋學之爭，並不一味是宋非漢，而對兩家長處皆有所認可，於兩家短處，亦洞若觀火。他固有菲薄漢學之語，亦有「宋儒説經空虚道術之談」之説。他出身桐城派，但並不認爲一切文章，唯以桐城爲歸。如爲陳用光文集作序時，他首先肯定陳氏文章之真，接着指出：「夫公之學，固出於姚先生，而文不必同。然前乎先生者，有方望溪侍郎，劉海峰學博，其文亦皆較然不同。蓋性情異，故文亦異焉。其異也，乃其所以爲真歟？」（《太乙舟山房文集叙》）桐城派中，前乎姚鼐者，劉大櫆與方苞文章風格已經「較然不同」，而這種風格之「異」，導源於二人「性情異」；性情不同，各致其文不同，正是真的體現。陳用光之學，出於姚鼐，其文不必同於姚鼐，因二人性情不同。在《蔣松士詩序》中，他評論蔣詩云：「至五古，則多慷慨激烈，或淒惻幽眇。蓋君所抑遏不出之口者，悉移而注之於詩。其身世骨肉之遭遇，言之累欷而不可盡者，詩則盡抉發之以爲快。」蔣氏詩歌之内容，來自其「身世骨肉之遭遇」，其風格之「多慷慨激烈，或淒惻幽眇」，來自其人默言而又重憂之個性，皆是真實之曝露；然「於唐詩人儲太祝輩，體格不同。要之，任真朴而無客氣，則其趣同也」。梅曾亮認爲，蔣詩之「體格」（風格），與唐人儲光羲不同；但在率性任真、無「客氣」這一點上，二者卻大同其趣。人各以其人之不同入其詩，故其詩各不同；而在所以不同上，卻又相同；其所以同而不同，全在於「真」。明乎此，亦即把握了梅氏文學思想之要義。

此外，在語言表達及審美境界上，梅曾亮同樣崇尚「真」。

梅曾亮一貫主張樸質暢達的文風，反對華詞浮飾以喪真，反對奇博新異而無真。《馬韋伯駢體文敘》是一篇記述他與管同討論駢體文與古文關係的文章，在這篇文章中，他明確提出自己「文貴者辭達耳」的主張。《温麈生遺稿序》述及温露臯爲其早卒之弟麈生刊刻遺稿以資紀念，並著文序其行，梅氏評云：「其愛真，故其詞樸；其詞樸，故其行昭。」辭達，不必浮飾雕琢；愛真，不須華詞麗藻。他認爲江寧士人深得當地林壑與秦淮河「清淑之氣」之沾溉，「真朴無文飾，有六朝人餘習」（《阮小咸詩集序》），從而高度讚賞阮詩：「清婉恬適如君其人，不以其不得志於有司也而有怨詞，有矜氣，真德人之音也。」所謂「情詞相稱」者，乃「追唐人而從之，非學七子者所能及」（《閑存詩草跋》）。所他還認爲，大凡「音節清亮，情詞相稱」，即詞足以達情而不溢於情，這在他是很自覺的追求。其於《徐廉峰尺牘遺稿序》評論徐氏作品亦云：「當其據案即書，稱心而言，豈復有人之見哉！」故能讓人於微處「得其真」。《黄香鐵詩序》中所説「適乎境而不夸，稱乎情而不歉，審乎才而不剽竊曼衍，放乎其真，適足而止」，也是從「真」的角度，對表達加以規範：語言文辭不能不足，也不能「夸」；要適乎境，稱乎情，「真」現而止。

對於文學創作中的新、奇、博、異現象，梅曾亮則持辯證的態度：他激賞「奇偉之士」（《贈汪寫園序》），欣賞江寧的隨園、緣園「皆有幽篁清池、平臺奇石，足以舒煩滌憂，包集群雅」，稱道袁枚能「搜奇抱勝，吐納煙景」（《綠園詩序》），追憶年幼與朋友一起習詩「往往得奇語，如夢中作」（《湯子燮試帖詩稿書後》）。凡此，並無否定貶低成分。他還肯定郭羽可借竹「吐其胸中之奇」（《郭羽可竹册》），厲茶心於詩歌「悉吐其胸中之奇」（《衡游草序》），孫秋士、管同等人以作品「一吐胸中之奇」（《題孫秋士小照》）的必要性。但同時，他又批評不顧真實性而過分求新求異。在《朱尚齋詩集叙》中，他一方面指出「山淵易其狀，草木變其質，蟲魚鳥獸恢其形，不可以爲不奇、不博、不新、不異也」，故奇、博、新、異自有其價值；另一方面，他又極力讚賞朱尚齋詩歌「以吾之性情，合乎唐賢之格調，而於世之標領新異、矜尚奇博者，夷然不屑」，對新奇加以否定。在《桑弢甫先生集序》中，他一面肯定桑氏「以孝義奇偉之性，發爲詩文，高奇清曠，有自得之趣」，一面又作補充限制：「非如同時諸人掇拾南宋後之偏詞剩義爲奇博者比」。則奇、博、新、異，一以性情真實爲主，苟物真、事真、情性真，奇、博、新、異有何不可？苟背離真實的原則，則奇、博、新、異，亦無所施其用。

事實證明，梅曾亮於言文論詩時，提倡那種自然而然、不刻意求工而自工的藝術境界，亦即前文所引《桑弢甫先生集序》中所説的「有自得之趣」。那麽，何謂「自得之趣」？他考察了清初以來三大詩歌陣營的創作傾向，指出：像王漁洋（士禛）、施愚山（閏章），專以詩歌著名，而不以考證爲學；其以考證爲學者，如閻百詩（若璩）、惠定宇（棟）、何義門（焯），於學各有所長，而詩非其所好；兼之者衹有顧亭林（炎武）、朱竹垞（彝尊）。顧炎武不以詩人自居。朱彝尊於詩，既求工，而又務爲多；然其詩成處固多，但自得者少，未必非其學爲之累也。所以，他認爲：「詩人不可以無學；然方其爲詩也，必置其心於空遠浩蕩。凡名物、象數之繁重叢瑣者，悉舉而空其糟粕。夫如是，則吾之學常助吾詩於言意之表，而不爲吾累，然後可以爲詩。」（《劉楚楨詩序》）故「自得之趣」之第一義，就是不以學爲詩。詩歌是性靈的寵兒，在詩中堆砌故紙中已經僵化的學問，必然影響自然及人心中「真」的顯現。他認爲祇有劉楚楨那樣，雖是學人，爲詩卻能够「磊落直致，或跌宕清妙，怡人心神」，而「凡生平之撰述，一空其迹」，這種詩纔算是好詩。文中的「直致」，爲傳統文學批評術語，指抒情叙事較直接，不用典故，又少藴藉，如《文鏡秘府論·南卷》：「至如曹劉，詩多直致，語少切對。」在梅氏觀念中，「直致」即是「自得之趣」的表現形式：內容灑淨，不枝蔓於學問，語言不吊「書袋」。嘉道之際，以學問爲詩，已漸成盛勢，梅曾亮交游中如何紹基等人，亦以是聞名。但梅曾亮卻堅決要求詩人在進行創作時，應嚴分其學人身份與詩人身份，使前者不致成爲後者之累，這既需識見，更需要理論勇氣。

「自得之趣」的另一要義，是「忽然得之」。他評論朱尚齋詩歌時，分析朱詩「適肖其情與物之真」的特點，即稱其詩「若忽然而得之」，並自己加以解釋說：「夫忽然而得之者，其詞常爲千百思之所不能易。」（《朱尚齋詩集叙》）也就是説，具「自得之趣」的作品，往往出自內心一刹那之閃動：其內容不是、也不需要深刻思慮；其詞語無須千雕百琢，也是千雕百琢所不能改動的。因爲一經思慮，一經雕琢，便不真。他認爲，祇有做到使詩歌是「我」之詩，而非天下人之詩，方可以言真；而「真如是，可以言好矣」

（《黄香鐵詩序》）。故「真」的境界，就是「忽然而得之」的「自得之趣」，是「千百思」之苦心孤詣，以及雕章琢句所絶難達到的藝術極境。顯然，梅曾亮關於文學創作中「忽然得之」的理論闡述，實際上已經觸摸到了現代文學理論中的「創作靈感」問題。當然，「靈感」的閃動，依賴於對「真」的感悟，没有對真的生活的真切體驗與真實表達，没有平日的大量積累，靈感是不會光顧一切文學才子的。

三

梅曾亮的創作，以古文成就最高。他在桐城派及清代文壇的地位，主要是由古文奠定的。其十七卷古文，正如文集編次所示，基本分爲論説、書啓、贈序、書序、傳記（編次分爲二）、墓誌（含讚、哀辭、祭文）幾類。今則以論説、叙事、傳記三類綜合論之。

梅氏論説文數量不多，但他種文體中，亦時見議論之筆，如《金山寺藏鼎記》，純以議論寫記，稱爲論説文亦可。此可説明梅氏並不短於議論。

梅氏論説，往往層遞進入，深刻透徹，無艱澀狡獪之弊。這在史論文章中體現得更加充分。如《晁錯論》，通篇欲闡發的觀點是：「世之擇術者，亦擇其可以授人而自處哉！」主要是分析晁錯必死的原因：從晁錯授給景帝削藩之術的性質看，它屬於「盗術」，而晁錯居然不知道所受之人會以此術反盗自己，故七國敗，晁錯必死無疑。據史書記載，景帝誅晁錯後曾有「吾亦悔之」語，梅氏以爲，帝何悔之有！

因爲其削七國之志甚壯，而祇是把晁錯當作「餌敵之具耳」。再從邏輯上看，即使七國不反，晁錯仍然必死。因景帝志在削藩，晁錯諗知帝意，以其術授帝，故不論七國反或不反，晁錯都會提出削藩建議。削藩後，景帝不可能擔其罪名，祇有殺晁錯以謝天下。這樣，由「勢」之必然，逼出晁錯必死之結論，而同時也將景帝之用心，昭揭無餘。

梅曾亮曾點勘《史記》數遍，頗具史識，其《民論》、《韓非論》、《論藺相如返璧事》、《論魏其侯灌夫事》諸篇，或短或長，都立意深刻。有時，其所議論，未必絶對正確，卻貴在能發人深思。如《論藺相如返璧事》，針對藺相如返璧事，他認爲：如果藺相如勸説趙王把璧出授給秦使者，且「辭其償」，而以輕城重璧爲秦王罪，「秦計必懷慚而不能發」。以璧返趙，祇會使秦知曉趙國輕土而重璧，這樣的國家「可玩而虜也」。再者，趙國見辱於秦國已非一日兩日，哪裏祇是不還璧！不還璧，祇不過小事一樁而已。所以，「不帝秦而卻秦」，這頗讓人懷疑其歷史真實性。

現實針對性是梅氏論説文的另一特點。如《墓説》否定民間流行的「墓吉則福，凶則禍」的説法，諄諄告誡「後之君子有欲講求於殯葬之終始者，則無動於吉凶之説；欲無動於吉凶之説者，備廟制之禮而立其誠焉，斯可矣」。如《觀漁》以魚掙扎跳躍於魚網爲喻，指出：「人知魚之無所逃於池也，其魚之躍者可悲也，然則人之躍者何如也？」事小，而所指甚廣。因爲人之溺於功名利禄、耽於聲色犬馬者，與魚兒一樣，皆被置入譏刺之網，同樣值得反思。又如《士説》係批判用人制度的荒謬不經，而《臣事論》則不單論臣事，也不是說人不應該有趨貴避賤之心，而是藉以批判當時的官僚體制及政治之失，造成「專其利於所貴，而專其害於所賤」，從而使世道人心大壞，「居官者有不事事之心，而以其位爲寄，汲汲然去之」，終爲天下之患，國家之害。比較而言，《刑論》相對複雜些。在這篇文章中，作者的觀點是：法令愈簡，其弊愈淺；法令愈密，其弊愈深；執法過程中，如果不加以變通，則其弊更深更大。大意謂：古之法整齊而簡易，如殺人者死；後世法詳細而繁密，如殺人又分爲謀殺、故殺、鬥殺等等，故本來之死罪，變爲或立決，或緩決，或幾次緩決後而減刑。這樣，就誤導一批人，讓他們以爲殺人可以不死；雖然這樣可以減少官吏辦案時的誤判，卻導致更多的人死亡，因爲官吏畢竟人少，而平民人多。儘管文章的推理尚非十分縝密，但歷史地看，還是反映了梅氏對現實法律制度不完善及人的法制觀念模糊的憂慮。

注重論說方法，是梅氏論說文的藝術特點。如《士說》採用類比法進行論說：人築室而求棟梁，必於木中求之，即使有些不材之木連「萑蒲竹箭」都不如，人們仍然不會去「萑蒲竹箭」中求之，這是顯而易見的道理。士之於國家，猶如木之於室，國家任用人才，理應從士人中甄選，但因爲有些士人與商賈負販差不多，結果，往往便從商賈負販中遴選人才。由於著者使用類比手法，使當時選拔才能的制度，愈發顯得荒謬。其《觀漁》一文可能受《莊子》啓發，以寓言爲框架進行論說，用魚之無所逃於池，象徵人之無所避於所親所溺，無所逃於種種自然規律，祇能作些徒然掙扎而已。

比較手法在梅氏論説文中也得到較多的運用，如《刑論》有大段文字比較古今法律如何，古今立法目的及效果如何；《臣事論》比較士與農工商賈的異同；《民論》更是比較古今形勢之異，認爲亂之釀成，非民之所能，乃勢所必然。《春秋溯志序》論漢學與宋學之弊，主要是通過康熙時的義理之學，與「今」之考證學進行比較，以見二家之學皆有可議。他如《晁錯論》先引用范蠡教勾踐滅吴、尉繚教秦王滅六國事，中間引用晉時王敦、蘇峻之禍、唐時盧杞之害事，後引漢代臨江王與周亞夫事，以事例進行論説；《墓説》、《雜説》設爲問答之辭；《論語説》分别列出齊景公、漢文帝、漢武帝、阮籍、莊子諸人關於死生富貴的態度，不但在羅列中見比較，且有層深縱進之勢，論説也隨之深化。多種手法的交相運用，使梅氏論説文更具説服力，其《民論》、《士説》諸篇，在當時即廣爲傳誦，被人類比。

敘事文是梅文一大宗。其關乎時事者最引人注目，也最能體現其「文章莫大乎因時」，以及要求文章要「通時合變」的理論主張。大而言之，有些作品反映鴉片戰爭前後大的歷史事件，如《王剛節公家傳》、《正氣閣記》記述王錫鵬、葛雲飛、楊慶恩等人抗英而亡之事，《陝西巡撫鄧公墓誌銘》敘述鄧廷楨廣東禁煙之事，《送韓珠船序》寫英吉利覬覦中華之事。這些文章從各個角度、各個側面，寫出了道咸時期西方列强逐漸侵略、滲透古老帝國的緊張形勢。值得一提的是，梅氏在記述這些事件時，往往寄寓自己的愛憎情感和經世致用的思想。如《送韓珠船序》斥責英吉利：「以醜夷顓顓，居海西陬，芒不知中國廣大，……詐言求市，驚恐民吏」，《與陸立夫書》則詳細記録下制敵長炮之法：於敵經常登陸之海濱，掘深溝，以與之短兵相接，使其利炮無所用，然後説：「閣下精敏誠篤，又親得按臨形勢，變通行之，必有成效。若的然可行，或告知凡有海防之處，皆可通行。此雖若瑣瑣，較之築臺用炮、以短攻長者，相去萬萬矣。」餘如《徐柳臣五十壽序》等，詳細摘録徐氏上某巡撫書中「以民剿夷」之具體措施：「班賞格於天下，無論軍民及漢奸，能得白夷、黑夷，及身手有記驗漢奸一首級者，賞銀五百、三百、一百兩不等，能破壞其一桅船、火輪船及二桅船、三桅船者，賞銀五萬、十萬、二十萬、三十萬不等」，等等。此外，梅文還記敘了國内一些大事，如《西招圖略書後》反映西藏事，《朝議大夫臺灣府知府蓋君墓誌》等文，記敘教民起義、苗民起義事。撇開其政治立場不論，這些文章的認識價值，值得肯定。而《光澤縣育嬰堂記》叙述了何化井在光澤縣創設育嬰堂，收養棄嬰；《吴淞口驗功記》記載了陶澍疏濬吴淞口，造福於民；《記棚民事》涉及荒山的開墾利用；《黔記序》反映了丈量土地方面的一些難點、疑點及其事關重大的意義。凡此種種，均是其「因時」、「通時合變」文學主張的具體體現。

梅氏記游之作可讀性較强，代表作如《游小盤谷記》，繼承姚鼐《登泰山記》、《觀披雪瀑記》等文的寫法，移步换景，有條不紊，不但竹、樹、寺、谷形象鮮明，境界夐遠，行文前後照應，且筆致摇曳，疑雲滿紙。如寫所謂小盤谷：「日且暮，乃登山循城而歸。暝色下積，月光布其上。俯視萬影摩蕩，若魚龍起伏波浪中。諸人皆曰：『此萬竹蔽天處也。所謂小盤谷者，殆近之矣。』」真耶虚耶？如夢似幻，令人目眩神迷。又如《鉢山餘霞閣記》正式寫景的文字衹三分之一左右，卻極傳神：「俯視花木，皆環拱升降，草徑曲折可念。行人若飛鳥度柯葉上。西面城，江自南而東，青黄分明，界畫天地。又若大圓鏡平置林表，莫愁湖也。其東南萬屋沈沈，炊煙如人立，各有所企，微風撓之，左引右挹，繇繇緡緡，上浮市聲，近寂而遠聞。」語言淨潔，比喻形象生動，可見作者性情才氣。其《謁墓記》一文，記叙拜謁先祖墓的整個過程，時間長，道路曲折漫長，所拜某祖某墓又多，但行文始終線索清晰，要而不煩，並能將每一墓地及沿途景致白描如畫。如謁梅隴懸符公墓：「未至墓五里，雨。先過京山堂寺，路斗絶，輿者相枝柱，僅乃得上。而寺前土平以寬，清泉竹石，迎媚來者。輒以爲大怪奇險中無此地也。食畢，雨止，乃上教場，即墓所也。明末有鄉兵頓之，故以名墓。在山絶頂，時時有萬丈壑過肩輿下。壑在右，余晲左壁；在左，余晲右壁。至墓，則山舒兩翼而中平，可田可廬。」形象生動，令人過目不忘。「壑在右，余晲左壁；在左，余晲右壁」，寥寥十三字，把作者高度緊張的情狀與心理，刻畫得入木三分。

梅氏傳記文實含傳（序、家傳、書事、傳略）及墓誌（墓表、墓碣、墓碑、神道碑、祭文、哀辭），大體據所傳對象不同，又可分爲三種：爲王公大臣，爲親友，及爲一般的普通人立傳。

爲王公大臣立傳，每每着重突出傳主道德事功，主要通過記叙一些重大事件加以體現。如《王剛節公家傳》之類，風格嚴重高古，或令人肅然起敬，或令人有以自立。而一些不成功的作品，則僅僅排比傳主事迹，類同於年表。如《光禄大夫經筵講官禮部尚書李公墓碑》等，大段内容交代李公官歷，無一件完整具體之事，拖遝冗長，毫無生氣，令人懷疑它是否出自梅氏之手。

梅氏寫親友的作品，大多灌注真情實感，生動感人。如《侯青甫舅氏詩序》寫舅氏一舉而不出，館於人，以爲家計，然急公好義，樂助親族中無依靠者，自己常常也左支右絀：「家居時，間日必過吾母話。抑菴舅氏病也，以爲憂，及家計瑣瑣，子弟成否，族親之生計有無事，時喜時嘆。吾母嘗曰：『今歲殊艱難，未過上元節典一釵，後當如何？』先生曰：『吾初質衣服，慚其家人，今計有質物，即自豪耳。』」舅氏與母親的簡短對話，見家事之艱難，更見對親人之拳拳思念。又如《蔣松士詩序》，開頭一段寫蔣松士深於思而訥於言的個性：「松士與余爲同年生，又同官户部，志氣鮮潔，寡交游。每間過余，若將有所深語；坐移晷，卒無所言以去；即言，亦深矉太息，若重有憂者。雖余，亦爲君默默且尠歡也。」蔣氏欲言而止、言而太息的神情，如描如繪，躍然紙上。

相對而言，梅氏爲普通人傳神寫照的作品，成功之作較多，其中，《艾方來家傳》可作代表：

艾君名錫朋，字方來，撫州東鄉人。明艾千子先生裔也。父名子登，年六十四生君。未逾月，而生母王氏卒。稍長，即能察母饒孺人意，媚順之。鄰兒誘爲擲錢戲，鄰母邀孺人覘之；群兒逸，君時七歲，逡巡隨孺人歸，貌愧甚。十五能屬文。以父爲勢豪所辱，習武勇，於市中衆辱豪，遂改習醫。門傷者得藥輒愈。君嘗病門傷者失藥死，訟破兩家，人愈重君。

君廢書早，日夜望子學文甚。銜文袖中示人，或言兒文亟進，則喜。歸語兒曰：「某先生道汝文佳，當不妄耶？」試不售，則曰：「吾家至吾身，十一世爲單門，仕進則可望耶？然吾生平於人物無忮害心，汝當知之。」後見子舉鄉試，乃卒。

娶饒孺人。姑病痱，夫婦以竹榻載母，舁游鄰家，街市皆駭笑，母則大樂。園中實一果、甲一菜，欄中增牛犢、豚子，必使姑得觀，以爲快。雪夜製履，寒甚，語兒曰：「頃見鄰婦牀獨敗絮，渠有姑，不可使忍凍死。」即徹具，命兒持往，返曰：「鄰婦方泣，見兒至則大喜也。」以夫好施醫藥，來者並助以酒餌。村中人皆言孺人慈，喜道孺人事。

這段文字既寫艾方來，又寫其妻子。寫艾方來祇記三事：七歲時擲錢玩被母發覺時的羞愧情狀，十五歲前後爲報父辱而棄文習武最終選擇了習醫事，自己未從文卻非常盼望兒子學文事。其銜文袖中示人的神情，及聽到有人誇其子習文進步後的喜悦情態，將一個望子成龍的深情父親的形象，刻畫得活靈活現，呼之欲出。而寫其妻子，則突出其對婆婆之孝，對鄰里之關愛。其夫婦以竹榻抬母過市以樂母；園中新果結實、菜芽破土而出，欄中牛生犢、豚生子，必使母親見而爲快，如此親情，如此家庭氛圍，祇能出現在鴉片戰爭之前幾年（文作於道光十四年，即一八三四年）的中國社會，典型而又生動地反映了那個時代傳統家庭的倫理觀念。

梅氏傳記文（主要指後二種）深得明代歸有光遺法。在艾方來傳後，他議論道：「歸熙甫撰《先妣事略》，皆瑣屑無驚人事，失母者讀之，痛不可止。」可見，寫生活中的瑣事，以傳人記事，是他的有意追求。其《男八十墓碣》爲早殤之子作記，其事本少，可記者更少，但他祇選取妻子臨終前囑咐他撫養此兒，及兒死前的情景爲記：「生三歲，而其母病且卒，指八十以示吾而後死。今汝又死。前一夕，遍呼家中人，漏下五鼓始絶聲，朝晡後氣絶。其叔父仲卿痛之甚，以成人禮葬於西城内烏龍潭之東，西面城。先是一月，八十隨奴子韓貴謁其母及叔母墓，循是潭而歸也。今所葬，適值其地。」話語絮絮，如泣如訴，而兒之不幸，己之傷悲，皆於緩緩叙事中現出。

四

梅氏作品，以現存三十一卷本爲完本。而其版本，又有稿本、咸豐本、光緒本及全本、選本之别。現簡述如下：

梅集稿本，指的是文集稿本十八卷（含古文十六卷，駢體文二卷）。根據咸豐五年（一八五五）楊以增《柏梘山房文集序》，梅氏雖屢有遷徙輾轉，但詩文幸無散遺。楊氏與梅氏有同年之誼，復爲文字交數十年。咸豐四年（一八五四）秋，梅氏因避太平天國戰火，携家自王墅移居興化，又移居淮安，最後至清江，館於楊氏清宴園，二人得以朝夕相接，情分非同一般。楊氏請梅氏删益其集，然後上版刷印，以爲其七十大壽之賀。

楊以增（一七八七—一八五六），字益之，號至堂，别號東樵，山東聊城人。乃海源閣主人，爲近代著名藏書家。其藏書處除海源閣外，尚有「宋存書室」、「四經四史之齋」；並輯刻有《海源閣叢書》。當梅曾亮往依楊氏時，楊氏爲漕運總督。他憑着藏書家的經驗、敏感及刻書家的眼光，既留心爲梅集録副，又早在道光二十五年乙巳（一八四五），親自拜謁，請梅氏爲録其舊稿。如今，適逢梅氏携家來投，便自然請他親自删益校勘。而刻板之校勘，則請高均儒擔任。故海源閣稿本，乃楊以增氏所録副本，非盡出梅氏手書（其中部分近作則爲梅氏自書）；但其爲梅氏手訂，則無疑義。

此手訂稿本用方格稿紙，白口；半頁九行，行二十字；烏絲欄；四周雙邊；上魚尾。版心刊注「柏梘山房文稿」字樣（正文題名則是「柏梘山房文集」），魚尾下印「海源閣」三字。版心並刊注「益之手校」四字，可知楊以增録副後，曾親自爲之校勘。但文稿字體不一，或楷或行，或工或草；紙張亦非統一，或有格或無格；且亦非盡有「海源閣」標識。有的文章一稿反複抄多遍，而或全或不全；有的則抄寫後粘貼時出現拼接舛誤；有的徑於文中校改，有的於眉端標示「删」「移」字樣。文後有校勘者高均儒咸豐六年（一八五六）四月三日跋、董文焕同治十一年（一八七二）跋。

綜上所述，可以確定：楊氏海源閣咸豐六年刻本《柏梘山房集》之底本，即梅氏手訂本。其文集，爲楊以增所録副本，但經梅氏自訂。其詩集十二卷，據高均儒跋稱，刻板時，所依多爲梅氏手稿，而無副本。後董文焕作跋時，已衹稱「文集十八卷，上元梅伯言先生手訂，聊城楊端勤公家藏者也」，則詩集手稿似已與文集分離，未知是否如高均儒跋所建言：「應與全集版並歸梅氏。」故今之所見稿本僅文集十八卷，不見詩集，作九册裝訂，現藏於國家圖書館。

但梅氏另有一親自手寫之稿本傳世；且可能是全集本（含詩集）。記録這一資訊的是其侄婿朱慶元。光緒二十七（一九〇一）年，朱慶元重刊梅集，並作有跋文。他在跋語中言：梅曾亮季子少言，有志釐刊父集，但財力既不及，身又遘疾，事遂寢輟。少言臨終前念念不忘此事，囑其家人以所藏梅氏手寫本郵示朱慶元（朱爲梅氏弟婿），請其代刊。據朱氏跋語，該本「書作鍾體，塗乙盈簡端。蓋原稿也。視刊行者不盡同」。可惜的是，此梅氏手稿本在朱慶元刻書後即不知所終；究其存天壤間與否，至今亦一無所知。

現存梅集大致可分爲兩個系統，即全集本和選集本。全集本來自梅氏稿本，包括梅氏手訂本和手寫本。今分言之。

手訂本於咸豐六年三月刊行，由海源閣楊氏刊刻。其中，文集十六卷，文續集一卷，詩集十卷，詩續集二卷，駢體文二卷，計三十一卷（詩文的編纂次序及總卷數，梅集全集之各種版本皆同，故下文不贅述）。據楊以增子紹穀、紹和文續集後識語，楊以增在世時，先刊刻十六卷文集成，而文之續集、詩集及駢體文計十五卷刊刻未半，楊氏遽逝（高均儒跋稱「詩集刻未三卷」）。楊氏兄弟繼承其父遺志，爲續刊成；並請梅氏爲其父撰志文。當時，梅氏正患鼻衄，回淮安寓所，一旬後撰成《兵部侍郎江南河道總督楊公家傳》寄給楊氏兄弟。數日後，即咸豐六年正月十二日，梅氏亦病逝，離楊氏之卒僅二十四日。故全集之出版，梅氏也未及過目。顯然，咸豐六年本，當爲梅氏全集現存之最早刻本。

可能因刷印頻繁，更主要的原因是木版質量低劣，咸豐版到同治初年，已有部分版片漫漶模糊，難以再用。所以，同治三年甲子（一八六四），不得不補版以行世。於是，出現咸豐六年刻同治三年補刻本。同咸豐本相比，補刻本内容無異。所謂補刻，祇是補版，所補乃卷首之楊以增《柏梘山房集序》，卷十六之《祭陶文毅公文》，文續集之《姚姬傳先生尺牘序》、《季諧寓先生墓表》、《兵部侍郎江南河道總督楊公家傳》，計文五篇，版八片，版心皆鐫以「甲子補刊」四字，字體亦明顯不同。因補刻内容多在楊以增所刻十六卷文外，故推測爲其子當初選木未精所致。

咸豐本與同治補刻本之版片，輾轉流入丹徒趙彦修家。趙氏家道中落，合肥蒯氏欲購置，協商未果。民國四年（一九一五）四月，金陵蔣國榜於淮上購得之。時蔣氏方於前一年輯刻《金陵叢刻》，有意推尊金陵鄉邦文獻，以倡導地方文化建設。故得梅集版片而爲之喜躍不已，在《金陵叢刻》畢役後，即着手整理梅集，並請王瀣署端，蔣氏自撰《題辭》冠於篇首，於民國七年（一九一八）上版，重印問世。是爲蔣氏慎修書屋本，亦即《續修四庫全書》本《柏梘山房集》之底本。

手寫本於光緒二十七年（一九〇一）石印出版，署名《（精刊）梅伯言全集》。據朱慶元之序，其來自梅氏手寫原稿無疑。惟朱氏以其「視刊行者不盡同」，而與刊行本「參互勘定，以付剞劂」，故未能盡存其原貌，殊爲可惜。而《姚姬傳先生尺牘序》、《季諧寓先生墓表》、《兵部侍郎江南河道總督楊公家傳》三篇，因非原手稿所有，則取自同治補刻本，觀其版心「甲子補刊」標識，可證。此本與咸、同本文字雖小有不同，可資校勘，卻並非「全集」，比咸、同本少了數篇文章：即卷二《答朱丹木書》前之《上某公書》、卷三《湯相國八十壽序》前之《陸立夫六十壽序》、卷五《金石彙選序》前之《閑存詩草跋》、《温廑生遺稿序》、卷十四《貤贈奉直大夫陳府君墓誌銘》前之《陝西巡撫鄧公墓誌銘》，計缺五篇文章。此本四周雙邊，半頁十四行，行三十一字，黑口，上魚尾，上標書名，下卷次，下頁數。

梅氏全集版本中，尚有宣統三年（一九一一）上海國學扶輪社之石印本。此本實即光緒本之重印本，無論行格還是字體風格，都與光緒本完全一致，僅在版心處標識「國學扶輪社印」字樣，應是光緒本之技術處理而致。其書名也作《精刊梅伯言全集》，書名頁則署「柏梘山房文集」，版權頁又標「梅伯言全集」。該本曾於民國十六年（一九二七）再次印行。

據朱慶元光緒本跋語，在咸豐本之後，梅曾亮的侄子曾於江寧重刊過一次。惜這次版刻，未在公私藏書著録中留下任何線索，故無從查考。至於國内一些圖書館藏書著録有道光間鉛印「柏梘山房文集十六卷續集一卷駢體文二卷詩集十卷續集二卷」，卷數完全與手訂稿本、手寫本系統同，恐誤。因爲三十一卷本實爲梅集全集本，其編輯體例是以類而分，故如咸豐元年至六年内所作《與孫芝房書》、《恥躬堂文集序》等二十六篇文章，均分列於卷二、卷三、卷七等諸卷之中；而第七卷全部收文二十三篇，即有九篇作於咸豐時期。很難想象，缺少了咸豐年間的創作，梅集如何稱得上完整的全集。

全集各本在編次上略有出入。如咸豐本次序爲：先楊以增《柏梘山房集序》，次編年體《柏梘山房文集目録》，次文集正文卷一至卷十六，次《文續集》，次朱琦《柏梘山房文集書後》，次方東樹《後序》；次《柏梘山房詩集》之《自序》，次編年體《柏梘山房詩集目録》，次詩集正文卷一至卷十，次《詩續集》卷一至卷二；次《柏梘山房駢體文》卷上卷下。同治本編次同咸豐本。光緒本則首冠詩集《自序》，次楊以增文集序，次不編年目録，次文集正文，次朱琦《書後》，次方東樹《後序》，次朱慶元《跋》，次《文續集》，次《駢體文》上下卷；次復詩集《自序》，次詩集編年目録，次詩集十卷，次《詩續集》。當然，編次的不同，不足以説明問題，因爲完全可能是由裝訂引起的；但光緒本文集目録不編年，則顯然不同於咸同本。而手訂稿本在編年目録後，另有分類目録，並顯示各卷各類文之篇數，如：「第一卷，論説十二首」等等，此乃爲各全集本所無。

梅集現存最早選本，是上下二卷之《柏梘山房文鈔》，咸豐四年（一八五四）臨桂唐氏涵通樓所刻，收入其《涵通樓師友文鈔》中，乃其弟子朱琦、龍啓瑞等人所編輯。現楊氏刊本保留有朱琦跋文一篇，於此有交代：「直咸豐二年，寇亂而江南陷，先生間關憔悴，挈家辟淮上。時粤亂粗定，久不得先生耗，恐文字散逸，乃與翰臣謀録先生文，藏之唐氏涵通樓。」該本與楊以增本相比，小有異文，缺少梅氏近作。然國家圖書館所藏一部，有佚名朱筆點評，又有佚名墨筆評點，於梅氏文心，多有闡發。如卷下《上汪瑟菴先生書》「以臨其上……成過矣」一段，朱筆眉評云：「洞見癥結，慨乎其言。」「以撓其下」至「所以鉗制」間，朱筆行間評云：「再寬一筆。」「無權也」與「以六時事上官」間，朱筆行間評云：「先生何見之真切，言之沈痛乃爾！」不過，所評文章不足十篇。

次爲《柏梘山房駢體文鈔》一卷，王先謙輯，光緒十五年（一八八九）長沙王氏刊，收入《國朝十家四六文鈔》中。該本録梅氏駢體文二十五篇，篇次與全集本迥異，卷首有《姓氏爵里志略》。

次爲《梅伯言先生尺牘》一卷，上海文明書局輯，宣統三年（一九一一）上海文明書局排印，收入《尺牘叢刻》中。該書録梅氏尺牘三十通，均見於全集本，因異文殊少，校勘價值不大。

次爲《梅伯言文鈔》一卷，王文濡輯，民國四年（一九一五）上海進步書局石印，收入《明清八大家文鈔》中。該本録梅氏文五十七篇，異文殊多，足資校勘；少數篇章，如《禮部侍郎陳公墓誌銘》等，内容差異尤大。所録文，概不署時。書前冠以《明清八大家文鈔提要》及王文濡《明清八大家文鈔序》，對桐城派之源流影響作了粗線條的勾勒。

以上四種，皆爲叢書本。

其單行選本，則有《（音注）梅伯言文》一卷，録梅氏文七十九篇，一併取自王先謙《續古文辭類纂》，故其版權頁及版心皆標揭以「王益吾先生選本」。其音注者爲吴興沈伯經。其體例爲先文，文後音注，間或並有解題。該書異文既多，足資校勘；尤爲難得的是，其《書毛鄭異同考後》一篇，不見於梅集各本，可以補遺。卷首冠以《梅伯言文揭要》，簡介梅氏論文主張及其「猶是（桐城）姚氏不廢義理考據之本旨」之淵源；次《小傳》，次《編輯大意》（此非僅梅集有，其同時所出各書均有）。該書在梅集中之價值，遠大於一般全集本。故民國十二年(一九二三)八月初版後,於民國二十四年(一九三五)又再版。惜所録諸文,一律抹去年代,有礙知人論世之用。

梅氏詩集,異本殊少。今所見惟國家圖書館所藏民國間京師油印本《柏梘山房詩録》二卷,載於《梅郎中曾文正詩合鈔》中,有「孫師鄭以鋼筆版印行於京師」標識,計録梅詩一〇六題,然異文不多。

在所有梅集版本中,有一未見著録、不被人提起,卻最有補遺價值者,即《味古齋所見集》中《柏梘山房駢體文遺》。該書正文書名下題署「上元梅曾亮伯□　天長後煦和卿校」,爲紫色印本,有「鎦家書庫」、「劉復藏」、「江陰劉氏」收藏章,乃曾充江陰劉復架上物之見證。其所録梅氏駢體文八篇,全都未見於梅集咸豐本、同治補刻本、光緒本及各種選本。其中《代祭文》、《謝繼方伯賜銀粟等件》、《嚴小秋詞序》三篇,均注明爲代人撰寫(所代之人不詳)。而《裴宜人八十壽序》一文,則明確注有「代孫淵如」所作。此八篇駢文之真實性無庸置疑,因其中《上劉金門先生書》一文,又見於手訂稿本,眉端標一「刪」字。梅氏爲何刪卻此文,原因不清,但其爲梅氏所作,應可信從。又如《嚴小秋詞序》一文,在手訂稿本及各全集本中,本有一篇同名之作;而此本所録,有一「代」字,則表明係代人捉刀。其爲梅氏所撰,亦可信從。

此次整理,即以咸豐六年全集本(含同治補刻本、民國蔣氏重印本)爲底本(原編年目録,因篇幅所限,則不録),而以以下各本爲參校本:

手訂稿本　楊以增録副,梅曾亮手訂。簡稱「稿本」。

光緒二十七年石印本(含宣統、民國國學扶輪社石印本) 朱慶元序刊。簡稱「光緒本」。

梅伯言集 吴汝綸點勘,吴闓生輯,《桐城吴先生點勘群書》本。該本無梅集正文,衹録吴汝綸點勘成果。今酌録。簡稱「點勘本」。

《柏梘山房文鈔》即《涵通樓師友文鈔》本。簡稱「師友本」。

《柏梘山房駢體文鈔》即《國朝十家四六文鈔》本。簡稱「四六本」。

《梅伯言先生尺牘》即《尺牘叢刻》本。簡稱「尺牘本」。

《梅伯言文鈔》即《明清八大家文鈔》本。簡稱「八大家本」。

《(音注)梅伯言文》簡稱「音注本」。

《續古文辭類纂》本 簡稱「續類纂本」。

《柏梘山房詩録》即《梅郎中曾文正詩合鈔》本。簡稱「詩録本」。

《柏梘山房駢體文遺》即《味古齋所見集》本。簡稱「味古齋本」。

此外,梅氏作品尚有一些隻篇單行者,其取爲參校者則有國家圖書館所藏揭片(簡稱揭片)、《小方壺齋輿地叢鈔》(簡稱「輿地本」),及民國四年《舊小説》(簡稱「舊小説本」)。其對梅集之補遺,凡十三篇,其詳細情況爲:手訂稿本中一篇;《味古齋所見集》本中七篇(另一篇與稿本同,依稿本);《縉山書院碑》一篇,取自國家圖書館藏揭片;《與邵位西書(擬題)》一篇,取自國家圖書館藏稿本《邵位西與梅伯言往復手札》；《書毛鄭異同考後》一篇，取自《續古文辭類纂》；《跋夫椒山館詩》（擬題），取自稿本《夫椒山館詩》梅氏手迹，現藏蘇州市圖書館；《古文辭略·凡例》，因於其古文主張多有反映，故亦爲補入。底本空字及所補各篇原缺之字，因無他本資校，故仍其舊。異體字改爲常用字；其影響字意者則不改。原避清帝諱之字，則徑改，如「甯」改爲「寧」。

本書在整理過程中，曾得到孫文光先生的親切指點。上海古籍出版社高克勤先生、楊萬里先生，對本書多有關心。責編聶世美先生不但改正錯誤，且爲附録補充許多重要資料。王婧之同學代鈔得曾國藩題跋一通，薛羽同學拍得梅氏手迹一幀，韓立平同學點校文章三卷。凡此，均謹表謝意。限於水平及時間，錯誤之處難免，歡迎批評指正。

校點者　二〇〇五年四月

本書初版於二〇〇五年，二〇一二年新版時，曾補入楊君先生所擲梅曾亮致查子穆簡一通，並遵其所示改正斷句標點數處，謹此致謝。二〇一九年初，本人偶然獲睹湖南省圖書館庋藏梅氏致曾國藩函十一封，嘆爲至寶，蒙上海古籍出版社准允，得以收入書中；復改正前二版誤字若干。祇寓此角，式敷謝悃。

彭國忠　二〇二〇年四月　滬上

柏梘山房詩文集目録

文集卷三

文集卷四

書序

文集卷五

書序

文集卷八

傳

文集卷九

傳

文集卷十

記

文集卷十一

記

文集卷十二

墓誌

文集卷十三

墓誌

文集卷十四

墓誌

文集卷十五

墓誌

文集卷十六

讚哀詞祭文

文續集

駢體文卷上

駢體文卷下

文集補遺

詩集卷一

詩集卷二

詩集卷三

詩集卷四

詩集卷五

詩集卷六

詩集卷七

詩集卷八

詩集卷九

詩集卷十

詩續集卷一

詩續集卷二

柏梘山房文集卷一

論説

士説 癸酉

求棟梁者必於木，而木不皆棟梁者也。其不材者，且不得與萑蒲竹箭比，其實異，其名同。吾見乎木之難求也。然而求棟梁者，不求之萑蒲竹箭之林，而斷斷然必求之木。士之於國，猶木之於室也。一國之士，其材者百無一二焉；一山之木，其材者亦百無一二焉。然國患無士而室不患無木者，何也？豈士之寡而木之多歟？抑信士之不如信木者歟？彼求棟梁者，不求之萑蒲竹箭之林，而惟木之求也，不以木之有類於萑蒲竹箭者而變計也。故天下有不材之木，而無不成之室。今以士之有類於商賈負販也，而謂用商賈負販者之無異於用士，此士之所以終不出歟？

韓非論　癸酉

太史公謂韓非引繩墨，切事情，悲其爲《説難》而不能自脱。嗟夫！非之爲《説難》，非之所以死也。今人君無賢智愚不肖，莫不欲制人而不制於人，測物而不爲物所測，然卒爲揣摩智士之所中，而不能脱其要領者，彼士也，陰用其術而主不知，故因勢而抵其巇，使知有人焉玩吾於股掌之上，而吾莫之遁。雖無信臣左右之讒，其不能一日容之也決矣。且古今著書立説之士多出於功成之後者。不然，則無意於世以潛其身。今非方皇皇焉入世之網羅，獨舉世主所忌諱者縱言之，而使吾畏，亦可謂不善藏其用者矣。不然，非之術，固士陰挾以結主取濟者，非獨以發其覆，而爲禍首，豈不悲哉！

吾觀老子之書，以柔爲剛，以予爲取，處萬物所不勝，而視天下不嬰兒處女若，宜有難免於雄猜之世者。然則老子之不知所終，其已智及此哉？

民論　癸酉

天下有亂民，有姦民。毒官吏，迫飢寒，挺刃而卒起，索黨與隨和以自救，此亂民之常態也。若夫無所激發而倡爲狂悖之説，以招誘愚聲而名之曰「教」，是爲姦民。姦民者，古無是也。且夫教之名，民所不易受於長上者也，而匹夫能得之於鄉里，非民之所能爲也，勢也。今夫民之生也，耕而食，織而衣，貿貿然相往來，不知有士大夫聲名文物之樂，又非如富厚有力者有鳴鍾連騎、采色視聽之娛。若此者，枯槁寂滅之士或能堪之，而民固不能樂乎此也。聖人憂之，於是有飲射之典，有儺蠟之禮，有月吉讀法之令，奔走之，馳驟之，而不憚其勞拙，其意以爲：吾法之可知者，在乎角材能習教訓，而消息乎時氣；而法之不可知者，在使民回易耳目，震蕩血氣，陽遂其鼓舞之情，而陰輯其静而思騁之意。其教如是而已。

當漢之盛時，凡鄉射、大儺、都肆鄉會，皆太守與縣令親之，猶古法也。法之廢，其東漢之衰乎？嗟夫！此黄巾米賊之禍所以起而不可禁也。夫民所樂趨之事而不爲利導之，草野之間，必有因民之欲竊吾意以售其姦者。其始特出於私立名字，斂財帛，賽會徵逐而已；而其後遂爲有國者之憂。至於爲有國者之憂，蓋非獨從而和者不樂也，而亦豈倡之者之始意及此哉！然而勢必至乎此者，何也？吾爲之説以導之，吾聚之，吾能散之。故權在上，民自爲聚者，非法之所許也。民知意不出於上，而恐法及己也，鰓鰓然有與上相持之心，其勢遂聚而不可復散。故曰：非民之所能爲也，勢也。

昔子貢觀於蠟，以爲一國之人皆若狂夫。至於一國若狂，雖後世游民聚衆之盛無過於此，而聖王行之。孔子曰：「張而不弛，文武弗能也。」夫文武所不能者，而後人能之，必其民皆標枝野鹿，如上古之不相往來者，而後可也，而豈有是理哉？嗟乎，權出於士，而黨錮清流之禍成；權出於民，而左道亂政之禍烈。然則，以王者之權而謂教化不易興者，則妄矣。

【校】

〔題〕續類纂本、八大家本作「書後漢書後」。〔天下二句〕續類纂本、八大家本作「古姦民爲亂者多矣」。〔索黨句〕續類纂本、八大家本作「及名捕嚴急，則求黨與索隨和」。〔此亂民句〕續類纂本、八大家本作「皆事勢之常態」。〔若夫無所六句〕續類纂本、八大家本作「要未有無所激發，處心積慮，立教以惑民者也。其有是者，蓋起於東漢之末，而大盛於魏晉之間。嗚呼，教之名」。〔貿貿然〕續類纂本、八大家本作「貿然」。〔意及此哉〕續類纂本、八大家本作「願哉」。〔游民聚衆〕續類纂本、八大家本無「游民」。

論藺相如返璧事 癸酉

使相如説趙王立出璧授秦使者，辭其償，且以輕十五城而重璧也爲秦罪，秦計必懷慚而不能發，不知出此乃出萬死不一生之謀以圖完璧，而秦之計固已得矣。何則？彼知不愛死士而愛璧者，其國可玩而虜也。

嗟夫，趙爲秦辱久矣，豈特不償璧！不償璧，其小者耳。耻貧者不能力田，輒與富人爭席，曰「吾能勝」，可乎？吾是以疑不帝秦而卻秦軍者，無是事也。

墓説 癸酉

或問曰：墓吉則福，凶則禍，古有之乎？曰：未聞也。防墓崩於雨，王季之棺毀於水，文以王，孔子以聖，安在其爲禍福也。然則有擇而與禍福應者，何也？曰：古無之而今有之。烏乎！昉昉於墓祭者之爲之也。

古者貴賤之士皆有廟，廟有寢，於是乎藏衣冠，於是乎求昭明。古之人以爲有鬼神者，則必於是歸焉耳。其享焉而格之，其慢焉而恫之，吉凶禍福之應，未有不起於此者也。夫何墟墓之有徵？夫何形骸土壤之神乎？嗚乎！廟制之廢也久矣，鬼神之失所棲也甚矣。祭墓，非古也，後之人以爲有鬼神者必於是歸焉耳。子孫之不依，廟寢之不宅，曰臯壤焉是藏，吾未見其非忍親也。然人既以是爲神之所棲而誠之矣，鬼神亦以是爲人之所命而據之矣。然則吉凶動於神，而禍福中於人者，宜也，非幸也。吾故曰：墓祭者之爲之也。後之君子有欲講求於殯葬之終始者，則無動於吉凶之説；欲無動於吉凶之説者，備廟制之禮而立其誠焉，斯可矣。

【校】

〔題〕光緒本作「説墓」。

觀漁 丙子

漁於池者沈其網，而左右麾之。網之緣出水可寸許，緣愈狹，魚之躍者愈多。有入者，有出者，有屢躍而不出者，皆經其緣而見之。

安知夫魚之躍而出者，不自以爲得耶？又安知夫躍而不出，與躍而反入者，不自咎其躍之不善耶？而漁者視之忽，不加得失於其心。嗟夫！人知魚之無所逃於池也，其魚之躍者可悲也，然則人之躍者何也？

雜説 丙子

堯之眉，舜之目，仲尼邱山之首，合以爲土偶，則不如籧篨戚施，僞與真也。葛害於寒，裘害於暑，酌其中則寒暑皆害，害去，則利不全也。

太白之詩豪而誇，子美之詩深而悲，子建之詩怨而忠，淵明之詩和而傲。其人然，其詩亦然，真也。

古人之作肖乎我，今人之作肖乎人；古人之作生乎情，今人之作生乎學。然則，詩不可學乎？曰：學其人而近乎性，猶之我也，始雖僞其後必真。而今人則曰是有弊，以體分之，以類擬之，故無乎肖亦無乎不肖，無乎工亦無乎不工。然則，其果無無乎不工者歟？曰：有之；王維是也。忠乎？貳乎？釋乎？儒乎？甘心於山澤之臞者乎？抑捷足於貴戚之門者乎？若是者，吾不能定其爲人；然則不可定其爲人者，乃其詩之無乎不工者歟？

論魏其侯灌夫事 丁丑

嬰能散千金之賞，而不應武安之求田，非忿其怙勢哉？然以蚡臨況爲幸，何其卑也！灌夫馳吴軍，視死如歸，可謂壯士。以慕勢，卒死於權。嗚乎，勢力之怵於人也，甚死生哉！

晁錯論 戊寅

晁錯以術數授景帝，景帝悦之，用其計削七國；七國反，景帝乃誅錯。君子曰：術不可不慎哉！以盗之術授人，而保其不我盗，且曰是必不疑我爲盗，雖至愚者不出此。錯之智，曾不是愚人若也。哀哉！

昔范蠡以計然之術教勾踐滅吴，曰：「越王爲人，可與共患難，不可與共安樂。」乃扁舟逃於五湖。始皇用尉繚之計亡六國，尉繚曰：「秦王居約，易爲人下；得志亦輕食人。」遂逃去。方其説之行也，若石之投水，若丸之走阪，其君不惜出肺肝相結如左右手，而二子獨汲汲不可終日，豈好爲過計哉？彼知非雄猜深阻之人，不能行吾術而不怍；其能行吾術者，必不容他人之有其術。故先有棄富貴之志，而成功名。彼晁錯之智乃不知此。今以受特知蒙貴幸無比者，入一人之言，衣朝衣，斬東市，目不得反顧，足不得旋踵，雖商鞅、韓非之行法，未至是也。而景帝能之，錯教之也。錯之術，盜術也，而恃所授者之不我盜哉？

或曰：帝之削七國也，志甚壯；反書聞，乃惶遽自誅其大臣。且吴王白首舉事，不因一錯而解兵，豈帝而不知此？曰：帝詔諸將，以深入多殺爲功，比三百石以上皆殺無赦，有議詔及不如詔者，皆要斬。帝之志，苟得亡吴，不憚以國爲功，豈冀幸於兵之一解而息事哉？然則，其誅錯者何？曰：兵之微，權也。夫亂臣賊子之首事，必以名劫其衆，故王敦以周顗、戴淵，蘇峻以庾亮，李懷光以盧杞，而七國則以晁錯。晉不去周顗、戴淵、庾亮，而王敦、蘇峻之禍成；漢與唐去盧杞、晁錯，而懷光、七國之勢挫。雖勝敗之數不全出於此，然彼所恃以爲名者，吾舉而空之，亦所以怒我而怠寇也。鄧公見景帝，言：誅錯是爲七國報仇也。帝曰：然；吾亦悔之。嗚乎，帝特以錯爲餌敵具耳，何悔之可生！

或曰：審如是，則七國不反，錯固可免於禍乎？曰：不然。臨江王，適長太子也，栗姬廢而臨江王死於吏；亞夫，功臣也，七國平，而亞夫死於吏。錯之親不及臨江王，而勳舊又非亞夫比也。然則始所以用錯者何？曰：削七國者，帝之素志也；而不欲居其名，故假錯以爲之用；帝固不足怪也。

世之擇術者，亦擇其可以授人者而自處哉！

【校】

〔曾不句〕音注本、八大家本、續類纂本作「曾是不愚人若也」。〔昔范蠡〕八大家本、續類纂本作「若范蠡」。〔其君句〕音注本作「其君不惜出肝肺相結如左右手」。〔嗚乎〕光緒本作「嗚呼」，義同。

惜字紙説 戊寅

吾鄉俗好善，紙字之棄於途，於笥，於溷廁，醵錢而斂之焚之，載其灰中江而投之，始畢乃事，月以爲常。其説曰：不若是，或踐踏之，其罰爲賤，爲眇，爲愚，爲夭。犯輒應，故自好者咸用是爲兢兢。曰：善乎，世之有此説也！然字之禍福靈於人而敗於物者，何哉？夫大有罪於字者，莫如蟲，齮齕之，腐敗之，能使字之通者塞，美者醜，完好者壞，而獨肥其身，滋其族，且以是高其名，凡所居所食，他蟲莫敢望焉。蟲之視人也，横矣哉！

友人顧廣圻曰：奚有於是！是戔戔者，字紙也，則忌而畏之。學者之於字，字人也，則慢而侮之，字之貴賤輕重，亦視其所附者乎？

是二説者，余無以辨之。

【校】

〔紙字句〕光緒本作「字紙之棄於途」。

書示仲卿弟學印説 乙酉

文生於心，器成於手。手主形，心主氣。書畫摹印之事，心手兼之。知形而不知氣，則無意；知氣而不知形，則無法。

余嘗學書，青浦舅氏曰：「甥作楷似隸，作隸顧反似楷，何也？」後與温明叔同摹印，明叔數日後輒似之，余終不能似也。遂棄不復爲。

仲卿之嗜好與余同，而於印尤甚，取文、何兩家印常置座右，曰：「吾將爲之。」余因舉所自病者告之，欲其解吾嘲焉。

刑論 乙酉

天下之法，未有久而無弊者也。法之簡者，其弊淺；法之密者，其弊深。惟其法之良而守之不敢稍變通其法，以得罪於天下後世，故其弊遂成而不可返。

夫殺人不忌爲賊；昏墨、賊殺，臯陶之刑也。後世近古者莫如漢，亦曰：殺人者死，傷人及盜抵罪。此皆法之整齊簡易者也。古之人非不知殺人之情事萬有不齊，而一切之法不足以悉其變也，然寧從其略者以爲法，貴易知而難犯。決一人之死，而可使千萬人之不敢入於死，則易知而難犯之故也。而後人曰：是其法猶未詳。於是，同一殺也，而有謀殺、故殺、鬥殺、誤殺，有戲殺，有過失殺，有下手加功之殺。因是，同一死罪也，有入情實，有不入情實者；有立決，有緩決，又有緩決數次而從末減者。蓋一死罪之成，其文書之反覆詰難，積盈尺之紙而不足也。而後得由州縣以上於刑部，而之人也，如是猶或不至於死。噫！何立法之密而如此其難知也。是法也，良法也。苟其變之，則受不仁之名，而得罪於天下後世。雖心知其非，曰：姑從衆。從衆而失，是天下之公失也。

議法者曰：有濫生者，即有枉死者，是救生不救死也。執法者曰：死者已矣，生者亦猶是民命也；已死而枉，究與吾殺死者殊；而吾救生之心亦足以自解於天下。

嗚呼！是非徒不救生也，且益民之死也；非徒益民之被殺者之死，且益民殺人者之死也。今里巷之中有殺人者，民驚相告矣；某殺人者死，某殺人者不死，民亦驚相告矣。死生者，民之所知也；曰鬥殺，曰誤殺，曰戲殺，曰過失殺，則民所不知也。民不知一殺人之例如是之委曲分別也，而惟見殺人者有時而不死也。夫使殺人者畢出於死之一途，以懾其勃然不可遏之氣，猶能忍有不能忍。今使介於可生可死，而先快心於一挺刃之下，亦何憚而不洶洶哉！

腊有毒，食之立死。一人死，而無有繼者矣；三人食而一人生，則繼死者將不止三人。是非民之不畏死也，法誤之也。故曰：非徒益民被殺者之死也，而並益殺人者之死。

嗚乎！計較於一罪之輕重，而鹵莽於千萬人之死生；循其法之弊，其勢固不至乎此而不得也。而人且曰：必如是，而長吏始不得以誤殺人。固也，長吏之不得以誤殺人也，而其弊則使平民皆可以故殺人。天下之爲長吏者少，而爲平民者多；則法之生人者少，而殺人者多。

【校】

〔猶能句〕點勘本作「有能忍有不能忍」。

臣事論 丙戌

天下之患，非事勢之盤根錯節之爲患也，非法令不素具之爲患也，非財不足之爲患也。居官者有不事事之心，而以其位爲寄，汲汲然去之，是之爲大患。

今夫四民之中，士之貴於農工商賈也，較然明矣。使農工商賈皆汲汲然有爲士之心，則方其爲農也，田萊必不能闢；其爲工也，藝事必不能精；其爲商賈也，有無必不能遷。然天下之民有自樂其農工商賈之業，而以士爲畏途者，彼士也有考試場屋之苦，有文字聲病之學，違其程度，則又有褫奪撲責之刑以隨其後。凡士之所深憂以爲大辱者，民皆脱然而無患。彼民也，度其身而苦其事，有萬不可以嘗試者，故甘心絶意，樂其業而不遷。

今之爲仕者則不然。無愚智賢不肖也，而皆有必爲公卿大夫之心。夫吏之遷除，或以年計，或以十數年計，非可朝拜官而夕超擢也。然其身縻於此，而其心去此職而上者不可以層累計。人有仕宦十年而官常調者，則鄉里笑之，而親交爲之減色，忘分苟得，相師成風。夫爵禄者，廉耻之藥石也：善用之則起，不善用之則廢。廉耻者，聰明之隄防也：固其防則盈，潰其防則竭。聰明竭矣，雖勉强爲作施令布政、與吾民相酬對者，特具文焉而已。故曰：有不事事之心，而以其位爲寄，汲汲然去之，是之謂大患。

雖然，是患也，不成於賤而成於貴；不成於貴賤之懸殊，而成於治貴賤之不公。大臣者，將帥也；屬吏者，士卒也。大軍之沮敗，非爲將者之獨奔，而法之加必自將者始。今夫大吏，其日造請問起居者，屬吏也；供芻薪米炭者，屬吏也；加聲色頤指者，屬吏也；聽彈劾遷換者，又屬吏也。有罪，則曰：「是屬吏所承辦也，承審也，大臣者不知。」同有罪，則曰：「是大臣也，不可與小臣同科。」科其罪矣，而或降級，或罰俸，不旋踵而復其故。其罪同，而位卑者則一蹶不可復振。用法如此，固賤者之不能心服也。心不服而隱忍以爲之，此其身有不能安，而其職有不能盡者矣。則宜其以位爲寄，而汲汲然去之也。

然則如之何而可也？曰：善爲治者，所慎重而專任之者，大臣而已。使小臣之事統責之大臣，而大臣之罪不可分之於小吏，其大小之罪均，法之加必自貴者始。蓋位重而責之者厚，厚，不爲刻也；位輕而責之者薄，薄，不爲私也。夫如是，貴者難其事，而不敢有以位爲樂之心；賤者量其力，而無皇皇於冒進之意。樂其職，故其心安；安其心，故其事成。《傳》不云乎：「厚味實腊毒，高位實疾顛。」古之人自一命以上，其憂患遞相增也，以至於卿相。惟庶人則無憂。悲夫！自三代而下，士之畏富貴而不居者，何少也。使士也無考試場屋之苦、文字聲病之學、褫奪撲責之刑，而又無農工商賈之瘁，以獲高世之名，則天下有一不爲士者，而其心必不服，人主尚安得四民而用之哉！

或曰：如此，則非所以貴賢賤不肖之心，且無以磨厲人心於功名之途者也。曰：今之貴賤，非如古之世。其貴賤也，以爲不賢乎？以爲賢乎？則固有時而爲大夫公卿矣；則公卿大夫皆自小臣始矣。且夫人棄賤就貴之心，如水之就下，如丸之走阪，雖賁育之勇不能抑之，聖人不得已而分利害之數，與貴賤參之，而聽人能不能者之自處。政之失也，則專其利於所貴，而專其害於所賤。夫避賤而趨貴，罪之可也，然使卑賤之憂患甚於貴富，人孰不避憂而趨樂？是人臣之利也，非國家之利也。然有公忠體國之大臣，則亦不利乎此矣。

【校】

〔非財句〕《續類纂》本、音注本皆作「財力不足之爲患也」。〔然天下句〕《續類纂》本作「然天下之民卒自樂其農工商賈之業」。〔彼士也句〕《續類纂》本作「則士有考試場屋之苦」。〔非可句〕《續類纂》本、〔無愚智〕光緒本作「無智愚」。《續類纂》本作「無愚知」，知，通「智」。

〔人有句〕《續類纂》本、音注本作「人有仕宦十年而不遷」。音注本皆作「非可朝拜而夕遷擢也」。〔且無句〕光緒本作「且無以磨礪人心於功名之途者也」。〔則固句〕《續類纂》本、音注本作「則固有時而爲公卿大夫矣」。〔而親交句〕《續類纂》本、音注本作「而親友爲之減色」。〔是人臣句〕《續類纂》本、音注本無「也」字。

論語説 丙午

昔曾晳言浴沂舞雩詠歸之志，爲夫子所嘆與。自常情觀之，固曠達之士所能也，聖人乃深契之者，何哉？曰：此賢者學道之所得，而聖人之觀人於微者，乃正在乎此也。昔齊景公登牛山而泣，爲晏子笑。景公固庸愚者耳，漢文及武帝皆不世出之主。文帝登霸陵，悽慘悲懷，念及於北山石槨；武帝横汾作歌，其詞亦始樂而終悲者，何哉？氣不足以持之也。然此猶富貴而帝王者也。阮籍固曠達之士，游至徑路所窮，輒痛哭而返。莊子亦曰：山林歟？皋壤歟？使我欣欣然而樂歟？樂未畢也，哀又繼之。人固有視富貴如脱屣、死生如日暮，至於俯仰陳迹、流連光景之代謝，事無與己而悲從中來，不能自已於登山游覽之際者，是何也？得喪之見，能自制於意之所重，而不能不忽於意之所輕；苟呈露於意之所輕，其所重者，固萌芽而未嘗去。然則，如莊子者，猶未能平其心者也。今如點之所言，游而樂焉，樂而歸焉，歸且詠而不失其樂焉，浩浩然無所戀於其始也，熙熙然無所歉於其終也，是豈可以强爲之哉！其於死生富貴，不足以動其中也久也，是故其心平，而其氣充；其氣充，故凡物之去來消長，不足以盛衰吾氣。此則賢人學道之所得，非曠達所能幾，而聖人以深許之者歟？

吾觀莊子書十餘萬言，大旨欲薄富貴齊死生。而聖人之道則異是：義重而重，義輕而輕。其不苟於萬鍾千駟也，視之與簞食豆羹無異也；其不苟於金革白刃也，視之與揖讓周旋無異也。而務爲達者，乃始矯而輕之。夫始矯而輕之，其意則固重之矣。吾故曰：如莊子者，未能平其心者也。

柏梘山房文集卷二

書啓

上方尚書書 癸酉

竊念國家熾昌熙洽，無雞鳴狗吠之警一百七十餘年。於今東西南北方制十餘萬里，手足動静，視中國頭目大小省督撫開府持節之吏，畏懼凛凛。殿陛若咫尺，其符檄下，所屬吏遞相役使，書吏一紙，揉制若子孫，非從中覆者，雖小吏毫髮事無所奉行。事權之一，綱紀之肅，推校往古，無有倫比。而曹州、長垣諸賊敢以狐鼠嘯聚，潛行突發，輕輕入重地，驚犯闕廷，賴雷雨助威，臣士協力，兩日一夜，斬殺通斷。天子爲之震悼，下哀痛之詔，公卿恐懼，有識之士莫不悽慘傷懷，奮臂欲起者。而餘賊猶盤桓窟穴，屠殺守宰，抗拒大軍之兵仗，此特萬死出一生之計，豈果能竄據一郡縣，遷延歲月，爲肘腋患哉？ 然賊雖冥頑，必有恃而敢動。方今官吏皆習故態，雖小利害至微淺輒袖手，委重律令，不一任勞怨爲天下先，此豪傑志士所以束手而無奇，奸人所樂窺而無憚者也。

今明公奉天子詔往破賊，金鼓一動，畢授天討，無足慮者。然愚以爲要在破崖岸，用望外之賞罰，一切以盡人才爲先，鼓衆心爲本。誠如是，推之天下可也，況區區之寇！然非明公，其誰行之？亦誰爲言之者？

冬深益寒，伏祈自愛，以壯三軍之心。

某頓首謹上。

【校】

〔畏懼凜凜〕音注本作「畏懼懍懍」。

復陳伯游書 丙子

某頓首伯游足下：

屢承惠書，識愈高而辭愈下，若不以某爲無，似欲與深言文章之事者，皇然爲愧。

某少喜駢體之文，近始覺班、馬、韓、柳之文爲可貴。蓋駢體之文如俳優登場，非絲竹金鼓佐之，則手足無措。其周旋揖讓，非無可觀，然以之酬接，則非人情也。

前歲客揚州，爲人校唐文，皆非某所好者，然無如何。去歲三月，婦病篤，乃束裝而歸，永逝之哀不能自抑。所遺兒子才四歲，家人取麻衣著之，駭哭以爲異物。每淚落不能諦視，若夢若覺，忽已一載。今歲元旦爲爆竹聲驚起，推枕坐嘆，已是三十一歲人矣。神智已覺不似昔時。見年少於吾者，如富人亡財者代他人惜金，終不得復入手，誠可嘆也。

嘗觀魏叔子、汪鈍翁文，頗不快意，然視彼之甘苦，萬不逮一。每度量彼己，顧瞻日月，則心沸面熱，恐於此事竟無所就。今年館於城外，徒一人，方八歲，主人又意憐之，館中都無一事。又去堂内俱遠，無賓客兒童雞犬之溷，作伴一小童多睡甚熟，每夜取古人佳文縱聲讀之，一無所忌，結約之氣，畧爲一伸。嘗謂求富貴而無命者，布衣則終布衣耳；學之成不成，亦有命焉，然終勝於不學之人。足下以爲誠然乎？

復姚春木書 丙子

春木足下：

不吝著作，時有以教之，則幸甚。

別後思念無已。前所須先文穆公奏議、行狀，並先伯祖文集一通，今皆以往奉上，收到後望即以札相聞。

足下閉門著述，於故老名儒之嘉言懿行，收拾排比，懼其湮没，乃史之支與流裔。此某所欲從事而不可得者，今乃爲足下所先，其爲欣羡奚似！賢者不有得於今，必取傳於後，其傳之遠近，則視乎所托之尊卑。而托之至尊者，莫若經史。然説經者自周秦以來，更歷二三千歲，其考證性命之學，類不能别出漢唐宋儒之外，率皆予奪前人，迭爲奴主，繳繞其異，引伸其同，屈世就人，越今即古，多言於易辨，抵巇於小疵。其疏引鴻博，動摇人心，使學者日靡刃於離析破碎之域，而忘其爲興亡治亂之要最、尊主庇民之成法也，豈不悖哉！惟史之作，其載於書者，非言行之得失，即政治之是非，其精微者易知，而其詳明者無不可法戒也。故託之尊而傳之遠者莫如史宜。然傳之遠，則其功罪於後世也亦滋甚，非明且公者莫能爲也。夫史之是非，其失有二：以立言者之有顯有晦，視其同顯晦之人而分左右焉，故或謗其上，或誣其下；而謗者之言又疑於直也，故易於惑君子，然久而知其謗焉，反不足以懲小人，何也？彼幸乎言之罪我者，後人以其言爲謗我而疑之也，故言不可易也。今足下淡於嗜欲榮利，無忮求之心，無軒輊之見，蓋得其公則無不明者，況足下之明乎？

秋涼時可一晤否？

率復，不具。

覆陳石士先生札 辛巳

連日未謁，伏惟起居安吉爲頌。示文一篇讀過，今繳上。所言某君集，舊曾見之，其駢體莊雅可誦，所言樂律諸事，曾亮不解，此無以定其是非。大畧觀之，固多聞之士也。獨其議論敗理道，好詆毁儒先，片言隻字之訛，穿鑿詆欺，文致大惡，駭動後學，不顧所安。《傳》謂「小人無忌憚」，荀卿所斥爲「陋儒嵬容」者也。

士陋於俗學久矣。有嶢然而出其類者，謂：士之大患在空疏，吾反是，則天下之能事盡此而已；背理傷道，吾之小疵也。嘗以爲士之不學，猶婦之失行者。有庸奴其夫者曰：「孰若吾不失行？則若此可也。」其鄰婦必聞而笑之。今之學人大都以不失行爲奇節，又不獨某君矣。

輒此奉覆，不足爲外人道。餘不宣。

上汪尚書書 癸未

門下士梅曾亮再拜上書於宫保尚書執事：

曾亮自少好觀古人之文詞及書契以來治亂要最之歸，立法取捨之辦，以爲士之生於世者，不可苟然而生：上之則佐天子，宰制萬物，役使群動；次之則如漢董仲舒、唐之昌黎、宋之歐陽修，以昌明道術、辨析是非治亂爲己任。其待時而行者，蓋難幾矣；其不待時而可言者，雖不能逮，而竊有斯志。今曾亮又甘伏草野，屏閑處，雖有陳説，媮得避嫌之便，故敢一竭其拳拳之愚。

今天下任封疆爲賢大吏者，肩相望也；爲州縣賢有司，亦不乏人也。然聖人立法，不恃人之自然而然，在吾法有以助其不得不然。夫天下事取辦於督撫，督撫取辦於州縣。州縣於天下居何官也？而今爲州縣者，皆苦無權。夫州縣非無權也：擅桎梏人之刑敲撲之，罰中人之産一日破之有餘力。鄉民見胥吏，如遇怪物，震懾而卻足。如此而曰無權者，何也？今天下之州縣一千數百，民事利病修廢之所，宜竭官吏之聰明才力以求之，而未必盡舉也。然且蕩蕩然若無所事，非不欲事事也。雖事之萬全無害，而苟其倡議行之，則文書之上簿者有六、七級之上官以臨其下，即有六、七級之胥吏以撓其下，此合彼牾，往返曠日，迫切成過誤，功不收而罪集。凡此者所以鉗制不法之吏，使不得妄有爲作，以困苦百姓，不可謂不至也。然有萬不可已之事，足以有爲之才而逆阻於文書、階級之煩擾，以自敗其意，聽其破壞於冥冥中者，蓋什八九矣。是其權足以擾良善，而不足以懲姦邪；可以爲弊，而不可以見功。故曰：無權也。而令外縣者又率經首縣或衝要，乃得遷秩，而一日之内以六時事上官賓客之過境，風不得避塵土，雨不得避泥塗，瑣不得避水漿，困不得避飢渴，終日竭蹶，耗精亡神之太半。勤苦如此，然及百姓者無一事。夫上官賓客固與我比肩而事主者也，又嘗與我策名而同達者矣，而今乃若是！亢厲守高者固有所激而不爲；其爲之者，將無以責其不肖，何則？尊卑之禮有定制矣，饋遺供張又有明禁矣。自夫人以盡禮，不足以爲恭，而從而加甚焉，又習於久而安也，則反以盡禮者爲傲，而忘其初，是固州縣罪也。然所以冒不是而爲之者，何也？由州縣而府，猶屬吏也；由府而司道，猶屬吏也。由州縣而至司道者，不過千百之十一，其槁項黄馘而老死於風塵之下者，乃至不可勝數。且夫供張之不辦，饋遺之不供，禮數之不密，上不明責之，下也而他罪中之，州縣不能辨也。夫越禮者一人焉，不見黜，則守禮者已懼而變節矣，而喜怒又從而風示之，且倒置之。彼大吏者，知其不能越我而他進，故劫以不能言之威，爲州縣者則曰：吾有達於上也難矣，吾苟免焉，志溫飽而已。夫人已艱於進取之路，而自外於清流矣，而必曰無變志焉者，士之自處者固宜有是，而非國家之所以磨厲人材也。故曰無以責其不肖者，此也。

然則，如之何而可也？其法莫若使爲州縣者，課最而入之爲御史，如國初之制。夫御史，雄職也，而患其言不合事情，使之經歷州縣，則更事多而少窒礙；州縣，外吏也，彼知得入爲京職而不限於資格也，則精神生而大吏不得以相困，故其時如陸清獻、郭華野輩，皆由此選爲時名臣。今天下乂安，憲章完具，生民以來，未有如盛世之隆者也，而萬世之後可慮者，惟姦民。夫博弈飲酒，暴橫里巷，謂之豪民。豪民易治也。造作異端，潛惑愚衆，其平居恂恂，無間於官吏，而其志乃敢豪民之所不敢，若是者，謂之姦民。姦民難知也。爲之大吏者，其位尊，其地隔，其無由知也，固宜；可以知之者，獨州縣耳。然又以權之不存，與志之不在是也，亦相率而不知。故州縣之職不重，則姦民不可消也。而重州縣，莫若中外互用，以破其闒冗不自奮之心。

曾亮自出門下接見顔色，竊以爲忠清亮節有古大臣之學者，莫如明公，然則殿陛之上與聖天子相都俞吁咈者，非明公其誰與歸！故敢略陳其愚，惟執事之採擇焉。

【校】

〔立法句〕光緒本作「立法取捨之辨」。

與容瀾止書 甲申

瀾止世兄閣下：

馬韋伯歸，知閣下恩賜頻繁，加授卿秩，幸甚慰甚！曾亮於壬午十月抵里，事多不如意者，兩老人傷於哀樂，又不欲長子遠離，遂以癸未正月告病繳照。念閣下終日侍立三殿，與天顏相咫尺，跧伏里巷者，不當以行迹自邇。然竊見奇俠之氣得於天性，雖處動門而胸中昂藏磊落，如登高望遠別有瞻矚，非隨世俗爲輕重者，故不敢默默自疏。

曾亮十三、四學執筆爲詩文，見時賢集多快語無忌憚，大以爲佳。二十餘，見吴縣王惠川云：「君博覽而不循其本，未終卷已易他書，不足以爲學也。讀書當先其古者，專治一書，熟其神情詞氣，再易他書，數年後，視近人當何如耳！」其時聞若言，面赤汗沾衣也。稍取《史記》，點定兩三次；繼以《漢書》及先秦子書，漸及諸史，數年前所嘆賞者，漸化去無顧藉心。嘗除夕閲舊作，詩文不可者，裂下燃爐中，下布栗子數十，且燃且閲，遂盡無一紙存者。時栗子則大熟矣，作爆竹聲，驚起觸人面。是後人皆戒子弟以無交梅、管兩生，兩生多誤人。管生乃異之也。生平不留意者，俗書及時文，卒以此受詬，然於俗言終不大信賞也。渠謂之時人者，亦不皆得耳。國朝如閻百詩、胡朏明輩，豈在科第？今冒得之，已愧昔人，進取之事，固已置之望外，惟家世貧薄，當有時仰面向人，此其酷耳。薄俗重衣冠、談聲利，見其人進取有限，又不好諸少年戲，所在皆貌莊而情疏，以此自識退避，時閉門，性不能默默，有所言語付之紙筆，强名之曰「著書」，妄以此敵世人輕重，當重見笑也。

入都以來，以文字蒙辱知愛，不同尋常，稍具近狀，亦使閣下知其人故態猶在，未得執手板作庭參。吮墨雜書，不復自擇，鑒恕爲荷。

【校】

〔作爆竹二句〕點勘本曰「刪」字。

與李中耆書 甲申

申耆先生閣下：

曾亮初應鄉試，聞是科舉首爲先生，其時已私識名姓，然未敢以定賢者之淺深。後聞以散館改令鳳臺，文武具宜，鋤豪碎姦，政聲遠聞，始悚然知有政事之學、遠到之慮，非夫通括帖、習大小經，汲汲於一得、絶無餘事者也。然以夙所聞志行風采及爲令所施設，竊以決不久當即歸，而先生竟棄官歸！恒以自矜於人，謂稍能測賢者心迹。後入都，與張大令琦、魏孝廉源、黄秀才洵日相見，益悉近狀：自放山水，以著述爲娱樂，宏獎末學，孳孳樂善。幸甚！今俗尚靡靡，以科舉外不當復有他書，陳引古義，便指爲破壞人子弟功名，鄉習户玩，牢不可破其説。若先達之士以身示準則，不以成敗置論，使知利達有命，不在專長，庶乎後生有可從信。今日多一讀書稽古之子弟，即異日多一讀書稽古之公卿，其爲功孰與作吏多？先生今日殆其人也。

每欲一奉光儀，接言論，道遠不獲。夫以十餘年知相慕悦之人，又得交其人之友，而相隔數百里，長抱此獨知之誠，不使其人知後進中有未見而久知我者一人焉之名氏，亦狷者之陋也，輒不自揆，而以書自通焉。並附文一篇以爲異日之贄。惟恕其冒昧而裁止之。

【校】

〔夫以句〕光緒本作「夫以十餘年相知慕悦之人」。〔惟恕句〕尺牘本作「惟恕其冒昧而裁正之」。

覆上汪尚書書 乙酉

前由陳中書所遞至賜書，伏讀數過，鴻章鉅字，光輝薄星辰，聲氣諧《韶》、《濩》，如高山深谷，猝然臨前，鮮不變色卻步，而蜿蟬迤邐，千里始盡，不測其氣脈之所終。非明公盛德鴻才，達於政治之體要，孰能言之？非謙尊下士，不間於勢分之遠邇，孰肯爲言之！然則推公之心，其有以卑位自嫌而不敢自進其説者，固宜得棄絶之罪於大君子，而未離乎卑陋之見者也。

夫君子在上位，受言爲難；在下位，則立言爲難。立者非他，通時合變，不隨俗爲陳言者是已。昔蘇文忠説仁宗，以有爲諫神宗之興事，非更變多而鋭氣消也，所值之時異也。賈生一見文帝，而勸以削藩國、係匈奴，知文帝所謙讓者在此也。故欲救其弊而扶其偏，使其雖從吾言必不至過而爲患，不然，則誼者亦晁錯、王恢矣。豈惟賈生？《書》之戒成王曰：「其克詰爾戎兵，以陟禹之迹。」戒康王曰：「張皇六師，無壞我高祖寡命。」使遇秦皇漢武之君，則斯言豈不爲禍！夫言之非其人，而爲禍者得其人，即能爲福。若僞《尚書》則不然。其時自唐虞至夏殷周之久也，其君自堯舜至太甲之不類也，而其詞茫茫昧昧，惟取寬綽而無疵者，塗附增加，如出一口，雖舉其篇而互易之可也。如是之言，即言非其人而不爲禍，然不可謂之爲知言也。漢哀帝底劇鼎臣守相有罪，交臂就死，而息夫躬方勸以立威刑。元帝慈愛，恭儉非所難也，失在於不斷不明；而貢禹所陳，皆諱所難而責所易，人皆知息夫躬之爲佞也，而豈知禹之佞甚於躬哉！

夫言有託於經而甚尊，出於口而無弊，予人主以易緣飾之事、可受之名，而實無益於人國者，固君子所宜深察而明辨之者也。曾亮嘗持此説以觀古人，已有所作亦推此意。惑於自信，謬於自知，深恐不應經義違師法，非大君子中正之道，輒取近作論事二篇，録呈左右，惟明公不惜教誨而深裁之。

【校記】

〔其君句〕音注本「太甲」作「大甲」。大，通「太」。〔惟明公句〕音注本「深裁之」作「深裁核之」。

上鄧嶰筠先生啓 庚寅

蒙賜手書並書院束脩，已祇領訖。

謝起事宣城已專人來告，自此當無後憂。感激之私，豈有崖量！巽之書已遞去，聞尚未能出門，小病今始愈也。

昨過友人所，有合肥徐漢蒼字壽伯，陸祁生丈之門人，方植之友也，貌莊而色憂，云欲得陶宫保書求公薦館，而天使方在城，進見無時。天寒旅寓，無資斧，老親倚閭，不知所爲計。曾亮聞之惻然。因思他人則不敢知，若年丈則以古君子愛士之心爲心，不稍置輕重於懷抱者，苟其才有可取，布衣書與宫保之書一也，即毅然自任，以書爲先容，壽伯欣然收剌束裝，即日告行期。曾亮雖中悔其冒昧，勢不可已。惟壽伯詩已曾見之，才氣甚清，音節亦能合於古。其人朴雅，亦佳士也，似不與尋常投詩卷爲游客者同科。輒屬進其所業，退食之暇，一流覽之，亦以知曾亮不謾言於長者前也。

與姚柏山書 辛卯

前得手書論文事，快慰幸甚。文章至極之境，非可驟喻；以言有用，則論事者爲要耳。宋人文明健酣適，然時失之冗。戰國策士文，可謂雄矣，然抑揚太甚，有矜氣，令人生不信心。簡而明、多而不令人厭生者，惟漢人耳。苟得其意，而爲宋人之文從字順，論事之道莫善於是矣。

屬作文尚未得就。連日卒卒，固少暇也。鄉里中當行之事，力避之則義不可，稍涉之未有終始如意者。往歲修建貢院，江寧俞太守以董事見商，告以汪度、陳克寬、朱性堂，後三人在工一年，實能督理工匠，綜覈錢銀，估定物直，且終始不避勞怨。今聞畢工，當奏請議叙，陳以現任教職歸入委員，朱以知縣告病無事奬勵，獨生員汪度以董事未捐銀三百兩，不得議叙。而所謂議叙，獨委員始得之。當事者皆曰：「此，例也。」夫以生員而代辦官工，亦不可謂不破例矣。辦公之時，則以委員爲不可信而破例用之，酬勞之時又以生員爲不應得，而循例除之，雖受者不以爲損益，而旁觀者不能無嗛然。事雖微，舉措亦可惜也。中丞處不別致書，閣下必深識此意。石甫當相見已老蒼矣，可嘆！

曾亮頓首。

復鄒松友書 甲午

承惠書，詞氣激揚，若以曾亮言有深相發者。前書迫期日，殊草草。今閣下云爾，非誘掖之而使其多言乎？《行役》諸詩，清淳樸質，德人之音，然和平中亦具哀怨。閣下清才遠志，性好文章，今以簿書擾擾，妨其所好，宜其氣結而不揚也。夫文章之事，不好之則已，好之則必近於古，而求其工，不如是，則古文詞與括帖異者，特其名耳，又果足樂乎？否也。

今雖居文學之職，其用心習技必以古爲師，是習鐘鼎文以書試卷，必不售矣。居是職而不稱其職，不可也；稱其職矣，則所爲者又能合乎古而有樂乎心耶？不足以樂乎心，則所爲之妨於吾所樂者，文章之敗人意，與簿書一也。君子疾没世而名不稱，智士無思慮之變則不樂。上者立功業，其次垂文章於將來。有自見於没世之心，則不必當吾世而盡如吾意也。而文士失職者，每疑造物豐其才而嗇其遇。使其遇果豐焉，則亦喑口噤舌没世而已，顧安所得材！彼席履豐厚者，苟其困焉，未必無言語文字驚駭世俗者也。生斯人而使自見其材，命也。生斯人而不使見其材，亦命也。兩途者必一出於是焉。有天下千萬人之多，而惟二途之所從出，出乎彼則入乎此矣，又安得以途之亨者爲常，困者爲變，而怏怏於其間哉？重厚意且爲其多憂，故書所見以質，其以爲然乎？否乎？

上某公書 辛丑

久未肅啓，歉然於中。伏計盛暑就道，明公高識遠度，必能坦然，惟順時節宣，加意衛攝爲重。

天之成就偉人，各有意度，如陸敬輿、李伯紀諸公，其困苦冤抑，百倍於閭巷之小民，而天不爲悔，以爲成其名而增重以天下後世之望者，與郭令公、裴司空之功成名立無以異也。太史公曰：「人能宏道，無如命何！」此猶有競心焉。若《淮南子》之言則進乎是矣：「其操之也若發機，其縱之也若委衣。」此則命無如人何耳。不能默默進其厭飫者爲愧。伏惟亮察，不宣。

【校】

〔不能句〕音注本「厭飫」作「饜飫」。饜，通「厭」。

與陸立夫書 辛丑

前接手示，言堅壁清野計，甚善。國初姚啓聖以海賊善用砲，乃退海二十里守之，此良法也。今賊所長者砲，吾亦用砲，以短攻長，必敗之道。

歷揣廣東、福建及浙省失事情勢，皆由我兵不知部分，屯聚一方，而彼船高大，用千里眼視我兵厚處開砲擊人。我衆既奔，彼始湧上。萬無兩軍相接，彼能開砲之理。若用砲於兩軍相接之時，則彼衆先盡，此理之必然者也。然則制砲之法，莫如致敵而接戰；致敵接戰，莫如於賊登陸之處去海十餘里，多掘深溝，溝以内縱横各一丈，深五尺，足容十人，以溝内之土加於溝上，向敵之方形如半墳，溝左右稍陂陀之，令土易登上，溝以外相去縱横亦一丈，便於出入刺擊。彼見我兵去海遠，又溝土蔽砲，砲無所施，必將登陸，待其近溝，始與接戰。彼空行二十里，鋭氣已衰；我兵又無火器之患。彼衰我壯，然後勝負可得而言也。又，敵來之方，近溝百步，多掘小坎，深廣尺餘，内用枯枝或短木支撑蘆席，上蓋浮土，以惑敵人。一賊失足，百人皆驚，我軍以整攻亂，勝之必矣。

閣下精敏誠篤，又親得按臨形勢，變通行之，必有成效。若的然可行，或告知凡有海防之處，皆可通行。此雖若瑣瑣，較之築臺用砲、以短攻長者，相去萬萬矣。

某啓。

上某公書 辛丑

天下至奇之病，能者治之，不過平易之藥。非無奇也，當其病，則所謂平易者皆奇藥也。

今浙東之事，可謂奇病矣。夷賊於十餘日間入陸地深一二百里，此非夷人習水者所能也，其地形又非火器之利也，直漢姦導附之耳。今宜明降諭旨，曲赦漢姦；凡來歸誠，概不復罪；漢姦能斬一漢姦降者，賞銀若干；能斬一夷人降者，賞官幾品。此雖若空言不切之務，然破散姦黨之機，實在於此。雖未必立即投誠，然足以生夷人內顧之慮。姦夷相猜，則形勢消阻，蹤迹破露，攻守之計乃有可施。所謂以至常之藥治至奇之病者，此也。不然，則夷人必以前經諭旨有漢姦定罪不赦之言，藉以爲恫喝把持之計，使姦民絕自新之望，堅反噬之謀，是阻民心而崇賊黨也，江浙之病未有艾矣。

答朱丹木書 丁未

吴紅生寓中一别，遂不獲攀送。既喜閣下遷擢，又以相去益遠爲望。今稍近矣，未及馳一紙書爲賀，猥先賜存問及薪米之費，以爲可進於古，使得並心力於所業，慚荷慚荷！

曾亮之文，直以無所事事，聊自娱悦銷暇日耳，以古人期之，非所望也。惟竊以爲文章之事，莫大乎因時。立吾言於此，雖其事之微，物之甚小，而一時朝野之風俗好尚，皆可因吾言而見之。使爲文於唐貞元、元和時，讀者不知爲貞元、元和人，不可也；爲文於宋嘉祐、元祐時，讀者不知爲嘉祐、元祐人，不可也。韓子曰「惟陳言之務去」，豈獨其詞之不可襲哉！

夫古今之理勢，固有大同者矣，其爲運會所移，人事所推，演而變異日新者不可窮極也。執古今之同而概其異，雖於詞無所假者，其言亦已陳矣。

閣下前任劇邑，治悍民，不尚黄老；今官督糧道，乃尚黄老：此持權合變者也。文之隨時而變者，亦如是耳。

附文數篇呈閱，勿以已刊刻而恕其疵累焉。幸甚！

與朱伯韓書 丁未

昨聞家人言當即歸里，爲之悵然。前《送小坡叙》，言殆驗耶？自愚言之，歸可也；

不歸，亦可也。誠欲歸也，古人當仕宦炙手之時，尚有急流勇退者，況平進之士，何不可歸！若曰義不可不歸，則賡堂之歸，因父憂遂不即來；頌南之歸，因左降無缺。今閣下情勢皆異於此，故曰：不歸亦可也。

且古人致仕而去者，隱則隱，耕則耕，而自漢以後，能行此者難矣！誠使閉門掃軌無待於世，居京師固不如家居之爲得也。然此惟閣下能自得之，非他人所能與矣。蜀莊沈冥，而東方生、揚子雲亦非嗜禄利者，而其趍不同，彼其意固各有在，士之成名於後世者，亦自審其所能處者而已。

答王鵬雲書 丁未

接奉來教，猥荷存問。惟稱譽過當，受者忸怩，非所望於二十年以長者也。先生爲壯縣十餘年矣，一旦解組歸，清風肅然，常人之情當不能自釋，然故鄉人來者，皆言步履輕矯，過訪老友可徒步往來，高談抵掌，如前二十年在家所見。此真造物與閒與健者，較之罷宦餘財而老憊兀兀如木人者，彼當羨先生耳，此不當羨彼也。

曾亮居京師二十年，静觀人事，於消息之理稍有所悟，久無復進取之志，雖强名官，直一旅客耳。每自思念：即以此當教官作，何不可過？遂心中都無一事，每夜到枕即睡，每飯三碗可，不須魚肉，見者誤以爲能自優渥，不知乃全得力於惰窳無耻——可一笑也。

官事既懶於趍走，又不能無事静坐，聊藉筆墨以消其無賴之歲月，而人乃謬以言語文字相屬，每一掘筆，輒耻於不如古人，又不肯爲今人，二者交戰終歲，中惟是爲大苦，可爲無其實而竊其名者之戒。先生又以傳聞之言而過情稱之，愈滋愧矣。

四、五年來不復作壽文，若尊壽之序則萬不欲辭，以此中不須浮語虛詞耳。所示之事，當即致書，不敢忽。

【校】

〔每一掘筆〕掘，應作「握」，形近誤。

覆劉楚楨書 戊申

閣下之文，淵雅翔實，而詩則清遠華妙。文人有一長者，或好用長於不宜用之地，則見短矣。能者兼之，是爲難也。

生平視袁盎不直一錢，得所示論，乃大快。其作直惟是巧耳，而巧亦不足自全，涉世者可以爲戒。竇嬰亦有何賢，以爭景帝傳之弟一言耳？此於太后爲直，於景帝爲巧，景帝豈能真傳弟者哉！有附正論以折之者，固帝所樂聞也。而晁錯之死於袁盎，則嬰導之，其見枉於武安，亦天道也歟？因袁盎事，聊復及之。

答吴子叙書 戊申

子叙同年閣下：

兩得手書並詩文，承起居安吉，於荒漠阻絶之區，能以學術文藝自娱，此之失，未必不爲得，要亦非資力强定者不能也。曾亮因家眷送女南回經營，同伴者山東行旅多梗，今到家未來消息，心常懸懸，欲使澄息思慮，細研玩文字，未能也。然來詩文亦展讀數過，向於性理微妙未嘗窺涉，稍知者獨文字耳。昔孔氏之門，有善言德行，有善爲説詞者，此自古大賢不能兼矣。謂言語無事乎德行，不可也；然必以善言德行者乃得爲言語，亦未可也。莊周、列御寇及戰國策士，於德行何如？然豈可謂文詞之不工哉！若宋明人所著語録，固非可以文詞論，於德行亦未爲善言者也。

昨所示文，其理之當否，無能折衷；若以文論，則閣下之意，固不在文，而欲以理勝者也。竊以爲讀古人書，求其爲吾益者而已；求其疵而辨勝之，無當也；專求其疵，則可爲吾益者寡矣。方其得一説焉，皆自以爲維世道、防人心也，然人心世道久存而不毁者，自有在焉。雖朱陸之是非，良知格物之同異，猶未足爲其輕重也。況所辨有下於此者！或前人所已辨而不必置辨者，愈少味矣。疏惰之性，自適其適，故所見如是。

所示詩清朴，以意勝。近作一首，並往呈覽，當覺其詞費耳。

塞外寒，珍攝爲慰。

【校】

〔要亦句〕原作「要亦非姿力强定者不能也」，「姿力」顯爲「資力」之筆誤，因徑改。

〔題〕音注本、八大家本「吴子叙」作「吴子序」。

與孫芝房書 辛亥

芝房大兄閣下：

前接手書，並惠寄衣物，感荷感荷！

尊意欲變駢體爲古文，而來書詞旨明健，已絶去六朝婞婟之習，此天姿高勝處，坐進於古人不難。

夫古文與他體異者，以首尾氣不可斷耳。有二首尾焉，則斷矣。退之謂六朝文雜亂無章，人以爲過論。夫上衣下裳，相成而不複也，故成章。若衣上加衣，裳下有裳，此所謂無章矣。其能成章者，一氣者也。欲得其氣，必求之於古人周秦漢及唐宋人文，其佳者皆成誦，乃可。夫觀書者，用目之一官而已；誦之而入於耳，益一官矣。且出於口，成於聲，而暢於氣。夫氣者，吾身之至精者也。以吾身之至精，御古人之至精，是故渾合而無有間也。國朝人文，其佳者固有得於是矣。誦之而成聲，言之而成文，而空疏寡情實者，蓋亦有焉，則聞見少而蓄理不富也。故詩之道，性近者皆能工之；古文而成體，非博學心知其意者不能。此皆閣下之所能自得者也。

自出都來，勝友日遠，舊學益荒廢，無以稱見問之意。然有知焉，不敢不以告也。

文一首，詩數十首，在邵位西處，取閱之可得近狀，慰垂念之意。

柏梘山房文集卷三

贈序

贈陳仰韓序 戊寅

有屋十數楹，當市聲車馬之所不至，可以樂琴書奉倫黨；奴婢人各一應門，灑掃之職不至於躬親；有上農之口，而粢盛饘粥之費無所求於世，亦不爲世所歆羨；無禽犢饋獻往來冠帶之瑣瑣；水陸行不出數百里外，非有奔走期會販鬻之勞瘁迫之使然：此其樂，千百人内往往有之，非世所指名者也。若夫有是樂，而得以其暇討論得失，作爲文章，嘯歌古人，則其樂又有大者焉。然文章之士，常出於饑寒愁苦；而有是樂者，或敝心力於錙銖囊篋而不自知。然則樂非難也；有而知其樂者，固天之所吝哉？

余於文章之士得交者三人：曰管君異之，曰吴縣王惠川、桐城方植之。方余之初交於三君也，皆心壯志盛，視窮愁不爲蒂芥。及年加增而境益困，往往中酒悲嘆，而余亦自悼其志之紛而學之無成也。最後乃得交陳君仰韓。君家故素封，後中落，然無求於世，而一以學問文章爲事。善議論，踔厲慷慨。所謂有是樂而能知其樂者，交游中獨於仰韓見之而已。嗚乎！惠川以貧故客豫章，死矣；管君及余落落無所適；植之亦流宕不能歸。而君方偃仰一室，馳騁乎翰墨之娱。嗚乎，豈易得者哉！豈易得者哉！

贈汪平甫叙 壬午

壬午秋，與平甫同寓京師，相樂也。已而將别。平甫曰：「君行矣，强爲我一言。子若言，則吾先言所志者而質之子，其可乎？蓋吾自束髮以至今，吾之志凡三變，而未始有極也。

「吾少爲科舉之文，見夫鴻生鉅公出語驕人，以爲文章者契券也，功名者有途路者也，昧是則不足稱時人矣。勞吾精，敝吾神，以從事焉。凡書之博大奥衍，閭里師所不蓄者，見之而若驚，拾焉而若浼，懼其勞吾神而敗吾志也。而又見夫循此者得，不循此而亦得，或循此而未必得，吾之心疑焉。然而歲月遷於上，而毛髮變於下，如是者已七八年。此吾之一變也。

「謏聞以爲高，弔詭以爲狂，亦嘗聞其風而慕之。不該不徧之單文碎義，獵取以爲夸，而書之大體者不知也。以爲讀書者怡吾神、適吾性而已，不知而不問，是縣解也；戾古而自作，是圓機也。不必勞身苦心，以索解於不可作之古人。華筵當歌，駊騀其形，飄飄乎若神厲九霄，而糞壤千古也。謂文章之能事譁衆而已；樸學者不足稱，而循本者大無謂也。然持吾之所能爲，以較夫世之工者，余無甚忝焉。而古人名聲若日月者，或弇陋而無華，跆於口而不可誦也。吾始而疑，繼而懼。疑夫古人之或余欺，而懼余大惑之終不解也。此又余之將變者機也。然而歲月遷於上，而毛髮變於下，如是者亦六七年。」

「若夫包羅百氏、旁通九流，成一家之書，綜萬物之情，吾今知貴焉，而未敢有志也。」

「嗟夫！吾之志凡三變，而吾之壯時則既逝，而今所志者，茫乎其無津涯而無所向也。不亦大可悲夫！」

曾亮聞其言而驚焉，且有所懼焉。何其言之有似於我也！吾不能自言者，而平甫言之；吾且不自知其可悲也，不亦大可懼耶？雖然，吾與平甫其自是而務於實乎？自先秦兩漢之書，下到今，讀其近古者焉；不如是者，文卑。黃帝、顓頊之書，下到周，讀其近今者焉；不如是者，文僞。凡學之道，在因吾所知以求其所不知，是謂精。一以致二，雖杪必效。無畏所不知而阻其所知，在因吾之所能而求古人；無循古人之所能，而忘吾身。無達於心而畏難於手，無玩其詞而不求諸聲，無割裂首尾而資高言，無改易途轍而適異路，無小有所獲而襮於人人，無告人以不問而取憎，無畏乎時譏，無疑乎古人，無欺乎後人：吾與平甫其樂是而終吾身乎？進於是而有事業焉，是待時而成者也。進於是而有道德焉，吾不敢爲平甫限也。然平甫之所志於文者，固舍是而末由以成者乎？

送姚建木序 癸巳

建木豪於詩，而好劇飲。吾嘗晨詣之舟中，君尚卧，見客欲起，而兩手不隨。僕白曰：「昨醉歸耳。」時君方爲寶應教官，旋以才薦，得山東樂陵令。昔曹參爲相，日飲歌呼，蓋放其爲齊相時，人稱爲清淨合道。其時新去湯火，君臣俱欲休息無爲。今承平久，百廢當具興，欲以齊相法治之，不可得也。

今是人之善治家也，必計歲畝穀盆若干，瓜菜鼓若干，禽畜澤若干，衣食婚嫁、送往迎來，率用錢幾分去一，通一年之最，歸其餘。歲晚務閒，爲酒食，召鄉黨僚友。故財有餘於樂，而樂不傷。朝氣攝衣，童僕駿作，播灑庭宇，清爨周落，適奥就功，百爲鱗栁，禾程計帳，梡斷鈎瓡。一日所需，盡辰而畢，日昳乃休，宵盤永夕。故力有餘於樂，而樂不匱。其不若是，視肉褕食，謂辰巳餔，家人憧憧，見燭而趨，竿牘委積，親交斷疏，千指縮蓄，一事百呼，廣宫疏鬣，厥有濡需；主人未知，暖暖姝姝；婦子嘆室，高堂醉呼。夫若是，則雖有千日之酒、凌雲之篇，其不能一日樂乎心也決矣，而況於爲邑乎？建木行矣。

廉吏無歉財，勤吏無并日。昔陳軫過犀首，曰：「公何好飲也？」曰：「無事也。」夫惟無事，始可以飲酒。此惟勤者能之，彼惰者，求一息之無事不可得，顧安所得飲乎？建木豪於詩而好劇飲，其治一縣如無事也，即於其能飲酒卜之。故書以爲之贈。

【校】

〔朝氣〕氣，應作「起」，聲近誤。　〔梡斷句〕瓡，應作「釽」，形近誤。

送朱尚齋序 甲午

朝廷設州縣以親民，而爲之上官者常六七級。獨爲郡守者，下有令以先其勞，而上又不若督撫任之鉅也，則職之易稱者，莫郡守若矣。雖然，邑之政，一令專之；郡之政，必守與令共成之。守賢矣，有一邑之痓，則郡受其病。故守不職，人不以咎其令；令不職，人將以咎其守。而令之絀陟，又非可時得之大吏者也。則將與或賢或不肖之人共一郡之治，吾見郡守之難爲也。

尚齋先生以遷秩得守瑞州，人有以是爲慮其難者。余曰：先生昔日之賢令也，其得失利病之關於民者，見之真而行之習矣。以昔所耻爲者戒其屬，而其屬聽之，民有不安樂無事者乎？以昔所勇爲者勉其屬，而其屬聽之，事有不清和咸理者乎？民之安，事之理，邑如是而郡不治者，未之有也。是難也，未可以爲先生言也。故書以爲瑞之人賀焉。

送張梧崗叙 甲午

法之正，千古不易也。而用法之術，今古不同。古爲令者，百里之内，刑政自專之；經術習名法者得自辟爲曹掾；逐捕吏兵，不待索而具下；有嗇夫、鄉老、亭長分其職，而上獨一太守仰其成，其權專，其勢便，故事易行、文易文、武易武也。然終漢之世，循吏不過數人，而多以鷹擊毛鷙爲治。此無他，威生於易行，權便於獨斷，法不足以治人，人失而法隨之，故能守法以便民者，古循吏也。後世之制，大吏多而小吏少，令下有丞尉，備員而已。而有六、七級之上官遞臨其上。士分於學，而官師不相兼；兵分於營，而文武不相屬。所指揮獨有胥吏，皆恒産世業，自爲授受，非官所得專，上下之情途，人無以異。其權分，其勢格，雖武健恣睢之人，不得顯肆其暴。此制之所爲得也。然人不足以勝法，及法敝而人亦隨之。其有能執法以安民者，則今之循吏也。然則若之何而執之？曰：今之法，固足以困賢者不得行其意矣；其藉法以行私者，固未絶於世也。然則法所能困者，吾意之苟可以止而止者也；吾意不以苟可以止而止，法固不能吾困而爲吾用。執法者，亦善其術焉而已。

吾友張子梧崗，謁選得仁化邑，將行，或告以地近南海，俗悍輕，宜克以剛者。然循吏者，循法而已，法如是，何名爲剛哉！不善其術而有意於剛，又非所云能執法者矣。昔人論書，謂結字今古不同，而執筆千古不易。法亦猶是也。梧崗賢者，而深於書，則於是必能推而合之。

【校】

〔題〕續類纂本、八大家本「張梧崗」作「張梧岡」，正文同。〔千古不易也〕音注本、續類纂本、

〔經術習名法者〕續類纂本、八大家本作「自古之通經術習名法者」。

八大家本無「也」字。

送張漁篁序 乙未

承天子之命爲守土吏，有堂皇以尊其居處，有輿衛以便其出入，有吏卒以給其使令，有糈禄以養其廉耻：是亦足以正身而娱意矣。然且爲之説曰：古君子必有游息之物、高明之具，使之優游平夷，常若有餘，然後理達而事成。夫登山游霧，挑撓無極，坐茂樹而聽清泉，隱者之樂也。喜有賞，怒有刑，功名藏府庫，而德行施後嗣，仕者之榮也。而古人有此者，常不能兼。自曠達之説興，而人始欲以仕者之榮兼隱者之樂。南皮之游，金谷之酒，山簡之池，謝安之墅，浩衍之清談，標高揭勝，流風相師。於是記述之繁，多出於亭館、山水、花木之事，叩景揣色，藻縟萬千，巧訣工誇，緣飾政經。嗟夫！古之人不如是也。

成都張漁篁博學深識，文質直有古風，顧常慨然於世之爲無益之文者多也。夫無益之文，足以滋無益之事。若此者，可謂能知政矣。君嘗宰清河，清河稱治。今遷秩，出守無爲州，知者皆以爲州民賀。是州也，於宋爲軍，故嘗有米元章拜石遺迹，好事者或樂道之。然此亦務爲怪迂以師曠達者，不足爲賢者稱。故書君所志乎文者，以卜其政。

送陳作甫叙 乙未

古文人多起家縣令中。唐宋前，進士授職，無中外分，猶不足異。至明時，文士獨高，震川亦以縣令入爲太僕丞，與昌黎、永叔、介甫諸君子，皆有政聲，不害其爲文，文益工。然則親民官非徒習政事，亦所以摩厲其文章也。

夫文有世禄之文，有豪傑之文。模山記水，叙述情事，言應《爾雅》，如世家貴人，珍器玩好皆中度，程應故實：此世禄之文也。開張王霸，指陳要最，前無所襲於古，而言當乎時論；不必稽於人，而事覈其實，如魚鹽版築之夫，經歷險阻，致身遭時，雖居廟堂之上，匹夫匹婦之嚬笑，可得而窺也：此豪傑之文也。士當貧賤時，酬接者勢皆等夷，無利於相詐；貴者則去民遠，而利害不相及。惟令也，臨乎民而近民。相臨也，則下有必遁之情；而相近也，則上有先受之利害。雖魚鹽版築中，其操心慮患不是過也。人情固樂爲世家貴人，而不樂爲魚鹽版築也。然文章家，未有不豪傑而能成大文者。此昌黎諸君子所造爲不可及歟？

陳子作甫，爲文雄直疏宕，有古風，固有志於昌黎、介甫者也。以進士令甘肅，將行，謂其友曰：「何以張我？」余則謂：「以君之才而得縣令，如唐宋諸君子，措之政以成其文，又當高涼悲壯之地激發其志氣，天所以張子者足矣，何以人爲！」君笑曰：「有是哉？然是言也不可以不識。」

道光十五年六月，上元梅曾亮叙。

贈孫秋士叙 乙未

爲名公子貴介弟，而無官於朝，無迹於場屋；斗室中課六、七童子，十餘年主者不易姓；往來不過一、二士；詩一卷，紙墨昧暗，讀者卷舌滯口而不可捨去；敝衣冠，獨行市中，斷爛古書外，不市他物；居近正陽門不二、三里，目不見朝報一字，不知何者爲今日時事、達官要人：蓋古之山林枯槁之士，無過於孫先生者，而今於京師中遇之，亦異矣。

韓昌黎言：居京師八、九年，不知當時何能自處。夫士至京師不可居，困矣。然困有至非京師無可居如先生者爲愈，奇耳。吾觀東方曼倩及揚子雲，皆非嗜禄利者，其居長安中，甚落拓矣，亦卒不捨去。豈古今人之遇或同與？二子在當時，雖其遭遇若此，後之好事者，或傳其書，寫放其貌，忻慕笑抃而欲從之游，則以吾所言如先生其人者，後人好事者見之，有不欲傳其書寫放其貌而欲從之游者乎？有不忻慕笑抃而忘其爲落拓於當世者乎？太史公、班固書，屢言長安諸公貴人，皆不出其名氏，以其人日異月新不勝識也。然則有名氏如二子者，落拓亦何負於人哉？

曾亮交先生十餘年，今先生年六十矣，乃述其行之似古人者以爲壽，以見壽莫壽於使後世知我爲古人也。

送韓珠船序 丙申

國家暢威德西北，控數萬里。而東南極海所界，蕃國朝貢及市易，罔有不恭，動静作息視我頤指。惟英吉利以醜夷顓顓，居西海陬芒，不知中國廣大，耆利昧生死，越國萬里，踔一船，環叩海疆，作言求市，驚恐民吏。邊疆吏將以闌入邊關罪罪之，當也。天子獨察其胡賈行無遠識，含養以禽獸土芥，不以生喜怒褻我兵械，一使其言塞事阻，遷延卻退，常以無事。夫夷情之強弱馴暴，惟家南海久與爲市者習之深：苟其有利害也，必先受。惟能言者不能知，能知者不能言信於士大夫之耳，則懸隔漫度，妄生形聲，亦其宜也。

吾友韓珠船侍御，胸臆高遠，當官有聲。一日乞假歸，定省於南海，交游之士皆祝君之壽其親而來朝疾也。昔合河孫文定公，嘗徒步游東南山水，數千里風俗人事、政教之所宜，履行周咨，故後所建議，深植治體。今君之歸，其道途皆文定故所游處，而習復舊貫，視昔賢較深，吾尤願其登之朝而爲天子獻也。

夫風俗、人事、政教之善弊然否，是朝廷所待言於諫官者也。區區一醜夷之情狀，誠不足以設心；然知之而能言之者，莫君若矣。吾將詢於其來，以解群惑。書以志之。

【校】

〔作言求市〕音注本作「詐言求市」。

〔耆利句〕音注本「耆利」作「嗜利」。耆，通「嗜」。

〔能知句〕音注本「信於士大夫」作「入於士大夫」。

送周石生序 丙申

爲言官於朝廷，求言如不及之時；奮白筆書盈尺之紙，爲國家陳民俗所急，及封疆郡縣吏能否得失之所宜；朝入而夕報可。所言非，則天下受其病；即所言當，而天子爲之發信臣，封密詔，官馳吏奔，往返萬餘里，自畿輔及山海下縣，惴惴然不知雷霆斧鉞之所向。

其關於人心輕重如此，非出公忘私，盡掃刮同異恩怨屏置城府外，不足稱朝廷委任寄耳目之意。即出於公無私，而不能遠覽情事、洞合內外，一旦投身事中，地親勢迫，違變不得如意料，始喟然嘆立言之不可易，雖賢者亦往往有是。

吾友石生，自幼同書硯，識其性情，今數十年無少變異，忠恕純白，文圓質方，不激不隨。故爲言官者今四年矣，所建白皆益事就功，不屑矜懻中傷及斷爛無情實之言，塞言責以自快。天子嘉之，特授爲蘭州道封疆之任，兆其基焉。而君夷然充然，無稍喜戚於其心。蓋昔所見之言者，今且自實之，故有深念而無夸容。而君之言事也，必度之己所能爲與能不爲，故有定心而無驚色。公之屬也，明之充也，以行政庇民，計有餘矣。君將行，告曾亮曰：「贈，必以言。」乃書君所能於前者，以徵其後。

【校】

〔地親勢迫〕音注本作「地親事迫」。

贈林侍郎序 丙申

國家歲漕東南粟以給京師，而江蘇供其半。水運道四千里，夫役、平賈、關津轉般費、運官及丁，皆取給州縣吏。吏不能給，則取羸於民田之兩税。取羸不可以正告也，則視民之强弱，爲取之薄厚。而單户益重困，又不幸風雨收穫之不時，官民望空，而責漕者益急，乃假貸息錢及所主守乾没以集事，故州縣吏失足一蹉跌，没齒不振。即不若是，歲暮漕事起，皆懷冰卧薪，惴不自保。民事一切修廢、利害，孰可緩急輕重？漫不敢訾問。春氣動，糧舟畢行，始僚友相賀勞，得保符印，幸今歲無事。故漕事之病於吏治者，往往有是。惟明哲公溥、體國之重臣，深權密幾，調陰劑陽，使官不病民，漕不病官，皆優游寬舒，應務有餘，然後能勤民急公、豐財和衆，禮俗達而政教成。

中丞林公之巡撫江蘇也，時則九、十月交，竇穡將薦，報災過期，而下鴻自天，漂我中田，渾渾泡泡，穀沈穗漂，田叟悼心，官吏灰氣。公乃破成例告災，請減漕數。其書深婉震動，蓋陸忠宣、蘇文忠之論事，再見於唐宋之後，是豈務盡下爲名高哉？下不可病民，上不可病官，寧權濟於一時，而不敢耗國家豐豫之氣。大臣之用心，固宜如此也。故能上動天鑒，下蘇民生，官清吏安，家老甘寢。連年以來，嘉生順成，風魚不災，貨商流貤，疵厲寢伏。人知公撫吴之勤，休聲美實，洋溢羡衍，而豈知勞身焦思，獨運於衆人所不見者哉！

道光十七年春，公朝於京，禮成將歸，三吴之士大夫莫不進謁於門。某以部民後進，得望見顏色，輒宣盛德以爲覲歸之獻。

上元梅曾亮謹序。

【校】

〔夫役句〕音注本「平賈」作「平價」。按，賈，通「價」。《論語·子罕》：「求善賈而沽諸？」

〔田更悼心〕音注本作「田叟悼心」，善。〔上元梅曾亮謹序〕音注本無。

送馬止齋序 丁酉

同里閈通饋問，嫁子聘婦，累數世爲姻黨。一語不合，尅時日會鬥，甥舅兄弟反眼不相識，父絶女，夫棄妻，以爲此仇，家人不可共飯食居處，集黨與兵仗，白日鬥街衢中，計死傷數相敵乃已。不則，更鬥。嘗畜養悍少年，供其酒肉敖蕩；官索抵罪人，則以應。吏隱忍蓋覆其曖昧，幸以無事。苟名捕戎首，則攩挒捍拒，不可以徒手得，牒請兵吏，大府且以爲不耐，事或罷去。令閩中者率以是爲大患。

吾友馬止齋，博雅好古，其文章根柢兩漢，以循吏興教化自飭。道光十七年春，以簡發令於是邦，人皆以爲非武健莫能勝今任。君傲然曰：「此教化之事，豈武健所能效哉！」

夫教化，必刑罰輔之；吏威輕，則無以成教化。古之爲循吏者，必後威；然其生殺人之權自在也。今之吏威蓋輕於古矣，恤恤乎不可不有以養之也。馭奴婢者平時無疾言，稍呵叱之，則以爲大戒。故君子之愛用其威也，如彀矢然，人不畏其破的之後，而畏其持滿未發之先，誠知其一發而不可禦也。則雖鞭朴之威，善養者可使重於刀鋸。此武健者不足與道之，止齋其可也。

送蔡友石先生序 戊戌

道光十七年冬，太僕寺卿蔡公以太夫人年過八十，乞養歸江寧，士大夫祖餞都門外。有言於座者曰：「昔疏廣、受二子去國，道旁觀者皆曰：『賢哉！二大夫。』至昌黎送楊少尹，亦謂追配二疏。蓋漢唐兩盛事，今得公而三。」

曾亮曰：宋賢以二疏爲知機於宣帝用法少仁恩，獨有先見，此畏而去者也。而楊巨源歸東都，留別中朝官，其詩怨，其氣抑而不昌，此困而去者也。今公遭逢盛時，無二疏之所畏；而以廉訪大吏入爲九卿，非如巨源浮沈儒官，不得志而引退者同。且未請告時，召見垂問，功最甚悉，人驚寵，冀倖後命，而遽超然以親年高乞歸養爲請，天子亦重違其誠，而褒賞嘉嘆之意流示於信臣左右。蓋色養者，人子自然之心也；而禄養者，適然之遇也。皇皇於不可必之遇，而弛其人人得自盡之心，以其親所望於子者，亦不惟其心。惟其遇也，迫於境者，往往有是。而公獨不以此自便，毅然行古道，其權衡於義之輕重，而有補於倫紀及風俗者甚厚。且以未及引之年、不可限之名位，無一毫顧藉心，使世知有不愛官爵而自愛其親之士大夫，其有光於國體及士品者甚大。此二美者，一歸之於公。若楊與二疏，其境異，其情殊，皆不足以擬公。

客應曰：「然」。

遂以其語爲贈。

送翁二銘序 己亥

嘗過同年翁二銘門，見所署曰：「論思朝夕，眷戀庭闈，曰賢乎哉？」君殆將歸養。未幾，果以太夫人年八十乞歸養爲請，得俞旨。同年生三十餘人設席爲祖，各製詩以美之，屬曾亮爲之序。

昔人之詩有云：「古人一日養，不以三公换。」是言也，蓋自古而難之。中世士大夫以官爲家，雖卑秩薄禄有不能決然去之者，况三公乎？惟新安曹文敏公，以大司農歸養，純皇帝賜藏佛於家，爲其母九十壽也，天下以爲寵；其子文正公，爲今上太平宰相者且二十年，人皆以文敏公能韜光斂福，慶貽子孫，抑其篤行有以獲天助也。今二銘以侍從超九卿，供奉内廷，持節校士於天下，筆無停書，車無停軌，其禄於世者，固足以榮其親矣，而歉不自足，乞養於委任優渥之時，其不以三公易其養之心與文敏同。蓋將邀獲恩寵，備多福，一如文敏之致於其親者乎？新安多名山，而君鄉虞山兼山水之勝，板輿輕舟，日從容於湖山清淑之地，又文敏公不能爲其親一日致者。則君之歸，豈獨今朝士大夫企羡爲不可及者哉！

贈汪寫園序 壬寅

無錫汪寫園先生好古文詞之學，自韓、歐數公外，於熙甫尤深好之。夫古之爲文詞者，未有不言事功者也。至熙甫，而人始以文人歸之。觀其論倭患、水利書，亦非無意於世者，卒舍彼就此，何哉？蓋高世奇偉之士，莫不欲有所自見於世。其所欲自見者，雖不必有非常之功，必求異乎衆人之所爲以爲快。夫求異乎衆人之所爲，則非有非常之遇與破格之權，不足以行其意。苟無其遇，徒徇徇焉謹筦庫、守繩墨，與衆人同其功，其心固不能安於是也；而其才之足以他有所爲以自見於後世者，又敝於筦庫繩墨之間，而不可復振。故往往度其才之所宜，與其時之所詘，以爲兩涉而俱敗也，莫如決其一而專處之，甘心於寂寞之道而不悔。此熙甫所以寧自居於文人之畸，而不欲以功名之庸庸者自處也。

先生成進士後，以方壯之年爲京外官，皆不久棄去，游處浙東名山水者數年，朝夕治書砣砣，與李申耆、吴仲倫諸君相期文章復古道爲事，豈用心固與人殊哉？是乃熙甫所以爲熙甫也。曾亮與先生雖未嘗相見，而其子顯仲來京師，從游甚習，故得知之深。熙甫之好，幸能同之，惟不得遍游山水之樂。今雖欲歸償其夙昔之好，事會相忤有不可遽遂之勢，然後知早歸十數年如先生者，爲文人之全福也。

今歲壬寅秋，先生年六十矣，顯仲請爲文以壽，故述先生所以宗熙甫之意，而自以去就之不專也以爲愧。他日故鄉山水間，猶得拂巾曳屨，與先生游乎？書以誌之。

贈余小坡叙 甲辰

道光元年，余初游京師，一時交游多好古博洽之士，意氣相得甚歡。後十餘年，又來京師，其人或死，或歸，或遠宦，或志趣始同而終異者有之，以十餘人之多，而雲卷波徙，遂無復有一人存者，慨然自以爲無復朋友聚處之樂矣。久之，得交陳君藝叔、朱君伯韓、吴君子叙，又因伯韓得交小坡及馮君魯川、王君少鶴。其志趣同而不常合并者，又有人焉。要皆雄俊之士，不妄與可於人者也。

余初識小坡，其貌甚落落，久之而情益親，議論益同。其有所作，余未嘗不以爲工；而於余文，所可否未嘗不與我同其意也。蓋自六、七年以來，余與數君子游處之適、文酒諷議之歡，曠乎禮而不流，肆於言而不歧，莊莊乎相推，儻然而無所隨，雖昔之意氣相得者，其樂蓋無如今日之盛；而數君子外，增一、二人焉而亦不可得。則甚矣，友之難而斯樂之不可忽也！

道光二十四年二月，小坡以朝命由户部郎中出守雅州，同游者甚祝其行，而又惜其去也。嗟夫！樂其留而不樂其去者，孰有甚於余者乎？又孰有甚於小坡於余者乎！然其如小坡何哉？避外而惡難，政不得試乎民，禄不得贍乎親，豈士君子之所以自處者乎？豈朋友望於所親厚者乎？又豈吾友所以自慰其親戚朋友者乎？吾且如其行，何哉？然則自今以往，諸君子皆有不能久縻於兹者，孰先去乎？孰後處乎？其終離乎？其復合乎？余其翛然於四虛之塗，而去人日遠也夫。

【校】

〔題〕音注本、續類纂本、八大家本均作「贈余小坡之任雅州序」。〔莊莊句〕續類纂本、八大家本作「莊莊乎其相推」。〔雖昔句〕續類纂本、八大家本「意氣相得者」作「意相合者」。〔道光二十四年〕音注本、續類纂本、八大家本均作「今歲」。〔又孰句〕續類纂本、八大家本「小坡於余」作「小坡與余」。〔又豈句〕音注本、續類纂本、八大家本「親戚朋友」均作「親戚父兄」。〔余其句〕音注本「翛然」作「儵然」。

贈李紫藩序 丙午

吾友李蕚村昔以循吏爲朝廷所知，而其子紫藩，今亦謁選得公安令，以蕚村之遺教，而紫藩又好古而文，其於爲政必異乎流俗矣。今之行，若知其難而求益於余者，夫余固畏難而避爲令者也，其何以益子哉？雖然，畏難而不爲者，非也；以爲無難而急於有爲者，亦非也。

夫事之習於委靡竀敗也久矣，得一有志之士矯而振之，固人所拭目而望者也。然《傳》

不云乎：「君子安其身而後動。」又曰：「君子信而後勞其民。」身之未安，民之未信，而急於自試以立名者，未有不自沮其意者也。至自沮其意，乃廢然曰：「事之不可爲也固如是！」是豈真不可爲哉？葆信而守虛，不福先而讓夷，與人游於無疵。其保民也若母，其畜民也若虎，鞭其後，無迎其怒，是所以獨功而衆同之，事難而怨不府者也。夫人之不事事者，豈以是爲安哉？有議其後者矣。至爲者敗之，而世乃共安之矣。今以紫藩之自拔於流俗也，而不敢有易爲之心，其不至自沮而使不爲者藉口以自便也審矣。故書其意以贈之。

道光二十六年七月，梅曾亮叙。

秦稺堂五十壽叙 甲申

國家當無事時，么麽無聊賴之輩，撞搪嘯聚，出官吏錯愕不及料，而奪之城，得愛護，鄉里士聞變起立應，扼其衝要，使賊勢阻形閉，摇毒無所，呴濡偷生，坐待大軍至，不攻一堅，不追一逃，奸黨掃地立盡，潰癰決疽，旬日而復。不若是，則爛漫或有餘患。昔嘉慶七年，賊起宿州，戕州牧，竊踞衙署。時稺堂兄弟三人，以諸生家居，乃謀曰：「聞賊黨潛伏河南，刻時月待發。若使賊出境北行，與餘黨合勢蔓延，驟難撲滅。而官軍至此，曠時日不可待也。」即糾合鄉勇，拒四門，兄弟分領之。賊出城輒被挫撓，憚不敢出。又決城塹，灌濠水令滿。賊益計無所施，終日聚州署待擒。及官軍至，並獲，論如法。是役也，賊暴起城中，避賊者皆出城外，使無人門其外，而又非義勇望實如君兄弟者，賊非徒犄角合勢，或四散逃匿，稍延旦夕之殘喘，而保野之民受跆藉者將不可計數。

古語曰：「活千人者，其後必昌。」況所全護如此不可數計，其後福固未有艾也！君兄弟三人，皆以功得勇爵，而未皆享其報，獨君以偏裨致身。道光四年，特恩授常州游擊將軍。次年秋八月，爲君五十壽辰。交游之士，將擇言以侑爵。曾亮竊以君入仕以來，凡手獲巨猾，及所將卒受方畧擒獲者，常最諸校，急裝夜衣，歲無虛月，民田果穀，戒不入口。且鎮靜知大體，常單騎曉諭，頑梗立散，皆磊落有可紀述、兵民所傳説不去口者。然於君，特其末行矣。故擇其事之鉅者言之，以爲君壽。

徐柳臣五十壽序 甲辰

道光二十二年冬，同年徐柳臣自安慶府知府遷迤東道，見於京師，會飲後抵掌談笑，述少小時跳蕩跅弛事以爲樂，且曰：「吾志實不欲同於人人，然今竟無以異於人人。而年既五十矣！子知我者，能以言爲我贈乎？」曾亮唯唯。因問君在安徽近狀。

君曰：「吾始守潁州，劾貪令，有朝貴劫吾以書，不爲變，卒去之。署有閣，隔城丈許，吾延其閣，跨閈壞而懸屬於城，每聞人聲異常，自啓閣，周城而歸，胥吏莫吾蔽也。夷警時，省中民閉糴且逃，余署按察使出示曰：『米價三日不平，斬！』行戶價立減。此三者，吾所快也。然嘗有所恨。興水利垂就，姦民敗之。又嘆夷去巢穴數萬里，入我心腹，使揚帆而歸，耗中國財數千萬，吾尤大恨者此也。」因出其上巡撫某公書曰：「以兵勦夷，不若以民勦夷。請奏行班賞格於天下，無論軍民及漢姦，能得白夷、黑夷，及身手有記驗漢姦一首級者，賞銀五百、三百、一百兩不等。能破壞其一桅船、火輪船，及二桅船、三桅船者，賞銀五萬、十萬、二十萬、三十萬不等。船所有者軍器火藥外，民盡有之。」蓋兵有定數，有常處，今以重賞誘民，則隨處皆勝兵也。人將曰：「賞格頒則所費鉅。」然以中國之財，散中國之百姓，與議和、議撫，散外夷而不歸者，孰爲利？且今之調客兵、募鄉勇，等費也；然費之於賞功，與費之於養惰者，孰爲優？

曾亮曰：嘆夷擾海疆，患延四省，中國非兵不多、糧不贏，患氣不振。今君所言，其言足以呼百川走長鯨，使將吏咸若，此事立辦矣。君之不自同於人人，豈無挾而然哉？其樹立未可量，方五十未可以爲壽而自愒也。乃記君所言於前者贈之，以要其建樹於後者之無窮也。

鄧嶰筠先生七十壽序 甲辰

道光二十四年十二月五日，爲吾鄉鄧嶰筠先生七十壽辰。鄉之官京師者，將寄言以爲祝。

或曰：凡祝者，率祝其富貴康强，而子孫逢吉也，或其人未必有是，乃願其有是也云爾。若先生，以侍從歷封疆者數十年，五子而十孫，年七十作細書如少年輩，而公子子久又以編修任郡守，則世所祝者，又何足爲稱願哉？而吾鄉人所以稱先生者，則異是。蓋先生爲諸生時，鄉之人有年輩相及者矣；官京師時有同游者矣。其後，開府建節述職者再，于役萬里，還京師，重受恩命，鄉之奉光儀接言笑者非一人一日矣，然皆曰先生之言論、丰采、衣冠、動作，見之於京師時者，猶其見之諸生者也；見之於開府建節時者，猶其見之於京師者也；見之於于役萬里而還者，猶其見之於開府建節者也。內不加輕，而外不加重也。

所謂其天守全其神無郤者歟？

今夫草木之時榮時落者，雨一潤之，而蕉然者沃矣；日一暄之，風一散之，而萎然者華，拳曲者長旺矣。其有所受於天而襮之於人者，朝得之而不及夕也，夕得之而不及朝也，其所受者小也。若松柏則不然。其得於所潤、所暄、所散者，固無異乎時榮時落者也，而其神落落然，其形兀兀然，若未嘗有潤之暄之且散之者。然而歷堅冰、抗嚴霜者，惟松柏獨也。其受寵而不驚，乃其臨變而不自失者也。莊子曰：「受命於地，松柏獨也正，故冬夏青青。」是則先生之所以爲壽，而非同鄉之士不能言其詳者歟！

抑又有進者：古大臣以宣勞之身，而獲林下之樂。唐宋諸賢往往有之。今先生方爲上心所嚮用，而期如昔賢有不可必得之勢。夫出處進退，惟義所裁，無成法，此則先生能自得之。而香山耆英之游聚，鄉之人有不敢必爲私慶者歟？

田澹齋八十壽序 丁未

蕭山田吉生與曾亮同官户部，因得其封翁澹齋先生之賢；蓋嘗深痛幼弟之殤，而朱氏之女以貞殉也，遂以吉生爲之後；既而皆得封贈如吉生官，而心始慰；又置田建荆華書塾，延師給費，以課族之失學而貧者；又與族人合建義倉，以贍族之貧而遇歉歲者。因以嘆流俗之人譁衆取寵，傾身結賓客，而同室計錙銖。一食之饌費萬錢，而疏宗不得以舉火。若先生者，殆足以磨世厲俗者歟？道光二十七年，爲先生八十壽辰，而吉生兄弟母夫人年亦六十二矣，將寄言爲祝，以屬曾亮。

昔蘇文忠爲王氏銘三槐堂，以爲修德於身，責報於天，取必於數十年之後，如持左券交手相付。若先生之福壽，亦人定勝天，可決其必然無疑者歟！

今夫木之生也，一本而幹分，一幹而枝分，一枝而葉分，而花實分其榮華也、憔悴也，參差不齊之數，雖巧曆不能得其凡，造物之神化不能一其致也。然而溉之者，不計其枝幹花實之參差不齊也，而一視之，而一培其本。夫一視之而一培其本，則榮者益榮，而悴者不終於悴。苟幹幹而分之，枝枝而別之，曰：「吾溉其榮華者而已，憔悴者吾不計也。」若此，豈復有全木哉！

今先生既能自殖其生矣，其賢子又皆能取科第、爲朝廷登進矣，而不惟一己之私計，必欲推是以公之族人，此培本之説也，非若幹幹而分之、枝枝而別之者也。然則厚其族，以自厚其天，以自厚其福，與壽者豈有量哉！吉生其以吾所言者呈之先生，於書塾所以命是名者，庶有當焉，而欣然爲之進一觴也。

呂母姚太恭人八十壽序 戊申

天與是人以期頤之壽，必先付以恬澹之性、深遠之識，不汲汲於衆人之所騖，以自適於優游不迫之天，然後其神全而形固。吾友呂鶴田給諫，其賢母姚太恭人自爲婦時，佐贈君雲里先生供養舅姑，極勞瘁，顧老而益康。鄉居時，與孫曾嬉游田間，種蓺爲樂。子請來京供養，曰：「吾居京師不若田間樂也。」雲里先生卒，子服闋入都，戒之曰：「汝爲言官，言可也，慎毋妄言以冀外官。」

夫言官之設，以建言也，朝廷之意猶恐其畏難而自沮也，乃爲之遷擢外職，以優寵之。而懷才之士欲自試於盤錯者益爭，欲以言自見。然或有無所可言者而勉强言之，或於利害相倚伏者未睹其害而率易言之。夫無所可言而强言之，其失也，文具而已。未睹其害而易言之，則言不見功而見過，且以言者之多而不售也，雖不遽以是啓厭薄言者之風，而苟使一人之言輕，凡言者亦俱失其重。此則非言之弊，而妄言者之弊也。太恭人之訓，可謂深識遠見者歟！吾所謂天與是人以期頤之壽，必付以恬澹之性、深遠之識、不汲汲於衆人之所鶩者，信可以當之而無愧者矣。

曾亮家故宣城，與鶴田同郡；居京師，又文酒相樂也。今歲六月吉日，爲太恭人八十壽辰，康强純固；鶴田諸昆弟子若孫皆蕃衍秀異。爲知友者，摛詞述德，皆有侑觴之詞，況同里之士，尤不容默而息也。故舉其致福之由以詔鄉里，爲凡爲母者法焉。

張南山七十壽序 己酉

南山同年爲《國朝詩徵》數十卷，因其詩以載其行事，及他所著録。曾亮讀而善之，欲爲文以綴其簡末，未得也。道光己酉，爲君及其配金恭人七十雙壽之歲，其子賓嵎以記名御史官刑部京師，請文以爲壽，余因曰：是乃可以序先生之書矣。

昔唐虞前，其文不可考，而歌謡獨流傳至今。以秦之滅學，而詩以諷誦獨全。夫人之愛名也同於壽，而名之可壽者莫如詩。故古今爲詩者獨多，以其名之可久而壽也。然苟詩傳而事不傳，其傳也亦孤。至《唐詩紀事》、《列朝詩小傳》，始兼而存之，猶或本末不具，或議論乖剌。惟君於是書採擇詳贍，而無黨同伐異之見，使千百人之行事、著録，百世下可知而論之。夫以一人之書，而千百人之書舉賴以附之、書之，必傳於後無疑也；以一人之身，而千百人之名皆藉以延之，其必食報於壽無疑也。且將有來者焉，待是書而續之，則人皆欲致君以無窮量之壽，又無疑也。然則序是書也，非即所以爲先生壽乎？

賓嵎請爲文時，適將歸里，料檢書册，不復多暇，獨念與先生爲同年生，年齒相去亦不及十歲，然余方跧伏里巷，而先生爲湖北吏，救水災日不暇給；及余官京師，聞已自江西歸，不復出，左右書史，嘯詠於清華豐沃之地。談笑之相隔者幾三十年，而余之窮年矻矻，老不欲廢書，雖南北相去數千里，嗜好所在，幸能同之。則是文也，固余所不得而辭者也。

陸立夫六十壽序 庚戌

咸豐元年二月七日，爲總督兩江沔陽陸公六十壽辰，江蘇官吏將進詞爲祝，以屬其同年生梅曾亮。竊以爲古名臣碩輔，如裴晉公、文潞公、富鄭公諸人，皆功建名立、富貴壽考。夫大功大名，人之所不輕有，有之而兼備福壽，尤天之所吝也。是數公者，皆兼得之，天下之人同然樂之，而不以爲不宜，是何也？能出身任艱鉅之事，以造福於民者，天必有以酬之，此古今一致者也。

沔陽陸公以侍讀膺簡命，爲天津道時，嘆夷在疆，奉旨偕重臣防遏外兵。客將旁午交錯，公以從容乎講幄秘閣者，而俯接群碎，親士卒之勞苦，通客主之扞格，嚴保甲，守捉游徼，内姦不生，外姦不形。嘆夷遷延伺睨，無可間入，恫疑恐愒之故技，噤不得發舒以去。成皇帝以爲可大用也，洊擢開府。自雲南移江蘇，進兩江總督。其官吏、人物、財賦之浩穰，事會之殷繁，蹈常習故之事，通材當之已日不暇給，而公且超然有餘，規遠大之利。以江蘇官困於漕而病民也，於是有海運之舉，漕省費以蘇官，官減徵以蘇民，而米贏入於京師者且三十萬石。以淮南鹽火於武昌而虧課也，於是有票鹽之改，潔己率屬以絶官私之侵漁，使人自爲商，商自爲占，不數月而復舊引之虧欠者且數十萬。凡此者，皆處至難之勢，犯群情之疑，雖深識之士審知其事之必可行，而無敢發其難者也，而公獨毅然行之，以爲吾惟策其理勢之必然，則雖犯天下之至難，而其事固如種之無不生、炊之無不熟也。非勇於任天下之事，而不顧一身之利害毁譽者，其孰能行之？

夫古固有謹身選事、貌爲中庸，而年位俱泰者，世遂以容容多福爲恒言，而不可易，而如裴晉公諸人，又何以稱焉？然則能造福於民者，必爲福之所鍾；而俗情所疑者，乃其變也。天下有道，則君子道其常。方今聖主龍飛，重熙累洽，而公膺東南艱鉅之任，精白一心，以承天寵，則由艾期之年以臻乎文、富諸公平格之壽，以永福斯民者，豈有既哉？

湯相國八十壽序 辛亥

咸豐元年十一月吉日，爲蕭山相國夫子八十壽辰。門下士進言爲祝，以屬曾亮。

昔聖人標樂壽動静之旨，而太史公亦稱老子清静自正。《淮南子》宗之，曰：「非澹泊無以明志，非寧静無以致遠。」諸葛武侯亦以《淮南子》之言自道其所得。古名卿碩輔外應天下之務，而内存其心，皆是學也。後儒習其説而歧其趨，乃以主静爲近於虚無寂滅，豈理也哉！若相國夫子之學，乃深有得於主静者乎？

曾亮居京師幾二十年，嘗窺於言貌動作之間。及莅官家居之日，當天恩頻繁，委任稠疊，外撫封圻，内長六官，鋒車輶軒，宣風暢猷。公超然穆然，神不爲之加充。或閉門齋居，撫几獨坐，庭無雜賓，室有凝塵。而公漠然油然，神不爲之加斂。夫不紛於榮華，不觳於寂寞，山林枯槁之士亦往往能之，然投之艱劇之中，愕然而不安者，何也？彼其所能者自適已，而已非能静也。夫惟天下之至静者，能不擾於天下之動，是非有得於明志致遠之效而能然乎？雖然，静而無欲者，人皆知之；静而能剛，其理人未必知也。公受三朝知遇，以恩禮終始，其遭逢之隆，非有可沽直以求聲名者；而正言不阿，世之論聞於朝宁者，人皆知而信之。朝廷方申命加秩，而公辭榮於拜恩之疏，不激不隨，尤深得古大臣進退出處之節。則班固言清静之道、主卑弱自持者，固未足以盡其藴也。

昔聖人言静者之壽，人猶疑理與數不可盡符。及觀之公，而其言乃益信。故因侑觴而昌言之。若康强逢吉，人所競稱述者，不敢復瀆陳之也。

柏梘山房文集卷四

書序

淮南子書後 癸酉

《淮南子》剽竊曼衍，與安所爲文不類。然自《吕氏春秋》外，存古書者莫多是書，非東漢人爲之決也。惟《天文訓》所言三百六十五度四分度之一，則四分曆章帝始行之；其二十四氣亦與東漢更定者同，豈亦有後人附益者與？孔子曰：「信而好古。」豈不以非信之難，能辨其爲古者難歟？

昔柳子厚謂《列子》書質直少爲作，《莊子》多本之。夫《列子》剽《莊子》者耳，其書非《莊子》及諸子書所有者，文氣皆甚卑，不類周秦時文，而以爲《莊子》之所從出，疏矣。樸學之士好是古而非今，不能通知文字升降之源；不根者攬其詞，昧没其終始。子厚固非二者之可倫比，其言《鶡冠子》剽賈誼賦入其書，信當矣，而顧失之於《列子》，何哉？

平準書書後 丙子

甚哉，利之爲禍烈也！當武帝之世，可謂大無道之政，而民不聊生者歟？如是而國不亡者，蓋昭帝之善持其後歟？而當其身何以免焉？其文景之遺澤長歟？抑遷甚言之以戒後世歟？

且天下惟明主能好名，而中主之所畏者，禍也，使知武帝之政未至如是而已。盜賊數起，父子搆兵，則人將惕然而爲戒。使知如武帝之政亂民貧，而猶不失爲晏然之主，子孫相繼爲帝，陝隘酷烈，何施而不可。何者？名不過如武帝，而武帝固非其所諱也。唐之元宗、隋之煬帝，皆誤此說以至於亡。由是言之，則遷未必其甚言之也。然武帝時，商賈及中家以上大抵皆破，而農民及無業者獨受其委輸，此其亂而不至於亡者歟？不然，則遷於是乎有謗辭矣。

唐詩選書後 戊寅

或汗漫而游，或車馬而馳。從我者莫宜於書，尤莫宜於詩。然不宜者有二焉：卷帙多而完好者，皆不宜。余於殘書中得唐人詩選一本，汰之成一卷，於佳者乃不能十之一，隘矣。然不宜之二者，是皆無之。吾師乎？吾師乎？從我於汗漫而游者乎？從我於車馬而馳者乎？

鈕非石非石子書後 戊寅

老子之術雖出於虛無清静，然以柔爲剛，以退爲進，擅天下之利，而物莫能傷。非莊子之忘是非、齊得喪者比也，而世以無用疑之，則不然。今夫鬼神木寓，天下之大無用者也，然以十金寄人，則介然有吝色；以千金陳鬼神之前，而不患其失者，何也？人同其利而鬼神不同其利也。同其利者，必爭；爭，必就不同其利者而委命焉。是故衆愈弱，我愈强。老子所以爲君人南面術也。然則韓非之學出於老子，其道果同歟？曰：非之道，如人方操刃以殺人，乃突前而捉其柄，此可謂之智矣。彼操刃者，必出於三尺之童子而可哉！

秦遠亭詩書後 辛巳

遠亭爲詩，與余自江寧適南昌始，計一日所得，少乃一、二首，期必成，不計工拙，互指摘爲笑語。自尚書公以江西巡撫内召，君侍養京師，余衣食於奔走，不時見。道光元年，相見於京師。君出其詩，益工而富。惟舊作已多删改不可識，可識者以其題耳。嘗與君泊虎丘，立劍石下；還錢塘潮，觀橘柚於富陽之林，登釣臺，見江流紆曲，歸，得魚於瀧中。其他多瑣屑可喜事。時君年二十，余又少之，嬉嬉然不知斯時之爲樂也。今則知耳，然而更憂患多矣。自今日以往，詩可進，游可同，如向時無憂樂之兩人，豈可得哉？

復社人姓氏書後 辛巳

右《復社人姓氏》一卷，朱氏彝尊得之而藏於曹氏寅者。首順天，次應天、浙江、江西、福建、湖廣、廣東、河南、山東、山西、四川。至少者，廣西一人，居其末。凡二千二百五十五人。其人其地，或遼遠不相及。其名而可知者，又不能十之一。嗚乎，濫已！夫君子相游處講説道藝，名高則黨衆，黨衆則品淆。蓋必有人爲吾取怨於天下，而激吾以不能庇同類之耻，故有爭。爭則所以求勝之術，或無異乎小人，而所營救者，又不必皆君子，而君子遂爲世之詬病。《傳》曰：「因不失其親，亦可宗也。」豈不諒哉！

當黨禍方急時，婁東張氏走急，卒京師，致書要人起復周延儒，事乃解。夫延儒即不相，固無救於明之亡；而張氏之所以傾時相者，有異乎其禍黨人者耶？余觀《幾社源流》一書，言明季事甚夥，然頗疑過其實。范蔚宗傳黨錮也，亦然。夫漢與明皆受禍於宦豎，而東林與黨錮偏受其名。文人矜夸能震動奔走天下，多浮語虛詞，而有國者或欲出全力以勝之，其計左矣。然以一時之習尚，使後世謂士氣不可伸，而名賢亦爲之受垢，馴至清議不立，廉耻道消，庸懦無耻之徒附正論以自便，則黨人者，亦不能無後世之責也夫？

守濬日記書後 辛巳

嘉慶十八年，桂林朱鳳森爲濬縣令，以守城功賞同知銜。此書鳳森所自記也。是役也，滑縣令强克捷，以九月五日前捕得李文成；以七日其孥被戕於馮克善，而滑縣失；

初八日，賊圍濬；十七日，河北色鎮將以官兵至，解賊圍；十二月，大兵復滑城，餘賊悉平。其賊首林清，於九月十五日謀變京師，先伏誅。

曾亮曰：天道神明，豈不信哉！國家之厚得天助也，有由然矣。古大亂之成，常出始事者所不及料。迫飢寒而亂，其亂必成。非是，則謀雖密，黨雖衆，往往以期會乖牾而洩，不必臨良將重兵、堅城深池而敗。天之心，以爲上無所以致之，而樂禍者，罪在下也，不得與迫飢寒爲亂者比。是以長國家者，恤民爲心，有萬年之基。

西招圖略書後 壬午

《西招圖略》者，大學士某公松筠之所作也。其書大意載：西藏自達賴、班禪貢丹書克於盛京，而厄魯特部之固什汗亦同時進貢，時崇德七年也。後固什汗曾孫拉藏汗爲準噶爾部所殘，當康熙五十七年，撫遠大將軍王同、平逆將軍延信，由西寧進兵綏定西藏，以達賴喇嘛之呼畢勒罕坐床於布達拉山，而拉藏汗之婿康濟鼐有功，封貝勒，旋爲阿爾布巴等所害。雍正五年，大兵誅滅阿爾布巴，以頗羅鼐有功，封郡王。及次子嗣封，蔑視達賴，僧番怨苦之，卒謀反，伏誅。乾隆十五年，除西藏王爵，設駐藏大臣，以達賴喇嘛統前藏，班禪統後藏，皆其俗所謂黄教僧也。前藏居後藏之東北，而地較廣。又東北爲三十九族游牧，屬夷情部郎，而皆統轄於駐藏大臣。凡前後藏，有四汛，有游擊、都司、守備、千把總、外委十六員，漢兵六百六十人屬之。有戴琫、如琫、甲琫、定琫一百六十六員，番兵三千人屬之，有騎兵五百人。有事，則徵發於達木蒙古取之。定例：以粿麥三千石儲前藏，糧臺供之；以五千克貯布達拉碩，取於達賴喇嘛之莊頭。除常運外，足供漢番兵三月食。

曾亮曰：先王之制，因俗而爲教，從欲以爲功。朝廷設駐藏大臣，與達賴喇嘛及班禪參制之。所以設神道，順夷情，長算遠馭，爲不可測者也。聞其世家多以金錢布施班禪，得歡心，即求取噶舒克，以役使番衆之馬牛羊，人徒芻茭不與值，故番衆敬班禪，亦時怨之。爲大臣者，務以均强弱、和僧俗爲治，以番衆疾苦諭班禪，則内治得矣。國家憑天威蕩準部，藏地之東北無警，遂以永安。惟廓爾喀屈强西南陽布中，非其願也。然其地酷暑，不耐寒，盛夏時有竊發，秋冬春則蜎縮鼠竄，蹷穴而居，非帝王所累心者矣。藏之領兵官曰琫，印照曰噶舒克。斗亦曰克。凡一石，六克有奇。其所食者有稻米，買運於布嚕克巴。其雜穀有青粿麥。

讀莊子書後 癸未

嗚乎，莊子之意隱矣！夫不知泰山之爲大，烏乎以秋毫齊之？不知彭祖之爲壽，烏乎以殤子齊之？齊之者，言乎其不齊也。不齊而必且齊之，其心固無如其不齊何也？吾觀周之立説，多以王公大人爲之質，而折之以匹夫。其廣已造大，與王斗、顔蠋之徒無以異，特詞不同耳。戴晉人之説，魏侯瑩是已，必推遠之至於無垠，而反視魏在若存若亡之間。則其視魏也，不已重乎！蓋周之爲人，負高世之才，既未能遯世無悶，而儀、秦妾婦之道又所不爲，故汪洋自恣，務爲伸彼屈此之言，以自適其意，亦重可悲矣！

《莊子》者，文之工者也。而世之言莊子者，必以道歸之，曰：莊子者，浮屠法之所祖也；又曰：孔孟之徒也。凡宋人之所以爲説，悉舉而曲傳之莊子，曰如是則理精。夫書自六經以外，其理之純而無疵者，寡矣。冒天下之不是而必快其意之所安，立言者固時有是。若行不至周孔，文不至六經，而以中庸自居，是選懦不自樹立者之所爲，非所謂雄俊之君子也。不然，則言之純、義之精，未有如今所謂經義者矣，而豈得爲立言乎哉！

莊周也，屈原也，司馬遷也，皆不得志於時者之所爲也，皆怨悱之書也。然而，《莊子》

之怨悱也，隱矣。

【校】

〔題〕續類纂本、八大家本作「書莊子後」。〔負高世二句〕續類纂本、八大家本作「於富貴利達之見，固未能忘於心」。〔而世句〕續類纂本、八大家本作「以莊子爲言道術，非知莊子者也。而後之言莊子者」。〔冒天下句〕續類纂本、八大家本「不是」作「不韙」。〔是選儒〕續類纂本、八大家本作「是選耎」。〔未有句〕續類纂本、八大家本「經義」作「制義」。

梅氏宗譜書後 癸未

當隋氏之季，梅氏有知巖者，以鄉兵保障宣州，抑止鋒鋭，不務與群雄角逐，以待天下清，完土納境，自歸唐室，使其民終始不罹兵革，蓋有功於宣甚大。其子孫宜光啓繁衍，以食其報。而梅氏始祖遠公，或傳言來自吴中，又以爲來自新安，則未知知巖之後之遷於新安歟？抑因梅福之隱吴門而附會以吴中歟？然年系疏遠不可譜。其可譜者，遠公後數傳至宋嘉泰間而分爲二。其一先居九溪河，别爲一支，當北宋時爲盛，最著者學士詢及從子聖俞。其一自郡城東遷，居柏梘山之山口村，則吾譜之始遷祖太七公也。吾家稱山口梅家，自公始。四傳至壽一公。其弟遷今之塘岸上，别爲祠堂，而壽一公留居山口村。又六傳而遷於蒲干村者，曰珍公，在山口村之西北。又一傳而遷於坐吉村者，曰棖公，在蒲干村之東南。

自南宋至元、明數百年間，九溪河之梅無聞人，而山口村之梅始盛自遷蒲干村也。其留山口及遷他村者以數十處，惟蒲干村之梅最有聲。自遷坐吉村也，其留蒲干及遷他村者又數十處，惟坐吉村之户最爲殷。自蒲干至坐吉村，於明凡得布政使司右布政者一人，布政使司參政者兩人，按察使司者一人，庶吉士監察御史者一人，郎中者一人，主事者一人，鹽運使知府者一人，同知者兩人，兵馬司指揮者一人。於國朝，巡撫入爲左都御史者一人，以都御史賜謚祭葬、入《大臣傳》者一人，以歲貢生賜葬、入《儒林傳》者一人，附《儒林傳》者兩人；入《文苑傳》者兩人，學政者一人，主事者一人，而應博學宏詞者，九溪河一人。從明至今，知縣、教授、中書科中書，及佐貳、流外、軍衛、王府官得百餘人；廪貢增附監生不及千人；舉於鄉者不及百人；舉鄉試第一者一人，殿試一甲第二人者一人，二甲第一人者一人。有詩文集者百有八人。

今天下望族衆矣。或祖孫兄弟魁天下，或父子居宰輔握旌節，或同時官侍從者一姓十餘人。吾梅氏皆未之有焉。然歷千餘年不絕不續以迄於今，而時亦發見文采以警動後裔，蓋一盛於宋之聖俞公父子，再盛於明世：宛溪公兄弟五人，同時舉甲科，爲方伯廉使，而梅氏子弟至專設書院於文峰；又再盛於定九公，祖孫以布衣召，受聖祖仁皇知，雖不得與夫世祿之選，然未至於一蹶不再興，其效見於前世而可冀幸於將來者，梅氏或庶幾焉。

《詩》曰：「子子孫孫，勿替引之。」祖宗之功德，有時而窮，而無以引之。吁！可懼哉。忘其先人而自夷於下品者，孱也。恃其先人而不自淑其身者，悖也。故詳述之，以告吾爲梅氏之子孫者。

道光三年五月己巳朔二十三日辛卯，嗣孫曾亮謹識。

家譜約書 癸未

太七公配許氏，合葬柏梘山口蝦蟆田，當南宋嘉泰時。《譜》所始也。子三人，仲曰九一，配朱氏，合葬柏梘山大井頭。當南宋寶慶時。子四人，長曰迪九，配汪氏，合葬柏梘山大井頭。當南宋寶祐時。子四人，長曰壽一，配錢氏，合葬柏梘山之菴隴。當南宋咸淳時。

子三人，長曰魁一，配徐氏，合葬柏梘山飛橋隴西。子四人，季曰清四公，諱卓一，字質齋，配陳氏，合葬柏梘大山之右。歷元天曆及明洪武時。子三人，次曰敬同公，諱淑敬，一字欽夫，配郭氏，合葬柏梘山之飛橋北隴。歷元至正及明宣德時。子三人，季曰朝甫公，諱榮，配錢氏，合葬柏梘大山之右，祔清四公。歷明永樂及天順時。子五人，長曰君重公，諱珍，配李氏，合葬栗木崗。歷明宣德及弘治時。子六人，五曰時中公，諱棖，一字小溪，爲淮王府典膳，配稽氏，先葬塘衝山；劉氏、側室佘氏，祔葬寧國縣方家衝。歷明成化及嘉靖時。子七人，三曰幼光公，諱繼前，一字南溪，配郭氏，合葬柏梘山之槽水圈。歷明正德及隆慶時。子四人，三曰穀甫公，諱守立，一字石門，爲江西寧州同知，配劉氏，合葬許村雙廟崗。歷明嘉靖及崇禎時。子四人，長曰懸符公，諱瑞祚，爲浙江衢州府西安縣丞，配劉氏，合葬梅隴教場山。歷明隆慶及國朝順治時。子三人，長曰期生公，諱士昌，一字大千，邑庠生，配鮑氏，側室胡氏、陳氏，合葬勞山，歷明萬曆及國朝順治時。子五人，長曰定九公，胡氏出，諱文鼎，一字勿庵，歲貢生，明崇禎癸酉年生，國朝康熙辛丑卒，聖祖仁皇帝命江寧織造曹頫監葬事，配陳夫人，合葬獨山。子一人正謀公，諱以燕，一字筆侯，康熙癸酉舉人，生順治乙未，卒康熙乙酉，祔定九公墓；配郭夫人，葬雁塔橋。子二人，長爲文穆公，爲曾亮之曾祖，始奉旨自宣城移籍江寧，賜葬句容縣基隆山麓；配錢、吴兩夫人，葬查村橋，王夫人祔姑葬，皆先公卒，故仍葬宣城。

嗣孫曾亮曰：古今氏族墳墓，非必其子孫凌替而至於不可識，必自遷居始矣。昔文穆公居江寧，顔所居曰「寄圃」，志僑居也。今六十餘年，僑者土著，竊恐後世之忘所自也，而譜牒煩重，難時閱，故敬録本支之諱字、卒葬，著於篇，後人可觀焉。嗚乎！祖宗之欲有其子孫，更千百世而無極也，其賢哲有聲者則曰：是能榮其先人，然祖宗固不及知矣；而猶恃子孫之知有其祖宗，其意曰：苟千百世而知吾爲其祖宗，則吾固千百世而有其子孫矣。爲子孫者，其勿使祖宗之失所恃哉！

【校】

〔子三人，仲曰九一〕八大家本作「子二人，仲曰九二」。〔劉氏側室二句〕八大家本、續類纂本作「配劉氏、側室余氏祔，改葬寧國縣方家沖」。

浦君錫詩序 癸未

吾友君錫以儒家子得祖父蔭，襲世職五品雲騎尉；又以君能其官也，加授四品銜。

然性兀奡，不滑習於跪拜，以是爲上官嗔，聽劾去。人多咎君者。則曰：「吾有子得繼蔭，不墜先人功，足矣。」既落落無所事，益喜肆其力於詩。曾亮嘗讀之，而爲之言曰：古之爲詩者，感物造端，才智深美，可與圖事，故可以爲大夫。自賢人失志之賦作，而屈原、宋玉之徒興。流極既衰，遂謂爲詩者多窮。然就其工者論之，其情縱，其理疏，其志伉，其音悲。其情縱，故孤往而深寄。其理疏，故怪迂而多奇。其志伉而音悲也，故多詆訶怒罵，不得如古聖賢之一於優柔和平。由是觀之，意其人必邁俗，少可持方枘納圓鑿，以己之不合而欲人皆然。雖其遇之多窮，亦其勢然也。其故豈詩之爲哉？

今君錫之詩，喜往復自道，多慷慨，亦所謂志伉而音悲者。則君錫之所挾以游於世、與世所以遇君錫者，可知矣。然世之循循焉無惡於世者，彼其言語文字固不欲自見於後世者也。而士之自愛其名者，寧困吾身，而不可使吾言之不快吾意。然則君錫固未能以此而易彼也，亦量己所能行以無所苟焉而已。不然，則儒緩其貌，神禫其詞，終日言而不知誰氏之子，若適莽蒼而不知所止，其於中也，殆弱喪也夫！

費崑來西園感舊圖敘書後 癸未

右，顧君千里之序此圖，於吴山尊學士之文雅聲譽，及崑來與學士游處之歡、古道之篤，可以敦薄夫而厲俗者，既詳言之，余可無贅。而獨憶余之交崑來也，自西園始；余館學士之西園也，自校《全唐文》始。其時名公卿而倦游者，多雄長其事，分曹立偶，馳騖往來，冠蓋車馬之盛，萃於西園者，管弦鏗鏘，連日夜不絶。今未及十年，皆變滅不可復記憶。蓋不獨學士一身有存没之異，而意氣之盛不減疇昔者，遂亦無有幾人。而千里與余相望於數百里内，治書矻矻，寂寞如曩時，亦可嘆也。

董文恪公詩集叙 甲申

文恪公薨之踰年，而公之子夢齡將哀刻詩集，屬爲之叙，因卒業而嘆曰：古名卿大夫之相見必稱詩，以喻其志，所以别賢不肖而覘盛衰。是説也，持驗之後世，多不能合；及讀公詩，而益嘆班固之言爲然。公以布衣享科第之榮，而不以自矜。散館改吏部，人爲公鞅鞅，而不以自失，盡忠忘家，用意至到。時有重臣撓公者，人爲公危，而公侃侃論列，不稍屈其意，卒之上動主知，成勞中外，經綸易險，無有後艱。迄今讀其詩，雄豪兀傲之氣見於楮墨。蓋公之生平，雖極科名禄位之盛，而清節高致，邁往不群，非於世有屑屑求合之意，而聖主昭然獨見，恩榮始終，亦非有左右借譽之口。其立身之大節如此，則發於言語文字者，如是之足傳焉無怪也。

公奏議凡數十卷，其明決似李文饒。詩則所作者較少，然自有足傳者，非以公之人而貴也。後世讀公之詩，以知公之性情學術，並以推公之遭際，然後知士之屈伸進退於時者，蓋有命焉，而不係乎操術之巧拙。則婞婀骫骳者有所戒而知返，矯立名節者有所勸而益振，而又以知能爲是詩者，必賢公卿而遭世之極盛者焉。則以工詩爲貧賤者之事，信乎其不可與於古之詩也。

和禱冰詞樂府書後 甲申

侍郎陶公嘗以給事中視江南漕事，禱冰於高郵之露筋祠，歸舟遄通。其明年，漕運倍速。公請錫神號，得旨俞允，乃作歌詩以侈神惠，名公卿皆屬而和之。及巡撫安徽，又遍示屬吏之工詩者。而尚齋朱君適令宣城，既承命進和兼退示曾亮，因讀而言於衆曰：

令君之詩，其得力蓋深遠矣。當癸未之夏，淫雨迄秋，宣城故山邑也，然山居者水出於堂下，沈竈破柱，漂屋瓦而去，大樹倒葘，巨石抉土壤自出，崗谷窪隆，迴易不可辨。田居者室廬墳墓澌澌不見蹤迹，數十里之內呼號鉦鼓之聲連日夜不絕。扉闔棺槥、倉庾廡廥之所積，皆蔽水四下，或挂罥隈曲，民僅而免者裸體抱樹而號，力倦樹拔，逐雞犬而去。君甫視事月餘，即出己財，具錢帛、糗糧、藁席，聯數舟爲一大艦，分棹小舟百餘，親率吏役，冒甚雨，入驚濤中。民之浮者，游者，附柹者，騎危者，攀杙者，邸者，坻者，泣者，慓者，顛者，立者，如雁鶩草葉，落落然黑子着於水面，皆泥首垢面，心死數日望。縣官從天而下，則載置之高地，給數日食。其轉屍者，拯而以席掩之，置高阜以待斂。於是，富者皆出財具舟，各救其所近地。及雨止，民四出。則立法，禁剽掠，安老弱。請上官以發國帑，出廉俸以募富民。凡立廠散米給錢，如古循吏，法皆備。故自夏以迄今春，民遭水者，雖公私掃地赤立，而無有瘠死溝壑、呼號宛轉於中野者。嘉風協氣，盈溢宇下。麻麥穎碩，民心大和。暘時雨甘，寶穀先告。皆曰：「非君之令茲邑，民無能安輯若此。」

夫古救災之法，詳於飢而略於溺。若以扁舟涉巨浪，出入於風雨晦冥之中，濡毛髮，焦唇吻，悸魂魄，晝夜無休時，以救倒懸者，蓋古循吏之法所未詳，而身創行之，其過古人遠甚。然則君之急公忘己，與侍郎之憂勞忠勤，以古大臣之心爲心者，固深有合焉。則詩之工，其故豈詩之爲哉！故備書之，以見侍郎與令君上下濟美，立政普施，有以保靈貺而終前功也。

春秋溯志序 甲申

百年以來，名儒老師相逐於訓詁、名物、象數之學，凡宋儒説經空虚道術之談，變之惟恐不盡。至《春秋》一書，褒貶善惡，貴取其義，無可肆其捃摭，則又雜出於讖緯之誣、科例之煩苦，迂怪破碎，難知其説之窮而屢變者，不勝其詞之遁也。彼豈以是爲人心之所安哉？亦好與宋儒爲異而已。

歙縣程菡宗先生，篤志君子也，慨然有志於是經。凡閲二十年，成書十二卷，曰《春秋溯志》。其大義，書法微詞、比觀直書諸要旨，一本程子《春秋傳》之義，推演之以求合乎聖人之志。此豈獨私於程子哉？以爲聖人之志微矣，竭吾之心力以求之，未必其能合；否也，而必不敢悖乎人心之所安。苟無悖乎人心之所安，則以求聖人之志，不遠矣。

當康熙時，公卿多崇尚理學者。進取之士，摹時好以成，俗儒先語録之書遍天下矣，而士或空疏弇陋，立詞不根，視經傳如異物。有志之士慨然思變之，義理、考證之學，遂判然不可復合。今天下考證之風，如昔之言義理者矣。其設心注意專以爲吾學，而不因習尚者，固亦有之，而不可數數觀。然則當昔時而能言考證者，眞考證也；當今之世而能言義理者，眞義理也，可謂雄俊特出、不惑於流俗之君子矣。此尤余之所重於先生也。

朱尚齋詩集叙 甲申

尚齋先生以詩集見示，受而讀之，蓋以吾之性情合乎唐賢之格調，而於世之標領新異、矜尚奇博者，夷然不屑也。曰：吾所得之古者，不在是則莫吾易也。

夫詩，亦何必不奇、不博、不新、不異者，而必貴夫古人，何也？曰：吾非貴古也，貴古之能得其眞。今責丹青者曰：吾欲使山淵易其狀，草木變其質，蟲魚鳥獸恢其形。夫人而能之也。第曰山如履其石，水如臨其流，蟲魚鳥獸草木如樵其鱗甲羽毛柯葉，則非國能者將縮手而不進。夫人人能之者，不可爲難能；而難能者，必屬於一人所獨能者矣。

然而山淵易其狀、草木變其質、蟲魚鳥獸恢其形，不可以爲不奇、不博、不新、不異也，而卒不爲能者之所難，與求者之所貴。至於詩，則反賤其難而貴其易？曰：古人無異乎人者，此古人之所以不可及歟？今先生之詩，其登臨游宦之所得，風俗利病之所經，觸於情、感於物者，人人之所同也，而獨以其不爲奇博新異者，適肖其情與物之眞，而若忽然而得之。夫忽然而得之者，其詞常爲千百思之所不能易。此非求之古人中不可得也，故曰眞也。

或曰：詩者，不得舒其意之所作也。先生之令吾宣，有惠政焉，亦既行其意矣，而其詩慨然憔然，於民事重有憂者，則先生之志乎古者，豈僅詩云乎哉！

桑弢甫先生集叙 乙酉

桑弢甫先生以孝義奇偉之性發爲詩文，高奇清曠，有自得之趣，非如同時諸人掇拾南宋後之偏詞剩義爲奇博者比也。先祖石居公嘗樂誦之。又有《五岳集》，則棄官後放浪山水之所作也。其孫雲柯先生來江寧，曾亮從之游，嘗出是以贈。及道光元年，又見其曾孫樸堂來，而雲柯先生卒十餘年矣。家毀於火，凡自有之物皆盡，詩板亦殲焉。相與慨然久之。詢其與弢甫先生同時人，其後或絶無嗣，或託賤工姓名不足以自達。嗟夫！盛必有衰，理之常也。然卿相科第多能世其家，而文人之有後者何少也！豈天之所輕重損益，固與人殊歟？抑富貴而凌夷者，人以多而忽之；而聞人之子孫，不幸爲世所指名耶？則爲之子孫者，蓋其難哉。

今樸堂以貧故，方奔走於四方，而拳拳於先人之典籍，曰：「吾少息，必復刊而行之。」屬曾亮爲之序。樸堂，誠篤君子也，吾知其言之必可復也。若是者，可以爲聞人之子孫而知其難者已。

【校】

〔凌夷〕音注本、八大家本作「陵夷」。陵、凌通。

繁昌縣志序 丁亥

道光三年，安徽巡撫安化陶公奏修省志，以別於《江南通志》。自縣至府，各上所修，以備省志之採擇。於是，《繁昌縣志》成。大令張君以序爲請。

蓋繁昌之有縣，始於唐；縣而有城也，始於宋；有城而遷今縣治也，始於明之天順；有縣而創立志書也，始於明之正德。國朝自順治迄乾隆，修志者三焉。當建邑之初，庶事草創。至宋慶曆間，始爲完邑。物用既饒，民獻亦修。聖朝宏功，膏澤豐美，則夫田廬芻牧之數、禮俗文物之紀，日新月異於前者，宜以要最著於官書，使守土者辨肥瘠而布其利，察奢儉以制其俗，且以待大吏者考驗，於是以通人地之所宜，非空文而已也。令君之勤，烏容已哉！

余又以謂古郡不過數十，縣不過數百，自魏晉僑置，多立名字以自誇詡。隋唐因之，未盡革也。故有今數縣之地，而古統以一令者。豈古之人材獨優哉？蓋古自縣令以下，由丞尉、少吏，及三老、孝弟、嗇夫、亭長，皆於民有教化譴何之權，而民亦兢兢焉，無薄待其官之意。故令之權積累而增重，使無與令共治之人而權又不足以使其佐。而欲以一人之身，周悉乎數百里之内，無古今皆不可行也。然則分郡縣之官，而裁其地，亦揆時務協變通之道，而世所謂古制不可行於今者，非其制之不可行，乃得其一而失其一者也。繁昌故南陵分邑也，故因論及之，以俟考古者正焉。

柏梘山房文集卷五

書序

撫吴草序 戊子

兵部侍郎陶公以道光五年巡撫安徽，遂移節於江蘇。時黄流未安，賑使結轍。方建海運，發徵萬艘，復鳩水工疏決江海，米鹽鱗雜，檣帆畚葦之事，粟錯於文簿，皆曠年不逢，歸勞於公。既撫吴四載，政修民和，天子嘉勞重疊。衆皆曰：方事之殷，功役卒興，成法曠絶，群情然疑，不專委重大吏，中材當之，震懼失守，或竭蹶赴功，僅乃集事，而公神氣閑定，歌詠間作，學奥材贍，雄放清遠，如捫古洞，撥苔蘚，披黄虞之穹碑；如萬鍤一決，縱魚龍而出隘；如高峰游霧，倏秋雲而留歸風。蓋人所不暇爲、不能爲之時，獨爲且工也如是，故人適適然驚之。

昔召公、吉甫有行役宣勞、及成功相慰勉之作，故曰：九功之德，皆可歌也，謂之《九歌》。若侔揣物象、窮閒適之趣，乃不得志於時者之所爲詩，非古大臣之詩也。自三代以下，道器不全，或平進富貴，而憂思不能深遠；或勳業爛然，文詞不足以達其志。大然，故憔悴抑阨之士得專其名，而詩之學不在上而在下，則其時人材之盛衰，與政事之修廢，何如也？

今誦公之詩，其憂勞元元、佐聖天子撫循之至意，以推美僚屬，功利不專，悦使民而忘其勞，所以不動聲色而指揮立成者，皆見於此。蓋所以詠勤苦而宣膏澤，非與草野之士爭一藝之名也，而詩之道乃崪然聳於盛漢之表。如是，而欲廣其傳，以彰詩教者，誠知言哉！誠知言哉！

曾亮以年家子，幸接言論於公之撫吴，既習其行事矣，叙其詩，並以爲吴民告焉。

閒園詩序 戊子

自督撫至州縣，其尊卑闊絶，下不能徑達其情於上，上不能明示其意於下，惟郡守之職當其樞，可以通懷慮微，抒德導情，至首郡則尤重於他郡。而蘇之首郡，獄訟發徵期會，非止本郡所自具，凡轄於江蘇兩布政使者，其獄皆上按察使於蘇，而委重於首府。其民物之浩穰，國家引漕，歲數百萬，蘇松得三之二，富商大賈、巧匠蠻夷之市舶，周流委輸，以一郡轂綰其口，冠蓋櫛居，不可以武競；奉使過客之厨饌，車馬舟楫輷輷浮浮，日夜行不休。濱海之居，茭葦魚蛤之利，土沃地荒，釁勇奪爭，屢讞不成。其屬縣所自具者，繁劇又甲於天下，而悉歸其成於守。故蘇郡之劇爲天下最，非有鄭僑之才、冉子之藝，未有不張皇補苴、志煩而慮亂者也。

江夏陳芝楣先生以侍從近臣莅政於此，適當海運之役，及吴淞口徒陽河濬功之時，百政具興，委勞於身，而先生從容夷猶，治絲不棼，邦無曠功，吏無留牘。踵韋白之遺風，修郡治之舊貫，忘其身之勞而職之劇也，名其園曰閒園。先生之言曰：「治煩者，必置心於萬事之外，乃可以盡萬務之情。此吾園之所以名也。」諒哉，言乎！足以爲治本矣。於是，與鉅儒鴻生游斯園者，樂而觴之，詩紀其事，與游者咸和之。其記之者，上元梅曾亮也。

【校】

〔獄訟發徵〕續類纂本、八大家本作「獄訟徵發」。

緣園詩序 戊子

江寧以園名者曰隨園、緣園，皆有幽篁清池、平臺奇石，足以舒煩滌憂，包集群雅。昔袁子才先生居隨園時，以詩名盛於時，搜奇挹勝，吐納煙景，園所蓄藴，一洩於詩。一時士大夫逸樂富厚無事，皆自喜爲詩，過從先生無虚日。緣園主人其一也。主人性好賓客，通俠，立然諾，精神過人，詼調詩酒，博弈連日夜不倦，管弦倡優、輿馬漿酒之費，一無所愛惜，務適意以爲快。

緣園去隨園不數里，四方名公卿會文酒者，往來於兩園之交，輿相摩，裾相接也。曾亮不及從游於袁先生，而得與緣園主人游。年六七十矣，舊游多凋喪者；獨居不好詣人，然客至必盡歡。觀人弈，竟日不下子，問之，笑謝而已。惟酒酣輒慨然曰：「今少年無知予者，予今默然爲老翁。予不惜予衰，惜諸少年不見予之盛也。」乃出其詩曰《存不存稿》，屬某序之。其搜奇挹勝、吐納煙景，皆步趨袁先生者也，而一時賓客文酒之樂，亦慨然遇之。讀其詩，可以見吾鄉一時之盛事。

余因以怪今士大夫安樂無事如曩時，而交游聲氣不復如故老所稱説，豈無大力者倡之耶？抑好名之士不古若耶？將物力有盛衰，而士氣之聚散消長亦爲所轉移耶？夫傳後者無所藉，而成名於當世者必因其時。主人其慨於斯言乎哉？

主人邢姓，崑其名，醴泉其字也。

湯子燮試帖詩稿書後 戊子

嘉慶之九年，先君館江西巡撫署，課秦遠亭公子。同受書者，湯君子燮、帥君子文及曾亮，凡四人。乙丑春，先君試禮部，正月稍暇，以詩牌爲戲：四人皆取牌八十一枚，餘者置几中央，甲所棄推之乙，乙入之，出所棄者與丙；不入，歸之四隅，枚取於中央，以入易出如初。丙至丁，丁至甲，皆然。餘盡而四詩不成，則易行；一詩成，則三人負。且第詩之高下爲賞罰，務以强澁之字，運支離之思，往往得奇語如夢中作，以爲戲。蓋吾四人之習爲詩，於是年始，而君尤好之，嘗得「高柳扶青直到天」句，謂偶對不勝，嗟誦數日，三人助思之，竟難奇也。

夏與子燮别，壬午春一見於京師。又六年，戊子，君待妻縣闕，於江寧相見，數數問君詩，君曰：「多矣，然不如昔年之自信也。」其秋，君分校鄉試，門下士鮑君體醇求刊君集，君笑謝曰：「有待！」固請，乃出試帖數百首應之，屬曾亮書其首。因記君詩之緣起如此。中有數題，爲昔時同作者，讀之，猶憶吾四人檢僻書中奇字時也。

書林揚觶書後 己丑

方子植之之爲此書，其説既盛美矣，曾亮請引伸其説曰：

唐之前，人品之邪正、政事之是非，較然分明，未有一人之身乍賢乍佞者也。唐以後朋黨相傾軋，明以後師生相救援，各有私説傳之稗官，而愛憎勝、名實淆矣。其人大都身居貴游，號習掌故，草野之士無由辨其僞真而究之，爲此書者，皆黨同伐異、不學無術之人也。唐之牛李，宋之紹述，明之數大案，讀史者於正人君子俱不能無遺憾焉，雖完人實難，亦邪説亂真、有中於人心之先入者矣。宋人謂：「子弟讀《世説》，則驕蹇易生。」夫《世説》之失，不近人情而已。唐人重科第，一時學士著書，多以先輩行卷、師生衣鉢爲美談，一第之得失，有死生以之者，豈必其情事之實，然亦冒得者之自爲嫮姱而已。然庸鄙之説遂錮溺於人心，以至如《北夢瑣言》、記登科之《唐摭言》等書，其人皆當戎馬倥傯、國祚顛沛之時，而沾沾於人士之一第，豈非廉恥道息，而爲無學識之尤者哉！無識之人，言安足信？爲史者或取而録之，其是非之倒置，宜矣。

【校】

〔題〕續類纂本、八大家本作「書方植之書林揚觶後」。〔方子植之〕續類纂本、八大家本作「方子」。〔嫮姱而已〕八大家本作「誇毗而已」。〔以至如句〕續類纂本、八大家本作「以至於《北夢瑣言》、《文昌雜録》、《唐摭言》等書」。〔無識二句〕續類纂本、八大家本無。

閑存詩草跋 己丑

《閑存詩草》者，桐城吴伯芬先生所作也。其子長卿以示曾亮，因題其後曰：今世之聞樂者，肅然穆然，其聲動人心，非皆能辨其詞也。取《清廟》、《生民》之詞，而佶屈誦之，未有不聽而思卧者。故詩之道，聲而已矣。

海峰劉先生之言詩，殆主於聲者乎？而得其宗者，吴先生也。同學若王悔生、陳策心，詩皆未及見，獨幸見先生詩。其音節清亮，情詞相稱，追唐人而從之，非學七子者所能及。

劉先生復古之功，固不可没哉！方其舉鴻博報罷，流離京師，一試學博而終老於窮鄉，同時司文章之命而爲人先游者，不乏人也，而士之篤信於寂寞之道者，固如此。此蓋有所恃哉？然亦烏知夫後世慨慕而太息之必有其人焉而甘爲之也。嗚乎，其可尚也夫！

温壓生遺稿序 庚寅

《西漢文類》書不傳，然人皆曰：是書也，柳宗直實編之，以其兄子厚爲之叙也。李聖僕文不傳，然人皆曰：文居會昌進士，爲中第一二，以其兄義山爲之叙也。

温子綸注，字壓軒，貴州桐梓人，吾年丈露皐先生季弟也，有文行而早卒，先生悲之甚；念太夫人愛憐之，幾見其成而皆卒也，愈悲之甚，思有以永其名者，刊其文而序其行。其愛真，故其詞樸；其詞樸，故其行昭。年少服義，行古道，愀然有概於人心焉。春木之芚，童烏之苗，命也夫？雖然，是宗直之書也，聖僕之文也。夙興夜寐，無忝爾所生，有是編焉，足矣。

金石彙選序 庚寅

居乎今何以思乎古也？曰：古人往矣，少矣；少，故貴也。曰：往矣，少矣，雖貴之，烏從而親之？其器存焉耳。物老而酋，人老而化，器老而尊。日月星辰、山川土壤，凡無血氣去來者，皆器也，皆古人之遺於今者也。以其常於今，且不止於今也，則莫古之矣；不常於今，而幸至於今，以成爲古也。絹之壽，百年止矣；紙之壽，五百年止矣；過此者，其金石乎？石有時而泐，金有時而液，惟託於文字者無窮。詩歌於文字，又其易傳者也。古人之文字，以金石壽之。金石也又以詩歌壽之。是物與人交相引爲壽者也。然博觀也難，故好者歉焉。

吾友甘實菴家，多藏圖書，博觀不倦，類聚今古人詠金石者爲若干卷，曰《金石題詠類選》，鉅製短篇，載不遺一。曾亮讀而言曰：文存，斯器存。其製作原始形模凥凹，讀其詩如見其器焉。器存，斯人存。商之賢，周之英，去吾於無何有之鄉，自是器言之，則四手之相接也，客與客傳觀而相奉也，其有足樂者存乎？不其然乎？則吾友闡古之功，不其碩乎？

曇花居士存稿序 壬辰

《曇花居士存稿》者，舅氏侯子有先生之所作也。曾亮幼時受業於先生，見手一小書不置，竊取視，磊磊若石子著口中不可讀，則《山谷集》也。冬夜，課詠雪，輒刺取《雪賦》語，排比綴之。先生笑曰：「去汝『圭璧』、『縞素』等字，成一詩，得否？」乃講示東坡禁體二詩，時於聚星堂作，不深解，至「青山有似少年子，一夕變盡滄浪髭」，則大以爲仙人語也。後應童子試，不暇爲，獨見先生吟哦深思不少輟。其主講濠梁，與壽州蕭亦喬談藝甚歡。亦喬好言唐音，先生雖取所長，而能以句律運其天趣，無門户見也。後感氣疾，不能高吟，病榻上猶推手作勢，故所作功益深。壬辰秋，青甫舅氏將梓其遺集百餘篇，命曾亮編次。嗟乎！憶曾亮受書時，年十二三，先生顧不以常童畜我；今所編者，即爲童子時所親見其吟哦深思者也，能無痛乎？

先生於吾母爲同堂兄，友愛殊甚，又皆多疾，以年命互相愛。母嘗病危，先生序母詩刻之；幸生存，見以自慰。今編是詩，則先吾母卒已十餘年，吾母之卒亦三年矣，爲尤可痛也夫！

道光十二年八月，甥梅曾亮謹序。

管異之文集書後 癸巳

曾亮少好爲駢體文，異之曰：「人有哀樂者，面也；今以玉冠之，雖美，失其面矣。此駢體之失也。」余曰：「誠有是，然《哀江南賦》、《報楊遵彦書》，其意固不快耶？而賤之也？」異之曰：「彼其意固有限。使有孟、荀、莊周、司馬遷之意，來如雲興，聚如車屯，則雖百徐庾之詞，不足以盡其一意。」余遂稍學爲古文詞。異之不盡謂善也，曰：「子之文病雜，一篇之中數體互見，武其冠，儒其衣，非全人也。」余自信不如信異之深，得一言爲數日憂喜。嗚乎！今異之亡矣。吾得失不自知，人知之不能爲吾言之。異之亡，余雖於學日從事焉，茫乎不自知其可憂而可喜也，故益念異之不能忘也。

異之卒於道光十一年，其明年，今巡撫安徽鄧公刊其遺文，命曾亮爲之序。乃書疇昔論文語於集後，以志吾悲，且以志良友之益我於不忘也。

【校】

〔駢體之失〕管同《因寄軒初集》（以下簡稱「管集」）作「駢體之病」。〔其意句〕管集「固不快」作「顧不快」。〔賤之〕管集作「薄之」。〔盡其一意〕管集作「盡其意」。〔余遂句〕

管集作「余悟，稍學爲古文詞」。〔子之文〕管集作「君之文」。〔數體互見〕音注本、續類纂本、管集均作「數體駁見」。〔武其二句〕管集作「甲之冠，乙之履」，音注本、續類纂本、八大家本均作「武其冠，儒其服」。〔余自信句〕管集作「吾自信也不如信異之之深」。〔嗚乎〕管集作「於虖」，音注本、續類纂本、八大家本均作「嗚呼」。〔人知句〕管集作「人知之又不能爲吾言之，如吾異之者可貴也」。〔異之亡〕音注本、八大家本無。〔刊其遺文〕管集作「刻其遺文」。〔命曾亮句〕管集作「命曾亮曰：『必有序。』」。〔且以句〕音注本、八大家本無，管集句下有「梅曾亮」三字。

馬韋伯駢體文敘 癸巳

韋伯與余交三十年矣。余少好爲詩及駢體文，君皆好之。余苦故實遺忘，棄駢體不作，君獨勇爲之。故吾兩人詩異趨，文則君壯浪雅健，余不及也。

昔會課鍾山書院中，每論文，訟議紛然，忘所事事。異之色獨莊，盛言古文。余曰：「文貴者，辭達耳。苟叙事明，述意暢，則單行與排偶一也。」異之不復難，曰：「君行自悟之者」之。」時韋伯在坐，亦右余言。今去此言時，且二十年，異之卒又逾年矣，所謂「行自悟之者」

未敢信其必能，而駢體文遂不復有所成就。讀韋伯文，可愧也。

君散館改户部，將別，有以自見，集其文若干篇示余曰：「吾文殆止於是矣！」嘗以謂古詞臣與曹司官局不分，分者自明始。獨異夫明之官曹司者，皆能以文章聲氣奔走天下，而後之推文事者，亦莫不歸此數人。雖文章之氣有所激而愈伸，而成名之途亦不若是隘也。豈嗜好之所在，朝廷之官爵不得而限之歟？今韋伯之文，既所謂述事明、叙意暢者矣，雖自今深自覆匿，欲人之無求，其可得乎？而毅然欲棄故技營新功夫，韋伯不以違其才而有所激也，吾知之；謂官職能限其嗜好者，吾於韋伯固未之信也，於其文識以俟之。

陳拜薌詩序 癸巳

歸安孫秋士，震澤張淵甫，會稽陳拜薌，皆交游中能詩者也。秋士以名公子而絶意科舉；淵甫善説經，志欲得一校官以就其業，故所作或閒冷孤逸，或清醇淡古；獨拜薌自年少時即以高才爲諸侯上客，書奏旁午，下筆如刺蜚繡，或劇飲詠調，酣嬉以自適其樂，顧其詩清曠邁俗，而殺縛事實，詞與事稱，非博覽載籍一資以爲詩者不能也。君殆有真樂於是，而於詩一吐其快者乎？

吾亦嘗客幕中，與主人燕飲，簫管四合，萬籟屏聲，錦繡豐潤，膩肌醉骨。當是時，客如垣墻，僕如流川，千指萬目，各有所趣。念吾一身駊騀樽俎，塊然如一槁木枝委曠野耳，烏睹所謂高臺深池、華燈明燭者哉！以吾之概於是，知君之亦有概於是也。概於是而詩作焉，其樂也，殆所以忘憂者乎？

會稽多佳山水，六朝人不樂仕者往往入東。君客游久，亦將倦而歸矣。然詩莫盛於唐，而工詩者多幕府時作。陸務觀歸老鑑湖，其詩亦不如成都、南鄭時爲極盛。夫鳥歸巢者無聲，葉落糞本者不鳴，其勢然也。今夫水之歸壑也，其未至則澎濞洶湧，雷奔雲譎；及至於壑則已矣，而觀者遂掉臂而去之。故水而使人驚而樂之，非水之適也，而觀者必樂乎是。天將昌君之詩，則其歸又果可必乎？

【校】

〔題〕八大家本「薌」作「鄉」，正文同。〔能詩者也〕續類纂本、八大家本作「能詩人也」。〔獨拜薌句〕續類纂本、八大家本「諸侯」作「賢諸侯」。〔或劇飲〕續類纂本、八大家本作「時或劇飲」。〔顧其句〕續類纂本、八大家本「顧」作「故」。〔非博句〕續類纂本、八大家本作「非博覽精擇一資爲詩者不能也」。〔而於句〕續類纂本、八大家本作「而其他特寓焉者乎」。

〔往往入東〕續類纂本、八大家本作〔概於句〕續類纂本、八大家本作「有慨於是而詩作焉」。〔南鄭時〕續類纂本、八大家本作「往往入之」。〔君客二句〕續類纂本、八大家本作「君倦游久，亦將歸矣」。〔澎濞洶湧〕八大家本作「澎湃洶湧」。纂本、八大家本作「南鄭中」。

黔記序 甲午

嘉慶十六年，山陽李芝齡先生以中允爲貴州學政。時巡撫某公，以黔中地非甚隘而糧數乃不敵一二縣於江蘇，多隱匿，將請丈全省田。先生聞之駭甚，而無説以折之也。而某公自以不加賦而田增多、賦倍出，爲國計久遠，意自得鋭甚，時時籌經費、調屬吏、議設官局，事行有日矣。先生初至黔時，以文獻隱失，府縣志多缺不修，乃檄各學校官，訪鄉士大夫藏圖書、金石、歌謡涉黔事者，最上學政，爲《黔記》一書，而遂得御史包承祚丈田奏。蓋乾隆初，貴州學政鄒一桂請丈田，而包公駁之，事遂寢。先生示某公曰：「丈田事，學臣嘗奏之，議被駁。今必援前議，解其駁，奏乃得伸。不然，部議必駁公如曩時，且以匿前議不奏詰公，即公無辭。」某公驚曰：「吾不意害乃如是！非包公黔人，固無由知。勿復言丈田事。」後完顔公麟慶署巡撫，以包公事已遠、文書失，恐後萌芽，於先生官户部侍郎時，故列上其事，而部援前議詳覆之，事定不行。

蓋方檄學官時，惟欲網羅放失舊聞而已，而遂得包公奏以回某公意，安黔民。不然，黔中固多山少平地，民或以虚占不毛之土而實奪其可耕之田；又以胥吏可上下之手而丈高下不可準之地，使賄成於胥吏，官財耗而官田不增，其害小；苟民田奪而官田遂增，椎剥其膚髓，爲國家經常之規，萬世之憂可一朝而伏也。而黔之民得至今宴然無憂，非先生之功哉？此一事於是書，足千古矣。若夫鉅細兼備，裨益雅俗，有《華陽志》、《風土記》之遺意，覽者宜自得之而有取焉。

吴述之進奉文叙 甲午

翰林之署始於唐，凡執技者皆待詔於中。惟學士官乃儒者，清貴如今翰林，而所職文字多機要，王言之褒貶，及軍國大計、戎機邊奏，與宰相共之。故今之軍機，於古蓋學士職也。其制誥官文字，則掌於中書，自宋以來稱爲外制。今中書猶司誥勅，於古所謂制，其事簡矣。而翰林之職，乃專以掌朝廷册告碑祭及郊廟歌詩，雖不與古學士同，而必擇工於文者爲撰文。翰林以專其事，於職最爲優。

吾友吳述之，以翰林院辦事兼撰文者數年，旋以編修出守同州，於其暇，輯前所爲進奉文若干首，屬曾亮叙之。昔歐文忠由内翰知成德軍，自叙内外制集文，顧瞻玉堂，流連慨慕，人臣拳拳之思，固宜如是。然則述之之心，豈古人殊哉？若其文之宣上德，報精禋，當西功告成、鐃歌樂府之盛事，洋洋乎潤色之上儀也。故輒述職司沿革之故著於篇，治國聞者可觀焉。

黄香鐵詩序 甲午

黄子香鐵試禮部，嘗戒詩，專科舉學；一不自得，復以詩釋戒，詩愈昌。曾亮聞而笑曰：「士專於所好，有回萬牛入九軍而不顧者，況區區科第一得失之間哉！」古人好詩者，或中夜發狂大叫，白晝行不見官長；以伯主之威，改一字不可得。此非有聲色臭味可尋逐，而好之甚於酒色聲利，是烏知其所以然哉？徐無鬼見魏武侯，告以相狗馬耳；武侯大悦而笑。女商不識也，徐無鬼曰：「久矣夫，莫以真人之言謦欬吾君之側者夫。」吾以是知物之可好於天下者，莫如真也。人之境，百不同也。境同而性情不同，則其詩舍境而從心。心同而才力不同，則其詩隱心而呈才。境不同，人不同，而詩爲之徵象，此古人之真也。境不同，人不同，而詩同焉，是天下人之詩，非吾詩也。天下人得爲之詩，而吾代爲作之，烏乎真？人情之愛人，必不如其自愛也。吾日爲不知誰何之人作之，而曰「吾甚愛之」，愛烏乎至！

今黄子之詩，述家人親友悲喜之情，生計憂艱，及耳目所近接可驚嘆悲憫事，亦時有物色慢戲綺麗之作，亦不至於淫放。適乎境而不夸，稱乎情而不歉，審乎才而不剽竊曼衍，放乎其真適足而止。此則黄子之詩，非天下人之詩也，可以言真矣。真如是，可以言好矣。稱觴貴人之前，美言洋洋，錦屏高張，而讀者神不偕來也。商旅里巷之諺，一曙得之，童至耄而習之。吾是以知物之可好於天下者，莫如真也。物之真者，吾猶愛之，況吾所自有者乎？吾之毛髮枝節，吾猶愛之，況爲心腹腎腸者乎？不然，泛泛然天下人之詩也，吾日爲之而不知誰爲之，曰：「吾甚愛之。」則愛人之毛髮枝節也，亦如自愛其心腹腎腸者耶？非耶？

從吾軒從征記書後 乙未

唐人記高仙芝征小勃律，其人能以術致妖霧淫雨。章佳公《阿桂年譜》記征金川事頗同。今此記言：打箭鑪西行四十日，至恩達塘之瓦合山，金鼓聲立致雷雨。豈荒徼絶域，人有怪徵，地氣亦殊歟？

蓋天高地下者，自然之氣也；而人氣之充塞，亦有以摩蕩而升降之。人物少則中虚，而上下之氣將合，陰陽發亂，不主故常。古聖人所以絶地天之通也。彼殊徼絶域者，太古之事亦如是而已。嗟夫！日闢而日廣者，地也；日生而日衆者，人也。斯域也，千百年之後必有良田疇、美竹石、好衣甘食，如吴會中，而且以是書爲妄語者？

【校】

〔題〕八大家本作「從吾軒從征紀事」。〔打箭爐〕八大家本作「入打箭爐」。〔地氣句〕八大家本「歟」作「與」。〔摩蕩〕八大家本作「靡蕩」。〔將合〕八大家本作「易合」。〔嗟夫〕八大家本作「嗚呼」。

李芝齡先生文集叙 乙未

座主芝齡先生，以古文詞若干首示曾亮，既卒業編次，因僭言其首曰：

自進士設科，而人皆以方盛之才力困詘於場屋之文，仕宦成而精力亦銷亡矣。惟早得科第，如韓、歐數君子者，雄才盛年，早棄俗學，博觀古人之書，以從事於兹術。立乎廟堂之上，厭飫於聲明文物之大觀以昌其氣，磨礱政事以植其根，諮詢於皇華原隰之間以博其趣，然後其學之成，兼具天地萬物之美，而不類乎草野曲士之爲。固其天資之絶於人，亦遭遇使然也。

今先生科第名位如古韓歐，文之昌，固其遇爲之哉？然有超乎其遇者，何也？其游覽山水鑱刻萬類，雖沈冥於泉石者不若也。是登乎廊廟，而心游乎山澤者歟？曰：是天機之相合者也。功名也，節義也，文章也，皆人之動乎天機者也。是機也，峙而爲山，流而爲川，發斂之而爲草木之花實，亦皆動於天而不知其所以然。君子見大水必觀焉，山林皋壤則欣欣然樂之，是之謂以天合天。以天合天，又安往而不得吾文者？不若是，則以人塞天。容一心之得喪而不足也，況能容天地萬物之蕃變者哉？然則古君子所以善其文者無他，勿夭閼其天機而已。所以全其天機者無他，超然於榮觀而已。是則先生之所同，而文之所以進乎古者歟？不然，遭遇如數君子者，踵相接也，而以文鳴者不數人焉。莊子曰「其嗜欲深者，其天機淺」，不足以與論先生之文。

道光十五年六月，門下士上元梅曾亮謹序。

九經説書後 乙未

昔侍坐於姚姬傳先生，言及於顔息齋、李剛主之非薄宋儒，先生曰：「息齋猶能豁刻自處者也。若近世之士，乃以所得之訓詁文字訕笑宋儒！夫程朱之稱爲儒者，豈以訓詁文字哉？今無其躬行之難，而執其末以譏之，視息齋又何如也？」因出《九經説》相授，曰：「吾固不敢背宋儒，亦未嘗薄漢儒。吾之經説，如是而已。」

昔李文貞、方侍郎苞，以宋元諸儒議論糅合漢儒，疏通經旨，惟取義合，不名專師，其間未嘗無望文生義、揣合形似之説，而扶樹道教，於人心治術有所禆益，使程朱之學遠而益明，其解雖不必盡合於經，而不失聖人六經治世之意，則固可略小疵而尊大體，棄短取長，積義成章，治經之道固如是也。後之學者，辨漢宋、分南北，以實事求是爲本，以應經義不倍師法爲宗，其始亦出於積學好古之士爲之倡，而末流浸以加厲：言《易》者首虞翻而黜王弼，言《春秋》者屏左氏而遵何休；至前賢義理之學，涉之惟恐其汚，矯之惟恐其不過。因便抵巇，周内其言語文字之疵，以詭責名義駭誤後學，相尋逐於小言辟説，而不要其統，黨同妬真而不平其情，安其所習，毁所不見，終以自蔽。此其患，未可謂愈於空疏不學者也？

夫經者，群言之君也。治經而有繼往開來之功，以扶微起廢者，則君之貴戚大臣也。事君而惟貴戚大臣之言是附，不可以爲純臣；治一經而惟一師之言是從，又豈可謂之正學哉？先生之學，其精博固遠過乎文貞、侍郎矣，而亦不奴主同異，則是書也，兼其長而無其短者歟？

郭羽可竹册跋 丙申

昔天隨子作《怪松圖贊》，其意以爲：凡木之生，必得平原膏區，扶立質幹；苟生於巖穴之内，石木相鬥，乘陽之威，悲己之軋，拔而將升；卒不勝其壓，擁勇鬱遏，坌憤激訐，然後大醜彰於形質，天下指之爲怪木。吾嘗讀其説而疑之。

郭子羽可，其束身修行發爲文藻，未嘗稍有讓於古人；其席履豐約、名爵隆殺，未嘗稍有勝於今人。以怪松之説推之，其發見翰墨、因形賦心，必有擁勇鬱遏、坌憤激訐如天隨子所云者，況竹之槎枒勁怒，尤易吐胸中之奇者乎？然觀羽可之竹，怪偉奇縱，歸於太和，布揮晴霄，旁暢風雨，是又何技之工而境之善變哉！夫因石而得怪，是木之孱者也。若亭亭雲升，澹然夷猶不知其鬱、嶔巖而阨於崛穴也，則羽可之竹是也。羽可乎，其道勝者乎？

太乙舟山房文集叙 丁酉

見其人而知其心，人之真者也。見其文而知其人，文之真者也。人有緩急剛柔之性，而其文有陰陽動静之殊。譬之査棃橘柚，味不同而各符其名，肖其物；猶裘葛冰炭也，極其所長而皆見其短。使一物而兼衆味與衆物之長，則名與味乖；而飾其短，則長不可以復見：皆失其真者也。失其真，則人雖接膝而不相知。得其真，雖千百世上，其性情之剛柔緩急見於言語行事者，可以坐而得之。蓋文之真僞，其輕重於人也固如此。

新城禮部侍郎陳公，爲古文學，得於桐城姚姬傳先生，扶植理道，寬博樸雅。不爲刻深毛摯之狀，而守純氣；專主柔而不可屈。不爲熊熊之光、絢爛之色，而静虚澹淡，若近而若遠，若可執而不停。蓋其德性粹正得之天，而襮其真於外者，於文其大端也。道光十五年秋，公薨，人無知不知，皆喟然曰：「古君子不存於今！」然公獨其形質亡耳。浩浩然隨流平進，而不攓擨於升降也；家貧屢空，而不戚戚於豐殖也；見一善而亟下之，樂稱道之，忘年位之尊與善之非在己也；莊莊乎不自枉以導人，而不齦齦於崖岸也。雖没世，後讀其文，如見其生平言語行事。嗟夫，是豈可以僞爲之哉！

夫公之學，固出於姚先生，而文不必同。然前乎先生者，有方望溪侍郎、劉海峰學博，其文亦皆較然不同。蓋性情異，故文亦異焉。其異也，乃其所以爲真歟？

公之薨也，子蘭第以遺令定文於曾亮，故謹序之。昔嘗見語曰：「尊公太夫人遺事，幸示余，相爲作墓表也。」言諾猶在，今乃序遺文於公，其尤可感也夫！

道光十七年三月，上元梅曾亮敘。

李芝齡先生詩集後跋 丁酉

芝齡先生詩集若干卷，曾亮既校讀畢，而敬跋其後曰：

詩至今日，難言工矣。言唐者容，言宋者肆，漢魏者木，齊梁者綺。矜其所尚，毀所不見，舌未乾而名磨滅者不可勝數也。然則孰探其所從生？曰：空而善積者，人之情也；習而善變者，物之態也。積者日故，變者日新。新故環生，不得須臾。平而激而成聲，動而成文。故無我不足以見詩，無物亦不足以見詩。物與我相遭，而詩出於其間也。今以吾一人之身，俄而廊廟，俄而山水，俄而齋居，俄而觴詠，將拘拘然類以居之，派以別之，取古人之所長而分擬之，是知有物而不知有我也。若昧昧焉不揣其色，不別其聲，而好爲大，曰：不則，其境隘；好爲莊，不則，其體俳；好爲悲，不則，其情蕩。是知有我而不知有物也。知有物而不知有我，則前乎吾、後乎吾者，皆可以爲吾之詩，而吾如未嘗有一詩。知有我而不知有物，則道不肖乎形，機不應乎心，日與萬物游而未嘗識其情狀焉，謂千萬詩如一詩可也。

然則詩惡乎工？曰：肖乎吾之性情而已矣；當乎物之情狀而已矣。審其音，玩其辭，曉然爲吾之詩，爲吾與是物之詩，而詩之真者得矣。夫水之恃源也，飲一勺而知海味，其性全也。日月旁魄於三十八萬七千里之外，而一隙容其光，神不窮於分也。今先生，其性情深厚得之天，其鑒徹萬類得之人，情足以充其詞，才足以窮其趣，故於詩有兼長而無二弊。讀者其以是而求之。

柏梘山房文集卷六

書序

侯青甫舅氏詩序 戊戌

詩尚才乎？尚情乎？兼之者尚矣。然率患才多而情少者，何也？榮利紛於外，而天機鑠於内也。人生即知有父母兄弟，後乃知有親戚朋友，後乃知有爵禄富貴。至知有爵禄富貴，其情遂往而不能返。舉一第於鄉，此身幾不爲家人有：别父母，棄妻子，役役於傯得傯失中。比其歸，則歲月逝矣，人事改矣，老者不可見，而少者、壯者不可復識矣。困而歸者，比比焉。即遇而歸，向之助我欣喜感激者，其人皆化爲冷風，蕩爲摽雲，獨吾以頽然待終之身，供歆羡於所不知何人，不亦傎乎？

若吾舅氏青甫先生，其舉於鄉，年甚少也，爲文操紙筆立就者數千言。工尺牘得畫名四十年，所至屨滿户外。然僅一應禮部試，得校官，遂不復出，館江鄉。數百里内，筆墨所入，供甘旨庀家具，又推給寒與飢之三族。至供養事畢，始赴歙就官。家居時，閒日必過吾母話，抑菴舅氏病也，以爲憂；及家計瑣瑣、子弟成否、族親之生計有無事，時喜時嘆。吾母嘗曰：「今歲殊艱難，未過上元節典一釵，後當如何？」先生曰：「吾初質衣服，慚其家人。今計有質物，即自豪耳。」追思聞此言，忽忽已三十年。今年已長大，閱人事多，又久去鄉井，益嘆如先生其人不多見。修業養性，伏處於山水深窈之鄉，年壽烏得而不永？述作烏得而不富也！

先生所作，不主科臼，而汪洋炫爛，其才固有大過人者。然汪洋而不失之淺易，炫爛而不失之浮艷，則性情之深厚淡遠者爲之，非逐爵禄富貴而不返者所可及與！

道光甲午年，先生年七十矣，歙之人士及四方交游，以文爲壽者滿家。曾亮乃爲集序以獻，以見其人之所以壽乎世者，即其詩之所以壽乎世也。

【校】

〔題〕稿本作「舅氏侯青甫詩序」。

十六國宮詞序 戊戌

同年周蓉初以所作《十六國宮詞》見示，曾亮因爲之言曰：

夫宮詞者，必擇其事之貴麗、詞之清美，以成其要眇哀怨之音，此特工詩者之事耳，而於十六國爲之，則資乎史學矣。自晉失其馭，五胡迭興，兵相跆藉，拓跋氏建國，而北朝之名始定於一。劉、石、慕容、苻秦諸國，其興滅雖暴，猶壤長地進，大半天下。其他或不過數郡縣之地，竊名字十餘年之間，而符瑞震耀，炎炎赫赫，與三代赤烏白魚無以異。及成就基業，乃至微淺，本末不相應。蓋其始，特取便一切。田單神師，吴廣效狐鳴之謀，而爲之羽翼者，樂附會之，誇神述天，以自文其么麽而已。則甚矣，史臣之無識也。然方其克一脆敵，據一敝州，莫不窮極姦酷，勦民命而饕兵威，出死力以爭之，百敗而不挫，亦若秦漢之君貽子孫帝王萬世之業也。其得之艱難也既如此，而其人又皆人頭畜鳴、人肝爲羞、人血爲飴，竭天下之物，無可以勝其暴者，而不能不牽於靡曼之好，極情縱欲，喪其所力征經營者而不悔。

嗟夫！鬼妾怨耦拏首墨面於椹斧刀鋸之餘，而優笑於熊咆鯨呿之側，吾固見其事、悲其人，震掉而不忍視。雖凡爲史者，亦罕能精識之，而蓉初能屛其荒傖，澤以風雅，使讀者回視易慮，樂之而不厭，與《連昌宫》、《津陽門》諸作者相上下，則以是詩爲資於史學者，不其然哉！

蓉初之學，於地理沿革、文獻掌故，考之極詳，然務爲博，而不以累其詩。然則是詩也，非獨其言語工也，其採獲之由博而精者，尤不易及也歟？

練伯穎遺書書後 己亥

練立人之子伯穎，年十一而好書，年十八而卒。所著《後漢公卿表》、《西秦百官表》、《北周公卿表》、《後漢書刊誤》、《五代史地理考》、《明謚法考》，及雜文，共四卷。

凡人長於考證記問者，其魄强也；長於文章義理者，其魂强也。伯穎考證所就既如此，其文亦堅明質直，蓋魂魄俱强者。而促於年也如是，豈山川之精氣亦時有豐嗇，而不能給人之求歟？伯穎乃不幸而適逢其嗇也，其可惜也已。

臺山氏論日本訓傳書後 庚子

臺山氏《書日本人論語訓傳》，其略曰：日本之俗，精技巧，習戰鬥，文學非所長也。自明季來，始稍稍説經。而近有著《論語訓傳》者，曰太宰純，蓋祖孔安國、皇侃、邢昺諸解，而以彼中荻先生者爲大宗，詆訶程朱，上及孟子。其書以安民言仁，以儀節言禮，以詩書禮樂言道。至其妄誕，則以性善爲妄説，以私欲爲天理，以人欲淨則不可以爲人。而宋儒所謂「人欲淨，天理行」，乃釋氏斷煩惱、修菩提之説，不可以言聖人之道。日本書，向未多見，使其學術皆如此，則不如無書之爲愈也。蠻夷小生，未聞正學，啁啾一隅，無足異者。然是書也，今跨海而來吾國，豈吾之學術風氣有相爲感召者乎？是書之妄不足攻，而使吾之得見是書爲可慮也。

余讀之，而爲之説曰：如臺山氏之言，彼二人者，可謂異端之尤者矣，而自以其學出於皇侃諸人。夫皇侃諸人，皆欲實事求是，以證明聖人之經，惟不能以義理之精微，求聖賢詞氣之微眇，而專以訓詁求之，非可以異端斥也。然異端之生，自失吾心之是非始，而學者苟日從事於瑣瑣訓詁之間，未有不疏於義理而馴至於無是非者。臺山氏之憂，有人矣哉！

有人矣哉！

臺山氏，金姓，邁淳其名。蓋朝鮮之官内閣學士者也。

臺山論文書後 庚子

臺山氏與人論文，而自述其讀文之勤與讀文之法，此世俗以爲迂且陋者也。然世俗之文，揚之而其氣不昌，誦之而其聲不文，循之而詞之豐殺、厚薄、緩急，與情事不相稱若是者，皆不能善讀文者也。文言之，則昌黎所謂養氣；質言之，則端坐而讀之七、八年。明允之言，即昌黎之言也。

文人矜夸，或自諱其所得，而示人以微妙難知之詞。明允可謂不自諱者矣，而知而信之者或鮮。臺山氏能信而從之，而所以告人者，亦如老泉之不自諱。吾雖不獲見其人，其文固可以端坐而得之矣。

項氏二孺人傳書後 庚子

余讀張淵甫《項氏二孺人傳》，曰：

甚哉，果行者之難也！爲家督，而盡敗其同産之財；其弟也，固義分自安，爲父母者亦不能無責耳矣。析其産而成者，不相率而同敗，猶可補苴，以救其敗，雖精義者處之無以易此。然人必曰：林孺人者，繼母也，疏外其前妻之子；朱孺人者，庶母也，自私於所生之子。處局外而高論，坐視窳敗而不爲之所，俗論固然，然非要其終，亦烏能勝衆説哉！若林孺人，拮据攻苦，以昌其家；朱孺人之奮烈保身，教賢子以成名，是皆誠壹必至非倖成之功。士君子處義所甚安而犯群情之疑者，苟不能恢竟功緒以振暴其初志，固二孺人之所羞也。

韓氏藏明題名録書後 庚子

嗚乎！此明萬曆迄崇禎進士題名録也。隔朝世見數百歲人，雖山夫愚叟，人皆敬愛之矣，況其皆搢紳先生者乎？宜小亭郎中惓惓於斯録也。

録中所著，幾數千人，知名而賢者，十不能得一。其始，皆類也；及受職分，則坐致宰輔與終身役役下吏者，相去天壤，皆自以爲意中事。馭貴失其權，而榮辱自定於始進之身有如是哉！然其有文章節義、激發天性者，官職又不足以限之。而榮華當時者，今或訶而靳之，謂夫夫也，乃得與斯人同年同録者也。録之人一也，而輕重於今昔之間者，乃不同若此！自立之士，其在乎審所處哉？

【校】

〔題〕稿本作「輯小亭藏季明題名録書後」。

吴笏菴詩集序 辛丑

笏菴先生與曾亮交十年矣，商論文藝，一日發書至三、四，交之密無如兩人者。然先生門常寂寂，少過客，於廣坐游宴中未嘗見其面。兩人居雖近，歲不過一再往來，迹之疏，亦無如兩人者。而先生之性情、居處、笑語，吾可於一室中坐而得之，以先生之詩得之也。家林之優游，羈旅之感概，親愛疾病之歡悲，物情榮落，使人坎壈而不平，吾與先生同之。從容於侍從，而迴翔於卿寺，華不加榮，寂不嫌默，是先生之所獨也。同者吾知之，異者吾烏乎知之？

曰：吾一人之情也，性也，使的然呈露於文字聲律之間，而人皆以爲境如是、情如是者，千萬人而不得一也。幸而得之，則其人之神理，緜萬世而不竭。吾之境，非人之境也； 情，非人之情也。吾不自肖其情，安知不肖乎人之情？人則舍其情，而以吾之自肖其情者爲同乎人之情，此吾所以於先生詩而得其人也。然則，詩有不能得其人者，何也？得喪不能齊，而自諱其真也。不則，才不能盡其意，詘然而止者也。不則，趣不能行其神，兀然而木者也。其天全，其能全，如是而不能得其人，必非知詩者而可哉。

先生昔以詩示曾亮，嘗甲乙之；今刪其半矣，又以示，曰：「子無憚於言。刊雖成，且爲子更之。」蓋得之深，而不可自已者如是，宜其寂處聲華中而超然自遠者哉！士欲成一名，而不能棄百慮以游心於寂寞者，無小大皆不可成也。

朱蘊山詩序 辛丑

昔聞朱蘊山司馬當嘉慶十八年守濬縣，以無兵之官、無備之城，抗蜂蟻四合之賊，能堅守月餘，俘斬數百，以待大軍至，賊以聚殲，其功於國、福於斯民甚大； 卒耻合大吏意，口不言功受加級賞，不自以鞅鞅，此真烈丈夫偉男子事。而未得一相見。後交其子伯韓編修，怪其齒之壯而詩學之深。伯韓曰：「昔先司馬好詩，家居、出游、從宦、寢處、飲食，未嘗去詩；與子弟言學，未嘗不及詩。」因得讀蕰山詩集。蓋精熟《選》理，而取法唐人之氣體聲調，故詞理兼茂，音壯而氣清。

古詩人多好言兵，率空語，無事實，《飲馬》、《出塞》，助語爲豪壯而已。獨張睢陽以風雲叱咤之氣，特發於篇什，其圍城中詩，讀者每痛其名成而身碎也。司馬蹀血四十日，鬥賊於樓櫓之中，與吾士民不落賊手，乃限此一垣墻，視嘉州、放翁參大帥幕府以從軍爲樂者不同，卒保境完民，使圍中人於萬死惶惑中如噩夢大覺，履平地見白日，神回意新，俯仰歡詫。此一役也，爲千古快，固詩人之奇也。

既以語伯韓，遂以記於篇首。

鄒松友詩序 辛丑

或告於余曰：官之爲人患也，甚矣哉！均是人也，愚行醫路、汪洋自恣以適己，雖乘權怙勢百出於吾上之人，强吾以所不欲而不能也；雖刻深媢忌、乘間抵隙之人，其視我如無焉，而不攖其怨也。吾無官也，幸而有是官殿最，主之功令，守之職分，臨之愛憎，疑信、同異、厚薄，臨我者，情萬變而未始有極也。而吾之憂喜榮辱、成虧得喪，汲汲然隨之變矣。

吾與彼之形骸，猶燕楚也；吾與彼之肝膽，猶秦越也。情發乎彼，而機中乎此者，何也？官爲之的也。然而是官也，飢寒留之，親族縻之，門户羈之，勢不可以去官，官之爲人患也安窮哉！

余笑應之曰：是則然矣，然不足以患吾鄒子。鄒子之仕宦，二十年矣，無百金之産、十畝之宅；所有者，獨是官耳。然時而若將遷美官，時而若將還故官，時而若將寄之閒官，又時而如無一官，患如是其深也。然且蕩蕩然一無所患，曰：吾方治詩，自漢魏至宋元明，無不觀其偉麗可喜者，無不録其興象獨至、動人心神者，無不吟哦而深思。其視憂喜榮辱、成虧得喪之中乎吾身者，如浮萍之入於江湖，而莫能爲有無也；如木葉乾殼之飄乎太空，觸浮雲而廢然碩虛也。如是，又安能患鄒子哉！

或曰：信如子言，則其人其詩，固有詭世異俗者乎？曰：鄒子之詩，清而淳，美而深，高邁不屑之致，人自得於言外。所謂杜德機與？不然，則廣已造大内不足也，宜其擾擾焉萬緒起矣。夫淵明詩，豪不若太白，然其天守全矣。太白則摧傷抑塞，志不可復振；其豪者，氣也。此動不勝静之説也。鄒子其知之矣。

李藴山時義序 辛丑

抑菴舅氏館吾家時，曾亮童子也，時見李藴山先生以時義相商。舅氏爲文澄渺思慮，善課虛；而先生文，精實宏博，非日誦經史、習疏義者不能作。兩人各有所好，不相類也，而講藝相得歡甚。及濟卿以先稿寄曾亮請序，則舅氏所閲者咸在。追憶先生貌莊氣温，進趨襜如，終日言不見戲謔，不愧先輩成德。今四十餘年，昔日童子已過於先生始得見之年，執筆爲序，悵然者久之。

昔東坡述明允之言曰：「自今以往，文將日工，而道益喪矣。」夫文誠工，何關道之喪哉？其工者，工於逢時者耳。先生舉於鄉已中年矣，每試題非所樂者，自笑曰：「吾今歲未入場也。」禮闈一再試，即不赴。蓋其時吾鄉先生不汲汲進取者，類如是，非獨其榮利澹也，其所守者專，雖以有司之嗜好，强以性情所不屑而不可。故先生與舅氏各守其所長，而交相重，以爲士之道當如是也。

嗟乎！士固貴有所短。若摩揣熟爛，自以爲無不工者，又安能有一長哉！夫以進取之學，而不枉其道者，尚如是，則吾鄉風俗之美，有不止於是，而吾不及知者矣。更後數十年，吾今所及知者，吾鄉人其猶及知之耶？吾子弟、師友間，猶有如先生其人者耶？書以記之。

萬裴園詩序 辛丑

吾鄉萬裴園先生，方鄉舉時，年甚少。及爲縣令，改校官，從容於閒官者數十年。自俗情觀之，先生於仕宦宜有不釋然者，而陶陶然不以進退爲憂樂。年過八十，重與鄉飲之典。其平居惟好吟詠，至老不釋。人皆以先生之詩，學袁簡齋大令而爲之也。簡齋之詩，自以爲出於樂天。樂天之生平，仕宦稍進，則詩爲之喜；稍退，則詩爲之悲。然此特其迹耳；其外乎成虧得喪而有真樂者存焉，則詩之爲也。今先生之詩，稱心而言，俯仰拾取，不屑爲艱深勞苦之態，故其仕宦進退，坦坦舒舒，無怩詞，無憂色，其志豈樂天殊哉？志樂天之志，即能爲樂天之詩，可也。況流俗所以稱先生者，其名固有所不必謝也。

先生之仲子世綸，爲曾亮從妹夫，故嘗以書往。詞旨卒卒，無以副長者數千里存問之意。今讀其詩，嘆昔知之不深。遽成古人，尤悢悢也。

曲阜詩鈔書後 壬寅

余友孔繡山，於《曲阜孔氏詩鈔》外，復刻《曲阜詩鈔》。凡四十八人，計九姓，東野氏得三人，而顔氏稱盛。其修來考功，又漁洋同時稱「十子」之一者也。雖未知於漁洋何如，固斐然有述作之意者矣，而知之者尚鮮，況其他乎？

嗟乎！士固貴有所憑；然所憑者過厚，則後起者難爲功，以人所期者奢也。昔東坡喜譽其子過，余讀其詩，固能者也，而《斜川集》世士亦罕習之。使非東坡爲之先，則其集必易顯於世矣。爲聞人之子孫，其難且若此，況聖賢之裔乎？繡山汲汲乎欲存之也，其有見於是矣。

十經齋文集叙 甲辰

沈西雍先生自廣平守述職來京，讀其《十經齋文集》，視十年前所著者，又增其半。其治經守師説，雖本於段茂堂大令，而義有獨得，旁證曲暢，務扶持其説於不可易；而不爲苟同。至他詩文，其音雅，其氣疏，其情詞蕭瑟而兀傲，於齊梁下之作者，意不屑也。

人以先生邃於經而工於文，異乎樸學之士。然漢世能治經者，莫如賈生、董仲舒、劉向、揚雄，而其文皆非後世能言者所可及。故班固傳《漢書》也，無《文苑》，獨《儒林》而已。至范蔚宗《後漢書》，始歧而二之，而史之例遂沿而不可止，不亦惑哉！然此非獨爲史者失也，即世之文士，亦群囿乎其説而不能自拔。若以文章之道本不可通於治經者，此則學術之異，倍本塞源，而先生未嘗爲異也。

吾讀蔚宗書，有感於文章質文升降之變，故因先生之文，書以發其端。

【校】

〔題〕續類纂本、八大家本「叙」作「序」。〔沈西雍〕音注本、續類纂本、八大家本均無「沈」。〔讀其〕續類纂本、八大家本作「得讀」。〔其治經句〕音注本、續類纂本、八大家本均作「其治經述學，去非求是，與錢詹事及其師段茂堂大令書相首尾，而義有獨得，不爲曲傳，出入於九流百家，旁暢曲證」。又，續類纂本「治經」作「稽經」。〔務扶持八句〕音注本、續類纂本、八大家本均作「雖起老師宿儒而難之，莫能勝也。其學有專門，而不爲苟同也如此。然其他作，於談歡述别之情，比物即事之旨，其氣疏，其音雅，其情詞蕭瑟而嵯峨，於齊梁下之作者，意不屑也」。〔樸學之士〕音注本、續類纂本、八大家本句下均有「不知學問之道，固有足乎此而通乎彼者，而先生未嘗爲異也」三句。〔獨《儒林》而已〕音注本、續類纂本、八大家本作「獨有《儒林》而已」。〔不可止〕音注本、續類纂本作「不可改」。〔學術之異〕音注本、續類纂本、八大家本均作「學術之弊」。〔倍本二句〕音注本、八大家本作「倍本失源，而吾所謂足乎此而通乎彼者，古學者未始不如是，而先生未嘗爲異也」。

劉篪舫先生行狀書後 甲辰

南豐劉篪舫先生由縣令至監司，以循吏著久矣。及讀狀，益知其詳，蓋不餘力以務民者。而世有忌畏之者，皆曰立異；故先生語人曰：吾所爲，皆循例事。此豈自抑以謝人哉！

夫例，雖便一切爲功，然亦以寡吏過而防民害者也。變其例時，若有益而循其例，或不生害，蓋世有求益民而不能無害者矣，未有無害而民不受其益者也。故古之善爲吏者，必曰文而無害，豈非然哉！若夫廢事養安，而便文自營，且曰吾循例，是循弊而已，非循例也，以弊之便於己也。而謂之爲例，則宜其以例之苦於己者爲異也；而矯其弊者遂曰：例不足以爲治。例之能病人乎？抑亦人之病例者甚乎？

先生子星房，今爲言官，其將有擇於斯言。

陸立夫賦存序 甲辰

同年陸立夫方伯，以館閣及平時所作賦數十篇，呈座主湯敦夫先生曰：「是宜存以詔後學。」因得讀之，且以復於立夫曰：

曾亮於館閣之文固不工習，而於立夫之賦則深知之。其不同乎人、可一望而得者，氣也。六朝之跌宕，唐賢之精整，合以本朝應制之體裁，而超軼邁往之氣卓然流露於三者之外。嘗見立夫所作四書文，其法本明人小題，而有浩氣行焉，與所作賦皆無規規乎取必於世之意，而未嘗不以登甲科入内廷，則士之所遭豈可以人力爲詭遇也哉！而深信不惑如君者，是爲難也。

君既以大考翰詹得侍講，道光二十年遂膺簡命，爲直隸天津道。值天子重憂海疆，徵西北兵聚畿輔，信臣視師者絡繹於道。惟天津道掌一切軍興，手口數十萬索裝待餔。君抑鋒斂性，消納同異，爲群議主，而下與健兒悍夫摩其牙角，化我心膂。當其飛書馳符，食不得定箸，寢不得温席，回思玉堂優閒、含和吮墨，俯仰今昔，其將有悠然神往者乎？然是隨流平進者之志，非所語於雄俊之君子也。

夫人人擇所樂而居之，則未知夫所不樂者，又將以誰畀也？有能爲者而避之，則必使不能爲者而居之，尤非君子之所敢出也。惟立夫其知之矣。

帝鑑圖詩序 甲辰

明張太岳相神宗，進《帝鑑圖》。古帝王可法者八十一事，爲戒者三十六事，其圖以四字爲目，而列說於後。其說皆明白簡易，使童孺可曉。蓋所以待其君者，自處固甚重矣。同年蔡季瞻次其目爲試帖，得百一十七首。陸立夫好而刊之，屬爲序。曾亮因讀之，而有感於蘇氏子由之言也，曰：

信乎！權臣不可有，而重臣不可無。而爲人君者，往往能容權臣，而不能容重臣，爲可嘆也。自霍光、諸葛武侯、慕容恪後，如李文饒、張太岳，皆幾乎可以爲重臣。而太岳之在明，尤可謂總己以聽者矣。然一則禍發於身前，一則勢敗於身後，論者遂與怙權竊位者同類而共笑之。嗟夫！緣百尺之竿而不息，雖甚愚者，知其終一跌而靡也，況智士哉！然而計卒出於此者，何也？夫負高世之材者，不憚糜爛其身，而必一出其胸中之奇，寧負跋扈之名，而不使有所牽制者之敗吾事，久矣。夫人情之日非也，成大功、立大名者，未有不害於庸衆者也。豈惟庸衆而已？當其專己獨行，即君子亦疑其心，而群思有以快其後，則其禍不旋踵固無足怪者。夫功成名遂而身退者，古固有之，此尋常之顯榮者則可矣。若操震主之權，必逆策夫權盡之身無所容而不悔者，則爲之；不然，則寧忍而捨之、没世而不出！吾觀太岳與時人書，亦自知所踞之危且難矣；及已至是，進亦敗，退亦敗耳。彼其先，固有所不能忍者也。則當其得爲之時，又豈復爲後悔者計哉？

安化陶文毅公，於太岳蓋深太息之，而爲之刊定其遺集。吾以是知其不隨俗爲毁譽也。則季瞻亦文毅之志也？夫至於所作之工，季瞻之詩非可以試帖盡也，故亦不復贅也。

蔣松士詩序 乙巳

松士與余爲同年生，又同官户部。志氣鮮潔，寡交游。每閒過余，若將有所深語；坐移晷，卒無所言以去；即言，亦深矉太息，若重有憂者。雖余，亦爲君默默且尠歡也。

君以母憂歸全州，旋卒。弟碧山試禮部，以君詩示余。其他體或不專意爲之，至五古，則多慷慨激烈，或悽惻幽眇。蓋君所抑遏不出之口者，悉移而注之於詩。其身世骨肉之遭遇，言之累欷而不可盡者，詩則盡抉發之以爲快。於唐詩人儲太祝輩，體格不同；要之，任真朴而無客氣，則其趣同也。

昔揚子雲口吃不能劇談，默而好深湛之思。人之言語文字，固有絀於彼而嬴於此者。以君之默於言也而豪於詩，亦其理然乎？嗟夫！子雲雖容貌禄位不能動人，猶獲老壽之福。君不幸，乃不至乎中壽以死也，惜哉！

柏梘山房文集卷七

書序

陰晉異函序 丙午

昔李吉甫叙《元和郡縣志》，謂叙邱墓、徵鬼神，非地志之要，而太史公書獨好言鬼神，以爲雍州積高，神明之隩，自秦文公祠白帝、夸禎符，後世至傳秦穆公上天，始皇時華陰神且以璧遺滈池君，而漢武帝求神仙，方士言神祠者彌衆。及唐都關中，華陰祠爲四方游宦出入所瞻謁，於是自秦漢來恢奇俶詭之事，學士大夫益震褫曼衍，其光景雜出於小説、傳記者，不可勝數也。

乾隆時，華陰李小泉先生自溧水令罷歸，專以文史自娱。既修《華陰縣志》成，乃取仙佛神怪之事可喜可愕者，别爲一書，曰《陰晉異函》，蓋不悉載之志乘者，固吉甫之遺意，而旁採博取以萃爲此書者，亦太史公著書多好奇之意歟？

顧太史公以意有所鬱結不得攄，故著書，詞稱微妙難識。《封禪書》言宛若陳寶事靈睨昭應，屑如有聞，而使人自得其誣罔之意於言意之表。今先生書，網羅舊聞，無所作而亦時附見己意，若莊若俳，以寄其排調慷慨、不合乎流俗之意。則是書也，即謂爲先生所自作，可也。

【校】

〔滈池君〕續類纂本、八大家本作「鎬池君」。按，鎬池，同「滈池」，因水名，亦作「鄗池」。地在故長安城西南。〔華陰句〕音注本、續類纂本、八大家本「爲四方游宦出入所譫謁」作「爲四方冠蓋游宦出入之所瞻謁」。〔學士三句〕音注本、續類纂本、八大家本均作「學士大夫益震褟其説，曼衍其詞，光景動人民，而雜出於小説傳記者」。〔固吉甫之遺意〕音注本、續類纂本、八大家本均作「固本李吉甫實事求是之意」。〔而旁採句〕音注本、續類纂本、八大家本「以萃爲此書者」均作「必萃而不遺」。〔亦太史句〕音注本、續類纂本、八大家本「之意歟」均作「之意與」。〔無所句〕音注本、續類纂本、八大家本均作「不自爲作而時亦附見」。〔排調慷慨〕音注本、續類纂本、八大家本作「慷慨排調」。〔不合四句〕音注本、續類纂本、八大家本均作「流俗之意，蓋其雄于文廉於吏，而不得遂於宦者，後之人亦可概見其素抱焉。則是書也，謂爲先生所自作可也」。

程春海先生集序 丙午

嘉慶九年，先生年二十，來鄉試江寧，始相見。讀其《詠史》詩，先君子呼曾亮曰：「汝見程公子詩乎？渠長汝者一歲耳。」及道光十一年，先生來主講鍾山書院，相見益親。夜過其邢氏寓園，月出園中，竹石如沐，池光蕩人面。坐水檻，盡讀其所作於別後者，而少時得名以《黃蝶》詩及前見者，俱不復存矣。是時，總督陶文毅公政寬簡，民吏樂逸，多興復湖山寺觀。而葆益舟觀察尤好爲主人，泛酒船至燕子磯，飲絶壁下；還過嘉善石壁，訪梅花水、夾蘿峰；飯半山亭，聽銅溝水聲；循定林寺古道歸，以爲常。先生及曾亮數人，皆其座上客也。後至京師，爲户部屬官，遇我一如其舊：山館野寺，未嘗不偕；偶召賓，未嘗不與；有所作，必屬和。然常什不副一，而先生於辭無所窮，其稱情輔意，足以射聲叩影如高資者，無所志而不就也。

丁酉夏，忽見語曰：「吾庭樹鴉數百，夜噪而飛，拔巢去，此何祥也？」未幾而病，呼余與訣。余雖悲，猶以爲倘不至若是。後十餘日竟卒。

自先生去，江寧同游者任階平、王竹嶼、汪均之，皆先後死，觀察亦歸殯京師翚駙馬之墓側。先生呼余往，哭甚哀。及余與徐蓮峰哭先生，去哭觀察時未三、四年。今蓮峰又亦久死。先生之卒，已十年矣。悲夫！

尚書祁公，屬張石舟大令編校遺集，曾亮不可無一言綴於末也，故述少長離合、南北游處之歡，以見略。勢分而篤古誼，如先生者，殆不可多見，以誌吾哀。至所作深博雄偉，覽者當自得之，非可以言詞盡也。雖然，先生之異乎人者，豈獨其文學哉！人屬曾亮以事，而匿其情，漫以請於先生，覆書曰：「吾子而有是言，豈某之生平有不見信於深友者乎？不然，則子受紿也。」嗚乎！《傳》曰：「直諒多聞，古之益友。」又曰：「夫惟大雅，卓然不群。」先生殆無愧斯言夫，殆無愧斯言夫。

道光二十六年六月，上元梅曾亮譔。

葉耳山遺稿書後 丙午

葉耳山名怡，上元諸生。余年二十餘，交管異之，聞其名。與同游城西小盤谷諸山，飯其家，夜半而別。其所居僻遠，余時出游，不常見。道光二年，自京師歸，訪其隣，則耳山死矣。或出一卷書授余，曰：「此葉先生所遺者。」問其室家，曰：「先生無室家也。」蓋其課徒所入，足自給而已，若畜妻子，將求人，則不爲也。同時黄蛟門亦諸生，與耳山不相知而行相似，皆閉户自苦，亦各自得也。余家固貧，然未若蛟門甚。每見其衣履寒敝，而形神怡然，輒以自失。與異之談甚歡，余至，或時避去，吾甚望，以流俗疑我也，然心益賢其人。

耳山遺書，有《燕石序》，詞意奇詭難識。其詩之佳者，余能誦之。蛟門所遺，余無有見者矣，獨異之嘗稱其詩。二人雖皆不欲以文詞名，而憶之至今不能忘，豈非以其人哉！夫安貧，固士之常行也，自士之失其常者多，遂以常者爲異。而兩人固未嘗自異也，然不謂之難焉不可矣。

嗟夫！此兩人之行，余皆得於異之。異之亡，雖有賢如兩人者，吾猶得而見之耶？否耶？

【校】

〔與耳山句〕續類纂本、八大家本「不相知」作「相知」。〔閉户自苦〕續類纂本、八大家本作「閉户自若」。〔吾猶句〕續類纂本、八大家本「見之耶」作「見之焉」。

馮孝女墓誌書後 丙午

馮孝女名順，高要馮展雲編修姊也。母病，割股藥之。母竟卒，女悲傷，二年亦卒。編修痛之甚，乞王君子壽誌其墓，而以示余。夫忠孝之事，致其身而事以濟者，常也。然使致之而必濟，雖其事之至難，勉而爲之者，亦衆矣。惟知其不必，然而痛苦其身，以投於萬有一不驗之地，此恒情所以趦趄，而苟焉以自處者衆也。若孝女者，則亦知之矣。知之而顧且爲之，則濟不濟豈足爲始慮者變哉！嗚乎，其可貴也已！孝女之年、卒、葬，王君既詳誌之，故發其志，以書於後焉。

道光二十六年九月二十五日，上元梅曾亮識。

張端甫文稿序 丙午

張生岳駿，字端甫，無錫人，客京師，從余游者十年，於義山、山谷詩，歸熙甫文，偶學輒似。余小坡、陳藝叔論詩文獨嚴，見生作，乃奇嘆之。及所與游朱伯韓、吴子叙、馮魯川，年或長或相若，皆先達矣，生處之無傲容，亦無不自得之色。余以是重之。及游河南，寄余書，不復及文藝，而講求宋儒躬行之學。余異其能遽若是，而又意其憂傷之深，非是不足以自勝也。

嗟夫！士之困至貧極矣。若生，則求一日爲常人，貧而不可得：祖不得有其養；母不得有其家；妻女也，不得有己之室；有數妹也，皆無以嫁而家死。使生而狂惑，其心漠然無所動者，可也；或其家之人，天誘其衷悔禍焉，亦可也。而不然者，則死而已耳。生自開封至京師，暴得疾，語其友曰：「吾自覺失心，必不活矣。篋詩文若干首，爲我歸梅先生。」病七日，遂卒，年三十五。卒前一日，余視之僧舍，摇首曰：「先生去，有斂我者矣。」瞬而視侯子勤。逾卒之六月又八日，乃檢序其遺稿，遺子勤刻之，而歸其手稿於家。噫！以生之才而可見者止此，人不可以無年也乃如是夫！

道光二十六年九月二十七日，上元梅曾亮序。

錫山文讀序 丁未

無錫汪寫園先生録其鄉制義文，自明成化迄國朝，得人若干，篇若干，爲《錫山文讀》。其有佳文而貴顯於世，及不售於場屋而文佳者，固悉載於是矣。或文雖不爲世士所好，而其人足重乎世，如「八君子」之流，尤必葺而録之。當明之末造，張居正卒位，而申時行、王錫爵繼之，此明室盛衰之機，亦士君子嚮背得失之林也。而數君子者，兩無所附麗於其間，以罷黜之身，聳然係朝廷名節之重。及我朝文治翔洽，士之高節亢行，無所激而施，而專務於通經博古之學，則大科鴻博之士，彬彬出矣。豈非士之趨舍，一視乎時之所貴賤爲盛衰哉！

論者謂：八股盛而六經微，十八房興而廿一史廢。窮其勢之所極，固必至於是而不可回。然以是編所載之文，因其文以考其人，其學行華實雖大小之不同，皆汲汲乎有没世而名不稱之懼。乃以知科舉之學，固不足以弊人，而爲所弊者，不係乎有科舉否也。則先生於是編，考世風之升降，備文獻之支裔，可以使有志復古之士慨然以興矣。

法可菴詩序 丁未

吾嘗謂東坡之詩出於劉夢得，而讀其詩者或不能知。蓋有過乎前人之材，而所旁涉者又廣博而無涯涘，故使人移易耳目，而忘其源流之所自出。古之善學人者，固皆如是，不獨東坡然也。

吾友法可菴觀察，於詩蓋深學東坡，而不規規於一人一境，且旁及於大曆以下諸子，游其思而博其趣，故所作得東坡清曠之氣，而運以唐賢之調適澹沱，亦時有感激振厲，而離合微至，不大聲色。然則東坡之於夢得，其所學有高出於夢得者，而可菴之於東坡，其所學有不專於東坡者也。惟其不專於一人也，乃合乎東坡之所以學夢得，而同爲善學古人者歟？

雖然，詩之境宜於嵯峨蕭瑟，不涉凡近。若聲華烏弈之地，固所謂歡愉之詞難工者也。可菴生長華胄，平進富貴，視東坡起蓬累之中而中放逐於江海者，其境豈同哉，而清曠之氣獨得於詩者如是，其性情之邁乎流俗，尤不可及也夫。

徐廉峰尺牘遺稿序 戊申

徐孟卿舍人，以先人廉峰太史與友人書及訓子語見示。廉峰詩集，生前所自訂，其他文，蓋其所不注意者。然吾以爲：觀人於微而得其真者，莫是若也。當其據案即書，稱心而言，豈復有人之見存哉！

憶昔與廉峰游，樂其胸臆誠直，言論慷慨，貌若高亢，而服人之善，憐人之才；性不耐雜，而慮事精審，於物必求有濟。自浙江主試歸，門下士多高才生，連屋館於其家，飲酒歌呼，不問也，有東海司寇公之遺風。病革時，猶欲出萬金，爲五城散粥費，御史重於奏聞而止。此豈世所易得者哉！今觀其與友人書，及所以訓子弟者，與余聞見事多相類，故曰：可以得人之真者，莫是若也。

抑余因程春海侍郎得交廉峰，侍郎卒，同視其斂，君慨然曰：「春海手書不可復得矣，在君與我所者，盍裝治之。」言未久而君亦卒。今觀是編，其能不悽惻傷懷也！

劉楚楨詩序 戊申

國初以詩鳴者王漁洋、施愚山，皆不以考證爲學。其以是爲學者，如閻百詩、惠定宇、何義門，於學各有所長，而詩非其所好。兼之者，惟顧亭林、朱竹垞而已。亭林不以詩人自居；竹垞於詩，則求工而務爲富者矣。然其詩成處多而自得者少，未必非其學爲之累也。嘗謂：「詩人不可以無學。」然方其爲詩也，必置其心於空遠浩蕩。凡名物象數之繁重叢瑣者，悉舉而空其糟粕。夫如是，則吾之學常助吾詩於言意之表，而不爲吾累，然後可以爲詩。

若楚楨之詩，其學而不爲吾累者乎？百詩諸君子之所長既兼而取之矣，而其詩磊落直致，或跌宕清妙，怡人心神，凡生平之撰述，一空其迹。吾向知楚楨之爲學人，今乃益知其爲詩人也。

抑楚楨之詩多作於窮居羈旅，今爲令，有民事焉，其地異，其情殊，且終得爲詩人而已乎？雖然，和平其心而達於事者，循吏也，固詩教也；荒於政而惟詩之耽，豈治詩之意哉！

何子貞詩序 戊申

古今治詩者多矣：有專於詩者之詩，有其人其學不專於詩者之詩。專於詩者，句磨而字琢之，勞其神而苦其心，矻矻然舉天地之大，萬物之多，而惟吾詩之知。若夫不專於詩者，諸子百家之説，有一不知焉，吾耻也；詩、古文詞、金石、丹青、書法，有一不能焉，吾病也。其於詩也，特其無所不能者之一能，而非其專能也。

吾友子貞，自貴州考官歸，以所得詩見示，讀之，求其專似一古人者而不得也，不知其爲漢魏、爲六朝唐宋，適己而已矣。吾意所欲言者，聲之於口，形之以手而已矣。其所謂不專於詩者之詩乎？

子貞迹近而心遠，其自守堅，其智深而能静，畀以事，無不可任者，而温温於侍從之職，乃以其汪洋之材、沈毅之姿，自恣於諸子百家、詩古文詞、金石丹青書法之學，其學也，亦寄焉而已。

子貞之學，固不足以盡其人；况其詩，又何足以盡其學乎！其不工焉，非其所惜；其工焉，亦非其沾沾自喜者也。不然，使子貞而專於詩，舉天地之大、萬物之多，而惟吾詩之知，則真詩人矣，而失吾子貞矣。固不樂乎以彼而易此也。

孫秋士詩存序 戊申

歸安孫秋士，名憲儀。其父遲舟編修，名辰東。兄亦編修，官知府，早卒，君妻子亦繼卒，家復毁於火，無所歸，館鄭氏京師數十年，見童子抱其孫焉。余與君數相見，然不忍問其家事，獨誦其詩，知其嘗有一女而已。

君卒於鄭氏，數年後，葉潤臣舍人得其詩，驚嘆謂無世俗氣，將刊之，以告余。余慨然曰：「此盛德事也！秋士窮於生，庶其不窮於死乎？」然君詩中稱三友，謂張淵甫、吴西谷及余也，而豈知刊君詩者，爲生平不一識之潤臣也哉！士亦貴自表異耳，無患乎不知已也。

蔣玉峰詩序 己酉

余同年中多詩人，鄒君松友、張君白也、蔡君季瞻，余皆讀而序之矣，獨玉峰不恒相見，自壬午後，幾二十年。其子申甫編修，居與余鄰，君亦適來京師，始晨夕相過從談讌，而得君之爲人。又數年，始得讀君之詩。蓋其詩，不務聲色，不奴主於門户流派，而婉而善入，易而善出，凡應官行役之瘁，登臨山水之適，朋友親戚之情，話人艱苦而不能達者，或繳繞叢雜，言之而不能具者，君一出之以清和平夷，循節曲傳，奥美畢出，使己無不盡之詞，而讀之者亦無不快之意，如乘輕舟順風中流，倏忽千里，而恬然不知有波濤之驚、江湖之艱阻也。是則君之無所因襲，而自成其爲詩者已。

君爲人廉智自將，和易而有護。自縣令至監司，官江西者幾三十年，士民皆愛誦之。有大疑獄或官民有不相得者，雖非君所莅，大吏必使君往，一以清和平夷、循節曲傳者處之，卒以無事。夫爲吏於今日，蓋綦難矣。上不能無所求於下，而民常有挾以要其上，而猶欲以武健勝之，宜其糾紛雜亂而事幾僨也。君之詩，即君所以爲政者乎？

戴雲帆文集序 己酉

古諫官之設拾遺補闕，其義貴於輔君德而已；司彈劾，陳利弊，其餘事也。逮其後，啓沃之事或專出於一、二親貴之大臣，而爲言官者，遂以彈劾爲專司，而益務於興建利弊以盡其職。夫利與害相倚伏，陳其大端，使上知理與勢之所宜興閉，言者之所能也。若夫行之有次第，施之有緩急，循其理解而平其牙角，全吾言之所利，而不涉於害，則在有司之奉行而已。苟其行之不善，或雖行而非其意所便者，鹵莽析亂，使其利不可成，而害之布列於耳目者，已森然而不可諱，天下遂以咎言者之失。然則言之非難，言而必其人之能行者難也。

吾友雲帆爲言官，而深知其難，其慮事也甚深，而究得失也甚析，平居論辨今古，及與人書疏，皆殷然以世事爲念。然惟其念之者殷，則審度於行法之在人者，愈不可易爲嘗試，吾以是知其無功利心而不近名也。近出其所爲文十卷，其少作多沉博淵雅，有意於崔、蔡之所爲；後乃一以理勝，而覈於事。殆昔人所謂「得數十首可當著書」者乎？雖然，古之人得行其意，則無所爲書，使君一日審其有能行者而盡言之，則是編也，又其糟粕也夫？

朱少仙詩集序 己酉

昔白樂天與孟東野、賈長江，皆元和詩人，然人讀孟、賈詩抑塞，思罷去； 樂天詩輒心曠神釋，而樂爲之徒，豈非其境爲之哉？

餘姚朱少仙先生以文行名於時，而屢試禮部，始以大挑得知縣，顧棄不取，爲州學官，復棄官而家居。其境固不若郊、島之困，而視樂天則有間矣。及得其詩讀之，自少而壯而老，凡有接於目者，皆欣欣然而得其樂意也。其夷猶容與，澹泊而自適，亦使人心曠神釋，而樂爲之徒也。因其詩以得其人，所謂無求而知足者歟？ 雖然，人之富貴貧賤，其境無有窮也。惟無求而知足者，其境爲無以加。苟爲無以加也，含醇和，混希夷，而超然於無累之域，又烏知己之非樂天，而樂天之非己也哉！ 則以無其遇而同其詩爲先生異者，猶未爲知言也。

或曰：樂天之子無聞，而先生有賢子登侍從，壽且過之，所遭又有勝於樂天者。是固然矣，而其所自得於詩者，亦不係乎此也。

耻躬堂文集序 辛亥

昔閲魏叔子文集，有「易堂九子」，彭躬菴先生其一也，未得見其書，知爲勝國遺老而已。咸豐元年，曾亮主講梅花書院，其七世孫雲墀都轉過揚，以文集贈，并詩十六卷，屬爲序，乃稍得其生平。

蓋先生少席豐厚，性豪邁，盡散金帛，以交恢奇偉異之士，至築屋數十楹，以居過客，周旋於黄公道周、史公可法、楊公廷麟數君子之間，欲有所自見於世而迄不得行其意，遂築室於寧都金精之峰，與三魏相依，務欲韜匿聲采，無所聞問於世。而又不得安，其居爲土寇所擾，展轉遷徙。及海宇安乂，稍可休息，則困於飢寒道路之奔走，其文采行誼又爲當途士大夫所引重，卒不得安於所謂金精峰者。夫先生於明季，固一諸生也。當搜訪勝國遺老之日，而超然以布衣終，其節固已高矣。而今讀其詩，抑塞拂鬱，若有所負咎於世。蓋志義之士，其崎嶇犯難、百折而不悔者，非以爲人也，求自全其心而已。苟其心之無憾也，雖人言而不恤。惟其心之不如是而遂已也，則雖求之名節而無可疵，質之天下後世亦無能求備於是，而耿耿不自釋者，終不以後行之所成，自恕其始意之所獨至。此其志義所以尤不可及與？

先生之詩，兀傲有似山谷者，激烈之氣則近放翁。然嘗自言：「吾文不欲學古人。」則詩又豈規規於古人哉！特其邁俗慷慨之氣，有與古人同者，固宜詩之有時而合也。然是猶不足以盡先生。惟知其有高世名，而耿耿不自釋於心，可以知先生之詩矣。

【校】

〔志義之士〕續類纂本、音注本作「志義之上」。

八角樓詩稿序 辛亥

何顧船刑部以其親上官宜人詩稿見示，清醇真樸，無纖俗之病。其詞，則多遠道憶父母之作。夫内夫外父母家，此以義言之耳。若發乎情，如古賢女思歸見歌詠者固「三百篇」之所録也。

余在都時，爲文字真率會者十許人，皆好古多聞者也。顧船主會特勤，饌飲必豐潔，然是日皆宜人自製羹，客愧之，欲辭約，顧船曰：「是吾親意也。某所與游，親必問爲賢以否、其學術若何，對不副所問，輒不樂。若諸君子，則吾二親樂常以爲客者也。」余聞之，益以爲愧。然宜人則可謂賢矣。《詩》曰：「飲御諸友，炰鼈膾鯉。侯誰在矣，張仲孝友。」宜人於詩教，蓋深矣哉，蓋深矣哉！

衡游草序 辛亥

厲茶心先生昔以詩集見示，余嘗答詩，以稱述其高致。續讀《和陶詩》，心意閒適，才力悉斂之於平澹矣。今又見其自湖南歸之《衡游草》，凡山水之情狀，風雨雲日之興象，皆見於詩，悉力呈露，而不使之稍縱。蓋才與境變，而不主故常，視《和陶詩》又一奇矣。

昔杜子美以湖南爲清絶地，而困於飢寒奔走。今先生載眷屬，視令子於官舍，有天倫之雍容，無羈旅之騷屑，固宜能盡所歷之妙，而悉吐其胸中之奇也。過洞庭詩，洶湧滂湃之狀，震掉紙上，余雖未嘗至，恍然遇之。至九江、皖公山以下，皆嘗所經歷，而其時胸臆封錮，忽忽無所會，讀是詩殊自失也。

石瑶臣傳書後 辛亥

昔太史公傳循吏，自春秋盡周末，幾數百年，然爲之傳者，四、五人而已。何其難也！

蓋有其人，而事不傳者多歟？如麴令何易于，使無人焉見於詩歌文字，亦没没於後世矣。居高明者易彰，而卑困者寡述，勢固然歟？或曰：循吏者，心乎民而已，智名勇功，非其所屑計也。任峻、鄧艾、杜元凱之流，其興利與召信臣等，而功名之意居多焉。君子亦探其心，而不欲與以是名，則副乎循吏之名者，蓋其難哉！

近今之世，吾得一人焉，曰石家紹，字瑶臣，翼城人，道光二年進士，官江西知縣，終銅鼓營同知。自大吏僚友、搢紳先生、士民卒隸，無不以君爲循吏也。入都時，除夕，飲余齋中，論《史記》不絶口；問君所行事，則笑謝不自言。及卒見其友所爲傳，皆爲民吏者所當爲。人或怠焉，僞焉，獨力誠行之以盡其心。江西嘗大飢，錢粟未辦而飢民集西山者已數萬，齊聲呼賑，巡撫署屋宇皆震，大吏不知所爲。或曰：「急檄石令！」石令至，萬衆皆迎伏跪拜，曰：「願聽處置。」是賑也，得緩而無變。夫啼呼搶攘之時，見一人則帖然服者，惟嬰兒於慈母則然，而君能得之數千萬洶洶飢迫之衆。且君之於民，非能解衣而遍衣之，推食而遍食之也，而若此，何哉？夫殊尤卓絶之行，固倫常所宜有也。至父母於子，雖極其情而不足爲異，故雖以君之爲吏，亦特盡子民者所當爲而已。然而非父母其心者，則不能爲，此君所以得此於民者歟？

嘗自記曰：「吏而良，民父母也；其不良，則民賊也。父母，吾不能；民賊也，則吾不敢。吾其爲民傭者乎？」故自號曰「民傭」。嗟夫！父母之保抱其子者，蓋日爲傭而不自知也。是則君所以自處者矣。

【校】

〔翼城人〕續類纂本、八大家本作「冀城人」。

享帚集序 辛亥

嘉慶中，與元和顧君千里同客揚州，秦敦夫先生招飲，與顧君言書籍目録之學，竟飲不倦，於是得盡聞所不聞。顧君精博，慎許可。至先生，則以爲何義門諸君子之緒論，猶未泯也。道光三十年，再至揚，先生已前卒，玉笙同年以遺集屬序，自館閣至里居，所作皆在，而序書之文爲多。

昔司馬談、劉向始有書序，班固、柳子厚、王介甫、曾子固繼之，皆叙書之旨要而已。先生則兼詳其板本之源流同異，與訛繆删脱之所緣起，爲學者多聞闕疑之助，其意固已深矣。而文之體格態度，則阮文達公嘗稱之，以爲人能知者少，惟詞隱自記，多徜徉之詞。或惜爲於世不竟其用，然以翰苑尊宿，優游於林下者三四十年，席先世圖史與畢生搜訪之富，而所居又爲四方學士詞人之所輻輳，遂得肆意乎稽古之娱。發古德之幽潛，袪後學之弇陋，則先生於世，豈復有不足者哉！

獨念曾亮以三十年之久，重來揚州，昔所遇贍聞麗藻之士，與先生相欣賞者，今皆不復再遇，而行年亦遂至如昔所見先生之年矣。序是文，不能不慨然以思也。

徵銘録書後 辛亥

王子守静介姚石甫，屬爲《徵銘録》書後，以未見其録，不及爲。今歲，守静又介湯雨生以其書來，爲其親述行之文多至數十人，余所習及所知者半焉。因余之所知而徵其所不知，則其言皆可信者矣。以一人之行，而言之可信者數十人無異詞焉，其行之孚於人人，非以其子之求而有所飾焉，必也。故吾因周保緒之言，重有慨也。

夫贏於義者虧於利，此事之適然者也；侈於躬者毁於家，此理之必然者也；俯拾仰取，而困於時命之無所獲，又數之常然者也。人於事之適然者，父子兄弟相戒也。至必然與常然者，則昧昧然趨之，其失利一也，而倍亡其義焉，可謂知所擇處者乎？《傳》曰：

「人貌榮名，若學愚。」王君可謂知所擇，而得其榮者矣。君諱旦。徵文者子國棟，字守静，歙人，而三世居常州，故兩江文行之士，皆具於是編焉。

青嶰堂詩集序 壬子

先君子同年友，以文字知曾亮者三人：安化陶文毅公、新城石士侍郎陳公，其一則嶰筠尚書鄧公也。文毅之《撫吴草》，侍郎《太乙舟集》，既皆讀而序之；至公之詩，則巡撫安徽，曾亮時在署中，嘗親見其屬筆。其取材也必精，其句律也必整，而出入於東坡、放翁之波瀾態度。其於詩，不爲則已，爲必片言隻字無不愜於心者而後成。每辰巳時見屬吏，議事畢會食八箴堂。時管異之、馬湘帆、汪平甫俱在坐，方植之亦時來，和章聯句、詼調間作。午過，入齋閣，治文書。日晡後會食。漏一下，各散去。日以爲常。

蓋公明於知人，善任使，又熟察其地之肥瘠、民之强弱，而擇其人吏之所宜，而無有愛憎厚薄之闕其間。故官吏奉職，鮮有敗事。朝廷無信使之遣，有司無供張之困。民氣安樂，鈴閣清静。公乃得與賓客游從之士，從容乎翰墨之娱也。

今歲，公之子子久太守以遺稿寄示，屬爲序。伸卷再四，多昔在署時評識之作。蓋公之撫安徽也，十年矣。其總督兩廣、閩、浙，皆不能如安徽之久且多暇也，故詩於是時爲最盛。事會遷異，風流云亡，欲如文毅及公安徽時之民和政優、講論文事，雖名公卿而建幕府者，今亦慨然難之。而昔會食諸君子，亦先後凋喪，獨曾亮藐焉幸存，而得序公之詩。嗚乎，盛衰之感，豈獨在一人也哉！

咸豐二年五月，梅曾亮序。

孔君墓銘書後 壬子

昔朱邑爲桐鄉嗇夫，廉平，不苟以愛利爲行。後屬其子曰：「必葬我桐鄉，桐鄉民能奉嘗我。」夫邑，貴爲九卿，能薦達賢士，廉潔守節，非碌碌居位者，而自以爲有功德於人民乃其爲嗇夫時。蓋士有致位公輔、聲施爛然，而歉焉有所不自得；或小吏卑秩，而泰然無愧於心者，亦視其所及乎民者而已。故吾於孔君之事深有取也。

夫權輕而民畏，必有以見重於民者；位卑而令行其言，必有以見重於令者；役姦而能去其害，必有以見信於其使令者。此三者，皆行之至難者也，而其事則人以爲微也而忽之。不知彼所得致乎民者，其職固如是止焉，而無有加也。此邑之所以無愧於桐鄉者也。吾觀漢之循吏，若朱邑、文翁、黄覇諸人，起家嗇夫，或郡縣吏、卒史，後皆爲名公卿。歷卑位多便近民，知疾苦耳。惜乎，君所施專而不咸也。

君諱傳坤，字静遠，孔子六十四世孫。子繼鑅，進士，官刑部主事。以君不急其仕，棄而歸養，示余墓銘文而垂涕也，乃感而書之。

阮小咸詩集序 壬子

江寧郡城，其西北包十餘山，林壑深遠，而秦淮、清溪之水縈帶其下。其迹雖或存或湮，而清淑之氣猶足以沾溉人物。故士生其里，多跌宕自標異，或真朴無文飾，有六朝人餘習。其衣冠言動，與南城人風氣固殊也。以余相知，若嚴君小秋、汪君鄴樓、車君秋舲、陸君香筠、汪君平甫、方君慎之及小咸，所居相去率不過一、二里，而諸君皆多文酒之會，時相與携榼訪勝，極乎山砠水涯，歡吟醉呼，窮日夜，披林莽，逐星月而歸以爲常。

小咸雖與諸君倡和相得，而終歲授徒，於文酒之樂不多與也。及余自京師歸，北城諸君凋逝殆盡，慎之亦久客不能歸。獨君年已七十，尚授徒如故。余因自嘆年未甚耄老，而自里居後，山城孤寺，往往多獨游，少與偕者。見少年游從意氣之盛，追念昔時同輩，邈焉難求，而寂寞自守、得臻乎老壽如君者，爲可幸也。乃未幾，而君亦旋卒。

君之子肇星，以詩稿屬序。余讀之，清婉恬適如君其人，不以其不得志於有司也，而有怨詞有矜氣，真德人之音也。昔與君及鄰樓、香筠，同肄業於尊經書院，夜歸，市户皆静閉，獨吾三、四人履聲滿街。讀君詩，忽忽不覺爲數十年事也。

咸豐二年九月序。

【校】

〔其迹句〕續類纂本、八大家本「或存或湮」作「或存或没」。

柏梘山房文集卷八

傳

書楊氏婢事 癸酉

楊氏之寡妾，以貧故，不安於室，嫁有日矣。未嫁前一夕，呼其婢，不應者三，怒曰：「汝，我婢也，何敢如是！」婢叱曰：「我楊氏婢耳！汝今誰家婦者，曰『我婢』『我婢』？」妾方持剪刀，落於地，起環走房中。至天曙，呼其婢曰：「汝今竟何如？吾復爲爾主矣。」婢叩頭，泣。妾亦泣。竟謝其媒妁，不行。後將嫁其婢，婢曰：「人以我一言故，忍死至今，我亦終不去楊氏門，亦不嫁。」妾之夫，楊勤恪公錫紱子也。

【校】

〔題〕續類纂本、舊小説本作「書楊氏婢」。〔竟謝句〕八大家本、續類纂本、舊小説本均無

〔楊勤句〕續類纂本「錫紱子也」下有小字注曰「雋永」，當是其人之名。「其」字。

侯起叔先生家傳 戊寅

先生姓侯氏，諱學詩，字起叔。江寧人。幼孤貧力學，尤邃於詩。以進士官廣東三水縣，仕至江西撫州府知府，以病歸。

先生沉沉無多言，人初不以爲能，然善斷疑獄。每聽事，堂上下皆屏息，無胥吏聲。聽訟者言畢，不孱一詞，復使言；僞者詞輒躓，抵隙躡尋，不得轉移。不一事威愒。令南海時，兼虎門同知及總捕通判，凡數印，默默如平常。同官以是知其敏也。然歸里後，不一言在官時事。有問者，以風土物產對而已。

家居，自删削所爲詩，曰：「吾詩自南海後憊矣。」是時，錢塘袁簡齋方寓江寧，及陽湖趙甌北、鉛山蔣心餘，皆以詩震襮天下，而袁爲魁。自王公大人，下至商賈婦孺，讀其詩者，人人自以得其意。賓客游士投詩卷爲弟子者，名紙之積如山，而先生泊如也。其所爲詩，味幽而氣疏，情暢而義肅，大較似陳無已，而貌加豐焉，世之人不知好也。即先生亦未嘗輕以詩許人。

年六十餘卒。子二人：長雲松，以弟之子繼，中嘉慶三年舉人；次雲石，博士弟子。

先生之官南海也，巡撫李公瑚威重，甚患茭塘民之多盜也，計殲之。先生請訊。公曰：「每獲盜，皆曰『茭塘』、『茭塘』。茭塘數百家，即得不爲盜者一兩人，足爲訊乎？」先生固請之。公曰：「吾任君作好人！」後訊出者三百餘人。嘗曰：「天道有知，我尚當有一子。」不踰年而次子生，如其言。

梅曾亮曰：先生，曾亮外祖父也。病歸後無事，獨時見其自改詩。年十五六時，閱其詩，無所省。又十餘年，覺有異焉，亦未能知其佳也。今則真知之耳。然以吾遲之數十年而後知者，望之人人，其亦有同吾之知者耶？其竟無同者耶？方其兀坐渺慮，定得失於微茫之中，豈以世有必得其用心者，亦自慊其志而已。雖然，事不能自慊其志，而能有待於後世者，蓋未之有也。

書李林孫事 戊寅

郯縣陳伯瑜，任俠士也，嘗於巡撫某公座大言曰：「某某處，教匪當起。」時乾隆六十年矣，天下乂安，坐中皆搢紳先生、大吏官屬也，大譁，以爲妖人，㗋某公即坐上執之。伯瑜曰：「執我易易耳，若何者而釋！」無何，川、楚賊果起。官吏皆驚，禮爲上客。時賊衆已蔓延，然未入河南界。河南路四通，輕徙鳥舉不可制。當事者尤是爲憂，而浸淫聞賊自襄城來，文武吏皆他出，守禦獨布政使馬慧裕，提空名守城，實無兵，用伯瑜計得襄城李林孫，以五百人破賊襄城。

時賊已大至，臨水欲渡，聞伯瑜以二百五十人閱兵也，戲觀之。未及戰，而後陳囂，林孫以二百五十人出其背。賊前後相紛挐，殺傷過當，乃遁去。

林孫已破賊襄城，其鄉兵聲聞梁、楚間。林嵐乞其兵守盧氏。賊帥張潮兒來攻，衆號十萬，可二、三萬。嵐卒不滿二千，莫敢進。嵐謝其衆曰：「公等皆林孫人，徒死無益。」指大樹曰：「我官也，死是間耳。」衆怒曰：「誰無面目者，乃致官爲此言！今日戰，有不勝賊而生者，撞大石破腦死。」嵐拜，衆亦拜。遂戰，賊幾殲。賊走，且詬曰：「我識若！我識若！」林嵐者，河南省試用知縣也，後爲安徽省同知。

有蓋方泌者，爲陝西商州州同，亦善使鄉兵。嘗敗，言笑如平常。衆怒曰：「見人父兄子弟死，反笑爲，固不可解也。」方泌曰：「賊小勝，驕矣，我報父兄子弟仇，戰必勝，珍寶盡有之，我故樂而笑也。」衆氣振，復戰，乃大勝。方泌至前戰地，呼亡者而哭曰：「好男子，不見吾殺賊而死也。」因伏地哭，不能已。衆皆哭。

汪正鋆曰：「吾往來梁、楚間，問所聞李林孫者，見之襄城逆旅中，年六十餘矣。皃温厚長者。」正鋆與言形勢旺相、用兵奇正之道，皆不省，曰：「大豪傑無他，得人心耳。」

【校】

〔喺某句〕光緒本、續類纂本、八大家本、舊小説本「坐上」均作「座上」。按，坐，通「座」。

〔賊前句〕續類纂本、八大家本、舊小説本「紛拏」均作「紛拏」。按，紛拏，義同「紛挐」，謂亂相持搏。

〔乃致句〕續類纂本、八大家本、舊小説本均作「乃致公爲此言」。〔林嵐者〕八大家本作「林陝」，疑串下行而誤。〔河南句〕續類纂本、八大家本、舊小説本「知縣也」均無「也」字。〔陝西商州州同〕八大家本作「嵐西商州州同」，疑與上行「林嵐」串簡而誤。〔汪正鋆〕續類纂本、八大家本、舊小説本均作「汪士鋆」。〔皃温厚〕續類纂本、八大家本、舊小説本作「而温厚」。

〔正鋆句〕續類纂本、八大家本、舊小説本均作「士鋆與言，言形勢王相、用兵奇正之道。」

墨生傳 壬午

墨生，周墨子之後也。漢時，有子墨客卿。自漢至唐宋，皆隱不仕。宋王安石嘗薦其先世，欲官之，不果。

君生於明洪武時。時太祖已平天下，除群雄，謀萬世安，欲以木訥文弱愚黔首之民。或以生可以摩厲薄俗，薦也。召見，大説之，爲文學博士。時青田劉先生及高青邱輩，以謀議詞學見尊重，後以事見誅。君爲人，陰重不洩，凡天地人之理道，山川、禽獸、草木、名物、象數，皆略涉之。有問者，故爲無崖岸以對。自名禍陰，猾吏不能測之。惟太祖亦以生謹厚，無它腸，除州牧郡守、尚書九卿，必經君指授乃可，以此京中貴人，翕然稱墨君。

墨君雖游於要人乎，然不以貴驕人，無貴賤賢不肖，一與游，皆歡然終身。其愛慕君殊甚。或曰君能言神農、堯舜、文武、周孔事，親見其抵掌談語，自司馬遷、伯益、隸首不能詳也。人咸多君，以爲神，如數千歲人。秦漢後，輒卑之，若夢覺焉。嘗曰：「吾治書猶庖人治庖，醯人爲醯，蝗螻腐敗而勿食之貨，必留以觀其化。」

時有魯兩生，避之不肯見，曰：「墨君，妄人也。善因權而爲功。」其門下士既秉事用權，或持其術不能通，稍叛去。君聞之，默默不自得也。嘗有所薦舉，非其人，上怒甚。生免冠叩首，曰：「臣無由知。」太祖亦悟，曰：「君休矣！」復就故官。墨生蓋以壽終；或以爲化去不死。其子孫衆多，遷徙流寓，益蔓延不可窮也。

太史公曰：墨以道術受姓，別者九焉。惟君後獨爲繁昌，蓋禄利使然也。觀君言論侃侃，類有道者，獨昧於知人，何哉？然太祖之殺伐行威，不愛人士，以文字見屠滅，數數覯矣，生獨終始蒙恩禮不衰。古所謂「文無害」者，豈生之謂耶？

王苪傳 壬午

嗚乎！士之谿刻自處、不顧人之是非者，豈務絶俗以爲高哉，適其意而已矣。昔徐昭法餓數日，黄九煙造之，持而哭，出扇，令其徒鬻之。人莫售者。則曰：「此黄九煙詩畫也。」乃得銀數錢歸。昭法與九煙皆怒，以爲洩九煙名，促還之。嗚乎！士敝於衣食久矣，以居官爲商，以立名爲狂，以文爲駔儈，以勢爲子母。其搢紳間相然諾，非是末由也。有默不答者，輒怪之，況侃然持論甚高者乎！骫骳頑鈍、無忌憚之言，儼然作矜莊之色，如父師之語子弟，聽者正冠改容，以爲若人愛我。此其尤可怪嘆者也。如徐先生之風，豈非俗所謂不近人情，而且疑爲無有是者哉！

余於江寧得一人焉，曰王苪，字小石。壯時嘗應試，中副榜，遂棄不應試。好爲大言，無檢束。談經書，務閎大奇偉，鑿空以自恣，期適己意而已。他日忘前語，又改說之。然皆有詞義扶持其理。亦不常説經也，暇携兩孫游於常所往來、意所可者，遇飯則索飲。所適之富隣欲飲之，不可；强持之，展兩足，伏地大號曰：「吾足痛！」狂走逸去。家居，常不得菜，植箸鹽中，嘲箸以佐食。而性好客，客至，必沽酒；人不能堪，而君勸客飲益堅也。屋外有棄地，君晨往負暄。有過者，暴起，揖坐之，談不令去。人驚，或間道行避君。然見人未嘗言貧，贈之金則受者，四、五人而已，稍多亦不受。

昔王大經嘗著《巢許論》，曰：「亂生於民，民生於多欲。自堯舜至湯武，僕僕若臣虜，懼不能給。彼無求者，縉縉昏昏，不知其仁；沕沕墨墨，不知其德。蟠木北户，流沙戴斗。舉天下不受其治者，一二人焉。其行不足以治天下，使天下無待治，則巢、許是也。堯、舜、巢、許，皆能治亂之聖人，故並世生焉。」其言迂遠不經，然能力行之：薄嗜欲，遠名禍，以明布衣終。今王君之行，雖疏狂少邊幅，亦所謂無欲於世而世莫得而治之者乎？人皆曰：古人之爲此者，化性而起僞。然王君自壯至老，余無時見其不自得。投以世所樂者，驚而逸，如麇鹿然，豈其僞爲之哉！余以是知古人之清風高節信有，是不可誣也。

大經，字倫表，一字石袍，東台人。

朱宜人傳 甲申

明歸太僕有光著《貞女論》，言守貞非古禮所許，其説甚辨。而又嘗記張貞女事，以爲高明之姿非凡情所同，卒以夷齊之未仕爲臣而餓死者爲例，蓋聖人之制禮，爲夫人不及之，而其心有大不安者也。苟未至乎心不安者，則是禮也，寧深没之，以寡天下後世之過。故有過乎禮，而其心始即安者，其行雖創於賢智之心，而適合乎聖人「有是心而不敢設」之禮，此孔子所以仁伯夷，而歸氏援以例貞女者。其後説爲可據也。

涇邑朱侍講蘭坡先生，其母曰汪宜人，以貧故，幼養於姑所，未成禮而崑山贈君卒，大母將携歸之，不可，曰：「我家是久矣，又安歸？」襲麻葛，泫然即喪次，見者莫不悲其幼也。初議後，無可立者，逾九年而先生生。其本生趙宜人，以本生贈君之遺命後宜人。宜人曰：「吾不更撫育事，在姒所，猶在我也。」生八年乃歸。宜人愛子甚，然常嚴督之。館師於家，酒漿及糗餌庋閣之物皆親製。子從塾歸，食頃寢次，從容與言家規、喪祭舊制。爲人務遠大，戒谿刻事，馭奴婢不苟言笑。人告不足者，必應手贈無疑。中年後，以子貴矣，而抑抑如平常，與家人述情話爲樂，曰：「吾無他求。汝外家微甚，寒食一盂飯，累汝曹矣。」年七十而卒。昔歸氏記張貞女事，雖立後而不得享其報，故哀而傳之；若先生以文學發身，官侍從，供奉内廷，人知與不知皆以爲宜人榮，豈天之報施或不同歟？然宜人之守貞也，九年而先生始生，以爲之後，又八年而始相依以居。十餘年之中，前顧後待、惸惸兢兢，使謂後之必有子，有子而賢，且賢如先生者，以自慰，雖宜人不敢以是必之，天也；知天之不可必，而必行其意之所安，是乃所以爲宜人者歟？然而正誼明道之君子，或往往臨事而增嘆也。

梅曾亮曰：朱蘭坡先生主講鍾山，得常侍言論，故聞宜人行爲詳，宜人以貞行受旌彰彰矣，其族以娣姒婦姑同節者蓋纍纍焉。李女者，婢也，憐其主守節獨居，亦老死不嫁。嗚乎，此又何所利於後而爲之哉！

家秋竢先生家傳 甲申

先生名立本，字秋竢，一字望園，於曾亮爲伯父行，而入《國史·文苑傳》曰庚者之曾孫也。少以文名庠序中，得選拔入都，充八旗官學教習，考職得州同。有勸以就職者，笑曰：「此非吾出身也。」乾隆十七年，中順天鄉試舉人，考授内閣中書、軍機處行走。又五年，成進士，以第二人及第，授編修，充國史館纂修。宣城人俗畏客居，遠賈不過百里外；鄉會試都省者，惴惴然如不即歸。而先生留都中久，鄉人士詫其所爲，至是乃笑曰：「其自苦如是，得之晚矣！」嘗一爲江西壬午鄉試副考官，癸未會試同考官，旋視學廣西，殂於署。其時，以某縣令不得其死事有連，蓋乾隆三十二年也。

任學使者，自一、二大省外，官卑體尊，州縣多鞅鞅，即督撫，亦貌敬之如外客。而先生嘗值内廷，魁上第，人皆以地望疑先生，謂有所陵忽，抑先生非其人也。然竟以是爲同官猜，其可悼也已。其卒也，文穆公已薨，而族伯祖生谷、薏沙兩先生亦相繼先逝，上下十餘年間，梅氏登甲科、列朝籍者盡矣。嗚呼，亦門祚之故也歟？

葉應傳 丙戌

葉應，涇邑生員也，無字；其妻相與語稱先生，人呼爲葉先生。終歲不沐浴，面多垢，然盛暑未嘗不冠。來鄉試江寧，門生負一擔炊竈具，妻牽犬隨行。見年長者，無客主，必坐其下；幼者，反是。客聞先生來，輒逃。或坐立，稍失容即見責，不問名姓何也。惟先祖石居公私嘆異之，曰：「如葉應，真孝子。」嘗館余家，夜已卧，大哭，拔關遂逃。間年問之，曰：「忽憶母，急歸耳。」石居公之卒，既除喪，有白衣冠立大門外者，家人驚，祖母汪宜人曰：「噫，是其葉先生乎？」余易冠出迎，乃入，哭弔如禮，趨而出。

幼時見先生，不敢正視，恐失笑見呵。後稍長，知敬異之。聞已没，不復來。噫，自先生没，衣冠形模可怪笑如先生者，亦不復見也。

鄱陽縣知縣吳君家傳 丁亥

江西民有以事訟於巡撫者，聞人言「令當得罪」，乃驚，懷牒而還。蓋鄱陽令吳君事也。君陽湖人，諱琦，字鏡涵，又字敬菴。以乾隆丁酉科舉人、四庫館謄録，令江西鄱陽縣。少豪邁自喜。年二十，登泰山，携酒觀日出，痛飲而下。及爲吏，循循然一於儒。鄱陽兩遇旱災，自出數千金以賑民。有訐所怨以教匪者，君曰：「以何爲驗？」曰：「不食肉鹽耳。」君曰：「若餔之而食，則奈何？」訐者屈，遂釋不問。又有誣大姓爲不軌者，大吏命以兵往，君先期召所名捕者曰：「有一不至，吾不汝能救矣。」辨其誣於上，得釋。君先令宜黄，山邑民多族居，有所捕人不易得，丞尉以檄來者相繼。君至，皆請罷，以酒食召其族豪，令致囚以自贖，故兩邑民皆愛君甚。嘗自鄱陽至南昌，鄉民請留宿，君曰：「吾事急，還當詒汝。」及還，從者請便道，君卒如約。其歸也，以貧負官錢，民代償以金六百，乃歸。教授十餘年，道光丙戌年卒。孫鋋，字耶溪，好爲古文。

梅曾亮曰：民自枉而不忍傷其令，令之賢，過於使邑無冤民者，而宦亦不達，何哉？方勤襄公對睿皇帝曰：「福建省如某某州縣，皆好官也，然不得升職。」上曰：「何以？」公對曰：「不合例處分多也。」方公之言，亦古大臣之心哉？

許烈婦傳 丁亥

節婦趙氏，松江許惺之妻。惺之卒四十九日，而節婦殉以死，年二十六。未死時，人皆知之，開説萬端，皆不從。且曰：「有小叔在，即娶婦，大人側不憂無人也。」俗以死四十九日爲終七。是日，姻族咸在，節婦入厨下，設祭品哀哭，治具待客如常時。客散後，縊死。其兄趙在東告人曰：「妹嘗先取自己物，雜毁於惺之衣履中。死之日，吾勸之，至三鼓始歸也。」其舅許樵芸曰：「吾適常州，將行，苦諭之，對曰：『必終七無貳。』予哭而出。」悲夫！死，酷事耳。雖身爲之者常諱不忍言之，況旁人乎？若節婦者，視瞑目一決，猶擇辰而利征也，異哉！樵芸，余弟仲卿友也。

梅曾亮曰：有舅姑，有宗族，有衣食，無嗣而有嗣，萬無一不可不死之勢，而竟死！嗚乎，此受命於天者矣。彼節者，烏自知之？

汪洎齋先生家傳 戊子

曾亮幼時至宣城南凹村，舍外兄汪儒郊所。登其樓，多殘書，朱墨皆黯昧。問之，其曾大父洎齋先生讀書所也。先生名昌國，字樾珍，又字洎齋。與同邑楊編修廷棟、駱進士大甸、吴進士淑琦，皆以制義獲時名，而先生爲之魁，日可三四十藝。以進士令河南新鄭、密縣，自免歸，以文章教族黨後進。

祖石居公爲先生婿，故曾亮嘗至其村，去先生之卒已數十年。屋廬皆舊所居，樓黝黑，雞犬紡織聲皆出其下，而先生終歲默默在此。前人之好學深思以自斂其心力者，可念也。

書鄧中丞決獄事 己丑

道光元年，曾亮在京師，聞人言鄧公守西安時決獄事，未得悉。及公巡撫安徽，曾亮在署，從容問昔時事，公抑抑不自言。久之，得一、二事，記如左：

公在西安時，外府疑獄皆移訊於公。同州嫠出其繼子，子無所歸，訟至省。公怒曰：「此逆子也，當杖死！」繫柱石下，故久治他事，而潛令人以茶餅給其子。子奉母。母怒，不食。奉其叔，叔食之。至日暮，公度其母見子傫然繫廷中，時時顧日影待斃也，意且悔，乃密呼其叔曰：「汝嫂癡人耳，汝試以我意語之：汝撫六歲兒，至娶婦；婦死，更娶，勞苦至矣。顧信族人言『我有好兒子，爲汝嗣。』汝幼而撫者不能子，而顧能子長兒乎？彼利汝財而嗣汝，顧能孝養汝乎？汝死，財與子皆族人有之，即汝何利必欲出子者，官明日爲汝決，無難也。」叔叩頭出。次日，母子來，泣謝，不復言出子事。蓋化訟而使其獄不成，公聽訟往往如是。

漢中府鄭魁，營卒也，坐置砒饍中殺人，當死。賣砒者，賣饍者，死者之隣婦見擣砒者，皆具獄，成而上之按察使。魁反供，刑之不服。公曰：「是獄未可具，當緩之。」乃密呼賣饍者前，曰：「汝賣饍，日幾何枚？」曰：「二三百。」「一人約買幾何？」曰：「三、四枚。」「然則汝日閱百餘人耶？」曰：「然。」「百餘人形狀、名姓、日月，汝皆識之耶？」曰：「不能。」曰：「然則汝何以獨識鄭魁以某日買汝饍也？」其人愕然。固問之，曰：「我不知也。縣役來告我，曰：『官訊殺人者，已服矣，惟少一賣饍者，汝自言實賣饍鄭魁可也。』」訊鄰婦，言爲役所使如前言。惟賣砒者爲真。蓋死者嘗與鄭魁有違言，以瘋犬死，其唇青，而魁買砒，實以毒鼠云。

鮑母謝孺人家傳 甲午

謝孺人，歙縣鮑御史文淳母也。年二十二，歸愚謙贈君，爲再繼配。時前娶程孺人遺二子，已婚，婦與姑年相若也。撫之，恩禮各當。贈君喪子，婦繼卒，孫失乳，終日啼，以餅餌抱哺，環走房中。啼亟，孺人亦泣。時己生子亦十餘歲，孺人雖勞瘁甚，然教子無一日忘也。自塾歸，必背誦書，無躓字乃已。每夜分，村墟寂寥，虚響怪嘯，兒女棄書册針線，奔依孺人。孺人撫之久，令還讀。與老嫗談往事，兒輟讀聽，即止不談。幼子入學，喜甚，乃曰：「自我爲汝家婦，聞高祖輩爲諸生有名，兩世益困。汝父終歲客，勞苦成家，然不吝財，族無依子弟端謹者，援植成立，十餘家。數言：『吾家固諸生，子復爲諸生，足矣。』然我望汝不止是。汝慰我，則可必乎？」後子文淳貴，不及見，卒時年五十八。子文灼、文淳。女一，適王氏，以節撫孤，賢淑有母風。

梅曾亮曰：余聞贈君多客游，晚病廢，故孺人教子獨專。然古名人魁士固多如是，非惟慈心，蓋漸摩之密致然云。

【校】

〔以餅餌抱哺〕音注本作「以餅餌飽哺」。

艾方來家傳 甲午

艾君名錫朋，字方來，撫州東鄉人。明艾千子先生裔也。父名子登，年六十四生君。未踰月，而生母王氏卒。稍長，即能察母饒孺人意，媚順之。鄰兒誘爲擲錢戲，鄰母邀孺人覘之；群兒逸。君時七歲，逡巡隨孺人歸，貌愧甚。十五能屬文。以父爲勢豪所辱，習武勇，於市中衆辱豪。遂改習醫，鬥傷者得藥輒愈。君嘗病，鬥傷者失藥死，訟破兩家，人愈重君。君廢書早，日夜望子學文甚。銜文袖中示人，或言兒文亟進，則喜。歸語兒曰：「某先生道汝文佳，當不妄耶！」試不售，則曰：「吾家至吾身，十一世爲單門，仕進則可望耶？然吾生平於人物無忮害心，汝當知之。」後見子舉鄉試，乃卒。

娶饒孺人。姑病痱，夫婦以竹榻載母，舁游鄰家，街市皆駭笑，母則大樂。園中實一果、甲一菜，欄中增牛犢、豚子，必使姑得觀，以爲快。雪夜製履，寒甚，語兒曰：「頃見鄰婦牀獨敗絮，渠有姑，不可使忍凍死。」即徹具，命兒持往。返曰：「鄰婦方泣，見兒至則大喜也。」以夫好施醫藥，來者並助以酒餌，村中人皆言孺人慈，喜道孺人事。年七十九，與隱君同年生，先一年卒。子暢，道光二年舉人。

梅曾亮曰：歸熙甫撰《先妣事略》，皆瑣屑無驚人事，失母者讀之，痛不可止。今者飾浮語過情，人人同，安知爲誰氏子乎？至堂述其親，甚似熙甫，親爲不死矣。又言力儉，不得稱父母施與心，嘗見孝子婦多好施仁，所積也雖萬鍾，烏能竟其志哉！

【校】

〔當不妄耶〕八大家本作「當不忘耶」。

書二孝女事 乙未

山陰潘少伯，居京師久，女蘭靚從其母先歸。時八歲，坐密室中，以紙墨畫一人，酷似其父，且爲之鬚，而泣。覘者驚問之，曰：「吾念别後再見，翁鬚白矣。」姚郎中學塽聞，嘆曰：「天性重，世福輕，吾爲若女悲也。」

查灤州揆女，字吴氏，未嫁而守貞。灤州疾，割臂肉合藥。稍間，令背誦小説、詩、詞，恒背父坐，父怒之，猝轉面，淚不及收。父悲甚，遂卒。

二女皆浙人。十日内聞人述兩女事，爲之傷心。

道光乙未二月二日書。

總兵劉公家傳 乙未

公諱清，字天一，貴州廣順人。以拔貢生歷官布政使，終總兵。然人皆呼爲「劉青天」，從其官四川縣令時民所稱也。嘉慶元年，達州王三槐以教匪倡亂。時公以縣丞遷知縣，數以鄉兵破賊於南充、廣元間。公撫民及士卒，皆以兒子畜之，人樂爲死。賊自爲民時，知公名，戰莫爲用，故遇公輒逃。睿皇帝知之，由南充縣驟遷至建昌道，賞戴花翎。後屢起屢躓。

先是，上以賊久未平，有進招撫説者，試行之。經略大臣念撫賊莫如公宜，隻身入賊營者數返，三槐遂降。而冒功者詭言生得之；三槐誅，他賊首疑憚不出，故功不時就。而官兵持剿撫兩端，戰不力。然賊卒深信公，前後降黨與二萬人。及行堅壁清野議，上命經略大臣一委公，賊卒由是破散。捕餘匪，裁徹鄉勇，公功爲多。八年，大功告成。入覲，賜詩，取民所呼「青天」者以爲句。由四川按察使改山西，遷布政使。以屬吏事，責授刑部員外郎，轉山東鹽運使。時嘉慶十七年矣。

逾年，而教匪朱成良陷曹縣、定陶。公自請從戎，以官兵五百，敗賊於㚗山，復定陶；又敗之於韓家廟，殺賊二千。時賊保扈家集，於曹縣樹土墻，荆棘四周。公自定陶攻其東，縱火拔栅。賊突出，多死，稍逸者，南北官兵至，合擊之，誅賊首朱成良、王奇山，賊在山東者皆盡。而河南賊自滑縣奔定陶者，亦殲於公。十一月，賊平。

公之平扈家集也，上諭曰：「劉清年逾六旬，且係文職，能身率士卒，取賊巢，勇敢可嘉。賞布政使銜。」至是，遂授雲南布政使。旋以二品頂戴，留山東鹽運使任。二十一年八月，改登州鎮總兵，復改曹州鎮總兵。

今上即位二年，以疾乞休，在籍食全俸。七年，終於家。上深惜之。子廷榛，先候選知縣，乃官其孫：熾昌，兵部主事；瑩，舉人。賜祭葬。

梅曾亮曰：國朝漢總督以武起家者，岳公鍾琪、楊公遇春皆是也。公以布政使官總兵，遇尤奇矣。公軍中久，坦率，厭苛禮，改是官未必非意所使也。然復定陶時，專將有功，亦不能無中於上官之忌云。

【校】

〔題〕續類纂本、八大家本作「總兵劉公清家傳」。〔達州句〕續類纂本、八大家本「以教匪倡亂」作「以教倡亂」。〔戰莫爲用〕音注本、續類纂本、八大家本均作「戰人莫爲用」。〔有進句〕續類纂本、八大家本「招撫説」作「招撫之説」。〔隻身句〕續類纂本、八大家本「入賊營者」無「者」字。〔裁徹〕續類纂本、八大家本作「裁撤」。〔殺賊二千〕音注本、續類纂本、八大家本作「殺賊二千餘」。〔公之句〕音注本、續類纂本、八大家本「平皀家集」均作「破皀家集」。〔賞布政使銜〕音注本、續類纂本、八大家本均作「賞布政使銜及玉牒大小荷包」。〔賜祭葬〕音注本、續類纂本、八大家本均作「尋賜祭葬」。〔梅曾亮曰〕音注本、續類纂本、八大家本均作「梅曾亮論曰」。〔皆是也〕音注本、續類纂本、八大家本均作「也」。〔公以二句〕音注本、續類纂本、八大家本均作「布政使改總兵，惟公一人」。

陶愚齋家傳 丁酉

先生諱宏樸，字愚齋，世居南陵三甲村。性慈好施，有求助者，自百錢至千百金，無倦色。力不給，則稱貸與之。病且革，語王宜人曰：「乞貸我者，皆貧甚，無可言。我負人者，易田宅，盡償之。不則，人謂我以他人金作豪舉也。」宜人如其言，而盡焚負己者之券。

柩殯於村隙地，忌者誣以侵公產，糾衆移之，婦孺皇遽。有呼於衆者曰：「我，外姓人，不敢知陶氏事。然善人柩，不可動也。」應者數百人，譟而前，移柩者乃散去。卒時，年三十八。後十六年，爲道光二年，子士霖成進士，今官山東道監察御史。

梅曾亮曰：游俠之士，人感德者輕，以財所從來者易也。君廉謹，尺寸不負人，然揮金窮交，如棄唾涕。魏公子無忌曰「平原君徒豪舉耳」，若先生，可謂仁心爲質者矣。

秦孺人家傳 辛丑

秦孺人張氏，家無錫新安村，同邑秦士蓮妻也。士蓮以舉人當得官，京師聞父喪而毀焉，卒於寓。孺人既悲甚，念無子，不欲生也。夫兄遂菴侍郎嗣以子，乃撫而教之。平居謹於祭祀，慮事無小大，必精密。每忌日，先事而戒，臨事而哀。數十年常然。姑姊妹嫁而貧者，侍郎賙以財，屬孺人調護之。及其子女，及秦氏祠墓田，一命孺人子緗文主之，以孺人賢也。年七十餘，卒。有六孫，儒業多成就者。

始士蓮卒時，系微矣，及後乃爲秦氏昌族。既得旌於朝，而侍郎之子緗業，遂請曾亮爲之傳。

夫夫死而殉之，情也；有子則撫之，理也。抑其情，止乎理，愚婦人能之，然賢婦人之行備乎是矣。事之動人觀駭者，或情過乎理矣，亦遇適然也。則中庸之行，烏可忽之而不載也？

蔣少麓家傳 辛丑

君諱啓敫，姓蔣氏，字少麓，廣西全州人。自曾祖至父勵常，皆以文行仕宦顯。君幼有奇氣，嘗與群兒戲，雷出於樹，皆仆地，君盡掖群兒起，無懼容。稍長，益喜兵家權謀之書。舉道光二年鄉試，然於進取，不汲汲也。携兄子試禮部，道病，君與偕歸。兄尤之，君曰：「得失，命也。兒輩病，奈何使千里獨行？」家居，以事親教子弟爲樂。鄉人學文者，皆從之游，然未知君之奇也。

群苗伐木於仙源山，山童土敞，沙石盡頹下，斷羅水源，病民田數十萬頃。官民以苗衆，憚不敢禁。君曰：「此姦商貨群苗爲之。得官兵役助勢，隨我以往。一商逃，群苗散矣。」如其言，事乃息。

時趙金龍死，群瑶自疑。君策其事，未已也，而藍元曠復起武岡，全州地迫，近民大驚恐。君請於州牧，搏一鄉卒，守要地以待。賊憚，不來，鄉人皆德之，始奇其爲。而君嘆曰：「是非長策也。物同利則患生，使瑶民居處飲食如曩時，絶不與華民同，别以瑶可也。今爲華民所開誘，嗜欲與我同，而族類與我異，禁其所甚好之利，而與以所甚耻之名，積愧含忿，爲日久矣。滚惡民煽之，能無變乎？」乃作《理瑶書》，以爲當改土歸流，合華瑶，不生分異，可保無事。其書數百千言。

道光十八年卒，年四十一。兄啓歇，曾亮同年友也。任贛縣時，君助兄，政理有聲。悲君之亡，又其才不大顯於世，使子琦淳請曾亮爲之傳。琦淳，今官編修，君所携偕試禮部者也。

梅曾亮曰：君慷慨有大略，喜任事，其意固欲有所見於世，而顧澹於進取，何哉？夫古之任事者，固將以息事也；而世或以畏事者息之。畏事而事生，則反加任事者以首禍之名，事所以少成而多敗也。然則，君不遇以終，未可謂爲不幸也夫？

狄恭人家傳 辛丑

恭人王氏，名甥稠，河北道名蘇者之女，狄御史聽字廣軒之妻也。年四十，始舉一子。

廣軒喜，遍聞於所知。逾年，侍御卒。逾月，其子亦卒。恭人觸棺自飲刃，得救不死，遂不復言死事。

廣軒初賢其從子豫，以爲嗣，未定也；豫亦以族衆自引嫌，至是，乃卒立之，就喪位。恭人一夕自經死，遺書其子曰：「某某物若干，以歸二喪。某某物若干，以嫁汝妹。某某物若干，汝以婚娶治生。」書二通，謝夫友劉君星房、趙君立農，以調護嗣子事。星房告人曰：「恭人來吾家，吾妻慰之，意陽陽若不受慰者。適外姻至，語未卒也，儻然遂登車去。」蓋即以是夕死云。

梅曾亮曰：恭人殉夫，道光十九年九月事也。官巡城者聞於上，旌其烈，移子籍寄順天者於溧陽。蓋至是，御史之後定矣。恭人之一死，無它心，其爲是哉？然亦安知夫必有以聞焉者而遂之也？夫爲忠孝者，不能邀必成之功，而惟審處於不可易之策，獨恭人也哉！

鄭耐生傳 辛丑

慈谿鄭喬遷，字耐生，七世祖梁，黄黎洲先生弟子。高祖性，自號五岳游人，建二老閣，祀黎洲及十二世祖溱，而藏書於其上。君爲諸生，工科舉學，後好爲古文，發二老閣書，借閱范氏天一閣所藏，一資其文。而與陽湖陸祁生、吴仲倫爲師友。

當明季時，浙東多遺老義士，其節尤奇。君於黎洲、全謝山所紀述，有意其賡續之也。及張蒼水、馮簟谿、王篤菴諸君子同難者，每尋其斷塚荒碣，徘徊窮山中，於家事不數數問。惟好飲，飲必有詩；已，皆屏棄之，曰：「是窮愁語耳，安得高論！」年六十餘，攜其文，將浮江渡河，游京師，歷齊魯而歸也，未行而卒。

梅曾亮曰：君生平以文自贍，蓋貧甚矣，然汲汲以修墜文逸事爲務。士之處境，或未如君之難也。窮愁過身，衣食外不念及一事。失學而惑，烏能達乎！

柏梘山房文集卷九

傳

王剛節公家傳 壬寅

暎夷擾海疆，廣東、福建死事者數人，惟浙江定海王剛節公與兩總兵皆力戰，殺賊過當，以無救，遂敗，人咸惜之。

公諱錫朋，字樵慵，順天府寧河縣人。少雄武有俠氣，以武舉補兵部差官，援例得固原城守營游擊，遷慶陽營參將。道光六年，從大軍征張格爾。自大河拐至回莊，戰疾，力矢殪其酋，賞戴花翎。進戰至阿瓦巴特，陷堅賊阻渾河沿，從大軍間道渡河，入喀什噶爾城，進收英吉沙葉爾羌和闐，皆有功。別將獲賊目玉努斯。十二年，苗民趙金龍亂湖南，殘常寧、新田，公以臨武參將從提督羅斯舉，破賊羊泉街，首逆誅。別將逐賊高家坪，大捷，回就大軍楊家園圍賊，殲之。賞鋭勇巴圖魯名號，擢寶慶協副將。時廣東瑶亦煽動趙仔青進擾湖南，兩廣總督檄以兵控兩省中地，殺賊背江口。至濠江口，又破賊銀匠衝，獲其酋旗。仔青反走，追獲之，及其孥。湖南平，赴廣東大軍，戰連州大洪橋。乘勝入火燒排之蛇兒嶺，奪馬鞍山，遂平五排瑶。又從定蓮花汛、冷水衝、金竹根、桃花衝、紅泥田，各瑶及排後瑶亦就擒服。遷福建汀州鎮總兵。服闋，改壽春鎮總兵。

公自游擊從楊忠武公定回疆知名，及平瑶，功居最。嘗戒諭士卒曰：「戰利，呼人共之，獲倍多。即人不利，趨救之，可兩全。」故戰比有功，而定海事竟以無救敗。先是，㖞夷陷定海，去之，公以壽春兵鎮其地。二十一年八月，夷再至，出守九安門。鄭國鴻駐竹山門，葛雲飛駐曉峰嶺，相去十餘里。賊先犯九安門，不利，退攻竹山、曉峰。公馳往兩營，已先敗。賊爭鬥，公衆且盡，所親卒及身自蕩殺數十百人。賊至益多，揮短兵，陷陣死。是役也，賊可三萬，我兵計五千。公檄請益兵，大府不應。戰且五、六日，勢足以待救，亦坐不救，曰：「吾守鎮海者也。」鎮海急，則又走人家。賊至門，守室者不出門，於庭門焉者亦不知，但走告主人賊至某所、過某所，是擁大軍爲偵候而已。三總兵皆坐是敗死。公殺賊獨多，死尤烈。事聞，天子震悼，以提督禮賜謚，卹建專祠。子承泗，襲騎都尉。

梅曾亮曰：余讀公家書及祭所親文，詞旨温雅，不知其爲武人。鄉人言待兄弟、交友皆有至性；歸省親，更衣結襪履身盡子職，可謂儒者風矣。夫逃兵多悍卒，不知義也；知義，雖懦者立焉。況公之武勇者哉！

【校】

〔暎夷〕音注本、續類纂本、八大家本均作「英夷」，下文同。〔浙江定海〕音注本、續類纂本、八大家本均作「浙江定海陷」。〔人咸惜之〕音注本、續類纂本、八大家本均作「人尤惜之」。〔遷慶句〕音注本、續類纂本、八大家本均作「攝慶陽營參將」。〔進收〕音注本、續類纂本、八大家本均作「進取」。〔苗民〕音注本、續類纂本作「瑶民」。〔公以句〕續類纂本、八大家本「羅斯舉」作「羅思舉」。〔戰連州〕續類纂本、八大家本無「戰」字。〔又從定〕音注本、續類纂本作「從軍定」。〔楊忠武公〕音注本、續類纂本、八大家本無「公」字。〔公馳句〕續類纂本、八大家本作「公馳救兩營」。〔賊至句〕音注本、續類纂本、八大家本作「賊至益衆」。〔梅曾亮曰〕音注本、續類纂本、八大家本均作「論曰」。〔更衣結襪〕音注本、續類纂本、八大家本作「更衣結縷」。

蔣岳麓先生家傳 甲辰

先生蔣氏，名勵常，字岳麓，廣西全州人。父振闓。五歲時，祖病，思蔗，悵悵然行五里外，得蔗園；園人驚，負歸而畀以蔗。長好宋五子書及兵法、醫卜。金川用兵時，隨父官四川，攝龍安府事及金川南路、西路糧站。其廪食，皆手自俵散，役去，他站來者至四千人。有勳官至站，驕貴甚，陰使悍役折其氣，而徐出禮之。遂帖然去。大軍進至噶拉依，糧路險遠。有放夾覇者，土番也，劫糧車於噶喇穆，不及告，而自以兵役擊殺百餘人。後遂不敢犯。先是，自南路糧站改西路，亦嘗以數騎遇賊百餘，即登高阜，指畫坐笑語，徐按轡行。賊疑，憚未遽前。度且出隘，大呼從者曰：「驅！」遂馳去。大吏聞之曰：「以子才參吾軍事，五品官可立致也。」辭不就。

舉乾隆五十一年舉人。時州大旱，貸錢居麥。秋得雨，施麥種於人。明年，又飢，民剽掠爲變。見州牧曰：「請無用兵，而先發粟以賑。某往，衆可立散。」遂以無事。官融縣訓導，去省遠，士不樂鄉試，乃汰文書錢例入官者，以便貧士。或以三百金賄獄事，怒責之，請除名於學使。巡撫汪公重其名，將改邊缺教官，以擢知縣；吏索賕，不應。遂引疾歸，主清江書院十年。士始苦其難，繼感其恩，終服其教。嘗曰：「人錢帛多寡，皆天定之。凡吾所賙，皆其人所自有，而假手於吾者也，非損吾之有，何以德爲？」或緩急有不及赴者，輒悵惋大有所失。蔣氏丁萬餘人，散遠不相識，乃建安陽侯琬之大宗祠。修譜牒，以禁族訟、別婚姻，而祭祀、期會，無寒暑必親往。年八十餘，每日猶徒步省墓。嘗往來道有博戲者，聞杖聲鏗然，皆避去。

既卒，門弟子百餘人，以齒引奠於庭。其居首者，年亦七八十矣，皤然老儒，跪拜哭，不勝其哀。見者嘆爲盛事。其來哭而不知名氏者，日日有之。有文集八卷，曰《岳麓齋》，皆叙述古儒先條教及訓誨子孫門弟子者也。其子知名者，啓勛、啓斂。孫，琦淳。

梅曾亮曰：蔣先生，蓋純孝人也。方侍親從軍，當機赴變，孑孑守繩墨者，固不出此。及家居教士，復古禮，泛愛周急，粹然一出於儒者之正，豈境與人殊哉？昔曾子論孝，至於戰陳、涖官、居處、朋友之際，斷一樹、殺一獸不以時，不可以爲孝。蓋孝之道廣矣、備矣。精一行之無不貫，吾乃於先生見之。

栗恭勤公家傳 甲辰

公姓栗氏，諱毓美，山西渾源州人。嘉慶六年，以拔貢生官河南知縣。遇災年，放税振穀，以實惠民，不以上官意爲損益。遷光州知州、汝寧府知府，徙開封，歷河南糧儲道，開、歸、陳許道，遷湖北按察使、河南布政使。道光十五年，授東河河道總督。

公前知武陟縣，黄沁隄、馬營壩工，皆親其事。及是，益勤詢河兵官久於河者，以地勢水脈、前任官行事之當否。蓋北岸自武陟至封邱二百餘里，南岸之祥符下汛至陳留六十餘里，皆地勢卑下，多串溝。串溝者，在隄河間。其始，但斷港積水而已。久之，溝首受河。又久之，溝尾入河，而串溝遂成支河。於是，以遠隄十餘里之河，變爲近隄之河。而隄河相遠之處，舊皆無工，不儲料者也。於是，以無工之處，變爲至險之工。故人不及覺，覺不及防，往往潰隄爲大患。公乘小舟周歷南北，時北岸原武汛串溝，受水已寬三百餘丈。行四十餘里，至陽武汛，溝尾復入大河，又合沁河及武陟、滎澤諸灘水，畢注隄下。兩汛素無工，故無稽石。隄南北皆水，不可取土築壩。公即收買民塼於受衝處，拋磚成壩。四十餘晝夜，成磚壩六十餘所。壩始成，而風雨大至，支河首尾皆決開數十丈，而隄不傷。公由是知磚之可用。又試之原陽越隄及攔黃堰，及南岸之黑堈，皆效。遂奏請減買稭石銀，兼備磚價。千磚爲一方，方價六兩。是後每有工役，碎石及稭埽用大減，數年内省官銀百三十餘萬，而工益堅。

有不便其事者，其説頗上聞。公前後陳奏曰：「護隄之方，率用稭埽。然埽能壓激水勢，俯嚙堤根。備而不用，又易朽腐。碎石坦坡，惟鞏縣、濟源産石較近，而採運已艱。河工失事，多在無工處所。千里長堤，勢不可盡爲儲備；而河勢變遷不常，衝非所防，遂爲決口。磚則沿河民窑終歲燒造，隨地取用，不誤事機。且磚及碎石皆以方計，而石多嵌空，磚則平直。每方石五、六千斤，而塼重多三分之一。一方石價，購塼兩方；而抛塼一方，當石兩方之用。其質滯於石，故入水不移；堅於稭，故久水不腐。又，土不能築壩水中，塼則能水中抛壩。即蕩成坦坡，亦能緩受急衝，化險爲易。或謂：塼可保將生未生之工，不能用於已生之後。然使將生者可保，即别無已生之工。昔衡工之決，因灘陷埽不能施；馬營壩之決，因補堤不能得碎石。使知用埽不如抛塼，收塼易於運石，則數千萬之官銀可省。」奏入，上知公忠實可任，且綜畫周密，卒皆允之，屢詔褒賞。訖公任五年，河不爲患。

二十年，薨於位。上爲之震悼。賜謚祭及太子太保銜。時長子烜已官刑部郎中，乃賜次子耀進士。公在工，有風雨危險，必身親之。平居時，河曲折、高下、嚮背，皆在其隱度。每曰：「水將抵某所，急備之。」或以爲迂，且勞費。公曰：「能知費之爲省，乃真能省費者也。」水至，乃大服。故十五年原陽之支河，十八年盛漲八尺之水，皆決口而有餘，卒以無事。或以爲天幸，然前公任三年，祥符決；公卒逾一年，南岸又決；二十三年，又決。則豈非人事哉？宜吏民群思公以爲神，且立廟也。

梅曾亮曰：公之令安陽、武陟，守開封時，折疑獄如神。他人有一事足爲循吏，然於公，猶非其大者。《傳》曰：「心誠求之，雖不中不遠。」公治河能通物性，以盡利誠壹故也，況求民情也哉！

【校】

〔題〕音注本、續類纂本、八大家本均作「栗恭勤公傳」。〔諱毓美〕音注本、續類纂本、八大家本其下均有「字樸園」。〔放稅振穀〕音注本、續類纂本、八大家本均作「放稅賑穀」。按，振，通「賑」，見唐顏師古《匡謬正俗》卷七。〔東河河道〕音注本作「河東道」，續類纂本、八大家本作「河東河道」。〔公前二句〕音注本、續類纂本、八大家本均作「公前知武陟縣，馬營壩黄沁堤」。〔及是〕音注本、續類纂本、八大家本作「及任河督」。〔在隄河間〕音注本、續類纂本、八大家本均作「在河堤間」。〔溝首受河〕八大家本作「溝首授河」。〔周歷南北〕續類纂本、八大家本作「歷南北」。〔受水〕音注本、續類纂本、八大家本作「受水口」。〔及武陟句〕音注本、續類纂本、八大家本「諸灘水」均作「灘水」。〔畢注隄下〕音注本、續類纂本作「畢至堤下」。〔支河句〕音注本、續類纂本、八大家本「數十丈」均作「數百丈」。〔遂奏請三句〕音注本、續類纂本、八大家本均作「遂奏請千磚爲一方，方價六兩，減採買稽石銀，兼備磚價」。〔碎石句〕音注本、續類纂本、八大家本均作「或磚加碎石及稭埽，用大減」。〔護隄之方〕音注本、續類纂本、八大家本均作「護堤之法」。〔碎石坦坡〕音注本、續類纂本作「至碎石坦坡」。〔遂爲決口〕音注本、續類纂本作「遂成決口」。〔堅於稭〕音注本、續類纂本作「堅於稭埽」。〔築壩水中〕音注本、續類纂本、八大家本均作「築埽水中」。〔亦能句〕音注本、續類纂本、八大家本「亦能緩受」均作「亦能緩減」。〔訖公任〕音注本、續類纂本作「訖工任」。〔長子烜〕音注本、續類纂本、八大家本均作「長子煊」。〔平居時〕續類纂本、八大家本作「平居」。〔能知二句〕音注本、續類纂本、八大家本均作「能知費之省，乃能真省費者也」。〔梅曾亮曰〕音注本、續類纂本、八大家本均作「論曰」。

倉宜人家傳 甲辰

宜人倉氏，諱曣，河南中牟世族也。年二十六，歸山陰何竹薌爲繼室。姑錢恭人患目疾，宜人五十日不解衣履。以無出，屢請置妾，竹薌未之許。旋以川沙廳應聘内簾官，自江寧返，則宜人至吴縣置妾歸矣。錢恭人每語人曰：「吾婦以妾故，冒大風雨走黄浦江，舟幾覆，此可念也。」竹薌好善本書，苦其價難副。宜人以奩中物佐之，曰：「吾年長矣，無事此爲也。」年四十，卒。子女皆啼哭悲哀。其平時眠食衣物，不依其所生母，皆依宜人。竹薌名士祁，余同年生，每言之，有餘悲也。

梅曾亮曰：妬，惡德也。即不妬，亦常行耳。然士大夫當軸者，寧僨國事而不使人居其功，豈智出婦人女子下哉？然則無子而樂其庶之有子者，未可以爲常行也夫！

劉忠義家傳 乙巳

君姓劉氏，諱斌，陝西咸寧人。始爲盧氏縣朱陽巡檢，嘉慶初，嘗練鄉兵以禦賊。九年，改滑縣老岸鎮巡檢。去縣治七十里，勤其職，姦民畏之。嘗飲聶監生所，酒半，私語君曰：「是邑將有變，君亟去官，可免。」時十八年八月十五夜也。因微服時行村落中，時久雨，夜氣慘悽。聞治兵仗聲甚厲，君拊膺悲嘆：「聶監生言不誣也。」偵鐵工具，知賊李文成與直隸林清首尾謀逆事。告令守，皆難其事。即訊鐵工，以得李文成、牛亮臣。親致之縣，訊文成，折其脛。賊始與林清謀定九月十五日期也，至是，不及待。又忿君戕其魁也，九月七日，奪城門以入。君時居典史署，晨起更衣。聞變，問僕持衣者曰：「信乎？」曰：「信也。」君即更短衣，持械出，遇賊於衢前，擊殺二賊，并子嘉善皆死。妻韓氏，先得君與訣書，坐署樓，與子炳善、女巧雲自焚死。婢從死者曰春梅，曰夏蓮。先是，韓僞怒其前妻子寶善，逐之姻家，故以免。

君死，事聞，贈官知縣，謚忠義。子蔭襲雲騎尉，改文職，爲貴州某官。時與君同死者，教諭吕秉鈞、典史陳寶勳、把總戚明彰也。

梅曾亮曰：以林清黨之蓄謀秘計，而服死不旋踵，以黨與捡而期會誤也。則君之功，豈僅以死償節者哉！使其從人言免身，而宿禍孰以必死責是官者？不忍出此，而妻子相隨於煨燼也。悲夫！雖然，君不死，姦必不彰，君固自知所全者大矣。

【校】

〔題〕音注本、續類纂本、八大家本無「家」字。〔始爲句〕八大家本「朱陽」作「朱陽關」。〔老岸鎮〕音注本、八大家本作「老安司」。〔八月十五夜〕八大家本作「八月十五日」。〔微服時行〕音注本、八大家本作「微服行」。〔賊始句〕八大家本「九月十五日期也」無「日」字。

〔與子炳善〕音注本、八大家本作「與子炳善、達善」。〔坐署樓〕八大家本作「即坐署樓中」。〔婢從句〕音注本作「婢從死者二人，曰春桃，曰夏蓮」，八大家本作「婢從死二人者，曰春梅，曰夏蓮」。〔韓僞句〕音注本、八大家本「其前妻子」作「前妻子」。〔吕秉鈞〕音注本、八大家本作「李秉鈞」。〔以黨句〕音注本「以黨與捡而期會誤也」作「以黨與擒而期會誣也」，八大家本「擒」作「禽」。按，禽，通「擒」。〔使其句〕八大家本「從人言」作「從人言去」。〔不忍出此〕音注本、八大家本作「義不忍出此」。〔君固句〕八大家本「所全者」作「所全」。

韓若谷先生家傳 丙午

先生韓氏，名念祖，字若谷，陝西澄城縣人。五代時，王鎔書記《和馬彧詩》名定辭者，有弟昌辭，居深州。四傳至忠獻公琦，居安陽。元至正間，遷洪洞。又二世，遷於澄城。祖嗣禧，父曰魯。先生幼學於叔父，每耕，必携坐隴上讀書。年十四，以默寫《十三經》爲縣學生。所爲時義，皆清醇無世俗氣。屢試不得舉，亦不以自悔也。善醫，工詩文，勤於開益。後學經其指授者，蓋數百人。年六十四而卒。娶馬宜人，再娶袁宜人。長子伯熊，歲貢生，以兄之子後。次子亞熊，道光二年進士，官膠州知州，贈如其官。

梅曾亮曰：余少時，見諸老先生，温温然不以學問高人，習五經傳注，惟功令所定者而已，然經文無不成誦者。其後，則論益高，辨益博，而經或荒矣。夫功令不示人以難，然非以人之學不可加於是也。矯爲難而先失所易，則傎矣。先生爲童子時，其風氣固尤近古哉！

袁宜人家傳 丙午

宜人袁氏，韓若谷先生繼室也。年十八歸於韓，生子亞熊。祖姑寡居，性嚴毅；而姑范宜人失明。侍祖姑食畢，以匕飯其姑，而後自食。數十年未嘗失祖姑歡。歲嘗饑，市棉織布，復以布易棉，取其羨以佐食。同堂之子女煩擱事皆身任之。及婚嫁，於心無不盡者。終日理米鹽水漿，無少暇。然兒自塾歸，猶夜課之。一日怒曰：「兒謂我不知書耶？今所誦，何猶前日書也。」將與杖，兒告以《王制》中有重文，乃已。袁氏本富室，後貧，以嫁時物悉歸之，曰：「本兒家物也。」年五十而卒。

梅曾亮曰：余同年韓介侯，即宜人子名亞熊者也。宜人病，猶命誦於旁。忽語子曰：「吾今日聞書聲甚煩，可無讀也。」是夕遂卒。介侯流涕，言其時幼，不知其言之悲也。

甚哉！廉吏之難爲也。非獨廉之爲難，而上官同其廉之爲難也。苟不能同其廉，則且害其廉。既已害其廉，而加之罪，則必以大不廉之名被之，以爲非是不足以中仁主之深惡而去其疾也。當是時，而有辨其誣而直其事者，可以迴成命矣。或出於事後而無所及。雖後時而無所及，而受誣者行事之本末，得以此自白於世，其死似可以稍慰。而爲之子孫者，乃益追痛於邂逅乖迕，以平反得無死之人，不及待十餘日之後命。此其每一念及，而涕泣不欲生者也。

蔣念亭家傳 丁未

灌陽蔣君作梅，字念亭，以進士令四川南川縣，旋督理西藏糧臺事務。時番僧鬥殺漢民，君按致其罪。其酋堪布賂金瓶而實以珠，求緩獄。君怒，揮之去。乃倍其賂於駐藏大臣强君。君益怒，不從。强君者慚，其酋且重賂，遂以監守盜誣君，奏置之法。君令南川，敏而勤，獄爲之空。縣多山溪，患漲溢，君會之成川，田以不敗。及官西藏，撫軍民有恩。至是，且爲之死，皆感動，罷市立廟，設其像如生。君之死，在嘉慶十五年五月。四川總督常明，辨其罪甚析，然亦以五月内奏始至京，宜朝旨責其馳奏之緩也。

夫古之受誣得罪死者多矣，或冤抑數世，而子孫故吏始白其事於朝；方罪而旋雪之，蓋寡矣，而君已不及待命也夫。君之子達，官編修，讀仁宗賜川督諭旨，未嘗不流涕也。

梁味愚先生家傳 丁未

先生名本恭，東昌人。嘉慶七年進士。爲人沈默，不以言語才智高人。然任東流五年，獄無重囚。其輕繫者，立訊決。流民至，以口糧迓之郊外，遍給乃入，無擾閭里者。姦民周履中怙黨骫法，前令畏之，捕得治如律。大吏將任以首縣，辭。旋以憂歸，遂不復出，改教授。先，官安徽時，嘗以百金代世家鬻女者，焚其券。至教授沂州，益以課諸生、重風化爲事。劉女瞽，幾不婚，爲成之。鮑氏女受誣，作《鮑貞女傳》表其烈。年六十八，道光十八年卒。子儁，亦官訓導。先生改官時，年四十二。其爲吏有治聲，非迫於年、困於職者也，而汲汲去之如是。夫舉天下官皆以爲民，獨爲州縣者，民近耳。先生殆真知其難而不欲自恕者歟！

梅曾亮曰：先生爲鄉試同考官，嘗三至江寧。庚午科，語邑人曰：「吾薦卷梅生，素知之乎？得毋怏怏不我見也。」時先已客游，而先生旋歸里，遂不獲見。後以語楊公以增，曰：「吾師也，卒數年矣。」爲具述行事如此。念先生門下士姚公瑩建海外功，楊公今撫陝爲重臣，役役於文字者，獨曾亮耳。愧先生言，時往來余懷也。

錢烈婦家傳 戊申

烈婦汪氏，武進人。同邑錢濈甫之妻。善女工，所入足自給；而夫好博，盡亡其財。其姑嚴，雖寒餓不敢告也。每風雪夜，家人皆卧，薄絮衣，篝燈立後門内，守其夫歸。除夕，治家事畢，整衣跪請其夫無再博。家人聞泣聲，不知其語若何也。夫感之，爲少止，然不能堅。後客死餘干。烈婦請嗣族子某。其家人曰：「某非次，當立某。」而當立者，素不可烈婦意，即不復言立子事。喪歸，葬事畢，自經死，道光二十五年也。方未死時，人無覺者，前一日猶以十椀致某醫曰：「我於人無所受恩，惟是人嘗診我，我無藥錢，償也。」

梅曾亮曰：順天府尹汪公本銓，錢氏姻也，既請烈婦旌，述其事，屬爲傳。蓋烈婦所遇之夫及其家所以遇烈婦，固無一事可稍行其意者，能獨行其意者，惟一死耳。此所以自爲計而無出於此者也。悲夫！悲夫！命定矣，雖天且奈之何哉！

秦省吾家傳 戊申

君諱緗武，字省吾，系出宋學士觀。十一傳維楨，自常州居無錫。考諱瀛，官刑部侍郎，以古學峻行爲東南人士望。君以援例官知縣江西，權十餘縣事，然最久者彭澤。人愛之，及生時爲誌《名宦傳》也。始去彭澤，時所平反脱冤死者，皆攀隨至江干拜別。道光十三年，父憂服闋，復任彭澤，去前任時二十年矣。歲久荒，民多負税。每令至，吏屈指計曰：「令以某年某月日上官，某年月日奏銷處分滿，某年月日官當罷。」以爲常，無爽者。君不事敲扑，以文教告諭。民戴前愛，輸如額。馬當鎮接湖廣、安徽，其閣排洲爲盗藪，劫人。君夜馳往，盗不及越他界。其果辦又如是。大吏以爲能，使禁督贛南會匪，又上江西省便宜四事。其所歷他縣，蘇民困，得上請者在在有之。然竟終於彭澤，縣人爲歸其喪。子曰俊杰，曰煦，曰麗昌。麗昌嘗與余書，於古文詞有得也。

梅曾亮曰：國家常禁民立會，而禁輒不行。蓋名其爲會而正責之，一人得而千人驚，其勢常以千萬人而互匿此一人，是驅散者而使之聚也。惟中有罪者案致之，不名其爲會，如此，則上所欲得者，常不過一、二人。而與上爲敵者，寡矣。敵者寡，則所治者雖漸多，而皆使之失其衆。此攻瑕不攻堅之術也。是説也，吾得之於姚公祖同。因君治會匪事，故著之。

王藝齋家傳 己酉

王公家相，字藝齋，常熟人。祖承錫，考庭芝。公始以拔貢生官蕭縣教諭，檄查水災。時奉檄者多擇居高卬地，而里正集災民，就書册刻冒爲姦。公冒水親履其户，驗口數真僞。上官賢之，有災必檄公。公後自京師歸，過徐，人皆識之，曰：「此前教官活我者也。」嘉慶四年，成進士。官編修，遷御史。遂具疏陳災賑弊。又以漕事之弊，始於京倉之胥吏，而遞歸其害於農。其言絶深痛。而是時，有議漕事者，以州縣浮收無定制，請定令每石加米二斗。民不大病，而官亦有以贍運丁。公曰：「州縣之取民雖横，然猶有所忌，以非朝廷法令也。今著令，定爲加二，則正供矣。使加二之後，能禁其不再加，則前之浮收何以不能禁？苟不能禁，而先以正供之名掩其浮收之數，以便其異日之再加，是助官病民也。」上疏數千言論之。時今上新登極，是公言，前議遂息。以户科給事中授河南南汝光道，屢署按察使事。地故多紅鬍捻匪，爲民害，讞以戍邊者百二十人。以引疾歸於里。

少以文學鳴，有《茗香堂集》十六卷。服官後，乃一以國計民事爲念，奏議及與人書，言鹽河事皆窮極情弊，而《議加米疏》，尤稱頌於時。子三人：憲正，憲成，憲中。憲成，進士，官刑部主事。

梅曾亮曰：道光初，來京師，聞公上疏事，然未一見，旋遷擢，且外任。聖主之遠利而褒忠言，可謂至矣。今執筆爲公傳，追思與友人持讀公疏，立倦而紙不得窮。俯仰間忽三十年。公固賢矣，而受盡言之時，亦豈易得者哉？

書李廷揚死賊事 己酉

道光二十七年十月，湖南賊起新寧，擾廣西界。巡撫鄭公檄守備李廷揚往覘賊。時賊已連土賊據西延，勢張甚，而廷揚卒僅三百人。或謂廷揚：「君奉命覘賊耳，宜視可否進退。」廷揚不顧，進，戰死。其所殺賊獨多，賊創之殊甚，鄭公哭之以詩。嗚乎！小敵之堅，大敵之禽也。使鄭公知其能以死自效者，必多與兵。或使合他軍進，必不死且殲賊，而以英烈之夫爲鼠子餌也。此鄭公所以悲悼深悔者也。

廷揚字步墀，句容人。先以武進士留京師。曾亮與同郡，數喜過之，獨見其重然諾、恤貧交、守身廉儉而已，安知其終若此哉！悲夫，賢豪不遇事而見者，蓋自古難之矣。

黄个園家傳 庚戌

君諱至筠，字个園，甘泉人。父牧趙州時，生君。十四歲，孤，人没其遺産。年十九，策驢入都。得父友書，見兩淮鹽政某公，與語，奇其材，以爲兩淮商總。時嘉慶初，軍興，事方亟，兩河決口。丁夫楗石之費，户部以正供入不足充，募富民出錢，榮以職。君首輸，爲衆倡，前後數十萬。由府道加鹽運使司銜，入都祝嘏，圓明園聽戲，賜克什。長子、次子皆郎中。當是時，上至鹽政，下至商，一視君爲動静。販夫走卒，婦孺乞丐，揚人相與語，指首屈必及君。而是時，承純皇帝六十年豐豫之後，商人皆席富厚、樂驕逸，詼調舞歌，窮園林亭沼、倡優巧匠之樂，流貤居積，惟主計者可否。割朘日深，名贏實虧。而私商朋興，官吏益放手湖北岸，費銀百五十萬。鹽政又務進奉，冀久任。進奉無現銀，俵虚數於商以取息。於是，庫額增而所納益不足，而商人始困也。

及道光時，裁鹽政，淮北改票鹽，而商總權絀。人得見運使，人自言事，利各私己而仍委其重於君。而商總始困。然君自以受國恩深，且於諸商爲丈人行，不與較長短，代償官銀，自取多數，而視衆商之股瘠，差所代多寡，皆聽命集事。每奏銷時，君入運使署定議，肩輿出，人撫掌曰：「奏銷過矣。」道光十八年七月，君卒。其時，諸舊商大抵皆敗，新進多文巧機利，乾没而不顧後，私小智，破大體，爲之首者，縮蓄深閉，莫肯任患。而奏銷始失期。運使乃檄吏督之，吏滋不公，受賕任情。入貨者引身，惜財者倍償。於是群情涣離，營巧謀退。庫引懸而無商，綱運減數而國課虧，鹽法益壞不支，而當事者議變法矣。蓋君之爲商總者四十餘年，支拄救敗者又十餘年。卒五年，而庫始有懸引，減運綱。又七年，爲道光三十年，而淮南之票鹽興，綱商廢。而昔之忌君、畏君、有不足於君者，皆慨然思君，以爲無復有斯人也。

梅曾亮曰：君長子錫慶、次子奭，余在都時，常相見。聞君蓄名畫至數千，而不喜伎樂。嘗至蘇，徵歌召客，豪費日千金，人皆怪其所爲。適有西人豔之，屬轉輸銀百餘萬，君持歸，而奏銷得報如期。其贍智固不可及哉！

【校】

〔題〕音注本作「黄个園傳」。〔加鹽運使司銜〕音注本無「司」字。〔入都四句〕音注本、續類纂本作「長子次子皆郎中，入都祝嘏」。〔圓明園聽戲〕音注本、續類纂本則作「賞圓明園聽戲」。〔上至鹽政〕音注本、續類纂本作「上自鹽政」。〔下至商〕音注本、續類纂本作「下至商户」。〔進奉句〕音注本、續類纂本「現銀」作「見銀」。按，見，通「現」。〔庫額增〕音注本、續類纂本作「庫之銀額增」。〔裁鹽政〕音注本、續類纂本作「改鹽政」。〔人得句〕音注本、續類纂本作「商得見運使」。〔不與句〕音注本、續類纂本作「不與較短長」。〔乾没句〕音注本、續類纂本作「而玩法乾没」。〔又十餘年〕音注本、續類纂本作「十餘年」。〔聞君句〕音注本、續類纂本「至數千」作「數千」。〔不喜伎樂〕音注本、續類纂本作「不好伎樂」。〔固不可及哉〕音注本、續類纂本作「固不及者哉」。〔贍智〕疑作「膽智」。

淑人烏朗罕濟拉莫忒氏傳略 辛亥

道光三十年，聯公秀峰以江蘇按察使總理鹽政。曾亮時客揚州，公語及都中同部時，并及家事，愀然曰：「吾今而知家事之難爲也。吾始官都中，後官外，知官事而已。當食而食，當衣而衣，其豐儉厚薄，吾未嘗預戒之，未嘗不適其節也。吾有姑，有弟，有妹，有族親之貧者。每月銀若干，粟若干。吾知供給無乏而已，未嘗權其輕重而劑其多寡也。尊卑、長幼、臧獲，無譁無婨，吾以爲是固然而已，未嘗調其愛憎而察其隱蔽也。自淑人殁，而家事乃畢集於吾身，吾未一年而不勝其憊。淑人之勞，勞二十餘年。憊且病，且死，固其宜也。」

余曰：「誠若是，其賢矣哉！然則不可以無述。」

公乃曰：「淑人年十七而歸余。時吾祖官禮部尚書，八十賜壽，門祚方盛，姻族觀禮。淑人謙尊合經，人咸曰宜。吾守金華而以憂歸，行李不給，淑人屏當施設，得以成行。吾湖北赴官，省親鳳陽，淑人獨舟行溯江。時暎夷入江求撫，道路驚咤，隄防艱危，安達治所。吾兄弟三人，一得疑疾，且卒，乃悟曰：『吾大誤！嫂待我乃如是，我則非人。』嘗語吾曰：『君得官矣，家所固有者，叔宜有之。』及將卒，語人曰：『祖姑言：「爲婦者，當學吃虧。」然是爲極難耳。吾今日庶有以見祖姑乎？』」公言及此而悲，遂不復竟問。然此已足以訓於後人。

淑人氏烏朗罕濟拉莫忒。歸於公，爲瓜爾佳氏婦。道光三十年三月十四日卒，年四十五。

洪序也家傳 辛亥

君名上庠，字序也，歙縣人。少試場屋不售，以捐例官主事，又以運判改官兩淮。君好學，工書，於篆、隸尤所深嗜，自少至壯，日爲之不輟。而當官則務職，不以故習自高。其官通州也，南路五鹽場屢爲水敗。君建函洞，洩潦水，一不以官民錢。道光二十九年，江南水災。上官議賑費，君籌二十萬以集事。官海州，潮敗鹽，竈丁告饑，立發銀粟賑之。事定申牒，總督陸公嘉其能，奏加同知銜，候升兩淮監掣。未幾，卒。子豐，佐介江君敦讓，請爲傳。

夫民之洶洶不定者，急求食耳。立應之，則一無事矣。人見其無事也，或以爲即告而發，亦未必致患；而如是者，或近於沽名。然世有避沽名之嫌，而患生於必致者，蓋比比矣。則如君者，曷可使其無傳也？

周伯恬家傳 壬子

周伯恬，諱儀暐，陽湖人。考諱情，與李申耆之父友善，携就讀。李故多書，遂恣意流覽。工六朝文詞，尤深於詩。嘉慶九年，舉於鄉，大挑得訓導宣城。俸滿，授陝西山陽縣令。地貧瘠，民以例供官之薪炭棚架，皆罷之。或曰：「俗好訟，宜少立威，自見於上官。」君曰：「吾老矣，乃復與少年輩治名聲也？」鄧公廷楨先見君《韓城驛》詩，愛重之。及巡撫陝西，語僚屬曰：「周君，固名士，且老矣，可使無以歸乎？」乃换署鳳翔。而鄧公旋薨。君之友魏公襄，亦先卒京師。君悲傷成疾，遂卒。時道光二十六年也。君之年，蓋七十矣。

君少與陸祁生、李申耆、張翰風皆以文章學識有盛名，後皆爲知縣。或不久棄去，惟張君官山東十年，有政聲。君固非溺文藝、薄吏事者，而不能如張之久，且年之未衰也。然君去山陽，時有歸志，父老或知之，曰：「官去鳳翔時，無遽歸，必還我山陽。」此亦足以知君矣。有二子，曰本積，曰騰虎，能以文繼其家。

梅曾亮曰：君爲校官，來江寧，言論豪甚，著棕鞋，日行十餘里訪友人，或獨往城西北山中。後兩見於京師。及之官時，稍衰矣。余念之，每爲不自釋然。爲君計，亦無有可以易其之官者也。而余與君遂自此别矣。

柏梘山房文集卷十

記

記日本國事 丙子

日本賈人舟膠於臺灣濱海者，虜其財。事聞於閩浙總督方公，公斬爲掠者三人，償其財。叩頭謝，且固辭曰：「大將軍令不敢私入中，今以風故，猝至此。稍以貨歸，舟中人無脱死者矣。」公嘆異而遣之。

蓋方公自爲余言如此。然余獨怪日本以蕞爾之夷，法立於國，而民聳然於萬里之外，欲有所拾取則狼顧，豈其有異術焉？抑鱗介之民，易爲理也？又賈人所携書，有紀國之年與事者，其始祖曰天皇，當隋唐之交。後數百年，而國有大將軍，號曰尊公。其同姓，曰家尊公，威權特甚。有令以火遞傳之，頃刻百里。大將軍尤惡天主教，嘗殺數千人而其教絶。他國有天主教者，皆絶不通。有貨其地者，問事何神。館某廟，舟無守，貨人無所失，而入廟不拜者，殺之。以天主教不拜神也。賈他國者，分其贏於大將軍。無他官府及胥吏假手，故民不以分所有爲苦，亦毫髮不敢欺。

嗟夫！彼大將軍雖如王，視中國不過一郡守耳，何乃能若是？階級少則事權一，胥吏去則上下通。然則彼之倔强一隅，而役使如志者，豈無故哉？豈無故哉？

【校】

〔不敢句〕音注本、續類纂本作「不敢私入中國」。〔又賈人句〕音注本、續類纂本「所携書」作「所携之書」。〔當隋唐之交〕原誤作「當隨唐之交」，據音注本、續類纂本。

游小盤谷記 戊寅

江寧府城，其西北包盧龍山而止。余嘗求小盤谷，至其地，土人或曰無有。惟大竹蔽天，多歧路，曲折廣狹如一，探之不可窮。聞犬聲，乃急赴之，卒不見人。熟五斗米頃，行抵寺，曰歸雲堂。土田寬舒，居民以桂爲業。寺旁有草徑，甚微。南出之，乃墜大谷。四山皆大桂樹，隨山陂陀，其狀若仰大盂。空響内貯，謦欬不得他逸，寂寥無聲，而耳聽常滿。淵水積焉，盡山麓而止。由寺北行至盧龍山，其中阬谷窪隆，若井竈甗鬵之狀。或曰：「遺老所避兵者，三十六茅菴，七十二團瓢，皆當其地。」一日且暮，乃登山循城而歸。暝色下積，月光布其上，俯視萬影摩蕩，若魚龍起伏波浪中。諸人皆曰：「此萬竹蔽天處也。所謂小盤谷，殆近之矣。」

同游者：侯振廷舅氏，管君異之，馬君湘帆，歐生岳菴，弟念勤，凡六人。

【校】

〔余嘗求句〕續類纂本、八大家本作「余嘗求小盤谷者」。〔惟大竹句〕續類纂本、八大家本作「皆大竹蔽天」。〔土田寬舒〕續類纂本、八大家本作「土田舒寬」。〔乃墜句〕續類纂本、八大家本作「乃隊大谷」。按，隊，義同「墜」。《左傳・莊公八年》：「（齊襄）公懼，隊於車。」可證。〔若魚龍〕八大家本無。〔馬君湘帆〕續類纂本、八大家本作「馬君夢湘」。

鉢山餘霞閣記 戊寅

江寧城，山得其半。便於人而適於野者，惟西城鉢山，吾友陶子静偕群弟讀書所也。因山之高下爲屋，而閣於其巔，曰「餘霞」，因所見而名之也。俯視花木皆環拱升降，草徑曲折可念，行人若飛鳥度柯葉上。西面城，江自南而東，青黄分明，界畫天地。又若大圓鏡平置林表，莫愁湖也。其東南，萬屋沉沉，炊煙如人立，各有所企。微風撓之，左引右挹，縣縣緡緡。上浮市聲，近寂而遠聞。

甲戌春，子静觴同人於其上。衆景畢現，高言愈張。子静曰：「文章之事，如山出雲，江河之下水，非鑿石而引之，掘渠而導之者也。故善爲文者，有所待。」曾亮曰：「文在天地，如雲物煙景焉。一默存之間，而遁乎萬里之外。故善爲文者，無失其機。」管君異之曰：「陶子之論高矣。後説者於斯閣亦有當焉。」遂書以爲之記。

【校】

〔題〕八大家本「缽山」作「盋山」，下文同。〔江自句〕續類纂本、八大家本作「淮水縈之，江自西而東」。〔微風撓之〕續類纂本、八大家本作「微風繞之」。〔甲戌春〕原誤作「甲戌春」，據續類纂本、八大家本改。〔掘渠〕續類纂本、八大家本作「決瓪」。〔善爲文者〕續類纂本、八大家本作「善爲者」。〔一默句〕續類纂本、八大家本作「一俯仰之間」。〔後説句〕續類纂本、八大家本「於斯閣」作「如斯閣」。〔遂書句〕續類纂本、八大家本「以爲之記」作「爲之記」。

陳易庭學琴圖記 壬午

吾友陳君易庭，才高而志奇。其覃思於詩，蓋天性也。然欿然不自足，進求夫古之爲音聲可弦歌者，爲《學琴圖》，屬曾亮爲之記，曰：「吾性樂於是而寄焉耳。」

蓋人情，非大聖人皆不能無所寄。寄則專，專則有涯，故外困而退有所休。無所寄，則情無所之，失志益甚。夫古之爲士者，無故不去琴瑟。故清和夷猶，常若有餘，不以得喪、貧富傷吾生而挫其氣也。後世雅琴既已淪亡，其詩歌率多妖淫輕險之詞，不足以正心娛意。然有其善者，固使人擺掉超越，不留於俗。故士有所抑鬱不得通，當抗音而歌，起舞低昂，若聳身於霄漢之表，視擾擾者之爭螻蟻食也。及夫嗒焉而輟，物亡情留，一俯仰間而通蔽變矣。昔有寄，今無寄也。況進求於先王之樂者哉？

今易庭之才高，則有所多取於世；志奇，則寡合於人。而幸也，其有寄於詩也，今且進其道於琴焉。於吾言，其益然乎哉？

周石生授經圖記 壬午

石生與曾亮年相若，居相近，幼同嬉游，長就學同師，及他往未嘗不偕。兩家尊親，以小名互相呼；雖僕嫗亦然，皆能道兩小時嬉游事。及壬午年同試禮部，而曾亮以知縣注貴州，當遠去。石生悵然久之，乃屬題母夫人《授經圖》也。

石生自孤童時，從母夫人育外家陳氏。幼時與石生往來，歸稍遲，兩家各使老嫗來呼。石生少廢讀，母夫人必怒與杖。石生泣，則擁杖而悲。嘗曰：「汝幼育外家，不可忘陳氏恩。至束脩，皆汝母自力。汝當識此意也。」時曾亮年十三四，家大人方試禮部，留京師。每從塾歸，則吾母課誦，必問所習者師講解否？能記憶否？背師作游弄否？自塾歸適他所否？即石生從塾歸，其母夫人亦然。曾亮自家大人客，四、五年而未嘗一日寬吾母失學之憂；則石生自少孤以至於長成，其母夫人之心力之瘁可知也。然則苦節者必有後，而得母教者多賢子孫，豈不諒哉？

石生之入學後曾亮，已而先舉於鄉；及成進士，曾亮猥先焉。他日之游宦倦而歸，烏知夫先後之不相同耶？其時或布衣粗飯，里巷相過從；追思前事，兩家子弟皆皤然白首；披圖而觀，起敬起畏。石生其猶有曩之心哉？而母夫人樂何如也！

記棚民事 癸未

余爲董文恪公作行狀，盡覽其奏議。其任安徽巡撫，奏准棚民開山事甚力。大旨言：與棚民相告訐者，皆溺於龍脈風水之説，至有以數百畝之山，保一棺之土，棄典禮、荒地利，不可施行。而棚民能攻苦茹淡於叢山峻嶺、人迹不可通之地，開種旱穀以佐稻粱，人無閒民，地無遺利，於策至便，不可禁止以啓事端。余覽其説而是之。

及余來宣城，問諸鄉人，皆言未開之山，土堅石固，草樹茂密，腐葉積數年，可二、三寸。每天雨，從樹至葉，從葉至土石，歷石罅，滴瀝成泉。其下水也緩，又水下而土不隨其下。水緩，故低田受之不爲災；而半月不雨，高田猶受其浸溉。今以斤斧童其山，而以鋤犁疏其土，一雨未畢，沙石隨下奔流注，壑澗中皆填污不可貯水，畢至窪田中乃止。及窪田竭，而山田之水無繼者。是爲開不毛之土，而病有穀之田；利無税之傭，而瘠有税之户也。余亦聞其説而是之。

嗟夫，利害之不能兩全也久矣。由前之説可以息事，由後之説可以保利。若無失其利而又不至如董公之所憂，則吾蓋未得其術也。故記之，以俟夫習民事者。

【校】〔題〕八大家本、續類纂本作「書棚民事」。〔叢山峻嶺〕八大家本、續類纂本作「崇山峻嶺」。〔若無句〕八大家本、續類纂本「不至如」作「不至於」。

謁墓記 癸未

道光三年四月二十五日甲子，由坐吉村入柏梘山謁墓。未至山五里，謁查村橋墓，曾祖母錢吴兩夫人之所葬也。至山口，謁太七公墓，始遷祖也。春分時，蝦蟆將子於此，遍滿坑谷，故俗謂之蝦蟆田。過此至菴隴，謁壽一公墓。又過此至飛橋北隴，謁欽夫公墓。又前至飛橋，兩水會橋下，北流二十里成河。過橋，循左澗水，過柏建寺，至柏梘大山，謁質齋公及朝甫公墓。過此至槽水圈，謁南溪公墓。日已暮，乃歸。

自過飛橋而東，皆石壁，流水左右夾路，聲洶湧，逆人足，如不得前。石壁多大字，石稍長，移其畫出字外，怪不可識。姪六有曰：「過槽水圈而東，山愈高，徑愈狹。」吾始行也以足，繼以手，終以尻坐石而移之。乃上水露臺，過七當山，得寧邑界焉。

辛丑，至㟃山謁大千公墓。山足皆緣以石，而土其中。壬寅，至梅隴謁懸符公墓。未至墓五里，雨。先過京山堂寺，路斗絶，輿者相枝柱，僅乃得上。而寺前土平以寬，清泉竹石迎媚來者，輒以爲大怪，奇險中無此地也。食畢，雨止，乃上教場，即墓所也。明末有鄉兵屯之，故以名墓。在山絶頂，時時有萬丈壑過肩輿下。壑在右，余睨左壁；在左，余睨右壁。至墓，則山舒兩翼而中平，可田可廬。㟃山梅隴墓碣，皆安溪李文貞公書石。

五月二日庚午，至寧國縣方家衝，謁小溪公墓。墓在山頂，形如仰盂，中頽而四高之。後有山，持之如柄。山下有溪，水南流而山足展而西，登墓望之，若水入山腹矣。

乙亥，至獨山，謁定九公及正謀公墓。墓有碑曰：「江南織造曹頫監造。」聖祖仁皇帝特恩也。至栗木崗，謁君重公墓。不一里，至雁塔橋，謁高祖妣郭夫人、曾祖妣王夫人墓。

丙子，至許村，謁石門公墓。自獨山至許村，墓四所無山當大路側。

由坐吉村至柏梘山，一日畢；梅隴，兩日畢；㟃山，一日畢；方家衝，兩日畢；獨山、栗木崗、雁塔橋，半日畢；許村，一日畢。

凡所謁墓，必高大堅緻，立甃石，障土於前；必豐碑深刻，以記年月、名氏，及立碑之子若孫；必布石數丈，以便跪起陳設；必平易墓道，以便出入；必有舍有田，以便守塚者及謁墓之子孫。又必廣置墓之左右山，或延袤數十里，以植樹木聳瞻視。又定子孫司事者一歲再巡其山，以審界畫、防侵盜，而一山之專設者四人，或八人。故其襟抱清茂、徑路幽美，或終日行不涉他姓地，如家林焉，不知爲窮山中也。

古名卿碩士，其墟里墳墓，檢史册常不可合。今於千餘年之墓，農夫孺子得歷歷拜掃之，非梅氏之厚幸歟？亦祖宗之經畫者勤矣。而其時人力之給、物產之豐，亦不能無慨於今昔云。

【校】

〔登墓望之〕八大家本、續類纂本作「登高望之」。〔墓有碑〕八大家本作「碣有碑」。按，碣者，圓頂碑石。是八大家本文意重複，當有誤。

記所至各村 癸未

凡居坐吉村者，皆與余同祖棖五房。而余所至他村，若崗下、橋頭間、大屋下、上蔡村、桑園、上張公園、下張公園、塌埂、新田山、田頭山、下刁崗、後陽村、許村，及與楷三房共居之橫埂塘，顯八房共居之花園裏，凡十五村，亦皆棖五房。更樓、塌裏，凡二村，爲和一房。湯村、傅村、田屋裏、井旁上，在寧國縣者；薛家溪之大灣裏、叉路，凡六村，爲霖二房。鳳禎橋、下蔡村、水閣涼亭、高泥亭、蒲田埂、横埂塘、楊家衝，凡七村，爲楷三房。蒲田埂一村，爲機四房。石埂嶺、黄棟樹，凡兩村，爲柱六房。六房皆出於珍一公。而珍一公之弟四人，四人之子孫，則别之以某公分下。下芳村、塼臺上、上後家村、仁村，洎及郡城西門外之高嶺、求陽村，凡六村，爲琪公分下。山口村、周家衝，凡兩村，爲瑺公分下。高許村、寧國縣之潭灣裏，凡兩村，爲璉公分下。而瑀公分下，惟一丁寄居。坐吉村五分，皆出於榮公。而榮公之同母兄二人，曰富，曰顯。富宗公之後微矣。顯公後有八房焉，族人别呼之曰顯八房。余所至者，上芳村、壩房、花園裏、下石馬、下許村、灣裏、下後家村，凡七村。又至别爲祠堂者一村，曰塘岸上，榮公之叔高祖也，於族最爲遠。

凡余所至者五十餘村，自塘岸外，皆共蒲田埂之宗祠。共祠而未至者三十餘村，或以人族少，道回遠。又方田作時，丁壯在野，屋宇中皆貯麥。故未敢重勞父老以候過客，廢耕耘。非有所輕重於其間也。而所至之處，則必設茶荈、具酒肉雞魚答拜也，必有所餽以爲禮。

嗟夫！吾家寓江寧，於諸村中缺候問、疏過從久矣，未有所裨益光寵。諸父兄乃能不責不足於我，且懇懇如此，愧甚！不可忘也。又，余至諸村，皆姪六有同行。每悉問某村爲某分下、爲某幾房、爲某字輩，常苦不能識，而鄉人多能識之。今士之居通都大邑者，以不盡交天下士爲耻，而不知誰何之古人，尤喜爲之辨氏族、考子姓，然家之人而不識也。嗚乎！此尤余之所愧於鄉人也。

引虹橋記 癸未

梅氏自宋、元、明葬柏梘山，凡九十六所。山口村至柏梘大山之谷口十餘里中，幽宫巨碣，往往而在；七十餘村所祖者，靡不具是。故山外有坊，曰「梅氏墓道」，他姓莫與焉。而循山口至大山，必先西北行，轉而東南，回遠數十里。其中陽崖陰壑，起伏百丈，林木幽昧，蔽景匿光，悲禽巨獸，倏忽睒睗。行者皆掉慄，莫敢投足。故於北隴下絶澗爲橋，路徑直且易行，前明羅太守所鐫曰「引虹橋」也。土人名之曰「飛橋」。嘗毁於火，曠四十餘年未修。緣山涉溪，經歷阬谷，冬冰夏湯，不可懸度。凡梅氏之謁墓於山者，皆莫之便，於道光元年，宗人乃刻意建之。以族姪肇壬字六有者董其役，鳩工庀材，悉復舊觀。橋之下，去澗底者五丈，其南北達兩山者四丈，東西霤之相去者二丈。上覆棟宇，旁列軒檻，如亭而修，如橋而平，中設長座以休息行者。是年十二月落成，凡錢以緡計者千，木以章計者千，工以指計者萬。縣隔上通，險阻下伏，襟帶周固，呈露清淑。

成之二年而曾亮謁墓於山，過茲橋而休焉，嘆其工力之壯偉。肇壬曰：「此吾梅氏事也，不可不爲之記。」蓋茲橋之設，非行旅之孔道，而爲梅氏謁墓者所必經。吾宗人以墳墓之故，不惜曠年之勞、數十家中人之產，以竭蹶圖之。其反本追遠之心，足貽賴後人者，功美蓋未可量，故不敢辭而記之。

若春秋佳節拜掃之時，諸父老相與整冠巾，挈壺榼，以往來於茲橋中，丹葩霜林，照耀谿壑，可玩也。

歐氏又一村讀書圖記 甲申

城北多古園，惟董氏窺園者去鍾山爲近。由窺園而東北，皆菜畦縱横，密徑若窮，忽花木照耀篁竹中，則歐氏又一村也。瓦室十餘間，敞其南，以植花藥數十種。拓其軒之北，鍾山偃仰，如在几席上。從籬落中見行者，疑深山樵漁，不類廛市人。從余游者，歐生岳菴及其弟子白，嘗朝夕讀書於是，乃圖之，而以記告於余。

夫圖記歌詠，恒出於賓客山水聲色之游聚，此皆幻於情而逐於物者也。物不可留，情不可執，卒然合併，斯會不常。妍窮景畢，執萬化而不釋，於是蔽而自矜，將貽後人。此文字之所以日繁而用多褻也。若夫居家林，玩書史，此豈待於外而懼樂之不可常哉？然數年以來，子白常侍養於浙；岳菴雖家居，亦囊篋鱗雜，不能吟頌無事如曩時。且才如二子，豈終徜徉於斯園者？則是圖也，卒前勤，懲後荒，意在斯乎？

昔曾子固不以舟車廢其學，而蘇文忠直禁内讀書，夜分，老兵皆倦卧。彼其視金馬玉堂之中，波濤塵堁之内，皆學舍也。故古人有以自立者如此。不然，當貧賤時曰：「吾他有求焉，不暇學。」富貴矣，則曰：「吾有以自重者，姑緩之。」是殆不足與於斯圖也。二子者，其知之矣。

【校】

〔敞其南〕續類纂本、八大家本作「蔽其南」。〔不能吟頌〕續類纂本、八大家本作「不能吟誦」。

馮晉漁舍人夢游記　甲申

園之大，不見所際。花木皆清曠茂悅，流水周布，池館數十所，各爲一區。路四出，皆以閣道，旁廊上屋，碧波潛通，金鱗朱華，平布瀰漫。獨虛一大屋，闔其扉，曰：「將以待主。」是境也，吾於夢時得之。

以夢之習也，夢之中亦知其夢焉。又幸夫今夢之非夢也，寤而獨樂之，未嘗以言於人。而馮晉漁舍人亦以夢嘗有所歷類於余，獨心以爲王弇州山人居也。弇州之文學樹立，固才士所企羨，而晉漁之志，當不以此自限。豈嘗心注於是而神往之哉？蓋偶焉耳。然當是時，蓋自適之甚，不登而山，不涉而水，不拜跪迎送而主客。莊周、列禦寇，槁身忘形，僅乃得至以爲逍遥游者，吾可以忽然得之。以吾之有適於是，知晉漁之適於是而不能忘也。

或曰：「如吾夢之所適，仞而有之，其可乎？」曰：「不可。」昔鄒衍造大瀛海之談，人奇怪之，好其説。今如衍所談，西人或身歷之，以爲固有。而衍之奇亦少衰。然則使吾兩人真有如是之山水，真有如是之花木池館，真有如是之主人抵掌談語，又何足異哉？吾又以知天下之樂，未有如無是事而心設之者矣。

陳石士先生授經圖記 乙酉

漢儒之經學有專師，而又以師法轉相授受。其學之顯晦，一視其徒衆之多寡與爵位之高卑。而苟其學之不足傳，與傳之不得其人，雖當時爲諸儒所宗，而遺篇斷簡不可見於後世者，往往有之。惟孔安國、董仲舒，其學在當世，非如師丹、張禹以尊官致大師，而《古文尚書》與《春秋》之學，歷久而不廢。蓋司馬遷嘗問故於安國，而聞《春秋》説於董生，其表章發明之力爲多。

桐城姚姬傳先生，以名節、經術、文章高出一世。門下士通顯者如錢南園侍御、孔撝約編修，皆不幸早世。而抱遺經、守師説、自廢於荒江窮巷之中者，又不爲人所從信。惟今侍講學士陳公，方受知於聖主，而以文章詔天下之後進，守乎師之説，如規矩繩墨之不可踰。及乙酉科，持節校士於兩江，兩江人士，莫不訪求姚先生之傳書軼説，家置户習，以冀有冥冥之合於公，而先生之學，遂愈彰於時。蓋學之足傳，而傳之又得其人，雖一、二人而有足及乎千萬人之勢，亦其理然也。

夫先生之書具存，其文章之高奇、説經之通遠，士或浮慕焉而未能入。然張其學者有公，則學於公者，亦必有人如公守師説而尺寸不踰者。先生之學，其傳於世者未有艾也。公試畢，將歸京師，出《授經圖》以示曰：「爲我志之。吾不能一日忘吾師也。」嗟夫！曾亮固所謂自廢於荒江窮巷之中而不爲人所從信者，於是圖，其能無概於先生哉？

【校】

〔題〕音注本作「陳碩士學士授經圖記」。〔門下句〕音注本「通顯者」作「受業而通顯者」。〔而抱遺經〕音注本作「若夫抱遺經」。〔自廢於〕音注本作「而自廢於」。〔及乙酉二句〕音注本作「及道光五年秋，持節主試兩江」。〔遂愈彰於時〕音注本作「遂愈彰於世」。〔士或六句〕音注本作「雖好古之士浮慕焉，未能入，況禄利之士其不能深知篤好也決矣。然先生之門人衆矣，而今集其成者唯有公。則學於公者，雖不必盡如公事先生之心，亦必有一、二人如公，守師説而尺寸不逾者。先生之學，其傳於世者未有艾也」。〔以示〕音注本作「以示曾亮」。

游瓜步山記 丁亥

道光七年二月十六日，客同年熊民懷六合官署，與同人游瓜步山。

余與翰初先登。古廟數楹，無檽檻可據，浮屠像皆剥落坐塵埃中。老農數人踞階下，議社事。問僧，曰：「掃墓出矣。」方悵然欲歸，而闇夫導數客偕主人至。移肴核於補山亭，兩峰翼張，亭承其腋。蓋去廟西不數十步，而岡隆谷窪，罨靄獻秀，遠江近渚，迴瀾就目，雜花周阿，迎桃送杏。既醉飽，復登西峰之太平菴。山風泠然，異香出於寺，則兩老梅，數百年物也，高出樓，大蔭一畝，方盛開。諸人皆錯愕瞪視，既乃太息，坐卧其下。日暮而後去。

蓋余二人初至時，未知有亭，主人至，乃得之。亦未知有梅，入寺，乃見之。此一日中事耳。吾兩人胸臆愉塞，殆如隔人世事。莊子曰：「山林與臯壤與？使我欣欣然而樂與。樂未畢也，哀又繼之。」夫待山林臯壤而樂者，將失之而悲。是樂也，達者之所笑也。書以志吾愧。

同游者，商城熊闇夫方烜，興化束補卿鑾，上元温翰初肇江、朱竹香啓善、梅伯言曾亮。主人者，瓜步司直隸陳守齋寶善也。同游者皆有詩，而屬曾亮爲之記。

潁上搨帖圖記 丁亥

管晴雲先生，諱霈，吾友巽之祖也，以副榜官潁上教諭。性好古，取蘭亭碎石藏卜姓者，命其子手搨之極多。卒一歲，而子文郁字西京者亦卒。巽之年七、八歲，書史散失，今所存惟石背《黄庭》一紙而已。巽之得以畫名者張君崟爲《搨帖圖》，屬曾亮記其歲月。蓋悲先人之遺，又所遺之僅於是也。

國初，項子京好古多藏，每所得有價浮者，數日不樂。及分之諸子，貴賤必均。蓋其父與子皆未嘗以書畫視之，直田宅視之耳。雖藏以千萬計，謂之無一有可也。巽之自有之書，不過數十種；而所閲有百此者，藏豈貴多哉？又先生嘗賑泗州水荒，與上官爭，活人以千計。及擢四川仁壽縣知縣，非其好，不赴也。蓋人以飢寒得失爲心，則不急之務，無可以娱其意者。先生爲校官，禄微甚，而有以自適，日徘徊於荒墟殘碣之間，其過人遠矣。

吴松口驗功記 戊子

太湖三萬六千頃，以經流達於吴淞。吴淞首枕太湖，尾掉黄浦，亘三百餘里入海。源長流鋪，非洪壯闊深不足以吐納靈湖，綱絡神委。明嘉靖初，一治於官，一濬於私。後曠不修，喉吻縮蓄，浦漵差互，茭葦怒生，高卑平夷，水旱皆困。

安化陶公巡撫江蘇，以道光七年冬十一月奉命瀹疏。時群情獻疑，或守卑論，或求新功。爰斟酌古今，延覽地形，以爲徙武康、紵溪，穿新渠言，失之鑿；廢吴江全邑以濬松江言，失之縱；遷沙村，鑿千橋，開白蜆，徙湖委於青龍言，失之擾。而元時疏黄浦至新洋，功施卑卑不利洩宣，又失之率。乃鳩工立程，爬抉填淤，鏟咋曲岸。惟其寬深無改故渠。巨阜連隴，神移鬼推，盤涊盈涓澮，雲解天動。不踰三月，水工蕆事，擇期驗功於吴淞口。時當春和，桃楊獻新，水光納天，積葑雲卷，鼃魚舒波，望墟永歸，千帆怒張，如馬縱野。農利普存，歡謡載途。公顔載愉，詩紀其事，和者千焉。雍雍乎，元臣之「訏謨」，吉甫之「清風」也。乃屬曾亮實事以紀，則道光八年九月之十日也。

【校】

〔題〕光緒本、續類纂本、八大家本「吴松口」作「吴淞口」，正文同。

從戎紀事圖記 庚寅

嘉慶五年，洪君梅溪以尉攝縣事，守南部城，殺賊七百人。六年，於南部之新鎮壩，殺賊一百餘人，又邀擊敗逃賊於廣安州楠木頂。是三役也，有一焉皆可以授超等之賞，而君退然無所得，所得者惟是圖耳。

然是圖也，世之以軍功得勇爵者，或不能有之。彼未嘗身搴旗蹀血而代人受功，安能言之詳而據之實如此哉？宜其不得與君爭有此圖也。失之彼而此得焉，亦無憾也夫。而世之專閫權司賞罰者，於功罪何如也？

晝樵夜讀圖記 庚寅

吾友馬棣園，以晝樵夜讀屬周保緒爲圖，而屬曾亮爲之記。昔與君始相習於康方伯幕中，後同游棲霞，日日攀藤葛、踞泉石爲樂。夜刻燭作紀游詩，矻矻不少休。同游者，胡君聖基、汪君鄰樓。其年最少者，君也。後君學益成，當途者爭禮延之。不能數相見，欲求爲昔時山中游，蓋不可得。

昔人稱桃源中「不知有漢，無論魏晉」。吾嘗從田間游，問桑麻樹藝事，田夫野老或諱匿不樂道之，顧喜聞城中人談市朝也。今之山中人，固與古殊哉？抑境習厭生，人固好談所不見以爲樂乎？則棣園之游市朝而違林皋也久矣，宜是圖之超然有遐思也。

雖然，古之士恒爲士，而不雜於農。其耕者，隱也。故揚子雲曰：「士有不談王道，則樵夫笑之。」言古士之貴於樵也。秦漢以後，乃有帶經而鋤者，有讀書流麥或負擔歌謳道中者。今之士也雖不恒，然欲耕且讀如秦漢人，亦不可得。豈其俗之返乎古哉？亦惰游而耻自食其力者，衆也。然所不耻者，蓋百此矣。而獨耻爲秦漢人，君之圖亦有激而云然乎？

柏梘山房文集卷十一

記

江亭消夏記 丙午

都中燕客者，曰館、曰堂，皆肆也。觀，優者集焉。樂閙曠、避煩暑，惟江亭爲宜。地當南城西，故爲水會，今則四達皆通車。甲午五月望，徐廉峰編修、黄樹齋給諫，招客而觴之。天氣清佳，地曠人適。以客皆雄於談而失飲也，乃射覆以行酒。當令者，取尊俎間物載經典者，隱一字爲鵠，而出其上下字爲媒。因媒以中鵠者，不飲。然所出字，皆與鵠緜褫判散，不可膠附，又出他字相佐輔綴。其鵠者愈專而媒愈幻，務以枝人心，使不使尋逐以爲快。忽然得之，歡愕相半。每一覆而罰飲者，十數人。

酒肴既饜，憑軒周流。下多葭葦，蒙籠坡陀，風草相噬，柯葉綷縩。疑其下有波浪，澌汩聲渺，若大澤無涯，江湖之思焉。

主客多江東南人，歲比大水，談者以爲憂。於斯亭，又悵然於不可得水也。給諫遂歸而圖之。圖中人皆面山，左倚城，指亭下相顧語者，亭之西軒也。

上元梅曾亮記。

【校】

〔取尊俎〕續類纂本、八大家本作「取樽俎」。按，尊，通「樽」。〔使不句〕續類纂本、八大家本作「使不得尋逐以爲快」，於義爲長。〔罰飲者〕八大家本作「發飲酒」。〔蒙籠坡陀〕八大家本作「蒙籠披陀」。〔疑其下〕續類纂本、八大家本作「其下」。〔又悵然句〕續類纂本、八大家本「不可得水也」作「不可得水」。

宣南夜話圖記 丙申

道光十五年冬，江寧鄧公始受新命，總制兩廣，自安徽入覲於朝。時鄉之官京師者，公子子久編修外，幾二十人。公未明入覲，出答賓客之造請。及暮，歸宣武門南寓館，與鄉人述故老逸事，商論文史，辨訓詁、音聲，於三百五篇詩，刺取聲韻雙疊者，左右逢獲，如取物筐篋中。人皆神開意新，日聞所不聞。庭無倦僮，座無詼賓，盤無咈肴，酒無盈巵。雲凝風休，惟談是資。座移星稀，充然忘疲。於是楊君繡庭圖紀其事，京兆尹蔡公首倡以詩，在席咸和。

有朝士語曾亮曰：「昨東華門内，見兩廣總督鄧公，貂冠盛服，長身鶴步。郎君愉愉愔愔，冠佩相隨至乾清宫門外，可謂君鄉盛事。」則應之曰：「公仕宦三十年，以侍從致封疆，撫安徽十年，變鎔精民，消勺吏慝，平牙鐽角，先幾運功。今兩廣雖物重地大，公神氣閒定，視之一如安徽耳。故其無矜色，無華言，澹泊内足，聰明四周，非習熟聞見、浹言論，不知其深。子乃徒美其遭逢之隆，不亦膚乎？」客憮然曰：「有是哉，則公所與諸君子燕語者，不可以不識也。」既以應客，遂弁其語於圖。

【校】

〔可謂〕光緒本作「可爲」。

通河泛舟記 丙申

道光十六年七月，與友人泛舟通河。檣帆始移，曠若天外，波雲水鷗，萬景畢納。自二閘至三閘，不三、四里，而茶村酒舍，斷續葭葦中。舟人緩橈安波，悠然無窮，攀林而休，披草而坐，舟步相代，窮日乃返。

陶君鹿崖曰：「自吾官京師十餘年，無此樂矣！」屬温君翰初圖之，而曾亮爲之記。是游也，王君絅齋爲主人，翰初及其弟明叔、陶君鹿崖、萬君葵田及曾亮，凡五客焉，皆江南人，於山水蓋屢見之。而余嘗游金焦迷失，舟檣折於錢塘潮；大風雨過彭蠡湖，舟幾覆。祝終身不經江湖以爲快耳，今乃見是水而樂之，亦以見人情之歆厭有常，而物之好醜不可恃有如此也。

牛山種樹圖記 己亥

同年舒蘇橋，在安徽治巢最久。民事既修，乃闢宇種樹於縣北卧牛山，與群士講藝其下。張少白山人爲作《牛山種樹圖》也。君後屢遷擢，眷眷於巢不忘，且幸後人無廢所樹也，出此圖以示曾亮。

蓋君子官於是土，去後之思，官與民一也。歐陽公之於潁，白太傅、蘇文忠之於杭，時時見於歌詠，豈徒戀其州土之平、樂山川之清曠云爾哉？《詩》不云乎：「毋逝我梁，毋發我笱。」吾既嘗撫是民矣，則願官是土者，長得賢有司焉，嗣吾功而成之也。此父母之心也，圖之意也。

君雪夜阻舟於河，雇役夫，縮手莫應。一叟曰：「是何官人？夜行急如是。」舟人曰：「自某所今升某官者也。」叟驚曰：「是吾舊好官。」立呼二子出，冒雪挽舟，堅不受錢。巢民之於君如是，君之眷眷於是圖也，宜哉！

陶谷記 辛丑

陶谷當郡城之西北隅，山平地幽，林壑深美。傳以爲陶隱居之所居也。舊有陳氏宅，吾友張子澄齋得而營之。廓其舊，凡燕寢之安、觴詠之適、亭沼花木之玩，莫不咸備，而日奉太夫人往游其間。以書告曾亮曰：「吾營是以樂吾親，子其爲我記之。」

昔仲長統以爲得良田廣宅，背山臨流，親有兼膳之奉，不羨入帝王之門。夫必如是而不仕宦，微統也，誰不樂此者！及觀潘岳《閒居賦》，其居處供養，略如統所云矣，卒不能保身養親以全其志。然則統之樂，未可以爲易也。夫古人有仕三釜而心樂者，以爲非是無以養吾親，不以是爲榮其親也。國人稱願，然曰：「幸哉！有子如此，可謂孝也矣。」其榮也，在德成名立，而已不係乎仕不仕也。惟韓子稱歐陽詹以志養，謂在側而其親無離憂，不如有離憂而其志樂。則未知爲父母者，其心果同出於是與？抑探其子之志，不爲是言而不得者與？吾於是知韓子之言未盡也。

今澄齋之才，風雅明決足以任世事，使守缺京師，當久得官。顧以親故，棄不取，而徜徉於兹。夫士有終身不去親側者，迫於境也。能仕宦而不以易其親，此義亡也久矣。故吾樂爲言之，以廣其義，且以幸仲長子之所志者，於吾友而親見之也。

周文泉從軍圖記 辛丑

慕萱先生以京朝官久客幕府，征臺灣及四川教匪，皆襄其役，以勞卒軍。睿皇帝閔之，官其子七品，試用軍營。時文泉年尚幼，好事者爲作《十二歲承詔從戎圖》也。文泉以儒術風雅自喜，既得知縣官，不應試；時披圖悵然。

夫科第發身，常事也。以童子授七品官，特恩也。睿皇帝之鼓動萬類，其神化蓋遠矣。當是時，劇賊起川中，蔓延五省，半天下。而朝廷從容指揮，坐致太平，非信賞必罰，破成格以鼓臣士之心，安能功之捷而治之長如此哉？

則披是圖者，非徒感一士之榮遇。我國家綜理夷險不可測之機神，有慨然思奮者已。

海源閣記 壬寅

昔班固志藝文，自六藝而外，别爲九流。則凡書之次六藝如諸子者，皆流也，非其源也。況又次於諸子，如詩賦、諸略者乎？然當秦火後，餘裁數經。至漢成帝時，閒二百年，書已至萬數千卷之多。而自漢以後，幾二千年以至於今，附而相推，激而相摧，演而愈淆，釃而愈支。昔之所謂流者，且溯而爲源，而流益浩乎其無津涯。故書猶海也，流之必至於海也，勢也。學者而不觀於海焉，陋矣。

雖然，是海也，久其中而不歸，茫洋浩汗，愈遠而不知其所窮，惝然不知吾之所如，浮游乎無所歸休，以終其身爲風波之民，不亦憊哉？然則何從而得其歸？曰：有史焉，足以紀事矣；有子焉，足以辨道術矣。今且類其物而分之，比其物而合之，摭一書爲千百書，而其勢猶未已也。由今以觀周秦人書，於漢人見之外，别無見也。由今以觀魏晉人説經，於唐人載之外，别無見也。其見於史、見於集者，亦希矣。然今之説者，不惟視唐加詳也，且視漢而加詳也。夫漢唐人之書，具是矣，其後此者，非衍詞也，即變文也。不然，則鑿空者也。而作者勤焉，學者騖焉，以千萬言説書之一言，而其辯猶未知所息也。昔之人有言曰：「十三經、十七史外，豈有奇書？」夫古今才人，如此其衆也；著書垂後，怪奇偉麗者，如此其多也，而云爾者，是知源者也。

同年友楊至堂無他好，一專於書。然博而不溺也。名藏書閣曰「海源」，是涉海而能得所歸者歟？或曰：「信如子言，凡書之因而重、駢而枝者，悉屏絶之，其可乎？」曰：「烏乎可！游濫觴之淵，而未極乎稽天；浴日月之大浸，是未知海之大也。又安能知源之出而不可窮也哉？」

觀我圖記 癸卯

據徑尺之局，操盈握之子，規規焉爭勝負於方罫之間，而呈巧拙於一、二人之目，此豈有飢渴寒暑之切於吾身哉？而方其據几注視，窮神畢慮，視天下之成虧得喪，無以易之。是人也，使引其身爲旁觀之人，未有不以爲可非笑者也。然其非且笑也，固曰：「吾所觀者，人也，非我也。我則何渠若是？」嗟夫！古今之紛紛者，蓋無有知吾所觀者，無時而非我也。

于彝香刺史飽涉世務，倦而求息，乃爲《觀我圖》，以自見其意。弈者，觀弈者，凡三人焉；而衣服容貌如一人者，皆于子也。莊子不云乎：「操之則慄，舍之則悲。」方靡刃於聲利之場，其所爭者，自以爲大矣。卻立而觀之，與營營於方罫之間者何異？知其無異也，而恍然於弈者即觀者之一人焉，則是圖之意也夫？

金山寺藏鼎記 甲辰

吾友葉東卿先生得古鼎於岐山之農，徵文實事，定以爲周宣王時物：其臣遂啓諆伐玁狁，歸賜以酬庸者也。於是，詩以張之，寄置於丹徒之金山寺，屬曾亮爲之記。

夫萬物所樂者，成也，久也。自聖人不能違之，銘物必祝其壽，子孫永寶用。至莊周、列禦寇之徒，一切齊得喪成虧。浮屠氏興，而其説加厲。今以古人欲世守之物，而寄之浮屠氏，豈古人製是器之意哉？曾亮曰：守之善者，蓋莫有善於是也。

夫物之易失者，以己獨有之而人不與有之者也。夫獨有是物而不使人與有之，雖有蓋世之威，不足以持其後。況守是物者之爲吾人也哉？然則孰能守之？曰：惟不自有者能守之。今浮屠氏之法，其身之不自有，而何有於居其居之不自有？而何有於所寄之物？雖其重樓傑觀之地，途之人游焉，莫之禦也。雖其所甚寶貴之物，途之人觀焉，莫之非也。夫然，故天下之忮有是物者，皆釋然曰：「彼且不能專之，吾又烏容競之？」天下之欲有是物者又釋然曰：「吾未嘗不與有之，吾又烏容專之？」故曰：守之善者，莫有善於是也。

昔東坡以吳道子畫捨僧惟簡，而曰：「吾自度不能常守是也，故以與子。子將何以守之？」此豈真慮其不能守也哉？使慮之，則亦不捨之矣。且惟簡之能守與否，即未可知；而東坡以一捨之故，道子畫至今不亡。則雖謂善守是物者莫如東坡，可也。

【校】

〔吾友葉東卿先生〕續類纂本、八大家本無「吾友」。〔其臣句〕八大家本「諆」作「謀」。〔而其説加厲〕續類纂本、八大家本作「而其道説加勝」。〔今以句〕八大家本作「今以欲世守之物」。〔以己句〕續類纂本、八大家本「人不與有之」作「人不有之」。〔夫獨有〕續類纂本、八大家本作「苟獨有」。〔故天下句〕續類纂本、八大家本「忮」作「忌」。〔莫有句〕續類纂本、八大家本「善於是也」作「善於是者也」。〔吳道子畫〕續類纂本、八大家本作「吳道子畫四菩薩」。〔吾自句〕續類纂本、八大家本「常守是也」作「常有是也」。〔而東坡句〕八大家本作「而東坡惟能舍之」。〔可也〕八大家本其下有「此蓋先生之微意也夫」。

十賢祠記 丙午

國朝初，宣城以文學著於四方。以吾梅氏一姓言之，載國史儒林、文苑傳及舉鴻詞科，皆有人。推之一邑之廣，其人材之盛，可知也。而繼起者或鮮，豈山川風氣時厚而時薄歟？抑有待於倡之者善其術歟？今夫聞人賢而企慕之，且師法之，遠猶近也。然不若耳目所近接而且出於父兄師友之間，其師法者必倍親，而企慕者必愈誠，亦其理然也。

宣城有七賢祠，舊建於敬亭山，歲久圮廢，蹊徑荒茀。江夏王廉普先生宰是邑，民事既修，昭虔於神，將葺而新之，且以爲邑之有先賢祠，固將興起其邑人者也。而今所謂七賢者，自蕭齊迨明季，皆宦游寄迹而非産於宣者，不足使邑人勸，乃增祀宋之梅聖俞先生，國朝施愚山、梅勿菴兩先生，爲十賢祠。新其堂，廣其室，拓其垣，且改治其道，使行禮者便登降，以生其敬恭焉。而屬曾亮爲之記。是徒以標風雅、飾名勝爲高哉？誠以示吾宣人：今增祀之賢皆宣人也，其文學道術固聞於人人，而於宣之人，尤不啻其父兄師友也。夫吾之父兄師友，既爲人人所企慕師法者矣，而忽而置之，獨在其爲子弟者焉，豈情也哉？則因是祠而使宣之人士興感，以復其盛如曩時，非先生之功歟？聖俞先生於曾亮同祖遠公，而勿菴先生爲六世祖。推公善之心，固不敢以爲私榮，而得附名其間，固其所深幸者矣。

道光二十六年三月，梅曾亮謹記。

海客琴尊圖記 丙午

海客者，朝鮮使臣李藕船名尚迪者也。張子仲遠，先嘗遇於京師；道光二十五年，李君再以貢使來，復相遇，觴之於吴氏之蔣園。客十八人，皆會談讌，極日而罷。以海國異域之人，離别之久，得聚而以一樽相樂，不可謂非快事矣。而仲遠得縣令，之武昌，於京師游處不能忘也。乃屬善畫者圖之，而曾亮爲之記。

昔宋蘇文忠以高麗使臣求書，義不可許，援漢東平王求太史公書事以爲鑒。蓋其近契丹而懸隔於中國，接之者不能無戒心，禁防深堅，亦其勢然也。我國家混同華夷，於朝鮮使雖定其去來之期，而除譏禁、便出入，得造請賢士大夫，稽考文獻，辨析道藝。士大夫亦以其地僻遠，來者多賢且材也，皆歡然相接，無主客重輕之嫌。故其人皆榮於來，而惆然於其去，若遠州下士辭鄉里而樂皇都也。《傳》曰：「騁弓鏃矢，不出竟場。」彼一時，此一時也，豈可同哉？是圖也，有以見柔遠之規曠蕩於前古者矣。

正氣閣記 丙午

道光二十一年，嘆夷入定海，旋擾吴淞江。總兵葛公雲飛、典史楊君慶恩，先後死節。其郡人會稽宗御史稷辰，義而哀之，爲祠於宣武門外，曰「正氣閣」，祀明季郡人死節者倪文貞公以下十一人，而以二公同祀，屬與祭者爲之詞。曾亮因言曰：

忠義之心，同民心而貫今古者也。當明季時，伏節死義者相望，至若十數公者，或從容致身，或支拄危難以圖存，或不知所益，一瞑而萬世不視者，亦有之。然皆以一死遂志，定百行之終，人遂不得以前異者奪後之同。此忠義之事所以可勉於人人，而大節之所以足貴者歟？然則二公之同祀，豈以勝國臣而有嫌哉？人之生也不相謀，至忠而死，則古今無二是矣。且忠義之同乎人心者，豈一郡之私？其公之者衆矣；衆莫大於京師，則是典之舉於斯也，宜無惑焉。

道光二十六年六月，梅曾亮謹記。

寄齋讀書圖記 丁未

桂林陳子心薌，好治書，而以「寄」名其齋。余因爲之説曰：萬物皆寄也，而人於物之中，獨限其修短之數，聖愚不可移。是寄之至暫者，莫人若也，而況其所著之書乎？雖然，物之壽，金石止矣，川岳則無以加矣。然或液或泐，或崩或竭，古有而亡於今者，書皆存之。是寄之至常者，莫書若也。夫以寄之至常者之莫如書，而視人爲有無，則夫至暫者將知所以自貴，而不可有所玩焉。是則名是齋之意也夫？

光澤縣育嬰堂記 丁未

光澤縣當南宋紹熙時，嘗行社倉法，而歲以米三百斛助民之貧不舉子者，見於朱子《邵武軍光澤縣社倉記》。其收養之詳法不可知。而古者男女子皆稱子，則所助者必多出於女無疑也。閩中溺女之俗，不知所自昉，而非法所能禁。夫腹飢不得食，膚寒不得衣，雖慈母不能保其子，子安能有其母哉！此社倉之法爲不可廢，而自宋迄元明，行者蓋鮮。則即光澤一縣言之，其生不見日月、並不得入於襁褓者，已不知凡幾矣。

刑部何君化井，於道光十年仿社倉之意，建育嬰堂。先以己財育其力之所能給者，因請於邑令周君味蘭捐金爲倡，而邑之士大夫及過客，皆有輸助。其後，令復取邑他用之羨以充入之。於是建廨舍，設董事，嚴錢帛之出入，稽乳婦之勤惰。且以爲乳婦而家於堂，勢不便也。故凡所收育，皆置於乳婦之家，而月給錢以爲直。其於朱子時社倉條例之同異不可知，而因事制宜之道，固纖細而無餘弊矣。

昔漢章帝詔嬰兒無父母親屬者，及有子不能養者，稟給如律。夫嬰兒而無父母親屬，必得乳婦以養之，即所稟給者必乳婦也。古人雖文義簡直，而可以意推，則今所行者，亦古人之良法也歟？其宗願船，亦官刑部京師，請曾亮爲之記。夫始事之勤，固不可不書而記。其成之之難，以冀夫後此者之無有廢，尤爲善者之深意也夫！

道光二十七年七月，上元梅曾亮譔。

【校】

〔因事制宜〕音注本作「因時制宜」。〔即所句〕音注本「稟給者」作「給稟者」。〔道光句〕音注本無。

課兒圖記 丁未

年家子陳元禄爲曾亮言王霞九先生之賢：其官學政及鹽運使，能教士恤商，而家居不遺財以贍族。其容貌詞氣，見之者如與古人居也。因出所記劉太夫人《課子圖》，而請爲之記。

夫古之時，如敬姜、孟母之倫，傳者蓋少，然亦惟教子以義方而已。至後世而授經課讀，熊丸畫荻之事，始見於傳記及文人學士所歌詠。以賢母而成子名者，近今尤多。蓋爵禄聲譽之重輕於今古，而漸被於閨閣者，亦已久矣。然則，期子以顯榮者多，至期子以立身修行，於古固未知何如也。若太夫人之訓其子，其猶存古之道乎？其食報者，雖同乎衆人之所期，而所期者，未嘗同乎衆人。蓋賢不肖，人事也；貴與賤，天事也。教之義，主人而不主天，以天之不可必也。不然，則夫孤嬛飢寒而能振其子於卑辱者，其志行亦曷可少哉？

河朔訪碑圖記 戊申

沈西雍先生守真定，作《常山金石志》。後權大順廣兵備道，三郡於唐皆河北道也。於是，有《河朔訪碑圖》。

嘗讀其《金石志》，稽考同異，於史傳多所佚獲，其官爵族系，或史亡而碑具，或碑詳而史略。夫國史，非家乘也，略一家之事，不足爲史病。使必人人詳之，則史轉穢耳。而是書能證其所略，於學者多聞之功，固有裨焉。以一郡之地而所得者已如是，況三郡之地而搜訪無遺者乎？是圖也，將繼此而有志焉，嗜古者所拭目而待者矣。

柏梘山房文集卷十二

墓誌

侯子有先生墓誌銘 戊寅

先生諱雲錦，字子有，亦字抑菴，江寧人。父學誼，母顧氏。試中嘉慶三年舉人。再娶羊氏、陳氏，皆無子。先生於内行修也，少以文名於時。於仕宦，俛得之矣，卒不遂。晚乃頽隳委靡，務爲無訾省狀以自適，然終不能自勝。其卒也，疾以肝。凡不至聽事者數年。卒時，年五十七。將死，自書其行曰：「父母已衰，孝不勝慈。有弟曰松，友不勝恭。少治章句，乃爲禄利。晚逃佛老，未捐忿忮。詩今之奴，字古之隸。嗚呼哀哉！名與生敝。」

其伯父諱學詩，由進士歷江西撫州府知府，文學政事皆可書。有外孫梅曾亮，於先生爲弟子，實銘其墓。銘曰：

生靡樂，死奚若，嗚乎先生此其壑。

【校】

〔俺得之矣〕原誤作「危得之矣」，據續類纂本、八大家本改。〔嗚乎〕續類纂本、八大家本作「嗚呼」。

王惠川墓誌銘 戊寅

君名渭，字惠川，蘇州府吴縣人。自曾祖至君，始業儒。爲吴縣生員。以嘉慶二十二年卒於南昌客舍，年四十一。以某年月日，其妻子葬君於某所。友人梅曾亮爲之銘。

君博覽强記，尤熟於史，著《五代史職方考》一書。同里顧廣圻以精博擅一世，尤亟稱許惠川。然惠川惟志於討論得失，要最爲文章，成一家之書。嘗曰：「古人與身孰親？分章竄句，甘心古人之功臣，吾不暇也。」其爲文辨博廉悍，以有關於道術爲主。其詩悽慘幽邃，雖小物必有所指，而用思至精，世俗人莫能知也。

國家興文教幾二百年，名儒大師間出。説一字之誤，陳書至數十種，窮搜而遠採，以上及杳冥不可知之年，下至飢皺慢戲，假託名字，間脱分裂。古人之所不稱，往往立之，而書出於刺取收攟之中，蓋幾於盡矣。獨文章之學，倡之者既寡其人，而爲之者又或束書不觀，割裂首尾。惟閭里師户知童守之文，形撫聲襲，游談無根，爲樸學者，鬬其捷而奪之氣。故其道益孤而不能振。然則惠川以魁奇鴻博之才，棄俗尚，以從事於斯道，而卒不得以壽考成其材。此非獨君之不幸，亦斯道之不得其人以昌之者之不幸也！

君爲人落落自喜，每自詫曰：「吾豈長貧賤者？」又曰：「吾雖貧，不能爲童子師。」人信之；君益困。惟南昌太守張敦仁雅重君。其卒也，太守實歸其喪。未卒之三月，君過江寧時，病瘧者半載矣，余阻其行。君曰：「歸，易耳。即不病，當餓死，奈何？」送君至歧路而别，君儽然逐行李去。百步外，猶數數反顧。時二十一年十二月十三日也。余之見君，蓋自此止矣。

嗚乎！死生離别之感，固今古所屢見。而以生平意氣之合，其文采有足以表見於後世，而曾不得假之年以極其才力之所至如君者，其爲可悼惜爲何如也？銘曰：

儒嵬義弱文杌䖇，胥鈔計帳以塞責。無賢與姦用一格，使忠義人色有墨。鬼蜮遁巡貌不得，誰追使還文字職？君志未就死誰惜，觀所成者視此石。

【校】

〔形撫聲襲〕續類纂本、八大家本作「形櫫聲襲」。〔亦斯句〕續類纂本、八大家本「昌之者」作「倡之者」。〔嗚乎〕續類纂本、八大家本作「嗚呼」。〔鬼蜮遁巡〕八大家本作「鬼域逡巡」。

欒城令朱君墓誌銘 壬午

道光元年十月二十三日，欒城令朱君卒於官，殯於龍崗書院。父老婦稚，月朔望皆祭拜，以曁其喪之歸者一年。蓋君愛民出天性。先是，令以檄取物於民，例不供物，而倍價以供。君悉罷去。終其任，民以緡計者省十萬。聽事偶誤，常徘徊胸中，覆訊自引過乃已。終日坐齋閣中，士民有故輒進見，閽者無誰何。所用僕從，多呐舌痴步。或問之，曰：「欒城民，皆吾僮僕、吏胥也。」嘗借車馬於民，曰：「官以某日借某日還，馬羸車敗者，官償之。」胥吏作權者，民以告。既集事，皆如其言。故有大徭役，君嚴辦居最，而民不傷。民有殺妻而以妻亡告者，君密捕，得妻尸廢井中，人以爲神。或曰：「君於民，如腹心視手足。」夫以手足詐腹心，必無幸矣。知言者以爲然。欒城縣固貧瘠。令暫至，輒改他邑，使償先所負於官。大吏以君之獨完也，安之至六年，始以治行卓異薦於朝，未遷秩而卒。

君徽州歙縣人，名承澧，字藍湖。曾祖德明，祖馥，皆贈中憲大夫。考諱芃會，進士，官汀漳龍道。兄承寵，禮部精膳司郎中；弟承厚，以書名於時：皆先君卒。君父兄皆以科第顯。自年十五爲諸生，輕財好施，文彩動人。既試，不第，家益貧。年五十矣，乃以貲得是官，非其志也。故彌策厲力，求異俗吏所爲而竟死不卒其志，可悲也已！

君配江寧侯氏。子五人：祖轍，祖軺，祖轂，祖輪，祖軥。女一人，歸洪氏。女孫八人。以道光二年　月　日，葬歙之浯村祖墓側。君於曾亮爲從母夫；祖輪，又妹之夫也，故知君爲詳。

男八十墓碣 癸未

男八十，又名煥枝，梅曾亮伯言第三殤子也。以嘉慶壬申年十月十三日生，殤於道光二年十二月之十日。生三歲，而其母病且卒，指八十以示吾，而後死。今汝又死。前一夕，遍呼家中人，漏下五鼓始絕聲；朝晡後氣絕。其叔父仲卿痛之甚。以成人禮葬於西城內烏龍潭之東，西面城。先是一月，八十隨奴子韓貴謁其母及叔母墓，循是潭而歸也。今所葬，適值其地。

嗚乎！兒憨痴如凡童，又年不及中殤，吾家人待之，蓋情過於禮矣。然獨以爲天下之可悲者，莫吾兒若也。

【校】

〔葬於句〕「烏龍潭之東，西面城」，續類纂本、八大家本作「烏龍潭之東西面」。

孫保貞墓誌 癸未

昔孔子以宗族稱孝、鄉黨稱弟，可以爲士。夫宗族、鄉黨，其地不近而易周乎？嗟夫，此其所以難也。士有力可以薰灼都邑而權廢於家巷，名可以奔走豪俊而不齒於童叟者，其名愈外，則盜之者易工，而信之者易篤。然於同里閈之人，不能欺也。則曰：是孑孑自好者之事，非賢豪所宜志。士行之不修，風俗之不進於古，其不以此也歟？

吾得一人焉，曰孫君，諱瀛，字保貞，江寧府學生。世居上元縣東南鄉之王墅村。祖諱必揚，考諱學端，皆縣學生。而君出繼伯父學山者爲之後，母張孺人亦卒。君匑匑無所施事。本生府君及母王安人，侍疾六十日不離衣幍，夜分禱神而泣於階，藥物事不纖毫遺。

僮僕侍兄，恂恂如畏然。以力之餘，振家之耗産廢事，贏縮有經。又以財之餘，振族之窮孤，而修譜牒，昭穆之曠百年者，與君共大宗者，爲前祠多聞家，而近支壙僚，君與族人定期會，賞罰其文藝。無讌於朋，無遨於巷。人始苦之，功久益明，有成進士者。子肇恒，道光元年舉人。人曰君於族所施，宜有是以報且未艾。蓋君所爲者，皆自好之士所當爲，而非有爲名高之見者也。人以其非名之高也，故相率而不爲，則無所取於名而爲之，如君者乃可貴也。嫡母王安人，治閫内動守邊幅。生母朱孺人，常嚴事之。配夏孺人，事兩姑咸得其歡。子肇恒。繼娶賈孺人，生肇愉、肇悝、肇性。有五女。卒年五十六，以道光三年月日，葬王墅村方山下。

朝議大夫貴州遵義府知府胡君墓誌銘 丙戌

君姓胡氏，諱鐘，字山音，又字蘭川，後自號晚晴居士。江寧人。其先自婺源以明末來居，數世有隱德，不仕。君性孝友，博學多能，於書畫爲尤工。年十六，補邑庠生。應乾隆丁酉科拔貢，以是科舉於鄉。以《四庫會要》、《内廷方略》兩館謄録議叙，授雲南太和縣。

歷任至貴州遵義府知府。以嘉慶九年致仕歸。

始在雲南時，靖變民，嚴苞苴，立學校，卓卓可紀述，而家居不一語人。鄉里善事鋭身堅行，與後進均勞逸。當事者知君署可輒行，而平居不一至官府。自學士大夫、老親流輩、新進小生，至山僧羽士，無不交。茂樹幽石、寂寥蒼莽之墟，無不游。州閭聚會、文酒之勝事，人必引之以爲名，而未嘗辭以事。古今圖書、錢鼎、畫印，其妍媸真僞，有問者必告以誠。所作丹青、真行篆隸，無疏戚，爲之必盡其技。然常退然若無能，和平齋莊，以一律持物，不見其待富貴、貧賤迹者，數十年而不衰。七十七歲而卒。

嗟夫！士君子度其身、其時、其地，有可以裨國家、庇民人者，則出可也。不自苦其心而逍遥無爲以適己，則處可也。使君乞身之時不早，志不堅，以增其禄位榮寵，即優游强健之樂，亦時有兼得者，而必有所棄以全之，可謂能尊生矣。

君卒於嘉慶二十四年十二月二十一日。後二年，而配盧恭人卒。以道光某年月日，合葬於聚寶門外某鄉。子瀠，湖南候補縣丞；澄，嘉慶癸酉科舉人，充鑲紅旗官學教習；沛，縣學生。女三人，適張、適藍、適汪。孫男八人，女孫六。凡婚嫁皆仕族，雍雍可風。

銘曰：

騁高衢，日未晡。忽解轡，肆嬉娱。眺嶔岑，水舒舒。古官人，爲民癯。昧其艱，謂退愚。明古義，先生歟？銘其質，奠幽墟。

【校】〔題〕續類纂本、八大家本題前有「誥授」二字。〔以《四庫會要》〕八大家本作「於《四庫會要》」。〔數十年〕續類纂本、八大家本作「二十年」。〔女孫六〕續類纂本、八大家本作「女孫六人」。

長清縣知縣楊君墓誌銘 丁亥

曾亮少時以成人見待者三人：桐城姚姬傳先生，侯抑菴舅氏，其一楊存齋令君也。君大興人，寄居江寧。祖諱以寧，肇慶府知府。考諱鏞，山東永豐場大使。君兄弟二人；中之，其季也。

君諱宣之，字存齋。以乾隆丁酉科副榜，就職州判。歷山東萊陽泰安縣丞，攝昌樂、濟陽、夏津三縣事，皆有聲。大吏奏擢長清縣知縣，誅巨猾王姓者二人，而縣民大和。有呈遺金於官者，旌之而給以田舍。五峰書院久廢，君新之，而籌其師弟子薪米之費。邑中式者數人，其先及君去後，皆未有是。三年，將擢他職，而君以母李宜人年老乞歸養，後復任長清。道光元年大計，得卓異，而君又以年老乞歸。道光六年，卒於江寧。

當君之乞養而歸也，在嘉慶初。後方勤襄公亦以養歸，及姚姬傳先生相與游，極歡。所居曰「依緑山房」，雜蒔花藥。又性好賓客朋酒，投壺歌詩，惟恐人人意有所不盡。然詔後進，必以禮法，故人子多所成就。友入獄者，捐金贖之。涇縣葉應，黟縣汪自占守禮法，有怪迂名，君獨爲之主，而召曾亮侍其言論，意頗苦之。然吾祖石居公，其接君亦如君所以接曾亮。以是知君以通家子弟畜我，而非有所挾於我也。君細於詩律，有作必以見示。親友緩急曾亮有所言，未嘗不得其意。以是知君能子弟畜我，而不以孩童慢我也。

嗚乎！姬傳先生及舅氏卒，皆十餘年；今君卒，又逾年：曾亮童子時所嚴事者，遂不可多見。則吾年之長大，可知也。其有所樹立與否，以答三君子知人之明，而有待於後者，其歲月亦不可多恃，所以惻然悲、惄然愧而不能已也。

君卒於道光六年六月十九日，年七十七。其配張宜人先卒。子五人：昭，廣東候補縣丞；時春，候選府經歷；時行，宛平縣學生，候選布政司理問；時遇，候選典史；時和，幼。女婿十人，孫四人。以道光七年十月某日，合葬聚寶門外之某鄉。銘曰：

以文起家最長清，焯勤校德位不盈。遺金之地灣德名，李姓得自占以呈。官曰爾淑扁表旌，興頑砭愚邑里貞。亂亢鋤荒合政程，五峰學宇手所營。曰任曰孟弟及昆，冠倫其鄉歌《鹿鳴》。君昔未至荒不萌，千金振義解幽囹。故人子弟宦得成，我所書石皆以情，永遠保之利後生。

崔恭人墓誌銘 戊子

道光六年二月二日，太守余公之配崔恭人卒於江寧官署。將葬，子炳堃泣告曾亮曰：「吾母事舅姑，愛稱其敬；事家大人，聽稱其義；性好施，與周姻族，禮稱其情。大人少好書史，覃精研思，外嗜不移。及成進士，官刑部，直軍機，一心奉公，不問生產。母縮衣嗇食，區畫綜理，未嘗覺家人貧。及隨宦大郡，以約守盈，虔於神先，朝夕必致敬，課兒常至夜分。畢課，出針線補綴以爲常。吾數省試不售而歸，母必强言笑，以慰大人。吾幸售，歸稍遲，而母疾已殆。吾欲如昔不售而歸，見吾母强爲歡，不可得也。吾母雖及待吾歸，實如未見吾稍有成也。吾之悲，蓋非人所能知也。家大人實知子，子辱與炳堃交，敢請銘。」

曾亮不得辭，則謹序曰：

恭人姓崔氏，江西德化縣國學生耀采之子，縣學生立達之弟。年二十一，歸今欽加道銜江寧府知府德化余公。子五人：思森、堯恩，早卒；炳堃，道光五年乙酉科舉人；垕恩，廣東候補鹽大使；寶錕，附生，候選知縣。女孫：安炘、安炯、安燿。恭人生乾隆三十四年正月五日，卒年五十八。道光八年某月日葬於德化某鄉某里。銘曰：

莊莊神君，孰翼以輔。英英令子，孰摩以拊。遺榮兮即幽馨，無絶於終古。

【校】

〔覃精研思〕續類纂本、八大家本無。　〔官刑部二句〕續類纂本、八大家本作「官刑曹，直樞廷」。　〔未嘗句〕續類纂本、八大家本作「未嘗使大人憂」。　〔以慰大人〕八大家本作「以慰之」。　〔吾幸售〕八大家本作「及吾幸售」。　〔曾亮句〕八大家本「不得辭」作「不敢辭」。　〔廣東句〕續類纂本、八大家本「候補鹽大使」作「鹽大使」。　〔女孫〕續類纂本、八大家本作「孫」。　〔卒年〕續類纂本、八大家本作「年」。　〔道光句〕續類纂本、八大家本「某月日」作「某日」；「葬於德化」作「葬於德化縣」。

黄先生墓表　己丑

黄先生諱鎔，字右鈞，上元人。考諱思恕，妣陳宜人，以子貴，贈如其官。生先生與弟銛二人。贈公家居故貧儉，獨尊儒師，罄其資，使子就學。先生弱冠舉於鄉，乾隆己酉科成進士，改庶吉士。散館，授刑部主事，旋擢直隸清吏司員外郎。未久，而贈公卒。時陳宜人年已高，服闋，遂不復仕。蓋嘉慶三年也。

先生面嚴冷而性和易，終日無譁言。與人交，有終始。兩友人相隙，後復歡，徐知爲先生調解也，皆大服。官京師時，董文恪爲吏部郎，二人少同閈，長同官，其性情緩急及衣冠、言貌、俯仰各異態，然當官皆有守，胥吏畏其明。方罷官時，齒未艾，而董公旋外擢，且膺巡撫任矣。人竊言曰：「公若出，何渠不若董公？」先生笑而不應也。適尊經書院成，當事者延之主講。爲諸生講授義法，雖有省有不省，然於師無不盡者。先生所取文，不主故常，故爲同考官稱得士，陝西巡撫鄂公山亦其一也。闈中得一文，相怪笑，先生取視之，曰：「是師陳大士者，胡可嗤？」因中式。後數十年遇其人，官縣令矣，述往事，感不能忘。及掌教尊經，其卒也，與方伯康公同祀於尊經閣。康公名基田，始建書院，而先生始主講者也。

其里居恂恂然，不以所能及名位高人。獨大其居屋，容高曾下數十人皆同爨。以嘉慶十七年卒，五十六。配薛宜人。子晉元，爲邑生員。以嘉慶某年月日，葬先生於某所。缺於銘，屬曾亮追爲之表。

曾亮少時，棄舉子業，浙游逾年不歸。康方伯召入書院，爲弟子。先生嘗問曰：「浙游有得乎？」曰：「然。」「足以給家乎？」曰：「未能也。」「學於游，與學於家，孰便？」曰：「不如家。」又曰：「逐時好爲文干主司，與爲詩歌謁貴人，亦有辨乎？」曰：「無辨。」先生曰：「均不足也。而學於游不若學於家之便；均逐時好也，而謁貴人不若應主司。雖無高異名，猶爲循分。吾子世家子，將以游客終乎？」曾亮默然無以應。今思之，猶發愧沾衣也。嗚乎！其可感也夫！

陳師吾墓誌銘 辛卯

君姓陳氏，諱寶儉，字師吾。其高祖自徽州遷居江寧。祖步瀛，官貴州巡撫。生二子：廷碩，宗人府主事；廷頎，國學生。以今上登極恩，贈所當得者，受六品封。配冷安人，生君及弟寶仁、寶俊。嘉慶十八年，君中順天鄉試舉人，次年成進士。甲第甚高，然以中書用，君亦勤於其職。以實録、會典館勞績，應升。君不樂外任，而同官有欲得同知者，吏部以兩人同班，當一例。同官者曰：「吾年老矣。若不得外任，衣食子孫當一以累君。」君不得已，就武黄同知。大吏以爲勤，改武昌同知。道光十一年正月，卒於署。

君之任武昌也，當押運，有阻之大吏者曰：「押糧船至京，重任也，率巧宦得之。今得一誠樸者，敢以薦。」大吏心知所謂，即曰：「君言善。吾更得樸誠百於君所薦者。」故君常以事往來江寧，數相見。余與君居相近也，其西爲冶城山，而北多野塘、葭葦。幼時，每同塾，歸，日暮矣，必循水渚，穿菜畦籬落間；野徑窮，見官道乃返。或登山望炊煙起，指驗某姓竈突以爲笑樂。時同游者，冷公調、周石生、君從兄叔和、余弟仲卿，凡六、七人。君後過里，獨余家居，時尋故幼時經行地，不盡意輒返。余曰：「昔童時游，畏長者嗔。今無長者嗔，顧不樂耶？」君笑曰：「是不可解也。」

君性篤厚，不能爲美言諛詞。謹於擇交，而與人有終始。屬以事，力所能，必竭其誠。嘗與友人書曰：「建樹，吾不能求。繫援，則吾不敢。吾之宦境如是而已。」其得甲科時，年甚少，父母、兄弟無恙，人以君當無不自得者，而君常抑抑。余固病君之確，而亦不意其遽至乎死也。悲夫！卒時年四十六。配汪氏，女一，嫁李氏，早卒。子尚幼。以道光某年月日，葬君於聚寶門外之某鄉某原。銘曰：

謂伏則飛，謂昌則微。君憂滯行，而竟永歸。無知已矣，有知曷悲！

連州知州鄭君墓表 甲午

道光十三年，湖南瑶民趙金龍唱亂永州，煽連州八排瑶。兩省連官兵，上出信臣經略之，事久乃定。先是，鄭君心田知連州，以四十八排瑶三隸州，五隸連山，性愚悍，又積受漢民欺，易生隙，乃嚴民瑶内外防條，上十事，務先事，絶機牙。總督某公以非常事，重發之。君即引疾歸。時嘉慶十九年事也。夫先十餘年而慮變，變卒生，不可謂不智。變既成，軍功多越等。君睹幾先，不敢一日安其位以去。遇合之利鈍，信有命焉。而安之如君者，爲不可及也。

君慈谿人，諱雲龍，字心田。自宋元，居縣之鸛雀村。考諱明，母氏馮。少孤，習吏事兵部，勤而材。有貴人贈以衣，謝不受。議叙清江閘官，歷清河縣，引疾歸。改捐直隸州，權湖南桂陽州。條列利病事，不行，謝病去。嘉慶十六年，河决李家樓。總督張文敏公奏請君董官局事，以勞先選，得廣東。連州盗案，十七人當論死。君廉其實，釋二童子。時騎行田間訪疾苦，捐金助學舍，故在官未久而繫人思。居京師，普濟、育嬰、養濟各堂院，歲出家財，助官葬無姓名者百餘棺，有姓者王、胡二棺。友人貸金，卒，往弔，焚券紙錢中而去。

又知名非深友者邑人某，負官銀二萬，憐其得罪重，倡捐代償，歸其羨於家。噫！君志慮深，噤不得施用於成法，出餘緒，惠老存孤。此固凡人士所樂道，而君亦遂以善人終。君以道光十二年卒京師，年七十六。歸葬於慈谿丈山之巉頭。娶張宜人，繼室盧宜人。子七人：邦彥、丙，皆邑庠生；録，候選州吏目；鎔，刑部主事；重，舉人；錫文，進士，户部主事；最幼者珠。女六。孫男十，女孫六。君起家艱難，而好儒學。爲兒子延師，居解衣，出借乘，甚重且恭。歸安孫編修辰東卒，未葬，子憲儀困於奔走，君資之曰：「請歸葬，而還館吾家。」憲儀，吾友也，乃表以應其介邦彥之求。

資政大夫禮部侍郎陳公墓誌銘 乙未

公姓陳氏，諱用光，字碩士，江西新城人。曾祖贈資政公，世爵。祖道，進士，贈光禄大夫。考守詒，陳州府知府，贈資政大夫；配魯夫人，生公兄弟五人，公次三。自陳州公以上，皆以名德尊重，振匱濟貧，於州里有恩。公嘉慶六年進士，授編修，轉御史。以部議回編修供職，歷官至禮部左侍郎。

公自少從魯山木，好爲文章。及壯，師桐城姚學士鼐，以爲古文詞必扶植理道，緣經術爲義法宗；瞀儒不根，而高材生又奴主同異，破碎大體，學不杓行，藝精道荒，慨然欲以文章道術自表見，薦寵後進文藝廣坐中，稱心而談，不顧人厚薄然否。至達官要人慶弔事，不數數也。語及，則曰：「忘之。」

自御史回編修，益貧甚。人勸其出游，公曰：「吾近臣矣，又爲人客，奈何？」嘗有貸於友人，至則弈棋賦詩盡日，暮忘所事而返。然於師友，誼至篤。以千金、五百金爲兩師祭田。同年孤女幼，撫嫁之。前後爲編修二十年，始轉司業。司業，例不與大考。公語曾亮曰：「吾性好文而拙於書，莫宜是。」官不數年，驟遷至閣學。上諭曰：「汝非有保舉人，朕知汝恬退，進汝官。」

嘗充日講起居注官、文淵閣直閣事，國史、文穎館及《明鑑》總纂。以編修爲甲戌、己卯會試同考官，己卯鄉試同考官，戊辰河南鄉試正考官。以侍講學士爲乙酉江南鄉試副考官。以閣學侍郎爲福建學政，壬辰科會試覆試閱卷大臣，武會試總裁，浙江學政。爲學政時，以宋臣孫覿摧忠助邪，奏罷其專祀。訓諸生，必本古儒先警戒之道。

道光十五年回京，以禮部左侍郎供職。適上賜《平定回疆圖》，公觴客敬觀，樂甚。未幾，病。夢陳州公曰：「求吾木於家，以是藥汝疾，其逃逋。」曾亮聞而傷曰：「疾求木，兆之棺矣。」疾篤，賞假者再，以八月十三日薨，年六十八。有《衲被録》、《太乙舟詩文集》若干卷；《春秋屬詞會意》若干卷，未成。配魯夫人。四子：蘭瑞，國學生，早卒；蘭滋，上思州知州；蘭第，户部河南司郎中；蘭豫，高臺縣縣丞。孫三人，曾孫一人。女七人，適魯，適涂，適祁，適譚，適曹；其三、四所適，皆王姓。以某年月日，葬公於新城縣某鄉某原。公之孤蘭第來請曰：「知公者，莫如子深，敢請銘。」其詞曰：

公行高世，帝遂其逢。人巧人趨，安安而通。持古律衡，命觀五風。貪賢利善，悃悃斷斷。年不極位，孤士幽嘆。山盤水交，公神是愉。窆石鑱詞，以奠陰墟。

【校】

〔題〕音注本、續類纂本、八大家本均無「資政大夫」四字。〔公姓陳氏〕音注本、續類纂本、八大家本無。〔曾祖十句〕音注本、續類纂本、八大家本均作：「其大王父贈資政公世爵生道，乾隆戊辰科進士，贈光禄大夫。光禄公生守詒，陳州府知府，贈資政大夫。陳州公生公兄弟五人。」〔公嘉慶五句〕音注本、續類纂本、八大家本均作：「公七歲喪母魯夫人，逢忌辰哀感，天性夙成。十年十四，爲四書文，有明人程度，中嘉慶五年順天鄉試舉人，次年進士。改庶吉士，散館授編修。十九年，轉御史，巡視西城。以部議回編修供職。道光二年，遷司業。歷中允侍講庶子、侍講學士、詹事府詹事、内閣學士、禮部侍郎，署户部侍郎，終禮部侍郎，階資政大夫。」　〔公自句〕音注本、續類纂本、八大家本均無「從魯山木」四字。　〔忘之〕音注本、續類纂本、八大家本其下尚有「于歐陽文忠、歸熙甫有意乎其爲人也。其爲御史甚暫，然嘗建深遠之論，不趨避形勢，攟摭細故」五句。〔吾近臣矣〕音注本、續類纂本、八大家本均作「吾近臣也」。　〔至則句〕音注本、續類纂本、八大家本「弈棋賦詩」均作「賦詩弈棋」。　〔然於五句〕音注本、續類纂本、八大家本均作「平居著作鈔録圖史，几案上（八大家本作「至」）無空隙處；　斷章片紙，粘貼滿屋壁中。或過從賓客，游賞吟弄，不訾省有無費。」　〔吾性好文〕音注本、續類纂本、八大家本均作「吾性好閱文」。　〔汝非句〕音注本、續類纂本、八大家本「保舉人」均作「保舉人也」。　〔進汝官〕音注本、續類纂本、八大家本下均有「公頓首謝」四字。　〔國史〕音注本、續類纂本、八大家本均作「國史館」。　〔己卯句〕音注本、續類纂本作「乙卯順天鄉試副考官」（下一「己卯」同）；　八大家本作「己卯順天鄉試副考官」。　〔必本三句〕音注本、續類纂本、八大家本均作：「宣詩布文，原本古儒先警戒之道。科舉契戾，屏不置口。至後進文士，則稱心褒賞，薦寵廣坐，不顧人有厚薄然否。使事畢，上以訊獄留。道光十五年三月，獄成，覆命，以禮部左侍郎供職。」　〔年六十八〕音注本、續類纂本、八大家本其下尚有「公以文學結主知，正直樂易，立身有本末，故始終優禮如此。俸禄所入，皆散贍昆弟親族，及師友姚學士鼐、魯進士𩣡祭田，千金或散數百金。其卒也，家無餘財」十句。　〔户部句〕音注本、續類纂本、八大家本「郎中」均作「候補郎中」。〔高臺縣〕音注本、續類纂本、八大家本作「高堂縣」。按，查清代有關歷史地理典籍，並無「高堂縣」置。疑「堂」字當爲「臺」字之形誤所致。〔適涂〕音注本、續類纂本、八大家本均作「適徐」。〔公之句〕音注本、續類纂本、八大家本「來請」均作「來告」。〔山盤水交〕音注本、續類纂本、八大家本均作「山盤交交」。

中憲大夫兩淮鹽運使王君墓誌銘 丙申

君諱鳳生，字竹嶼。先世居婺源縣。祖文德，平陽同知，始占籍江寧。考諱友亮，以進士累官通政司副使； 配潘淑人，君其次，三子也。

嘉慶九年，援例以通判試用浙江。君擩染家澤，文學自將。既累試，噤不得施，則一移心力於民事。寬裕廉斷，處事精覈。至浙未久，聲隆隆日起。有大疑獄、水旱漕糧之不治，大吏及同官議所屬，必曰「王君」「王君」。其攝州縣，晨起坐廳事，待民訟； 訟日稀。時江寧奏逆民方榮昇讞獄者遷擢，而平湖獄有類是，巡撫清安泰欲以爲君功。君訊其非逆，請罪首事者，釋其餘，曰：「某不忍以枉民命得官。」巡撫喜，揖謝曰：「君，仁人。仁人之言，吾無可易！」

二十五年，補嘉興府通判，權嘉興府，遷玉環同知。巡撫帥公留賑杭嘉湖水災，改乍浦同知。濬浙水出天目山阻吴淞江者，與江蘇省集議事。未行，擢守歸德。

道光二年，擢河北彰衛懷道，俗所稱脂膏地也。不樂是官，以病去。而著《浙西水利考》，兼言棚民開山，山草木竹石皆盡，土易頽散，因甚雨注溪谷中，由溪入江至海口，爲潮水迎拒不得下，則横亘如限，流益緩而限益高，微不及覺，著乃費功。識者然其言。時大學士蔣公方總督兩江，薦入都，擢兩淮鹽運使。以黄玉林爲私鹽首，招使捕私，官商大通，丁家灣燈火復盛如曩時。丁家灣，商人期會私所也，市常以夜。玉林爲人訐告死。君罷任，以六品職爲總督陶公往理岸鹽。湖北方築漢江隄，奏留監築。陶公又留定票鹽章程，具後赴工。及兩省皆以道員奏，將入都。十五年三月病卒，年五十九。

君在浙，任繁試艱，所畀皆監司大員事，然十餘年乃補六品官。未逾年，四遷至三品，若將償其負也，而竟躓。群公同心交推，卒不克振，命也夫？曾亮嘗於酒次言曰：「陳太守雲深感君。」君曰：「何以？」曰：「太守居錢塘，遠游歸，妾死僕逃。君先收鑰而印封其宅。比入齋，閤奩匣物皆有封。具其數，箕帚植户外如初。太守乃益悲，獨室無人也。」君憮然久之。

配葉氏、邱氏，皆封淑人。子世翰、世幹，長者後其兄麟生，帥公妻以幼女。女四，適泰州儲宗泗、烏程嚴珏、歸安嚴逐、江寧李蓉。將以某年月日葬某所。甥陶定申以狀來曰：「舅氏有言，銘以屬子。」其詞曰：

民功艱哉孰崇起，才豐意貞紹古美。以手起廢捩厥指，焯勤悠悠銘視此。

陳易庭墓誌銘 丙申

君諱蘭瑞，字易庭，江西新城人。禮部侍郎陳公用光之長子也。母魯夫人，配吴氏，爲詩人蘭雪先生之女。生子大焕。君以道光三年二月五日卒於新城，年三十五。卒十餘年，以弟蘭滋官上思州，貤贈奉政大夫。於是，吴孺人始抱孫。女二，皆適人，爲同里王氏、桐城姚氏。

道光初，余以年家子謁陳公於京師，得交易庭。君承家修，於詩文詞皆能知古人深處。既試不售，又才氣高勝，少可於人。時時有肝疾作。嘗學琴，爲圖，余爲記之，欲其優游愉懌以自廣。及道光二年别京師，逾年而公來書，告君卒矣。

余初來京師，索寞無所適，公不以年位之隔而少我，公諸子皆辱與余好也。君以年相若，見尤親。今十餘年，又來京師。公病且篤。淮生握余手而泣於庭。君孤侍疾，日在牀，勞瘁甚。君乃先逝，不逢其艱，知魂魄之遺痛於無窮也。公柩之歸，爲道光十六年。君之孤大焕，亦以是年某月某日，改葬君於某鄉某原。君次三，弟蘭第，字淮生，屬余爲銘。銘曰：

君之考，以文雄。昌於詩，惟婦翁。襲兩美，年不從。魂安歸？侍幽宫。

贈奉直大夫甘府君墓誌銘 丁酉

嘉慶十九年，江南旱饑。官募賑於民，而以鄉士大夫掌其出入。浸淫及他省，凡以官事用民財，皆設董事。其名遂見於官文書。及上詔旨，且疇其勞賞，爵級有差。於是，有以布政司都事捐賑加紀録，以秦淮河工加按察司經歷銜，又以子官所應贈，贈奉直大夫者，則吾鄉甘君也。

君諱福，字德基，又字夢六。先世居江寧之甘村，七世祖始改居城内。祖諱邦欽。考諱國棟，贈奉直大夫。娶吴宜人，繼娶龔宜人。生四子，君爲之長。幼開敏，以謀養棄書。稍羸，則置書籍，至十餘萬卷。自焦太史及千頃堂後，江寧書莫多於君。尤肆力形家言。

既葬親得吉地，修始祖敬侯墓，於甘村建祠祭。凡收睦宗族事皆完具，則竱心力於於便利民物事。

先是，人有救覆舟者，以所救死羈於官，遂束手相戒。君倡捐，建樓臨江，下具舟爲救生局。溺者裝錢及葬費，皆出於局。非局所自救、送之局救人者，受錢去，不累以生死。又推其法於田野道路。自死而無名者，地主人不以自占，悉委之局。皆請於大吏，得給牒，官吏不過問。

蓋古者官與民近，情易通，事易集也。若近世而欲有爲，雖良有司有求助於鄉士大夫者矣，然身非守土民社之吏，分其任而憂之，自敝其力與財而汲汲焉，興無便於己之利。此人以爲難，而俗情所疑且笑者也。爲其難而不顧疑笑於世，緩急者不敢望於所親厚，乃樂以此自見於鄉黨如君者，其可尚也夫！

君家事内外，斬斬獨裁於心。惟己室無私財，散及數千金，兄弟亦不訾問。故人以君行義於鄉也，爲有本。

道光十四年三月卒，年六十七。元配阮宜人，生子煦，太平教諭，薦舉得知縣；熙，道光十八年進士，廣西即用知縣。繼配陳宜人。以道光某年月日，葬君於某鄉某原。君鄉居行事，曾亮皆親見；又與煦爲同年生，故得詳其銘。其辭曰：

處不仕，暢厥施。日乘車，載天慈。歸天有，神乃怡。永無極，靈奠斯。

光禄大夫兵部尚書王公墓誌銘 丁酉

道光八年西功成，皇帝臨午門受俘。兵部尚書以組縛逆酋張格爾跪闕下，萬衆爭睹歡嘆。而青陽王公實長兵部，禮成，以軍功受賞。公供職益久不懈，任兵部尚書凡十六年。道光十七年薨於位，年七十四。賜祭葬如禮。子元榜以公狀請，爲之銘。

公諱宗誠，字中孚，又字廉甫，文僖公子也。母阮太夫人。以乾隆庚戌年成進士，及第第三人，授編修。歷禮部、工部侍郎，工部尚書，終兵部尚書，經筵講官，賜紫禁城騎馬，階光禄大夫。

當乾隆嘉慶時，嘗爲雲南、四川、陝甘鄉試考官，會試同考官，文武會試總裁，道光時閱卷大臣。門下士既多貴顯矣，又貴公子早取高第。

官學士時，隨文僖公扈蹕東巡。睿皇帝賜翰林宴，父子同席。純皇帝《實録》成，以纂修官宴禮部，文僖公官尚書，主席。又繼直上書房。奎章珍器，賞賜稠疊。其父子同時極優渥之遇，蓋近今所無。雖睿皇帝亦以其兩世知遇，廉謹自將，時發天音而垂清問也。而公謙退自牧，接同官後進，皆自居敵以下，姻友見多避去，不能敵其謙。任學政，優禮愛士。然遇弊必發，不稍受私。居京師，宅當冠蓋衝，軒車皆過不留。其嚴峻不苟如是，而不有其名。故人皆習其和，而忘其介。

公之薨也，詔稱其清勤端慎。清、慎、勤，人所知也。若公之端，惟聖主知之。配江夫人，繼配翁夫人，及子元林、元栻、元琛，皆先公卒。次子元榜，官兵部員外。女三，適上海趙榮、貴州邱煌、上元董斯廣。以道光　年　月　日，葬公某鄉某原。銘曰：

九乳垂天，作鎮青陽。歸神於公，父子正卿。公逢福世，以約斂位。植棟如林，不私一士。高門峻城，私莫敢攀。惟其和光，化怨而慚。克永天寵，保世禔躬。我發其蒙，以告代工。

柏梘山房文集卷十三

墓誌

贈朝議大夫黃府君墓誌銘 戊戌

古能教子者多矣，至成名則已矣。子才且長服官政爲賢大夫，而提掖訓誨如嬰兒，不使蹉跌，父子間深契天性，不以亢而無位自嫌，其子之賢可思，其親之善教其子，尤可法也。

同年友黃宅中，其考曰貞菴先生者，諱廷幹，先世自臨縣遷河曲，曾祖諱金貴，祖諱得禄，世爲諸生；考諱淵泉，有德於鄉，人稱崑涵先生者也，及妣王恭人，皆以孫貴，贈如其官。先生入學後，親年高，不事場屋，而教子弟後進甚勤。有碩儒爲邑校官，身執禮甚恭，且命晚學咸造，曰：「以是爲經人師，無貌承。」宅中爲學使賀公所知，教以宋五子書、《近思録》。先生喜，命卒業，且無應禮部試。及以庶吉士改安溪令，道遠，將改教職侍親。先生不可，曰：「吾樂觀汝爲政。」邑在泉州萬山中，結黨好訟，吏緣爲姦，以尸詐富懦者財。時比延數十姓，先生曰：「決訟速則姦無宿成，除案外人則啜汁者少所利。」每屏後側聽視事。有鄭連者殺人而移迹於林姓，先生曰：「是有冤。」鄭果服，論如法。邑中俗由是大變。先生嘗曰：「官之敗，非獨官邪也。四人者共之，胥吏僕從，官親友也。官意未敢如是。群然曰：無傷。不幸而敗，預擇善地，各引去，而咎獨叢於官。」宅中奉訓惟謹，故所至惠而能威。

先生居署久，飲食被服如在鄉邑，且曰：「官錢能辦，官則幸矣。我終不以口體故，使子用監守錢！」嗟夫！人子所宜盡於其親者，至無窮也；不可望於設官有常禄之制，爲人親而以供養不足爲憂，則無以處夫吏而廉者。子以爲民上而儉其親，其名不可一日居也。全其子之廉，而無歉然於其親之意，如先生者可以風矣。

道光十八年正月十二日卒，年七十。配李恭人，先三歲卒。子宅中，次子宅仁，縣學生。女適王、適任，皆士族。孫秉鐸、秉鈞。以十九年正月日，葬先生於走馬梁之原，李恭人祔。宅中爲福州同知，加知府銜。曾亮同年友心齋也，以銘屬，固不可辭。銘曰：

夫有爨婦，完之使家。女爲賃陽，振使得夫。言貌愔愔，退然而儒。群勇所怯，肩義而趍。秉是德心，訏子以謨。子政不瘥，飫於珍模。道風既徂，即此幽宅。我貞以銘，永保山石。

朝議大夫臺灣府知府蓋君墓誌銘 己亥

嘉慶初，賊起川楚，以文吏著殺賊功者，四川劉公清、河南林君嵐，陝西則蓋君方泌也。君字季源，亦字碧軒，山東蒲臺人。曾祖越，祖國杰，皆縣學生。父諱熙，早卒，娶靳恭人，無子，以弟子爲後。本生父諱東烈，任安徽司獄。本生母王恭人。自祖以下及本生，皆贈如君之官。乾隆五十六年，以己酉科拔貢就州判陝西，署漢陰廳通判石泉縣事，署商州州同，時嘉慶三年也。

治商州東百里曰龍駒寨，寨之東河南，南出武關、湖北路四通，綰商賈輸寫之會；又多林莽，山徑易憑匿。賊自武關入陝，寨數創。君始至，民吏掃地赤立，而賊酋張漢潮擁衆至，乃置藥麵中，誘賊劫，食多死，遂西走，大軍乘之。漢潮由是不振，然且揚言曰：「必報若！」君集衆謀曰：「賊雖去，必復東。若等逃亦死，守不得耕種，亦坐卧死。我文官也，無兵；若能爲吾兵，當相爲全活爾命。」衆議三日，而後復曰：「生死惟命！」乃築堡聚糧，據見户三丁抽一，得三千人。無丁者，以財佐兵械糧糗。且教之戰，辰集午散，曰無廢農事。四年，賊屯山陽鎮安，將東走河南，迎擊敗之。又擊賊於鐵峪鋪，逐賊入林中。矛折，賊已近，奪矛以斃賊。時賊據山上，而伏其半於溝，乃分兵翦伏，奪據其東山上，數乘懈擊之，殺傷過當。賊宵遁，卒不得東。後賊由雒南東逸，君馳至分水嶺，間道走鐵洞溝，出賊前而伏。賊錯愕迎戰，遂敗，殺數百人。鄉兵名由是大振。自武關至竹林關，鄉兵皆請隸龍駒寨。

五年，知州困於賊，君馳百九十里，至北灣，賊驚曰：「龍駒寨鄉兵至矣！」遂遁去。是時，賊屯商州，西及雒南山陽，各萬餘人，集衆勢欲東出。君合武關、竹林兵二萬人，列三大營以待。賊不敢前，而聞楊忠武公以兵自商州至，即前擊賊。東西夾攻，賊大敗，幾殲。是役，枕戈而寢者五十日。游擊誣以事，解職。大吏直其謾，得留任。賊遂相戒，無過商州。八年，賊平，始授盩厔知縣。公在商州六年，賊出入陝西，久無所掠，利鋭欲窺河南，甚狼奔鼠偷情狀。捷出，而眇然以一文吏，不憑一城、籍一餉，起千百農家子於逃亡餓羸之餘，抗堅悍滑習之賊於必爭之衝，摧鋒守堅，賊死突不能入平地，便奔走窜困山谷，卒就擒滅。

夫古人有身受重寄，一失守縱賊出隘，奔騰潰漫不可收拾者，人必舉後此禍敗之罪，歸重於首禍之人，幸有大力者當之，奔騰潰漫之禍泯不復見，又習而忘之，未嘗以歸罪於敗者之重，增重於成者之功。然則惟無赫赫之名，而其功乃有益於人國，此固君所不得而辭者也。在盩厔，猶時時入山搜賊。巡撫方勤襄公奏，賞藍翎。又生得十三年寧陝倡亂者四十餘人，奏授寧陝廳撫民同知。睿皇帝召見，問商州事甚悉，授四川順慶府知府，改成都府。十八年，岐鄜有賊，入川，以鄉勇屯川陝通路。賊知爲統龍駒寨鄉兵者也，即遁歸陝，就滅。母憂，服闋，授福建延平府知府，改臺灣府，兩攝臺灣道事。道光三年，以病歸里。十八年六月卒，年七十一。

君始在陝，後在川，皆以知兵重。然精吏事，重民命。其在盩厔，賊甫定即捐俸賑饑，旌死節婦，及河灘、馬廠、鹽法，皆區畫久遠計。始至順慶，大吏聞渠縣民叛，屬以兵，君曰：「此作會人衆，客主相驚疑，訛言横生，非叛也。請無用兵。」捕十二人，而其變息。始至閩，以三十金賞，捕得周永和，乃總督命鎮將欲以兵取者也。在臺灣，所讞四獄，皆千百聚群，稍激則變，君一以理諭民，輸其誠，薮罪如法。彰義飢，捕劫者七十人，置之法，天乃雨，民呼爲「太守雨」。其行事操舍適機會又如此。

配萬恭人，先卒。里居時，聞君日戰賊，憂甚；侍靳恭人前，言笑若無事者。嘗誡子曰：「爾守有餘，然居官當求濟於事。」有七子八女：長子鈺，陜西佛坪廳同知，萬恭人出；次鍇、錕、錡、鍵、鋋、鏻。孫男一，女孫二。以道光十九年十月二十八日，葬君於蓋村北原上。

曾亮在江南時，嘗記劉公清、林君嵐及君遺事，君長子後爲同年進士，走京師，以狀示曰：「子於先君嘗有述也，請遂成之。」乃系以銘，曰：

討賊方亟，募民以攻。始仗其力，終怙其功。養之病國，汰之爲賊。勿養勿汰，惟龍駒寨。晝趣爾耕，朝揚其麾。飽德飫義，奮如虎螭。遂遏逋寇，成誅於師。勝兵萬人，計臣不知。烏乎此則，府兵之遺。而後事者，可以爲規。

【校】

〔以文句〕點勘本「著殺賊功」乙爲「殺賊著功」。〔乾隆五十六年〕八大家本作「乾隆十六年」。〔亦坐卧死〕點勘本作「亦坐餓死」。〔請無用兵〕續類纂本、八大家本作「請毋用兵」。〔晝趣爾耕〕八大家本作「晝趣而耕」。〔遂遏逋寇〕八大家本作「遂遏捕寇」。

黄府君墓表 己亥

君諱焕華，字雲軒。六世祖天相，自江西贛縣遷番禺。祖國燦，娶龐氏，生君考振興，配賴宜人、李宜人。君爲李宜人所生次子。少不治章句，好客游，交賢士大夫，聞見議論習於儒者。始援例得州判，薄其官，去仕業商，又不能屑屑計校，家遂貧，然不以是自挫意。事兄嫂恭，婚嫁兄子女及己子女，費如一人，急舉債應之，不以人所負爲望。嘗謂其子曰：「擇利圖便居人先，人皆是心，可無學而能。人所宜學者，吃虧也。」番禺育嬰堂，衆議得廉而有護者司其事，以屬君。君日夜視其乳媪之勤惰、兒衣食厚薄有無如私事，勞瘁以卒，年七十六。娶張宜人。子五：瑶階、鴻階、平階、玉階、泰階。女二，適郭，適姚。玉階中道光十二年進士，官刑部。京師聞喪，歸，乞曾亮表其墓。

嘗以謂漢世好黄老言，故時多長者，臨事務謙避，不爲人害，人亦無所利之。君訓子之言殆近老子；然急人病不自慮其私，又老氏所不樂爲者。利不爭險，易而養其身以有爲，惟儒者然。君之道，合於儒行。故表而書之。道光十九年十月，上元梅曾亮譔於君卒後之兩月。

湯府君墓表 己亥

君諱勳，字績林，世居江西萬載縣西鄉。考德高，娶於潘，再娶於漆。漆孺人生君。幼孤，母病，禱於神，減身年以益親壽。兄遠游從師，負書擔簦笠相隨。商湖湘中，諸賈人有贏錢，博塞出敖，君獨挾册危坐，衆皆嫌其不類。性獨好形家言，醫藥方書，求者輒應，不以爲利。娶龍孺人。子慶元、淑元、譽光；側室張生星元。君性嫉惡，有聞見必面責之，不問人遠近厚薄，面赤語竭而後已。孺子婦人聞君至，皆避去。鄉有豪，不便君所爲，訟以蜚語，連數歲不解，欲君奔走匿迹去鄉里爲快。君子譽光，年十七，大府重其文而館之署，仇者乃息。

昔司馬遷、班固屢稱人長者，其行類忍詬，不臧否於人。夫長年之人，常不與兒童較是非。故長者之名，以其遇畜人如兒童者而名之也。即慢人也實甚，然則見不善必怒，怒必不忍於詞色。如君者，其設心與彼孰慢孰恭？而人反不樂乎是。孔孟惡鄉愿，而遷、固稱長者，豈非以世之自待者益輕，而卑其論與？況如鄉豪者，何足責哉！

譽光官江蘇，君嘗再至其縣署，見子能其官，即歸，曰：「吾不樂居官府。」道光十六年七月十九日卒，年七十七。十八年八月十三日，葬宜春縣宣風塘富坪上。譽光嘗從先君子游，乞曾亮爲之表。習知之，不可辭。

湖州府知府蔣君墓誌銘 己亥

君諱勵宣，字德昭，桂林府全州人。曾祖尚約，賀縣訓導。祖湛季，州學生。考振棨，慶雲縣知縣。兩世以君貴，贈奉政、朝議大夫。妣唐恭人，生君兄弟六人，君次四。乾隆五十二年，以舉人大挑知縣，分發江蘇，署青浦、吴江、崇明縣，皆有惠政。而青浦開七浦河，民尤賴之。母憂服闋，再至江蘇，署長洲，於江蘇爲首縣。首縣之職，外府縣事當先幾察微，或黜黜蓋覆，上勿與知者，皆爲之通懷消息，於大府又日上謁，問起居，迎送過客，之厨傳，毫髮事不宜罅漏，朝出暮不得歸，聽斷獄訟，或委寄僚吏。君至則日坐堂上治事，就案食，非寢不退。遇訟者於途，駐輿決遣，不俟署而罷。河南逆民案久不決，朝旨移其獄於江蘇，君流三人，杖十餘人，釋株累者三百家，縱囚時呼聲滿街，曰：「長洲縣生我！」以異績送部引見，由太湖同知知太倉直隸州。時海賊未息，君親至寶山，設守禦皆中要害，蔡牽遂不復至劉河口。歲飢，發米粥賑民；增書院膏火費，皆以己財率先。親爲講教文行，多成就知名士，今江西巡撫錢公寶琛，其一也。旋擢湖州府知府。去太倉時，民家置水一盂、鏡一奩，以祖其行。

君性慈氣剛。聽訟時，除官勢，諭以情語，而治豪强必盡法，胥吏束手。同官急難，傾資營救。而方於事上，困苦事多委之，毅然不少變也。惟汪公志伊，時巡撫江蘇，獨偉視君，君亦遂不樂仕宦。爲湖州三年，引疾歸。建宗祠，自高祖以下祭，田器宗法咸備。每祭，率子孫齋戒如古儀。制立義學，族中創清湘書院，以詔鄉里。家居六年，里中舉善事，莫先於君。嘉慶二十三年十二月二十日卒，年七十七。著《巢雲樓詩集》，以君晚自號雲亭也。配王恭人，先卒。再娶周恭人，生四子：啓迪，荆州府通判；啓廷，嘉慶辛未進士，宜都縣知縣；啓延，定州州同；啓璜，早卒。孫八人：鍾奇，道光壬辰進士，官户部主事；毓奇，州學生；之奇、士奇，國學生；世奇、嵩奇、邦奇、昌奇，俱習儒業。曾孫三人，俱幼。以君卒次年十月十四日，葬君長樂縣陸甲山。

乾隆五十九年，君時居憂，州民飢，攘富者財粟，吏兵且至，君馳白州牧，止其兵，出家粟平糶，衆散，首惡就捕，州以安。蔣氏自明以來，族萬餘口，登第者五百人。君子孫又賢且多，是宜繼昌，以獲仁者之報。鍾奇於曾亮爲鄉試同年生，以狀請，乃系以銘：

設州縣官，蓋以爲民。有臨其上，而墮其勤。奪我民功，視彼笑嚬。惟君痯痯，急俗所緩。平進不陂，政聲亦遠。我銘匪私，惟其吏師。逝者冥冥，來者其規。

誥封中憲大夫安襄鄖荆道即墨縣教諭楊府君墓誌銘 庚子

君諱兆煜，字熙崖。先世自華陰遷洪洞，至明有官指揮者，占籍臨清。入國朝，遷東昌，爲聊城人。曾祖永禧，早卒；配唐氏，以節撫所嗣孤曰帝錫者，於君爲祖。娶閻，生君考如蘭，候選州吏目，娶趙恭人，以子及孫貴，贈如其官。吏目君生二子，曰兆俊者早卒，君其仲也。嘉慶三年舉於鄉，戊辰大挑，得即墨縣教諭，未久，以母年高念鄉里，即去官，奉母歸。

君少有高識遠韻，於富貴利達不矯矯立異趣，亦無皇皇求必得意。至佳山水泉石，攀陟幽勝，盡意乃返。人以爲勝流高致，塵世事不可得而攖也。然官即墨時，標樹師道，不以枝官自嫌，人亦樂親，不相迂怪。其平居事，可不可不爲面從；至所勇行，不以避名便私。生平無雜交，惟深友一二人，自少至老，未嘗有增減毫髮疏數。母積病十餘年，君年亦且六十，扶掖左右，歡笑雜兒戲狀，母忘疾之久，亦不覺子年之衰。以是知君樂名教，非頹然自放者也。君家居奉母時，子以增官貴州令，有政聲，且擢郡守矣，及縣遷至安襄鄖荆道，而君除母喪，始就養於襄陽。道光十八年六月十九日卒於署。君至襄陽雖未久，然其地多漢唐名賢及詩人棲隱迹，君散衣曳杖，日游其間。所謂孟亭者，尤樂而好之，爲新其亭，及孟公像贊也。襄之人樂其游焉，不以其子官是土爲嫌，君亦不以此自異。於是，又知君能解弢衷，去崖岸，超然毀譽之外者也，可謂敦行超俗之君子矣。

君娶和恭人，早卒，舅姑雖垂老念其賢，猶涕泣，生子以增。繼娶趙恭人，生子以坊，視以增如己出。以增壬午進士，官安襄鄖荆道。以坊候選訓導。女一，適同邑拔貢生李宗泰。孫三人：紹哲、紹和、紹穆。女孫五人，曾孫男女一人。以某年月日，葬君於某縣某鄉某原，兩恭人皆祔君。長子爲曾亮同年生，以狀寄，且請銘，乃系以辭曰：

消外滑，本行修。仕則懦，勇探幽。沃其德，子振猷。襄之陽，可車舟。優老福，古俊游。泠然風，莫孰留。保真宅，兹林邱。

項府君墓誌銘 辛丑

君諱灴，字作豐，温州瑞安縣歲貢生。祖啓龍。考諱昌基，生一子五女。

君性孝友樂善，移兄弟之愛於女兄弟，嫁而貧者析産置田，不以母同異爲厚薄。遠祖墓田廢，充以己田，不以族遠近爲公私。推其愛及父母之姻族，權疏戚緩急，時賙給以爲常。推其愛及鄰里州黨，凡橋梁道路有不便於人者，無不修。年歲饑疫，有活人之事，無不爲；粟米、錢帛、衣袴、藥物，可以給人之物，無不蓄且具。偶出，欲有所衣寒者，不及歸取，解傭衣，而歸償以新衣，傭皆樂從之游。見空器在門，實錢物令滿，其人來自持去，人忘其施，君亦不以爲德也。治家及外所交際事，盡日乃休。而又好詩及書法。習科舉學，乃先明而興，客至始盥沐，則程課畢矣。學使者每拔冠其曹。比鄉試，數不售。有人爲主司先游者，峻拒之，以諸生終。嘉慶六年五月十四日卒，年四十九。

君始娶戈，繼娶於李，於林。長子俊，次霽，次傅梅，次傅霖。女四人，適林，適孫，適張，其次三者未嫁卒。傅霖試禮部京師，與曾亮善，將以某年月日改葬君於某鄉某原，以君之行告，且乞銘。

嗟夫！君之行，古所謂獨行有道、名應選舉者也。論士於古，有循是而至公卿者矣。然使古取士之法，與士自修其身之道離而二之，其操行果盡出於是，而無待而然者歟？抑勢之相激，中材有不能自阻者歟？夫古人善其身，而禄及之，猶不可因禄以疑其善，況乎禄不出於是，而獨爲於今之世如君者，勤孰與古人多？吾以是知謂選舉興而行多僞者，惑也。銘曰：

命於福爲嗇，性於善爲豐。名於己爲阨，功於人爲通。憺乎其幽宫，固安其宗。

【校】

〔人忘其施〕光緒本作「人忘其私」。

原任子告大學士戴公墓碑 辛丑

嘉慶二十五年，大庾戴公以吏部尚書直軍機，拜文淵閣大學士。國家設軍機大臣，凡宰相，非兼是官、兼是官而位尚書以下，皆不爲真相，惟公與兄子文端公相繼皆以是入相，天下以爲榮。

公諱均元，字可亭，先世自休寧遷甘泉，再遷大庾。考諱珊，爲大庾貢生，娶温氏，生第元、策元、銓元；娶側室江氏，生淑元及公。自考以上，曾祖諱洪度，祖諱時懋，皆贈光禄大夫。自江太夫人以上，曾祖妣湯氏，祖妣傅氏、周氏，皆贈一品夫人。

公以乾隆四十年成進士，歷編修、御史、九卿，以刑部侍郎出視河南。衡工官吏畏其清，斂手蔵事，工以速成。仁宗以爲賢，遷户部、吏部侍郎。嘉慶十年，黄河奪運河入江西，風敗高家堰數百丈，命馳往赴工，即授南河河道總督。凡三年，改定木石工價，及開塞修廢所宜，次第畢舉，賞太子少保花翎。以事左轉副都御史，改倉場侍郎。再出爲東河河道總督，復入爲吏部侍郎、左都御史、禮部尚書，賜紫禁城騎馬。是時，公年六十九矣，遂以吏部尚書協辦大學士入直軍機處，兼上書房總師傅，拜文淵閣大學士、太子太保。今上即位，以録遺詔語有誤，出軍機，旋命相度萬年吉地工。道光四年，公陳情乞休，得俞旨製詩寵行，在籍食全俸。先是，仁宗賜公七十壽衣服珍器，宴會二日；至今上，復賜公八十壽珍器聯扁，就加太子太師。戊子，重赴鹿鳴，上親賜書「三朝耆舊」。蓋朝廷恩禮於公，先後優異如此。適寶華峪地水滲，嚴旨逮入都，上以公引咎陳詞，得大臣體，除名放還。後子詩亨、孫嘉德，皆賞還官及舉人。道光二十年九月七日薨於南昌里第，年九十五。

公情斂志約，聰明外周，其形神清和舒平，動若有餘，吐詞流音，朗潤暢遠，識者皆知爲承平公輔氣象。始以侍從發身，嘗任湖北及江南正副考官，四川、安徽、山東學政。與伯兄太僕公、兄子文端公若士編修，使車往還，結轍於道。又視學順天，主辛巳順天鄉試，典壬戌、丁丑、己卯會試總裁，及閲卷教習，門生幾數千人。而仁宗知公深，不與他文臣比，四方有大疑獄災患，及萬年吉地工程、户部三庫事務，非親臣不輕領是事，皆一以委公。蓋仁宗在位久，以天地覆燾之德，挈持綱維，含宏群生，而公以耆年長德，不急近名，合道於仁厚清静，相孚之德固如是也。

公配崔夫人，先公卒。子詩亨、誠亨、晉亨、孚亨，女適陳，適黄，適温，四女未嫁卒。孫　人，曾孫　人，四世孫　人。詩亨以是年十二月某日，葬公於某鄉某原，崔夫人合祔，告曾亮曰：「必以銘！」曾亮故公辛巳科門下士也，道光二年正月，嘗召至第，曰：「吾定拜疏乞休，試草其文。」時逡巡辭謝。後語座主顧侍郎曰：「梅生得縣令，無奈何，且無令遽出京也。」今二十年，執筆爲公銘，追思昔言，可痛也夫！其詞曰：

庾山建標，四戴鍾祥。兩爲真相，公兼壽昌。三十登朝，八十致仕。庸功事樞，歷試有煒。謂公崇高，約志愈卑。收迹於先，割榮不虧。幾人百歲，身此元老。十年川觀，宴處動表。我銘公墓，不華其詞。非我有文，公實我知。詩此碩德，以奠龜螭。

【校】

〔仁宗句〕音注本、續類纂本「珍器」作「衣服珍器」。〔公配〕音注本、續類纂本無「公」。〔孫　人〕音注本、續類纂本作「孫幾人」。〔四世孫　人〕音注本、續類纂本作「四世孫幾人」。

〔詩此碩德〕音注本作「書此碩德」。

胡彝軒墓表 辛丑

君諱先達，字彝軒，延慶州人。明有官是土者自灤州來，爲始遷祖。十傳至恢舜，雍正時拔貢，生二子：曰培祖，繁昌縣知縣；念祖，昭文縣知縣。昭文娶吴氏、王氏，生子三，君以仲爲繁昌後，母段氏、施氏。君始以歲貢生爲滄州及東光訓導。道光二年，以進士令江蘇溧陽。縣有要人，欲君下之，不可，遂罷任。吴民請禁開石山，君履之，告大府曰：「石工數千人，以山爲生，今以風水故禁止，失業，蓄衆怨，售譁言，於計不宜。」事遂寢。署武進縣事。歲餘，民懷吏威，盡空前任人留牘。總督陶文毅公言於衆曰：「令皆如武進，上無事矣。」巡撫知其才，將任以吴江令，以疾歸里。時同官有貧且死者，君代謀償官物，歸其孥而後歸。援例，以知府分發貴州，攝松桃廳事，建松高書院。果勇侯楊公率邑人作頌，以詩君德。復以疾歸，遂不出，道光二十一年五月十八日卒，年六十三。

君沈塞開敏可任事，其才氣不能稍下人，故仕宦輒不合，即里居亦不能汶汶以殁。宗族譜諜、祭墓田及田廬、家具，規度精整，不以未竟事毫髮遺後人。里中倉及義學多空窳頽絶，請於官，以身任其勞費，倡衆集成，鄉士載德。官江南時，曾亮方里居，以同年生相習也。及君歸里，時來京師，必數過，語移日。每念同官人仕宦通塞，以爲慰嘆。今年春，夜坐，語益親。五月當復來，而得君子書，告君卒矣，且曰：「吾父以明年某月日葬城東管頭新阡，請識以文。」噫，吾與君别兩月，乃至是耶！表其墓，以塞吾悲。

君娶郭恭人，側室張。子源澤，優貢生，後其兄先鳴；次福澤，早卒；次厚澤、惠澤。孫一人。

王恭人墓表 壬寅

吾友宣城李蕚村，官直隸，有惠聲。客過其故所涖縣，民方治傳舍，精整如待大客。街卒曰：「民喜前任官過此，故然，非官爲過客也。」異其事，言於人人。天子以大臣言，自涿州知州超授松江府知府。及移疾歸，書寄曾亮曰：

「宣範幼孤，不逮事先考，得時聞遺訓於先恭人。仕宦且久，無以自表著，然幸無大蹉跌於世，以先恭人之教未嘗忘於心。恭人姓王氏，同里人，年二十三，歸贈朝議大夫棠園府君。生宣範，五歲，而贈君卒。家貧無師，以經書自課兒。兒拾遺於路，杖之，使復其所。

米不足，雜糠覈食之。紡績自給，又能嗇縮致餘。舉四喪，終不乞貸親友。其勞苦儉薄，非人可意料得者。得官後，供養稍豐腆，母自處如初，曰：『吾所習也。』嘗奉檄，有所名捕。恭人曰：『仕宦遲速，天也，勿見功以枉平民。』年七十，同官將爲壽，命子以衣三百襲給貧民，曰：『以是爲吾壽，愈於延賓。』年七十三，卒於道光元年七月二日。凡遇覃恩者三。孫昌蔭，候選知縣；女孫二，適鳥程朱、商城周；曾孫五，曾女孫一。以贈君葬久，不可啓祔，别葬南鄉綠錦鋪，宜有專銘而未及爲，子爲我表之墓，以示子孫。」蓋萼村之狀其先恭人者若此。

嗟夫！恭人之賢，獨其子知之，他人不及知也。余獨能信之，而若深知之者，以其子知之也。萼村之爲官，於拾遺金之訓老不忘也，故樂爲表之，以詔子孫能信其親於人者。

倪孺人墓誌銘 癸卯

孺人倪氏，望江人，桐城劉孟塗妻也。孟塗以文名於時，家貧客游，供養事一委之孺人。能敬禮不怠。道光四年七月十四日，孟塗客亳州，暴卒。時孺人生子，數不育，又新喪女；而妾所舉子病且殆，大慟曰：「吾夫殆無後矣！」即自剄，不殊；至人定後，縊死。

時去孟塗死百日。

二十三年，其子繼來京師，輿歸孟塗集，告曾亮曰：「吾母以今年某月日葬縣之某鄉某原，敢請銘。」且言孺人殉夫時事，俯首淚下。噫！夫亡矣，孺人不濡忍以俟其子者，以是子爲必不可保也。今孺人葬，而是子來乞銘焉，如之何其不悲也！銘曰：

不忍靡遺，預死泯悲。子壯既成，不見母生。悲夫以有，此烈與名。

【校】

〔以俟其子〕續類纂本、八大家本作「以待其子」。〔以是句〕續類纂本、八大家本作「以是子之必不可保也」。〔預死泯悲〕續類纂本、八大家本作「豫死塞悲」。

方彥聞墓表 癸卯

彥聞方君，諱履籛，一字求民。其先世自德清徙居順天。高祖辰，康熙時官檢討，遷居常州，而著籍大興。考諱聯聚，官永康州知州。君隨父官甘肅時尚幼，同官楊芳燦驚爲異童。中嘉慶二十三年舉人。道光六年，以大挑爲福建知縣，署永定縣。有豪曰胡鳳兆，殺人劫墓，經數官不能捕。君至，牒數其罪，令自首免家禍。鳳兆捧牒泣，立出，論如法。許開玉殺其兄子，將浮海矣，君禱於神，開玉忽懵然自歸，徘徊縣署前，遂就執。大吏以爲賢，徙閩縣，決滯獄五百事。六月，久不雨，步禱於山中，暍病五日，問天雨者再，遂卒，時道光十一年六月十八日，年四十二。

君性豪邁，博學能文章。病爲駢體者氣弱不能持論，故其文獨震蕩飄忽，氣逸不可止，不復以駢體自囿。富聚金石。語曾亮曰：「吾於古今著録家缺二碑而已。」時獨游深山古澗中，樵訪碑碣。過洞庭，風浪急，君方草檄江神文，意氣益振。然與人交，謹重有終始。居官勤民，能耐雜，不以文雅薄吏事，望空自高，可謂文行君子矣。著詩、文、詞集十三卷；《伊闕石刻録》、《碑目》、《希姓録》、《泉譜》，共十四卷。妻馮孺人，繼娶吕孺人。子駿謨、駿諶、駿謐。駿諶爲弟履筠後。以道光十三年月日，葬於縣之某鄉某原。侯官陳編修壽祺既誌其墓矣，駿謨來鄉試京師，乃請曾亮爲之表。

贈翰林院編修吕府君墓誌銘 癸卯

道光二十三年十二月二十六日，旌德贈君吕雲里先生卒於京師。時官禮科給事中者，其長子賢基也，既逾月將歸葬，泣請於曾亮曰：「賢基以某月日奉柩歸，以某年月日葬吾父於某鄉某原，敢請銘。」乃按其狀曰：

君諱□□，姓吕氏，唐廣明時自歙遷旌德之豐溪，後遷廟首，遷高溪地，皆隸旌德。君曾祖諱和樂。祖諱自怡。考諱偉賽，配陳氏，以孫貴，贈如其官，生君及君弟二人。君年十七，即出游，從師於方聞碩彦，有意其親炙之也。最後乃從學凌仲子。仲子長於禮，其立論精博廉悍，不多可於人，獨器君，以爲能得我道者也。著《周禮補註》四卷、《周禮古今文義證》六卷，而於王輔嗣易多所辯正。汪文端公視學安徽，喜士通古經義者，君遂補博士弟子。年既壯矣，鄉試又黜，然不以此自爲輕重。而平居書齋閤自銘戒者，粹然一出於儒先道術之學。鄉飢，籌粟以賑，族人效之。故人多德君；有爭辨，得一言立釋。嘗戒其子曰：「成名易，成人難。」又曰：「汝今言官，言官不易爲也，毋陳利而昧大體，毋挾私而務高名。」蓋君之本行如此，非如世之經師奉一先生言，好小辨而忘大道者也。

嗟夫！經者，儒行也。而儒林與獨行分，自范蔚宗始，豈章句爲治經，謂躬行不足與者，東漢已然歟？君可謂不囿於流俗者矣。君卒時，年七十三。配姚安人。長子賢基，由編修官給事中。次子賢誠，候選，從九品。孫周甲、開甲、孚甲、堂棟。曾孫紹祖。女三，適朱，適姚，適王。女孫一。銘曰：

有樸其學，而德信矼。祉躬以經，主善不哤。養堂在京，歸旐翩翩。協龜奠螭，即於鮮原。用利賴其子孫，以妥其宅與神。

柏梘山房文集卷十四

墓誌

朱仁山墓誌銘 甲辰

君姓朱氏，諱栻之，字仁山，浙江海寧州人。考兆熊，衢州龍游縣訓導。母查氏，生六子，君次一。嘉慶十三年，舉本省鄉試第一。道光二年，以進士任山東知縣。歷濟陽、東阿、棲霞，援例改京職，補禮部祠祭司郎中。君爲知縣時甚暫，然在東阿，請官錢修民堰，至今德之。及官禮部，同僚奉手相讓，君亦以難事自任不疑。乾隆時裁僧道度牒，禮部少入銀若干，至是籌度支者議復之。君已病在告，以書駁其議曰：此法若行，禮部得度牒費，利甚小；使無錢爲僧者變而爲盜，逃捕之盜變而爲僧，害甚大。尚書李公是其書，議遂寢。書上後數日，遂卒。時道光二十四年四月十一日，年五十九。配陳宜人，側室高孺人，皆先君卒。子元佑，拔貢生；次元炅，州學生；元吕，舉人。以卒之逾年某月日，合葬於邑之某鄉某原，請曾亮爲之銘。

曾亮與君爲同年生，相習也。君孝友，重宗族祠祭事，及朋友急難，成就後學，然恂恂呴呴，言論不出口。每以君爲厚重長德、木訥少文者也。邵中書懿辰言：君《史》《漢》皆成誦，他書經目者終身不忘。六歲以「龍且」對「羊祜」，爲長老所驚。十三歲，州考，默録《通考叙》數篇，作《歲差張巡論》千餘言，始服君韜精斂慧，不以世所駭者驚物。及見駁度牒議，益服君明達體用。愧二十餘年相知不能盡。甚矣，人之不易知也，乃如是夫！然世有平居議論嶄然，及臨事不設一可否，則君之恂恂呴呴、言議不出口，識微者固宜以此得之，而不能者，是不知人之過也，非人之不易知也。此余之所以重有愧也。銘曰：

君才足以昌其言，移試於事也。學足以飾其政，斂不與地也。仕非不成，壽不余畀也。我銘以杓之，不可傳之所棄也。

李萼村墓表 甲辰

道光十八年，吾友李萼村授江蘇知府，過辭曾亮，述生平：少孤，母子相依危苦，及志所欲就祠墓、祭田、義莊事甚悉，且曰：吾聞江蘇官漕事難，病民病官何若而可？未久，而聞君以病歸卒。君之孤樑以狀走京師，乞表其墓。嗚呼！君於別我時，命之矣，其曷以辭？

君諱宣範，宣城人。曾祖志洪，祖夢夔，皆縣學生。考諱承時，娶王恭人，生君，五歲孤，奉母走京師，供事內閣，日養母以傭書八千字，冬夜手指僵，就火，倦臥，袖焚，王恭人割衣綴之。母子相視泣下。初試吏，爲驛丞。後選南昌縣丞。有老民，堂銀丞收其羨，君盡衣食於老民。太守張敦仁聞之，出二子，事以兄禮。母憂服闋，補房山縣丞。方守缺時，佐天津府，決積案。閩廣市舶鬬有詐死者，以術穢其尸，君察其脈，叱役曰：「是當急火之！」其人驚躍起，服罪。徙密雲縣丞。地瘠，歲屢旱，村逃市空，自免去者三令。君狀其事於大府，即以君宰是邑，且賑之，蘇枯贍災，民以大和。捐金五百兩建書院，民慕效者七千人。又建義學，由是縣有鄉舉士。徙寶坻。蝗起四境，人見蝗聚如車輪者浮水東去。遷通州知州。時訟未決者千事，君日夜裁判，以鄉村道路遠近定傳訊，期日，被告在城者，手書付原告呼之。民感甚，或堂下獻瓜果。千總誤捕人，君釋之。上官曰：「此總督意也，擅縱懼雷。」君笑曰：「某所畏者天上雷。」俗以上官嗔爲打雷也。未幾，徙涿州。而君是時政聲已浸淫，上聞，遂超授松江府知府。君所至，必自刻厲，務有以益民。而松江民久病漕，苟輕有變置，不便官漕，且失期。君至，思所以計深遠者，恒鬱鬱不自得。未兩月，患風濕，遂以病歸。

先是，君以王恭人苦節不逮豐養，每遷秩，必設祭而悲。故生平於名節尤所重，烈婦貞女，必表其墓。密雲張生死於義，成立其子；於《通州志》補《閻忠烈傳》，建其祠。及家居，所營建散贍，必先亡後存，先族後身，緩利急名。蓋以君所爲者磨世敦俗，計有餘矣，然竟其志則未也。君賢遠矣。君以二十二年九月二十日卒，年六十八。

娶丁恭人，繼娶倪恭人。生子榠，候選知縣。女二，適烏程朱淳、商城周文佶。以二十四年某月日，葬君於建平縣南鄉畢家橋。榠好古而甚文，故以表屬。曾亮嘗讀其狀，問通政李公菡，且曰：「君鄉在城東何水也？」通政曰：「李君去寶坻時，吾邑人送者，皆百里外。通州失名捕賊，吾邑人購得之，以報君也。聞涿州人感君，亦如是。自君去寶坻，後令者益難爲工耳。」蓋其邑士大夫言如此。嗚乎！即民可知矣。銘曰：

丞爲世訾，孰民是毗。吏走邑荒，勇言其疵。遂流政聲，達於天墀。膏歟脂歟？不戀其厚。惟其嚬呻，我則疾首。我歸雖痛，我心則愉。胡不百年，以福鄉虛？表詞山阿，靈其奠居。

湯海秋墓誌銘 甲辰

君姓湯氏，諱鵬，字海秋，湖南益陽人。父義岦，妣　恭人。道光三年，君年甫二十，成進士，所爲應試文，士子模擬，相接得科第。而君是時已專力爲詩歌，自上古歌謠至《三百篇》、《離騷》、漢魏六朝唐，無不形規而神絜之。未幾，成詩集三千首。

其始官禮部主事，既兼軍機章京，旋補户部主事，轉貴州司郎中，擢山東道監察御史，年始三十餘，意氣蹈厲，謂天下事無不可爲者。其議論所許可，惟李文饒、張太岳輩，徒爲詞章士無當也。於是勇言事，未踰月三上章，最後以言宗室尚書叱辱滿司官，事在已奉旨處分後，罷御史，回户部員外郎，轉四川司郎中。是時暎夷擾海疆，求通市，君已黜，不得言事，猶條上尚書轉奏夷務善後者三十事。後彌利堅求改關市約，有君奏中不可許者數事，人以是服其精。君既負才氣，久居曹司，謂事無論利鈍成敗，有所爲，當震爆人耳目；拘拘焉成易就之功，弗貴也。既不得施於事，則將著之言：吾書出而人以爲古嘗有是，言雖工弗貴也。於是爲《浮邱子》一書，立一意爲幹，而分數支；支之中，又有支焉；則支復爲幹，支幹相演以遞於無窮。大抵言軍國利病、吏治要最、人事情僞、開設形勢，尋躡要眇，一篇數千言者九十餘篇，最四十餘萬言。每遇人，輒曰：「能過我一閲《浮邱子》乎？」其自喜如此。姚石甫以臺灣道創暎夷，受誣訴，事白出獄，君大喜，觴客於萬柳堂，爲石甫賀。余於是始識君，得讀《浮邱子》者。

君嘗爲會試同考官，門下士多至九列，譽君者不患無其人，顧欲得余言爲可否。於是嘆世徒畏君之才而豪，不知其不自足者乃如是也。嗚乎！君今其死矣。士而才，固宜負病於世；迨既死，而世無復見其病者，獨其才在耳。君之名，其可無慮於後世矣。君卒以道光二十四年七月九日，年四十四。未卒前，過余曰：「石甫以同知官四川，爲大吏者當何如？」既而曰：「天下事恐難滿人意也。」後八日而卒。余過長春寺，記與君揖張亨甫柩而歸也；未逾歲而君復殯於是，輒黯然傷之。

君娶於　，子倣昭、佶昭、佑昭、什昭、啓昭。孫惇允。女二人，適杜、適李。以道光二十年　月　日，葬君於　縣　鄉　原。其友王錫振爲之狀，謂曾亮曰：「銘以屬君。」乃爲之詞曰：

天與以才副之氣，神豪語快士所悸。大力者推幸以遂，容頭平進不可意。摧堅犯難壯莫掣，蹶而改圖幾後世。四十餘萬載厥字，魂雖埋幽靈不翳。

【校】

〔題〕續類纂本、八大家本作「户部郎中湯君墓誌銘」。〔妣　恭人〕續類纂本、音注本作「妣某，恭人」。〔所爲應試文〕續類纂本、八大家本作「所爲制藝，列書肆中」。〔貴州司郎中〕續類纂本、八大家本作「貴州司援外郎」。〔最後二句〕續類纂本、八大家本作「以宗室尚書叱辱滿司官非國體，言過當，且在已奉旨處分後」。〔咦夷〕續類纂本、八大家本作「英夷」。下文同。〔條上尚書轉奏〕續類纂本、八大家本作「條上奏書」。〔後彌利堅〕續類纂本、八大家本作「雖報聞，而後美利堅」。〔人以句〕續類纂本、八大家本「服其精」下有「非疏闊大略者也」。〔謂事句〕續類纂本、八大家本「謂」作「以爲」。〔既不句〕續類纂本、八大家本「施於事」作「施事」。〔而分數支〕續類纂本、八大家本作「一幹而分數支」。〔開設形勢〕續類纂本、八大家本作「開張形勢」。〔嗚乎〕續類纂本、八大家本作「嗚呼」。〔固宜負病於世〕續類纂本、八大家本作「固宜負病如是」。〔輒黯然傷之〕續類纂本、八大家本無「輒」字。〔君娶於　〕續類纂本、八大家本作「君娶於某」。〔女二人〕原作「女　人」，此從續類纂本、八大家本補。〔道光二句〕續類纂本、八大家本作「道光二十年某月日，葬君於某縣某鄉之原」。〔其友二句〕續類纂本、八大家本作「其友生王少鶴謂余曰」。〔天與句〕續類纂本、八大家本

〔神豪語快〕續類纂本、八大家本作「神豪與快」。「副之氣」作「負之氣」。

贈按察司照磨吴府君墓表　乙巳

君諱達德，字懷新。明初自江西遷今湖南者，爲君十四世祖，始著籍巴陵。至起家爲富人者曰傳經，生君及其二季。嘗應試，人踐履不得前，吏前卻之，徑出，不再應試，專意於宋五子書，扁表其言，使出入見之座。事繼母，待異母弟、弟婦嫠居者，及家子弟、親族少長，必隱度於恩義之平。人求貸必應，貸以訟必辭。開諭情事，使兩息而後已。嘉慶十八年，縣飢，出穀萬石賑之，大驚其縣人。君曰：「吾自惟心計哀，冀少事耳。」暇則手寫書史，自種菜果，課傭佃，指授田法，時與諸昆弟歡飲，醉則益和而恭。道光五年正月二十日卒，年七十一。母胥氏，繼母孫氏、李氏。配羅氏、徐氏。子友樹、敏樹、庭樹。女一人。孫八人，曾孫十二人。以其年十一月五日，葬君於横板橋，直其家南十里。敏樹以舉人官教諭，曾亮見其文京師，以爲能學歸熙甫者也，狀君行，請爲之表。

嘗以謂三代後，道德衰而游俠盛，然通財之義，固道德中所自有者也。以古之無甚貧富，而不以是爲名高也，遂謂自游俠者倡之，儒者避其名，而不復權其義，世因以儒之行，病不廣大，豈所謂能宏道者乎？君學道人也，散萬金不以概其心，是異夫儒而不利於物者。

【校】

〔女一人〕續類纂本、八大家本作「女二」。

兵部尚書都察院右都御史陝甘總督富察公神道碑 乙巳

公諱富呢揚阿，字海帆，先世居納音，在長白山東。富察氏有八，公出納音富察氏。高祖圖禄贊，隸鑲黄旗，入關。曾祖哈山，刑部尚書。祖太子太保恭恪公，諱富明安，湖廣總督，生甘涼道，諱富巽，娶徐夫人，再娶田夫人，生公。七歲孤，嘉慶十八年，中順天舉人。由禮部筆帖式，歷祠祭司員外郎，擢授汀漳龍道。道光二年，遷浙江鹽運使。歷浙江、湖北按察使，湖南、浙江、福建、江西布政使。入爲盛京刑部侍郎，管奉天府尹事。旋外授浙江巡撫，又入爲盛京工部侍郎。以副都統銜，爲科布多參贊大臣，轉盛京刑部侍郎，道改烏魯木齊都統。十六年，轉授陝西巡撫，進陝甘總督。二十五年四月九日薨，年五十七。兩娶，皆宗室女，有女三。以某年月日，葬於某所。其故吏陝西按察使唐公樹義，屬梅曾亮銘其碑。其詞曰：

富察八氏，公系納音。世秉節鉞，鑒於天諶。公以童孤，在幼不弄。侍母夫人，倚杵夜誦。儀曹清寅，以孝廉官。司於祠祭，典祏守匰。仁宗大行，陟方近畿。儀法曠絶，公諏公稽。宗伯入告，以郎受知。觀察於閩，政不蹉失。轉運進階，辜榷平直。于臬于藩，六省咸秩。帝曰俞哉，釐刑盛京。遂撫兩浙，繼祖封疆。維時浙西，海塘孔棘。東塘沙漲，潮乃西擊。穿漏膏腴，化爲鹵瘠。禦悍保堅，惟石坦坡。乾隆迄今，制久則磨。信臣異議，公曰復貫。輕費重民，百九十萬。帝曰汝材，中外咸庸。奉天之尹，兼以司空。時科布多，方籌參贊；念莫公宜，遂往使换。都統之印，新疆旋綰。都統一朞，入撫陜西。去其玩吏，忱感帝咨。時有悍民，相呼刀客，捕斬其魁，以靖閭陌。撫陜六年，陜甘進督。我夷我蕃，奠此邊腹。議普爾錢，五十當百。曰不便民，以公奏格。蒙古卓帳，西寧是毗。河南野番，屢驚我師。鷹驚鳥散，我勞彼玩。閲兵河州，深念長算。齎志病薨，有識哀嘆。凡公所爲，務在休息。振興八儒，莘莘翼翼。民便其簡，士懷其德。公雖云亡，公德孔嘉。故吏懷風，銘石不磨。

【校】

〔題〕搨片碑蓋題作「富呢揚阿墓誌銘」，碑文題作「皇清光禄大夫兵部尚書都察院右都御史陜甘總督富察公墓誌銘」，下署「上元梅曾亮譔文，道州何紹基書丹並篆蓋」。〔公出〕搨片作「公系」。〔高祖句〕搨片「圖禄贊」作「圖禄錫」。〔隸鑲黄旗〕搨片作「隸鑲紅旗」。〔再娶〕搨片作「側室」。〔擢授汀漳龍道〕搨片作「授福建汀漳龍道」。〔湖南〕搨片作「貴州、湖南」。〔外授句〕搨片無「外」字。〔又入爲〕搨片作「十四年，轉」。〔轉盛京〕搨片作「又入爲盛京」。〔轉授〕搨片作「授」。〔皆宗室二句〕搨片作「皆宗室氏及側室，皆無子，有女三」。〔以某年二句〕搨片作「以某　年　月　日，葬公於某鄉某原」。〔陝西按察使〕搨片作「今陝西按察使」。〔屬梅曾亮銘其碑〕搨片作「屬曾亮爲之銘」。〔倚杵〕搨片作「依杼」。〔陟方五句〕搨片作「儀曠用稀。綿褫粟錯，吏走莫諮。公稽公諏，宗伯是毗。告之天子，以郎受知。」〔于臬十二句〕搨片作「遷按察使，繼以布政。六省之民，不怨咸詠。帝曰俞哉，可貳於卿。平刑恤獄，釐我盛京。既釐盛京，遂撫兩浙。光乃宗祖，亶臣紹烈。惟時浙西，海塘孔棘。南沙障潮，使西北擊。西塘所郛，有杭嘉湖。蟻露萬千，鹵徹壤枯。天子重憂，命公執度。或曰小補，公則遠慮」。〔信臣四句〕搨片作「商工復貫，百九十萬。遂蘇浙人，嘉生以灌」。〔時有悍民〕搨片作「時有棚民」。〔捕斬二句〕搨片作「帶劍椎牛，陸梁閭陌。公檄百域，得其渠魁。曰何曰蘇，餘者繼夷。」〔陝甘四句〕搨片作「官民清安。帝曰欽哉，陝甘汝督；凡是外藩，亦汝保鞠。肅州西寧，蒙古插帳。河南野番，懾此保障。强弱異昔，獸心遂滋。肆擾河北，人畜系累。其來麇驚，其去鳥散。我追難窮，我餉易斷。公乃深念，將出長算。外揚國威，天兵四羅。內解其黨，使兵渙散。攙遠時迫，功緒待竟。目前小安，非意所定。有普洱錢」。〔曰不便民〕揭片句前有「或言鼓鑄，用可佐國」二句。〔以公奏格〕揭片句下接以「墾田涼州，建自議臣。公上其最，頃萬九千。升科緩期，陳詞諄諄」六句。〔蒙古八句〕揭片既移此段事迹入上文（參前「陝甘四句」校文），此處文字遂不重複。〔齊志十二句〕揭片作「凡公所爲，務在休息。振興八儒，莘莘翼翼。民便其簡，士懷其德。雖有威怒，不疾言色。閱兵河州，以疾旋署。年五十七，奪壽何遽。公雖云亡，公誠不磨。惟其仁質，初終靡它。故吏雨泣，聞者以嗟。刻文幽宫，我言不華」。

朱孺人墓誌銘 丙午

吾友繡山，以函封詩詞及摹漢魏篆隸書告曾亮曰：「此吾婦朱孺人作也。吾婦幼失母，專其事母者事父，及後母遺腹弟。調燥濕，禦侵侮，皆與其勞。年二十而歸余，移其事親者事吾親，不敢有失焉。不逮事吾母，移其事姑者事祖姑，不敢有失焉。吾家素貧，而族大姻衆，賓客酒漿束脩之供饋，能內外支拄，不見罅漏，使吾無自失於人者。又以其餘功習詩詞、繪畫、隸楷，女姻好學者多從之游。其性情好尚，固絕異乎常女子也。然親戚時聚處，酬高應卑，各適其人，未嘗以才語自標異。其密於用心者如是，故瘁而病，且産遂卒。吾哀其賢且勞，致夭其生而嗇於報，以女子而求託於没世不可知之名，而其所喜以自見者，又僅有是，敢質之，以徵於墓詞。」嗚乎！其哀也如是，其可無銘？

孺人諱瑛，字寶瑛，海鹽人，内閣學士兼禮部侍郎諱方增之女，曲阜孔憲彝之繼室。道光二十五年六月十五日卒，年三十五。所著詩詞各一卷。子慶第、慶篤，女慶婉。以其年十一月二十七日，葬於衍聖恭慤公墓左。銘曰：

古傳列女多雅才，以才爲諱孰致斯？惟德不淑才乃疵。能宜尊章敬持持，囊篋細大安提提，六親携姻歡如歸。箴管餘事藻筆摛，才若此者乃可詩，有然疑者徵余詞。

【校】

〔然疑〕八大家本作「傳疑」。

資政大夫户部侍郎總督倉場毛公墓誌銘 丙午

公諱樹棠，字芾村，河南武陟人。曾祖諱超，祖諱景萇，考諱睿，皆以公貴，贈資政大夫。母吴夫人。公以嘉慶二十二年成進士，官編修，歷内閣學士、禮部右侍郎、倉場侍郎，於校理館閣書籍，及主試閲卷事，常與其選。然公生於中州河濟間，先賢名儒，今古相望，故一以儒先性理之學爲務，於詞章不屑屑也。大考以入一等官驟遷，亦不以此自喜。於理學不岸然居其名，而居處慆慢者見輒走避。其孝友恭儉，絧絧然如有所循；而赴義忘利之事，汲汲然常恐其行之不逮也。

賊據滑，官軍掘壕於太行堤，掩其棺者千計。從父失官，死羈所，孤行數百里，償逋負持喪而歸。爲鄉人客京師者建舍館，定規約，必使可久。道光時，以内閣學士稽察中書科，有劾以受私者，疏自陳，得白。上由是益深知公。未久，即總督倉場。

初至倉場時，有言增官役防盗米者，公謂無益於防弊，而弊隨人增，奏止之。然於漕事，可除姦絶弊者躬無不親，心無所不自盡也。夫京師之本，莫重於倉儲，而食其弊者常十餘萬人，故弊爲天下最。然以公之綜覈周密，人皆謂：是官也，如是可以無憾。過求之，則反有他患者。而言夫古大臣思患預防之心，且不自欺其志如公者，則終未能以人之言而釋然也。故尤窮思勞神，以求稱其職，而瘁至於病。病且告，上鑒其誠而許之歸。逾年，道光二十五年八月二十六日卒，年六十六。

始娶王夫人，繼娶姜夫人。子昶熙、亮熙。女一，適舉人劉方平。女孫一。以逾年十二月十日，葬縣之小原村祖墓側。昶熙官庶吉士來京師，求銘。介以求者，同年李太常棠階，與公同志者也。銘曰：

伊洛之學，光於聖清。睢州儀封，爲國翰屏。擩染於公，儒行自製。抱古於懷，外不高厲。出言如畏，履垤不蹉。及其敢行，如川走波。有德無位，世士所諱。詭隨於人，以保厥貴。公行既尊，而宦亦通。磨不受垢，誠感帝衷。天豈私公，乃振道風。義歟命歟？士有攸從。我銘其實，以告儒宗。

【校】

〔題〕搨片碑文作「皇清誥授資政大夫總督倉場户部右侍郎毛公墓誌銘」，下署「上元梅曾亮撰文，長白倭仁書丹，漢陽葉志詵篆蓋」。〔字芾村〕搨片作「字蔭南，號芾村」。〔皆以公貴〕搨片「皆」後有「有聲庠序中」五字。〔母吴夫人〕搨片作「母吴太夫人」。〔公以〕搨片其後尚有「十八年拔貢，即舉於鄉」二句。〔官編修〕搨片作「改庶吉士，授編修」。〔歷内閣四句〕搨片作「歷侍讀左庶子，侍講學士，太常寺、大理寺少卿，詹事府詹事，宗人府丞，轉内閣學士、禮部右侍郎、倉場侍郎。嘗充國史館纂修，提調文淵閣校理，日講起居注官，稽察右翼覺羅學，中書科事務。一爲廣東鄉試正考官，順天鄉試副考官，閱朝考拔貢卷，三閱覆試進士卷，再閱考試差卷」。〔然公生於中州〕搨片無「然」字。〔於詞章句〕搨片作：「於詞章訓詁考證不屑屑，釋老謬悠怪偉之書，屏弗道也。偶以書應人求，必法言莊論，曰：『此亦可以益人者也。』」〔大考二句〕搨片無。〔掩其棺〕搨片作「掩暴骸」。〔償逋句〕搨片作「完逋負，持喪而歸。族之衣食喪娶，雖異居，必經理之，親姻之緩急必有應」。〔爲鄉人句〕搨片作「爲鄉之客京師者謀館舍」。〔道光時二句〕搨片作「道光四年大考，公以一等二名，編修進侍讀。十五年，以大理寺少卿主順天鄉試，皆出今上特恩。及以内閣學士稽察中書科」。〔則反有〕搨片作「則且有」。〔上鑒其誠〕搨片作「上閔其誠」。〔逾年〕搨片作「逾年遂卒，以」。〔始娶〕搨片其前有「嗚呼！其可惜也矣。公」八字。〔女孫一〕搨片作「孫二，女孫一」。〔以逾年〕搨片無「以」字。〔葬〕搨片作「葬公於」。〔官庶吉士〕搨片作「成進士，改庶吉士」。〔求銘〕搨片作「曾亮爲之銘，而歸以葬」。〔同年〕搨片作「吾友」。〔誠感〕原誤作「塵感」，據搨片改。〔道風〕道，搨片作「遺」，朱筆改作「道」。〔儒宗〕搨片作「幽宫」。

奉政大夫永定河南岸同知馮君墓誌銘 丙午

君諱德峋，字如堂，姓馮氏。先世自順治時移黄陂，籍於商城。祖朝綱，考應純，皆以君官遇覃恩，贈奉政大夫。祖妣彭氏，妣潘氏，皆贈宜人。君以嘉慶十六年援例得直隸通判。年甚少，而開敏冠其曹。時吉林兵進關捕林清黨，大吏以良鄉首過兵而令怯弱，須强佐，即使君往，兵以不譁，權真定及天津同知，補河間府泊頭通判，領四縣隄工。道光二年，河決東光。君兩飯不去隄所，夜分時，出驗工物，測水勢消長，役人感其誠，不以督責嗟怨。總督那文毅公設捕盜局，君主之，乘間言曰：「自設局來，奉檄者尋躡四出，盜不加少，人務見功，捉搦疑似，真盜未獲，誣罔已多。夫州縣捕盜，時近地真；局員捕盜，事遠形變。其難易較然可知。且州縣玩盜，非本心，財不足也。若以設局虛耗之財，加州縣捕緝之費，庶收實效，而少冤民。」公然其言，局旋輟，而州縣得請緝捕費，自君發之。後權宣化府知府，興起士類。是科舉一人王生，即觀風首取士。其權知藁城也，縣有豪，蘗婦死，婦家怯訟。君廉治之。及權知祁州，屢折疑獄。

二十四年，補永定河北岸同知，改南岸。在北岸時，三角淀潰，君冒雨越界防遏。其通判得無坐，而君隄亦全。二十六年三月卒，年六十二。

君久習民事，政不蹉跌，以賢見勞，不自難阻。至非道求進，則夷然不屑。故官直隸四十年，權知府、同知、通判州縣任，凡十六七，未嘗得一息休暇，而僅以是官終。論者皆推其勞，而惜其遇。

配程宜人，生子詔，前金鄉縣知縣。女孫三。以某年月日葬君於某鄉某原。銘曰：

君才恢恢兮上所倚，其惠愉愉兮民所喜。宜絶轡於長途兮，而税駕於此。雖仕不盡其才兮，而譽在民者。崇不可圮，銘以徵其後祉。

【校】

〔題〕搨片碑文題作「皇清誥授奉直大夫直隸永定河南岸同知馮君墓誌銘」，下署「上元梅曾亮撰，道州何紹基書並篆蓋」。碑文後署「崔寶慶刻字」。〔先世句〕搨片作「先世自黄陂移籍商城」。〔皆以句〕搨片作「皆以君官貴」。〔皆贈宜人〕搨片無「贈」字。〔即使君往〕搨片作「即檄君往」。〔權真句〕搨片作「事畢，權正定同知」。〔補河二句〕搨片作「民以賊黨四匿，驚恐鄉煽。君每夜巡曙歸，民得安寢。滹沱、官渡爲行旅患，榜於舟：過車錢若干，違者杖；得溺人而奪其金者，罪舟子如律。任三年，旅人大安。二十三年，建礮臺天津，事創行，無諳者，乃令權天津同知董其役。尋補河間府泊頭通判，領四縣堤工。」〔道光二句〕搨片作「道光三年，河溢東光」。〔役人句〕搨片無「感其誠」三字。〔那文毅公〕搨片其後尚有「患多盜，于按察司署」八字。〔君主之〕搨片作「君主其局」。〔奉檄句〕搨片作「四出尋躡，逮捕紛紜，而」。

〔人務見功〕揭片句前尚有「今一切以多獲盜讞盜爲優」十一字。〔事遠形變〕揭片作「事遠形變蹤迹」。〔捕緝之費〕揭片作「緝捕之費」。〔庶收實效〕揭片作「庶可收實效」。〔後權二句〕揭片作「丁母憂，服闋，以原官用直隸。訟多旗租，執詞繳繞。君履畝定議，獄不再興。及它獄至省者，多君所讞定。十八年，權知宣化。治民餘功，興起士類」。〔是科句〕揭片作「郡久無舉鄉試者，至是舉一人王生」。〔婦家怯訟〕揭片作「婦家不敢訟」。〔屢折疑獄〕揭片句後尚有「民情大歡，群上請借君補是缺。君馳騎諭止。上官爲緩君去者數月」四句。〔越界防遏〕揭片作「越汛防遏」。〔其通判〕揭片作「其汛官」。〔君隄亦全〕揭片作「君汛亦獲安」。〔三月卒〕揭片作「三月二日卒」。〔君久習民事〕揭片作「君性孝友樂易，少習制藝，應鄉試，得而復失。工書，好古圖籍。於錢帛不計較於人。大吏以君之習於民也，盤錯之事，歸勞於君。官工軍興，竭蹶支應，不以自難。而非道求進，則恬然不屑」。〔故官句〕揭片作「故仕直隸後幾四十年」。〔凡十六七〕揭片作「凡十六七年」。〔得一息〕揭片無「得」字。〔僅以〕揭片無「僅」字。〔皆推其勞〕揭片作「皆賢其勞」。〔配程宜人〕揭片作「室程宜人」。〔以某年月句〕揭片「某年月」及「某原」皆無「某」字。〔崇不可圮〕揭片句後尚有「嗚乎！爲吏者如是，足矣」三句。

館陶縣知縣張君墓表 丙午

君姓張氏，諱琦，字翰風，陽湖人。祖政誠，考蟾賓，皆以君兄惠言官編修，贈翰林院庶吉士。祖妣白氏，妣姜氏，皆贈孺人。

君以舉人謄録議叙。道光三年，官知縣山東，補館陶縣。始至，權鄒平。歲且盡，君閲村四百七十，麥無入土者，即申牒報災，其詞堅。大吏破成格入奏，因鄒平得緩征者十六。州縣民失物，誤訟於長山縣，歸獄於君，君曰：「汝失物地，大樹北抑樹南也？」曰：「大樹北。」君曰：「若是，則我界也。」民愕然曰：「誠鄒平耶？即不欲以數匹布煩父母官。」持牒去。後權知章邱，鄒平民時赴訴，君曰：「此於法不當受者也。」慰遣之。章邱俗好訟，又多大府書，吏撓令權，君結正二千餘事，私書絶蹤。然君所權兩縣，或數月，或歲餘，即受代；惟館陶八年。人戴之如親戚，而君政固不爲姑息。始受事，久旱，君禱雨既應，糶倉穀，平價振口糧，士民皆洽歡。乃嚴捕劫盗姦民。士有訟者，閲其詞不直，即曰：「課汝文不至，訟乃至耶？試責以文不中程，後乃決事。」士訟遂稀。其仁術兼濟，類如是。然君尤以館陶地斥鹵不宜穀，又衛水數敗田，精求古溝防及區田法，試行之，未遂而病，道光十三年三月十二日卒，年七十。子珏孫，殤；曜孫，以舉人令武昌。女子四：長適吴廷珍，刑部員外郎；次適章政；次適孫劼；次適王曠，皆士族。以是年十一月六日，葬君於縣之龍山。湯孺人先卒而祔墓。

君少以文學名，與兄臯文編修伯仲也。既誌，曜孫乃乞爲之表。詩詞、醫學、書法，皆能得其深。著録十餘種。人以君爲文人傑魁者矣，而未意其能爲循吏如是。嗟夫，是乃所以爲文人也。夫政不達而言立者，蓋亦寡矣。苟以君所爲者有過乎文人，此可謂能知君矣，未可爲知文人也。且世之所謂文人者，又何也？

鄒孺人墓表 丙午

道光二十六年冬夜，發篋得管異之遺墨，述其母鄒孺人事，凡百五十字，曰：「先母鄒氏考諱森，安東縣教諭；母周氏，諱璕之女。歸先君，生子女四人，年三十七而遭先君喪，以女工典質，支拄門户。事先大母葉孺人八年，葬先祖、祖母及殤弟、妹，嫁一女，娶一婦，延師於家，教同讀書，至十七歲而後止。嘉慶二十三年九月二十七日卒，年六十六。道光七年四月二十八日，與先君合葬於江寧安德門外之傳家山。子一人，名同。孫一人，名嗣復。孤管同泣血謹述。」

嗟夫，此巽之書，示其友乞墓表者也。巽之書此未幾，試禮部，道卒，子方幼，今十餘年矣，而嗣復始成立，乃追書以遺之，以卒吾先友之志。夫巽之所述，自世俗務虛美者觀之，無絶殊者，然以家之貧薄而事之危苦也，獨以一女子當之！《詩》曰：「哀哀父母，生我劬勞。」巽之蓋有以知劬勞之人無有過於爲父母者矣。此所以爲善述其親，而余不能有加於是者也。嗣復今爲諸生，而甚文，庶其知先人以誠敬其親，而不自飾於其友者，於古道皆有合焉。

【校】

孺人之夫諱文郁，余記搨帖圖字西京者也。

〔搨帖〕八大家本作「揭帖」。

王太恭人墓誌銘 丁未

太恭人王氏，山陰人，前零陵令、會稽宗君諱霈之妻，今户部員外郎、記名御史稷辰之母。零陵君卒三十一年，而恭人年八十，以道光二十六年八月卒。孫一人。女三：長女殤；次適王，適錢。以卒之明年三月，將歸葬山陰木栅村之銅盤山。稷辰乃乞曾亮爲之銘。

零陵君以孝稱於鄉，以循吏稱於湖南，恭人皆能助其内，蓋以零陵君之孝，而嘗客游，二親之安於恭人者，猶安其子焉。從之官，官私錢出入計簿，皆不假人手。同官謂零陵君不欺民，恭人能不欺零陵君。及子以中書歷主事員外郎，皆直軍機，侍側時，一不問朝事，惟生平三族恩舊，時往來於懷，有失所者，力可及必扶植之。無事則喜稱道諸老人，傳説軼事。

蓋王於明本胡氏，以方正學師避改今姓。自曾、祖、父三世爲邑名士，故幼而知書，《史》《漢》文、魏晉詩歌，皆嘗涉之，而不以詩詞自名，惟《論語》、《孟子》書常置坐側，尤喜爲兒婦講誦其義。夫世之稱婦行者，於常人所能者無缺，則可謂賢婦人矣；進乎此，而有士君子之行焉，豈非尤難者乎？而説詩者曰：「無非無儀以有善，非婦人也。」然又曰：「釐爾女，士夫無善不足以爲士，而以有善爲非。」則大雅所謂有士行者，何以稱焉？以是知詩之教非一端，而如恭人者，乃深於詩者也。銘曰：

助孝於室，成清於官。以經爲師，責子以難。高行奇數，圖傳纍纍。恭人秉德，獨迓天祉。從以賢子，老福多喜。銘摭其終，脩者鑒起。

陝西巡撫鄧公墓誌銘 丁未

公諱廷楨，字嶰筠。先世居洞庭山，明徙壽春。六世祖元旭，官檢討，始居江寧。曾祖重，祖鑽，考巨源，皆諸生。及曾祖妣陳氏、徐氏，祖妣彭氏，妣陳氏，皆得一品封贈。

公嘉慶六年進士，官編修，乙丑會試、戊辰會試、鄉試同考官。十五年，出爲寧波府知府。母憂服闋，補延安府，歷守榆林、西安府、南鄭、韓城。有死囚，皆受誣，公反其獄；及全同州婺母子事，陝民歌頌，由是譽流京師。遷江西布政使，權江西巡撫。道光元年，超擢湖北按察使，權布政使。請免田入江而税銀在民者十餘萬兩。遷江西布政使，權江西巡撫。以守西安失察屬吏事，罷歸里。旋命以七品銜赴保定，起爲直隸通永道陝西布政使，權陝西巡撫。六年，遂授安徽巡撫。自嘉慶時，安徽多大獄，信臣覆案，官吏多得罪，而獄歷久愈疑。其鳳潁俗尤悍驕，常以兵定變，而公至，比大水，親乘舟振災。又精察吏才，鄙强怯付民地所宜，悍民畏威，精民亦息意，不敢幻訟。在安徽十年，俗以大安，所舉任後多至大吏。

十五年，授兩廣總督。時方議鴉片煙禁，公奏議，以爲法行於豪貴，則小民易從；令嚴於中土，則夷貨自絀。未幾，而林公則徐以欽差大臣至廣東，嘆夷遂輸煙入官，甚悔罪。已而中變，以兵船回泊尖沙觜，進至穿鼻。公飭將士迎擊，六接戰，夷皆傷退，訖公任不得入虎門。林公既改兩廣總督，而兩廣外夷易犯者莫如閩，故改公兩江及雲貴總督，皆未行而遂，卒授公閩浙。二十年四月，夷船泊穿山洋，及梅嶺、厦門，擊之皆走。援定海，至清風嶺，得旨卻回。蓋夷方銳，欲入閩，而閩之海防地，道多兵力散，公往來泉州、厦門，暑行星征，籌應捷出，晝吏夜牘，且詢且披，無一夕得安寢。而以前兩廣兵吏捕煙黨不力，效力廣東，戍伊犁。二十三年，召回，復起爲甘肅布政使。二十五年，再授爲陝西巡撫。而番賊於是時屢擾蒙古游牧。公先權陝甘總督，即邀擊於硫磺溝，得前所失馬牛羊以萬計。八月至陝時，公已積勞久，時時欲乞休，以前後受恩重，未敢也。二十六年三月二十日，薨於位，年七十二。其年十月三日，歸葬上元縣靈山下。配張夫人，繼配何夫人，側室吴恭人祔。子爾恒，編修，官辰州府知府；爾頣，雲南趙州知州；爾咸，國學生；爾晉，府學生；爾巽，尚幼。二女，十二孫。而爾頣爲弟廷梁後。

公機神高朗。外容，異量而制行；內嚴，遇事不求奇功，而深慮宿禍。自侍從歷封疆四十年，雖屢起屢躓，上亦諒其素，而終任之，亦自無得失意見於顏狀。有及見公年少者，皆曰如諸生時。遇學人文士薦寵，講諭不倦。於詩及古音韻學，所得尤深。至世俗好尚，一不綴意。嘗閱兵過當塗，或問令曰：「厨傳費幾何？」曰：「二十千。」聞者以爲難。銘曰：

公以文達，乃握政經。活囚西安，民歡吏驚。越等之晉，惟天子聖。放税蘇枯，江漢思詠。及撫安徽，爲民擇吏。鉏荒息瘥，十載無事。開府七州，神旗雕戈。超然一翁，常度委蛇。夷事之殷，馳驅孔亟。南海天山，萬里一息。帝念勞臣，舊恩載新。光榮始終，被此後人。「子誌余墓」，公昔命我。我詞無慚，元宅攸妥。

貤贈奉直大夫陳府君墓誌銘 丁未

國學生、貤贈奉直大夫陳君，諱晉，字退菴，德安人。考諱某，有子五人，而君與兄贈奉直大夫諱某者同爨。兄夫婦早卒，子五人，君與其配李孺人撫之如己出。五子自幼至長，無水火飢寒疾病之困，皆君所覆育者也。自入學至京外官，皆君所督成者也。五子及所出之婚嫁，皆君所稱家以成其禮者也。男女數十人，衣無常主，食無私味，皆君所調護而整齊之者也。可謂難矣。《記》曰：「兄弟之子，猶子也。」蓋引而近之也。聖人以爲：家之乖，始於視兄弟之子不子若也，故制服以報，使與子同，而釋其義曰：「兄弟之子，猶子也。」人有不親其兄弟之子者矣，未有不自親其子者也。使知親兄弟子如己子也，則出之必以誠，而行之必易矣。惟其蔽近而昧本，始以聖人制禮爲有所矯而正之。今觀於君，則聖人之禮出於人心之固有，而無所矯者，其理乃益信也。嗚呼，可謂難矣！

君卒於道光二十三年十二月，年六十。嗣子廷勳，國學生。有孫五人。以某年月日，葬於某鄉某原。君生平好山水圖史，居倚城，終身不一入。有德善於鄉里甚衆，然識者尤以君內行爲難奉直。君子廷吉，進士，官刑部主事；廷英、廷懋，候選，從九品；廷弼，舉人，令清豐縣；廷儒，拔貢，官教諭。而廷吉子學恩，廷英子學春，亦縣學生。此於君之墓，可不書，然皆君數十年視如己子者也，故不得而略也。銘曰：

有兄者子今郎官，貤君爵服吉且安。告我書行涕萑蘭，列詞大幽奠巑岏。

柏梘山房文集卷十五

墓誌

翁母張太淑人墓誌銘 戊申

嘉慶時，海州有賢吏翁君，爲州學正。嘗查災，以印封其籍。州牧時君之出，而饋金以請印，曰：「籍有誤，請更。」其室張太淑人峻拒之。是役也，飢民之注籍者皆無漏冒，而太淑人之賢聲遍於人人。道光二十五年六月卒。子心存使其子同書來乞銘，曾亮曰：「是一事，於法應銘，況有其他！」

太淑人姓張氏，昭文縣人，歸常熟翁氏，爲海州學正諱咸封者之繼室。前室許淑人遺子女，撫之極周。每相語曰：「今乃知有母之樂也。」以舅姑好茗，水必甘，每天雨，自提瓶布甕，承霤纍纍。舅食鰣魚曰：「以薦新。」即告曰：「已別具矣。」海州官廨廢，或言見狐鬼，兒女惶怖，責之曰：「鬼當畏人，人反畏鬼耶？」後從學者衆，自執爨，常雜食糠覈，而諸生必飯肉羹。贈君爲上官所知，舉縣令，曰：「君性情不宜州縣官。」贈君曰：「是也。」如言以辭，其高致如此。然固及見其子官卿寺，任學政廣東，直上書房，拜珍秘瓜果之賜；孫復以編修爲廣東鄉試考官。及子乞養家居，又八年，誥封太淑人，年八十七乃卒。蓋天所鍾福，不以其無意於是而澹置之；而卻金以活人，其食報固天之所獨厚者也。

子二人：人鏡，國學生；心存，大理寺少卿。孫同福、同爵、同龢，皆諸生；而次同福者同書，官編修。曾孫男十人，爲諸生者曾文。女子一人，適長洲陸氏。孫女子二人，曾孫女子三人。贈君葬已固，不可啓封，乃以道光二十八年某月某日卜葬於虞山西鵓鴿峰下。銘曰：

佐夫儒官，以義自完。叱金如唾，飢者感嘆。積極乃豐，再見文通。隨子持節，安車從容。大理之歸，我序誌喜。八年供養，光溢閭里。惟是老福，非賢曷基？銘幽揭華，女士鑒茲。

【校】〔題〕搨片作「皇清誥封太淑人翁母張太淑人墓誌銘」，下署「賜進士出身户部郎中上元梅曾亮譔，賜進士出身内閣學士錢塘戴熙書並篆蓋」。〔爲州學正〕搨片無「州」字。〔其室句〕搨片作「六月，太淑人卒」。〔子心存句〕搨片「使其子」作「以書使其子」。〔爲海州學正〕搨片作「爲贈君」。〔每相語〕搨片作「每相告」。〔承霤纍纍〕搨片作「承溜纍」。〔舅食鰣魚〕搨片作「當食鰣魚」。〔海州官廨〕搨片作「隨贈君至海州，官貧廨」。〔兒女惶怖〕搨片句後尚有「夜廢讀」三字。〔從學者衆〕搨片作「從學者稍衆」。〔自執爨〕搨片作「自執爨食」。〔及見其子〕搨片無「其」字。〔任學政〕搨片作「隨學政任」。〔天所鍾福〕搨片作「天之鍾福於是」。〔不以句〕搨片「澹置」作「姑置」。〔心存〕搨片作「心存官」。〔贈君〕搨片前有「以」字。〔某月某日〕搨片作「九月二十一日」。〔西鶇鴿峰〕搨片作「白鴿峰」。

誥封奉直大夫梁府君墓誌銘 戊申

君姓梁氏，諱國成，字振西，廣東信宜人。祖諱源，考諱之萃，皆能以厚德恤其鄉里。君趾美前光，不磷益篤。以父久不第，望之殷，乃棄百事，爲科舉學。然君所爲科舉學，與世俗殊。書雖成誦者，温肄必百過乃已。及經注、史籍，皆提掇玄要，取拾務盡。凡場屋所以試士者，期吾應之者不爲窮。嘉慶十八年，舉於鄉。二十三年，試禮部，留京師，遂卒，年三十二。啓其篋，得抄録《史》、《漢書》、《春秋三傳異義》若干卷，詩文及時義若干卷。嗟夫！君之學，進取之士以爲迂而無俟乎此者也，然士所以應有司者，必如是乃幾可以無愧久矣。夫雖場屋之學，其名存而實亡也。而高論者猶循其名而譏之，不亦濫乎？然此非獨進取者之失也，學必有之已也，乃可以觀人，則宜乎取士者之避難而責所易也。若君者，可謂能爲其難者矣。

君娶張氏。子嶸，縣學生；巍，拔貢生，官刑部主事。女二人，孫五人。道光二十七年某月日，改葬君於淋水洞山。巍方在京師，來乞銘。其詞曰：

人逸而獲，君百其功。奈何乎天，志不畢而年窮。

程恭人墓表 戊申

恭人程氏，松滋縣人，歸同縣黄氏，爲府學生、封朝議大夫大溶之妻，雲南迤南道士瀛之母。方在室失母，年未二十，能撫弟妹，代父理家事。父以貧將棄田，堅不可，卒賴以濟。及歸封君，其家法當更番執炊，而叔母爲祖姑所憐，十年代之炊，無怨色。後析居，食不贍親，時時悲咤。恭人自以爲冢婦，乃一任勞怨，爲家人先，減僕婢，出理田園，入治薪米浣濯，夜則紡績佐匱。稍暇，乃得爲兒女補綻裂。凡可以爲家中節日用、計長久者，無不周。凡所以苦一身逸諸婦，以承舅姑意者，無不至。蓋如此者數十年如一日。及子以編修授雲南昭通府知府，擢迤南道，未嘗以子故異於人人。一味之異，一衣之新，暫御即屏去，曰：「吾不習也。」而治客饌必豐，食工匠必飫，以婚喪及不舉火告者必恤，即乞丐至，亦不忍拂其意。蓋如此者又數十年如一日。年六十九而卒。哭者皆失聲，不與弔而素聞其賢者，亦悲嘆惋惜。

子士瀛；次士漢，縣學生；次士浚，江蘇縣丞。女二人，適陳，適張。孫男二人，孫女十一人。其卒也，道光二十二年十一月，期年而葬枝江縣之洋溪山。銘未備，士瀛，曾亮同年友也，乃請爲之表。其詞曰：

蕃衍之室，勃磎恒多。有肩其辛，化怨而和。見苦爲生，財每重視。女行士難，捨愛若棄。令子述德，痛言未詳。我掇其要，在石不亡。

誥封奉直大夫李府君墓誌銘 戊申

君姓李氏，諱少白，字蓮峰，鬱林州北流縣人。祖毓蕃，官上林教諭。考程沆，歲貢生，娶黄宜人，生君。爲縣學生，以教授爲事。然不專涉文藝，書古人行事可法者，置之坐隅。每遇事，隱度古人有是否；有是，即犯疑難行之不顧也。族無後，衆分其田，爲擇嗣，而反其田以官。有夫愚棄其婦，責夫還婦，而家人教之婦功。鄰娶婦，有夫，兒且失乳。君方食，怒而起，呼鄰責諭之，婦定還，然後畢食。人有子失母、夫失妻者，告於君，訪必得所失。其他行事，類如是。

昔東漢劉勝居鄉里，閉門掃軌，而杜密譏其知善不薦，聞惡不言，隱情惜己，自同寒蟬。由今觀之，二公所自處，皆君子矣。然士大夫易於爲劉，而難於爲杜者，何哉？俗益澆，避嫌益甚耳。處嫌而不自疑，非人信其無欲利之心者不能也。君當之矣。

君卒於道光十六年二月，年六十。娶陳宜人。子翊昌，候選訓導；縉昌，縣學生；燕昌，進士，官户部主事。女五人，孫六人。君弟紹昉，嘗官編修給事中，考以上贈如其官，君贈如其子之官。以某年某月日，葬於某山某原。銘曰：

通俠者放，卑疵者拘。肫肫李君，既俠而儒。不覃其施，利賴州里。玄壤銘德，以徵遺祉。

貤贈通奉大夫何府君墓表 戊申

君姓何氏，諱光策，字巽酬，望江縣國學生。先世自廬江遷四川富順縣，元季官安慶路教授者諱本齋，始居望江。六世孫永康，令新建。新建至君祖浩然、考懋精，皆世有文學行義。

君十七歲孤。兄早卒，嫂劉夫人，一子殤。母姚宜人，以家事殷、長子亡，而君又未壯也，恒鬱鬱不自得。君先意適志，雖少已自如老成人。姻友傭獲，皆莫能弄以事。丹青藝文，博覽旁習；通才賢聲，聞於人人。姚宜人以是久忘其傷。娶彭夫人，將嫁，失明。彭氏曰：「吾女廢，不可以嬪高門，請改聘而可。」君固不許。生長子俊，以後其兄。姚宜人益以慰。姚氏有喪葬，費，宜人未及言，君一任之。又自以先人世有德於鄉，振貧瘞枯，不懈益勤，雖大費亦無所吝惜。道光六年八月卒，年五十一。彭夫人、繼娶朱宜人、側室葉孺人，皆先卒。

子佶，候選，從九品；偉，縣學生；最季者倬。二女，六孫，女孫五。十六年十二月十一日，改合葬於縣城外五里墩。而君之子俊，後其兄者，道光九年進士，改庶吉士，是時官南河同知，君得貤贈奉政大夫；又數年，官大名兵備道，皇太后覃恩，貤贈通奉大夫。以前葬未及銘，告曾亮，請爲之表，次其世系、里居行事、卒葬年月，及新所受恩命，著於篇。

方君之婚，而不可以疾悔也，豈以是爲高行而冀福哉？亦義固然耳。而卒食所生子之報，存以榮其身，殁以祉其後，事應昭著，爲鄉里所驚嘆，則君之德豈獨鍾何氏之子孫，亦慕其義而歸厚者多矣。表於墓，亦表微也。

桐柏縣知縣邵君墓表 戊申

君姓邵氏，諱希曾，字甪雲，杭州錢塘人。祖教忠，縣學生。考寶階，舉人，官教諭。

君以乾隆五十四年舉於鄉，大挑得知縣河南。嘉慶九年，權通許縣事。十一年，陝西民變，赴河陝軍營；事平，權盧氏、鄢陵、西華、沈邱、太康五縣事。又防守於河官軍，守賊滑城，運糧往經營賊途，詭行堅防，卒達軍食。那文毅公賢之，檄督糧臺，與賊去來者定其獄。事平，加級，權淮寧縣事，督護睢儀工西壩，以最權扶溝縣，再權淮寧及新鄉。新鄉供九省傜遞，缺則上嗔，給則民怨，怨且訐上，仍坐其罪於令。前新鄉以是去，官多憚往。君至，弛張有經，能得民情和。二十一年，補桐柏。縣多悍民。有會曰掖刀，人苦其暴，君令鄉各建柵，而家出一人爲門夫，一警百呼，無事歸業。暴者無所逞。君以爲化悍民莫如興文，乃爲諸生講文律，辨詩四聲。道光初年，有第進士者。自明迄今，於是年始。遂益募萬緡，推建義學於鄉；褒嘉慶初死賊義民，專立廟。道光八年四月二十三日，卒於官，年七十七。

君以睿皇帝萬壽及今上登極恩，再加級奉政大夫。祖、考，及祖妣應宜人、妣楊宜人、配王宜人，俱贈如君官。子鍾銑，府學生；承堯，縣學生；琪，候選主簿；鍾和，國學生；宗衡，候選府經歷。以某年月日，葬君於某鄉某原。弟之孫懿辰，以文學爲君所優贍，今官刑部郎，實助舉君葬，而請表以文。

君工詩，好文詞，固儒雅士。而治劇邑、變悍民，亦欲以儒效勝之。或以爲迂，則不然。夫巧者文，俠者悍，其欲利之心一也。文不足攻取於世，乃激而爲悍，亦其計不得不出乎此也。善爲吏者，不能使民無欲利之心，而惟使之變其途以自遂，亦去殺之微權也夫？

國子監學正劉君墓表 己酉

君諱傳瑩，字蕉雲，漢陽人。祖良琨，父方行。

余初識君，君年二十餘，以舉人官國子監學正，方考古，務爲精博。又好爲古文詞。然多疾，發輒廢食，不能近書。君家故貧，去父母兄弟久，又連喪婦。愛君者皆以君有所不自得者，戒於學，宜少休。而君自苦彌甚，志益高，欲追古爲己之學而從之。不以文學人自處也，而不自標異。雖余亦於其疾且歸，始知其日進也，可愧也。歸未數月，道光二十八年九月十八日卒，年三十一。既卒，乃得其日記并遺令，讀之，始若可笑，繼爲之悲，卒乃起人敬。

嗚乎！君之學蓋自不妄語始矣。嘗以謂世之困人者，獨功利耳。文章傳述之事，得其深者，亦有以澹外慕而自足，要不若守身。義理之學，超萬累之表而莫吾挫。此豪傑之士，必志於是而不以自怍也，如君所志者是已。

始娶湯，繼娶陳，終娶鄧。鄧有高行，父兄媵以財數千金，夫不樂，遂反之母氏，以是知君固窮之節行於家也。無子，嗣兄子世圭。卒之明年某月日，葬祖墓側。將卒，書告京師友人曰：「上元梅先生表吾墓，龍侍講書，曾侍郎誌吾墓，何編修書。」遂皆如其言。

【校】

〔祖良硯二句〕續類纂本、八大家本作「祖方行，父正柏」。〔余初二句〕續類纂本、八大家本作「余初識君時，君二十餘」。〔然多疾二句〕續類纂本、八大家本作「然常多疾，疾每發，輒廢

〔欲追古〕續類纂本、八大家本作「且欲追古」。〔始若可笑〕八大家本作「始若可食」。〔嘗以謂〕續類纂本、八大家本作「嘗以爲」。〔必志於是〕續類纂本、八大家本作「所以必志於是」。〔夫不樂〕續類纂本、八大家本作「夫不樂受」。〔書告京師友人〕續類纂本、八大家本無「京師」二字。

謝封君墓表 己酉

封君姓謝氏，諱廷恩，字拜賡，江西崇仁縣人。祖諱亮弼，配陳氏。考諱上許，配阮氏、劉氏，生二子，君其次也。

家貧力耕；稍長，易農而商，能逆知時物當貴賤。與鄧氏俱爲賈主計者，誤以鄧金入君，陰還之，而戒其改計簿。鄧知之，遂以出納事專委君。由是信義聞於人人，有所謀，無不就，家以大饒。

崇仁故山邑，田少苦飢，君語其儕曰：「吾當爲邑建義倉。」人忖其力未能是，笑其言。嘉慶二十年，以二萬金建倉，且貯穀萬六百石，如其言。入學者於學官有加結費，貧者苦之，君捐金，取息以代費。縣有南北城，以橋相通，曰黄洲橋。橋廢而舟，漲盛時，失溺者衆。君初以事鉅，慎不敢任。久之，慨然曰：「吾不爲，復誰爲者！」道光十六年施工，五年畢工，用銀六萬有奇。邑令榜曰「謝公橋」，辭，復其舊。先是，建倉有餘木，而謝氏未有祠，至是遂以成之，并設倉於祠，以備飢族。於是邑中有大徭費，益咸仰君；君不以衆人規我有蔕芥。其出財，常先人意所不及。故官茲土者，皆引重之。君固默默不造請也。

嘗語其子曰：「吾年三十六，爲人司計會；年五十，建縣義倉，振族人穀，助官費於育嬰堂；年六十，爲文武生置學官加結費，開井族中；七十而建黄洲橋。汝母六十時，吾散穀族中，丁四斛，他姓斛以三。今吾即八十，汝母亦七十矣。族人以儀物壽者勿卻，倍償之，使受有詞也。」道光二十一年九月二十四日卒，年七十七。鄉人皆思悼之。

君之年不可謂不壽，獨惜其善舉之與年俱增者，而止於是也。以子官贈中憲大夫。配周氏、劉氏，皆贈恭人。子蘭階，候選州同；蘭生，進士，工部郎中；蘭英，優貢生；蘭墀，刑部員外郎；蘭馪，縣學生。女五人。孫十二人。以道光某年月日，葬於某鄉某原。蘭墀請爲之表。

昔歐陽永叔表連處士好行，其德其行，大類君。然處士家固多資，非若君親歷爲生之難也，而輕財也如是。夫君豈以財爲可輕哉，蓋其重義也甚矣。

贈奉政大夫翰林院侍講海寧州學正朱府君墓誌銘 己酉

君姓朱氏，諱文治，字少僊，餘姚縣人。祖諱玉堂。考諱金鐸，與弟同割臂藥親。君中乾隆戊申科舉人，嘉慶六年大挑得知縣。時仁宗喜得雨，人賞葛紗一匹，君與其榮。改教職，官海寧州學正十餘年。大吏又以知縣奏用，遂引疾歸。道光二十五年卒，年八十六。

君家故貧，而能立節概。陳大用提督松江館，君贈以裘，冬服而春還之，後爲忌功者所中，當戍邊。君自京馳慰之，且爲謀贖鍰事，發函數千。其改教職也，或勸其無改，而資以三千金爲上官費。君固辭。及至海寧，以學正班鹽大使上，而朝賀、祭祀，班反後之，牒請復舊。袁花鎮旱飢，掠富室，州牧憚不即行。君曰：「速往易定，緩則他事生。」人以是知其才氣足任事，而安於閒官爲可惜。而君在海寧時，遠近工詩者，皆聚是州相過逢，封題報章，長歌短吟，乘興間作。嘗中酒而笑曰：「樂莫大於無憂。吾今而知是官之爲真樂也。」而又以束脩之入嗇，縮衣食以置祭田，養寡姑病弟，教育子弟群從。後其子侍講君屢持節校士，門下士多貴顯，君懷益慰，而侍講旋以養歸，父子相隨，行閭巷中，鄉人榮之，以爲君之節足以固窮，而其和又足以迓福也。

君元配陳，繼配陸。君之考、妣，及君及配，皆贈如其子官。二子：森，舉人；蘭，道光九年進士及第第三人，今官侍講。女六人，孫五人，女孫二人。以某年某月日，葬某鄉某原。銘曰：

令與儒官，孰易孰難？能者斂退，惑者瞑瞞。及其大覺，欲拔莫還。君不人謀，避勢若仇。約情養安，與福優游。子孫孔嘉，以奠茲邱。

貤贈奉直大夫刑部主事馮府君墓誌銘 己酉

有人而孝於親，親没矣，推其愛以及於親之弟：寢必問，治具必躬，坐立面告必齋；意其嗜好，而彌縫其匱乏；殁而斂葬，竭其誠。自人視之，皆以爲猶其親也。友於弟，弟殁矣，推其愛以及於弟之子：衣食先之，師友輔之，官京師則爲之謀資斧、定居處，且致其室家也，而後即安。自人視之，皆以爲猶其子也。夫推其孝愛者能如是，使如古選舉之道行，而公且明焉，其有聞於世無疑也。不然，薰德而善良其鄉焉，亦可也。然而籍不達於朝，名不出於里，役役於場屋，衣食於賓客也以老。嗟夫！此獨行之士，所以難自見於世也。

代州馮君，諱佶，字味辛。其叔父官清河縣丞，君侍於署。其所以事之者，固人以爲猶其親者也。弟有孤曰志沂，所以撫之者，亦人以爲猶其子者也。嘗試於京師，陳侍郎用光爲考官，薦其文，後屢黜，遂不復試。嗟夫！君之行，固非有當於取士之制，而文之工拙又懸乎人，而莫能自操，久矣。夫命之無如何也，至後世乃益甚耳。此可爲太息者也。

君卒於道光二十六年五月，年六十三。妻佟氏，先三十八年卒，常以女工養姑，將卒，手持二荷囊，未製也。君悲之，遂不復娶。子志沅，候選訓導。一女，適吴氏。乞銘者，君弟之子志沂，官刑部主事、君撫教之成進士者也。銘曰：

遇之嗇，而行之豐。我銘褟之，以奠其坎之宫。

唐安人墓表 己酉

安人諱惠端，字静漪，善化人。故江蘇知縣唐業正之女，今編修孫君鼎臣之室。道光二十九年二月十二日卒，生於世三十一年，婦於孫十三年。

編修告余曰：「吾婦幼不逮母訓，而善事舅姑。其卒也，吾母哭之哀。始吾母念兩弟遠，在家不自釋，婦率諸孫環其前，嬉戲跳擲，母雖憂不能不解顔笑。夏雨甚，風雷駭人，必侍母，多笑語亂其聲，且呼家人皆集平時居室中，終日無謦欬。母不欲嗜好煩家人，匿不言，輒億知之。余從其言則得。」

又曰：「婦不能繡工，而勤紡織，自製衣。衣飾卑陋，不仰較於人。始娣治家，兩食外，一無所求索。及來京，始自主之，而相處極和。娣哭之亦痛。卒前十日，聞女殤而泣，勸即止，蓋亦自知爲悲之無幾時矣。可痛也。」有三子：慶瑞，慶蕃，慶穀。將以某年月日，葬於鄉，且表墓，而先請爲之詞。

夫婦人無外事播於外，非庸德也。故誌婦行者，宜徵於其夫。編修言未月餘，旋主試貴州，程期迫，治行理居宜，不及他事，一日衣冠來致詞，卒如前請。此其賢有難忘於家人者矣。是可書也。

朝議大夫南昌府知府吴君墓誌銘 庚戌

君錢塘吴氏，諱清皋，字小穀。考諱錫麒，國子監祭酒。妣楊恭人，生君兄弟七人，君次六。嘉慶癸酉舉人，捐中書，充國史館分校本衙門撰文，以軍機章京議叙内閣侍讀，充方略館纂修。考御史第一，未及補，而以先所得京察外擢撫州府知府，時道光二十三年也。上召見曰：「汝師傅吴穀人子耶？汝學問乃不得進士也。」至撫州，革舊弊曰釐金者，商民便之。東鄉民以徵糧捍官，君會兵往。將近村，整隊以待。告反者日數百輩，曰：「事即起，衆且至矣，拘我而釋回矣。」或曰：「進擊之！」君曰：「彼反形未成，進則速之鬬矣。」「然則退守縣城？」君曰：「彼以虚聲恫我，畏我也。堅持之，衆必散。」遂以無事。調南昌府，攝吉南贛寧道鹽法。道事卓異，入都，至江都病，二十九年七月二十一日卒，年六十四。配項氏、韓氏。子樑，江蘇候補知州。女二人：適江，適武。以某年月日，葬於某鄉某原。

君與母弟清鵬官順天府丞者，同年月日時生，其言動狀貌、工詞翰、官皆至四品，同也。然府丞豪於詩，以高第歷職清曠，今益自放於病，以極其才。而君遇事精整，慎名法，内苦其心，而必求無枉於人。其壽命及所任之閒劇，亦殊焉。豈生年月日，以推富貴壽夭者，其説果誣耶？抑《列禦寇》所云「既謂之命，即命亦不能自識之」者耶？抑人成形象以後，其自能變化其性命者，雖天亦不能囿其終耶？吾不得而知之矣。銘曰：

一幹而中分，或支離而天存，或扶疏而先神。奈何乎天！吾銘以奠君之神。

何母劉太夫人墓誌銘 庚戌

太夫人劉氏，望江人。贈通奉大夫何府君諱光第之室，大順廣兵備道何公俊之母。贈公早卒，遺一子又殤。姑姚宜人窺其志不欲生也，曰：「弟有子，先爲汝後。」七年而夫弟生子，如前言。子暴病，不知人，家人皇遽。太夫人曰：「是子關何氏門户，祖德厚，不宜有他。」方舅卒時，姑年衰而夫弟幼，營繕喪祭，極勞苦。及夫弟成立，乃一以家事歸之，錢帛有無，不何問。夫弟以善施貧，而丁日增，或勸分産爲活，辭之。

及子貴，而夫弟已卒，撫諸子如己出。嘗語子曰：「汝之禄，先人貽也。凡先人之子孫，皆當共之。」鄉有善事，命捐金以倡，曰：「汝舉科第得官，鄉人皆榮之，以爲喜，其厚意宜有以報也。」大名旱，江南水災，朝旨以大名道助賑多，加九級，太夫人曰：「汝之禄，皆朝廷賜之。今助公家費，固宜復厚賚，汝宜若何而報之？」

道光二十九年七月十八日卒，年八十二。誥封太恭人，又以皇太后覃恩，晉封太夫人。子俊，道光九年庶吉士，以海阜海防同知，賞戴花翎，官大順廣兵備道。孫震錞，國學生；

維鍵，國子監典簿；次維鑰，次維釪。女孫四。以十二月二十一日，葬於望江縣某鄉某原。銘曰：

天之所福，報瘁以豐。方瘁已折，謂報不鍾。非天有遺，人則自訌。明明夫人，克受天祉。履蹈艱難，不蹉以起。子官大名，八十壽歌。豸服貂冠，威儀佗佗。昔我祝釐，不文以質。援詞莫幽，庶幾有秩。

陳鐵橋墓誌銘 庚戌

君姓陳氏，諱憲曾，字鐵橋，杭州錢唐人。曾祖兆崙，以文名乾隆時，世所稱星齋先生者也，舉博學鴻詞，官太僕寺卿。祖禹萬，濟陽縣知縣。考桂生，江蘇巡撫，先娶吴夫人，再娶武夫人，生君。道光壬午科進士，改庶吉士，授編修，歷詹事府詹事。

君方成進士時，年甚少。嘗主試廣西，官貴州學政，一爲會試同考，順天武鄉試副考官，充國史館纂修，武英殿總纂，提調日講起居注官，咸安宫總裁，文淵閣直閣事。其官既已達矣，又能詩歌，工書法，皆不以自喜。獨好劇飲，醉則於生計事益無所省録，故時致匱乏。余嘗與同年爲飯會，約曰：「無入酒人。」君聞曰：「甚善，幸入我會中，以止酒。」比入，則君先自携酒來，醉而歸。

然君爲人，遇貴要人及貧窶故人子，不以輕重生意，亦不以應人求有慢色；爲人請事，即有所强聒，不望其顔色自沮；雖自在窘急中，見求助者爲卑語苦言，輒噤不忍辭，忘己急以應。其心常恢恢然，不疑人欺。余與君窮達異、性行不同，然於其卒也，哭之悲。嗚乎，君之心，何其近古人也！

君以道光二十五年六月十日卒，年五十。配錢淑人。子元禄，直隸清河縣丞。女五人，皆適宦族。女孫一人。以某年月日葬於某鄉某原。其詞曰：

君才宜卿，君德宜壽。位酬年奪，天胡可究？其德維何，解弢去扃。以祉後昆，奠於兹城。

胡母龔宜人墓誌銘 庚戌

宜人龔氏，生湖北監利縣，適如皋胡君。龔故饒於財，宜人自童幼時，即静瘱無驕逸態。胡君隨父客監利，家故貧，侍姑孫宜人紡績，米不足，或以豆飯，不以豐約異見於顔面。舅姑歸如皋，子婦留，孤居異鄉，少親戚，益困，宜人固自若也。及還如皋，夫客揚，事親課子，一不以貽夫憂。姑卒時，宜人年六十八矣，哀泣逾平人。時長子舉於鄉，悲憂中不復覺爲可喜事，而益習勞儉，惟不吝給親友，曰：「吾窮苦久，知處是至難也。」且卒，語其子曰：「若祖母有言：孫少得官禄，贍親友足矣，慎毋戀官。」

道光二十九年七月七日卒，年七十四。子連耀，二十四年進士，庶吉士，改吏部主事。以皇太后覃恩，宜人封得五品；次連輝、連城，側室郭孺人出。孫男三。三十年十二月二十五日，葬縣西夏家莊。先一月，連城持其兄之書，來乞銘。嗟夫！一視夫富貴貧賤者，士君子之所難也。安乎貧，而急人之貧，則又難焉。夫人當貧賤時，責人以德；少裕，則病人之求，曰：「吾亦嘗有是乏，獨彼也耶？吾不可以再取困。」噫，視宜人何如也！

銘曰：

在室而饒，不潤於膏。有家而匱，神不以瘁。我匱則爾，人匱伊何？節其食衣，爲人救瘥。嘗艱澹榮，少得以慰。綿惙之言，戒進以退。其志則約，其德孔昭。我鐫其行，實詞不彫。

朱蘭坡先生墓誌銘 辛亥

先生姓朱氏，諱珔，字蘭坡。先世唐末自蘇州遷婺源，六世祖緯遷涇縣。曾祖武勳。祖慶霌，以從兄理官布政巡撫時，贈通奉資政大夫，配汪氏、胡氏，贈夫人。考安桂，早卒，配汪宜人，以女守貞，本生考安邦病且卒，命其配胡宜人以先生爲之後，皆贈五品封。

先生嘉慶七年庶吉士，未散館，與幸翰林院「柏梁體」聯句宴，賜什物；散館，授編修，充武英殿國史館纂修，實録館校勘，山東鄉試副考官，文淵閣校理，日講起居注官。擢贊善侍講。以兄喪歸，再補侍講，充國史館總纂，修《明鑑》，以事改編修，充國史館提調，庚辰會試同考官。道光元年，直上書房，褒許品學，恩賞稠疊。壬午年，充會試同考官，再轉贊善。且大用矣，而以母病歸，遂不復出。主講鍾山、正誼、紫陽書院，以教授著述爲樂。詩文集、治經及小學書，及《文選集釋》，共數十卷。道光三十年四月十二日卒，年八十二。

方先生乞養時，年始過五十，其文學行誼已深結乎主知矣，而國家優禮師傅，凡詞臣直上書房者，數年皆坐致卿貳，人皆以是期先生。顧決然引去，甘寂寞於講席者，幾三十年。此非自足於己而能然哉？閭里書師既不足詔士，而矯其失者，又或博聞溺心。若先生之至性高節，其好古多識，又足以饜才智之心，而折其氣。夫壯而不學，老無傳也；老而不教，殁無思也。先生所謂傳而人思者歟？

配胡宜人，生五子：夢元，國學生；鼎元，舉人；蔚元、起元，皆邑庠生；葆元，從九品。女四人。十一孫，而爲邑庠生者數人。曾孫七人。以咸豐元年十月某日，葬蘇州某鄉某原。銘曰：

我見先生，道光之初。其氣渾剛，而貌舒舒。包育萬有，見善若虚。惟太夫人，含貞撫孤。授我以筆，曾述其粗。再世銘幽，我曷敢渝？在唐遠祖，始遷去蘇。復始而吉，奠此陰墟。揭德振光，以播三吴。

候選布政司理問江府君墓表 辛亥

君姓江氏，諱本琮，字鞠圃。其先宋世自衢州遷歙之江村。高祖嗣嵛，康熙時以子官南贑總兵，贈振威將軍。曾祖嘉諫，贈武翼都尉。祖紹芳，布政司理問。本生考，官都司。祖妣汪氏，本生妣黄氏，皆封恭人。祖以長子本仁及配鮑安人無子，命君爲之後。侍親疾，子所職，不稍委於人；即婢僕事，亦身任之。平居祭祀，必誠潔。教子弟，必準禮式。學好詩詞，及醫卜筮，凡有用於人者，至俗尚飲食被服，洎如也。家事統於兄，産中耗，以自有者剖給之，遂大匱，猶贍給親友。邑不戒於火，延君室矣，神色如平常，曰：「吾自計無足以致神怒者。」卒反風，人以是服其度也。

道光二十二年二月卒，年六十一。配吴氏。繼配程氏，亦有孝行，歸君六年卒，年二十四；卒後二十年，得手書篋中，曰：「信女程，願減壽以起姑病。」其事已驗，而家人不時知。子觀，副貢生；敦讓，兩淮鹽運司知事。孫男八，孫女三。二十九年十二月十八日，合葬於歙東楊川原。敦讓娶給事中鮑文淳女。給事母，余嘗爲之傳，而其孫又從余游，故請爲表之。

台州府同知龍君墓誌銘 辛亥

君姓龍氏，諱光甸，字昆田，廣西臨桂縣人。曾祖，贈文林郎鎮海。祖，贈奉政大夫翻。考，贈奉政大夫濟濤，官柳州府教授，娶朱宜人，生光輔，而君爲繼配王宜人出。嘉慶二十四年，舉於鄉，大挑知縣，攝湖南溆浦縣。

君初試吏，僕從吏役謂可以面謾，誘惕爲姦，一不爲動。聽訟，不留不私。改湘鄉，溆浦民張樂遠送。留省斷疑滯獄，卻求直者金，補黔陽。楊姓民詭明封爵，列祖像於堂，皆冕。君聚焚之。火妖神廟，禁龍舟溺人。既興置利害，與學宮子弟講習文藝，修唐詩人王昌齡樓，時觴詠其上。改武陵。道光二十一年，薦舉，召見，擢乍浦同知。夷亂後，姦民狀群鬼穴墓劫人，君至穴，執炬先役行，皆就縛。巫坐幻術爲姦，子罪并發，入其財於官。尤慎海防，嚴市舶私貨，管其利者不便，大吏以爲讓，而君詞直，然心嗛其戇，弗善也。調台州同知，官無署，皆留省，君心知其難，然不欲苟從衆，乃借廨於民，聽事未久，民皆恐君去。朔望講示聖訓，爲木牌十六方，條目書上，先奉某牌，敬立大言，曰：「今日宣講某牌。」始入坐，巨盜捕未得，一日至鄉講未畢，械以歸。於是官署立，市廛橋道修。二十九年十一月八日，引見，歸卒許州旅舍，年五十八。著《辛黔防乍録》。

少劇飲，善畫，及爲吏，一皆屏絕。禄所入，衣食其族姻者十餘家。惟不以言詞假人，或面斥人過。至斷獄，則與民爲家人語，或感悟罷訟，而未嘗時讀律例。曰：「合人情，安吾心，即中律例矣。」故用法正而不拘。

配黎恭人。子啓瑞，以修撰進侍講，任湖北學政。請君就養，而君官台州，方日夜馳捕盜賊，每冒寒中夜歸，手足僵冷。或謂君：「人爲吏，求逸樂耳，君固自苦。今子貴矣，盍少休？」君曰：「父子各受恩，各盡職，無相貸也。」女四人：長者亡，幼者未許嫁，其二皆適士族。孫男二人：維梁、維棟。女孫二。三十年六月六日，葬桂林北關外祖墓側。啓瑞以書告，且請銘。其詞曰：

吏也而勞，避位者媮。三古致身，不聞乞休。吏也而嬉，得喜失悲。逃爵之士，世見爲奇。於今則奇，在古爲譏。古義孰明，惟君念兹。不以子逸，去崇就卑。供養日否，臣力未疲。翦蔓除荒，爲民去疵。位不竟功，德則永垂。

【校】

〔君姓龍氏〕原誤作「君諱龍氏」，據音注本改。〔翊〕音注本作「翽」。〔大挑知縣〕音注本作「大挑知縣事」。〔僕從吏役〕音注本作「僕從滑吏」。〔誘愒二句〕音注本作「誘愒使爲姦，然一不爲動」。〔溆浦四句〕音注本作「溆浦民張樂送，緣道奔走。大吏知其賢，檄留省斷疑獄。補黔陽縣，溆浦鄰邑也，聞君至，皆喜」。〔龍舟溺人〕音注本作「龍舟戲溺人」。〔興置利害〕音注本作「興革利害」。〔修唐詩人〕音注本作「修古迹唐詩人」。〔改武陵句〕音注本句前有「大吏以爲能治劇」七字。〔姦民七句〕音注本作「民貧多奸，穴於墓，狀群鬼劫人。君巡至穴，役懼前，即執炬遂先入。皆就縛。巫幻術斂錢，兩罪並發，入其財於官」。〔管其利者〕音注本作「營其利者」。按，「營」字疑是。〔大吏句〕音注本作「大吏入其言，以爲讓」。〔先奉某牌〕音注本作「先奉某條」。〔械以歸〕音注本句下有「衆以爲神」四字。〔《宰黔防乍録》〕音注本作「《宰黔防乍隨録》及詩文集若干卷」。〔少劇飲二句〕音注本作「少工繪畫，能劇飲」。〔禄所入〕音注本作「吏所入」。〔不以言詞〕音注本作「不能以言詞」。〔面斥人過〕音注本作「面責人過，退無後言」。〔與民〕音注本作「與人反覆導諭」。〔曰〕音注本作「嘗曰」。〔即中律例〕音注本作「即中律令」。〔進侍講〕音注本作「官侍講」。〔孫男二人〕音注本無「人」字。〔三十句〕音注本作「三十年十月某日」。〔葬桂林句〕音注本作「葬桂林南關外北村」。〔且請銘二句〕音注本作「乞銘，銘曰」。〔位不二句〕音注本作「我銘其德，以告吏師」。

柏梘山房文集卷十六

讚哀詞祭文

陸母林孺人像贊 戊寅

常州陸祁孫先生，有賢母曰林孺人，既卒，除喪，惟先生思慕之不忘，設像於室，事亡若存。以像之設不能得於古也，乃録其德行焯焯者數十事，示年家子梅曾亮，命爲之贊，且叙其不可已之情事。

曰：像之設，蓋起於周秦之間。婦人有像，自西漢始。像之興，其當尸之廢乎？或曰：「是其於先人稍不類，則恐天下之人適有類乎此也。」是未明乎尸之説也。夫實有是人，而非吾先人者，尸也。而吾心先人之，而不以爲疑怪，若天下適有類乎像者，理也，無是形也。而吾心先人之，豈反不得爲先人乎？嗚乎！禮有殺於古而隆於今者，今爲厚，從其厚可也。於禮，婦人無主；今有主，晉以後未有非之者也。父在，母厭尊；今無厭尊，唐以後未有非之者也。彼情之所失者厚，而名之所託者尊，故非之者，予惡名而不敢辭。

君子曰：先王之禮，情不勝義；後世之禮，義不勝情。義不勝情者，私也。私而值乎親，則君子之求致其情者所樂因也，獨像也歟哉！贊曰：

閩縣孤生，林太孺人。嬪於恭城君，常州陸門。恭城君之歛，命服莫安；曰從今職，毋僭舊官。祁祁守禮，駭浪如砥。夫棺在舟，濡足不起。愛子惟一，折蔆弗惜。曰榮辱於先公，莫斯爲亟。今子者何？祁生先生。文章滿家，媲於東京。舉於庚申，官於合肥。嗚乎孝子，今誰子答？不子能答，像亦罔知。子曰有知，我母之儀。

【校】

〔而吾心句〕音注本、續類纂本作「而吾心猶有可以先人之理」。　〔而不句〕音注本、續類纂本無。　〔嗚乎〕音注本、續類纂本作「嗚呼」，下文同。　〔祁生先生〕音注本、續類纂本作「祁孫先生」。　〔官於合肥〕音注本、續類纂本作「官於合淝」。按，肥，水名，亦作「淝」。

楊忠武公讚 丁酉

在嘉慶初，川民跳呼。井絡南山，是穴是郛。天兵四臨，北合南逋。公以宿威，首執楚俘。提軍陝略，斬虺搜狐。死士百人，愛同肌膚。攻堅截流，壓賊如雛。遂專閫鉞，以訖天誅。滑賊逃死，以城自恃。張其螯網，距我星壘。公揚天雷，土崩岳碓。聚其梟狼，萬肉一灰。屢奏膚功，忠謹不回。帝重公器，封疆可寄。武人制軍，漢臣破例。公督陝甘，子亦開府。恩榮巍巍，不亢以俯。元臣來朝，天子嘆嗟。念其勤功，與其耄皤。稽首歸里，帝錫繁祉。形在紫光，美謚加禮。哀榮冠倫，可謂終始。百戰如公，以牖下終。凡百有位，視此精忠。

婁潤筠刺史晉磚硯讚 庚子

先生之硯，泰始之磚。蓋歷年千六百六十年之久，乃特拔乎鯢淵。陌上之駝，延津之劍。杳不知其所之也，獨塊然其天全。方其辱泥塗、淹歲月，如練形息踵、長生久視之士，蘧然大夢，而五馬南渡，了不知人世之推遷。及其謝瓦甓，揮雲煙，如山林徵士、白衣臺閣，釋蓬累而登仙。先生得之，將以談正始，而詩黃初也。庶幾哉，與子相友以忘年。

福姪哀詞 癸未

姪名福生，七齡而以痘殤，後其兄之死二十四日。嗚乎哀哉！吾悲吾兒時，不知有姪；今哭吾姪，又若吾兒之未嘗死也。嗚乎哀哉！

橫目兮紛紛，交衢兮如雲。亶婉孌兮忽而逝，汝何艱兮人之易。汝敖兮家林，汝步兮中庭。嗚乎奈何兮，盍其無生！

馬墩朋哀詞 丙戌

道光六年九月，余道出南陵北門橋，輿夫曰：「此夜行船下石硊路也。」蓋余故人馬墩朋溺死於此，而余今過之，已三年矣。悲夫！

余與君兒女姻也，始相知於揚州吳氏。君眉宇高爽，見人多落落不屑意，於衆賓客中獨余好也。而余亦以君年少才美，非不得已，則可無游以廢學。君聞言聳然，歸祁門，不復出。録余文一通而去。後每省試，得見君，出所作，語益奇。而君女殤，余書慰之曰：「墩朋之女，固梅氏婦也，又何間哉！」君大喜復書，留聘物不還。未幾，而余子亦殤。欲告君，未忍也，而君死矣。悲夫！

君之齒少於余，精鋭通敏，讀書過目輒能舉，所疑詩文皆真知古人深處。惜乎未極其才之所能至而遽死也。夫古人有無所表見，而深識之士悼惜其死者，彼固實有見焉，而特不能以所能至而未至者，望其信於後世也。此殲朋之可爲深悼惜者也。君之卒也，以考優赴太平學政署，夜起旋，舟人不知，平明得其尸數里外。

君名豫，兄弟三人，君交游獨多。每省試，至余家，群從諸友歡笑滿一室。君死，而君之兄亦憔悴，不復來試。余與君家，蓋自此疏矣。尤可悲夫！其辭曰：

臨下江之流水兮，想靈魂之飛揚。波滔滔其遞換兮，悲獨結於流光。儼眉目之宛宛兮，若歌嘯之在旁。將循波而留執兮，東極意乎扶桑。斂予心而尋昔欵兮，何年盛而意傷？余固識君侘傺之多艱兮，庶壽命之猶長。君既喪其息女兮，余又罹此童殤。悲君死而不悟兮，謂此婚之未亡。惟生才之艱育兮，固前世之所常。孰邂逅於奇禍兮，哀微軀之獨當。緩余轡而首路兮，涕反袂之浪浪。

祭陳石士先生文 乙未

嗚乎我公，名德世師。區蓋莫罄，言伸其私。我初見公，棋局之側。謂爲達尊，長揖自攝。公字先君，曰吾昔友；隨園賦詩，二客一叟。庚申同舉，别面反久。慢然年丈，造門致恭。自此視我，與猶子同。深友疏客，譽我愔愔。人或貌應，公言愈深。慚欲起尼，口不可禁。於時辛巳，壬午之間。我初入都，翳路顛顛。推轂於泥，期居人先。躓埡莫振，拜公南旋。公淚承睫，我悲在顔。依斗望京，别者四年。弔禍商文，字萬過千。主試江南，撤棘過舍。拊竹摩松，問屋所價。謂終結鄰，同臘共蜡。跳踉童甥，素扇乘暇。憐其幼聰，書語褒借。歡留五日，朝盤暮巵。東田之下，潮溝之西。逐蓋追輪，詰曲城陴。留書滿囊，汗走童奚。戊子之秋，閩中提學。書告期會，十月望朔。緩舟詠途，金山之焦。僧帽對著，閣榜松寥。屋脚插江，開簾捲濤。萬馬過枕，海神上潮。圜樓大槲，葉黄於瓢。波水四伏，山聲刁調。惠山捨舟，泉石蛆蛆。杏衫朱魚，游目分寫。别徑過市，名園暗通。怪花神叢，穿透陰蒙。慫我騎危，坐笑不從。囊棋提局，命擇幽敞。酬答累公，我得恣覽。胥門别歸，閩書隨至。外孫遠來，繼者愛婿。於我廬旅，久不自它。豈我致然，公誠不訛。時遭母憂，卧勸莫仗。厚恤孤凶，非意所望。再見京師，壬辰之冬。意滿莫叙，歲除忽忽。使浙三載，返益貌豐。文酒從譙，冀無終窮。公疾始作，言笑坦坦。自意無他，屬我勿返。執手於榻，爲計深遠。越日再見，言詞苦危。曰我爲文，子知我師；孰宜去留，筆專子持；苟念生平，當嚴勿欺。我笑慰言，此則早計；後今廿年，事當見畀。我言則然，我悲難制。公子持我，踦閭揮涕。子忍乾愁，不我救甚？公竟永逝，嗚乎哀哉！我歸實難，不歸何依？摶摶之天，博博之土。骨肉以外，恩自公數。我今之來，凡百靡就。豈專毒予，見公入柩？銜恩述哀，惟其靈佑。尚饗！

【校】

〔嗚乎〕音注本、續類纂本作「嗚呼」，下同。〔閣榜松寥〕音注本、續類纂本作「閣傍松寮」。

〔摶摶二句〕音注本作「蒼蒼之天，摶摶之土」。

祭陶文毅公文 己亥

衡山之英，湘水之靈。其氣清淑，盤魄而曼衍。物産名材，不能獨當也，乃託名世而呈形。惟公稽古之深博，世務之通明，詞章之鴻碩，議論之恢閎。得其一，足以傳世而行遠；

況乎合衆美以成名。然於公猶其末節也。其所以上承天眷，下垂政經，而囊括萬有者，獨禀乎浩氣之充盈。雷霆震於前而色不變，麋鹿興於左而目不瞬。前有讒而不見，後有謗而不驚。譬如長江大河，直瀉千里；鯨鵬蝦蟹，撇波旋瀨。而逆折卒不能阻其萬折之必東也，肆浩瀁乎安行？嗚乎哀哉！誠足以回日車，辯足以雕萬物，而不能不困於二豎之嬰。鍾山之陽，冶城之東，遂不能一日辭榮而養疴也，攀箕尾而列神清。

昔公監臨於南闈，曾亮方里居而未敢冒謁。忽紫筆以賜書，曰此吾《撫吴草》也，子其序以相揭。繼追陪於尊俎，或官閣與林樾，謂年家子而有文，時籌振其乏之絶。忘國爵而下交，感知己以次骨。公入覲而兩見於京師，幸丰采之未變於飲啜。曾濕疾之幾何，聞偉人之就没。伸鄙文以塞悲痛，意滿而難挈。上爲天下痛，而下以哭其私也。敢援前言以自綴。

柏梘山房文續集

舒伯魯集序 甲寅

伯魯始以年家子見余於京師，呈詩文爲贄。余告之曰：所爲詩文，皆出之太易。凡詩，閱一二字可意得其全句者，非佳詩也。文氣貴直，而其體貴屈。不直，則無以達其機；不屈，則無以達其情。爲文詞者，主乎達而已矣。時聞言默然，若深有動於中者。及復應順天試，與弟仲和館余家，其詩文則大變矣。且執弟子禮甚恭，録余詩文一通以去。後余主講梅花書院，復來揚州，録續所爲詩文以去。未幾，以部郎供職京師，卒矣，年未至三十也。悲夫！

伯魯之才高，志亦與之相副，以爲古人無不可到者。即其所成就者論之，謂已造古人敻絶之境乎？未能也。然就其所已至者，以決其他日所必能至，非古人敻絶之境固無以位之。從余學文者，無錫張端甫，好震川之文，而以憂傷其生，年甫過三十亦卒，其境使然也。伯魯之境，方爲人士所豔羡，而不以自足，其詩文亦多悲傷潦倒，若無以自聊者，豈氣機所至，有不能自主者耶？曾滌生侍郎語余曰：「伯魯，奇才也，然好作悲語，不稱其年，恐非福，宜有以戒之。」余愀然，幸其言之不驗。今竟驗矣，可惜也夫！

任節婦傳 乙卯

節婦蓋氏，蒲臺人，臺灣府知府方泌之女，佛坪廳同知鈺之妹，四川即用縣星階之姊，歸聊城任儼，九江道蘭祐子也。舅姑卒，夫貧廢學，婦以母家所貽財，爲夫延師，得入學，有聲。婦甚慰喜。無何，夫暴疾，卒。婦適歸蒲臺，以不及與夫訣也，痛欲死之。贖質庫衣爲殮具。家人防之嚴，且爲立嗣，遂不復言死。

葬畢，治家事，縮嗇衣食，償所負親友財，撫嗣子及孤姪子女，皆合恩義。嘗語姪曰：「汝叔昔未葬，負人者未償，故我久不得歸母所。今事了，汝暫理家，我得少休息。田貨若干畝，爲我歸蒲臺資，餘衣食汝弟。汝弟幼，汝當記之。」然亦竟不歸蒲臺，惟時至夫墓一哭。返，即已當晝，必閉閤坐，移時即出。或時以酒酹夫墓，餘奉其家人，或自飲，以爲常。一日，閉閤久不出，則以藥置酒死矣。餘藥置几上。道光三十年十月十六日也。年三十。

梅曾亮曰：節婦殉夫時，去夫卒一年矣。其飾言貨田爲歸計，志豈嘗須臾忘死哉？弟星階嘗過之，以甥爲託，亦甚念其夫後矣，而不忍變其初志者，竟如是！夫瞑目而一決，固已難矣；忍曠歲之死，而無人覺其微，其志慮固尤爲危苦哉！

光禄大夫經筵講官禮部尚書李公墓碑 乙卯

光禄大夫、經筵講官、禮部尚書李公，以道光二十六年葬山陽縣郭南十五里曰高粱。咸豐五年二月十九日清明節，門下士、南河總督楊以增，署江寧布政使何俊，以牲牢樽俎，奠祭於墓。及禮部員外赫特赫訥、前户部郎中梅曾亮，亦與焉，皆門下士也。既禮畢，周覽兆域，追惟教思。外碑巍然，文字未琢，僉喟然曰：「吾師有碑，不宜無詞。」以屬曾亮，乃謹譔曰：

公山陽人，姓李氏，諱宗昉，字静遠，亦號芝齡。曾祖諱培，祖諱慶曾，考諱崇德，皆贈光禄大夫。妣皆贈一品夫人。公以嘉慶六年辛酉拔貢舉於鄉。壬戌，進士第二人及第，授編修，充實録館纂修，文穎、國史兩館協修，甲子陝甘鄉試正考官，己巳會試同考官。十六年，大考，賞大緞，遷贊善中允，任貴州學政。歷侍講、侍讀庶子，國子監祭酒，旋改侍讀學士，授浙江學政，遷少詹事，充日講起居注官。還京，稽察覺羅學，遷詹事內閣學士，兼禮部侍郎銜。道光元年辛巳，監臨順天鄉試，稽察中書科，補禮部左侍郎，充壬午會試副總裁，殿試讀卷官，江西鄉試正考官，接任學政。回京，自户部左侍郎調工部户部右侍郎，兼管錢法，充經筵講官、戊子順天鄉試副考官、己丑會試副總裁、朝考閱卷官，教習庶吉士，兼管國子監，順天府府尹，署吏部右侍郎。以失察户部書吏僞照，降三品，留任，再署吏部侍郎，充辛卯順天鄉試副考官、壬辰浙江正考官，賞還二品服，調吏部右侍郎。母憂服闋，補吏部左侍郎，擢都察院左都御史。父憂服闋，署兵部尚書，補原官，充武英殿試讀卷官，賜紫禁城騎馬，升禮部尚書，兼署兵部尚書。以疾乞休。二十六年四月十日薨，年六十八。

所著有《妙香室詩集》十二卷，《文集》十九卷，《經進集》五卷，《詞》一卷，《金石存》十五卷，《黔記》四卷，《致用叢書》十七卷，應場屋詩賦文若干卷。配沈夫人，先卒。以弟子鼎琛嗣。其詞曰：

公爲世瑞，文華道豐。天衢揚光，攬輝八紘。西北之英，東南之美。輶車風馳，入我包匭。成均大師，六館詠歌。秋賦春闈，頻繁主科。謂公得士，述德未備。其於民瘼，靡不軫計。黔撫見功，請丈匿田。瘠土增賦，利一害千。當乾隆初，議此被駁。公持往告，撫乃大覺。豫章有飢，畺吏束手。甚之成規，民活升斗。建此兩利，皆以學臣。循分媕娿，孰此比倫？公有幼弟，年減三十。不慢以童，翼教惟式。公有年友，宦蹇而終。恤嫠教孤，俾以仕通。神明内含，不億人訑。告匱拯窮，答過所望。嗚呼我公，没爲人思。況門下士，厚蒙恩私。輕重泯懷，不以勢差。扶其躓顛，完其痏痍。誰無門牆，孰如公師？憶春載陽，養堂致壽。公侍尊前，群士拜後。羔雁委積，垂纓佩珂。擁户交階，綷縩聲磨。榮親致歡，威儀之多。盛事如在，流光逝波。刻文此碑，以永摩挲。

【校】

〔前户部郎中〕音注本無「前」字。〔皆門下士也〕稿本無此句。〔賞還句〕音注本作「賞還三品服」。〔武英殿〕原作「武殿」，此據音注本補改。〔秋賦春闈〕音注本作「秋賦春闈」。

太乙舟山房時義序 乙卯

陳淮生太守以碩士宗伯公時義屬曾亮閱定，且曰：「爲先公年家子，而相知深者，莫如君，其爲我序之。」蓋公之文，於明之諸君子工爲文者，皆深得其神理，而一衷以宋五子之説，故其文質而不華，正而不阿，讀之，知其爲德人也。

公少從學於姚姬傳先生，先生之詩、古文詞，今好學深思者皆篤好之，爲海内所宗矣。至講授時義，或謂爲高遠無當於場屋，公則自從學至登甲科，校士視學，皆以陸清獻及先生所選定者爲諸生程式，蓋不惑於流俗，而奉一師之言以終身，未見有如公之於先生者也。然則謂必偭背規矩，逐時好，始徼倖於一獲者，豈不誤哉？

昔嘗見公文有姬傳先生所閲者，光氣俊偉，似陳卧子諸君。今此文已不復存，蓋公固有驚俗絶塵之才，務抑而斂之，而才之足以行其法者，自在也。苟無其才，而襲爲樸拙陳朽之言，以掩其虚薄者，不足以知公之文矣。

陳淮生時義序 乙卯

吾友淮生官部郎，不復應試，乃總其生平時義，屬余序之。君幼承宗伯公之文派，而長從學於姚鏡塘郎中。郎中之文，節短而味永，得隆萬人深致。君擩染歲久，欲爲熟軟媚耳目者，下筆輒自慚。至應試文，固降心抑志，勉以就有司之繩墨者。而自人觀之，猶驚而不相習也。然宗伯公未嘗因試而以其文爲不工，君亦不以屢困而自變。余嘗坐其齋中，見所習文皆應試者所不經見，而以此投合於世，可謂知所好而堅於自信者矣。雖然，君今且出爲郡矣，守以下吏而執事者衆，將有承守之意旨者焉，而亦必有勤民潔己之吏，侃然志古道者也。投之於世而不合，則廢然而返。其不合也，在志古道者，亦自以爲降心抑志、就上官之步趨者矣。而猶爲世所斥怪，此君之文而不見遇之説也。君蓋將鑒於是而反之，則阨於文者，即其所以達於政乎？是可賀也。

葉石農先生教思碑 乙卯

昔班固爲《儒林傳》，其授經者，必著其弟子之名數、流傳之近遠，以爲非是不足以見其學之醇駁。苟其學之醇，則信而從者，其徒必衆，而其師之學益昌，故著録之。弟子多者，乃至千百人，雖貴至丞相封侯，其所受師法，不敢改也。然自漢之興，爲六藝大師者八人，而其六皆出於齊魯，則齊魯之間，師道固尤盛於古，而後之君子，有不可聽其曠絶者歟？

葉石農先生自年二十四五，即以經書及時義文教授里中，至六十餘歲不輟。弟子從學者常數百人，遠者或數百里。又有遠不能及門，而必寄文以求政者。其舉於鄉及禮部者，衆矣。而人皆以爲能得師傳無倖獲，故遠近爭附，信有如班氏所言「徒衆之盛，會車可數百兩」者，雖謂儒林之風於先生再見可也。歸震川於文學孝友亟稱吴純甫，其學徒經指授者，多取巍科登高爵，而身終於一第。先生之内行修，試禮部一再而罷，與純甫同。而實事求是之學，於《説文》、《方言》、小學訓詁，皆會通創獲，有所撰著，非規規於場屋之學者比也。而世之言實事求是者，又或守高反古，於國家設科取士之方，及儒先依經立訓之道，齟齬而不合，以之自爲學則可矣，非所以語通方、廣教思也。

若先生之教，没雖已數十年，門人追慕皆久而不替。群欲立碑頌德，慰仰止於無極，則《傳》所謂「老而教，没而人思」者歟？於是，衆以侍郎楊公實隨其先贈公兩世受業，淵源獨深，碑宜爲之詞。侍郎曰：「某則誠宜爲之，然是文也，必吾年友曾亮不得辭。」乃撰，次其事以被於石。

咸豐五年四月，上元梅曾亮撰。

【校】

〔上元句〕稿本此篇後有高均儒識語：「此碑原稿是言翁自寫，石農先生哲孫硯孫持去裝飾藏之。是照稿謄，王生霈筆也。均儒識。」

姚姬傳先生尺牘序 乙卯

姚姬傳先生嘗語學者：爲文不可有注疏、語録及尺牘氣。蓋尺牘之體，固有别於文矣。《惜抱軒尺牘》凡數百首。與親故者，亦兼及家人瑣瑣事。至朋友學徒，則論學及爲文之宗旨爲多。夫學之通蔽、文之雅俗深淺既屢見之文集矣，今尺牘所論，雖體制不同，而其義則微顯，互證可相輔而益明。蓋其信於心者深，而教人也誠，故或莊言之，或率意言之，其理未嘗不更相表裏，無稍有齟齬於其間。此亦足以見爲學之不欺。雖無所爲作，而出之者，於詞無枝游，未可以其别於文而忽之也。

同年楊至堂侍郎，深企慕乎先生之爲人，以爲其超俗者非獨文與詩也，即尺牘，亦德人之雅音。因以新城陳氏刊本，延高君伯平重爲校刊。伯平遂悉手寫之以上版，字體渾穆，使此書益可欽玩。蓋先生所論學術，非獨與流俗殊也，即稱爲學人者，亦未嘗俯同之。故信而好者或鮮，然則侍郎固有過人之識，而能心知其意者哉！

咸豐五年九月，上元梅曾亮譔。

【校】

〔雅俗深淺〕稿本句後有「先生所論辨」五字。其中又一抄頁無。〔故信句〕稿本「或鮮」一抄作「或尠」，另一抄頁作「或鮮」。

季諧寓先生墓表 乙卯

兵部尚書、閩浙總督、江陰季公，以所爲先祖行狀，寄同年生梅曾亮爲墓表曰：

先生諱熙，字諧寓。祖起鳳，康熙時舉人，官户部主事。考諱愔。妣趙夫人。先生亦娶趙氏，家故饒以田，媵女後，趙氏貧，先生歸其田，復斥賣，乃衣食其家。年二十六，趙夫人卒，即不娶，終身無妾媵。鄉人皆奇其行。伯兄以醫出游，歲暮歸，先生亦罷生徒課，歡適相聚，出入必偕。芝昌不及見曾大父，而見先生之事兄也，和而恭。及平居言動作止，皆合古禮式。遇人無貴賤疏戚，必以誠。與人無爭，而皆憚其正。自少至老，課徒三十年，而精力尤萃於其孫，故芝昌不名他師，命鉅鹿君改教官，書已作矣，停筆語孫曰：「代汝父課兒，使汝父得恤民事，亦可也。」至署所，鉅鹿君每侍食，揮之去，曰：「無曠民事。」故鉅鹿君爲清勤吏。嘉慶十六年七月九日卒於署，年六十四。逾年，葬江陰東門外黄山阡，與前葬趙夫人墓相望也。先生貢成均，當選訓導，後封文林郎、直隸順德府鉅鹿縣知縣，贈朝議大夫，翰林院侍讀，提督山東學政。晉贈榮禄大夫，吏部左侍郎，提督安徽學政。再贈光禄大夫，户部左侍郎，兼管三庫事務，兼署吏部右侍郎。再贈光禄大夫，兵部尚書，閩浙總督，都察院右都御史。子麟，以拔貢舉人官鉅鹿縣知縣。孫芝昌，以進士第三人，官編修，歷官兵部尚書、閩浙總督、都察院右都御史。曾孫念詒，官編修。元孫綸全，二品廕生；次國楨。——蓋尚書公自述其祖行如此。

夫以公之迴翔清華揚歷中外，名節完粹，子孫舄奕趾美，此其先必有卓德高行殖於冥冥之中，爲人所不及知；即其子孫，亦莫能言之者。故天報之優，而福之遠如此也。然不能言，而不欲稍誇言之，此尤後嗣光大者之所難，而實先人有德善者所樂受也。

昔蘇文忠以其祖行狀，請同年曾子固爲墓誌，蓋明允草創之而文忠潤色之者。雖子固之文，豈復有加於是哉？然仁人孝子之心，不自專其先人之美，而必公之於能言之流，道固如是也。子固誌職方蘇君也，簡而深，文而不浮，蓋能稱文忠之求，而不爲華言者。則公今之所述，其意豈異焉？獨爲之子固者，則滋愧焉，而義未有以辭也。遂謹爲之表。

兵部侍郎江南河道總督楊公家傳 丙辰

公諱以增，字益之，一字至堂，聊城人。父兆煜，官即墨教諭。公以道光二年進士，知縣貴州，權長寨同知。有夫出婦者，公朝勸至暮，不爲斷離，卒兩悔而泣。有老吏，視事必侍側，聽時點頭太息，蓋訟者之僞，隱於官而不能隱於吏，故嘆公能察微也。補荔波縣，多苗民。同官曰：「苗民懼繇役，君來獨否？」疑有操切術。顧君日與書院生說經習文，此何術也？以明保循良第一，調貴筑，陞松桃廳與義府知府。調貴陽，陞廣西左江道。調湖北安襄鄖荆道。俗忮堅，多盜。提督羅公思舉，有古名將風，視大吏無如也，獨重公，謂能治盜。父憂服闋，授河南開歸道，轉兩淮鹽運使。未赴，擢甘肅按察使。捕妖民夏長春、李一元，其黨與散四方者，與川督寶公興、陝撫李公星沅，密函飛書，悉就擒捕。中衛有貞女，家誣以忤逆，笞死，雪而旌之。其時禱雨即沛，人以比東海于公。權布政使時，有履勘邊地之旨，公曰：「甘省瘠貧，泉源不可恃。按畝徵，必爲民困。」任其事者以朝旨不可違，然以升科復停者數十縣，猶公力也。

旋擢陝西布政使。關中旱飢，巡撫林文忠公奏請自代。上慰留文忠，以公權巡撫。公聞命，禱神祠，素衣齋食，入陝，得微雪，望闕謝恩。雪大作，晝夜霑渥。文忠乃折簡賀。及陞巡撫，諭屬吏曰：「三輔土厚，民風純，然大災後元氣弱，牧民者無事更張也。」比歲大熟，回疆警，命權陝甘總督總理糧臺事。已，轉江南河道總督。或以河事爲慮，勸引歸。公曰：「吾知稔矣，徒以受皇上特達恩，以縣令超擢至此，欲決去，誠不忍於心。」未至南河，時已先減河工費。故公至，盡力搘柱者二年。後一年，而豐工決。與總督陸公，除夕風雪中幕宿河上，薪炭鹽米，不以費屬吏官錢。官吏興奮，歸實費於工。及成而敗，然較嘉慶中費不什一，故有餘以爲後圖。而粵匪事起，犯江寧，江南北騷然。關津租調費歸河工者，一歸於糧臺，而工惟用鈔。又以公兼理鹽務。然商逃利空，不足有所增補，河事倚閣不行，而鄉勇備防堵者方日日索哺。公先機運微，籌畫兵食，不見罅漏，兵民安謐於無事。

浦之南，江寧、鎮江、瓜洲，西北則廬州，北則河南，賊或據或流，烽火相望不絕。獨麗浦郡縣民飲食得安樂，商賈得販賣，熙熙然不知數百里外有十萬環寇師，豈非公心力之爲之歟？而公之心神，亦自此傷矣。咸豐五年十二月十八日，薨於署，年六十九。淮揚民常困水，就食江南；近三四年，江南民渡江者數十萬人，而水不告災，米不增價。此非人力所至？故人皆歸福於公。而公則以塞河未成，自悼嘆，臨終時猶籌度其事未已已也。配徐夫人，繼娶朱夫人。子紹穀，雲南大理府通判；次子紹和，二品廕生，舉人，改内閣中書。孫保彝。女五人，所適皆彬彬詩禮家焉。

梅曾亮曰：林文忠公可謂知人矣，其言曰：「楊至堂乃聖賢門中人也。」夫自守而不能容人，隨人而不能自守者，皆不足以運世。聖賢者，能運世者也。至堂守身如金城湯池，粟私不可攻。至與人接務，恢恢乎如河嶽之無涯量。鯨鰕之巨細，犀象虎豹之珍怪，無不容納於其間。自縣令至封疆，守正無媕婀，而一無所齟齬。蓋不以處己者望人之同，故正人與之；即志行殊者亦信其無私利心，能推利於人，而不害其事也。予館署中，對案食者一年。公辰見賓客，治文書，事畢即手一卷。晚食後，會談文藝及往舊事。其事父母、待兄弟朋友，及和調家庭，言動有常節，一以宋儒之禮法爲歸，而名物象數、音聲訓詁，亦勤懇研究。陸立夫嘗語予曰：「吾向以至堂好蓄書，今乃知其得一書必閲一書也。」公亦自言：「古人曰歸耕，吾不能矣。若著氈冠，披羊皮裘，課鄉里小童經書，吾誠樂之。」其所得之深遠如此。吾於是益嘆文忠爲知人也。

姚姬傳先生嘗言：近世言漢學者，無宋儒苦身力行之學，而摘其文義小疵相詬病，是妄人也。公深契乎先生之言，而刊其尺牘，即公之所以自處者可見矣。

先君子校刊伯言先生文集，既成，續校詩集、駢體文，刊未及半，而先君子薨。穀等泣請先生爲傳誌之文，時先生患鼻衄，旋淮安寓舍，踰旬，撰家傳寄示。不數日，先生亦卒。是爲咸豐六年正月十二日，距先君子薨僅二十四日。嗚呼！迨穀等促工刊蕆詩及駢體十五卷，都文集爲三十一卷，先生已不及見矣。此傳編列文續集之末，目仍分年而爲，丙辰特著一篇。愴誦攀號，追慕罔極。孤紹穀、（紹）和泣識。

柏梘山房文集書後

右伯言先生文集若干卷。先生名曾亮，江南上元人。少時文喜駢麗，及長，始有志於漢唐之作者。其爲文，義法一本之桐城，稍參以歸太僕，而尤心折故友管君異之。嘗曰：「吾自信不如信異之深，得一言爲數日憂喜。」先生道光壬午進士，不樂外吏，以貲入爲户部郎，居京師二十餘年，篤老嗜學，名益重，一時朝彦歸之。自曾滌生、邵蕙西、余小頗、劉椒雲、陳藝叔、龍翰臣、王少鶴之屬，悉以所業來質，或從容談讌竟日。

琦識先生差早。迹雖友而心師之。先生亦謂琦曰：「自吾交子，天下之士益附，而治古文辭者日益進。」其後琦歸，先生愀然，亦引疾歸。歸逾年，直咸豐二年寇亂，而江南陷，先生間關憔悴，挈家辟淮上。時粤亂粗定，久不得先生耗，恐文字散逸，乃與翰臣謀録先生文，藏之唐氏涵通樓。是時先生亦自王墅徙居淮上，而館於河督楊公至堂。至堂先生，同年友也，盡裒先生所爲文，分體之中仍以年次，復以編年；無分體者，總其目於前。刊既成，先生及見之。未幾，楊公卒，先生驚悼，亦卒，年七十一。是爲咸豐六年正月。

琦按：是集卷首有楊公序，刻於五年七月，在先生未没前，疑其自定，間增損舊稿，視涵通樓刊本小異，而多近數年作。其中碑志、記序之類，益峻以潔。先生性簡淡，若無與於世者。至其剽剥古今利病，察微慮遠，事若逆覩，而尤以姦民爲可憂，作《民論》云云，凡數百言，究極姦民之害，左道亂政之烈，而以漢之黄巾米賊爲喻。先生作此論時，異之尚在，是時天下方全盛，亂端未兆。已而先生上汪文端書，又以爲言。

先生往與異之師事姚先生，異之名同，先生同里人，僅一舉於鄉。所爲《因寄軒前後集》，於其既没，先生序之。異之文稍縱逸，其論事深切則一。嘗爲《擬言風俗書》，略曰：天下風俗，代有所敝，承其敝而善矯之，則治；不善矯之，則危且亂。明之時，大臣專權，今則閣部督撫奉行文書而已。明之時，言官爭競，今則科道不敢大有論列。明之時，多講學，今則結社聚徒杳然無聞。明之時，尚清議，今則場屋策士涉時政不録。大抵明之爲俗，官驕而士橫。知其敝，而一切矯之。矯之，誠是也。然百數十年來，其難迺起於田野之姦、閭閈之俠，朝堂學校之間，安且静也。臣以爲明俗敝矣。其初意則主於養士氣、蓄人材，鑒前代者鑒其末流，必觀其初意。故三代聖王，有因有革，必舉而盡變之，則更起他禍。巽之又云：今之風俗，弊在好諛而嗜利，嗜利故自公卿至庶人，惟利之趨；好諛，故下之於上，有趨承而少忠愛。其言洞中時務，不爲過激之詞，與《民論》同指，故附著先生卷後。

嗚呼！巽之既蚤逝，如先生者，又使其既老而顛頓幽憂以死也，其可悲已！

丙辰九月，後學朱琦。

柏梘山房文集後序

讀書深，胸襟高，故識解超而觀理微，論事覈。至其筆力高簡醇古，獨得古人行文筆勢妙處。此數者，北宋而後，元明以來，諸家所不見，爲之不已，雖未敢許其必能祧宋，然能必與宋大家並立不朽於作者可決之。此固先師平日所力追而惟恐不全如志者也。吾黨二三子，皆當避舍。千秋大業，非悠悠愛憎之口所能標榜忌疾移之者也。

戊子秋七月，弟方東樹植之識。

【校】

〔獨得〕稿本作「時得」。〔此固先師〕稿本句前有「智過於師，乃堪傳法」二句。句中「惟恐不」三字，稿本作「未能」。〔弟方東樹句〕稿本作「植之弟東樹識」。按，稿本另有方東樹識語一則云：「識議篤志，創獲虞伯生。而道園行文繁而不殺，吾猶嫌之。筆力高簡似李習之，行文邊幅易盡，而乏雄恣奇妙。此孟子所謂『姑神是』者也。伯言或以余爲知言與？植之又題。」

柏梘山房駢體文卷上

寄湯燮堂書

燮堂足下：

惟別之後越五日，乃抵蠡。彭蠡之口，鄱陽粘天，四望無縫。乘舟徑入，若隔人世。泱皆飛鳥，遠影接浪。沈沈白日，水没其半。大孤塘之地，嬌民嬉遨，有似都會。朱樓翠袖，倚壁凌濤；檣帆刺天，管弦沸地。亦耳目之一奇也。舟次東流，乃復甚雨。黑風吹天，江水反覆。雷行波中，魚鼈鼎沸。開門看雨，張口滿腹。激電一瞥，呈露鬼物。咫尺以外，分殊幽明。霅然陽開，衆響盡滅。信足震耀心目，恢擴神氣者矣。又五日，乃抵鳩江。風利不泊，危檣張弓。飛鳥在後，晝寢反側。忽聞鄉音，同人相呼：長干見塔。自此數日，遇長老述親戚之情話，見流輩吐湖海之豪氣。始大歡樂，旋復感嘆。憶與足下高談娱心，浹辰之間，乃在千里！惟望足下時復嗜學，精熟古訓，驅除俗思。冷君夢雲，才十倍我；繼子之故，不吝先施。鯉魚東來，報章勿忽。

【校】

〔乃抵蠡〕稿本作「乃抵」。〔若隔人世〕稿本作「若棄人世」。〔沈沈白日〕稿本作「日東沈沈」。〔倚壁凌濤〕尺牘本、四六本作「倚壁陵濤」。按，凌，通「陵」。〔危檣張弓〕稿本作「危檣飽弓」。〔報章勿忽〕稿本作「報章無忽」。

呈侯抑菴舅氏書

曾亮頓首：

自發江寧，江神倚浪，津吏設版，日將三旬，乃抵錢唐。未止車角，復瞻馬首。舁篢乎西興，繫舟於上虞。長河近海，無風自波。孤城在山，不雨而晦。每張燈就館，隨征衣而到牀；聽雞就道，據瘦馬而續夢。始到臨海，終返會稽。自浙以東，風景絶殊。登盤之鮮，罕能知名。地極卑濕，每愁重膇。苔錢施榮，石髪隱几。幕府岑寂，無花表春，地不生草。非屈指時日，不知所值在三春之間也。胸臆結約，或爲歌詩。有吴下王君小梧，深力此事。當其得意，無愧古人；求之流輩，未見其偶。多聞所得，可慰晨夕。家有書至，知舅氏所患近已解體。跂望德音，幸力餐飯。

答友人書

損書及詩，示曾亮以爲學之道甚悉。旨哉言乎，尚有所蔽，輒復自明。夫不停者，時也；無涯者，心也。前蹤方起，後塵已滅；今科報聞，來歲發策。彼未思夫人生百年，其可以容幾次報聞、幾次發策，而頃不槁者也？時命大謬，藏其臭腐之言以死，可不謂之大哀乎！此最下策者矣。昔曹子桓有言：「年壽有時而盡，榮樂止乎其身。二者必至之常期，未若文章之無窮。」然士有把筆頭白而長逝身銷者，率是外重内拙，無率性之語；窮老盡年，爲積字之學。以多自證，以同自慰。謂不朽之盛事，盡此而已。且夫詩糞本於風雅，史首禾於春秋。使世之爲史者，毛舉風月之吟弄，覼縷山水之登臨，世必以爲芻狗，取而踐其首脊。乃謂發情之作，有異於此：流連光景者，謂之得真；感激當時者，謂之出位。將毋《周南》之妻，賦王室而必删；棧車之士，譏周道而非職。成康之際，所謂太平，覽其危苦之詞，惟以殷憂爲主。此豈所謂無病而呻者耶？君子之言也，甚於水火；小人之言也，以爲禽犢。子建曰：「其言之不慚，恃惠子之知我也。」僕於足下，亦何以異於古所云哉？

【校】

〔覼縷山水〕稿本作「枚舉山水」。　〔世必句〕稿本作「世必以爲祭餘之刍狗」。　〔將毋句〕稿本作「將毋《汝墳》之女」。　〔譏周句〕稿本句末有「也」字。

寄王惠川書

小梧足下：

近復何似？　昨閱邸抄，得悉浙事。追惟幕府，不勝傳舍之感。念切吾子，復會焚巢之凶；　食貧故態，遠想如在。仲春一别，歲月如流。端居無賴，所懷萬端。

曾亮行年二十有四，古人之書，不能開其關鍵；　時人之情，無以得其要領。將欲從事科舉，畢命走趨，則恐蹈蘇子十上之轍，徒貽沈公十年之悔。欲遂古心爲質，揮手世好，則竊自惟五十老親，道長於外；　六尺壯男，安坐於室！　曾不能紆朱拖紫，爲宗族之寵；　復不能乘時乾没，逐什一之利；　又不能底春負薪，代臧獲之任。雖復孤笑一卷之中，騖精千載之上，將何以上對毛義捧檄之忱，中仲子路負米之義？　此僕所以展卷而思、恍若有亡者也。計可以擩染筆札，邀斗食之資者，惟書記職耳。然此事與古異趣久矣。滑習既久，手筆骫骳，非愚所能。恐既能之後，求不能而不可得，故不爲也。

間以暇日游心章句，但兩載所得，似語無成處者差少，於古人之秘思曲致，未有得也。昔嘗謂博聞强識，則所業自勝，今知此自兩事。昌黎自謂：於古人書，但求義理，不暇及名物經制。此古人之善用所長耳。

近作數首寄覽，畧具近狀。不宣。

【校】

題 稿本作「寄王小梧書」。〔得悉浙事〕稿本作「知宫保公離此理外之患」。〔擩染〕尺牘本作「濡染」。按，二者通。〔書記職耳〕稿本作「書記之職耳」。〔與古異趣〕稿本作「恐與古異趣」。〔滑習既久〕稿本作「滑習玩久」。〔未有得也〕稿本作「毫未有得也」。

姚姬傳先生八十壽序

南極懸光之秋，日舒化國；東坡攬揆之度，臘曰嘉平。惟賀世之哲人，錫康寧於好德。五更三老，斯實邦家之光；校德論功，尤屬弟子之事。恭惟桐城姚惜抱先生，文章千古，可謂在兹；《洪範》五福，蓋將咸備。顓詞非所以稱盛德也，小言不足以備大觀也。提挹其要，可得而言：

先生世無曠僚，少有令譽。祖傳韋孟之詩，母授范滂之傳。雖産鮮百金，家徒四壁，而游思之業方新，屢空之樂無改。既而受賞於武成宫中，經過於睿武樓下。紹金華之業，與校中經；收玉笥之班，無非上品。發聲北苑，加等西臺。此已極俗觀之所嫮姱，而要非先生之所自見也。且夫名高則迹近，道直則身輕。昔袁盎抵巇於申屠，望塵不免；賈生開隙於絳灌，藏器何疏。折衷兩端，權衡斯得。然則張季鷹命駕而去，豈役志於蓴菰？阮嗣宗負薪爲詞，藉收身於黍稷。世徒以三釜心樂，懼失曾子之養；而不知五斗腰折，難屈淵明之躬。此先生之出處，對古人而無愧者也。

若夫侍天倫之樂，應人師之求，膳羞馨潔，時牽束脩之羊；栝棬奉承，乃酌問字之酒。雖曰掛冠，不忘鳴鐸；非直養也，尤有進焉。自經師異派，曲學華離。綜大九流，蓋有三道，曰義理焉，曰文章焉，曰考證焉。咸墨守輸攻，出奴入主。爲詞宗者，務華絶根；談樸學者，忘經數典。先生挺挏一元，兼包三味。風來水面，悟成章於自然；天在山中，參博物之微旨。欲使輔嗣執卷，不笑康成；范宣宗經，亦知莊子。故其論思六藝，彫瑑百家。闕疑斯慎，非坤乾而不徵；圓機所流，説雲漢而無礙。存大體於碎義，賈孔不能溺其心；辨古書於群言，鄒魯不能眯其目。及乎微之發覆，世昌子美之詩；歐陽代興，人學退之之步。黜險怪而弗録，劉畫慚其大愚；耻骩骳而弗珍，虞初别於小説。述者謂明，學者宗之。此即隨流平進，潤色鴻業。其所成就，又多乎哉！

先生暫違龍眠之居，久開雞鳴之館。此邦人士，尤所染濡。蓋室有懷道之士，門無挾貨之賓。而韜衷無方，光塵大合。清言徐動，濠梁之意已生；真想在中，羲皇上人不遠。至於夢無超俗，而習斷三宗；藥屏不終，而靈懷兩卷。雖假道於旁流，益發皇其庸德。於以血氣和平，子孫逢吉。宜也，非幸也。

今庚午季冬之月，爲先生開衷之辰。前此九月，有重赴鹿鳴之喜。班躋九卿，服加三錫。是時天下之士，咸謂稽古之榮。夫雖對榮觀，宴處超然者，達人之大觀也。而雍容揄揚，著於後嗣者，凡衆之盈願也。某等愧夏蟲之難語，思春木之常芚。無不含識知歸，於以抒情宣德。如七十子之服，所愧微言；以八千歲爲春，此其初度云爾。

【校】

〔綜大九流〕稿本作「綜夫九流」，四六本作「宗夫九流」。

答惠川書

曾亮白：

承足下惠書，得聞緒論，掎摭利病，殆無遁情。勝我自知，良非虚説。猶復羅列前修，念其安處。僕雖無忝，能無概於中乎？

僕少無遠志，業非高符，徒以隨流之學不爲後人，遂謂仰取金紫如拾地芥爾。時性分所至，豈必離温飽、出軀命哉？亦云榮曜所眩而已。而率性盡智，則受嗤於拙工；回道易慮，則見遺於大匠。始知貧窮不可以力去，搢紳不可以妄干。竊悲夫日月方盛，而劬勞未酬；鶗鴂將鳴，而修名不立。然則刳心斧藻之中，馳騁聲名於右，亦不得志於時者之所爲乎？已而略涉諸子之説，旁及外家之書。雖注兹虒涔，一得無補，然神智之益，未嘗無焉。竊以爲：使屈原不疏於懷王，而受柱國之任，未必能折强秦之鋒；深明不終於參軍，而當大夏之傾，未必能駐典午之運。然觀其真宰之地，忽然忘生；名義所臨，必有校然不欺其志者矣。然則憂非廊廟，而詆訶君公；塵務攖心，而嘯詠丘壑：此爲大耳，曷足貴乎！

若使林草之樂，得同全人，猶庶幾嘯歌古人之風，收拾遺老之言。留治忽於千載，玩倫黨於一室。疇昔之論，曷嘗忘之？然士之科第，亦有命焉，况不朽之大業乎？或達而有成，或困而亦敗。位置自天，非人可謀，要期之殁世，是非乃定。司馬子長之言，不吾欺也。略陳愚心，以答尊旨。

寄湯燮堂書

曾亮白：

昔懸鞍貴州，奉筆幕府。得展清塵，忘其固陋。徒以江海善下，不耻虚襟，遂得分雷陳之密契，庶清談於尹班。雖疏狂自昔，輪翮無取，然春陰秋煦，高言永夕。何嘗不慷慨立身之事，含懷大雅之音！懼古人之我先，痛來者之難誣。此要之白首，豈率爾之談乎？

惟别之後，歲月易得；三年不見，今已倍之。足下振景鄉里，躡蹻金臺。左親戚而就道，望闕山而川騖。大河以北，馬肥車多。丈夫游戲跕屣，悲歌秃襟；少婦挾瑟漳河，游媚貴富。客舍經過，或乃晨雞四動，馬鳴蕭蕭；回飈拂野，驚沙捲茅。登車臨睨，來軫相望。川原蔽虧，道阻且長。攬轡奮發，忽忘故鄉。猶復徘徊孟嘗之門，凄惻邯鄲之道。過雍門而悲高臺，臨易水而思壯士。雖亦行路之艱難，豈非生平之盛志哉！

若夫金城濟濟，高門峩峩，鳴鐘聯騎，暮弦朝歌。軼鴻附駔之倫，佩玉長裾之士，事魏其者如子，畜籍福者如弟。出謁舍而懷刺，臨交衢而置馬。莫不望鶴蓋而飛旆，覘雀羅而返駕。自非喉舌如君卿，筆札如子雲，車騎甚都，跪拜便嬖，豈有當於後車之清塵、府廷之顔色者哉！ 今將致戇捐於貴游之前，舉痴步於華屋之下。翩其反矣，持此安歸？ 足下其將有顧舊華而傷懷，感積薪而太息者乎？

僕契闊古歡，寂寥舊巘。雖筆耕爲養，而饘粥靡資。入東兩載，而黔突未久。趿履而往，彈鋏而歸。重以門户不昌，陰陽所食；一弟兩男，相繼夭没。貧疾交并，疏懶彌甚。

方今大海之氣將輯，竹宫之塵已清。士之挾一藝、能文章者，習相如登封之書，援班固典引之論。典竄蘿圖，琢磨玉牒。案六麐而校德，渺五龍於小康。高者得中書，次者舉孝廉。使僕飾其愚心，自同時人，能言之流不爲後矣。然則賈氏發難於漢廷，阮生昌言於晉室，固慷慨之士哉，亦時命之故也。若長此寂寂，蓬累而行，左圖右書，此焉自足。先人敝廬，喬木猶在。北窗時啓，卧見鍾阜；樵蘇不爨，勝友無乏。方且偃仰牛衣，辟睨螬食。徒磨丹於虚牝，甘尚白於幽室。亦各其志也。嗟嗟！百年之期，無以限七尺之身；陶陶之生，無以救汶汶之死。

去矣湯生，天各一方。親暱如子，言胡可忘？各保神理，發此景光。臨風叙心，能勿悢悢！

【校】

〔清談〕四六本、尺牘本誤作「情談」。按，疑因形而致誤。〔舍懷大雅〕尺牘本作「舍懷大雅」。按，「舍懷」疑亦因形而致誤。

弔梁武帝文

昔梁武帝以日月之姿，值雲雷之運，長驅樊鄧，虎螭其師，遂乃乘龍馭天，斷鼇立極。拓百七州中原之地，復三百年全吴之基。金甌之固，江左無斯矣。若夫鄭重斧斨，推尺布斗粟之愛；膻惡粉黛，卷帷薄衽席之情，盛德之事，幾乎備歟！觀其長纓變俗，束帛相望。五館風流，八儒雲會。屈九重之貴，吟口寒士之歌；虛萬有之懷，讓齒老生之見。張率未立，料理以清官；聘君既亡，窅然其天下。宜乎有君如此，曠世聞而叩心；彼美人兮寒人，於焉扼腕者矣。

論者謂帝棲神彼岸，惑志勝旛。馭豺虎以人靈，游叔世如太古。信己之無詐，謂人之何嫌。故使壽陽肆其憑陵，正德成其惎間。大盜移國，職此之由。然而達孝之身，難回管蔡；推誠之主，亦有龐萌。斯鬼謀之弗臧，豈長算之可及！夫以謳歌獄訟之身，而與神怒民怨者同口實；以鑿彫爲樸之君，而爲窮姦極酷者所目笑。隆替之迹，不亦悲夫！此則秦政擅場，而漢臣黜之五運；宋襄蹙國，而魯史進之三王。非夫遠性之士，孰能回成敗而爲議乎？余辛未之秋，郊居之暇，東涉青溪，言經朱异之宅；北眺幕府，悵望臺城之巔。不自知其何心，遂憤懣而獻弔。冀使憒王之像，鑑窮途而纏悲；武皇之臺，感下士而入夢云爾。

紹江左之荒屯，經三辟之鼎遷。著戎衣而一怒，想周禮於七年。悲雄猜之繼路，將毀方而爲圓。開天門之蕩蕩，去韜袠之糾纏。欲禮樂之設尊，欲刀鋸之忘筌。豈飾智以驚愚，實道德之天穿。伊振古之有君，孰一眚之不愆。非生民之道息，終維持而安全。彼茂陵之好仙，告登封於上元。何三實之構禍，莫收責於後賢。最英君之開物，隔人存而社遷。惟窮門與新莽，乃暴興而疾顛。痛哲王之丁躬，得下愚之所便。既博觀乎載籍，疑天心之有歧。或督責以自娱，降至尊於吏師。比黔首於芻靈，以股肱爲附枝。盡上理於滑習，齊萬形於一絲。或陳情而被劾，潛衡漏而不知。廣心局於促路，新知格於舊儀。委大業於小吏，豈悃愊之在茲。雖徒善之非政，愈錐刀而爭之。既仁暴之同盡，亦何怪乎爾爲？豈與哀於無情，孰使予之多悲！

冷循齋墓誌

先生諱宜南，姓冷氏，江寧人也。高安舊望，明季來居。門行承於百年，曠僚及於五世。父諱震金，爲建寧縣知縣，有惠政焉，清節焉。

先生少而寒人，黽勉生活。有荼捋手，無瓜鎮心。織簾終日，猶誦雲礽之書；斫屧當家，常握江泌之卷。博習九年，發聲五館。受《論語》之學，常數百人；講《尚書》之文，律四十遍。大令君官建寧，往視起居，歸謀屏當。張載馳驅於蜀郡，愧此再三；袁閎徒步於彭城，無其萬一。及掛吏議，遠赴軍臺。先生緣訴道途，綢繆金矢，吉翂陳情，方許其宥父；安國失志，已卒於徙屯。悲乎哉！入玉門之語，在耳豈忘；通泉路之財，刳心難得。宜先生之一叫已絶，五内如崩也。乃散髮奔星，承眶戴露。出張家口，至七臺，扶柩歸里。風饕雪虐，遼廓無睹之鄉；晝號夜哭，情事未伸之罪。吁其悲矣，心傷瘁矣。昔懷順載喪，徒跣千里；延義負柩，輒瘃數年。猶是黑水之域，不踰赤縣之封。準以今情，殆同慚德。外兄黄某卒，一挺乏燭，三寸無棺。先生慷慨營凶，散贍成美。巨先削牘，棘人無待種之瓜；世期解衣，桐子有必貸之粟。卒使公乘之婦，植節表閭；任昉之孤，懷仁分宅。道經鄱陽，見覆舟孤客，泣路無歸，凄然摧心，資之行脚。折車之士，得子相而辦裝；奉章之吏，逢叔度而贈策。好行其德，先生有焉。

乾隆甲寅，舉於鄉，試禮部，以用《後漢書》語被放。帷帳何典，乃疑外家之書；舶趠非僻，見黜内翰之語。所謂富義乏時者歟？令德滋永，大命不延。臨終緜惙，恐太孺人悲哀，每來省視，猶自撑拄。嚙被之痛，不化於蓋棺；循陔之忱，常持於入地。嗚呼哀哉！

先生生於乾隆某年月日，卒於嘉慶某年月日。孺人王氏。長子文耀，次子翰香，皆有志行，承其道風。以某年月日，葬先生於某所。

博博黄土，蕭蕭白楊。魂魄匿此，白日寢光。先生壤子，曾亮淡交，懼夫靈翳體幽，厚德掩息，俾進稗詞，用昭穀美。南朝石誌，實創始於顏延；東漢碑文，獨無慚於郭太。

甘節婦徵詩啓

蓋聞會稽刻石，特載廉清；列女成圖，始標高義。譽流風霜，由來尚矣；略言其概，區以别焉。若夫顥嵩並逝，目下尚有阿奴；堅冰未亡，身後傳其女訓。幸哉有子，永錫爾類者矣。抑或垢衣糲飯，三寶獨依；夜績晝田，七喪咸舉。則亦事止守身，没無遺憾者焉。未有天民無告，不可生爲，地下埋憂，尚成死孝，如甘門金氏者也。

方其敬相夫子，六行載循；奉承君姑，四德靡忒。固已言惟閫内，樂比房中。而乃連翩夫婿，共許上頭；婉孌鴛鴦，忽摧左翼。慷慨隨君之誓，伯道無兒；徘徊囑婦之言，小人有母。斯時也，羅襦永謝，止請紉針之勞；廳事不過，竟持門户之祚。雖其負郭十畝，人粟一鍾；羹湯不供，織作未免，猶分私家之田，俾助宗子之祭。然則居清臺而擅富，移紵里而多金。同兹貞德之流，勝彼義聲之暢。及乎倫黨之間，咸推名德；兄弟之子，爲續衰宗。則又燥推濕就，線短縫長。視同麒麟之祥，無懈蜾蠃之教。伶仃孤苦，至於能任衣冠。險阻艱難，乃得宜其家室。此即魚成同隊，憐子之鱗已枯；鳳轉清聲，將雛之毛先落。豈知小同未孕，虛説弄孫；彭祖紹封，又成亡子。此則丁民求仁，復見未亡之婦；會仁既卒，誰聞乞活之親。宜乎絶命無辭，含悲猶視也。然而阿母猶存，舒姑之靈未歇；佳兒竟逝，長陵之女如生。以悲以咽，若有人兮。是耶非耶，吁其靈也。豈非杜鵑化魄，終振響於啼枝。精衛離魂，尚呈形於銜石。乃至是哉，非可詳矣。兹者彰之扁表，魯册於是飛華；第入軒輶，周篇於焉騰茂。竊以陳留高行，得齊瀞而特書；江南義聲，待李華而作賦。恭聞故事，亦所庶幾。爰求一字之褒，用慰三泉之痛云爾。

論者謂：招魂難返，但有寓言；召鬼非經，虛求方士。

王惟月誄

王卿圖，字惟月，江寧人。曾亮從母子也。鄭小同之生，已嗟孤露；魏陽元之幼，實養外家。弱號通眉，勤能焠掌。番禺廣文喻君，高識士也，見而器之。如樂令之嘆叔寶，戴侯之眷安仁焉。年二十，補博士弟子員，往贅喻氏。自番禺赴江寧省試，凡三至焉。君秦贅之年已深，越吟之思彌篤。徐陵江國，别無駒王之宗；子厚海天，長痛馬醫之鬼。留叔隗而去，難擬趙衰；依江氏以居，不甘劉穆。而千金莫贈，未營陸賈之田；四壁先無，難返文君之駕。此其所以壯心長躍、垂翅猶飛也。豈知羅隱無名，受嗤下吏； 方干得第，不及生前。慷慨自哀，幽憂成疾。比冬心而盡卷，痛春肺之難痊。以嘉慶某年月日，卒於嶺南。青蠅作弔，同仲翔絶命之區； 白馬歸來，待子文成神之後。泣藐孤於繐帳，留寡婦於珠崖。嗚乎哀哉！ 曾亮少同魚隊，年次雁行。殷浩共騎之識，分定規隨。苟僾不含之寃，情虧盥撫。況復相如一卷，竟零落於家人； 長吉五編，莫郵傳於半夜。以是思哀，哀可知矣。嗟乎！ 愧王忳之獨行，何自迎喪？ 憶任護之少歡，能無作誄！ 其辭曰：

嗚呼王君，少而天窮。既失乾蔭，亦違母蓤。渭陽垂恩，淮水繼絶。大經皆通，小雅無缺。雁飛庾嶺，鳳集秦樓。鴛鴦左顧，鷓鴣中留。琅邪田荒，潮溝宅棄。同車有懷，辦裝無計。長辭丙舍，久客丁年。秋墳啼冷，夏屋悲纏。梅隴馳驅，麻衣顛倒。非馬虚談，是龍莫報。途窮線短，憂多帶長。通神何術，駡鬼成狂。歸魂白下，加骨朱方。嗚乎哀哉！ 少小相從，釣游不捨。舅氏謂余： 斯賢蓋寡，學異杜鵑，樂非竹馬。時雖心孩，聞此意下。昔游如在，今病疑誣。報章屢易，得句猶塗。嗚乎哀哉！ 裹飯弗親，寄縑何有！ 莫與遺言，誰歟死友。蛟龍易得，魑魅相過； 招魂不返，傷如之何！

書陳寶田男文保壙銘後

壬申七月，余友陳君寶田喪其次子，哭之痛焉。雖循有虞瓦棺之文，兼援女挐壙銘之例，書以示余，且曰：君必爲文，以誌吾痛。余觀其詞越理表，愛滿身中，蓋欲使人父之痛，託文章以自勝；寄住之緣，與天壤而相弊。

夫以陳君，年未登於商瞿，男已大於叔夜；斯之再索，本異孤根。未及下殤，差非碩果。而乃悲殊有子，痛等成人，通蔽相妨，豈謂是歟？然而毛髮無一節之體，拔之而性傷；駢枝豈十指之須，斷之而心死。謂夷甫孩抱之物，必殊元嘆起家之子，斯觀物者未深。謂太尉初没之感，必存開府繼體之憂，斯言哀者已薄。然則東門之意，西河之譏。惜乎斯語，未證曩賢。

萬松丙舍記

鎮茅州之巨邑，冠花禄之群峰。爰有葆山，實爲吉壤。方恪敏公以袁安訪葬之區，兼杜預表營之地者也。當其力宣四岳，心在一邱，命種樹於京兆長阡，擬誅茅於宜陽大道。

故其山盤如馬，樹化疑龍。接三茅之仙都，鬱萬松之勝境。固已神扶枌櫝，愛永楂梨。然而歸思白首，早慕東坡；禮備黄腸，方辭北闕。趙武之九原，雖從先墓；謝公之一宅，未傍佳城。

嘉慶十八年癸酉冬，葆巖尚書葬吳太夫人於是山也。免居廬於五月，俯就前經；誓守墓於三年，藉伸遺令。於是援既葬泥屏之制，爲行服墓次之居。雖度巨先葬母之規，實循晏子嗣先之意。庶幾封樹，向免迷庚；即準墓田，舍同居丙。顔曰萬松丙舍。命曾亮曰：先公志也，爲我志之。此雖揚雄家牒，已號祠塋；安世祠堂，亦鄰冢地。未聞以構堂之述作，爲廬墓之瞻依。傳爲美談，靡得而議者矣。抑尤有進焉。當尚書廬墓之時，值朝廷軍旅之事。天子簡翰藩之重望，撫首善之要區。蓋墨衰發命，晉子策勳。金革無嫌，魯侯奏績。爰以直隸總督起公，禮也。且夫辭邊事而行喪，則忠衰田況；遷吏部而奪禮，則孝薄山濤。即張華攝以參軍，已嫌從利；惟閔子經而服事，不異無官。公於是請赴顔行，急呼門之義；表辭領職，伸未練之情。斯時也，少别松嶠，儼辭子舍。暫違苫寢，將入軍門。蓋慷慨乎今情，難依回於本志矣。豈知陳辭方入，吉語先聞。天子念解宏不以喪事辭軍，謂富弼可以時平終制，遂有絲綸之降，并寬弁冕之行。然則非明公有權有節，無以合變禮於折衷；惟聖主克類克明，有以鑒誠願於望外。彼蔡雎居場，兔馴其側；夏方守冢，虎擾其旁。雖誼篤於天親，非勢兼乎家國。豈有遭遇殊施、克全至行如我公今日者乎！此其攀留風樹，悽惻山庭，益以感盛德於無窮，非徒畢先人之宿志也。

伏思歌雙柏之廟，則知同德之君臣；紀三槐之堂，則思濟美之父子。古有作者，今實兼之。曾亮輒不辭固陋，略誌始終。庶紫芝白雀，不侈楊炎廬畔之祥；孝子忠臣，如讀魯峻墓前之記云爾。

題陳小松緑楊城郭是揚州圖

【校】〔少別松嶠〕四六本作「少別疏嶠」。

甲戌之秋，小松與曾亮同客揚州，兼取阮亭之句，寫放爲圖，命曾亮爲之記。

夫以阮亭擅春華之妙譽，分冬李於此邦。於時江北青山，濟南名士，勝流咸在，宏獎攸歸。西園公子，飛蓋追歡；南郭先生，吹竽願附。莫不手中團扇，競寫放翁；

頭上墊巾，同傾郭泰。圍烏絲於醉後，吟紅豆於春來。能使江城俱如畫裏，每逢時節不異江南。頃以奉筆名公，懸鞍勝地，雖愧聲華之寂寞，尚懷文藻於江山。況以小松早負壯游，方資時駕。一覺揚州之夢，二分明月之時。有不過梓澤而憶安仁、憩竹林而思阮籍者乎？

爰是述其遠性，綴以蕪辭。庶幾廣陵之散，未絶於嵇生；正始之音，長談於叔寶云爾。

上方尚書啓

曾亮少無學識，長更迂疏。擲牝非金，薦雄無賦。高軒莫遇，虚驚正字之雞；華屋難投，有吠宗元之犬。雁方北向，何自隨陽；烏久南飛，自然啼夜。嬴糧之思久絶，負米之願方殷。

猥蒙明公古心念舊，甘肉憐才。後生見許於東山，子弟獨親夫北海。府廷榮立，時俄子夏之冠；驂從無聲，徑入亥唐之座。已足使解嘲醬瓿，增價鹽車。而且馬磨難供，憐其落拓；龍門可送，許以吹噓。鹽政阿公，重一紙之劉書，饋兼金之薛贐。雖相如未至，梁園之酒將闌，乃《吕覽》未增，秦國之金先賜。德真堪飽，惠豈嫌懷。學士吴公，以曾亮嘗不棄於大賢，庶可觀夫小道，暫延賓館，俾校官書。昔科居文學，方通三家之訛；況識愧知幾，敢任十羊之牧？徒以嘗懷揚槧，莫致惠車，藉觀未見之書，粗辨當時之體。庶變兹齊氣，襲彼唐裝。聊以忘慚，惟兹報稱。静言撫己，敢外私恩？

【校】

〔時俄〕四六本作「時峨」。

訓導馬先生墓誌

先生姓馬氏，諱惠，字秋水。先世鄱陽，自五世祖文達定居祁門，遂號南仁，别爲東眷。曾祖諱承軻，祖諱任侯，父諱騰，皆行歸都士，世秀道風。

先生孝聲聞於四齡，《易》學受於六歲。年十八，補博士弟子員。乾隆歲乙卯，舉於鄉。先是，純皇帝重熙累洽，考教燭幽。白麟赤雁之瑞，岳貢川珍；碧雞黄馬之才，雲集霧合。先生援孟堅之典引，諷子淵之中和，文屢奏於六飛，帛每頒於三服。於時君苗焚硯，敬禮訂文；仲景題輿，禰衡留刺。先生亦含懷國論，鋭志朝英。而十駕徒勞，九闢未入。望神山之東峙，成狂水之西流。以嘉慶壬申年，授海州訓導。未逾年而卒。嗚呼哀哉！奇懷歿於平進，長轡困於短途。此則土室歌風之士，空廬抱影之徒，亦獨何心，蓋非無見爾矣。

先生生於乾隆壬申年八月十日，卒於嘉慶壬申年十二月三日。所著《秋水詩集》若干卷。娶謝氏、王氏。子三人：泰、豫、兑。泰、豫補博士弟子。以嘉慶二十年某月日葬先生於某所。而員石未刊，貞風或墜。曾亮交陸機而知世德，遇潘岳而悉家風。文非諛墓，幸免議於劉叉；字可生金，想呈祥於賈氏云爾。

嚴小秋詞序

夫詩陳小已，必兼家國之流；詞有別裁，惟以性情爲主。俯仰身世，斯最優乎？

上元嚴君小秋，示某詞集若干卷。觀其探源白石，別譜黄河。題非香篆之盤，句掃瓊壺之酒。吟成「紅杏便覺春多」，賦就「黄花不嫌秋瘦」，皆非得已，略可粗言。若夫一絲舊族，八米清才，早遇伯喈，遍矜座客。偶過皇甫，輒屈鄉人。固已數安石之碎金，沙披短李；握崑山之片玉，瓦注常楊。豈知相者舉肥，生乎太瘦。鳳翎稀而噀雨，鵲尾禿於填河。短衣杜甫，未入南山；長鋏馮諼，時過東國。聲價豈羊皮可定？風霜與馬骨俱高。

往往照蝎安牀，聽雞就道。況乎匏瓜獨處，蒲葦難移。烏夜嗁於前溪，雉朝飛於大道。青牛帳裏，蛺蝶三更；朱鳥窗前，蜘蛛四星。宜乎百端交集，三疊纏綿。以長短句之篇，寫畔牢愁之作者焉。

然而魏三之集，或訶古人；第五之名，若無驃騎。鳳毛推謝，牛耳尊齊。大江南北，聯白社之群賢；老屋東西，占青溪之舊曲。每至經臺，納夏笛步。買春筍，覓梁碑，榛披陳井。游童執席，勝友提壺。就樹哦松，逃林就竹。此又酒龍詩虎，葛長庚之妙語可尋；撫鶴聽鶯，張功甫之新聲未歇者矣。嗟余下走，竊附三同。示我高言，能無一字？至於聲音之道，文字之工，鐵綽板之高歌，羽聲慷慨；《金縷衣》之低唱，眉語分明。暗香疏影，殘月曉風；古有人焉，今無對矣。

書人小詞後

泥中墜絮，久作禪心。屋外狂花，忽驚天眼。遂使青衣小賦，傳遺行於中郎；錦瑟餘悲，愧雅懷於商隱。已而馨香三嗅，悟彼斷腸；《河滿》一聲，慨焉分手。伎開後閣，幸無忝於英流；氣盡前溪，終有慚於昔款。嘉其通徹，斷彼懊憹，爲誌歲月焉耳。

柏梘山房駢體文卷下

上座主李芝齡先生啓

自拜别京邸，恭送旌麾，不奉教言，倏過寒暑。伏惟老夫子大人紹絶業於金華，收奇珍於玉筍。匡廬秋爽，擁星節而觀風；彭蠡春深，泛天船而掇秀。朗西江之月，壺鑑同清；駐南浦之雲，幨帷在望。下風竊聽，以頌以欣。

曾亮幸出門牆，得親几杖。而花如秋籜，草謝春零。將陸沈黄綬之間，且仗立碧油之幕。兹乃定分，詎敢怨尤？然一再以思，遂以病告。實以少無學術，長更迂疏。有責張子羽之頭，難對謝宣明之面。才非曲逆，問錢穀而不知；德愧陽城，郊催科而亦拙。若使黽勉下吏，奔走上官，聞暴直指之威，則摳衣進謁。奉薛太守之教，則鐫職長辭。桓公方喜，顔峻已嗔。古人云：歌去來之作，不覺情親；詠招隱之詩，惟憂句盡。非有慕於望空，實已思之爛熟。惟是受知，匠石忽成櫟社之材；空遇醫王，莫備藥籠之物。疚心無極，顧影知慚。前有恩言，命寄撰述。詩未繕寫，文先録呈。將讀東觀之書，行知已矣；若備西齋之録，豈曰能之！所冀青陽布澤，雖朽壤而同膏；素月流輝，即汙泥而亦照。或不遺凡陋，賜之話言，得有據依，實所感荷。無任依戀之至。

謹啓。

與朱尚齋書

適聆尊旨，具悉盛心。出諭鄙宗，靡不加額。況某辱在部民，誼同後學。猥辱士安之叙，寵褒沈約之詩。比於餘情，尤叨末契。其爲感激，莫可形容。惟因恃愛之深，轉有徑情之告。承諭茲山，必須按閲，庶幾界址，永判華離。俟人證之俱齊，始地形之可驗。具見閣下公聽並觀之心，平施稱物之意。竊思前案大井之山秀發，固稱巨擘；後案達莊之樹德位，亦屬渠魁。是闗兩案之重輕，已有三人之現在。命其隨往，似可證明。必俟餘人，恐滋淹滯。彼謂來而就繫，不若遠以逃威。又在押之犯，計日漸深。將託病求歸，或借端請保。求而不允，似乖仁人之心；去而復來，難測小人之腹。可否先賜，履勘易分。曲直倘脅從并到，固有明條。即首惡專懲，亦昭後戒。其爲通變，諒具勝裁。

某前至鄙村，因謁先墓。百年喬木，一旦摧薪。對殷氏之槐，自然流涕；攀陶公之柳，不覺傷懷。仰愧先靈，俯慚宗老。所冀親勞徒御，立降指揮，使山陰父老，瞻太守之威儀；河內兒童，問細侯之安否。邱墟變色，草木生輝。謂衆母之來臨，知都官之有後。庶憑光寵，以警愚頑。從此査梁相繼，歌召伯之甘棠；松檟成行，拜韓宣之嘉樹。桑田一駕，櫟社千年。是所不圖，竊爲仰望。

某頃因母病，頗慮身羈。將陪長者之車，未容擅便；亟下倌人之命，無任知恩。

【校】

〔已有句〕四六本「現在」作「見在」。按，見，通「現」。

上程問源中丞啓

前在京邸，下賁高軒。猥辱温言，代規私計。謂王陽親老，非當叱馭之時；謂蔣琬才疏，宜作免官之計。并欲後車命載，以代馳驅；東閣留觀，代謀甘旨。時某急謀歸省，未得趨承，每念盛心，常縈鄙內。

伏惟明公以弼亮之資，膺保釐之任。八騶擁望，峻比崧高；百郡承流，温同河潤。敷薛侯之故事，莫便陳留；歌召伯之循行，非徒汝水。猶復古心念舊，甘肉憐才。嘆柳下之卑官，惜揚雄之落拓。昔裴晉公身都將相，而拳拳於皇甫之疏狂；李太尉勳在巖廊，而款款於封敖之文筆。蓋有過人之德位，必兼邁俗之性情。以古方今，其致一也。

惟是某少無學術，長更迂疏。略涉八儒，白馬先生之論；粗窺百氏，黃車使者之書。欺或受於古人，用不堪於當世。而龍門初試，鶴版先催。黔山萬重，黑水兩戒。喜未形於捧檄，情已結於牽衣。因以内省微躬，仰循尊指。守君魚之戒，豈慕脂膏？維子馬之言，實慚官次。前所領照，輒已繳呈。范中郎落溷之花，耻爭高下；列禦寇隨風之葉，且任東西。若使晨羞夕膳，不缺於供；右詩左書，暫得於己。橅徐君之《中論》，述仲長之《昌言》。略使簡篇，與有名字；即如甘寢，無復他懷。然而著襦無複，每慮兒啼；轢釜有聲，常遭僕愠。非授經之有地，實負米之無從。且逆浪之魚，纖鱗莫助；退風之鳥，鎩羽誰憐？

計惟明公負常楊之重望，推孔李之深情。玉燭流暉，則温回黍谷；金輿聳轡，則景曜萊城。朝發一言，夕濟千里。始可使襤褸入座，免笑寒人；襶襶臨門，不嘲熱客。然伸紙自慚、上書復止者，緣以家弟某恭承宇下，深慶時來。抱關擊柝，尚未附於官箴；適館授餐，竟登名於客籍。李元禮龍門之地，自古爲榮；衛長平馬廄之奴，從兹可免。恩施過分，報稱逾難。倘能體愛屋及烏之意，受寵若驚；知呼曹作馬之非，以勤爲慎。則一尉之榮，皆從特眷；九人之禄，兼給全家。豈敢更有私求，上煩清聽？此某所以默默未呈、而區區難已者也。雖其誠感非可言宣，不有蕪辭，曷伸積悃？外近文數篇，附呈侍史。伏乞寵誨，以正歧趨。無任感激之至。

謹啓。

【校】

〔喜未形句〕四六本、尺牘本「捧檄」作「奉檄」。〔仰循尊指〕四六本、尺牘本作「仰循尊旨」。按，指，通「旨」。

上座主顧晴芬先生啓

前石士年丈撤闈方畢，侍坐未安，手示見宣，心感靡既。伏惟老夫子大人昭回降彩，沆瀣融精。崇天爵於八儒，敷地官之六典。掄材竹箭，則鵬快圖南；校士金臺，則馬空冀北。朝英允屬，宸眷滋隆。而某自函丈暌違，音塵間隔，莫與粱公之藥，空慚汲黯之薪。五斗米而折腰，固知免矣；百尺竿而失足，悔可追乎！計惟眺望蓬門，棲遲蘿屋。每過春畹，只見狂花；欲掃秋庭，尚憐病葉。出癡蠅於故紙，彈破屏風；數野馬於虚窗，坐移朝日。流光自惜，抱影誰知？猶蒙夫子大人親揮谷札，遠賁山樊。賞敬禮之小文，憐宗元之大拙。固當珍逾三錫，貺比十朋。懸置坐間，夸張儕右。使知彭宣經術，親受於通侯；韓愈歌詩，亦徵於相國。屋增烏好，門藉龍高。揚子逐貧之賦，舊作可删；李翺薦士之書，新知或遇。

金華一別，雖伏謁之難期；玉札十行，已增榮於無既。感戴之至，無任下情。

【校】

〔只見狂花〕四六本、尺牘本作「止見狂花」。

謝陶雲汀中丞啓

三月某日，元和縣官封寄到如皋關聘一件。拜領之下，感愧靡既。

伏念某藏豹未深，雕龍虚飾。渾脱未傳於弟子，皋比敢望於人師？乃蒙年丈大人特賜劉書，藉談戴席。紓前勞於負米，徵後效於傳薪。昔秦國徵賢，僅持五羖；漢儒問字，不過一鴟。隆殺之儀，今昔殊異。此蓋伏遇明公淵谷爲懷，帡幪同量。八州作督，已媲美於家詩；三徑無資，亦推仁於前訓。故於下走，得及隆施。憐其仙尉之遺，將同市隱；欲使都官之後，免致詩窮。仰憑三沐三薰，粗可一觴一詠。撫躬滋愧，報稱難名。無任下情，特申中謝。

寄陳遠雯太守書

去歲，嶰筠中丞以曾亮薦主翠螺講席，即蒙惠允，遠賫聘件。祇領之下，以感以愧。伏念先生以玉局之仙人，受金峩之重寄。風清屬吏，水是西江；詩愛宣城，山連東郭。蓋太平太守，多集英修撰之官。況公望公才，佇開府儀同之寄。蘭風遠被，葵日同傾。曾亮學異常楊，才殊短李。米五斗而折腰，久無榮願；墨一升而受罰，莫喻慚懷。偶逢同榜，猶顧影以自慚；況遇英材，敢抗顏而相對？此蓋伏遇執事古心爲質，甘肉憐才。欲使鼓皮已敗，尚附味於參苓；琴尾雖焦，亦調音於匏竹。幸攀交之有自，實感激之難名。趨詣非遥，先此馳候。

與王叔原札

啓者：峻生舊宅，曾亮僦居。名四條胡同，在宣武門左。里多下户，地非通衢。有秦人之棄灰，來廉頗之遺矢。自巷南巷北，皆半下半高。暑風乍動，全生逐臭之蠅。微雨初過，已浸障泥之馬。敢祈指揮伍伯，賜與廓清？冀憑五色棒之威，以便雙車輪之路。

江亭展禊序

道光十六年四月，葉筠潭先生暨黄樹齋兩鴻臚，徐廉峰、黄秬卿兩編修，陳頌南、汪孟慈兩户部，凡是六主，各延七賓。四十八人，符群賢之數。四月三日，爲展禊之舉。遂登江亭以會，而書誌逸興也。

於是城對北闕，閣臨西山。莽蒼四碧，渾菰蒲之衆容。崢嶸九葩，納菡萏之遥景：此登賞之地也。三選七遷之英流，九墨八儒之碩彦。宫中給事，走馬先來。關外詩人，騎驢忽至：此賓客之選也。仲宣抽毫，相如侔色。流連景光，原始事物。捧劍之義，折摯虞之小生；彈琴之叙，同昌黎之太學：此詞翰之美也。蓋自永和癸丑之後，迄兹道光丙申之前。若與公南澗，子範家園；庾信華林，元長曲水。雖觴詠間作，風流未窮；緜祀過千，斯賢倍百。或郊島孤賞，無與聲明；或川岳分光，侈言謏導。豈若際潤色鴻業之盛，萃雜襲魚鱗之才。城南韋杜，首夏清和。追餘萌於榮葩，想新波於盛流。陶陶然忘其我夏我春，落落然不知視今視昔也。

爰總衆製，聯爲大軸。作苑本新圖，附臨河舊搨。藏之蘭若，寺曰棗花。此則元凱沉碑於峴水，自喜其名；太傅寫本於經堂，自廣其集。古有行者，今無愧焉。

【校】

〔捧劍之義〕四六本作「奉劍之義」。

展東坡生日序

道光丙申年，程春海侍郎擇西京祀竈之辰，展東坡生日之會。三九合簪，五七分製。以《鶴南飛》一曲，每字拈韻，分客賦詩。招未至者，別爲序焉。

昔先生黄州收迹，赤壁探幽。祥符燈火，已隔於平生；臘日妻孥，亦難爲酬對。乃即莽蒼之野，爲樂壽之堂。斷岸扁舟，孤臣抱月；空江野飯，疏客如星。郭古二小生，蓋微者耳；蘇門四君子，能同之哉？今則名卿徹席，上客薦尊。炷銀篆盤之香，供玉糝羹之饌。猶復設象招屈，陳詩祭賈。振高言於朝英，歌壽人於曠世。豈非今昔殊觀，抑亦風流相紹乎？或謂：今者之會，昔人無知。則先生固云：自不變者觀之，物我皆無盡也。故知凡有文字之日，皆谷神不死之時；豈獨丙子之年，爲張仙降生之日！此南華火傳之薪，即東坡長生之學者矣。

是日入座者：吴荷屋中丞，潘芸閣、祁春浦兩侍郎，徐廉峰侍御。凡是四客，合爲五詩。作序者一人，上元梅曾亮也。

【校】

〔張仙降生之日〕四六本作「張仙降生之歲」。

謝林制軍啓

前榮覲之時，過蒙優渥。久稽肅謝，愧德彌深。敬稔政體康和，天寵稠疊，欽誦無似。昨伏聞疏陳賊首事宜，具見明公深識訏謨，得古大臣之幹局。不辯儂智高之未獲，武襄所以爲純臣；不言王林卿之尚生，何竝所以知大體。兼前賢之長，妨後事之患。足以下肅民志，上重國威。古大臣知經術者，效蓋如此。聽於下風，竊自鼓舞。忘其身之賤貧，而無與於己也。謹因肅謝，輒述鄙誠。

謹啓。

代友人與張海珊書

違侍謦欬，忽更歲月。敬審旬宣就功，台候增福。化洽十部，棨譃時開。恩周百城，蔓澤同沛。依戀彌深，欽仰曷已！

昨來家書，悉弟館事。荷荊州之一紙，發齡石之百函。因念頻年以來，獲在鎔範，噓枯吹生，推長覆短。以十駕之馬，而飼以玉山之禾；憐一寸之魚，而泳以東海之水。德則厚矣，愧何如之！昨愚翳來都，徼幸獲舉。當留春集，以便溫卷。矯彌明以俗書，改伯芻之濫體。冀有尺寸之獲，上慰裁成之心。惟本擬雁臣，及秋而去；未謀熊館，經寒始憂。戴吳人之冠，難望其好；著齊兒之衣，不中其度。正字之炭，成詩而未來；協律之裘，無畫之可易。又新集同榜，事隨日生。大錢一千，難給廚娘之求；青銅三百，莫供車子之費。無篚可障，有叉難藏。龍門未期，鮒轍先告。每客館夜靜，懸懸家庭。弟待一枝之借，母缺三釜之養；甕無冬蓄之菜，架無秋懸之衣。抗音方誦，已誤閒篇；舉燭作書，皆成郿字。誠中心營營，無可自主，以至此也。

某身爲寒人，交鮮熱客。誠不能説君牙而西游，感守珪而北望。且以爲與其卷舌擬足，干求於途人，不若披心見情，控告於函丈。伏惟明公，念長安之居不易，知貧賤之難爲工。恕其愚蒙，軫其偪仄。終始前惠，俾無憂生。不任干冒屏營之至。

普洱茶賦

客誇於余曰：君亦知普洱之茶乎？大川之原，孕此珍草。豈惟渴羌，老饕是寶。觸讐飲之而思食，侏儒得之而消飽。若有頭羹骨飯，油蒸粽熬；托胎抹肉，嬭房撲刀；飽喫大啜，赤舌如燒；臟神踧踖，五窮駭逃；緩帶捧腹，彭亨消摇：飲此一勺，寬中瀝膏。

余笑而言：客辭誠勞。罄吾腹之所有，恐不可與此遭。吾將定百甕之食籍，與三九爲素交。公膳卻鶩，朋酒捐羔。食蟹嫌躁，烹魚惡勞。豈五千卷之撐腹，乃山膚與溪毛。則有瓜號東陵，果名南燭。平仲苔菜，散人杞菊。淘文先生之槐，燒饞太守之竹。響風露於齒牙，窮青黄於水陸。主人淡泊，館蟲遷逐。安用是茶，澆我心曲？

客曰噫嘻，子言則狂。是至人之練藏，豈下士之可望！子不能谷口剥棗，江頭種桑。辨抱朴之藥性，寫通明之朮方。方且騎曹問馬，郎官牧羊。監河貸粟，有山乞糧。三升戀酒，五饋鶩漿。雖倔强於人間，衹塵容之皇皇。且夫仲子食鵝，魯公乞鹿；儀休嗜魚，曼倩割肉。此皆標獨行與精忠，建循聲與高躅，猶未能超膻腥而絶塵埃也，子安逃乎人禄！

主人聞言，恍若有亡。於是屏靈龜之卦，歌《嘉魚》之章。樹吾牙頰，寬吾肺腸。髮繞炙而勿唾，手觸羹而不僵。無盤飣之悵望，無杯炙之慚惶。甘瞞瞑於醉飽，混埃壒而相忘。客乃稱善，能自求福。以三百團，去汝腊毒。主人乃上手稱謝，藏之篋櫝。

祭李芝齡先生墓版

咸豐五年二月十九日，清明節，門下士、南河總督楊以增，江安糧儲道、署江寧布政使何俊，禮部員外郎赫特赫訥，前户部郎中梅曾亮，謹以牲牢酒醴，致祭於故禮部尚書李公之墓。

惟公文昌應瑞，真府歸神。久妥吉於牛眠，曾降祥於鶴弔。凡兹含識，共懔樵蘇；况在從游，豈忘營奠！某等以守官斯土，或暫寓名區。當年京邸，同依桃李之門；今日山陽，近接松楸之隧。慨光風之久隔，念春露之將濡。竊以門人上冢，事載儒林；寒食禁煙，時宜野祭。特展九原之敬，式瞻三版之封。素車白馬，已慚會葬之無從。紫氣青牛，尚冀傳經之如在。

尚饗！

柏梘山房文集補遺

上劉金門先生書

某以孟春之月，趨侍師門，猶冀擩染德音，進於昔款。不謂城門告災，旅人失望。其時假館靡適，租船徑歸。顧見之日，期以夏日；乃幽憂之疾，忽發於胸臆，不能會期，順在下風。布衣窮居，非馬磨之可給；何枝可依，望龍門而不見。伏念某心懸乎前邸，而識劣於下走；神耗於虛牝，而意略於時務。對圓機之士，自慚可憎；讀古人之書，彌甚大惑。掎摭所被，瘡痏易生，而曲成之方，無間終始。雖復辟彭宣之後堂，守仲舒之園菜，追惟盛心，負負何極！

王君惠川，世之魁士。若使游步高衢，爲朝議主，必在能言之流。頗復意思高遠，性不可馴。能容異量，古人所難得逢。明公以禮羅致，懸知雄俊之士，含識知歸矣。含毫撫臆，無任引領之至。

按，右文一篇，見稿本《柏梘山房集》，現藏國家圖書館。題中「金門」，原書作「少宰」，後點去，改爲「金門」。文之天頭處，標一「删」字，當爲梅氏最後定稿時自删，故以後所刊各本均無此文，而僅見於《味古齋所見集》之《柏梘山房駢體文遺》中。今據稿本録入。

覆邵位西書（擬）

位西尊兄閣下：

前得信欲即報，匆匆常若未暇，終歲自計不能名一事，逐日過去，又無有日無事也。子叙來，得悉近況，知仍往舊宅侍奉，益萬福也。

弟去春來梅花書院，有花木池臺之勝，西接東園，所謂梅花嶺者。今年二月來，花正開。住房頗寬大。家眷因隔江，不便來。君官承繼仲卿弟考名。紹箕去歲入學娶婦，已十九歲矣。成女守貞，以夫兄之次子爲嗣，然多住母家。其兄在京時，嘗病危，要許其永不出門，依父母，今果遂其願矣。椿女已六歲，甚玩劣，與其九歲兄筠官不相讓，時作鬧。故弟一人在此間，甚閒適，惟吴西穀一人相識。近復得藝叔、子叙，形神稍張王矣。惟多雨少晴，藝叔亦不能常來。言及余小頗即來京過揚，昨復言在川中辦鹽，不即來，亦奇事也。又友人自桂林來，詣伯韓家，見其青布衫，黑布鞋，於廳事環走誦文，形狀如見。展雲有信贈詩，清雅極進。翰臣亦有書來，乞志墓。文深厚爾雅，真有子固之風。少鶴昨過此，見之亦深嘆異。其進京後體中當益壯耶？繡川、芝房處有覆函，乞公致滌生、袖石、魯川、願船、子壽，俱乞爲道意。文讌時，乞以此信並詩文數紙傳觀之，可以悉弟近況。詩取自適而已，不能佳也。

汪醇卿編修，揚州人，聞住鐵門黄子壽舊宅，若寄信，可托之，必速且不懼也。

此頌近安。不一。弟曾亮頓。三月廿四。

按，右文一篇，乃梅曾亮與邵懿辰書，得自邵章題(「丁巳冬日，章敬題。」)藏卷軸《先祖與梅伯言先生往復手札》，現藏國家圖書館。

縉山書院碑記

永寧胡太守彝軒，余同年友也，道光辛卯間致仕家居，慨然有振興文教之志，乃立義塾，俾寒子咸肄業焉。蕭山湯敦甫相國爲記其事。逾數年，復恢而擴之，因大府入奏，改爲書院，事將上而君卒，其子鏞繼厥志，卒成斯舉，且復求余文以記之。

余惟學校之事，所以養人才、厚風俗也。古者，家有塾，黨有庠，州有序，國有學，自世子及庶人之子皆入其中。要其所以教者，孝弟篤信爲之根柢，詩書禮樂爲之範圍，誠意、正心、修身爲之明體而達用。又師友以析疑難，勸懲以戒惰偷。洎乎成材，薈萃熏陶益多。三代風化之原，實基於此。自叔世學校漸廢，教澤就湮，州郡雖置立學官，而與博士弟子員往往歲不一接見，有志復古之士，用是俯仰嘆息，相與擇勝地構精舍，爲群居講習之所，而書院之制以興。炎宋以後，若白鹿洞，若岳麓，若嵩陽，睢陽，其尤著者。當是時，名儒輩出，類能修明大道，闡發微言，而使虛無寂滅、隱怪荒唐之學，咸滌蕩焉，以歸於正。則書院亦先王之教所賴以常存，其有補於世道人心者，匪淺鮮也。

今我朝二百年來，沐浴涵濡，文教丕著，固皆聖天子作人之化，亦任其事者有實心也。余聞往者彝軒太守官黔中，以其地近蠻夷，爲建松高書院以化悍俗，若與漢文翁之治蜀者相媲美焉。今居其鄉，復能以是砥礪士行、獎掖後進，則永寧去畿輔尤近，吾知都人士優游漸漬、朝夕觀摩，挹靈秀於山川，資賢哲以陶鑄，行見根柢既厚，範圍不逾，明體達用之學燦然而大備，於以出其所抱，上佐國家承平之治，下爲閭里觀感之型，又安有風俗之不淳、人才之不古若也哉！

余既喜太守能以文教自任，且嘉其哲嗣能承父志，特書所見以爲來者告焉。至其創立工程本末，則蕭山相國所記甚詳，故不具。

賜進士出身、户部郎中，上元梅曾亮撰文。賜進士出身、都察院左副都御史，寶坻李菡書丹。大清道光二十六年歲次丙午孟秋月穀旦立。史萬貴刻石。

按，右文一篇，爲碑文拓片，現藏國家圖書館。

慈蔭律院募□疏

蓋聞比邱佛記別傳富樂之方，般若菩提不假資糧之物。故貧人供養，無俟多花；國主布施，何妨半果。豈必錢五十萬方給多寶之緣，金百億千始酬給孤之願？然而鸞音既遠，象教方興。非蘭若無以闡大雄，非檀施無以供常住。此則施無虚月，初湊不能絶大衆之緣；日累千金，法欽無以卻十方之奉者也。

金陵朝陽門外，有慈蔭律院者，百年靈跡，寺掩南朝；九達交衢，地當東郭。支分鷲嶺，遥連虎距之山；派濱猴池，近接龍蟠之水。興善寺大徹之衆不下千餘，海昌院齊安之徒寧惟百數。而且樓煩惠遠，飛錫時來；闕里奨公，渡杯閒至。皆同安經笥，不借囊錢。信佛祖之津梁，人天之總會也。豈知善緣方廣，外道俄生。謂此上方，是其下院。騰倂異天成之詔，豈曰當移；住僧非開運之流，妄思典貼。向宰官而説法，求祠部之馮由。以此因緣，遂成牢落。雖月氏象猛，難爭佛鉢之緣；而天竺馬悲，已失招提之富。樵蘇絲穀，既亡其十頃悲田；蔬果飴糖，誰滴以五瓶德水？此則混沌既分，寧地肥之尚在；光音已寂，諒天食之無從。遂使八十四儀金山虚擁，三十二相玉座空臨。豈惟束草禪師，瞻兩廊而不入；亦恐少林大德，棄隻履以孤徵。七人之灑掃將虚，五會之莊嚴何在！佛果上人登彼覺路，早絶啞羊；來此津門，深悲泣象。持演法施之力，紹裹脚於僧英；謬推文字之禪，俾印心於疏主。

竊以飯供鉢内，須陀洹之果旋登；麨掬倉中，閻浮提之因已種。恭聞故實，有此勝流。敢藉順風，俾均其露。以冀女如普意，五□積貴主之金；男若趙崇，九子挂通商之布。或黑學道之士，五百杖錢寶之花；或白學先生，三十匹縑紈之饌。或王粲漳濱之願，或韓公湘水之因。同施不捨之緣，共濟無遮之會。俾三衣不蠹，一鉢常流。瞿摩帝大乘，三千食堂咸在；寶莊嚴仙人，五百講肆齊臨。則八萬四千瓻，豈擅無雙功德；四百八十寺，此爲第一威儀。香緣永結於諸天，住相常輝於大地。用是不辭，凡語聊付勝因。揮毫粉壁，終慚顧愷之圖；染翰金園，尚待燕公之記云爾。

馮次蓮詩序

友人馬夢湘聞余抑菴舅氏僕馮次蓮死，乃嘆而言曰：昔方回奴以舉止受賞，穎士奴以愛才得聲。美談以述，由來尚矣；文采之事，無傳焉耳。次蓮獨能工丹青，善詩業。且形神散朗，見者不能以奴僕命之也。以次蓮之才，託根華屋之陰，布葉芳林之流，故常奴耳。今次蓮之歿，人若有重不能釋者，非以其人門與己，而有悲其志，將刊其所作者。

或告余曰：是戔戔者，何足從文學之後乎？余曰：是則然矣，抑有說焉。將謂夫詩之發揮六藝，旁通百家，明道德之廣崇，治亂之條貫，勝流學士，或無聞焉。若以言夫排比積字，神禫其辭，雖復高者龍翰鳳雛，下者蝦行蛭度，譬之同岑之苔，氣味猶似；秀林之木，根柢不殊。若使空中之書能達，□下之人有知，得毋釋然于彭殤之各足、邱貉之一致乎！

代祭文

維年月日，婿某人，敬以清酒庶羞之奠，致祭於外姑節孝甘母金太孺人之靈曰：

嗚呼！圓靈淪魄，林秀封霜；不有荼苦，誰發蘭香。猗與金母，式是江鄉。惟母之幼，錡釜是襄。歸我外舅，業本扶將。琴瑟在室，枕衾在床。泣天淚近，入地頭搶。謂梋毋闔，有路相翔。哀姑髮白，弱女口黄。乳哺可舍，甘旨難忘。引身束髮，忍死回腸。無犬吠巷，有蠶懸梓。凡百勞苦，以爲羹湯。田畝二十，半入祠堂。義聲積路，族黨流芳。俾子猶子，設象蒸嘗。教誨式□，維母義方。二十餘載，靡覲不詳。爲子擇配，婦已承筐。爲子相攸，某忝東床。光光斯子，世士之良。二豎忽遘，三醫不臧。飴猶虚弄，鼓不追亡。甚矣斯酷，三世可孀。嗚乎節母，乃大悲傷。謂無天兮，日星洸洸；謂無地兮，海山章章。爲我子兮，不後我亡。非我子兮，寄生何長。一慟而逝，淚猶承眶。靈風出户，娥月在梁。壁挂成響，匳鏡動光。魂兮歸來，猶念尊嫜。斯實靈德，豈曰女殃？母有宗英，鄉里所望。告之守土，王廷是揚。播之英談，大篇煌煌。某實母甥，述德不遑。茹痛陳詞，敬奠椒漿。嗚乎哀哉，尚享！

裴太宜人八十壽序 代孫淵如

昔壬戌歲，仲秋之間，當太宜人七十之啓。時某暫輟西笑，方買鄰於青溪，舊知東眷，遂登堂於緑野。形之祝嘏，實有話言。以爲解龜之願，得遂於十年；伏龍之鄉，必尋乎八洞。西華授氣之瑞，申命方長；南嶽奏音之辰，懷靈許聽。及今兹壬申歲八月十八日，爲太宜人八十初度。令威暫去，三千年而竟歸；靈光巋□，四百載而□□。或以爲晉卿善祝，周史預言。抑知太宜人性揚蘭芳，德振玉穎，固有多福，自求萌抵，疇昔者也。

恭維太宜人衍名宗於臨安之封，諧籍甚於聞喜之族。賜綬之銘，與清風而俱頌；每食之鐘，應房中而合響。而聞雞適所，右佩珊珊；弋梟以襄，中廚寂寂。不以巨室，損此清衷。韻初先生翱翔五館，連蹇四門，太宜人則曰：揚雄玄草，無俟孝廉之科；束晳《白華》，第歌處子之潔。古有行者，君無悶焉。及夫送往事居，奉先接下，保持名教，昭宣令問。五尺童子，守宣文之官禮；三命之子，凛夏侯之衣帽。賢子蔚田部曹，夙承高符，壯規時棟。内清卿而外循吏，有位於朝。銜恩重而遠喜頻，母以子貴。賢孫頤卿舍人，丁年冠劍，自成名駒。甲觀文辭，豈慚奪鳳。咸以太宜人貴屏國爵，樂叙天倫。遂乃篤孝思於庭闈，講逮事於繢純。安仁閒居之樂，奉太夫人；令伯陳情之由，養臣祖母。昔以李景讓之爲吏，示鞭者慈親；鄭善果之服官，蒙被者賢母。榮觀雖對，若墜□□。

太宜人出有翟茀之榮，居有環佩之節。升堂而拜，亦來刺史之尊；致敬於家，非無丞相以下。而《南陔》之養方隆，《北山》之思不及。壽觴時舉，慈顔載和；長筵偶張，稚齒列坐。叙情話以納夏，鄰媪必偕；游家林以放春，諸婦咸從。一日之榮，無憂之樂。揚氏所言，今實兼之。斯固三釜之禄，遜其食德之豐。抑萬石之媪，媿此貽安之□者也。是知金石固於逸志，岡陵基夫遠性。異乎西河之女，得九節而延齡；東海之婦，采三山而益壽者焉。

兹者桂華凴翼，晝錦發其奇光；桑葉氛氲，上尊降其佳氣。物備諸福，賓酬萬年。某竊惟前言，若執左券；不慚頻句，傳爲美談。曼都再至之地，已飲其流露；方朔三來之年，更期於不日云爾。

謝繼方伯賜銀粟等件 代

月之某日，蒙恩賜銀粟等件，謹拜手祇領訖。

伏惟明□大人，九府宣勞，六莖輔化。作金湯之保障，興穀帛之謳歌。識具披沙，心存翦稗。譬彼洪鈞，共仰顔回之鑄；凡茲萬室，同沾郇伯之膏。

某石田空守，銅行無聞。玉禾浸辨于琅琊，金策詎窺于宛委。乏陳王之八斗，豈曰敦詩；計大衍之一觔，未嘗學《易》。況乎家無一釜，箱陋五經。價孰比于雙南，戰已慚於三北。即逢大冶，敢踴躍以稱奇？倘遇老農，將徘徊而請學。

猥蒙明公古心念舊，説項憐才。惠仁粟於蓽門，分廉泉於窮巷。秤如葛亮，本自從心；倉出李侯，居然拜手。豈有生金之筆，頓賜朱提；方哦煮石之篇，俄頒白粲。物來大府，閭里驚傳；恩及貧家，交親動色。入鄒生之谷，自覺回春；登郭隗之臺，請從今日。邁義山之寵遇，錢聘樊南；符師道之殊榮，炭貽硯北。從此筆耕知勉，爐冶堪循。撫太傅之金，敢熔經義；擇盧郎之米，務去陳言。龍文百斛，當學步於韓門；烏獲千鈞，要求援于李相。

覆友人札

承詢友人《文選》書價。蓋此書摹之宋槧，冒彼唐裝。比風輕五兩，尚可登三；若《易》重一觔，惟須得半。謹覆。

嚴小秋詞序 代

小秋以詞集示余，且曰：「是小言之破道，乃壯夫所不爲。陸務觀之志，尚覺飛揚；秦少游之詞，半多兒女。吁，其靡矣！誰則憐之？」

余應之曰：「今使土室歌風之士，空廬抱影之徒，收要景於奇懷，夸文章於末俗，即上窺周故，旁覘秦餘。吏部之作一經，士師之書三策，亦玉卮無當，瓦注同輕。然而爲鐘爲鈴者，各成其器也；有故有物者，不尚虛車也。苟其流連物類，謏導風塵，同周勃之掃門，似宋人之刻楮，雖蒼頭特起，赤手捕生。凡性靈所不居，皆風雅之外道。若夫慷慨立身之事，含懷正始之音，秋氣多悲，冬心易卷。采杜若而思公子，攀桂枝而怨王孫。雖硯北餘情，江南短弄，固已一聲《何滿》，勝賦《蕪城》；三疊《陽關》，如臨《出塞》。撫樂毅之書，自然流涕；讀臧洪之傳，歡若平生。後有達觀，必當同慨。何俟陳琳墓上，自詡霸才；廣武原中，妄譏豎子！仿《長安少年》之作，擬《臨江節士》之歌。始見趙景真之恢奇、馮敬通之跌宕乎？且夫漢曲流聲，已歌《東下》；宋賢撰集，每附《花間》。蓋徵以變而彌高，弦以偏而易烈。當七情之間發，有四始所難兼。」

小秋譽擅鳳毛，行成麟角。誦文史如方朔，備武庫于征南。仲景見而題輿，君苗聞之焚硯。然而醫經三折，巫隔九關。歌《相逢》、《狹路》之篇，何人左顧？寫《紂絶》、《陰天》之頌，有美東行。當其白墮酣紅，烏絲界碧，别譜《清平》之調，自成《懊惱》之歌。烏能已乎人之情也？

余當己未，路出茌平。君以西賓，惠兼東道。召漳河之掓瑟，就高館而張燈。每憶古歡，忽成今日。雖闗西男子，故我同存；而江左文章，惟君獨步。昔相逢於泛梗，今幸聚於家林。不有蕪詞，曷伸雅志！至於標片段清空之妙，探慢詞過變之奇，皇甫之序，已有其人；張爲之圖，無煩撐句云爾。

按，右文七篇，得自《味古齋所見集》之《柏梘山房駢體文遺》，有注文曰：「上元梅曾亮伯言，天長后煦和卿校。」紫色印本。並鈐有「鎦家書庫」、「劉復所藏」、「江陰劉氏」及「北京圖書館」之印。

書毛鄭異同考後

唐人爲鄭註疏者，曲傳鄭氏，後世言漢學者彌衆矣。康成之箋《毛傳》也不然，非獨於毛公也，杜子春、鄭司農、何休等，皆於康成爲先輩大師，未嘗苟同，以尊經也。夫經者，群言之君也。事君而黨其貴戚大臣，則必謂之導諛之人矣。至言經而不知此也，曰不倍師。然則漢之師固尊於經乎？徐子季雅，取毛、鄭訓詁之異同者，比而録之，間附以己意。亦樸學之一助也。竊異乎爲康成學者，有異乎康成之用心。書以發之。

按，右文一篇，見於王先謙《續古文辭類纂》卷六《序跋類三》。

跋夫椒山館詩（擬）

有奇氣，有逸趣，有古豔。其情鬱以幽，其詞和且平。道光十五年三月六日，上元梅曾亮讀於京師寓齋。

按，右跋語一篇，見稿本《跋夫椒山館詩》梅氏親筆題跋。現藏蘇州市圖書館。

古文詞略凡例

姚姬傳先生定《古文詞類纂》，蓋古今之佳文盡是矣。今復約選之，得三百餘篇，而增詩歌於終。

昌黎曰：「詞不備不可以成文。」非尚詞也，詞所以載氣者也。歐陽永叔之文，易於詞矣，學者慎取之。李天生乃不讀黃河以南之文，則陋矣。

論古今成敗人物，子瞻、明允爲優，然詞繁而義亦儉矣。《管仲》、《留侯》諸論，其筆勢多可喜，蓋便於學科舉者焉。要其文之至者，則有在也。子由諸論，則無取焉耳。

文衰於東漢，詩至齊梁弱矣，以其未入於律也。而概謂之古詩，則子建、叔夜之文，未嘗非古文也，然氣則靡矣。今取漁洋《古詩選》爲鵠，而汰其大半，於李、杜、韓之五古，則增入之。

上元梅曾亮識。

與查子穆簡（擬）

弟現在收拾書箱，頗有厭多之意。前八弔錢所買蘇詩，吾兄若須者，即可奉讓，亦不必原價。如已買得，祈示知也。此頌辰佳，不具。即候回示。子穆吾兄年大人。年弟梅曾亮頓。

按：右文一篇，見阿英《愛書狂者之話》（原載一九三三年九月一二日、一五日、一七日、一八日、一九日《申報》副刊《自由談》），其第十則云：「十年前，購得《施注杜詩》，有『涇縣查氏手校藏書』、『子穆讀過』、『查日華』等章。歸家翻閱，其間竟藏有梅曾亮名片，及梅曾亮親筆小簡各一，喜出望外。」

蘭軒文集序

詩文皆技也，然工詩者多瘦辭諛言以適己，而淺夫僁子多昧其志而襲其辭，故言佻而行益薄。惟文章之作，古今成敗、人物之嘉言懿行，必莊論而詳述之，故有所諱而不敢放其言，有所習而不忍倍其行。苟非其學之而不能、能之而不工者，其功名氣節必有以震暴於天下，而不遇者不失爲束脩自好較然不欺其志之人，此文之所托者至貴，而非淺夫儇子可剽竊於形跡之間者也。陳君仰韓，學詩文于桐城姚先生，而尤好其爲文，朝夕從事，若饑渴之於飲食。及年益加而志益鋭、學益成，議論敍述，粹然出於正，彬彬然皆可觀也。嗚呼！方君少壯時，嘗肆力於科舉之學，一時取富貴者皆出其下；今老矣，折節攻苦，人世之得喪無幾微見於顔面，此豈無所得而然哉？不然，則摧傷蔽抑，若頽然不可終日，其于文也憊矣夫。

上元門愚弟梅曾亮拜撰。

按：右文一篇，見陳兆麒《蘭軒文集》清嘉慶二十四年刻清道光四年補刻本。

柏梘山房詩集自序

曾亮總所爲詩，得若干首，而自箴其失曰：

蓋聞言不虚，立古必驗，今率感前邱，鑒兹來軫。天寶無家，拾遺發《江關》之詠；蜀道多難，商隱標《井絡》之旨。若乃提摭往事，言成典則，紃察今情，虚而無徵。某山某水，乃周處《風土》之記；書名書姓，實班固人物之表。此一蔽也。

且夫爲鍾則大，爲鈴則小，其物則是，其言則非。故山谷《爾雅》之演，乃香傳之微詞；元亮《山經》之讀，亦陽秋之隱語。蓋罣牢乎萬物，得反覆于三隅。豈徒極命蠢生，叩景玩物，心在一啄，神厲九霄？此則武王之銘，同乎金石之録；《離騷》之經，資乎草木之書。體雖沿於皮陸，義難疏於毛鄭。此又一蔽也。

右軍蘭亭之詠，不殊常語；安仁金谷之詩，未聞好詞。何者？意非積蓄，詞由豪舉。且獨在之慨，當抱影而彌甚；掩卷之笑，非朋從所與知。今則對客進牘，字惟談歡，舉杯當歌，聲必論慼。以常談爲才語，謂暴謔爲高言。此又一蔽也。

樂府所被，實録斯存。太傅《長慶》之集，深規乎比上；水部怨女之風，不失爲自鳴。若夫名沿技録，情同子虛。採扶疏之春華，便列《子夜》之曲；拾參差之香草，已登《房中》之歌。此又一蔽也。

語得來處，拙而足珍；言乃無稽，巧而必斥。世有擅六藝之場，累一集之富。而違孫卿則典之戒，或蹈籍氏忘祖之譏。譬之鷸冠自喜，弁師不存其名；龍鮓多怪，湯官本無其製。昔人謂：所作不可悉難，難則不知所出。此又一蔽也。

且夫詩者，乘興而言，盡意而止。猶夫鳥獸叫音，情竭者不復懷其響；大塊噫氣，怒鬱者不能收其聲。而鄙淺之士，好爲自文。竄句有關鍵之閉，安章如糾纆之合。夫積土成山，居然懷谷；積水成淵，自能回湍。今必穿土以助其纚運之勢，激水以增其盤滏之觀。此又一蔽也。

疊韻之巧，盛于蘇黄；和韻之風，流于元白。意在騁捷徑之險巇，示回翔之善迹。夫妥貼于制韻，既外重之患深；欲深明其本章，又曲傅之患起。矜此難能，競于碎義。是猶削足適屨，屈頭便冠。此又一蔽也。

要津之區，才俊滿前；投贈之作，侈言無驗。或三德不振，而揄揚過乎曾史。或九能未諳，而傅會極于屈宋。此則腐毫之相如，卑于掃門之魏勃；陳王之八斗，賤于正平之一刺。此又一蔽也。

夫古今代興，雅鄭異響。凡此數端，多不自拔；況季緒之才，作者未逮！師古之失，自知爲難。就正有道，不其恧歟？顧以少好吟弄，長多坎軻；凡爲悲歡，萃此楮墨。欲使已滅之迹，按履可尋；不停之聲，眠琴如在。非此贅語，曷留景光？輒編以歲華，都備日記云爾。

致曾滌生（擬）

其一

「跪吾王！」君理諭之，保揮衆揖君坐，因言曰：「足下居海上久，知某某及海上某某輩，皆能聚徒衆劫平民，今皆安在？」保嘿然曰：「固然。然今且奈何？」云云。「汝何慮之淺也？今擁衆降，朝廷必以爲汝功，不死，且得官。百公，智人也，審禍福，必不殺降，又力能得之於大皇帝。即一旦衆潰力屈，降則一囚虜耳。」

妄擬改數行，祈酌政之。

滌生尊兄閣下，弟梅曾亮頓首。

其二

來示具悉。《古詩紀》昨止還價十二千，爲閣下少挫其鋒，然今日位西已用十五千買去矣，不知是此部否？

滌生尊兄閣下，弟梅曾亮頓首。

其三

昨晚坐間有客，語未能詳。昨至廟中，《古詩紀》仍在，歸途遇位西，言已用十五千說定，但閣下已還價十八千，渠何肯賣與價少者？恐另是一部。今日收攤，閣下若去，十八千宜可賣也。書卻甚佳，二十千亦可買，然不爲大便宜矣。

昨復改數行，其病在緊而未能活也。

滌生尊兄閣下，弟梅曾亮頓首。

其四

昨承枉顧後，小女忽於痘後發驚熱，現延理醫藥，二兩日內尚不能走候，想見諒也。大文讀過繳上，鄙意以自「大府」至「宜人挈鉅」意尚未明暢，或弟連日心神不佳，未能探索也。此頌大安。不具。

迪生尊兄閣下，弟梅曾亮頓首。

其五

《史記》四十八卷，須抄補數頁，其價十金以外十四金以内，已肯賣矣。吾兄大可買也。

弟嫌其行李須添一書箱，然尊處定見不買，弟當買之耳。

滌生尊兄閣下，曾亮頓首。

其六

柯本《史記》，弟去歲買未成者，即是此本，價二十金，在京城尚不爲大貴，如十六金得之，不吃虧矣。此書，《宋世家》較王板多數行也。

滌生尊兄閣下，弟曾亮頓首。

其七

見贈詩，「紅塵」句稍廓落，其二、其三神遠氣動，甚似惜抱軒也。所論文章兩境，實鄙意蓄之心而未鳴於人者，欲兼能乎前人，而不能如前人之專勝，是則某之所以爲某而已。

滌生尊兄閣下，梅曾亮頓首。

其八

滌生尊兄閣下：

體中已全愈否？念念。《要略》一書，據吾兄所分釋，似甚有條理，前序說得蕉雲此舉甚鄭重，後序收處甚蕩漾也。此頌即佳。不一。

弟梅曾亮頓首。

其九

尊書昨即送去，睡鄉竟已安穩，此大手筆結構之功也。謝謝！呵呵。尊詩字字如鐵堅，奇處真韓黄也。「燈燭照狂愚」，極佳，惜上句於「狂愚」二字生根未足。「人各發舊蒙」，亦未愜人意也。此頌即佳。不一。

滌生尊兄閣下，弟梅曾亮頓首。

按，以上梅曾亮致曾國藩書信九通，據湖南省圖書館藏補。原書信十一通，有兩通係抄録詩歌，詩已見録於《柏梘山房詩集》，故不録。

柏梘山房詩集卷一

錢塘觀潮 甲子

江南客子悲秋風，扁舟乘興將入東。錢塘江頭秋雨過，俯仰塵土慚清空。滿江大船忽掉尾，漁舟拉雜竄葭葦。千人傳呼看潮來，大堤鼎沸飛黄埃。此時山川不改色，萬目決眥余方咍。訇然江聲滿天地，脚底擺闔坤靈開。神移天動不見水，人言已過嚴陵臺。餘波呀呷吸光景，仰視白日翻驚猜。奇觀倉卒惜難挽，回船晏坐爲心哀。成功不退信有此，入江不化胡爲哉！明朝更泊富春渚，未著羊裘心已灰。

【校】

〔倉卒〕光緒本作「倉猝」。按，卒，同「猝」。

天發神讖碑舊置江寧縣學尊經閣下以其易得搨者少嘉慶乙丑年五月碑毁於火不可復得矣 乙丑

炎官吐火月當午，尊經一閣成焦土。就中天發神讖碑，皇象筆法號奇古。何年剥落已三段，更作劫灰無石補。遂令墨刻重靈光，對紙摩抄指畫肚。上言靈編降吴國，鬼神山川告天祐。此時陰平已策勳，豈畏長江限門户。平吴進取二三策，前有羊公後杜父。惜哉子敬先吴亡，謀國無人急車輔。銀書三年應天出，金鼎八月歊雲吐。紛紛諂子古同轍，往往墓殯群歌舞。皇矣帝謂豈天書？鬼笑靈談竟相詛。六丁下取或神意，野火嶧山同一怒。卻教惆悵讀碑人，聊爲作歌規石鼓。

贈王仲瞿丈 丙寅

早歲聲名寶劍篇，論兵談槊過年年。三車作伴行千里，一飯留賓破萬錢。南國微詞聊寄傲，東山遠志已堪憐。只今憔悴西湖上，遶屋清溪二頃田。

擬隋師東

海表旌懸落日黄，伏波威望久鷹揚。從來馭將須推轂，何意生兵又啓行。跋浪奔鯨憑窟穴，依風邊馬習樓航。定知王者師無戰，飛輓惟供百日糧。

贈胡聖基

腹有詩書面有垢，古人古人終在口。揚眉欲陳策二三，低頭不知椽八九。先生讀書不食肉，弟子肥瓠師瘦竹。平生齒冷登封書，行藏不須季主卜。

官府

遥望金銀似有臺，仙人官府莫徘徊。會看博箭金神至，即唤投壺玉女來。

獨出 丁卯

弊衣獨到瓦官寺，白楊蕭蕭春無地。意去翻憂事會來，此生未曉神靈意。誰家好竹似隱淪，最喜解扉無主人。自成來去不相管，正用此時得任真。

小游仙

舉瓢敲日詠霓裳，捲起黄河瀉羽觴。杯酒乍涼還乍暖，歸花幾度又封霜。

衆人

舒州之杓力士鐺，李白與爾同死生。長鑱長鑱白木柄，我生託子以爲命。古人哀樂何其多，衆人熙熙奈若何。

爬沙謡

爬沙想像走千艘，能使渾流暢怒濤。何意司農惟節用，至今都水屢宣勞。高郵岸影東西斷，洪澤波聲日夜高。回首雲梯關外路，海門沙遠不勝淘。

河隄使者急分憂，欲仗金隄奠一州。不見尹忠蒙切責，翻疑孫禁有奇謀。未妨故道朝朝改，那意高門歲歲修。樵米頻聞頒大使，定知赤子免魚頭。

京師漕事重輸將，士女游閑盛五方。飛輓直須粱漢米，逗遛翻借海陵倉。何曾沃野殊三輔，常憶餘糧腐萬箱。强幹弱枝須要術，古人何地不農桑？

戊辰春冷公調之徐州余之武林作此 戊辰

我已看山倦浙西，彭城君又俶裝時。漸除豪氣依人久，行近中年結客遲。三百銅錢誰共酒，五千文字且吟詩。赤松黄石多奇迹，何日同參世外師。

武皇

武皇廟算已休兵，潤色雍容致太平。豈爲樓船收建德，竟同旗幟幸昆明。娱游嘉頌臣工事，供張歡謡父老聲。尚想宣房來萬福，漫言此出近無名。

詠史

何者非廉吏？誰能隱羨緡？嘗思天下富，不在長官貧。共治須良守，分憂憶古人。由來先六計，卻獻本君身。

寄公調

有子才如下水船，祇今記室且翩翩。人言耽酒宜千日，天許温經待十年。白紵裁成多是女，青樓居處半疑仙。憐君感慨常無盡，未必能禁歲月遷。

書天台石壁

窟穴靈仙信有之，桃花洞口至今疑。石梁獨對丹崖坐，瀑布喧喧十二時。

游天台

聞道層城舊有梯，石梁今日步威夷。濆淪野水奔川急，寂寞閒雲出岫遲。但許興公堪作賦，惜無太乙可求師。長蘿葛藟分明在，欲挽飛莖轉自疑。

開府

開府論兵玉帳中，誰教横海失英雄。杜侯何致聲難辨，楊僕多因約未同。未必妖凶終續命，最憐飛將竟無功。監軍休仗幸毗節，持重軍容有數公。

漫書

冥勤其官以水死，百年未遠九河疏。王景水門亦人力，蔚宗始廢河渠書。
黄河之水入中國，千七百渠始成川。武皇功大心轉小，惜報聞罷齊延年。
我聞治河無上策，兼中下策未十全。涪翁老去不解事，有器不知能濬川。
距川畎澮禹功美，水利曾聞遍九州。書仿河渠空自擾，志傳溝洫有誰修？

贈王小梧

王郎胸中有三味，冒以菜根勝山膚。男呻女吟不低首，沾沾自喜應時須。東西久已一候尉，簡書無事身馳驅。王郎利劍不在手，千首詩澆一杯酒。本朝文士模貞元，往往詩篇藉人口。愚山五字工一格，竹垞萬言輸八斗。漢廷老吏推漁洋，惜哉原本不精厚。君能提律摧堅城，猶勝海表懸虹旌。男兒富貴亦自有，要貴能箝食言口。不然大河前横居有竹，羊肉千觔酒百斛。

無錫道中

澗底孤花媚晴昊，含笑不知春去早。獨立寧甘糞上英，過時誰惜霜前草。宜春殿裏真相宜，手無斧柯不可斯。書生不惜被花惱，三嗅馨香知我誰。

龍潭夜發

見説近鄉無百里，翻愁風水阻揚舲。獨騎瘦馬行長夜，暗逐流螢過短亭。但使閒關常負米，敢將身世嘆浮萍。遥知欹枕高堂上，合眼江湖夢未醒。

回舟

回舟春水依然緑，物態芳菲客意非。竟使鷗成今日舞，誰知鶴爲故人歸。撫躬尚惜懷中刺，顧影終慚身上衣。欲把長鑱尋要術，南山還恐豆苗稀。

寄小梧

昔聞越中山水奇，閉居官閣無由窺。與君古歡成邂逅，如得邱壑深忘疲。多君於我盡忠告，行私文字不容粟。我時護前欲自伸，君如受垢顔色瞋。屬者經師析秋毫，孤燈照花時一遭。百篇或求日本國，胡盧漢書索價高。我思誤字乃一適，昏澁宜懶更成癖。君才視此殊龍鰕，我如泛海得月槎。邇來學射少三耦，好事如君亦能否？君但勸人勤讀書，豈乏高賢踐台斗！

書團扇

佳人自倚在山清，賣盡明珠笑此生。出入自宜懷袖裏，絶憐顔色近前頳。

嘉慶七年冬宿州狂徒猝起秦君攀魁攀萼其鄉豪也以殺賊得勇爵爲余言其兄攀元死賊事因記之

一夫夜呼刀百口，剥鼓州前門不守。夫人從子不及走，健兒肘後印如斗。乃兄如虎心念亂，指揮謂可鳥獸散。十蕩十決槍半段，有弟有弟終殺叛。

無錫詠子規 己巳

春風何事上花枝，惆悵花開付阿誰？惟有子規心事了，枝枝啼到落花時。

過虎丘

釵光鬢影步風花，晚向星河學泛槎。燈火漸稀人漸散，歸潮落月擁琵琶。

武林歸舟作

歸時杏花落，來時梅正開。不知緣底事，拋卻兩花來。

游畢墳

死後賢愚長寂寂，深松茂柏又何如！誰將零落山邱地，早自安排華屋居。竟使峰巒皆我有，尚疑魂魄愛吾廬。滕公自有佳城在，豈止生前未駐車！

五人墓

殿上洶洶五虎守，四十孫兒牽十狗。五君忠義何堂堂，揮斥緹騎如驅羊。殺爾好官尚如此，何況覬覦作天子，逆璫聞之心半死！不然助逆之人如附火，何以呈秀尚言時未可？

不覺

不覺年年春帶賖，戲看車馬入隣家。心隨胡蝶不知遠，忽見含英蘭蕙花。

贈章渠賓

錢塘章渠賓，家始富而終貧。佩一簫，爲江湖老賓客。余無時見其不自得也。世有游翰墨之圃，而胸臆或束縛於窮愁。今渠賓役思小物，舉俗覲所挾，以嫮姱一世者，如風日之不能攖然。則士君子之假於物，以全其天者，有小大乎哉？有至不至耳。故歌以三嘆之。

年年，九靈收身其天全。君有草堂歸未得，西泠橋頭好春色，嗚呼行路方偪仄。鬅之須麋老松格，千金散盡身是客，顏非昔紅俗眼白。短褐長歌不受憐，寒簫一枝過

桃李

遺鈿墮舄落香塵，桃李蹊中不斷人。誰道漫山總粗俗，定知非爾不能春。

寄王小梧

臨安別後多書札，史論精嚴見性情。俗學未堪隨計吏，丈人肯與共功名？此身久許青牛句，當世方期白馬生。客路永嘉山色裏，憐君隨處得詩聲。

詠古二首

文帝好黄老，武侯治申韓。操術如水火，夷險皆洽歡。活國自有經，微言斯無難。仲舒不當國，儒者乃哀嘆。

儒者貴名實，敷納言爲先。晁賈二三策，施行見當年。推書發嘯歌，豈無時世賢？大哉聖人言，以爲得魚筌。禽犢取公相，恩施喪其權。恍惚杳冥中，搜求令人憐。

偶書

千艘競張帆，受風亦無定。遲速互相踰，收帆忽相近。

寒士篇

希世有高符，寒士無良圖。烏生八九子，返哺望其雛。尾長翼短飛几几。屋上竊脂，更去田中捋荼。安知射生兒，兩丸目盱盱。豈伊不魂魄飛揚？阿母生烏子時，得食亦甚崎嶇。寒士亦有千金軀，奉承二親難走趨。

題人齋中

六月火雲不到處，三冬文史總相宜。窗前緑滿如春水，黄蝶飛來人未知。

絡緯

新蟬昨日唱薰風，絡緯驚心小院東。先恐西風飛一葉，空庭仔細看梧桐。

送家庾生兄入都

小山叢桂發蕭辰，惜别怱怱捧檄人。家世清卿堪念祖，古來小吏易收身。漫隨東郭求都尉，且喜南州慰老親。卻念投簪三徑日，故園芳草幾經春？

呈秦遠亭

公子歸來猶昔欵，龍門不見涕潸焉。膏粱自可擅天下，瀟灑無因常少年。冠履當時恒滿座，米鹽今日覺論錢。愚心亦有無窮事，同是悲歡不似前。

有聞

四十男兒位上卿，青衫破帽忽長征。引繩豈爲排朋黨，束緼偏難望友生。疑行詎關和嶠癖，先機終愧日磾明。可憐兒女還安樂，絶域誰同萬里行？

哭幼弟曾誥

昔余戊辰春，始束東游裝。余子方及晬，余弟載弄璋。五月余始歸，入門喜洋洋。有兒庭前嬉，姆抱過我旁。客行未云久，不謂弟已長。呼名問是兒，可能識爺娘？我言未及發，我妻哭在房。我妹掩面啼，我母痛搥牀。心知子已卒，呢呢不忍詳。回頭抱我弟，解顏慰高堂。痛定始自思，繆誤近不祥。復念丈夫身，忌諱那置腸！豈知隔歲秋，我弟竟爲殤。汝語未成音，安識疾所藏？悲哉軀幹小，備此藥石嘗。亦知阿母悲，口呿淚盈眶。去汝咫尺間，不到汝膏盲。天地不汝寬，我涕空淋浪。昨日啼母側，今日歸高崗。高崗無人居，汝啼誰汝傷？嗚乎弟兄恩，不得共死亡。

今夕

今夕何夕燕畫堂，春燈照月花滿牀，笙簧四合如垣墻。衆賓兀坐軀洋洋，但願此曲如天長，美人元鬢亞明璫。金搖翠羽動遺光，滿捧金盃緑橙香，以色授我勸我嘗。月落參横樂未央，忽然遠心墜渺茫。

柏梘山房詩集卷二

贈方植之 庚午

君才豈是飢驅者，四十居然非盛顔。嘗喜著書宗苦縣，可能養拙在窮山。地因蝸角多蠻觸，人到蛾眉懼復關。寄語諸公寬禮數，久因潦倒歷憂患。

了知

了知不是夢，今夜月偏明。底物爲長策，深宵戀短檠？途窮知有我，性定覺無生。未信詩書祟，高吟得友聲。

吾道

咄咄千金原敝帚，蕭蕭萬卷伴寒菹。古風未必無來軫，今月還能照索居。斯世何求惟一飽，此生可得是三餘。那堪遶屋扶疏樹，作使秋聲到草廬。

秋懷五首

霜威有先聲，木葉日箴儆。戰風終夜鳴，未肯受驅屏。終然坐銷歇，俄頃悼前猛。黄花淡如此，秋堂對疏影。

榮落固同歸，先後孰行籌？衆緑亦未歇，一葉獨知秋。在樹强爲名，辭柯無薰蕕。階空自成語，哀怨鳴其儔。

吴門王惠川，讀史十過了。毛徵九牛富，夜萃一狐寶。貧賤已足驕，仕宦那得巧。平生功名志，今日在温飽。

懷文不抱質，嵬容豈能賢！異之非文人，餘事亦歸妍。理照無端倪，廣心爲誰憐？一寒今至此，矢口不論錢。

植之哦七字，高浪駕青鯨。纍纍葛一邱，孤笑寒花明。崎嶇從此始，送者返夷庚。愁城鐵不如，無使頓心兵。

呈管異之

我生二十猶卻掃，嘗信文章有交道。吳門王渭雅所親，得一已盡天下寶。姚公遣我造君室，愧爲邑子知不早。文章絶脈獲秦餘，典型瀝耳聽周考。十年抱經遍東國，歸來忍飢事幽討。人生貴賤如草木，水居蘊藻山樗栲。衆中駛騃衹自知，天眼矇矓誰醜好？君言物論底用齊，且試苦吟同絶倒。

偕異之游東城 辛未

推書出門無所之，訪君深巷無人知。署門七字異常語，排闥直進中哦詩。主人相見一撫掌，作此窮讀寧非痴？君言東城有佳處，衆山可對盃可持。行行且止雜笑語，經過闤闠穿東菑。荒園昔日爲誰好，嘆息吾行猶古道。野桃蓄縮不著花，春泥棲苴斷行潦。皋壤餘意兩人同，踏盡空林葉如掃。每思寂寞何所愛？故是成虧了不早。春鶯三請楊柳陌，似言誰家杏花白。不嫌隨處好生哀，佩壺同覓曼容宅。

寄外兄王惟月

舅氏門庭感昔游，十年嶺嶠別悠悠。爲秦贅婿誰青眼？問趙孤兒已白頭。竟使東南隨孔雀，欲迴西北愧牽牛。傳書聞有相如病，可向花間戒酒籌。

贈馬韋伯

面長一尺自言奇，二十閑居豈數奇？彈鋏不須爲客早，閉關寧悔讀書遲。幾聞畫虎成名士，未必雕龍即器師。富貴致身君自有，貧窮惜取少年時。

哭殤子鶴算

汝母夢中哭，亡兒偕汝嬉。爾時猶未疾，我意已潸悲。父竟何年識，兒真有處隨。獨憐俱兩小，魂魄豈相知？

避暑過管異之齋是日小雨未成同坐者朱幹臣吏部馬韋伯茂才侯振廷舅氏

九天烈日無雲垂，盲風揚堁土坼龜。皇天不雨農釋耒，敢惜藥院無苔滋？我雖活國少官守，哦詩正苦恒炎曦。觸熱往從二三子，清言耳飽樂不支。燈闌語親各自嘆，翺翔倫黨皆天慈。艱難稼穡終在口，坐看雲起同伸眉。中庭欲試雨點壯，翻愁舉體無淋漓。雖然淅瀝漸滿聽，華月已掛東南枝。頗聞黄流溢鉅野，水脈難縮勤堯咨。天於尺澤何所愛，哀益無術真龍痴。昨過青溪大堤上，游閑士女巧弄姿。煙霏霧集泛舟入，彩雲照水堆琉璃。美人銜巾墮珠壓，驕民籠袖銜金巵。閶闔正有太平樂，吾徒何事銜空悲？

秋興

忽忽已忘長夏去，秋來始覺有飄蕭。餘花日照終難暖，危葉風休亦自摇。蟋蟀尚能知十月，蜉蝣祇欲玩三朝。獨憐宋玉成寥落，何處幽人可共招？

寄圃述懷

梅氏千餘年，宛水有家風。曰余曾大父，龍機邁衡工。布衣謁皇帝，臺端極匪躬。身有一品衣，家無一畝宮。安車竟南歸，曰止治城東。署門曰寄圃，志豈終寓公？蹉跎六十載，東祖將毋同。仰維文靖德，保宅期無終。俯維晏嬰嗣，成清惟固窮。

安居既已久，生齒日已繁。花間惱鵝鴨，池上散雞豚。四房既離居，單門猶獨存。我祖道風秀，弱冠輕華軒。翩翩貴公子，門舍成荒村。天機樂林草，扶持如兒孫。土墻雖不高，折柳以爲樊。醜石無結構，零亂秋樹根。其上施女蘿，其下自生萱。好竹不論錢，種柳必當門。蓮亦雅所愛，紅白自繽紛。辛勤十餘年，垂老得負暄。修竹未林立，長逝歸九原。高柳今過墻，攀條痛何言！

先師不憂貧，淵明苦年饑。世變使之然，恒産古所依。家君困筆耕，道長今未歸。遥遥皖公山，余季亦分飛。天寒衣袖短，野木霜漇漇。豈無風波事，謀生無是非。愧彼負米賢，使爾去庭闈。養親固爲好，安能誤儒衣！

嘗觀貨殖傳，亦尋野老篇。高符吾豈敢，致此獨無權。解顔勸畦丁，種菜及兹年。食力覺多可，豈曰不論錢。御冬謀旨蓄，晚菘尤流涎。抱鍤總爲此，蓄眼望冬天。一朝忽凍折，垂頭傷可憐。童奴相怨怒，采摘悔不先。生理固難見，即事返自然。

贈左匡叔歸桐城

方君植之能說子，古貌雄情無與比。偶然折券散千金，三冬無褐心不恥。矇矓世事若無意，要最千年看如咫。五勝新推十六家，一日曾行三百里。朅來爲客至江南，憔悴儒冠尚如此。馬生與君意氣親，得錢沽酒爲佳賓。酒酣嘆息新知樂，客子逢人喜任真。當途之子多羞貧，熟視自循頭上巾。不如南畝還收身，青鞋布韈誰能馴！方君方君亦偪仄，千言不如十斛麥。等是東西南北人，送爾江頭獨歸客。

放歌行示植之異之韋伯彥勤弟

既不能輕車重馬爲良賈，散盡黄金佩青組。又不能《孝經》《論語》誦十通，出取公卿如掇蠥。世途雖寬心轉隘，腐儒自取非天窮。管君學古皆時宜，《浮侈》一篇懲漏卮。昨出長歌示方子，窈窱處子云誰思？人言古人亦妄耳，揚眉望天任群嬉。方子爲客更潦倒，舍我二人無所之。高陽酒徒空自詫，閭里未敢求書師。家弟觀書但聞略，能爲大言亦不惡。馬生落句新有聲，財没先居嘆家索。金陵城中十萬家，我惟數子同盃杓。袖短心長酒易空，風悲日瘦歌時作。得飽猶須縱談笑，不官且自忘溝壑。君不見利害焚和爲一身，聖王不敢恃飢麟。吾儕苦羨榮期樂，壯士當知原憲貧。

韋伯才調蓋是庭筠長吉之流近乃云欲學曾亮所作句律者無乃愛忘其醜耶

堂堂故智去微詞，得得新功來小詩。邢邵豈須資沈約，昌黎自喜效宗師。文章從古多窮者，鄉里於今見異之。盜有道焉吾未善，試從東郭辨公私。

立春日送植之酒

方子門前惟積雪，吟邊尤覺不勝寒。可憐掃地腰難折，尚有談天舌未乾。三舍棲遲猶夏屋，一年風物又春盤。髯奴爲致還書酒，莫奏商歌怨伐檀。

贈方長耔 壬申

方子招邀三五客，共尋幽絶到西城。能同年少疏狂性，不逐平時徑路行。吾輩自成今日樂，名山應識古人情。竹樓已就君當記，更有峰巒坐上生。

贈吳中王南垞

與君幕府分襟後，落拓揚雄分草玄。豈謂文詞高甲觀，即今冠劍失丁年。貧須月俸何人給？病得風痱幾日痊。有約精廬終結伴，讀書應道不由天。

贈友人

無端自覺隔山坡，昔日清神近若何？示疾應勞吳客問，閑情能復越人歌。春尋蘇小墳邊久，秋聽滕王閣上多。每憶登臨同得句，故應風景未消磨。

要葉耳山同游小盤谷偶用山谷進退格

主人隣卜盤中地，我更相邀訪舊蹤。今日不愁山徑古，向來誤認水源窮。嘗思雲卧終何得，近識天游未厭重。餘勇惜無君共賈，留看江影月明中。

春日喜晴 癸酉

連陰不肯放春回，三月清明雪作堆。今日看雲才一縷，漫天不信掃難開。

苦熱

赤雲正苦蒸如火，碧草偏能染似波。卻念變衰容易到，翻愁熱惱等閑過。

贈鈕非石

散盡黄金鬢改玄，獨餘翰墨得留連。時追苦縣光和體，不奏《甘泉》《泰畤》篇。欲借《方言》行問字，更從《齊物》證忘筌。世途何限烏焉馬，烏迹那禁有變遷。

慰袁荷塘

南城秋士發幽嘆，淒絶西風一葉寒。壯志自因流俗激，高懷終藉古人寬。

贈周石生

兩人昔俱學，惟金鎔一冶。才智雖綿褫，性情無厏厊。咿唔共呫嗶，焉哉與乎也。暇日蔽童昏，流光不我假。年來憂患積，君更合并寡。魚軒侍萊衣，龍山落楚觟。奔車況下走，入幕誠苟且。雲陽憶孤蹤，泥淖悲陷踝。靈風蘇臺吹，涷雨匡山灑。峩峩予高冠，渠渠彼大廈。酬對以爲嚣，區蓋或嫌啞。客心畏雌黃，我貌空渥赭。此時懷朋簪，忽如飲醆斝。賤軀隔晨風，德音悵宵疋。休休決再計，欵欵喜一舍。揚子久見嘲，矦生暫辭駡。時君來履綦，夜話見燭灺。豈聞蚿憐蛇，各愧烏變雅。昔折長者枝，今出少年跨。翻思學童苗，甘意受威檟。嘗聞包菁茅，厥貢遺檖椵。鯉腮又當曝，雞肋倘應捨。四門闢巍峩，百神扶䂻閜。喧譁始亂行，肅穆俄奏嘏。群材信屯蜂，小屋僅庌馬。卧疑學弓張，坐敢成箕哆。偪仄窘七步，昏澁誤三寫。泥中冠且挂，爨下筆仍把。壁蝎照可憎，衣蝨歸猶惹。謂殊桁與

詎聞所慮畫虎皮，用策固非下。所慮畫虎皮，詎聞

楊，是以案名槁。恭惟拔賢良，亦貴寄民社。進途示之難，用策固非下。所慮畫虎皮，詎聞雕龍鮓。行將游諄芒，何待夢宜楙。好古頗激越，獨往滯跁踦。高明蹈虛空，瑣碎困捋摭。師心徒自刳，義肉妄思冎。詩騷儕奴僕，文字混母姐。誰歟惠同車，奮然縱大野。惟君多蘊藉，去俗不綺絮。杯盤絶流宕，褭屐賤嬌姹。餘事宜兼之，多文固儒者。史林材先純，子囿蘖徐槎。九流紛絲麻，萬緒歸篗篙。路遵迹乃遠，壑滿湍斯瀉。我歌雖折楊，君悟徹般若。小蟲爭鳴秋，猛虡獨奏夏。鳳毛騰英英，鹿角拔丫丫。斯言勿詠途，異趣難合瓦。且當縱秋觥，共醉黃華蘸。

示袁荷塘

袁生學詩如射的，低首涪翁竟成癖。看詩近復子美親，北征未許南山敵。明月欲落天雨霜，秋堂燈火共傍徨。勸君莫誦七歌曲，我未聞聲已斷腸。

詠史

文武衣冠拱廟堂，荆軻竊發竟倉皇。豈忘平日持兵法，卻賞無且擲藥囊。

贈小道士

偶謫人間不自知，散仙來往幾多時？仙家會有三珠樹，不放歸華上柳絲。

揚州唐文館即事二首 甲戌

東郭先生不自量，漫誇鼓瑟中宫商。木天縹緲多仙子，金地莊嚴在上方。博士有時呼狗曲，將軍無處覓熊光。寄言年少休輕薄，東壁曾留翰墨香。

又

疾甚風前燕，多於暑後蝱。掃門收魏勃，開第館荀卿。吕覽千金盡，劉書一紙輕。未妨訛舉燭，尚想佐調羹。

題鈕非石採梅鄧尉圖

看花君已驚身老，我正披圖愛花好。一紙悲歡事不同，人間何處通懷抱？斷橋幽磵獨横枝，忽憶青鞋獨往時。請看鄧尉山中樹，何似半山亭下路！

贈馬斗山

問君底事行千里，不爲飢驅賦壯游？未遇揚雄思訪宅，每逢蕭統輒登樓。讀書似我真嫌少，掃軌何人得自由。早識文章交有道，不教歸興滿滄洲。

贈趙晉齋

先生不隱亦不仕，坦然世路忘崎嶇。古心獨抱漢陰甕，天眼能窺汲冢書。嘗惜浮雲同變幻，時從缺月辨模糊。青鞋布韈訪碑處，試將餘意問邱墟。

悼亡 乙亥

痴雲抱月夜簾清，燭影幢幢夢不成。今日語言誰刺刺，當年離别只平平。封侯竟已成虚願，瞀奠寧堪慰此生！富貴何關兒女事，九原收汝淚縱横。

寄陳師吾

奉書肯爲子公遲，憔悴塵容定未知。賓館秋深烏鵲樹，女牀春冷鳳凰枝。人間只欲馴中散，地下誰能序左思？卻憶青雲同學子，池頭幾度早朝詩。

題松化石圖

奇石誰能化？蒼松變化神。磴磴邱壑意，寂寂棟梁身。已分溝中斷，翻爲席上珍。從來知遇士，多有息心人。

贈姚春木還松江君在家數載搜葺文獻聞姬傳先生卒來會喪江寧

君從三峽赴皇州，歸擁名山早自謀。東海官儀惟舉漢，西河史記特宗周。高風會帳今誰見，他日元經待子收。哭寢未終還送野，把君詩卷不勝愁。

擬古意

聞道河東郡，川原有播遷。黑風吹地轉，白日與天旋。城郭過三十，人民倍六千。此時樵米費，信使慎哀憐。

除夕

兒童簫鼓歲時新，翻手春盤少一人。夢裏尚驚身作客，只言離別在三春。

柏梘山房詩集卷三

和方植之來詩感念姬傳先生歿已逾年 丙子

君作皖公客，金陵違幾春？風期終勝我，月旦且憑人。開府膺時棟，題輿首聘珍。楚筵陳醴重，鄭館授衣新。側想温經暇，遥知得句頻。魚書慚繾綣，雀躍更酸辛。學疇昔周旋日，吾師設教辰。雞鳴開舊館，鹿洞接芳塵。名德原如鳳，高懷獨援鶉。從吾輩好，交許後生真。問卜皆無色，談空各有神。元文推子論，黄語不吾瞋。絲竹聲如在，盃盤迹未陳。萍蓬俄泛泛，模楷失彬彬。曳痛連朝杖，傳憂異日薪。一哀千古事，兩地百年身。膝爲斯人屈，眉從若倜伸。有時書咄咄，何處走踆踆？夢蝶常疑病，占烏轉媿貧。願瞻思大野，蓄縮任洪鈞。離合緣終易，存亡感詎堙。祇愁良會日，話舊益沾巾。

題戈載寶士四春詞

香飛紅走幾千春，惟有司勳易愴神。風景若因惆悵往，陌頭應少看花人。

題姚一如方伯秋山賭墅圖 丁丑

未及東山侍謝公，得聞令子述家風。常持陸賈和調計，遂建皋皋保障功。三峽雷霆籌筆壯，九峰煙雨畫圖空。他年拗相休相奪，千載公墩在眼中。

寄姚春木

幾回書札問侯芭，新斷揚雄問字車。天上白榆能散莢，月中丹桂豈成花！徐無鬼去誰知馬，戴晉人來恥辨蝸。爲謝隣僧初夜磬，久將身世託膺㕓。

題人悼亡集 戊寅

郎君下筆驚鸚鵡，望帝春心託杜鵑。露冷銀牀虛夢蝶，風迴錦瑟怨哀蟬。陌頭楊柳猶三月，洞口芭蕉又一年。欲把君詩情轉怯，那堪驚雁復聞弦。

送黄修存入都

五月吉日辰之良，故人揖我神洋洋，金臺峩峩路修長。曰親有命子所將，東南孔雀露文章，出取公卿易求皇。留君夜闌盈一觴，仰視明星正煌煌，帝車北斗運中央。南極老人應壽康，閣道乃抵南箕旁，王良策馬牛服箱。軫車發發不可當，長沙如簸風中揚，羲和遺鞭匿扶桑。老蟇蜎縮走且僵，使星揚輝出文昌，欲空貫索開鋃鐺。或言伶倫吹篔簹，南風一曲乖宫商。無乃敖客醉瓊漿，玉女投壺流電光。天孫聘錢不得償，織女牽牛泣紅牆。星宫亦重修文郎，守廁乃是淮南王，作詩一笑誠荒唐。勉之行矣君勿忘，富貴快意非所望。

揚州寓寶林菴作

一水護城去，僧居臨水偏。幾家同菜市，深院劃花田。雨穴顛當閉，風條腹育懸。空庭絶來往，除草一枯禪。

爲鈕非石題片石圖

洞庭仙都丈人居，紙青字赤模靈書。說經字用九千正，稽古言删三萬餘。近有新書發黄老，道德指歸不草草。袖中奇石似支機，試向君平索幽討。

暑甚與鈕非石顧千里夜坐

朱光積厚地，晚涼不能歸。空庭坐談久，尚未思羅衣。孤燈發光怪，暗室生炎威。羽蟲不知名，觸熱向人飛。側想雨聲壯，狂弩發萬機。八垓伏塵土，四壁跳珠璣。蠅蚊悉逃竄，快如馬脱鞿。輕雷不成聲，眼穿雲復稀。何時見高秋，萬瓦霜湝湝。客言死生速，有如朝露晞。寒暑有幾何，珍重尚我違。況欲逃之去，甚於黄金揮。斯言實爲達，卻暑良庶幾。回房甘我寢，習習風生幃。

嘲蟬

萬物皆能鳴，獨爾爲激烈。大聲發午晝，赤日熱如血。侵晨已呼號，入夜猶嗚咽。

兩腋鼓八風，萬籟泯一呋。初聞似清快，久聽殊瑣屑。我書爲之廢，我寢爲之輟。似欲矜孤高，似欲判流别。諜諜嗇夫對，刺刺婢子訣。甚如君子口，長乃婦人舌。音多雖雜亂，響厲如告訐。不知何煩冤，得爲汝開説。官吏喧蜂衙，王侯居蟻垤。蜘蛛網羅飽，蜉蝣衣裳潔。在彼處脂膏，於爾無齮齕。映書螢何光，繞筆蠅甚劣。篆出蝸牛斜，字經蠹魚滅。嗜好不能移，種類安得絶！水蜮伺影深，天螻録語竊。二蟲誰恩仇？百鬼所施設。負版行崎嶇，轉丸擁杌隉。豈爾蔭枝柯，禁彼營窟穴。灌夫怒何與？臣甫憤空切。雖居五德全，勿侈八名列。么麽同賦予，駁駿誰剖決？未能絶吸飲，那得自標揭。惡木還卑棲，孤竹難高節。拄恐來朱雲，唱勿誇白雪。周昌戒期期，趙武且呐呐。不爲執蔭捕，庶免持竿掇。我讀舌生花，我寢眼生纈。微風稍清涼，厚地失炎熱。庭陰積如水，與爾共怡悦。

夜起

久寢不成寐，散步當庭柯。殘月下孤竹，暗風迴女蘿。勞生夜氣静，曠宇清光多。蟲飛漸欲曙，撫景將如何？

即事

蛭度蝦行難走趨，翻令婦女笑形模。誰知露索洶洶地，未許蕭生改一途。晁董公孫迹已陳，卻言花樣一時新。無端樸筆成孤笑，頭上青天月一輪。

移寓虹橋道院作

去城無一里，宮觀久榛蕪。竄瓦驚蒼鼠，跳梁慣白狐。樓臺寒色澹，鐘磬夜聲孤。等是萍踪寄，吾廬一任呼。

揚州寓虹橋道院遇顧弢菴丈

孤城荒荒流水隔，古殿荒宮團野色。冬深花盡少行人，日薄苔寒獨歸客。歸來仰屋似著書，陳編刺取供人奴。嘗鄙啬夫對禽獸，豈慣《爾疋》箋蟲魚。有時結約思快語，出門四顧無人呼。先生水南我水北，一月不逢真可惜。披詩讀畫心孔開，煮酒蜂房話疇昔。三日於菟今畫虎，青眼看余已頭白。同是飢驅客子心，世途那得誇胸臆？廣陵城西冬雨微，先生興盡還思歸。明朝予亦挂帆去，水北水南鷗鷺飛。

歲暮感舊用東坡聚星堂雪韻

舅氏侯抑菴先生好詩，冬雪後，紅日射窗紙，輒呵筆不自休。尤好東坡聚星堂雪詩，每和必屬曾亮。戊寅冬，寓揚州道院中，微霰欲作，敗葉繫塵網上，獵獵作人語。時先生之卒已五年。念幼時足不出閭巷，與先生鬬强韻爲樂；聽兒童輩祀竈神，歡笑作爆竹聲，可復得耶？慨嘆賦此，以志昔時之樂事於不忘也。

山風入門擁黄葉，旅館陰陰欲飛雪。紅燈緑酒又誰家，白塔朱樓正愁絶。早年學賦心尚孩，舅氏誇余角難折。紙窗竹屋坐妍暖，快雪時晴記明滅。索句先愁茗椀罄，催詩戲取花鈴掣。土牛已報長官迎，金燕還同兒輩纈。昔日歲華足歡賞，祇今客夢增騷屑。文章垂世易千春，笑語供人難一瞥。長老風期那可繼，故園景物猶堪説。明朝磬折辭主人，干禄從來薄殷鐵。

偶書

竹屋紙窗聊試墨，日光穿漏射游塵。試看野馬絪緼處，反覺勞人自在身。

題馬棣園秋館聽潮圖 己卯

舟人夜眠風動榜，菰蒲蕭蕭暗潮長。烏絲黄卷江南客，獨坐秋堂聽遥響。我亦觀河縐面人，途中風景畫中身。濃花野館梅山下，細草危檣瓜步津。

題陳仰韓讀書秋樹根圖 庚辰

秋林無風花竹涼，苔明石淨延疏光。樹根枯坐讀書久，不知落葉生微黄。吾家寄圃好松石，付與江湖十年客。更欲因君問異之，讀書種樹當何時？

題周次立大母戴宜人侍疾課詩圖

燈寒欲青閨月小，女宗危坐心神悄。藥鼎水翻聽誦經，夫疾得瘳兒課了。一經起家羽國儀，又見文孫報政時。每聽召伯甘棠頌，忍讀周南芣苢詩？

題馬韋伯湘帆圖

顧君爲子圖瀟湘，萬柳一碧江天長。張君筆端有雲氣，班竹瀟瀟風雨至。晴帆蕩瀁雨空濛，坐令合眼到湘中。帆隨湘轉不知處，渺渺平蕪背人去。

題管厚菴松下科頭圖

歡華塞兩儀，心息萬緣小。科頭踞長松，蟻垤見了了。主人心安樂，竹石得其真。試問崔興宗，何爲看世人？

苦雨

蛙聲才欲歇，急雨又滂沱。稍喜炎蒸解，其如湫隘何！池波侵蟻穴，屋漏墜蜂窩。愁坐抛書卷，無人踏屐過。

秋日偶書

新涼天氣静窗紗，人意蕭疏戀物華。籬落萬釘山藥果，牆陰一帶海棠花。

旭莊伯父七十壽詩

旭莊梅先生，曾亮之伯父。家承萬石風，書馬不訛五。文章守師法，精熟及箋詁。人言名公孫，青紫拾芥取。達者天機精，失得不仰頫。一官足自娱，萬事非逆睹。每述定九公，賜坐見聖祖。同時應蒲車，一二後無主。造物忌盛名，吾宗賴天祜。共祖數十人，有秀不皆魯。賜書能收藏，衣食任枝柱。有兒能勤書，有孫學官府。尚祈守家風，即是大門户。以此心陶陶，常覺貌姁姁。亮昔聞雅言，竊嘆斯義古。斯言敢莊述，一觴佐飛羽。

題聯玉農龍潭話别圖

昔君欲作乘風圖，萬里破浪驅天吴。又作古藤一千丈，枝葉扶疏盤倔强。男兒若此真雄豪，别淚無端揮莽蒼。秋江澹澹一帆卷，漁市人家夕陽遠。江頭揮淚誰獨多？亦有當年嵇與阮。烏乎！司馬一官亦何有，煌煌金印須如斗。萬言不值一杯酒，富貴逼人君善守。

東坡定惠院月夜偶出叠韻詩汪均之得其手稿墨迹二首共一紙紙殘一角虞山錢宗伯補以細字 辛巳

黄州逐客細和詩，意匠經營今得之。一詩底事不草草，想見寵辱忘天機。幾人燒燭檢蛛絲，蟬翼千鈞又一時。試比魯公爭坐帖，何如元祐黨人碑！

又叠東坡原韻二首

東坡昔作騎鯨游，斯文冥冥若長夜。傳流片紙萬牛迴，想見揮毫一鳥下。細看濃抹如眉闊，肯使奇才任胸瀉？謫宦雖成蜀黨魁，悲歌不作湘纍亞。廟堂無地能爾容，風月在天從我借。經冬山竹碧初老，駐春海棠紅未謝。典竄豈因樵禊帖，敖游自喜依僧舍。往事真成牛角花，餘甘幸比虎頭蔗。眼前清景過始知，身後高名生可怕。作詩一笑公應聞，當日好官誰復駡！

蘇公手迹十四書，張丑藏經幾晨夜？蠟箋久作煙雲空，粉澤誰看風雨下。先生真放本精微，後人僞體徒奔瀉。一寶何期得雙絶，四家頓使成三亞。小乙鈎疑漢女藏，大横箸向留侯借。幾行補作肥鴉棲，半角殘隨隙駒謝。蠅頭細跋得蒙叟，驥尾附名甘避舍。況余書手同芽薑，使我品題慚杖蔗。催詩閑受古人忙，得句喜過難韻怕。汪君汪君慎守寶，富人若求君可駡。

春日雜詠

愔愔小雨早春歸，花落空庭自掩扉。睡起小園新緑滿，不知何樹認芳菲。楊花如絮撲晴絲，杏子單衫得意時。看到酴醿莫惆悵，人間只解惜春遲。濃姿一樹粉牆遮，知有春風散綺霞。開落年年誰得管？無端紅作過牆花。

讀山谷集

鬱結復鬱結，何以舒我情？我讀涪翁詩，明月青天行。愔愔兒女媚，藕絲揮利兵。丈夫貴如此，一笑大江横。

悼彭甘亭

身世年年老賓客，形容日日病維摩。空有文章泣朋友，竟無妻子送山阿。

郊行

皇天久不雨，野草池中生。園林亦枯槁，何以慰農耕？我行出東郊，澗溪無水聲。村村出淘米，往反十里更。兹邦阻大江，蓄瀉易虧盈。誰令百世後，水旱由天行？

題黄修存詩稿

細馬紅裝照水濱，誰知游戲兩仙真。懷中自有支機石，卻解明璫贈世人。

題畫江上蘆雁

蘆花楓葉引扁舟，一雁聲傳兩岸秋。能與人間報寒暑，迢迢不爲稻粱謀。

入都寄彦勤弟

我生三十餘，踽踽事幽討。豈無功名志，日月送飢飽。長風吹雲濤，萬里試魚鳥。得失安可知，徘徊二親老。親朋念我遠，文酒連昏曉。稍稍行李動，始覺鄉里好。兩家恩愛兼，門户汝善保。吾將期三載，俗學自茲了。仲兄客五載，獨我依庭幃。念彼賢勞人，家食知余非。茲游雖漫浪，冀使息肩歸。汝當體此意，膝下勤依依。

途中即事

下馬未及餐，主人前致詞：雙鬟十五餘，喚取傳清巵。手中持弦索，能解客心悲。揮手令之去，我悲豈爾知！平生高陽徒，禮法非余羈。顧慚么麼輩，儀態爭沙泥。上古無舟梁，男女遂恩私。功名一馳逐，游媚得所資。名倡跕利屣，狂詞蕩紛披。驅車登古道，黍豆方華滋。誰歟井田處，一訪田中碑。

過滕縣作時縣令趙毓駒貴州人

驅車過滕縣，榜示懸中街。上言今邑宰，乃自邊鄙來。賢書遂筮仕，兹邦愧非材。豈無賢良輩，助我策駑駘？義夫與節婦，孝子及順孫。孰以告邑宰，邑宰敢不尊！孰爲官之蝨，孰爲民之蠹？願以告邑宰，邑宰敢不去！何弊當速去？何利當速興？願以告邑宰，邑宰敢不能！知滕縣事趙，敬告士大夫：道光初元年，二月某日書。我讀心然疑，毋乃古人徒？旅食問主人：縣官竟何如？主人叉手言：乃是大好官。自從上任來，廉潔不受錢。時時審官事，告期不拖延。笑問爾縣官：得非急名譽？主人漫不解，説官但軒渠。請問官好名，百姓有害歟？智士好高論，愚民知近恩。古人重名教，今人多任真。世事有翻覆，愧此逆旅人。

孟廟

漢興用秦法，覆轍無時休。夫子説世主，抱此萬古憂。赫赫虎狼都，視之若蚍蜉。惜哉時不遇，六國欺爲囚。至今房杜輩，制作侔伊周。

中山店

紙窗竹屋静風沙，小駐奔車便是家。遮莫鄉心訴明月，月明猶自在天涯。

題龔璱人文集

胸中結構贊普帳，眼底波浪皮宗船。紅袖烏絲醉年少，只今誰識杜樊川。

暑甚喜雨

雨來人步奔，雨過市聲起。探頭看歸雲，踏屐試流水。炎蒸積厚勢，如彀出其矢。頗聞僮僕歡，人災今可止。

康中丞刊姬傳先生文詞類纂成書此呈石士先生

陋儒編書畫成格，不使鵬蝦同一澤。高才之士貪多多，雜進粱稻羞蒿莪。先生編此心獨苦，康公傳刻惠不磨。我初見此喜欲旋，太息流光若飛電。古人百年同此身，餘事猶足勞今人。豈知九陌黄塵客，俗學蒼茫欲問津。

自都中赴欒城省視家弟仲卿

弟客四五年，去家三千里。聞汝貌加豐，恐汝酒未止。我來游京華，去汝幸伊邇。屈指六日後，汝見一驚喜。明晨當嚴裝，草草夜飯急。雞聲四野動，轅馬負車立。恍惚經村墟，醒夢互相襲。西南兩大星，送我出京邑。後車燈在河，前車燈度嶺。鄰鄰馬無聲，默默人自警。我今從親串，僕從幸嚴整。憶汝隻身來，寒威迫朝景。星月忽在地，脚下積水寬。驅車涉其半，人馬意少安。長途豈不瘁？弗獲憚此難。何時偕汝歸？粗糲臨風餐。亂水競所趨，知有村居稠。雖無魚蝦市，芰荷媚餘秋。惜哉車塵多，溝洫無良謀。紛然作泥潦，使我登高邱。五年不汝見，汝面欣已團。未言色先動，二親幸平安。稍稍及兒姪，歡笑生波瀾。燈殘語斷續，欲寢無由鼾。

自欒城赴都作

朝作欒城炊，暮至富城食。驅車涉滹沱，橋危水聲逼。我來視仲卿，一月暫休息。姻親遭變故，後事惟汝力。汝身既淹留，生計安所即？念此增旅愁，起坐悵燭熄。勞勞赴春官，失得自迷惑。我賤安足悲，汝勞竟何極！

欒城謡爲故邑令朱承澧作

官雞一隻民錢五百，官鴨一雙民錢二千。嗚呼縣官今六年，至死未收雞鴨錢。官有事借民馬，借馬數百家。百姓無不願者，官養如我自養肥。民借還遲遲，官借早來歸。

時時掘深溝，時時填官路。溝深路高，行人不苦。溝流湯湯，我黍奮張。去年大雪行路絶，縣官出錢民打雪。

溝欲深柳欲密，中間大路如繩直。此法起自張桐城，劫盜之馬不旁逸。欒城柳長設四鄉，冬栽春長皆成行。行人夏日樹根坐，記説沿途樹短長。朝亦空齋坐，暮亦空齋宿。右詩左書與案牘，時有里正來叩頭。鄉民僕僕，直出直入，閽者躑躅。

獲鹿。百姓來，抱扁上欒城。縣官。我有官事十年，爲我訊服成歡。獲鹿。百姓羅拜起，欒城縣官不能止。

有鬭傷案，縣官來看。午時里正報，未時縣官來。縣官入城去，父老始驚猜。從縣官者何？一車一騾，一刑招房一仵作。出官衙，入村落。

官獨居，行次且。某日判某事，毋乃寃歟？覆審乃可，胥吏皆齟齬。官曰在我。呼兩造，改讞牘，前哭者歌，前歌者殞殜。

呈葉筠潭先生

不廢文昌録，仍臨太史河。牢盆春罷訟，綵筆夜當歌。楚製誇珠履，唐裝渺玉珂。狂瀾空復爾，砥柱正嵯峨。

浪索長安米，難裁短後衣。京華一爲客，湖海十年非。鶡敢知鵬化，蠅終待驥飛。東南瞻碣館，心共片雲依。

雪夜呈陳易庭

九衢一雪千聲消，窗寒無風燭摇摇。江南故人不可招，坐思吾子同寂寥。烏絲銀管哦春宵，清如挹露北斗杓。怪君得句時余邀，真率乃嗜長生瓢。古人獵道如蒐苗，飲海一勺知鯨潮。山膚石髮牙能調，中有鶩泊鷴鸝膮。嗟我綿力風中藨，大黄待子受以弨。青驪騣駸欲銜鑣，滕王閣前試輕橈。江南三月草夭喬，子乘春風踏歌謡。余留獨唱誰可要，天路待子歸勿遥。

柏梘山房詩集卷四

方子範故園樽酒圖 壬午

龍眠山色如拖藍，江沙對酒人兩三。故人今日別如雨，何處青山結賓主？長安陌上杏花春，五尺車茵十丈塵。相逢但說東歸好，不似當年對酒人。

出京自德州赴歷城泥水失路

瞢騰三十里，夜半投一村。家家破扉閉，無地留行人。驚呼集老稚，且復謀盤飧。取餅就其竈，嘗湯就其盆。導我入空院，曰此聊棲身。車中得一卧，萬事不敢論。天明愧奴僕，汝昨何由存？倉皇問前路，回顧傷我神。

臨路不能發，平陸漫成湖。舟師索高價，擁檝藏菰蒲。自慚豈官長，恫喝如追呼。稍稍一來前，解裝空我車。車馬從他道，會合十里餘。舟行入籬落，偃卧避朽株。俯窺見車轍，太息群游魚。一朝水潦退，此魚將焉如？馬行已滅没，舟行更煩紆。寥廓田野中，日落安可居？

禹城道中阻水

早歲闞河況味親，而今水手更迷津。年年一帶征車轍，化作風波更滯人。

趵突泉

但有三峰現，難消萬竅鳴。泥塗聊自拔，波浪已旋平。估客來歡賞，兒童易震驚。獨憐辭賦手，爲爾費詩情。

回宣城謁墓夜泊江寧鎮作 癸未

江風夜作狂於虎，寂寂萬舟如伏鼠。霅然一響鄰舟呼，漁人開帆折其櫓。我初聞此悽心神，乾坤何處著閒身？君知田舍收竿日，不見風波縱棹人。

銅井泊舟

孤舟多彎環，近岸輒幽討。山村絶人境，生計亦擾擾。老翁樹根坐，少者翻露草。古廟門不扃，靈旂掛棼橑。神叢育藤葛，想見狐祥老。久立心悄然，迴舟玩晴昊。

雨泊采石

飛鳶避雨入山壁，雨墜復飛飛轉急。繂夫冒雨疾無聲，彌望水邊如椓杙。蒼茫已見翠微山，我與此山多往還。遥知燈火泊船處，尚隔津頭第幾灣？

查家灣作

瀉水水門如潑乳，想見青溪深且阻。我欲俯窺舟轉疾，看水老翁猶獨立。羝羊不眠齕草根，田婦旁來拔牛杙。

薛家渡夜泊

一東一西雨後雲，半黑半白雲中星。炯如秋燈隔疏櫺，推篷四顧風泠泠，老魚撥刺無人聽。

黄池守風

聽水聽風鎮日眠，童奴默坐對長年。開帆打鼓一驚看，卻是來船非去船。

方家衝

水複山重處，吾家丙舍存。衣冠瞻祖墓，樽俎欵鄰村。長日觀魚久，深宵說虎諠。焙茶人未息，燈火出頹垣。

苦雨作

自我來宣州，兩月不開霽。入村過三旬，連陰倍淒淚。初如空中簁，細於毛髮鬄。少焉勢忽壯，跌落亂排擠。謂宜三鼓衰，餘態更婉瘱。有時卧見星，酣寢得甘毳。夢回聲已喧，撫枕百無計。恍如飄蕩身，忽逐江海逝。童奴默無色，起卧屢攘袂。嗟予更結約，茶荈怯歐泄。作勢出門看，白水使山萆。烏鳶真有神，默默久漂滯。驢騾犬豕雞，無地謀蓄瀫。父老同嗟吁，邂逅此惡歲。問答未已云，沾灑難久蹛。出門復入門，枯坐惟俾倪。

急雨歌

急風吹雨如追逃，斗室噴沫生波濤。黑雲無縫天周遭，電光著壁飛霜刀。秘怪恍惚求其曹，哀鳴燕雀藏屋敖。朽株敗葉爭怒號，吾身嗒焉渺秋毫。俄頃雨斷雲不牢，出門一笑波滔滔，野人赤足青天高。

宣城水災行時邑令爲朱錦琮海鹽人

宣城古山郡，近水爲膏腴。周遭作隄防，圍田以爲居。一圍數千畝，一畝六石餘。我來坐吉村，六月雨不止。四鄉道路隔，消息尚未起。間日雨少休，相見各言水。二百有八圍，存一小小耳。客來金保圍，爲我言尤哀：五月二十餘，大雨如綆縻；圍中一萬户，嗚鉦各乘隄。拒水如拒兵，立死不敢移。每户八九人，人人捧土泥。仰視天雨歇，俯視河流低。河身日夜高，皇天不聞知。但有雲沉沉，作雨無了期。忽聞人聲急，萬目如死灰。水波洶洶惡，中有犬與雞。各知圍已破，號哭拋鉏犂。圍破安有家？猶自尋舊蹊。但聞滿耳聲，知是娘與兒。大呼望縣官，縣官實仁慈。小船載錢帛，大船施粥糜。錢帛何所爲？百錢拯一户。中有十八人，握手死不離。斯言未及竟，有客來華陽。華陽負山居，有田皆膏粱。豈知大水來，生計同時亡。覆我河中筏，百貨無一償。漂我河干木，拾取資强梁。洗我田中土，石骨露車箱。昨日出門去，猶是富家郎。水田有時退，石田何時磨？昔年恨田少，今年恨田多。余將往東鄉，一客出門去。東鄉四十里，步步入山路。高崗水已退，蘋藻粘枯枝。空棺及木主，顛倒埋塘池。我將買舟返，水鄉更瘡痍。願得早安集，客子悉孤羈。

六月十五日柏梘山飛橋納涼作

柏梘山水好，兹橋踞其幽。追涼逐勝境，父老携我游。千峰共一谷，兩檻俯雙流。山僧喜客話，指點分林丘。

萬木四山静，雙泉終日喧。爭先赴雲壁，留媚當風軒。聽滿意多愜，静觀難具言。何如吾宗老，煮茗汲清源。輕鯈引人遠，澗曲迷來蹤。日暮百蟲響，輕衫漾歸風。在山景已饜，出谷意未終。心期十年後，收迹寄枝筇。

課曾圖爲外兄胡受益母方孺人作

我之祖姑君祖母，君也少孤集荼苦。洎君有子復有孫，惟我祖姑不及睹。以養以教教者誰？君有節母持風規。夏后衣幗守邊幅，宣文官禮傳弓箕。有子篤學經人師，有孫早歲光長離。我讀遺集金薤披，天道幽遠未可測。節母後福方無涯，我歸宣城拜君母。一卷課曾忌白首，秋光滄沱樹扶疏。柿葉如鏡能寫書，小者識字九千餘，大者誦經如貫珠，母顧而笑容舒舒。昔課爾祖聲咿唔，爾祖今已滄浪鬚。天倫樂事古所無，爲母登歌鳳將雛，再看雛鳳翔天衢。

宣城歸舟書所見

大堤上，昔作行人路，今作居人室。男女持茅登屋極，龍骨牛衣支四壁。兒女愴愴日中立，人與雞豬共牢湢，破甑短檠皆露集。回頭卻望田中居，空房無人水出入。

悲官圩

悲官圩，官圩四十里。炊煙四面絶，波浪黄昏起。

浮橋嘆

官河浮橋截人路，逢船索錢不知數。錢少輒怒嗔，遲遲誤行人，長年觳觫如雞豚。君不見，官河今作長江注，屋角牆頭聽船去！

歸舟至江東門

野老無船踏破扉，一篙欹側傍牆隈。石頭城上人如海，袨服新裝看水來。

清明日謁外祖朝議公墓太平門外 甲申

小雨輕風二月天，山容如醉水如眠。東城一片風花路，落落行人散墓田。

感春

春皇何事太怱怱，未必分明過眼中。李白桃紅渾不似，卻教同日嫁東風。

花開先怕落花辰，懶門新妝綴鬢唇。刻意傷春春竟老，風光輸與拗花人。

詠菜花

高低開遍野人家，插槿編籬任意遮。不與牡丹同臭味，卻來殘客對黃花。

甘畸人得宋都監酒印

文采當年蘇侍郎，粗官可得醉千場。後人得失了無迹，一例元暉古印章。

舟泊單橋

黃日下林端，停舟喧晚餐。野童窺近岸，估客散平灘。仄逕逢樵急，危橋覓店難。船頭聊徙倚，歸卧一書攤。

過方村晤外兄崔芝田

三代聯姻誼，經過慰夙心。田園多繞屋，子弟已華簪。愧我功名薄，多君意氣深。兩家新舊事，今昔話重尋。

自郡城赴坐吉村過嶧陽橋

忽轉山橋路，秋光聚一村。斷藤枯絡廟，懸果熟當門。紅讓楓林出，青隨芋葉翻。兒童休問訊，兹地舊家園。

雨後偶成

空山一雨便成泉，疊石開渠護水田。但有波瀾終到海，那教隨處不喧闐。

文峰家塾留别族中諸子

家塾依祠廟，諸村抱若環。四山皆我有，一水去人間。物力應稍薄，宗風尚可還。無忘經始者，辛苦闢茅菅。

村中晚眺

晚來風定好山光，一半青林一半黄。著樹無聲柯葉滿，歸鴉如雨落斜陽。

過魯王廟

隋末，梅知巖據宣城，納土於唐。事見《高祖本紀》。其封魯公，見《唐會要》。至宋王象之書，始載魯王碑文。其爲何人加封，不可考矣。

隋末失鹿群狼奔，赤子魚爛相吐吞。將軍提劍收鄉屯，犄角汪左盤孤根。收波縮浪觀龍鯤，或塞北海投崑崙。虬髯帝子清乾坤，稽首真王謁天閽。歸釋弓刀戲兒孫，史册闇昧如睡昏。廟食光遠輝朝暾，黝髯纓冠毅且温。火田水耕報豆罇，長我禾黍肥雞豚。山獖野鼯馴以蹲，老樹夜静形模尊。如古衣冠密謨論，我來過之聳心魂。誰歟墟王顔其門，非神志也勿妄存，作詩辯者在後昆。

村中雜詠

木落遠山多，歸樵帶黄葉。晚來溪水深，應是山中雪。
暝色動叢薄，寒雀未安枝。忽向溪南去，不知驚見誰。
好樹冬不花，朽株春不緑。若使無冬春，爾心亦已足。
老物使人悲，念其婀娜時。如何人老至，人心不相似？

周編鐘歌爲甘夢六丈作 乙酉

古花繡澁岐陽土，潑翠山光聚圓乳。主人示客爲摩抄，想見當年奏曚瞽。自從博古重宣和，魯壺莒鼎紛紛多。張敞端能識奇字，何人喚起辨琱戈？

和孫翹生殘雪詩

無端銀海眩空清，作態斜飛世眼驚。群伴已隨風力去，孤光猶待日華明。誰從泥絮追餘賞，幸有江梅戀故情。若化春波終到海，牆東可得定生平。

夏日雜詠

畏暑真成癖，林塘事事幽。小書從我懶，長策看人謀。枕簟隨時具，簪裾盡日抽。翻愁煩暑歇，菡萏欲經秋。

少小諸同學，飛騰各異方。一鴟憐往復，五馬已翱翔。警策詩應在，迂疏禮漸忘。昨來書問訊，尚謂我非狂。

蕭公原騎射，王令已文章。身在誰能料，時來各自强。竹書風裏坐，瓜架雨前香。賴有科頭客，同消夏日長。

吴郡顧千里，儒林得大師。病猶思誤字，醒亦好微詞。潦倒依書卷，崢嶸仗酒巵。最憐《文選》學，不解《説難》悲。君校刻書數十種，皆有考異，極精核。《文選》、《韓非子》，其二種也。

公達輕先輩，平原託後生。人情隨老壯，吾意豈衰榮。陶謝詩常把，羲皇夢欲成。更須欆拂子，白鳥去營營。

觸手悲遺札，吴門王惠川。論詩殊我苦，中酒覺人賢。馮衍妻猶在，宗文子最憐。孰聞千古意，今日倍淒然。

遠客端然至，呼衣正履綦。意深徒有愧，名晚豈堪資。鳥熱閑窺桁，蟲晴喜放絲。早涼歸老樹，語罷暮蟬移。

刺眼藤蘿久，今看縱斧柯。蒼雲中脱壞，緑水散盤陀。蟻捷爭新路，蜂忙失舊窠。青青書帶草，埋没歲時多。

水恐方池溢，渠隨淺岸開。鴉翻新土去，魚試小波回。稚子愁深淺，畦丁健往來。揮鋤休放手，籬竹是親栽。

題人畫百猿圖

平生空讀水經注，不到猿嘑三峽處。誰將形狀寫丹青，飲澗攀林不知數。人生富貴誰劣優，是中亦有巴西侯。試問猿公得知否？掉頭忽向青山走。

句容舊柏菴謁文穆公石居公墓

丙舍依山寺，年年句曲行。門添新社約，壁壞野神名。瓜果慚僧意，松楸慰我情。爲言無斬伐，亦荷歲豐成。

御氣豐碑重，哀榮及後生。衣冠鄰叟記，俎豆野童驚。喬木諸山仰，清渠一路行。頻來幽徑熟，不藉老僧迎。

暫作僧房住，荒寒悟道根。梵音秋聽徹，佛像夜觀尊。月過山扉静，燈留土室昏。披衣唤徒御，猶戀布衾温。

殘月猶在地，山行户已開。駭雞爭路擲，吠犬界村迴。木亞高風過，萍移暗水來。茲游異勞役，登陟倍徘徊。

題温明叔集

夜深風雨攪林塘，老屋燈昏葉半床。好句忽來温叔子，晴帆春水下瀟湘。

磊落竟能箋爾雅，深湛時復訓方言。新宫銘字知多少？試就元卿與細論。

詠水仙

寒花暖屋意相親，念爾嘉名感舊因。豈藉春風方得意，只應秋水與爲神。無端帝子遺湘浦，或有佳人採洛濱。且喜清香留燕寢，不隨桃李落芳塵。

和東坡雪詩

庭前風雪正迴斜，寂寞難來問字車。衆響參差傾竹葉，孤懷寥落待梅花。從教陶令全遮逕，誰識袁安尚卧家？閒就南窗呵凍墨，薑芽手拙筆生叉。

風聲約住雪聲添，簾幕重重未解嚴。夜坐餘温親芋火，朝餐新凍觸齏鹽。衝街犬怯時窺巷，投屋鴉忙誤墜簷。更倚危樓招遠景，題詩欲掃萬峰尖。

和明叔見懷用其韻不復次 丙戌

我城君在郊，頻晤如對宇。大言忘蹊町，小學辨門户。元白雖殊才，陳黄各矜語。善謔偶示難，屬對頗思苦。兩字二三萬，一月四十五。君舉「女功一月，得四十五日」，余對以「堯典兩字，説二三萬言」。大笑空爾爲，此言竟安處？巷南時放春，城北或謀野。每同王充游，必學妡女數。奇書氣先識，脱簡手親補。心知群兒嗤，目笑兩士古。猶勝紅袖圍，但作白丁聚。王春富膏澤，人日連風雨。水衣生磵松，石鏡冒洲杜。勞勞望車塵，默默覘柱礎。君方隔城闉，渺若涉湘浦。陳經獨拜庚，攤飯閑過午。黄綿忽驚出，青箬可收貯。近局當能來，爲君掃寄圃。

題東南坡扇

風簾官燭共宵盤，唬鳥催花已破寒。跨馬出郊猶未得，小紅如豆畫中看。

九月偕明叔赴安慶過蕪湖王子卿丈招飲陶塘園

名績黄樓著，家園緑野開。忘年商近律，話舊緩深盃。隔牖山先到，穿籬水暗來。一麾休自惜，居處尚蓬萊。

和章琯香作用原韻

昔君會飲雲素翁，懷抱欲話羞難同。蹇驢肥馬妄生意，誰知愛士如林宗。我今一蹶蔽泥水，看君劍佩趨夔龍。聊將文字縱娛戲，此事管領無天公。黄鐘瓦釜同一擲，君乃違衆歸我工。高詞焜燿發幽昧，燭龍下照潛蛟宫。識君五載猶不盡，何況交臂乘追鋒。我詩羞澀老冬齊，古牆凍砌抽春蒙。雖然蕺蕺多束筍，豈如千畝羅君胸。和詩一笑愧齊偶，都官才盡非詩窮。

和瑄香地樓看雪韻

凍吟夜半僵銀箭，竹葉紙窗聲一片。卧聽密密還疏疏，登樓朝失青山面。行人移過喬木白，棲鳥落屑驚枝旋。兒童踏破見泥水，幸有迴風補能遍。主人歡賞心未足，祝日遲遲莫輕現。清郎忽枉瑛瓊瑶，虚室白生銀海眩。問君跨馬游西山，可與小園同一見。

半千閣望雪

急風迴雪避炊煙，屋角牆坳斷復連。平野忽從迴望合，行人如雁點青天。

壽汪鄴樓五十

宗雷勝地近誰居，我友清風再掃除。出處應參高士傳，疏狂不學絶交書。堂前刺史驚投轄，門外將軍喜駐車。誰信相如詞賦客，古人惟慕藺相如。

貧居絶少畔牢愁，點綴家林意匠幽。好竹移同嘉客至，奇花買似異書收。穿籬水緑新通闠，入座山青更起樓。笑我城南望城北，累君時作佩壺游。

東補卿折梅圖 丁亥

偶上陵風臺，折取江南春。高枝先入手，未許亂愁人。

詠明妃

春風環佩夢難歸，不見長安花片飛。多少如花漢宫女，琵琶從此屬明妃。

過當塗黄山寺

日午昏昏客，停車眼暫明。門收平野合，殿偪暑風清。田叟貪閑睡，山僧習世情。那知倦游意，勸我數經行。

徐季雅蓬萊鼓枻圖

昔我清游戲扶桑，了了神山非渺茫。蓬萊老仙授霓裳，安期故人不在旁。新宫銘成意傍徨，靈妃啓齒開電光。傳我六字蟠龍章，吹笙年少神揚揚。帝前摇筆吟青黄，濃墨作雨枯爲陽。金銀宫闕煙蒼蒼，下視城郭非我鄉。虎瑟鸞歌斷人腸，天風鏘然振明璫。枕飛胡蝶驚蒙莊，翠螺山色開書堂。見君圖此勿自量，人生得失安有常？退鷁忽作鴻毛翔，老菘肥白蟹可嘗，與君共醉秋花觴。

題人夢游燕子磯圖

高寒百尺有江樓，燕子磯邊煙雨愁。曾是阻風中酒地，怪君清夢獨來游。

柏梘山房詩集卷五

王竹嶼丈黄河歸棹圖 己五

《浙江新志》補《河渠》，又見金隄報最書。春水桃花民氣樂，秋風蒓菜宦情疏。三山故里遲驄馬，九曲流波從鯉魚。卻念漢廷方仄席，薛公那得早懸車。

竹嶼丈招飲三山一水居分韻得露字

三山一水居，古洲名白鷺。觀察新經營，謫仙舊游泝。觀從西華借，墅本東山附。依岸成三楹，出水過七步。上設宫錦仙，常想瓣香炷。三面池如弓，四角山立柱。繚白現澄江，團黄辨遥樹。廊修左垂虹，亭遠中泛鶩。波涵井倒茄，水抱城懸瓠。杳然葭菼深，回見芙蓉路。主人詩中豪，召客席上賦。題糕及良辰，把酒深遥慕。想見鳳臺游，幾經龍劫度？迹幻景自真，地新意猶故。興奇發嘯歌，意愜忘禮數。俯檻駭魚沉，飛觥驚鳥顧。櫓聲緣岸曲，帆影當盃住。惜兹重門阻，已覺輕陰暮。既醉皆言歸，拈題各自註。長揖太白前，授我老蒼句。

爲人題跨牛圖

風疏疏，春漠漠，長坂通津帶林薄。春衫短策騎烏犍，草色青青送行脚。沙平柳轉不知遠，花氣如潮隔山落。前有兩犢載兩兒，谷口先向桃源嬉。謂我何遲當鞭之，我鞭非鞭折楊枝。寄語小兒休疾走，看花那用分前後！

題吴伯芬遺照

野曠天清江萬里，風聲泠泠鶴聲喜。梅花一角孤雲裏，紅出山頭壓江底。人間此境難久留，先生絶壁來停舟。赤壁之酒陵雲游，後人圖畫成佳語，當日清寒恐白頭。

三峰園歌爲泰州高麓菴作

草堂對雪平如掌，雪作春聲入泉響。堂後泉聲上碧空，上有一閣名松風。俯窺衆緑不見底，紅亭點破青濛濛。數魚亭下波聲小，雁齒金鱗報春曉。古松斜出一釵横，十八鬟多皺雲繞。洞底穿雲石徑開，天容潭影萬花來。花光不動池光定，碧草琅玕帖明鏡。池南三石名三峰，插笏崔巍衆皺中。山響草堂正相對，畫師於此經營工。徘徊西上來青閣，四面風光一簾箔。樓臺重叠夕陽疏，水木清華秋月拓。北去幽篁路轉偏，緑天黄雪横蒼煙。當時延賞故難盡，畫入丹青那得全。回頭卻到笙歌路，萊慶堂前燈萬樹。送君出岫作霖雲，他日三峰重緩步。

題許心梅如意圖 庚寅

君不見，長安年少家金張，年十六七登玉堂。從祀甘泉獵長楊，鳳凰五色開天章。揮斥屈宋披班揚，嚴徐東馬歸門牆。再拜稽首告聖皇，臣力尚可宣一方。翩然旌節來名疆，馬前韎韐嚴趨蹌。百城令肅如飛霜，下無墨吏民穰穰。爲君彎弓射扶桑，滄海夜静鯨鯢藏。爲君傳箭收河湟，西獵崑崙墜天狼。凱旋大漠樂未央，明詔入輔拜御牀。天子命我提朝綱，右賢左戚隨低昂。帝前動笏論虞唐，山河晏清時雨暘。君恩方新力方剛，懇乞骸骨歸林塘。二親未衰顔色康，鵠峙鸞停侍諸郎。親戚歡樂臧獲良，時時緑野傳賓觴。稽經考詩奏笙簧，安能詰曲如汾陽？憂讒畏譏時中傷，安能委蛇如蒙莊？曳尾泥中蟄且僵，君曰此説尚未詳；人各有意不可量，神仙富貴世所望。意去唾棄如塵糠，吾有手足肝肺腸。亦能與我爲參商，人生如意惟難常。吾以一圖召萬祥，心口所至神扶將。六鑿勃谿不相當，問君何意亦坐忘？一笑賦此非猖狂。

題明月滿船聞雁聲圖 辛卯

潮滿空江月滿隄，半江帆影渡遲遲。雁聲一一瀟湘去，正是舟人夜語時。

和陶雲汀尚書登雲臺山作

觀軍臨海俯崔嵬，如此登臨信壯哉！萬馬雲開宣令罷，六鰲水立助詩來。眼中了了神山日，脚底騰騰下界雷。更有鄒枚同攬勝，江天不數妙高臺。

陶孝女讚爲雲汀先生作 壬辰

奇哉孝女勇報母，割肉爲藥醫駭走。問年十三蓋始有，少性天發無疑否。我母療翁藥以肘，妹淑療母失創拇。撫文感事自呿口，聞鄂人對每掉首。

題汪均之集園圖扇

深松茂竹是君家，白塔青山屋後遮。紅板遍通三徑水，緑亭高擁一園花。

新城店中見吴蘭雪先生題壁因寄

壁上新題老筆妍，滇南從此引征鞭。一毛人去七千里，萬首詩增六十年。地似成都留陸子，人言太守得蘇仙。昆明池上花如海，可憶西江下水船。

題張淵甫圖 癸巳

穲稏數頃田，茅茨兩間屋。春目縱郊原，惟我與黄犢。

爲萬荔門題圖

老樹修篁映高閣，隱囊曲几秋窗拓。碧雲啜破未攤書，似欲高吟望秋作。君今方直承明廬，花迎柳拂動簪裾。未可收茶問陽羡，且當起草學相如。

贈故高邑令范今雨

西師時節赴軍徽，不慕封侯竟早歸。作吏那堪頻觸觸，成書聞欲擬非非。青燈有味聯文話，緑酒多情悟道機。悵念欒城朱令尹，好官何自命多違？

王慈雨蘭亭横卷

白塔朱樓禹廟邊，右軍觴詠集群賢。當年經國非無手，贏得蘭亭叙一篇。

寄謝鍾挹雲

入境歡謡祝令君，舊姻深喜附朱陳。不教害馬驚厖吠，能使蜚鴻變雉馴。情話依依三十載，高朋落落兩三人。酒闌更出珍裘贈，慚愧天寒遠道身。

題容靜止詩集

先師功業爛卿雲，燕許常楊接世芬。萬里天山新樂府，三年人海故將軍。慚余西笑重投迹，喜子南歸得論文。終是丹青圖畫客，管城休策腐儒勳。

題葉潤臣風雨懷人圖

山居黄葉深，風雨息輪鞅。寶書佇清襟，泛瑟卧虚幌。景阻眷彌重，情深籟逾響。瀟瀟碧澗滋，沿檝申獨往。

贈楊至堂

當年鶴版共黔中，叱馭回車偶不同。似我依違真畫虎，看君談笑得憑熊。風如唐魏知刑簡，土雜民夷見政通。更欲借詢朱季子，應將教授倚文翁。

朱小坡松雲采芝圖

白雲在山頭，青松在山足。土肪與水芝，於此懷靈淑。桐帽棕鞋石路斜，主人行藥至山家。松根若遇黄精客，一問人間杜浣花。

題孫秋士小照

秋士之名，余得之管異之詩中。來京師，始得交其人，然殊不意爲久居都中人。退之云：混混與俗相濁，獨其心追古人而從之。非知秋士，亦不知古人之言之深也。士當窮愁時，訥舌痴步。時俗摩畫之，以爲笑；及顯榮矣，則曰：此於法當極貴。好醜隨人翻，曷足怪乎？世人相愛重，必以名位利達期之，非余所敢施於待秋士。然以古人慷慨懷抱者言之，如秋士及異之，何可不使一吐胸中之奇，而使平脇曼膚，習形勢、工語言者，侈然爲前師事而伸其喙也！

剞心一字竟成癖，行脚半生無點塵。何人妙解拈髭意，如海身中寄此身。

【校】

〔侈然句〕光緒本「伸其喙」作「呻其喙」。

題還珠圖

閩民有女細珠，字陳姓傭者，貧未娶。民鬻之高生爲妾。傭訴，官立具鼓樂，送女於傭。高亦以置妾金助婚費。閩士作《還珠圖》，美其令。令黄宅中，字心齋，余同年友也。

黄堂簫鼓到荆扉，送得青廬少婦歸。揮手鴛鴦三十六，從今烏鵲得雙飛。

已作《還珠圖》詩，意有未盡，聊復序之。以先聘後鬻之女，而判歸原夫，慮貧者之無力以娶，而振之以財；又慮其男女相疑畏而至於不能終，官爲之平章判合，假以光寵以慰藉其慚阻，而自解於里閭，此仁人君子之用心，至纖至細，固有如此者矣。余尤以爲方民訴官時，女已登車，使非俟之素行敷於人人，彼傭也，以貧與富爭，民與士爭，寡與衆爭，將度量彼己，赴訴不時；或胥吏奉法不謹，陽拘陰寬，遷延一夕，爲婦者非蒙曖昧之疑，即致激烈之變，獄情幻，訟端滋矣。《易》曰：「君子以明慎用刑，而不留獄。」夫獄之多疑者，其始皆起於留。時久則情遁，慮難則變生。彼啜汁者，且有暇以投其隙也；若心齋，其知之矣。

可嘆

寒燈呵筆凍難抽，擁被蕭然萬慮收。炊餅聲高寒具小，三更猶自徹街頭。月地開場打野呵，輕衫當户買清歌。霜風一掃天街淨，籠袖驕民奈若何。

孫秋士寒窗燈影圖

溪橋斷風雪，萬籟壓燈影。莊莊女宗師，宵課忘淒緊。當年機下兒，少者今素領。一卷避俗詩，寒花摇古井。

得家書口號寄仲卿彦勤弟及淑儀妹

滿意家書至，開緘又短章。妹詩因病懶，兒札似文荒。賴有阿甥語，因知嬌女長。尚疑書紙背，反覆再端詳。

聞説江潮漲，家家避水居。吾廬聊免此，嘉樹定何如？竹恐行鞭礙，松愁偃蓋疏。崩沙須壅護，莫上小池魚。

十月雷猶震，潛陽竟未藏。女甥最驚恐，婢嫗好扶將。定有雲如墨，惟憂雨漏牀。春秋繁露學，雅不愛公羊。

仲弟常州客，近鄉常別家。人來言斷酒，書至喜兼茶。巡圃吾曾慣，蘡藩缺未遮。京華艱去住，待汝補梅花。

季弟近何事？時應手一編。長閒成病體，最少已中年。高適詩無敵，荀卿賦可研。古人多晚學，期汝似前賢。

嘲棋

弈者有數病，我言君勿譁。入座不分子，黑白互紛拏。兩袖大於帚，邊角被梳爬。霅然墜滿地，俯拾如啄鴉。手持子拍案，碎落生瘢瘕。復作遠勢投，一擲如撒沙。旁子皆辟易，累卵不可加。敵子已吃卻，一一收我家。手持敵人棊，注枰久咨嗟。一落始知誤，再換仍復差。莫言此小事，亦是一疵瑕。我作程曉詩，慢戲非揄揶。

送季仙九督學山左

霜袍初換錦衣明，早領星軺占月卿。一賦天題真學士，三年雨化魯諸生。春迎驛館探花使，秋憶官簾食葉聲。屈指登科今幾日？受恩翻覺戴山輕。

陸萊莊春城夜話圖 甲午

萊莊同年奉招，乃辭，不約時至。乘魚蒜之無備，與鶯花而共來。入門遣車，代主折簡。嘉客好事，挾册多於衣囊。主人不慚，釘座疏於林蘀。酒温不至，名論代之。斯忘形之游也。君既爲圖，詩以繼唱。

十年花又禁城探，草草盃盤酒未酣。正是清明好時節，一龕燈影話江南。

題徐廉峰憶壺園圖

江城高館平如掌，澹澹扁舟過書幌。樓頭一抹是西山，晝永玉堂神獨往。君家新安與無錫，三十六峰泉第一。舊游忽憶百花洲，陽羨潁濱意誰識？男兒邂逅當青蒲，山中猿鶴誠區區。清泉白石勞相待，尚有嚴安擬上書。

贈徐廉峰校士浙江 甲午

九龍山色朝容喜，知有詩人過故里。詩人清望重蓬山，灼灼皇華壯行李。露細朱文指御亭，天香雲裏動文星。興來欲草觀潮賦，先聽春蠶食葉聲。

題鸎粟花圖

黄鳥翩翩下建章，名花爲汝作餘糧。誰知絶倒東方朔，辛苦侏儒粟一囊。

夜坐

客悶憑誰撥？秋聲入夜高。門庭容我寂，筆墨引人勞。李白輕千首，楊朱重一毛。相逢若相笑，今古不同遭。

贈何竹薌

嘉節慶膢臘，何侯朝天京。問君何爲來？川沙振賢聲。示我五紙碑，民功紀所程。茲邦昔顓顓，葭亂紛溝浜。我友新分符，下車惠民氓。大開秀民館，朔望羅書箏。扁表四維重，廉清絶金姘。先賢像設新，丹白再崢嶸。奠幽及冥漠，羽商列癸庚。凡古循吏事，一一手所營。問君何能爾？圖籍腹縱横。有書八萬卷，含咀割其榮。上自經史腴，羅列陳時英。子目分牛毛，純駁析星秤。唐裝及宋槧，溯源遂通瀛。想當爲政樂，萬軸張燈檠。鯨鰕共一嘬，徐徐製其鯖。惠術溢肝鬲，民腹膏彭亨。示我所録書，命我彈且抨。我多見未曾，安辨莛與楹？撫卷再三嘆，重此學古情。

題竹薌村居讀書圖

老屋溪田久未尋，常披圖畫到山陰。五風十雨回春手，萬壑千巖感舊心。花塢有書窗窈窱，柴門無客路蕭森。九仙勝侶休相傲，玉室金堂此最深。

題徐廉峰問詩圖

清溪遶籬屋四周，楓青梧碧枝相樛。中有兩士清天修，談詩說妙快冥搜。非問非答心天游，兩儀高卑萬形稠。聱耴各以聲相酬，雷車風鼓激大幽。龍虎吟嘯猩猿愁，鳥歌蟲吟助春秋。篁嘑木戞相推抽，敗葉辭柯亦悲憂。屋角挂網鳴咿嚘，千聲泛泛盈四陬。起滅急雨無停漚，而人其間一虛舟。任耳所觸皆相謀，能者乃以六鑿收。借我十指如過籌，或爲雅頌爲歈謳。問之其人不自由，無主可答賓誰諏？道不可問矧可偷，安處無是此兩叟，問者莫向圖中求。

桂林布衣朱小岑集詠不倒翁戲效之

刻木非居士，牽絲異郭郎。折腰常倔强，舉首復昂藏。趺宕隨兒戲，回旋不自忙。此中本空洞，何處著炎涼？

聞兩宗人相繼歿感作並悼六友姪 乙未

未死前一日，猶作百年計。南風吹山平，草木安可恃。我本隨流人，聞此感心悸。偶然春明夢，便歸非失意。宣州舊我家，十世墓難棄。吾宗六友生，儒者解生植。雞豬及葱韭，料理靡不至。每思柏梘下，誅茅一畝地。睢盱怯山夫，藉君慰孤寄。痛聞耿蘭報，雅志恐難遂。南歸及秋水，誓墓訪君弟。

范今雨來言南歸事兼喜雨有作

江南水田五歲破，人家荇藻粘屋梁。去年大熟米價賤，得肉未補前年瘡。豈知山東去歲雨，八月至此驕天陽。京師得雪雨亦少，聖皇虔禱回穹蒼。跳珠急點入窗户，車聲惶急如奔藏。客來見阻話疇昔，十五年事重旁皇。雨廿年豐路平樂，君將理棹歸盤閶。金陵山水曾未見，剪江一霎先吾鄉。我違寄圃已三載，夢回水閣通荷香。笆籬圖樣弟新寄，喜當折角栽垂楊。白皮老松亦遮護，旁有桐桂攙新篁。清渠引水樹根過，使作方罫分瓜疆。牆陰蘭菊舊百本，兒報遭水多瘀傷。寄書補栽已得未，想見天竺垂南房。凡此種種意所到，君過先我詢其詳。君能逍遥俟我至，佩壺野寺相扶將。先登鷄鳴瞰幕府，西至虎踞游清涼。江光閣旁有幽徑，山坳秀聚攢紅芳。屈原新祠昔未有，同汲井華奠菰蔣。遨頭好事本自喜，言此已覺神揚揚。若告吾弟相問訊，近八九月騰秋裝。

讀東坡集偶書

東坡自言少快意，惟有文字窮酣嬉。如山出雲水赴壑，無有夭遏與險巇。黄州儋耳困欲死，折除利市歸文詞。昔有尹氏富人僕，勞苦百役身不支。終年夜夢大富樂，以晝爲幻身忘疲。東坡快意乃若此，無乃尹僕同其痴。謂夢非夢堪一笑，詩成弔詭誰當知？

熱車行

高車峩峩明六窗，車中年少神揚揚。車來如風熱如火，行旅辟易觸者僵。當街一叱百步過，疲驢瘦馬無晶光。九門日落根倉琅，千人競進如排牆。停纆整轡獨不發，車夫結束繡裲襠。鎖聲欲落一鞭起，電掣星奔到城裏。車中意氣故安閒，料有旁人誇不已。車奔馬怒停不得，如飛直抵宣揚宅。入門一笑蒼頭喜，大錢一千賞車子。

東小市行

鷄鳴月落人怱怱，小市何在前門東。廣場列坐似棊布，解包萬貨當人叢。買者揶揄賣者衒，星星偶語成雷轟。買柑得絮皮得紙，馬鞭鼠朴欺愚蒙。邇來此詐亦難試，周防巧密嗟民窮。有時賤買方入手，貴價轉賣如旋風。在旁愷眼不得詰，脱手已就他人功。就中置貨貨孰豐，男女衣服紛青紅。尚書半臂錦凌亂，昭侯敝絝堆籠鍾。其餘種種各殊絶，亦有竊鈇藏其中。金叵羅鍾狐白腋，羽化來此銀盃同。此種物價廉莫比，貪賈得之色然喜。咄哉賈人莫浪狂，金吾方捉田膨郎。

澄齋來訝久不出因作此并呈石生明叔

十日不踏興勝寺，張子訝我何深藏。謂疑幽憂屬末疾，豈知發興搜詩腸。我初學此無檢束，虞初九百恣荒唐。稍參涪翁變詩派，意趣結約無飛揚。十年棄置久不事，解散韜帙從儴徉。含毫叩景偶一試，忽覺泥井生寒漿。濃書細字急不擇，螻蚓詰曲肥鵶旁。到口有物當一吐，安能吶舌如周昌。古人精嚴有真放，下手得快天機張。六朝文士不解此，散棄駿馬驅跛羊。三辰分光精氣薄，語言縮畜如羸尫。雖然此中有涇渭，豈得蕪穢誇汪洋？句律稍悟嗟已晚，嗜好多可無專場。千金狐裘飾羔袖，漢冠晉製兼唐裝。吾文所病亦在此，自成一家今未嘗。當年猛志壓崔蔡，翻恐汪魏相低昂。先生不嗔後生笑，所慮唯此餘尋常。誰與吾黨二三子，妙解知我非猖狂？

六月六日聞蟬

今日朝涼減，絺衣得静便。客來談浴象，人倦喜聞蟬。風露謀身易，高寒應候偏。故園池柳上，早占數聲先。

題程春海侍郎扇中美人

香霧欲生煙，妝花低鏡前。自緣心愛好，不闗人見憐。

偶出

人招我飯辭不得，登車欲赴猶逡巡。座中有客共深語，如驕似喜還疑瞋。自言文字勝契戾，連掇科第信有神。時命忽謬乃一跌，蓬山直到泥與塵。如某某者詎勝我？佹得佹失當何因。酒酣頗述得意事，召優不至慚其賓。立呼伍伯拘至席，泣言喉痛方病呻。不知官乃爲身怒，縱極鞭辱宜加身。回悲送喜敬愛客，客大歡樂主意伸。聞者拊手頗稱快，連啖肥炙飛觴頻。酒闌語罷一鬨散，倉卒未暇詢何人。

買書四友歌

晉魚見書口流涎，到手恐有他人先。索價不畏高如天，歸來障簏傾銅錢。明叔愛好不求全，索難得巧意氣鮮。細尋脱簡抽間編，磨丹細字書盈顛。張子游肆如林泉，瓦南街東可忘年。客無牀坐書相連，不破一錢聽管絃。自笑買書如買田，循其四角及中邊。重裝自釘端不偏，未得一讀手爲胼。

贈黄景濂友蓮

李公還我文一帙，簡端細書子親筆。規摹謂我背時好，太息乖逢意真實。此文昔謁甘亭翁，君乃旁收肯藏疾。未嘗一面荷深語，始信文章有膠漆。京華握手各失笑，昔嘗云爾今乃必。清言高韻傾未已，出手新詩劍光溢。太倉詩派異西江，不肯專長兼入室。懷恩望古憂思集，人百萬家知者一。甘翁憔悴君亦爾，如我敢復論得失？宣武坊南車馬咽，瘦驢兩士無一匹。暑風塵坱動如海，處女嬰珠安敢出？何時一笑共秋燈，盤剥沙糖炒黄栗。

送陳藴山作令山右

酒龍詩虎集襟裾，馬異盧仝興不如。人事漸生登榜後，宦途宜慎辦裝初。漫隨士論尊朋甲，且使民風畏大車。笑我一龕彌勒共，更誰高興足開予？

夜夢林秀才鎮

小年同學林第五，夢示兔園文滿家。魂魄已隨秋草去，記君辛苦撥燈花。

贈馬生壽齡鶴船

馬生詩才疾秋隼，下水船連萬艘引。洶洶海市浮鵾鵬，切切風廊弔螻蚓。家三千里十年别，歸興屢爲空囊忍。光範門前書肯獻，長安市上酒難準。自然攣跛成怪松，欲藉文章吐蒸菌。陳李二友方得路，堅車非子誰來軫？浮雲富貴不可呼，卦得包瓜自天隕。乾愁白日坐拋去，使鬼揶揄寧俗哂。我居古寺鎮得閒，喜味佳句養肝腎。詩文於道一稊米，炊飯今誰富倉囷？秋燈旅店涼可親，想發陳編如束筍。

贈李蓮舫

李君好詩兼好酒，官學瘦馬時尋友。青銅三百不肯留，卻笑財虜空兩手。除夕準衣苦留客，客多屋小時被肘。一客煮魚踞鼃黽，一客哦詩拈敝帚。醉呼聯吟聲達旦，債客驚咤窺返走。富兒空矜飾厨傳，禮率意真乃見厚。觀君胸次能爾容，一飽鯨魚吞八九。宣城詩派久湮塞，氣猛才豪仗疏剖。詩聲遠度幘篝篗，三韓歸裝乞瓊玖。惜哉旗亭少解事，一曲黄河負楊柳。天生此材用有時，著鞭未合居人後。君聞此言當一笑，富貴於吾復何有！且學陶潛除酒巾，那計劉歆擬醬瓿。緑垂紅綻春又來，更約屠蘇歲同守。

吴笏菴以莊子語作七律見贈仿和之

公詩能消外汩侵，超然軒冕與山林。不笱久竹自靈氣，折楊皇荂非世音。將遺六骸窺要妙，敢豎一指加高深？世人竄句多鹵莽，試與洛誦先齋心。

贈李榆村

世間快事那有此？萬口飢民無一死。世間奇事誰肯創？十萬官糧一朝放。官身散米官償銀，民身得活官身貧。艾子談此不容口，一笑忻州舊吾友。忻州李侯精權奇，高馳亦厭絡頭絲。鷄鳴山南鳳臺北，苦欲就我誅茅茨。我家冶城名寄圃，竹亞宅後花前池。放春納夏計良得，歸意早決胡爲遲。男兒功名許天幸，衣食小事翻慳施。李侯聞此亦失笑，三徑政苦歸無資。

聞鄰人夜哭感作

北風凄中夜，鄰哭聲正悲。舉舉吴興子，獻賦留京師。昨夜家書來，高堂痛我遺。念初别母時，母色方怡怡。人言金紫好，願兒服葳蕤。苦語不敢出，恐兒行色墮。日遠愛苦深，意悔歸難馳。生榮他人見，死别惟親知。山川隔神理，草草施靈帷。外人忌諱多，情事難具施。悲哉返哺烏，夜夜號寒枝。

冬夜偶成二首

筆墨積人事，鼓勇肩一釋。擺落無幾時，默數復林立。枝官本多暇，何者常汲汲？卻思逃塾時，窺窗欲揮日。揮日日不去，挽日日難入。人情有去留，天運成緩疾。書燈一再挑，感嘆復掩帙。

人生一日內，百有二十刻。計吾起滅心，倍此不啻百。一刻應十念，念多終不給。所以火馳人，閱世如一息。

柏梘山房詩集卷六

贈何子坤還新安 丙申

提書兩載客京華，梅意衝寒頓憶家。莫便南山常種豆，應羞東野止看花。閒官推引真何有？聖處功夫想更加。我念渭陽憑寄語，三年塵土困奔車。

節婦吟爲桂雲酣作

夫死求死，曰且緩死。夫死不治，喪是吾夫，生無婦矣。上家別母，過家告大人，言哀麻百日畢，當從夫地下黄泉，不得顧黄口小兒。惟知上有滄浪天，神專意精去天咫。六親悲愁坐泣，不可以已明明朝夕，人不得相救理，一瞑歸神如脱蹝。烈婦誰？東城住。夫秀山，浙民父。夫姓吴，雅婦氏，烏札庫。

朱蘭坡先生以家瞿山翁畫松壽施愚山圖屬詩記之

宣城宗老瞿山翁，天延築閣聽清風。春明槐街懶不踏，興來自寫黄山松。愚山侍講同閈里，參議歸來六十矣。翁以畫壽群賢詩，中有雪坪老孫子。其時大科猶未開，致語已祝蒲輪來。名實不謬竟如此，國初元老何遼哉！蘭坡先生重翁畫，神品不謬漁洋推。作詩使我附名字，燕石豈足增瓊瑰？先生好古心宿親，鄉里耆舊尤所敦。史館把筆傳文苑，吾宗二老輝千春。我今金陵思柏梘，飛橋流水盟終踐。便當問字過琴溪，讀畫一披小萬卷。

贈陶薌泉

南城幽巷寂如村，喜有軒車肯叩門。宦海欲經三十載，談天猶作五千言。珊珊不礙詩仙格，籍籍爭傳賈父恩。即看金狨輝五馬，黄樓佳句許重論。

夢硯圖

丘遲夢錦江淹筆，錦耶筆耶華不實。何似夢硯如得田，膏澤豐年真可必。長安四月南風飐，吹我石田如草枯。因君丐我江南夢，碧沙翠石割雲腴。

贈賀耦庚先生

儒林與事功，唐宋久異派。惟公持古心，儒效中襮外。守身固金隄，救喝乃放隘。勇如九河翻，萬折胸不芥。藩條布江寧，部民幸瞻拜。官齋静抱獨，深矉念民瘵。閭閻箕帚事，聽徹風雨快。淳明生德威，百吏不敢獪。疏通上新河，定力釋疑怪。海水果上潮，游波得寛殺。以此秉事樞，九功孰能壞！新恩慰民望，秉節西南邁。黔民稱瘠土，好義勉其懈。雖急害馬除，不擾小鮮敗。自惟河内民，借寇獨咿噫。短章聊頌德，幸免導諛戒。

送黄香鐵歸嶺南

君不如陳孟公，太守起家由尺牘。又不如熊安生，執經掃門稱觸觸。旅館蕭蕭似深谷，出無驢馬炊無僕。棲鴉肥字寫詩本，牛腰卷作隨身軸。風簾懶就日華賦，天機獨奏雲門曲。闊袖寛袍老鐵生，平視朱門如白屋。忽然揖我歸嶺南，潮陽校官新授禄。廣文先生雖無田，是官萬事不由天。京華幾載厭羊胛，盤中苜蓿肥如錢。先生食飽無一事，高吟突過黄初年。吾家寄圃潮溝邊，亦有花竹相蟬聯。主人五載别猿鶴，無田不退寧非錯？思君南望鐵耕樓，不見吾家半千閣。

贈鄒松友

洛陽令君清且敦，田父説尹時開樽。朝冬報政得休暇，叩門喜我如荒村。談詩説筆歡未足，爲君醵飲羅嘉賓。同年陶卿善轟飲，君先舉白張雄軍。陶卿逡巡盃縮手，君乃大笑吾已醺。頽然隱几任諠鬨，鮭菜過眼如飛蚊。隻雞近局得常有，要我排日先知聞。自言久吏畏人面，坐無疏客眉方伸。餘事示我琢詩律，張王蘇白探淵津。流丸峻坂下千丈，崎嶇突過無荆榛。看君快手得佳語，始信險怪虧天真。緋魚新賜九華殿，歸聞河内爭寇同。願君揮毫留百斛，洗我胸次消輪囷。

徐廉峰家製蘿蔔鮓作詩乞之 丁酉

蘆菔生兒似柔蕨，浸以甘酸供縷切。翰林好客出鄉味，熱酒肥腸壓冰雪。腐儒不識生黄齏，土銼慣煮寒菹湯。辛相當食醋三斗，皻鼻誰能徒快口？韭齏豆粥翻勞人，餽我食單亦何有？君家新樣勝元修，呪筍憐槐臭味投。便乞餘蔬作小益，從此彥深添食籍。

程春海侍郎人日雪後招飲龍樹寺中

家居好遨兼愛雪，每眺鍾山登掃葉。長安雪少風苦多，卷地追奔去飄瞥。空庭積素不忍掃，自撼枯條添落屑。侍郎招客集龍樹，萬象一白真奇絶。混茫直接西山頭，界畫城陰肪一截。行人飛鳥俱不到，空宇蕭蕭見真悦。甘醪名論未覺晚，月氣寒光半空結。蕩摇天影倒平地，江水横鋪波不裂。悄然坐我浮玉山，夜聽談天答鈴舌。是日瓦南街可步，愁洗靴韈因迴轍。王充閲肆且異時，昌黎登高幸同節。醉歸默數前車燈，猶記江船火明滅。

送王叔原守瓊州

聖世朱崖變畫圖，風流天使傲髯蘇。臺端夙望歸驄馬，海上新文徙鱷魚。木酒連村知政簡，金華滿地任民鋤。使君退食應何事？自理劉郎閣上書。

贈潘諮少伯

當年豪士客扶風，曾以鄉兵占首功。談笑尚驚黄鷂子，行藏欲問白鳧翁。雨中裹飯勤深友，日下緇經折鉅公。莫訝元文難索解，應知並世有揚雄。

贈阮侯亭之任臨湘

李杜行歌處，蒼梧怨未終。木蘭舟縹緲，花石戍空濛。風月三千首，天涯五十翁。一官成笑傲，未許古人同。

試説金陵好

試説金陵好，登臺記雨花。千帆平緑野，一塔湧朱霞。佛屋新皺栗，仙亭細焙茶。長干燈火上，歸意動昏鴉。

試説金陵好，棲霞古道場。千峰通御路，萬壑亞僧房。泉石窗窗見，松杉處處香。偶然值樵叟，真欲話羲皇。

題蔡鏡堂探梅圖

盆梅蟠屈非吾友，疏影籬邊驚别久。披圖忽見高枝横，五十年來香在手。先生真逸此花身，青鞋踏遍北山春。當年草市連紗市，何處梅花是喜神？

北峽關晴雪圖爲蔡友石先生題

雪外青天山外日，一白横空半天赤。朱轓緑耳來倭遲，萬里寒光盤馬膝。掀髯一笑回春姿，范寬見此真吾師。枯條凍葦礀冰道，點綴俱入皇華詩。公今歸乞湖山主，已傍東田開釣渚。山翁來共一杯無？爲話關山行旅圖。

悼故人汪平甫平甫於壬辰年得句云三徑草疏螢有路九秋花冷蝶無家頗自喜未幾而卒友朋皆竊怪之謂未死神已泣也

少年談笑傲滄洲，未到中年意氣收。危坐歡場恒自語，孤行野寺不成游。文章從古供人役，富貴何時勝鬼謀？今日棠梨花下卧，應知得喪總虛漚。

讀東坡集有感

七載黄州已似家，又從儋耳度年華。東坡有地聊栽竹，南海無人且看花。白髮瞿塘悲劍器，青衫湓浦泣琵琶。飄零詞客多哀怨，學道如公信有涯。

陳石士先生蘇公祠雅集圖

侍郎持節出金閶，春讌蘇齋薦脯觴。木介已悲終古別，花朝又作昔年芳。瓊樓玉宇真儔侣，明月清風孰主張？我欲夢詢香扁子，涪翁身後豈茫茫。

陳石士先生韜光步竹圖

一徑入寒碧，竹光在人衣。風泉息塵鞅，雲石生天機。道心得所便，游子如新歸。五公各持節，王事有程期。談笑雜黄老，登臨窮翠微。僧居豈知樂？樂者難久羈。物習慮多變，寂喧無是非。當年作記翁，遠想超希夷。披圖感遺墨，聊和西山詩。

題張白也中年聽雨圖

雲水空濛泊烏榜，艣聲漸小灘聲長。舟人添纜各關門，萬里空江惟一響。君不見瀟瀟暮曲聽吳娘，青衫才子似潯陽。少年醉卧金堂月，那識扁舟有斷腸？

正月十九日游白雲觀燕九白也未赴有詩因和之 戊戌

樓觀崔巍耀彩霓，此中云是上天梯。撞鐘伐鼓三更湧，墮珥遺簪五色迷。仙語何人逢白鶴，商歌有客感黃鷄。知君記夢詩初就，懶向神山一借棲。

寄張丈虎兒

七十翁猶健勝常，青山鬢髮未滄浪。飽聞携杖穿花市，肯爲開樽過草堂。客子京華思里社，先人儕輩仰靈光。家傳畫手今誰付？應有文孫繼阿章。

寄呈青甫舅氏

拋卻閒官始覺閒，不留手板在人間。重排陸氏東西屋，特對何家大小山。兒課巾箱應細校，集編花萼莫頻删。他年杖履追隨處，好是青溪第幾灣？

歐陽岳菴又一村夜話圖

菰首橋邊又一村，紀群兩輩接芳尊。比鄰花藥常通路，負郭溪山總到門。幾載騎驢思謝墅，深宵擁鶴感陳根。披圖尚有東籬在，鴻爪東西不可論。

悼趙侍御敦詩

舊俗疲多士，纖趨市小恩。君爲中執法，書有大臣言。夭壽真難問，窮通那復論。時方雄白簡，君獨困飛鶱。

戲書

未可稱居士，頹然已放翁。詩惟標脚氣，文不愈頭風。雄任來嘲客，褒無待約僮。雞毛三寸筆，何事反怱怱！

尊生原有術，造適更無餘。結懶新知客，尋貪舊見書。饒三真落拓，歐九任空疏。若問窮通理，吾將付散樗。

爲何青士題扇

美竹移新居，好花憐舊屋。藤陰有秋句，應長春枝緑。

諸城令汪封渭字竹千黄岡人葺北臺故址爲蘇公祠僚佐配食兼羅種玉盤于盂郡人李方赤太守屬詩紀之

東坡分符在東武，手實新書正旁午。脱略萬事非嬉遨，吏不求功民小補。鐵溝之水超然臺，常山罷獵時徘徊。胸中杞菊不蔕芥，芍藥正對流盃開。馬耳雙尖尚突兀，北臺題壁今塵埃。諸城令君真好古，手翦蒿萊闢祠宇。堂前栽遍玉盤宇，太博屯田配旁廡。騎鯨散髮歸一笑，想見衆賓風行舞。里居好事誰同修？常州太守今李侯。風流爲政無與儔，政如獨孤在常州。班春他日過陽羨，更爲東坡訪舊游。

蓼花嘆悼徐蓮峰侍御

去年我飲廉峰家，歸乞四株紅蓼花。蓼花今年好顏色，嗟君玉樹埋蓬沙。書中檢君八行字，言及程公欲揮涕。司農餘事工尺牘，屬我裝池排日記。豈知後浪逐前波，遺墨兩人同一笥。春明六年竟何有？飽見故人作陳朽。除花未忍對花愁，與爾同澆一壺酒。

贈姚伯山

五管賢聲第一流，頭銜新拜主恩優。宣城自合羊元保，下澤翻思馬少游。聞到治城將買宅，時過寄圃定登樓。車輪未必今生角，早有梅花待嶺頭。

寄姚春木

江雲朔雪久離居，病臂詩來益感余。客散梁園誰置酒？家臨笠澤好成書。頻年漫乞長安米，幾日曾忘短轂車。輸與吳中高士甚，小雞山下釣鱸魚。

同年爲真率會酒二壺菜五簋恐有以豐腆敗約者詩以誌之

同歲消寒共此筵，相期真率只談天。棕鞋桐帽難拘禮，菰飯蓴羹豈破錢。似我揚雄慚酒客，幾人杜牧傲茶仙。硜硜卻笑顔光禄，不許山王附七賢。

閘里中宮家園頹敗可嘆

清涼山下破岡斜，野飲曾過處士家。獨向陰崖結茅屋，自鋤明月種梅花。三春粉黛迷香蝶，兩部笙歌接吹蛙。前度劉郎惆悵甚，頹垣閘被夕陽遮。

毛紫庭贈人參鹿茸賦謝

憐我支離太瘦生，遠分珍藥故人情。七星瑞氣光浮匣，五葉真形價滿籯。仙酒便同傾白墮，舊山應罷採黃精。小窗一角新晴日，喜試觀書眼力明。

林公少穆以欽差大臣使廣東作此呈送時兩廣總督爲鄧公嶰筠

禁煙新斷阿芙蓉，爲遣膚臣急奏功。鎖鑰全收坤外紀，威儀特進漢元公。三朝細馬絲綸重，萬里鋒車節制通。南海尚書方勵治，朝廷應喜協和衷。

贈朱丹木之任無爲州 己亥

舒侯説子世無有，能以神君兼衆母。高言入座森動魄，盡掃常談等芻狗。示我報神新廟碑，詞嚴義深石可壽。謂神除蝗吏除暴，使苗無災民不莠。神勤其官吏敢惰？以此自誓心語口。我聞法立民知恩，吏威已輕民易狃。惜哉古有生殺權，酷吏反以資毒手。後賢豈無活國計？法律裹身如械杻。如君所爲誠極難，報最今知幾被肘。縱轡即看泄萬里，新恩且試一州守。米顛逸事置勿道，一石何須辨妍醜！

偶書

一丈黄塵過一車，西風吹入碧窗紗。年來不解吟春雨，孤負光陰是杏花。

雨少風多又一春，人間無處避車塵。緑陰如水裊腰路，輸與江光閣下人。

贈步薌南之任平陽

豸服連翩剖銅虎，千古言官氣皆吐。北門一疏天顔開，朝作嚴霜暮甘雨。如君遠性復高勝，不僅空言祈小補。偶騎驄馬行天街，桓東少年避如鼠。枝官窮巷礙車轍，近日已無棄灰阻。風行日下豈易事，早識翁歸具文武。百城秉節端要渠，一郡先看設施溥。我生疏懶少儕輩，棋局詩囊猥相許。只今去我如飛黄，寂寞柴扉掩杜甫。待君更作朝天行，一局相期山果賭。

贈湯海秋

詩筆人間湯海秋，反騷應洗畔牢愁。晁家樂府傳千首，楚國先賢讓一頭。望古自慚非世好，同官今喜接風流。芳洲杜若江南路，何日相從萬里鷗。

贈湯子燮

我年十九君十七，斫地談天氣無敵。滕王閣上一杯酒，萬里長江波接席。十年君作五湖長，行水澹災泥過膝。上官動色聽引經，滑吏被符如霹靂。朱轓憑熊正可爾，謁選今猶候幾赤。風廊握笑一開口，往事爭如芒角出。人生得失竟安在？且喜君詩早盈帙。慚君記我舊時句，囈語醒思殊自失。衹今索寞更宜懶，游蟻逢堦玩春寂。字成脈望廢攤書，管長蒲盧罷拈筆。君乃才氣十倍我，袨服新裝照初日。江南河魚今又上，小姑祠前水三尺。爬梳端賴好官長，晚覺文字真無益。願君擺落策新功，餘事從教冷官乞。

贈陳小松

有客有客端爲誰？攬衣躡屨起欲窺。君入一笑書帷披，吾更名耳子勿疑。昔時見君未有髭，白波倒捲空金巵。全椒學士甘爲雌，謂此年少才不羈。揚州花月春江涯，名園參差信馬騎。醉歸自有笙歌隨，夜吟紅袖圍烏絲。别來三十年又奇，人生忽忽一世移。入身帝城今何遲，宫中聖人撫皋伊。儲精坐受三神釐，甘泉上林藻孰摛？君當載筆光鴻儀，君聞撫掌笑曰嘻：子乃故我以我爲，雕蟲刻技昨暮兒；壯夫豈復隨群嬉，我今百事慵不治；探丸起人聊自怡，百錢閲市垂簾帷，蜀莊季主皆吾師。嗚呼君言夸矣君失詞，處世不羸亦不虧。人生此福厚不訾，其次乃以富貴縻。君不見馬生憔悴新豐時，斗酒獨酌無人知？一朝二十餘事陳天墀，君不彼得此可期，達者勿謂吾言痴。

悼吴丈子見

利害相倚薄，有怨乃知恩。好名安可居？怨來益多門。衆口本鑠金，周防況少存。少有超俗夢，晚逐世網奔。傷哉傴仄行，孰招垂老魂？

悼汪均之

昔我游京華，君意頗不欲。金陵好山水，漁釣意已足。愧無五瀉舟，安得慕皮陸？浮沉人海地，合眼見君屋。頗聞園林修，名士親畚搨。移樓納山青，拓橋放水緑。缺籬補花當，疏檻藉藤束。先公經國手，小試槖駝術。老松移每活，樹客最驚服。點綴山石間，珍草夾美竹。經營期十年，招我隻雞局。君書常在眼，把卷成一哭。我文衆少可，君喜能疾讀。此外惟異之，出語中深曲。臣質今已亡，孤笑忍窺櫝？憶君集園記，佳筆柳州續。惜哉留豪芒，藏者尚滿腹。平生文字契，深友不五六。半山聽泉人，未死惟余獨。君魂儻可招，無忘北山麓。

寄彦勤弟

聞汝沈疴去，他鄉喜不禁。百年門户計，千里弟兄心。藥裹應長屏，書篇得重尋。從容期繕性，不必念升沈。

壽王子卿丈八十

黄樓高詠接蘇篇，老福天教勝古賢。同是一麾香案吏，早歸三徑地行仙。貞元朝士稀同輩，洛社英游讓大年。萬首詩成休定集，他時抑戒有新編。

姚伯昂年丈以册作瓜菜數十種遺伯山屬題

野人喫菜不解煮，但喜花豬嫌筍苦。城中辨味不辨形，蘿葍乃言非蔓菁。我公九能冠朝英，入林觀性天機精。筆端已備四時氣，芥孫瓠子駢羅生。荷包蒲束各異態，如手旋摘筐可傾。是中具有色香味，土膏出紙光盈盈。十年夢想清涼寺，草市菰橋跕游屐。眼明見此鄉味多，黄瓜園中秋滿地。黔中饞守臭味同，淘槐覓筍千觴空。見此當飽不思肉，渭川千畝蟠胸中。

孔繡山秦澹如招飲於尺五莊會者十三人即事作 庚子

蘆莖淺碧蒲芽短，中有方塘白水滿。開軒對景弄春爵，濠梁去人今不遠。往來褭屐多歡場，吾輩亦復成徜徉。座中醉客兼醒客，總覺尊前是故鄉。

和人萬柳堂懷古

有客能高詠，來尋萬柳堂。蒼茫葭菼際，言是草橋莊。寺古猶通路，陂荒不似塘。當年詞賦輩，辛苦慕常楊。

題李唐畫

古木陰陰夏似秋，參差石壁過橋頭。斜陽曳杖歸何處，門對長江一葉舟。

七月十七日作

連朝泥滑滑，小步試中庭。雨脚明懸日，雲頭怒壓星。蟻封升砌隥，蛛網散窗櫺。愁極蛙偏喜，聲聲入夜聽。

張澄齋築室陶谷寄贈

昔年訪陶谷，遥指古梅花。君讀隱居傳，將移抱朴家。對山樓亞竹，引水座浮瓜。自笑陸沈子，何由駐鹿車？

題張仲芝往帆圖

檣帆落落散遥天，獨繫扁舟柳岸邊。往者待風行者笑，他時莫笑待風船。

贈項几山

開徑延三益，喜君移五車。校書勤掃葉，得意勝看花。歸興龍湫引，孤懷燕市賒。扁舟期訪戴，同看赤城霞。

柏梘山房詩集卷七

宋太祖擊毬圖 辛丑

盃酒兵權釋，君臣樂事多。猶勝思猛士，失計只悲歌！

夜集偶成呈伯韓小坡藝叔魯川

盃槃草草酒微行，共喜論文就短檠。孤學自慚非世好，高言何意集朝英。常悲師魯成先死，不分公明作老生。夜久轉温知欲雪，相看飛動有詩情。

書示張生端甫

我年未及十，我祖授書時。襟裾戒牛馬，解授城南詩。覆醢悲子路，讀記淚綆縻。謂我有文性，祖亦爲噓唏。先子留上都，我母課中闈。《文選》苦難字，背誦行遲遲。

十九始出游，雜覽如亂絲。攬取得尺寸，首尾終迷離。吴門遇王渭，交我顧廣圻。語我六書學，訓詁宜兼之。凡校古人書，不以他書資。古書各義例，熟玩窺其巇。慚非性所好，負此良友規。頗獨好文詞，俳偶自娱嬉。異之管君同，謂此不足爲。此猶冠玉耳，不見骨與皮。皮骨且不見，安能爲妍媸！是時文派多，獨契桐城師。洪鐘未殫叩，闕響忽我遺。言往理稍出，徐徐會其機。讀書如養生，薰蕕不同脾。豈食大官羊？腥膻雜蟛蜞。三史范已孱，陳壽無華詞。五代事簡略，詞義獨恢恢。老莊荀管韓，《國策》逮《楚詞》。《淮南》《吕春秋》，譎詭而倡披。六經爲稻粱，此亦膏與脂。不可一日無，使人發華滋。適口莫如約，拙養聊自怡。劉君稱漢聖，董生書玉盃。謝力有未能，吾知固有涯。吾子天骨高，古風還可追。鵠卵在啄抱，庚桑慚魯雞。倘欲師古人，爲子誦所宜。

吴縣蔡母秦孺人節孝詩

死易孤難撫，冰霜獨傲冬。葹心終不卷，蓬髮任長封。竟以秦家女，能興蔡氏宗。三枝朱草茁，應足慰貞松。

贈陳蓺叔

新城陳蓺叔，宗伯有家風。結友竹林上，著書槐市中。遺經從我好，佳句喜人工。窮巷肯相過，惟慚尊酒空。

贈朱伯韓

偶出都無薄笨車，寬袍散帶一潛夫。常從草市攤書買，懶向花磚奉筆趨。啓事擬推韓御史，論兵難遇李司徒。惟應杜牧堪同調，蕭寺風流共一壺。

贈馮魯川

清酒一升書一握，醒時即飲醉還讀。吟安一字脱口難，百轉千繅絲在腹。西臺昔號白雲司，文藻聲塵各異時。偶把官書似城旦，坐忘恐得大宗師。

和余小坡躄翁詩

讀君躄翁詩，甚類送窮文。自譽實自責，人笑不得瞋。天公視世人，濛濛但微塵。有誰强駊騀，謂我文字神？責報望逾衆，謂天無等倫。天豈識此哉，如人聽鳥喧；安識所歡喜，與彼所煩冤？人雖不鳥知，鳥鳴自軒軒。三春得煙景，萬物莫爲先。莽莽宙合中，形畍不久全。惟文司其命，萬化留貞堅。鵬運所不周，落筆俯仰間。飛灰凝針孔，掉臂如平原。快意孰有此？得失誠戔戔。得者生貴甚，失者趨階前。不畏階前趨，愧此見者憐。豈知後世人，不此爲媸妍！視我所悲嘆，誦讀如游仙。意氣謝往貴，聲名屬來權。勿愧暫所憐，但懼久所捐。君聞當一笑，此爲孟浪言。

贈余小坡

客爲貪閑少，詩常倚病多。古歡良不淺，世態覺如何！吾自甘郎省，君當擬諫坡。人生各情事，應未效蹉跎。

和魯川見贈韻

懶作咸陽五白呼，也無櫻筍學官厨。同穿東郭先生履，笑擬西園雅集圖。書降秦人皆是隸，騷如屈氏不妨奴。能齊物論堪行樂，且莫梨園憶北湖。

追悼程春海侍郎

郎省曾蒙禮數寬，笑稱屈宋竟衙官。西山詩和承親寫，東觀書成許借看。豈爲公卿嗟命薄，獨緣文字惜才難。城南一帶探花寺，愁絶何心更解鞍？

偶成

撫軍原自知彭澤，掌武何曾困樂天。富貴豈能知己助，聲名不借要人傳。

贈張勸菴

巷北多煩壤，幾疑馬糞王。繡衣勤闢路，錦里借生光。道砥知平政，刑灰豈法商。夜歸詩伴喜，京兆信前張。

偶成寄仲卿彦勤兩弟

柏梘村中有故基，吾宗苦約返茅茨。黄精藥好愁難遇，蒼耳林深恐見欺。北阮家憐門户改，南陽阡冀子孫知。飛橋一水千峰抱，記取他年謁墓時。

百年寄圃冶城旁，舊德猶存緑野堂。祖父艱難留樹石，弟兄奔走隔壺觴。極知飲啄宜山澤，又恐鳴號望稻粱。空憶故園春色返，半千閣下又青楊。

即事呈伯韓小坡魯川

磬折方延賓，三子適來憩。駭此初筵色，破帽欲辭避。主人撫掌笑，作達殊未至。豈聞竹林人，有物能敗意。徑入別室中，吟嘯無所忌。謂余君可出，無復與君事。童奴吾自呼，飲啖吾自計。此不須主人，安覺客爲累？須臾送客入，一醒一已醉。笑言有餘盃，明日可見詣。

悼陳仲雲

昨見除書改，心悲失老成。天恩新幾日，風義斷平生。同榜隨年運，藏舟嘆世情。升沈與修短，大半已分明。

可嘆

李侯去供奉，杜陵辭司功。一官逼迫不稱意，翩然逸翮超樊籠。自倚結交意氣真，誰知久客無相親。漫言文藻動千古，終是悠悠一路人。嗚乎人生快意是超俗，欲求神仙當避穀。君不見李侯憔悴杜陵飢，投詩乞米無休時。雙魚斗酒何人送，匹馬短衣空自悲。

和張端甫得家書

久判歸期未有期，家書欲報定遲疑。只言孤館寒燈坐，正似新豐逆旅時。

雪後簡友人

風雪門難出，巡簷定幾迴？撚鬚凡語換，熨眼夢吟開。明月今宵滿，詩星若个來。應携謝公句，一就漫郎盃。

讀唐詩紀事

光啓乾符事可知，探花猶羡曲江池。不愁王鐸方都統，卻笑盧家未主司。黄獸豈能殘郡縣？青蟲多是誤軍師。太宗應悔開科第，贏得英才五字詩。

和姚春木詠夏内史

草草諸賢各樹兵，如君年少亦先鳴。魯戈慷慨回天意，庾賦淒涼感帝京。竟與終軍同義死，可憐王勃尚書生。褚淵得壽譙周老，蟬翼千鈞孰重輕。

戲詠跳財神 壬寅

歌舞當門意態新，乞兒翻解送財神。定知廣厦推千萬，只有秋風屋破人。
懶過黄羊祀竈時，逐貧新賦幸能奇。五窮明日應迴避，三十青錢學賣詩。

悼柏雲伯父

我幼少邊幅，獨翁喜見譽。指誇族親言：此是吾家駒；吾老不自憂，衰宗得持扶。酒酣氣益真，不顧人揶揄。我時亦自喜，誓不斯言孤。流光變人心，往懷忽無餘。妄冀寂寞名，日與時榮疏。身計豈云得，愧翁受言誣。八十方舉觴，賀客亦充閭。不聞示微疾，忽來告終書。傷哉隔千里，跪奠缺嘉蔬。作詩告余哀，庶其鑒區區。

簡何青士餽元宵未至戲促之

竈下長鬚手似薑，元宵未解學厨娘。燒燈風味慚佳節，挈榼人情重異鄉。笑我幾如名士餅，知君久飫大官漿。青州從事寧同索，聊與東坡作和章。

人日作

一雪斂冬寒，春聲動市讙。兒隨荒鼓聚，人住美車看。風物如相引，經過亦未闌。何因寒具小，稍異故情歡。

贈余小坡移居

巷南移巷北，清曠果宜人。側想編籬急，應知掃地頻。小窗深友聚，高樹夜談親。卻羨魯川子，端居得善鄰。

鷹游登岸圖爲師禹門作

海州有山曰鷹游，其東巨海之所浮。有蕃舶者驚來投，椎結赤足語咿嘎。意説其國今琉球，舟三十人一其酋。有冠而職如邑侯，以筆代舌能吟謳。言自治所歸王州，横風一踔不可收。度越萬里如一漚，不自意全出大幽。如金銀闕登神洲，刺史曰吁遠貴柔。況此恭順著海陬，舍以賓館給膳羞。稽首再拜風迴舟，經歷閒切達中頭，説天朝德無時休。閒切、中頭，其國中以名其郡縣者。

贈葉崑臣雲南方伯任

九華初日暎曈曨，占奏頻繁帝眷隆。成賦早年識司馬，作公今日見阿龍。鹽盆美政三江最，露冕先聲六詔從。若譜蘭倉宣漢德，鸞臺舊筆試從容。

樓桑村昭烈祠壁刊元遺山詞宣城李紫房訪得之搨以見贈

古廟青林罷社時，遺山曾此譜新詞。十年來往渾無賴，赢得人間有斷碑。

汪春生從舅氏許玉年至西域圖

山如火雲樹如血，日白風黄沙似雪。出關一笑天山來，走馬上天奇欲絶。使君圖畫感西州，紫蘭花間憶舊游。試問輪臺隨定遠，何如身致富民侯？

雨後作

雨後籬根過水斜，離披寒葉伴秋瓜。繞庭細數添新草，喜不知名也當花。

有會而作

吾欲適己事，世豈復我須？落落固其宜，如何嘆人愚！麋鹿與牛馬，受分固自殊。雖言受分殊，未足相謗譽。咄哉嵇阮生，專己何區區！

巡圃作

斜陽送疏雨，新月已如客。圃小繞花勤，人間去草適。此寧足生理？瓜豆亦可摘。同袍何不來，獨望寥天碧。

也似

也似荒村獨樹家，西鄰撲棗任諠譁。青藤紅豆垂垂老，滿意秋光放菊花。

聞歌

月明如水澹星河，客近中秋鄉思多。悄立天街欲歸去，不知何處又清歌。

中秋獨坐

雲陰過盡月華流，欲卧虛堂且暫留。酒伴未招游伴阻，等閒已過一中秋。

憶故園芙蓉

客中花少每思家，又得家書説種花。護水笆籬三十步，芙蓉開動赤城霞。

爲陳蓺叔題沈石田畫

家家紅葉滿山椒，石路長通到板橋。無事山中不來往，看雲看水各逍遥。

悼温翰初

親朋相視淚痕多，重坐君齋痛若何？　前日翻書猶未掩，蠅頭文字寫東坡。

題李榆村詩稿

昔君風雪走吴門，我客揚州冬復春。　除夕殘盃愧僮僕，那知尚有路旁人。

戲題畫醉鍾馗旁卧一鬼

先生真大醉，點鬼暫安睡。　唤醉更無人，睡者寧知僞與真！

爲李寄雲題圖 癸卯

先生卜築思平谷，清夢時時到雲木。　興來水墨寫山樵，黄葉深深一茅屋。　屋前流水舊漁磯，流作春江更不回。　村村石樹山山雨，羡煞空濛一棹歸。

和張亨甫

尺五莊曾共盃酌，衆客酣譁君落落。别來江海飽軍聲，詩膽輪囷壓鮫鰐。新陪季布入關西，故人喜見翔金雞。宿心雖了莫歸去，好賦西京燕喜詩。

鄧嶰筠先生入關誌喜 甲辰

玉門今日見歸輪，喜色浸淫遍搢紳。公論終由明主定，天恩先爲老臣新。從來起廢關邊計，豈止生還慰故人。獨幸清言重侍坐，八箴堂裏舊丰神。

和王少鶴

宦薄興歸思，交新惜勝流。能偕真率會，不賦畔牢愁。文字岐千品，浮沉共一漚。看君窺妙處，熙甫定同游。

題羅兩峰爲桂未谷作簪花騎象圖

先生翰墨世無倫，薄宦滇南寄此身。騎象插花真醉也，雙丫胡粉又何人？

種竹

江南竹價賤如土，被隴連崗不問主。京師買竹如買田，種竹一區錢十千。我家寄圃冶城北，有竹千竿伴松石。僧房屢過乞美箭，惜哉方竹栽頻厄。京師作寓今十年，强以隙地名吾園。縱横五丈一覽盡，豈有三徑堪回旋？偶然種竹作豪舉，頓覺平地堆蒼煙。丁香妝紅柏染翠，敗墻醜石增清妍。溝行溉竹不穿竹，使作方罫緣其邊。家人笑言此寓耳，爲人作計毋乃顛！先生聞此不自沮，雨後劚地方疏泉。人生萬古莫非寓，衣食寸寸謀貞堅。未歸一日尚我宅，那因後捨荒其前。竹樓作記意不爾，試問狂屈知誰賢？

又一首

長日攤書睡眼遮，繞庭數竹是生涯。十年作計難求木，三徑成行不藉花。破壁陰森疑有路，文窗窈窕似誰家。童奴早製長鑱柄，只擬明春劚筍芽。

冷公調話往事有感

林間一局暑風收，四十年前話舊游。樂事何緣近消歇，幾人華屋幾山邱。

代書答方植之

故人憐我久京華，宦味誰知薄似紗。書札閑翻如話舊，林泉偶憩當還家。空庭每盼千尋竹，斜印誰封七碗茶？敢擬留司作中隱，此身原是託麕麚。

中秋夜訪冷公調不遇

佳節歡友生，良夜念孤客。叩門適不遇，惆悵緩歸屐。天街月舒波，萬户閉一白。誰家酒兵鬨，艷艷燭翻隙。歸來兒女譁，對月學扣額。祭拜未云已，瓜果競分擘。此樂諒無與，只可近書策。夜深奈明何，相對惟脈脈。

寄光栗園

歸田計早勝歐公，箸作身閒道益隆。問雁喜無疏客過，觀魚時有故人同。高情更録《江湖集》，遺老應霑翰墨功。安得論文一樽酒，龍眠山色鳥聲中？

和座主湯敦甫先生游龍杖歌 乙巳

春紅已退夏緑疏，黄花未來人意孤。誰歟發艶回春腴，游龍作花紅扶蘇。髮鬖八尺堆珊瑚，蕩摇秋空如畫圖。世人但誇顔色姝，豈知直榦中不枯。忍使花落隨犂鋤，我師巡圃爲踟躕。試以爲杖輕若無，刊落枝葉除根鬚。以鐵爲距漆作膚，策之穩步如安車。子美桃竹能給扶，昌黎赤藤杖自娱。風流文彩二子都，惜哉遷謫隨江湖。豈若此杖忘崎嶇，侍師緩步留天衢。七十謝政神蘧蘧，春光澹沱棃雲鋪。昆明芙蓉能白朱，與爾同佩花間壺。園官十客相友于，乃知草木遇各殊，赤藤桃竹愧不如。豈惟赤藤桃竹愧不如，孔光乃使靈壽污！

讀史感作

秦川金鼓下關中，司馬寒灰技已窮。如此功名天吝與，唐衢何用哭窮通。

顧杏樓自禮部郎出守潯州相知者於其行不能詘然而無言也然以君之才之望今得一郡於詞不宜夸故爲道君所欲得於民與民所欲得於君者以效麥丘之誠以致朋友相愛之意於無已也

聲聲銅鼓迓雙旌，皇化川如太守清。藤峽不驚民氣樂，大容山下看春耕。

贈張仲遠之任武昌令

懶賦長楊著子虛，魯恭卓茂意何如？即今楚國先賢地，正待《齊民要術》書。但使境無苛政虎，未妨官食武昌魚。先公遺愛傳鄒魯，過聽謳吟想住車。

送客

七尺琅玕手自栽，今年新筍出墻隈。不知客意怱怱甚，笑問曾看竹子來。

王少鶴嫛砧圖

嚴母訓孤子，貌嚴心愈悲。在亡恃一線，意外安可知？況乎阿姊心，視母難倍之。當其勤督責，豈不自然疑？天性發精神，恃往無險巇。終然人定勝，付託慰恩私。撫今痛乃釋，循迹感愈滋。我觀嫛砧圖，危苦難爲詞。

夜夢江行入古寺松竹甚茂得一詩醒憶松聲遠接天五字因足成之

江行渺無際，古寺忽當前。竹氣深連雨，松聲遠接天。負墻疑有佛，開徑亦無禪。乍可勞生住，遲留意凜然。

明陳忠愍邦彦有遺硯唐子方廉訪少嘗出游得之是夜家中人夢神以硯相畀屬作夢硯歌

景陽贈錦景純筆，夢裏分明覺仍失。先生得硯本非夢，卻有神從夢中畀。孤臣昔揮魯陽戈，此硯籌筆常研磨。玉帶生後誰與友，流落人間伴書手。忠臣良臣志事同，神物得所歆神衷。訏謨碩畫一朝定，膚寸雲起垂天功。

李紫藩青溪煙雨圖

秦淮金粉望中迷，傍晚簾櫳笑語齊。獨向青溪對煙雨，大中橋北竹橋西。

冬夜偶成

無官不礙寄婆娑，幾見飛華逐逝波。識字愧從新學晚，論文喜較舊游多。難拋書卷因閒甚，欲整冠巾奈懶何。近得小園添竹石，雪前霜後自摩抄。

悼張一甫

君開別墅治城闉，樓擬通明結構新。隔歲纔徵盤谷序，他年曾約孟家鄰。仲長竟負平生志，逸少空驚俯仰身。應有義聲餘泣路，銘哀欲爲表千春。

林少穆先生奉恩旨入關署陝甘總督作此寄呈

中外傾心望賜環，竟迴旌旆過天山。邊籌久已伸清議，臣節終能轉聖顔。横海尚餘心膽壯，屯田未覺鬢毛班。華陰曾有靈宫句，絶壁重題想更攀。

贈陳頌南

慰客車多似水流，左遷君自百無憂。同官何意遭閹奉，直疏曾聞繼道州。若訪石牛猶早計，且歌金馬亦良謀。書銜從此稱光禄，謝鮑詩聲讓一頭。

贈邵位西移居

君别臨安山水來，精廬應覺厭囂埃。偶然移宅當金盌，鎮可藏書著玉盃。深院無風能媚竹，小窗如畫忽横梅。漫言此是倪迂閣，卻許詩人踏破苔。

監利王子壽去刑部主政歸作詩寄之

君竟翩然返故居，題橋應笑擬高車。寧編《荆楚歲時記》，不讀司空城旦書。詞賦飛騰聊自喜，江山遼落興何如？懷人若問吴門卒，尚有詩狂未掃除。

贈馮魯川移居

萬間廣厦意原優，容膝先爲問舍謀。恰有閒庭添雪貯，不教多屋被風留。漫疑晏子囂塵近，且便王充市肆游。東去瓦南街咫尺，借書應許卜鄰不？

和邵位西詠韓蘄王翠微亭磨崖

岳侯曾賦翠微詩，公榜斯亭意可知。息馬誰思韓白論，騎驢又見踏青時。湖山藉卉增幽地，風雨扶笻感舊碑。莫怪將軍號居士，磨崖書已課佳兒。

贈冷公調

長安車馬競追攀，羨子蕭然絶往還。中酒常醒惟適睡，把書懶校且消閒。當年俠氣嘗驚坐，老去文人只閉關。默數舊游應一笑，青雲黄壤與朱顔。

悼張丈虎兒

贈畫書來每乞詩，謂將名字託文詞。聲塵似我寧堪附，期許如翁恐受嗤。狂憶次公猶昨日，真留王宰更何時。杏花村繞秦淮水，腸斷金陵老畫師。

楊至堂屬全録舊稿寄之并作此寄呈

兒時筆墨原游戲，應俗文章只臼科。遺忘已隨春夢過，掃除猶似夏雲多。偶來城市鳴雙鳥，那計滄溟渺一螺。卻愧故人殊嗜好，大慚小怪爲收羅。

寄姚春木

曾訪夷門客大梁，更尋耆舊溯襄陽。秋風昨已歸張翰，前輩今誰過孝章？家食若爲三畝計，國聞曾備五車藏。陳編亦有平生志，愧子逍遥一草堂。

答黄修存

近得交城黄子書，爲言吏職實愁余。便文常覺初心負，臨事方知舊論疏。孔奮脂膏原不計，道州撫字豈終虚。飄飄一札來千里，尚有陵雲氣未除。

贈吳子叙移居

南豐翰林有吳侯，廣心遠志慕古修。覃思研精坼大幽，皋比擁衆環三周。六十四卦如探喉，上通皇墳旁箕疇。平時誦經恒低頭，揚眉忽爲蒼生憂。翰林唐官設有由，論思左右敷王猷。後沿其名職已偷，如待詔者以技優。貴取賤用君所羞，慨然上書借前籌。十事敬陳備薪槱，人言侵官古則不。敝車疲馬不自謀，九衢皇皇如有求。少陵之厦香山裘，謂君勞矣盍少休。仲舉志大言難售，掃除一室身可收。君聞此言笑合眸，新居方卜西城陬。玲瓏六窗如虛舟，庭撫嘉樹先人留。有素心者同稽諏，清時得途聊優游。嚴吾轠軔安吾輈，倏忽一朝踏九州。

寄桂丹銘時自揚州移守蘇州

悃愊無華默奏功，姓名不藉要津通。久應高第推黄覇，且喜蘇州繼白公。財賦雄妍三楚冠，賢豪雜沓五陵風。具宜文武原儒者，肯使翁歸治獨隆。

題戴雲帆寒齋味雪圖

自古詩人多愛雪，雪裏吟詩定清絶。君能味雪情獨親，無舌之人難與説。差池世味日千變，萬古資清常一潔。咀嚼平淡除羶腥，吐納高寒謝炎熱。食單不用一錢買，百甕寒菹增玉屑。知君愛雪復愛詩，無味之味能兼之。空庭雪落詩成後，捫腹逍遥散步時。

祀竈日寄仲卿弟

糖果餈糕竈下供，裝香簇炭喜兒童。喧喧亦有家庭樂，卻笑家庭是客中。

柏梘山房詩集卷八

題甘實菴白下瑣言 丙午

君家藏卷過三萬，得取圖經自討論。偶爲金陵增瑣事，如從石室訂《方言》。真長免使驚吳語，介甫應難改謝墩。十載鄉風如夢寐，客窗喜藉一編温。

實菴遺鄉味數種詩答之

蔗糖麻餅滿春盤，鄉味因君遇故歡。忽憶雨花臺下路，餳簫聲裏過長干。

疏慵久謝五侯鯖，北味難諳血蒜羹。餽我筍衣作加點，冷淘香飯慰平生。

六月十二山谷生日邵蕙西舍人招吴子叙編修張石舟大令朱伯韓侍御趙伯厚贊善曾滌生學士馮魯川主政龍翰臣修撰劉蕉雲學正及曾亮凡十人集於寓齋舍人有詩屬和

夏幄陰陰四圍碧，沈李浮瓜香拍席。涪翁生日是今朝，七百年逢吾輩客。此翁翰墨如坡翁，命宫磨蝎應相同。春風官羊未飽喫，荔支卻啖戎州紅。主人詩派江西續，喜借古歡招近局。槐花韭餅雖已過，黄雞作羹鵝掌熟。新詩似擬鶴南飛，共飲一尊歌此曲。我亦低首涪翁詩，最憐作吏折腰時。只今更謫人間否？安得停栖一問之。

爲李雲生題思耕望讀圖

黄犢青山寫放春，知君作吏有天真。平生誤學雕龍技，卻愛耕田識字人。

記梁貞女事爲岐山令李雲生作

父梁大業女珊如，石門人客岐山居。明甲申亂爲賊俘，父死女執要爲孥。求死僞喜紿若徒，得間觸壁碎其軀。邑志不載或私書，豈非貞烈神所扶？李侯作歌要我俱，詳姓名氏不敢誣。

月下

乾坤清氣與秋來，月下翛然絶點埃。萬古奇懷生縹緲，一園疏影共徘徊。江南久製思歸引，冀北應逢曠世才。倦僕無言惟立寐，殘書還就短檠開。

中秋

秋澄玉宇滿金波，瓜果家家笑語和。佳節自成兒輩樂，清光曾爲幾人多。纖雲四卷長空在，古汴千燈往事過。太息二公今不見，中庭惟對影婆娑。

與方慎之夜話寄示仲卿弟

枝官十餘載，久客忘非家。種竹百餘本，紅紫亦紛拏。君從故鄉來，家園荷君誇。前園湛水木，後圃鍾山遮。青蔥松桂間，竹石隨欹斜。高樓俯衆景，古柏撐簷牙。視此所經營，渺矣一廬蝸。出門苦塵土，合眼夢清華。翩然起歸心，忽如赴蟄蛇。奔走念余弟，盡室仗哺鴉。何嘗少安居，秋林盼春花。我歸豈不懷？汝瘁恐益加。念此心迴環，甚於羊腸車。諒哉古人言，一飢能天涯。何如田舍翁，聚首依桑麻。

寄陳叔和

超然榮觀覺身輕，不作東坡曳杖聲。想見路旁人識子，白鬚紅頰古先生。

答吳笏菴 丁未

昔君巷北我巷南，文字自裹如眠蠶。長安冠蓋識者少，兩士相遇惟詩談。君今寄家竹西寺，步月往往思三潭。紅橋修禊久寂寞，扶輪大雅今誰堪。閉門覓句自怡悦，聖處獨與黄蘇參。封題示我要加墨，謂同嗜好幽能探。君詩汪洋自適己，人力所至天機酣。姦奇怪變亦時有，中有真趣清而甘。我雖知君未能學，愧多一好紛研覃。文章千古那可計，祇覺應俗增喃喃。昏昏塵土塌倦翼，南望高鳥令人慚。何時廣陵一相見，佩壺同話桃花菴。

方植之寒崖獨往圖

野徑蕭蕭落木中，先生策杖與誰同？古人往矣今人遠，遼落溪山付此翁。

答陳子宣

游讌曾陪謝墅歡，鳳毛重見振詩壇。封題示我真三絶，伯仲如君本二難。豈有文章堪寄傲，自緣疏懶不宜官。潛夫何意蒙書札，更盼他年卸馬鞍。

題陳藴山詩集

猶記青門送玉珂，長鑱忽憶故山禾。黄粱一夢休嫌短，已得新詩十卷多。

六月二十一日歐公生日集邵位西寓齋朱伯韓曾滌生周岷帆龍翰臣劉蕉雲孫芝房與曾亮凡八人以天下文章莫大乎是分韻得乎字芝房編修是日撫琴

元和文章逮宋初，中間五代荒榛蕪。已往者韓未來蘇，艱哉一手公芸耡。我思其時執鞭趍，或從水涯伴山砠。子美曼卿介與洙，不彼棄或辱收余。年徂運往不可俱，高齋見公空畫圖。謂公生日不可孤，主人觴客皆英儒。公有至言非自諛，惟文字者無窮歟？若使後人嗜好殊，今亦誰復知公乎？世人之壽百歲徂，公八百載猶須臾。神理無盡不可誣，今日爲壽良非迂。況公守滁翁自呼，其年四十未有餘。一視老壯齊榮枯，豈復形骸爲有無。衆賓一笑有是夫？更彈醉翁之操爲公娱。

【校】

〔題〕詩録本「是日撫琴」後有「丁未」二字。

答吴紅生

揚州太守有書來，筆札依然手自裁。想見從容開畫舫，更無塵雜到靈臺。飽聞魏國花金帶，曾否江都草玉杯？會與君家老西谷，蕪城一爲訪詩材。

癸未六月十五日柏梘山飛橋避暑追憶作此

飛橋横跨兩崖平，萬緑參天暑氣清。一磵游魚常布影，四山嚬鳥不知名。紅欄忽若舟中坐，碧磴誰從畫裹行？記與吾宗二三老，農談終日慰平生。

憶宣城故居

柏梘山前坐古村，故園何日不心存。山中流水時過院，村外平田半遶門。歲歲收茶忙婦女，家家種竹長兒孫。鄉居風物多真意，惜少淵明與細論。

中秋夜憶昔游

白下曾爲伴月游，三三五五作遨頭。閒尋放唄衡山寺，緩逐清歌傍水樓。人擬深宵長似晝，天當佳節不知秋。應劉已逝黄壚遠，輪看兒童樂事稠。

十六日作

誰使爬沙得上天，彭亨蟇腹恐難填。嫦娥不解施靈藥，卻笑中庭泣玉川。

二十九日讀詔書作

帝念中州困，錢從少府攤。詔書真惻怛，國計正艱難。天意誠能動，民情感易安。迎年豐可卜，鴻雁莫哀嘆。

贈朱伯韓歸里

落葉蕭蕭帶雨飛，驚看歸客换征衣。去留自笑無長策，漫欲留君緩緩歸。

位西要買菊

長椿寺古路三叉，擔菊人多客駐車。紅紫紛紛索高價，世人猶説愛黄花。

平湖朱椒堂侍郎祖某代兄拘獄祖母高命其子鴻猷赴蜀省親於獄歸遂卒不及見其父歸侍郎爲蜀道歸裝圖述父省親事其子善旂屬曾亮題其後

不忍兄罪弟代羈，子念父羈步省之。痛夫念子，有婦獨處傷伊戚，省父父安在？乃在蠶叢蜀道，陰雲古木萬里天西垂。望夫夫竟來，三十七年，少出而老歸，家人不識聞者爲嘘唏。嗚乎孝子先逝矣，其有知而無知？弟友子孝婦義天所慈，侍郎起家光國儀。有圖掩淚披，有詩泣血題，使我展讀心神悲。嗚乎孝義獨行列傳史，所司誰載筆者徵此詩？

重九日集顧亭林祠餞朱伯韓分韻得處字

讜言古所難，得喪貴無與。風清皋鶴鳴，霜重賓鴻去。秋辰餞歸客，遺老舊游處。傳經亦復佳，豈在重抗疏。所懷古歡別，高論莫余助。黃花正開林，徙倚澹吾慮。

劉寬夫侍御有石田像人以爲曾亮似之邵位西有詩因答之

先生林卧戲丹青，想見身形似鶴形。九陌黃塵一囊粟，何人錯許少微星？

答邵位西讀惜抱軒集見贈

記年十八謁翁時，迢遞桐鄉感墓碑。昔日語言追悟晚，近來文字就訂遲。瓣香自愧無餘子，流別爭傳有大師。定論漫期千載後，喜君先已辨澠淄。

位西詩言及管異之吴仲倫因復作二首

古義高文管異之，桐城佚老屢稱奇。二三流輩誰生伍？五十窮愁信數奇。在日每煩訂敬禮，他年孰可誌宗師。規隨無限山陽感，故我今吾轉自疑。

蕪城一遇古儒生，别後聲名老更成。嘗論文章歸淡泊，卻標門户轉崢嶸。並驅張惲能孤往，私淑方姚待定評。聞赴道山今十載，高懷惜未異時傾。

和邵位西風寒懷人詩

君隨樞相趨朝參，夜批邊瑣朝百函。我得懶惰百寮底，蒙被畏曉頭頻探。我閒君劇詩轉暇，來見銜袖心先慚。大風懷人示新作，萬籟出紙天聲酣。今情昔歘百端集，劉郎不忍聽何戡。人生離别一以甚，嗟我今歲頻更諳。皇華之行朔方從，或收諫紙棲幽嵐。昔當歡會輒心感，今果過眼如優曇。長安凍地踏龜兆，故園常憶鷪雙柑。惟文字飲足歡耳，並此吝與情奚堪！復思子雲嗜奇字，侯芭以外何人談。非有先生亦安在，曼倩獨語空諵諵。當時游從想寂寞，聊假筆墨驚愚憨。青黄黼黻自天性，豈聞獨繭停春蠶。君今與我足酬唱，雙烏定可勝孱三。東都盧空洛府聚，怨哀惜盛寧非貪。浮雲會合亦時有，别緒已苦當回甘。酒筒詩板更來往，倘非周北應張南。

贈劉蕉雲歸里 戊申

王君已謝白雲司，劉子高懷又繼之。辭禄不爲中隱計，養親爲及少年時。《襄陽耆舊》增新録，館下諸生感去思。我亦徘徊開徑望，牀頭閒煞借書瓻。

和馮展雲

敬亭長憶好山居，十載京塵薄笨車。留滯藉觀東閣士，蕭閒時共北堂書。疏慵那復訂三家，詰屈聊能辨一魚。卻愧明珠翰林句，常談不厭肯相於？

和孫芝房作

冬心索索如枯葉，詩伴未招閒伴雪。空庭零落不忍掃，意與春花同點纈。喜君得句能見過，對雪哦詩共清絶。懷人感事不能已，擲地金聲霏玉屑。從來高論出寒餓，年少得途誰復説？古心若此真超群，不我疏慵坐相悦。經過已慣免題鳳，真率相招那怒鼈。平生遠志違初心，種瓜不實空成瓞。時規難合重低首，古學爭鳴亦藏舌。車如雞棲怯泥水，坐隱聊耽棋品劣。久知選理繼曹憲，直館崇賢方就列。想當奏賦罷雄風，肯爲訂文辨雌蜺？自慚時命同蠢蠢，獨喜文交神不竭。江亭雪盡春蒲肥，聯轡莫教虛冷節。

張石洲煙雨歸耕圖

馬蹄倦踏槐街影，早覺噉名如畫餅。買田築室當何時？披圖見君意先騁。煙蓑雨笠畫中身，古來獨有淵明真。荷鉏聽水信佳事，誰是南村欣賞人？

邵位西寓招看牡丹分韻香字

昔游棗花寺，歲歲尋春忙。上有楸樹林，其下羅天香。同年十餘人，敷坐戀昏黃。自從晨星散，城南息游繮。何意賢主人，家花勝林妝。招邀青雲客，錦帷對高張。散仙不官府，清言卻笙簧。種花始何人？相國留此芳。朝野正殷樂，報國惟文章。時作花閒吟，歡賞多常楊。俯仰未百載，吾輩來徜徉。今花非昔花，紅酣如故常。今人非昔人，懷抱各殊方。含識每多變，情滅故神長。問花花豈言，且覆手中觴。

何青士四十生日詩

我初見君十四五，快誦六經如墜雨。我今見君四十强，屈指忘年友先數。我疏於世常空居，獨喜辰來談過午。家聲方隆意每下，技能自富心常古。即今郎署暫趨蹌，遠志終非噲等伍。昨詩示我有新意，若諧若莊疑自憮。君不見君家尚書今對揚，當年四十猶清郎。人生逢遇那可定，賓戲解嘲非所望。

苦雨作

一雨連三日，空階欲斷行。檢書防屋漏，移案就窗明。倦獨親茶盞，談誰共酒鐺。惟聞喧爆竹，苦欲驗陰晴。

常説東風雨，今朝雨自西。農談空測量，天意總凄迷。輕燕銜難進，流螢濕易低。應知車馬客，無計避塗泥。

喜晴

夜晴猶未覺，乾鵲喜先聞。掃地延新日，看天送斷雲。車聲初閙閙，市語漸紛紛。静數蝸牛壁，添成幾篆文。

和邵位西游書肆詩

我昔借書常疾讀，到手先愁還日促。有如謁客借車馳，一日千家嫌不足。只今長大愛心氣，插架雖增懶過目。時得佳本亦好之，啜墨玩茶同一篤。邵君邀我市肆游，舊好重教十年觸。望奢持狹成一笑，空手寶山徒躑躅。君詩爲我工解嘲，謂此麻沙難著録。昔與馮温作三友，海王村中時僕僕。胡盧漢史佛龕文，異本妄思歸障簏。馮君罷宦息鄉里，温子清卿惟仰屋。幾人嗜好今變更，俯仰始驚歲時速。書貴神智益人耳，昔見寧非珠買櫝。閱字昏澁況宜懶，山谷此言吾近服。從教傳迪好輕人，老子一篇甘抱獨。

送黎月樵歸里

蘇賡堂陳頌南兩給諫，朱伯韓侍御，先後歸里。月樵侍御曾以詩贈伯韓行，今又繼之，作此奉贈，並以懷三君子也。戊申九月十四日識。

高吟昨歲送歸舟，偕隱知君意莫留。青史漫論千載後，黄花又伴一人秋。湖湘落落望三友，京國勞勞生四愁。嚴召從來多盛事，可能蕭散遂林邱？

贈司馬繡谷

早見相如作賦時，故交久别似新知。醉來自署狂司馬，到處爭迎老畫師。吏隱豈非吾輩願，卧游應慰故鄉思。雞籠山色青溪水，何日扶筇共一枝？

延年益壽瓦拓文一頁有翁覃溪學士自題程漁門編修和詩翁年五十時客以此瓦爲祝今拓文爲何子貞編修得之子貞五十生日出以示客題此爲壽

延年得瓦繼覃溪，同是公孫五十時。前輩風流歸妙手，名山事業貴期頤。養生四印從今始，作史三長待子追。樂石吉金誠富有，肯將餘論號專師？

譚菊農且泊圖

蘆叢鳴艫亦何爲？且坐江頭看釣絲。破浪風帆君莫羡，當年曾有泊舟時。

爲范篠雲題圖 己酉

京兆當年□秀孝，我年已壯君方少。即今五十未全老，忽見詩袍披醉帽。輶軒之車御史驄，何不入此圖畫中？君乃大笑寒乞相，政恐絶倒東坡翁。

觀優

玉貌歌童金縷衣，嬌嬈欲擬李師師。鄙人自笑多唐突，話到菖蒲著帽時。漸民何自到頹波，貨殖書成竟奈何。十丐一髡同活計，齊民色目後來多。

贈陳作甫

君宦涼州十五年，相逢各已嘆華顛。苦言案牘難行意，賴有文章與作緣。收迹近思同鄭圃，班春應許到吴天。蓬門定掃開尊酒，卻話京華一惘然。

題吴仲雲輯詩圖

先生昔作湖山主，補葺鄉詩繼詩祖。江湖臺閣豈區分，不薄今人如愛古。錢塘八月銀濤堆，雪後孤山梅半開。英聲秀色誰收取，都向花南硯北來。

己酉八月出都邵位西員外孔繡山舍人曾滌生侍郎邊袖石編修秦澹如明經馮魯川何願船兩主政黃子壽庶常餞於龍樹寺因留贈

樗散京華二十年，英流相接喜珠聯。久應舊里便哀懶，難得奇文共討研。隱几他年寧故我，扶輪今日仗群賢。青楊巷近潮溝宅，書札能來自日邊？

將歸里寄陸立夫

昔言白下君開府，即返青溪我散人。自喜笑談成左券，卻勞書札念歸輪。狂瀾忽值江河會，安宅真煩柱石臣。灑濬沉災知有術，入門松菊定堪巡。

悼徐稚蘭

觀察纔新命，承凶信已夫？昨書詢我弟，今札弔君孤。白下民難忘，蒼天理竟誣。平生相喣意，一慟盡泉途。

出都偶成

不須松桂悵巖阿，屈指横江一月過。歸去交親耆舊少，近來文字墓銘多。但期筆札傳通子，莫話功名嘆阿婆。一笑窮愁原故物，幾人黄壤更如何？

題桐城張元道詩稿

以文爲詩古有之，擬經擬子斯尤奇。易牙豈識燧人味？擿耳難爲壤父師。我窺其藩尚茫昧，世觀於隙彌驚疑。一卷冰雪不受暑，避俗自携惟自怡。

光州烈婦吟

夫疾一何連連，架上典衣盡，藥石難痊。割股請代，泣告滄浪天。天公不聞知，夫死魂魄無還時。夫不爲我留，我能子追舉身自挂東南枝。從君上太山，奔車授前綏。從君下蒿里，草露同沾衣。豈伊不計宗支，豈伊不戀庭闈？義感痛發無餘思，瞑目一決甘如飴。甘如飴，人心悲，我述其事心亦爲之摧。夫懋先，父承弼，河南商城人王女，嬪張室，嘉慶二十五年生，死乃道光二十七年十月十五日，有欲詳之視吾筆。

出都過漫河

野水平沙散漫流，停車一日幾句留。歸心已怕車輪緩，更爲征人作許愁。

姚石甫客江寧至家喜晤

君歸謫宦三千里，我寄閒官十九年。人世煙雲談笑過，鍾山青到小窗前。

柏梘山房詩集卷九

館梅花書院和吴笏菴 庚戌

京華曾擬廣陵游，一笑相逢兩白頭。九陌黄塵如夢寐，二分明月且句留。江山點綴推鴻筆，金碧傾頹感貉邱。三十年前文譙地，西園何處認歌樓？

厲茶心以詩集見贈答之

聞君罷宦此棲遲，萬卷書中酒一卮。閉户不教殘客對，好詩卻許外人知。漫愁末歲疲師道，信有前身是總持。讀到和陶心更遠，澹然吾亦在皇羲。

題王夢蘭校書圖

唐文開館昔揚州，簪筆西園憶舊游。幾輩名公天禄閣，良宵高會月燈毬。重來失路迷蒼耳，往事逢君話白頭。書畫近知真有益，聊從逝水記浮漚。

登書院中亭子

小亭虚敞得風先，城外人家欲暮天。籬落半開疏雨後，樓臺多傍夕陽邊。北山檄免應回駕，南郡碑無待索錢。徙倚忽忘身世處，晚鐘聲裏上炊煙。

過揚子橋作

官河南下水如梭，揚子橋頭幾度過？小市人家收店早，滿川煙雨聚船多。久嫌塵土喧車鐸，卻住津關聽棹歌。何日東皋一舒嘯，不因得喪閲驚波。

瓜洲阻雨

吴江夜雨卧扁舟，獨憶中朝舊輩流。攀吕交嵇多樂事，談經載酒共清游。音書莫訝魚千里，聚散從來貉一邱。聖主萬年初政美，諸公努力策新猷。

苦雨簡陳蓺叔 辛亥

風寒連日雨如繩，欲脱羊裘尚未能。天意自教春澤滿，人情過慮水災仍。閑門滑滑誰過院？旅館陰陰早上燈。聞道東園花未謝，放晴同策一枝藤。

東園看梅過天寧寺

去年我到後梅開，今及花開又雨催。疏影尚餘林下態，高寒惜未雪中來。華堂昨正栢槃舞，緩步今誰杖屨陪？幽賞更尋蘭若近，小闌花韻重徘徊。

野人家見杏花

路近平山幽興賒，尋春不覺帽簷斜。偶穿水北經茅舍，久别江南見杏花。萬片更無芳草藉，一枝聊得短籬遮。若移京國情何限？豈獨昌黎爲嘆嗟。

和吴笏菴枕上偶成

昔年枕上訂文多，不厭更寒細校磨。近每遺忘如過夢，但期眠睡得無何。荒雞渺渺聽常誤，曙鵲遲遲盼未過。愧憶應官嘗待漏，文書銜袖手頻呵。

過玉清宫道旁杏花甚多

杏花每惜不成林，屋角牆隈偶被尋。一雨便如春事了，兩株那慰客愁深。偶然乘興來山館，無數芳華照水潯。爲語東風須護惜，閒身頻過得長吟。

贈吴笏菴

京華酬唱劇縱横，自客江城少舊盟。五鹿敢云摧勁敵，一夔今定屬先生。閉門覓向游心遠，入海求詩脱手成。昨得報章應一笑，拈髭又對短燈檠。

院有隙地擬種菜

伊蒲作饌豈吾儕，食肉能仙計自佳。常恐甘肥成腹疾，聊將貧儉學心齋。萬釘覓菌何須爾，百甕藏菹尚易諧。便與園官分菜把，嘉蔬苦苣得安排。

張生燾送月季花

張生爲我雨花移，緑刺紅英嫋嫋枝。頓使垣墻舒錦繡，絶勝荆棘作藩籬。橘林待實言真戲，橙畝成陰計已遲。那似此花開月月，一年常似好春時！

院中桃花已開偶成

獨憑軒檻對天韶，憶昔天台訪石橋。絶壁已從官路合，飛泉常近市樓飄。因嗟塵世多開闢，那怪仙靈遠寂寥。欲問桃花定惆悵，幾人採藥再山椒。

東吴笏菴

坡陀曲徑上平臺，城外春光四面來。朝霧能將朝雨散，園花又接野花開。芳時獨坐真無事，爲子聯吟卻費才。莫訝兩人疏造請，詩筒相接勝銜杯。

東園後野眺

行過長墻官路停，人家寥落散林坰。重重水氣含春白，澹澹雲光放晚青。病叟獨歸如偶語，先生高詠欲誰聽。昏雅已集東園樹，更踏殘花上小亭。

得家書作

連陰昏晝欲蹉訛，時憶家園近若何。昨日書從江上至，今年春在雨中過。泥深或可移新竹，池漲先愁没小荷。病弟喜知能强步，編籬應自看牽蘿。

遣悶

其雨其雨來無期，仰天晝地空嗟咨。安得青天變成紙，畫就日出扶桑時？雲師未誅惜子美，風伯誤訟尤昌黎。故人邀我坐湖舫，如麻雨脚難追隨。

苦雨嘆四首

我屋東鄰辛夷花，花光高出山人家。粉牆朝日助光采，枝枝截玉成丫叉。胡爲一雨顔色變，半黑半白遥棲鴉。粘枝敗蘂不肯下，如客遠别姑留家。見此不忍起憎意，昨日愛玩曾驚嗟。

我屋西園開夭桃，就中碧桃尤豔嬌。巡廊坐檻静留玩，春光照眼紅如燒。千絲楊柳散婀娜，緑衣翠袖迎緋袍。揚芳弄色正滿意，此生豈分泥塗遭？胡爲一雨不知處，有人掃落堆墻坳。新葉怒長競排擠，餘紅不使棲堅牢。牡丹芍藥亦已好，春色又借他人豪。

我門南臨大方池，池中荷花十百枝。每登高樓瞰明鏡，紅酣緑淨相因依。年年四月浮小葉，三月定已潛生荑。胡爲一雨遂瀰漫，野水四合高平隄。水深荷小不得上，抑遏定已成污泥。無花種魚計雖得，罷鱠久誦東津詩。鄰翁不語亦何意，獨倚高柳看空陂。

我屋之北連北鄉，草樹高下迷青蒼。群烏下食上爭樹，清晨鼓翅迎朝陽。萬鴉結陣暮西去，後者疾力追前行。郊居無人日玩此，不俟漏表知昏黄。胡爲一雨遂絶迹，寂寞終日無鳴翔。深林密箐定沾濕，破巢不復能深藏。家家屋漏少乾處，啄屋那得雙棲梁。竟從何處匿形影，物理茫昧難推詳。卻憐雨鳩昨得意，豈知久雨爲汝傷。

晤吴子叙

昔别深愁思，今逢炯自如。頻年窮塞客，幾輩故人書。歌吹揚州寂，簪裾上國疏。吾方甘養性，高論重開予。

李生冰署肇增張生醒菴檎以上巳出游圖序乞題

兩士扁舟上巳辰，何因望古獨傷神？定知寂寞揚州夢，不似聲明洛水濱。浮世自能生感慨，流光原未減陽春。右軍觴詠真高會，也復興懷爲昔人。

偕臧生錫文王生友竹袁生湘波至桂陸園看牡丹過余生吉士花室

北郭幽居路不賒，市廛行過踏桑麻。一無四壁只編樹，十有九家同種花。世外天光圍緑野，坐中人影伴朱霞。秋來訪菊吾能記，翁仲南邊草徑斜。

謁史公祠

孤臣難挽魯陽戈，傳有衣冠葬碧蘿。一土存亡隨社稷，百年憑弔永江沱。深林黛色虚堂肅，老圃青門後裔多。舊事誰從遺老問，往來都爲好花過。

道中見土牆内牡丹

雨後閒行日未斜，春光多在野人家。疏疏籬落蕭蕭客，草草園林澹澹花。

懷陳稻孫

聞自揚州赴左川，渚宫郢樹幾留連。新詩寄我能千里，常語多君憶十年。何日徑歸雙井宅，此生那付五湖船。吾今衰老君過壯，話到名山共憫然。

半花村看菊重過余吉士花室

翁仲南邊草徑斜，又同步屧到山家。平疇劃地栽菘菜，老圃當年總菊花。尚喜開林留萬朵，相將遶屋遍三叉。秋鴻社燕皆今我，相識山亭有暮鴉。

送戴雲帆歸里

諸公衮衮赴新除，君獨扁舟返故居。金馬碧雞歸興逸，酒龍詩虎舊游疏。相看萬里成輕別，誰與千秋共訂書。臨水送君情不盡，出山倘得再過余。

偶書

城外居如野寺清，祇勞鴉鵲報陰晴。昨聞北客談朝士，因憶東坡論賈生。世事從來多往迹，古人應已會今情。陳編欲掩虚堂寂，坐待西樓素月明。

余生吉士送竹

平居每作此君緣，買種長安過萬錢。近喜門生能託贈，因教園客共平鐫。休遮雜蘂紅邊雨，常對新篁綠處天。莫笑詩成蔬筍氣，欲參玉版已多年。

歸里感作

歲暮歸來百慮清，漫將伏臘費經營。讀書養性原先德，《漢書·梅福傳》。績學參微愧後生。聖祖賜先定九公扁額四字。稍喜梅花能補種，那堪荊樹忽凋榮。傷心寒木春華館，無復迎門喚阿兄。仲卿弟卒於五月四日。

悼黄修存

見子成童日，千言筆已操。才名淹酒病，仕宦減詩豪。條忽瞻丹旐，辛勤共白袍。重來懸榻處，何止痛三號。

賓館留連日，君家同氣親。摧傷三弟酷，支拄一官貧。已絕飛騰意，猶期老壽身。只今餘第五，隻影倍傷神。

但雲湖雪舟籌海圖 壬子

圌山門東鶩鼻矗，海水上潮此一束。鼀呿鯨擲不敢過，何況皮宗來觳觫。使君籌海輕裘來，雪湧銀山金翅開。謂此扼要宜三臺，謀雖不用肯袖手？開張形勢夷酋走，保障淮南百萬口。

過汪均之石橋故宅

昔君卜築此河干，剸竹移花每共看。偶過便成終日坐，相期未覺古人難。十年京國音書積，百歲風燈笑語寒。太息集園非舊榜，孤松猶在憶盤桓。

辭邵蓮溪招飲新宅

使君招飲爲新居，不赴嘉招獨慨余。二十年前身坐客，故人辛苦自開渠。

冶城

冶城山下有柴關，老屋蕭然對蔣山。高樹小池微雨後，疏簾清簟好風間。經繙貝葉機終鈍，氣聚金花願已删。獨愧候蟲鳴鳥意，吾生似汝不能閒。

冶圃偶成

池南種竹地，積高如累樵。北俯深柳堂，迫水侵其坳。常愁青苔榻，書帷濕生毛。携奴共鋤畚，剗土誅其茅。庶幾游波寬，細渠得周遭。吾廬已百年，幸免近市囂。喬木生遠籟，修竹清陰交。何期己酉夏，城市盈江潮？平泉舊草木，十九爲之凋。川谷久不虚，奪水居民巢。大哉天地間，萬花日趨消。澌滅復爲土，坤儀日增高。安知萬年後，星斗不可招！倚杵固迂念，即事難辭勞。

柏梘山房詩集卷十

詠喉

仰承元首位中央，底藴深深未易量。善下不爭三寸舌，虚中能達九迴腸。吞來夢裏原丹篆，嘔向吟邊亦錦囊。莫訝隨風咳唾落，九天珠玉本包藏。

詠風帽

藍關積雪灞橋風，賴汝相隨逆旅中。莫笑頭銜藏碌碌，喜無耳語附怱怱。周遭自護吟肩冷，掩映難誇背相工。脱帽入門堪一笑，撲塵三日未能空。

硯屏

硯如風字創坡公，硯作屏風製更工。磬折舊存模範古，瓦當今藉保障功。池邊墨現微凹黑，鏡裏燈摇返照紅。起草夜深時點筆，詩成更寫御屏風。

女郎詩

五紋弱線罷經營，静喜敲詩自課程。新月聯吟邀阿姊，古風偷學避諸兄。戲貪鬥草題終補，書憶簪花句又成。卻笑遺山太唐突，句拈山石作彈評。

詠臭蟲

錦帳牙牀未敢窺，布衾瓦枕每相隨。也知荀令香難觸，那計休文瘦不支。笑我形骸原土木，憐渠臭味太差池。負蠜亦有同名者，許慎書成恐未知。

詠牙刷

矗矗君牙幕府高，此中容爾擅揮毫。拔豪自詡經三代，滕口何應誤一遭。漸喜交親增馬齒，漫將身世感牛毛。枕流漱石原非計，那便相捐等弁髦！

以上七律六首，安徽節署八箴堂消暑作。

守歲燭

團欒守歲歡兒童，華堂銀燭輝屏風。呼盧舉白歡未足，爆竹聲裏光曈曨。一心呪燭誰解道，願爾長明天不曉。五更未曉是今年，海水深深滴漏添。好將幾尺光明燭，化作仙人十丈蓮。

爲蔡友石先生題董羽六龍圖

一龍出海當天中，五龍跋浪翻鮫宫。雲蒸霧擁不得上，怪弄牙角爭威雄。當其群嬉傲天公，太陰黑壓鯨波紅。萬象妖露誰敢逼，畫師意想分形容。宋時國能稱所翁，近人周璕亦擅工。先生寶此最爲古，南唐董羽留遺蹤。墨香絹古出光彩，四坐風起波溶溶。嗚乎董生圖此蓋有以，十國春秋局終矣。君不見火輪夾馬出真龍，南北降王拜下風？青銅碧海鮫鱷静，天水澹澹長清空。

鍾山寒燒

我家高樓揖群峰，鍾山獨佔諸山宗。冬寒草枯木黄落，蜿蜒翠氣猶横空。兒童忽喧婦女詫，有火夜燒驚山容。金蛇豔豔初出穴，掉尾一擊潛無蹤。踰崗跨隴隱復見，起滅變態隨窪隆。如雲籠月燈暎匣，知有草樹遮朦朧。此時天清動微風，大星小星西復東。忽然擺磨結大塊，得勢疾走成長虹。山腰横束赤玉帶，枝枝斜插珊瑚紅。遥光飛焰射樓角，棲鳥驚落蒼皮松。此火非弔乃以賀，燒薙正助栽培功。明年春草緑如水，草堂一訪滄浪翁。

瓜步晚潮

扁舟昔出楊子橋，瓜步寒鐘生暮潮。蒲帆十尺夕陽滿，櫓聲不動波聲驕。停舟忽到江南路，半山紅葉栖霞樹。趁潮明日莫停橈，早飯人家石頭戍。

臘八粥

閨人悤悤盤簇簇，小兒歡躍如黄犢。臘八明朝當作粥，棗丹菱白栗子黄。兒童索果喧厨娘，翻匙踞竈爭先嘗。我亦清齋得飽腹，竈糖春菜風光續，更檢迎年歲華録。

猢猻戲

三三五五野場開，兒童拍手猢猻來。一人鳴鑼一人鼓，鑼聲嗾猴跳且舞。紅衫小帽人衣冠，以狗作馬身作官。雖然彼此共毛族，揚鞭已改途人觀。嗟爾猢猻亦何意？爲人得錢爾作戲。自從蹭蹬失山林，布袋土牛非一事。君不見蠅虎按節舞涼州，鯽魚解作齋郎游？蠭蟲能爲一錢使，況爾猢猻能怒亦能喜！那不供人作頤指，君不見戲猴子。

元宵

混沌心自甘，浮沈身亦潔。舉俗愛其名，自爾爲佳節。

煙火盒子

中藏火樹與金支，未許兒童捩眼窺。滚雪飛花纔一過，此中空洞竟無奇。

送窮

送窮神，東海東，群仙皆住金銀宫。黄金可成玉可種，雖有窮技難爲工。送窮神，南海南，火維多怪紛趍擅。天池金翅啖龍子，豈汝骨相逃肥甘？送窮神，北海北，委羽之鄉煙塞塞。無波冰海斷人行，皪巫嚇覡終何得。送窮神，西海西，彼中群頑傲天嬉。燭龍銜日不肯到，循陰索隙宜汝棲。使彼鄧林無薪石田坼，金悲玉泣銅山摧。豬嗥入淵羊化石，群魚率鱉空池飛。千窮百巧盡汝技，矛頭淅米無人炊。上公太白賜汝册，建汝有窮之國無遷移。肥身種子信安樂，胡爲紙窗竹屋與我相因依？酒盃蕩蕩祝詞畢，煌火倏忽西流馳。

煤車

莫笑一車石，能添萬户春。從來好推轂，不是附炎人。

冰車

大車高如山，小車積如石。推車愁重又愁輕，欲賣冰多冰不釋。

酒車

酒車不用牛，乃用肩與手。邪許者何人？一滴不入口。

水車

都中賣水亦生涯，每到人門輒住車。卻憶江南梅雨候，踏歌龍骨水翻花。

廠店

風光引逐衆人行，半是車聲半市聲。我惜春忙人怕緩，燒燈時節賣風箏。

燕九行

白雲觀中作燕九，百貨駢羅喧樂部。上元遨頭五日過，又見奔波集童叟。貴游意氣挾賓從，婦女精妍雜老醜。如山酒肉沸東廂，罩地香燈禮北斗。星冠道人獨何事，三尺緑章常在手。皆言今日降神仙，或自捫蝨牽黄狗。乞人相逢不敢慢，不惜施多期報厚。我見兀者欲與言，或李八百是君否？長生何異長不死，東坡此語誰當剖！

燕昭臺

雪耻求賢將，登臺見霸心。收功惟一士，虚費萬黄金。

花兒市

已無萬紫與千紅，刻葉裝花滿市中。夜雨不堪深巷賣，春風惟學翦刀工。像生乍可遺嬌女，談往何妨聽老翁。想見看花迷路日，油車驄馬誤西東。

顧橫波畫蘭

得棲珠樹出風塵，妝閣清香試筆新。並代奇逢柳如是，多生絶藝管夫人。不粘落絮原奇女，能寫名花或喜神。卻念玉京同畫手，梅村題罷獨沾巾。

秦淮夜泊

晨過杏花村，晚來桃葉渡。何處好停舟？前頭邀笛步。

窨花

茅屋翻從屋下編，群花於此養春妍。長爲有土無風地，過盡將寒未暖天。人笑留芳成狡獪，我從服氣悟神仙。此中佳處能多耐，可得飛花濺舞筵？

天啓小斧歌

漢家銅丸唐羯鼓，絶藝從來出驕主。流傳小斧製更奇，天啓七年字可數。當時宫中多樂事，絶喜揮斤度梁柱。正用此時持事來，從此奄臣鼠變虎。君不見，殿上紛紛五虎趍，更無齊斧問姦諛。天子自誇都料匠，纖兒已壞好家居。

以上雜體二十一首，在都中消寒詩。

消寒諸詩，舊以題多慢戲，録之隨筆中。避地時，未暇携出。計此數寸書，當不復在人世。一時意思所至，不欲自没，追憶得二十餘首，多不復記憶矣。乙卯春上元日，録於清晏園之寓齋。相月齋居士記。

柏梘山房詩續集卷一

癸丑春避地居王墅村彭雲墀都轉許詢臣中丞何亦民方伯王容甫大令同年張子畏太守助房價薪米衣物之費感嘆有作 癸丑

垂暮那知遇百憂，縱橫豺虎困詩囚。身從間道棲同谷，天許全家出汴州。羞澁齏鹽愁過日，頻繁縞紵義凌秋。飛霞三閣能無恙，何日花枝共酒籌？

金陵一日萬家空，流落江村此禿翁。朱雀橋荒悲舊業，青龍山近想淳風。買鄰幸有名卿助，踏海應無義士窮。北望籬門原咫尺，烽煙消息苦難通。

村居無書無墨無筆無硯無紙無衣作六無嘆

我家高樓向南起，懸隔方山四十里。去家避地王墅村，村居正著方山趾。茫然四顧將安歸？親戚暫保聊因依。荒居人事斷還往，無書撥悶如輖飢。兒童咿唔魯論半，春秋那復窺斷爛！ 出愁入愁朝復朝，出對方山入空案。

我性不能書，頗亦好塗抹。澣衣老嫗頻有言，衫袖常污遭墨潑。自經喪亂棄家具，蒼璧玄珪愛全割。宋人始貴墨，唐人始貴茶。詩人寒餓無長物，饋遺獨此相矜誇。我並無一亦復佳，不受墨磨消歲華。小兒無事難塗鴉，看飲黄犢翻水車。

乍可坐無席，不可案無筆。塞塞默默空面壁，使我無以寫憂疾。筆工昨日來解包，三錢雞毛索價高。青銅三百不可得，何由遠致中山豪？ 嗚呼筆耕吾已倦，尖奴張軍空自銜。不如長槍大戟隨官軍，横掃千人看一戰。

東坡無田耕破硯，祇今破硯不可見。借人作計終愧人，生硬況如磨鐵面。我有三硯常自奇，蕉葉金星一澄泥。以手運墨如畫脂，無復有石相磨治。倉皇萬卷盡棄卻，此物豈復能提携？ 我無硯田勿自嘆，且喜村田無水旱。但願甌窶滿篝污，滿車不齎盜糧民作爨。

懷素芭蕉無地種，鄭公柿葉難爲用。會稽九萬婺州百，有紙誰能與我共！ 小紙寄書常畏嗔，殘箋寫傳那堪誦。聊同抱朴自娱戲，反覆作行無罅縫。嗚呼國家深仁邁豐芑，寬租發租無時已。蜂屯蟻聚胡爲起，我欲作箋問天公： 安得青天變作一張紙？

南鄰借冠子夏小，北鄰借帶休文寬。西華之帔東郭履，風雪與我爲艱難。道旁父老定哀嘆：山鳥何日儒衣看？我思閉門亦良得，送迎無復成主客。倒冠落佩豈得已，相呴相濡莫相責。

琢句

琢句銷愁亦自痴，那堪愁與筆相隨。凄然閣筆胡爲者？事有傷心不忍詩。

悲辛

悲辛曾話少陵詩，身世蒼茫每自疑。豈料吾生百年内，竟逢空谷七歌時。龍蟠虎踞連營隔，馬糞烏衣折屋炊。福地洞天今在否？欲從何處訪仇池。

朝陽門外宿天兵，京口雷塘又列營。勝算何人籌狠石，悲歌有客弔蕪城。横江左右分三窟，開府東南統四征。盡掃欃槍堪計日，司農且莫憚持衡。

示家人

慳應風，嗇應雨，此意應爲天所許。生平長物如王恭，況今飄泊傍門户。傾身欲障已無箎，惟學畫叉錢自數。坡言大約是慳耳，我法行之非俗伍。行與家人作要約，謝還食經焚酒譜。汰哉勿學杜翁陵，紫鳳天吴作衣補。

漫興

大夫夫人留後兒，孰生孰死無人知。猛思幾月前頭事，畫戟清香客話時。
村南村北如雞棲，青衫破帽行步遲。相逢俱是無家客，同話天寒縮手時。

借衣嘆

九月欲霜風驟寒，夏葛可借冬裘難。殘年射虎嘆衣短，長夜飯牛憐布單。少年豈不重然諾，相看各自身淒酸。式微式微歸未得，已而已而歲既殫。憂來如天那復醉，淚灑近土何時乾！

有客

有客棲圓山，遺我一書紙。出城初避賊，凡百皆蜕委。教婦褫新衣，呼兒納敝履。行路免人狙，後計那深擬？豈知春復夏，薪盡米亦止。典貼復何有，睥睨止瓶罍。鄉人自相親，都士反所鄙。豈惟原憲病，將祈范文死。開緘發其書，惻惻不忍視。語長意反復，豈不會來旨。那堪書所言，一一我相似。同爲枯池魚，濡沫復誰倚。況聞難民多，靡孑豈天理。呵壁難問天，嗒焉自隱几。

偶成

天涯消息斷交親，咫尺家園隔戰塵。竟恐懷鉛提槧客，行爲鼓策播精人。桃源路絶真迷洞，蓬島波驚孰問津。只合南村閒聽水，石頭雨滑已沾巾。

重九作

昏昏迷節候，那復計重陽。兒女漫解事，買餻索萸囊。村童亦嬉游，紙旗剪新裝。佳節過愁裏，古語真難忘。客來謂無然，近山聊可望。登高固爲好，愁見風塵黄。緬昔陶潛翁，此日常徜徉。時來送酒人，欣然遂盈觴。當時亦擾擾，太古獨柴桑。遠心豈吾難，人境安所藏。安能學醉游，長寄無何鄉。

雲墀約重九日相過未赴

相招憐我食無魚，風雨相望竟阻余。早意陰侯非麥飯，卻緣陶令乏籃輿。鄉村淳樸輕佳節，餻酒歡娛憶故居。他日從公能野飲，不勞棨戟擁儲胥。

有感

爲子孫憂計已疏，吾生早自嘆離居。王車庾宅誰收拾，何肉周妻盡掃除。浮世原知皆大夢，夢游何不到華胥？莊生豈戀人間世，化蝶蘧蘧又返初。

遣興

鶴髮殘年獨慨余，秋燈猶自戀三餘。墨刓笏似公垂短，筆退毫如叔夜疏。詩不求工幾歇後，書嫌索解只虞初。東方囊粟非吾願，那更凌雲賦子虛！

天印山前溪水清，此中真可濯塵纓。指囷慷慨逢皇甫，謂孫伯聲分宅從容見邴成。謂孫潤卿婿好話桑麻偕野老，便餐杞菊號先生。光陰冉冉愁中過，秋燕辭歸雁有聲。

王容甫饋食物誌謝

君來幕府參軍事，我作山頭太瘦生。混俗但思千日酒，息交敢望五侯鯖？行人執榼真佳話，客子加餐愧古情。賀勞瓊筵開即日，黃虀一曲爲君賡。

村居

自入村居少出村，不勞楊柳記吾門。閑教奴子營雞柵，懶爲兒童課兔園。萬卷已知隨逝水，三號何異感陳根。世間底物爲長策，落溷飄茵莫更論。

欲聽

欲聽空林落葉聲，登高北望意難平。六門荆棘終當剪，三徑蓬蒿定已生。老子婆娑如有待，秋山平遠自忘情。歸來那酌牀頭酒，改罷新詩夢未成。

村中未見菊花憶都中看花作

邀客長椿寺，重陽看菊花。買都過百本，裝每共三車。脱手詩猶記，持螯事已賒。故交今在否？五載去京華。

與雲墀翁感揚州舊游作

同泛平山畫舫飛，春江花月夜忘歸。琵琶招賦玉連瑣，芍藥擬看金帶圍。往事不堪談秉燭，陳人那禁淚沾衣。早亡嗣祖翻爲福，繡户雕梁處處非。

忽聞

忽聞江上得孫歆，消息雖疑喜不禁。但使流傳多吉語，國家恩澤見人心。

二哀詩

桑先生庭櫺字雲柯錢塘孝廉

幼年佔畢侍先生，抑我飛揚就老成。塗竄精嚴徵古道，淵源疏闊愧師情。久淹山右談經席，無復湖西載酒罌。痛憶登堂成永訣，盤飧沽酒爲經營。

秦公承恩芝軒刑部尚書江寧人

昔公開府豫章城，客侍嚴親一載更。謂我高才宜著作，每當廣坐語公卿。時臨馬射分題賦，放看龍舟結伴行。五十年間一迴首，翟公門巷草縱橫。

讀山谷詩作

山谷嶔崎語好生，煎茶佳句繞車聲。若教成語消除盡，野馬塵埃任意行。

悼黄右園

昔年京邸蓋曾傾，久客揚州見古情。漫許文章歸我輩，不將德善託公卿。盃盤永謝華堂舞，弦管從無後閤聲。手著叢書十餘種，可憐灰已化昆明。

悲金臺山

臺山名邁淳，朝鮮内閣學士，道光中貢使。李正履以其集請余叙。聞見甚博，而好宋五子書。其詩多可愛，玩記其數句云：「宵分一雨誰斟酌？纔作春陰不作泥。」「五夜青綾迴首晚，百年黄卷負心多。」「便返田園終是客，若浮滄海竟安歸！」蓋暮年爲遷官者。得余叙，甚喜，謂不意垂老之年，於中華得一知己，死可無恨。然旋死矣，悲之，志以詩。

早侍中朝晚逐臣，詩辭哀怨見天真。東坡已是乘桴客，瀛海誰知更有人！

雜詠

蛛網結牆隅，弋獲那可必。胡爲翾飛蟲，避空自投窒。膠絲一罥挂，振羽空唧唧。物智殊勝人，謀生獨能逸。不見信天翁，那爲啄蚌鷸。

飛蚊卧繞鬢，屢摑不可去。言爲人氣拘，如魚遭網布。君看帳外蚊，擾擾進謀路。方無人卧時，過此了不顧。大患在有身，小物亦可悟。

案中有食器，群蠅遽來爭。邂逅一遭摑，其餘了不驚。死生與飲啄，味重明其輕。物性固如此，安能息營營。

方山以方名，近視形亦犨。山遠遂無坡，人遠覺多可。書中賢古人，把卷淚常墮。能否當時人，欣慕亦如我。

一日成一詩，未成如負債。縈迴夢寐間，心入大幽界。是中無不有，攬取盡荒怪。夢回記稍稍，語幻不可話。古傳才鬼詩，李杜名浪挂。夢中無力著，死後那留派！狂言吾其藏，生前吐一快。

病起遣興

雨後泥深不趁墟，人家日日只山蔬。村前幾尺添新水，兒報溪翁要捉魚。

空庭無樹不知秋，聞道鄰家水閣幽。愧比放翁腰脚懶，因非吾土罷登樓。

處處空山不見僧，夜深紅出一秋燈。是中果有金堂否？明日扶筇試一登。

宵分猛雨水平矼，問訊溪船到幾雙。何日布帆安穩下，雞聲人語出横江。

臟神無夢訴羊腔，只有新詩自擊撞。坐起問君何所事，静看蜂子自投窗。

病中拈筆爲誰忙？不暇看題檢藥囊。心坐一窗行萬里，除詩是藥更無方。

惜抱軒集於江寧山亭野寺多游覽之作今聞其地皆已灰燼感賦

莫愁湖上泛春波，掃葉樓□詩興多。鶴髮烏絲詩版地，黄壚今日渺山河。
攬勝探幽步屧輕，雨花臺上俯江城。當年觴詠尋常事，何意悲歌動後生！
萬松古寺孝陵旁，墨妙常懸老逐良。欄檻飄零已惆悵，那堪歸燕更無梁。

小樹

小樹空庭得我雙，閑如漫叟在南淙。巡簷那復徵三瓦，數闥惟堪對六窗。野客有時談富阮，衰翁無意折窮龐。衹愁永夜難成寐，蝙轉簾旌鼠撲缸。

送秋

雁陣驚秋四散哀，已無蟋蟀傍牆隈。籬邊菊酒明年約，嶺上梅花計日開。代謝翻憐殘暑盡，羈孤又怯早寒來。故園高柳能無恙，落葉堪堆滿徑苔。

當晝

當晝誰哭聲，姻親有鄉里。問哭何其悲，事從嫁女始。嫁女未五月，金陵城破矣。有婿不知生，有女不知死。方其辦裝時，舉債製箱履。金釵銀花合，事事女歡喜。收債事今迫，無物可料理。賣田三十千，一錢不自使。嗚呼舉債時，那知女若此。

移居

家具無須車借人，移家真較孟生貧。難招舍北三山近，且得牆東一水鄰。社燕營巢終是客，飛鴻踏雪豈前因。庚桑俎豆非吾願，好伴漁樵作幸民。

口號

喧喧人語又旋銷，日聽軍聲轉寂寥。鵲噪鴉鳴如有意，明朝消息勝今朝。

偶過人門懶復旋，不堪中酒那成眠。閒中一日殊難遣，可耐仙家五百年。

讀杜詩作

黃鵠化白梟，朱鳳悲黃雀。當年杜陵老，身世殊寂寞。我今亦何爲？感嘆昔賢作。斯須脱死地，稻粱竟安託。平時親舊書，來若風送籜。今如孤鳥没，遠影不可繳。故人豈異情，奈此道路惡。天陽亦已轉，梅柳漸舒萼。獨此中野民，何時返城郭？

柏梘山房詩續集卷二

書憤 甲寅

憂國忘身見性情，房公雖跌自高名。年來忍淚過千斛，何日秋墳一縱聲？

宅東數十步有小阜名蟬墩舊多樹蟬集之故名

地以蟬墩著，佳名惜已荒。小邱無一畝，夏木想千章。咫尺吾家宅，周遭野水塘。兒童登陟便，高試紙鳶翔。

孫伯聲貽盆梅漫成

三十青錢一樹梅，故人貽我伴山盃。且教兒輩添新事，就日移窗日幾回。

法螺山寺憶蘇州，門外笆籬石徑幽。殘雪一溝花半樹，興來時復欲東游。

四松菴裏古梅多，石甫邀余每數過。天末故人今永訣，治城猶自隔山坡。
梅花嶺上占春風，三載揚州一夢中。北客若來休問訊，忍聽馬矢壓花宫。
不到孤山四十年，暗香疏影定依然。當年大雪人踪絶，一棹曾凌萬頃天。

出門

沉憂難獨居，散步舒我疾。所向無好語，惆悵悔一出。傳聞豈無因？不忍訊虚實。歸途多逢遇，閑劇人不一。茫如獸走野，兀若鳥離匹。躁如游釜魚，困若處褌蝨。千形同一慮，豈不爲家室。死者固已矣，生者那遽必！嗟我豈易情，易觀應自失。

苦雨

十日冥冥雨，庚晴語未真。山容常作夜，水氣欲浮春。旅客思乾屋，童奴怨濕薪。漫言桃李汙，米價已愁人。

喜晴

卧聽簷聲斷，搴帷屋角明。天容新日喜，人步好風輕。晒藥呼兒輩，烹茶待友生。應傳好消息，一慰望歸情。

撥悶

青山從北繞，白水自東圍。市小庖厨儉，門司僕從稀。養生惟寂寞，避地且因依。惆悵梁間燕，舊巢何日歸？

薄俗

薄俗吁可怪，艱難不自憐。向人頻乞米，留客且攤錢。迂叟誰來往？愚公想静便。桃源竟何處，古記恐虚傳。

遣興

鄰豈僧珍買，郊成沈約居。山清無怪鳥，溪美得良魚。王粲非吾土，陶潛有敝廬。陽春煙景至，空憶繞扶疏。

步屧

步屧隨春水，陂塘處處通。稻田都過雨，花信喜當風。運豈天終阨，時應歲屢豐。生涯復何事，阡陌任西東。

上巳

佳辰虛上巳，好語望清明。收迹知交態，居閒見物情。苔紋分蟻穴，花蒩聚蜂聲。萬象皆如昨，飄摇愧寄生。

歷歷

歷歷歡娱事，愁中記憶多。京華富群彦，休沐每相過。文倩侯生寫，詩逢謝尚歌。江村今寂寂，隱几對山阿。

水右

水右山南地，吾廬暫曲肱。時危驚瘈狗，計拙守痴蠅。老眼乾坤倦，歸心日月增。衡陽有迴雁，愧我獨難能。

墟落

墟落雖耕鑿，傳聞實慨余。長途多鬼馬，福地想神魚。沈飲中山酒，閒乘下澤車。平生樂志論，用意覺全疏。

懷余小坡

成都有客返江城，謫宦知君別後情。向闕遲眠金雁驛，留川閒賦石犀行。論文每憶今無輩，避地應聞我更生。回首京華多樂事，酒槍茗椀話深更。

閏七月十日王墅有驚攜家將赴鹽城

夜駭連村急，倉皇又棄家。辛勤置囊篋，擺撥等泥沙。樂土誰能定，征途浪自賒。兒童亦憔悴，無復索茶瓜。

未至鹽城至興化止寓

此地昭陽邑，流傳亦偶然。市樓多傍水，河岸總平田。去住艱餬口，流離暫息肩。家人聊慰問，魚蟹不論錢。

赴清江泊露筋祠

晨過仙女廟，晚泊露筋祠。自倚赤藤杖，來尋黄絹碑。梵鐘清野市，森木暗靈旗。弱質猶顛沛，吾生漫自悲。

至清江楊至堂留寓節署

見即開賓榻，知君友意真。殘生逗優渥，高興撥悲辛。意倦聊齊帙，情忘任吐茵。夢魂安幕府，飄撼尚江津。

清晏園西窗

花嶼蕭疏露石稜，朱欄碧檻影層層。西窗閒對成孤笑，小鹿穿籬鶴試冰。
獨坐過清曉，年華又欲終。林昏鴉語雪，枝穩鵲吟風。漂泊悲生事，優閒且寓公。吾廬終自好，消息幾時通。

早起

早起常嫌日影遲，風光過眼暫神怡。水邊籬落疏疏畫，雪後園林澹澹詩。難得雲卿逢地主，何時陸子任天隨。梅開忽憶孤山路，叵耐連江鼓角悲。

雜詠

垂垂天竺蠟梅斜，翠羽無聲落樹椏。人坐隔窗渾不覺，慢銜紅豆踏黄花。
紅橋南步水亭回，卻望樓臺四面開。欄檻風寒人欲去，水西雙鶴踏冰來。
欲學薑芽試赫蹏，不堪呵凍只低迷。斜陽忽送西窗影，一片寒林過水西。
古人誰與聖言親，禄利興儒亦喪真。鄉壁那能無鑿空，淵源一例作經神。

祀竈日作

爆竹聲隨鼓吹長，紅燈緑酒祀黄羊。西齋獨坐成追憶，今夕曾經幾異鄉。

寄姚春木

昔讀《松陵集》，真疑世可逃。春船浮五溲，秋盞薦三高。墋黷災俄遘，煙波望益勞。憐君得安枕，詩興若爲豪。

除夕作

今夕名除夕，除愁卻未能。客中時禮廢，夢裏歲華增。鄰好遺春菜，兒童鬧月燈。平生歡會意，追念欲宵興。

聞曾滌生侍郎以鄉兵逐賊湘潭攻復武昌追賊至九江誌喜 乙卯

十萬義軍乘賊壘，武昌城中賊如鬼。鬼半死兵半爭水，長江戢戢生魚頭。雨血風毛一千里，湘漢瘡痍一戰收，侍郎威望動諸侯。大別山前新幕府，三周楚尾下吴頭。

悼吕鶴田侍郎賢基

九十慈親在，忠軀不顧生。貔貅開野幕，猿鶴困鄉兵。京邸同風友，揚州錢月卿。論文留尺牘，灰燼倍傷情。

悼徐晉希太守啓山與鶴田皆以鄉勇捍賊咸豐三年冬死事舒城

文邁長楊體，交深孔李知。休官逢水敗，死賊慘金痍。民社權非寄，君親志不欺。先人頻説子，追憶益增悲。

悼李紫藩大令標

昔君官楚令，深許繼清風。美譽傳神父，英年痛鬼雄。義求銘法古，情喜贈言忠。痛矣斯人没，孤懷孰與同。

悼曹庚甫觀察楙堅

丙午呼同歲，推君酒賦雄。艱難臨牧憊，慷慨赴兵凶。江漢招魂地，乾坤落魄翁。那堪才盡日，悲詠酒罏空。

悲張丙元吾友景堂子也

生名繼庚其姓張，年少奇氣騰飛黃。爲諸侯客游湖湘，筆頭落紙天風長。咸豐三年歸建康，城破不死心膽强。欲以翻城剪貙狼，詭言進執酋首旁。賊喜授以黄巾裝，潛誘羽翼迴心腸。汝夫携婦汝還鄉，相逢目動心深藏。縋書大帥三報章，會期斬關門朝陽。將心躊躇士徬徨，望門疑伏歸雁行。城内氣絶失所望，曠日謀洩死可傷。身雖糜爛舌不僵，嗚呼此生真國殤。

晝短

晝短那攤飯，迴廊伴鶴行。林空雙鵲大，池滿一鵝輕。書卷消更漏，笙歌雜市聲。那堪家具事，棖觸客中情。

上元

又過燒燈節，游童自滿街。春光籠物態，客思逼詩懷。樂意慚魚獨，歸程嘆雁偕。綺窗梅定放，何日詠高齋？

懶復

懶復拈文筆，消愁只賴詩。平章難字定，得失古人知。秉燭游誰共，挑燈思獨遲。童奴惟熟卧，夢覺竟誰痴。

不爲

不爲耽佳句，交游近已慵。昇箯非我好，懷刺欲誰逢？俗漫疲君嗣，人原客敬容。古賢如可作，開卷欲相從。

愁思

愁思忽然至，陳編懶重披。清宵無一事，堅坐卻三尸。書散難求篋，園荒憶采籬。悲傷文靖宅，會是百年遺。長策那能料，羇身且自如。搜詩慚死句，撥悶喜生書。世任評蝸蚓，吾甘老蠹魚。試看孤嶼鶴，息意步階除。

正月二十三日大雪

九九消寒日，寒威逼卧齋。夜狂風似簸，晝密雪如篩。落屑鴉爭樹，粘泥鶴避階。園丁來往捷，一半濕青鞵。

偶書

顔子爲大士，丁寬易祖師。名號固儒耳，禮拜翻黄緇。佛法初入中，其徒固蚩蚩。翻譯盛文士，六朝始倡披。删摭九流言，助彼雄誕資。其言戲劇耳，闢者無乃痴。

贈楊至堂

心如水精域，身如萬斛舟。粟私不受垢，廣載包薰蕕。梗概昔知君，習熟覺彌優。簿書察牛毛，賓謁無稽留。休心一把卷，群雜消浮漚。故是皓首儒，誰知驅八騶？真意滿肝鬲，見人出探喉。以之游無疵，養虎不驚鷗。則知詩書力，應俗可不偷。安用文字間，蟲鳥鳴春秋！短章聊抒見，非感故意稠。

杏花嘆

前日看花花未紅，今日看花枝已空。昨朝一雨偶未到，含嚬想見愁東風。一年惟盼三春好，春到杏花真草草。勸君莫笑此花身，少年歲月由來少。

七十自嘲

昔我年二十，洪都謁襜帷。三十客揚州，傭書代耘耔。四十壽二親，高堂奉華巵。五十與六十，文酒酣京師。倏忽又十年，歲月真如馳。豈惟歲月馳，乾坤亦瘡痍。家園既蕩盡，三載成孤羇。寥寥宇宙中，身外復何携？曰吾亦有携，數卷文與詩。故物隨萬化，獨此留肝脾。千金亦可享，覆瓿亦可嗤。一笑問大鈞，將奚以此爲！

寄劉星房

昔年頻晤語，多難慮兒孫。豈謂身親見，相憐息尚存。無家那喚客，避地不成村。牛首看雙闕，春風又白門。

偶書

早起常先鶴，遲眠每後鴉。蝶驚時惹絮，蜂懶暫停花。俶擾迷天意，芳菲嘆物華。倘逢千日酒，真欲醉流霞。

三月十日看花作

去年看花三兩叢，山庭土銼茶煙烘。看花那得對花語，惟聞晴雨喧村農。今年看花列高宴，錦帷朝卷開生面。主人愛客不知疲，玉版銀刀促華饌。盛衰同是客愁中，花不知愁花自紅。我欲將愁寄花去，飛入東風不知處。

春光

春光猶未去，人意惜怱怱。石氣青垂雨，池光緑皺風。可能花緩緩，自覺樹叢叢。賴有黄鸝請，清音慰此翁。

赫藕香以龍井茶見餽並天露水賦謝

藕香餽我龍井茶，云是新茁春雷芽。罌缸兼致露盤水，戒我勿以凡水加。團蒲車聲聽方寂，擎甌細啜清而嘉。三年泥土嚥腸腹，濟貫一洗渾河沙。南屏當年訪龍井，楓林九月棲霜葩。山僧拾樵煎活水，石林坐想天台霞。清景過眼五十載，誰能光景迴奔車。何時更結少游伴，流水草徑尋欹斜。

淮安赴清江道中作

三年飄泊作浮查，暫隔江聲遠暮笳。紫豆黄花三十里，秋光原在野人家。

秋蟲

秋燈使人親，秋蟲使人惱。隙光但微露，紛集如見寶。初猶遶燭飛，遠勢未遽撩。盤旋意轉急，鋭身漫一掃。跌落不知處，徐覘已跟倒。受創宜知難，栩栩心不槁。終然一擊中，附熱死相保。稍喜几硯清，繼者復來嬲。物性各有趨，挽費萬牛老。吾將掩書坐，慚負燭杲杲。

夜坐

孤燈坐久味逾清，伴我空階絡緯聲。畫室江湖皆寄命，側身天地望銷兵。漸衰惟覺憐兒輩，多難方知仗友生。欲向河陽問書札，常流迤道正縱横。

大雷雨有作

銀河當户盼涼生，溽暑餘威尚未清。老火稚金應一戰，盲風怪雨竟三更。早聞市米愁騰躍，那計開花嘆決明。正是四郊多壘日，惟祈多稼助昇平。

自詠

少日聰明不可迴，祇今秉燭笑摧頹。書猶思誤嫌妨適，詩偶參禪怯費才。本自師丹成老忘，鎮宜虛白靜徘徊。魯論課罷無餘事，識字呼兒更一來。

苦雨

晴雲挽不來，濕雲推不去。一搭如煤炱，滿腹貯雷雨。大風從北來，鳥竄樹掀舞。頑雲僵不動，堅城任强弩。驕陽凌天街，下徹可焦土。胡爲閟光景，篋鏡偶一吐。勞勞時覘天，散步辰過午。嗒焉終自喪，荷葉喧萬鼓。

雨鳩

天晴纔三日，雨鳩又已呼。禽鳥得氣先，斯言信然歟？往時下河田，十年九無租。河魚奪人食，襁負江南逋。近今六七年，水縮田膏腴。江南避地人，十萬來此居。口增粟未貴，天心固乘除。今年已病雨，亟止猶少痛。庶此流離人，不嗟米如珠。亟喚晴鳩來，日日鼓嚨胡。

悼姚春木

君卒逾年我未知，渡江猶寄贈君詩。蓼乖元伯真慚負，書達劉侯已悔遲。伊洛淵源周士貴，國朝文獻漢官儀。一編曾爲商遺集，他日訂吾更倚誰？

和東坡粲字韻詩寄彭雲墀

霜風迫重九，秋色又過半。三年望江關，僑寓屢悲嘆。好花非自種，日對不成玩。借書感良朋，彌痛巾箱散。空階蟲語怯，雨送殘荷伴。幾日銷甲兵，長夜苦思旦。憶昔初避賊，筐箱紛几案。千金易羊皮，棄取手爭亂。携持竟何有？身若出澡盥。先生義薄雲，振乏不忍緩。南村爲買宅，亟饋粟與貫。少安復驚遷，奈此婦女懦。臨別蒙苦雨，哽咽劇吞炭。蒼茫待天心，未死期舊館。時當勞還役，羊羔壓酒煖。寄聲因短歌，一奉軍中粲。

有客

有客詩卷來相投，字體詰屈令人愁。偏旁點畫細推合，欲讀嗒如魚中鉤。邇來經師尊訓詁，六書解字窮研搜。許君晚出六藝後，似與蒼頡親諮諏。豈惟遷固字鄙别，訂訛直到孔與周。嗟我浮雲迷變化，懶辨圉角詳鵃吺。科斗未令賀拔寫，石鼓那訪岐陽蒐。昨逢彌明呼把筆，俗書只辨劉與侯。還君詩卷三太息，老矣新學難推求！

寄和馮展雲

星軺知向郢城稽，校士餘功自課詩。旅客未歸花市宅，故人勞寄草堂資。鳳凰臺上愁雲積，鸚鵡洲邊冷月垂。何日相逢一樽酒，再如京邸論文時？

至堂爲刊文集成續刊詩集駢體誌感

不計人非笑，君深我自知。爲刊三篋稿，多愧百朋儀。後息終誰勝，吾生固有涯。卻憐文已倦，只欲細論詩。

題吴平齋秋齋賞古圖

先生好古無與儔，簪裾不礙心天游。秋齋疏涼静無客，獨對古器清雙眸。秦權漢鼎浪誇詡，此敦此罍乃出東。西周齊桓柏寢舊，銅器漢宫得一珍。天球今此兩寶盡殊絶，又過漢後千春秋。精靈自與古心會，豈慕時好能兼收？況聞籌筆佐兵食，法外用意知剛柔。軍興不乏懼民擾，來書深厚真訏猷。吾知積善衮衮百不憂，量銘啓後鼎銘僂。子孫永保清風留，此器著録當繼廬陵修。

【附録一】梅郎中年譜

吴常燾編

先生諱曾亮，字伯言。江南上元人（即今江蘇省江寧縣）。先世居安徽宣城柏梘山。世系：始遷柏梘山者曰太七——九一——迪九——壽一——魁一——卓——淑敬——榮——珍——根——繼前——守五——瑞祚——士昌——文鼎——以燕——轂成謚文穆，始遷上元，顔所居曰「寄圃」。是爲先生曾大父。祖父名鏐，字繼美，一字石居，上元縣學生。父名沖，字衷淵，嘉慶庚申舉人。縣志載其淹雅，著作宏富。母侯氏。

清高宗乾隆五十一年丙午

先生生於家。

仁宗嘉慶二年丁巳　十二歲

從舅氏侯子有先生學。子有甚奇之。冬夜課詠雪詩，輒刺取《雪賦》語綴之。子有爲講東坡禁體，於是執筆爲文。見時賢集多快語無忌，大以爲佳。

三年戊午　十三歲

先生父試北闈，乃從侯先生學。晚間母侯夫人教之。

四年己未　十四歲

仍從侯先生學，而母教爲多。

五年庚申　十五歲

先生父成舉人。

六年辛酉　十六歲

肄業尊經書院。同學者汪鄰樓、陸香筠、阮小咸等數人。每夜歸，市户皆静閉，三、四人者履街，滿街戲誦小咸詩。

七年壬戌　十七歲

仍肄業尊經書院。

八年癸亥　十八歲

見姚惜抱先生。肄業鍾山書院。

九年甲子　十九歲

父館江西巡撫署，隨往。同受書者：秦遠亭、湯子燮、帥子文。其秋，與秦遠亭泊虎丘，立劍石下。還錢塘潮，觀橘柚於富陽釣臺。而歸舟中相與談詩。是年始有存稿。自浙歸，仍至江西。

十年乙丑　二十歲

先生父試禮部至京。先生等四人乃以詩牌爲戲，自是益習爲詩。嘗故作奇語，湯子燮有「衰柳撫青直到天」之句。

歸上元，授室。

交王惠川（渭）。惠川勸治古書，先生乃從事《史》、《漢》及諸子，圈點皆數過，用功甚密。

夏，從惜抱先生游。惜抱遣往見管異之（同）。先是，先生喜駢偶之文，異之曰：「文譬人貌，今以玉冠之，失真面矣。」先生曰：「《哀江南賦》、《報楊遵彦書》，意固不快耶？」異之曰：「彼意終有限。若夫馬遷、揚雄、班固、韓愈之徒，其文采如雲興，聚如車屯，雖百庾、徐之詞，豈及其萬一？」先生由是大肆力古文。

十一年丙寅　二十一歲

復游浙，見王仲瞿西湖上。旋歸。

十二年丁卯　二十二歲

生子。

十三年戊辰　二十三歲

春之武林，游天台，過無錫，發龍潭。五月，歸。

十四年己巳　二十四歲

在蘇州、無錫。殤弟。

十五年庚午　二十五歲

是年，惜抱先生壽登八十，先生撰序以祝。

交方植之（東樹）。時惠川、異之皆在金陵，與先生及植之時依惜抱講論道藝，而學益淳厚，文愈高古，其得義法以此時爲最。

十六年辛未　二十六歲

殤兒。

識左匡叔。點讀《史記》。

十七年壬申　二十七歲

與管異之等講論。又識方長耔、王南垞、鈕非石、周石生。要葉耳山同游城西諸山。

生子。

十八年癸酉　二十八歲

天理教匪林清犯宫。智勇親王既放銃却之，然猶盤踞曹州、長垣諸地，屠殺守宰，抗拒大兵。朝命方尚書往剿。先生上方尚書書謂：「賊之所以敢動者，以平時官吏不任勞怨，袖手委重律令，故豪傑束手無奇，姦人樂窺無憚，以致於亂。而欲尚書破崖岸，用望外賞罰，一切以盡人材爲先，鼓衆心爲本。」書上，尚書嘉納之。

先生既上方尚書，又著《士説》，痛言是時用人者之用商賈負販與士無異。復著《民論》，言天下有亂民，有姦民，毒官吏，迫饑寒，挺刃卒起，索黨自救，此亂民常態。若夫無所激發而倡狂悖之説，招誘愚瞽，名之曰「教」，是謂姦民。又推論姦民固無聲名文物之樂，視聽采色之娛，而東漢之後，飲射儺蜡之禮又廢，民所樂趨，不爲利導，遂有因民之欲竊吾意以售其姦。始特立名字，斂財帛，賽會徵逐。然其終知意不出於上，乃有與上相持之心，遂聚不可散，以爲有國之憂，而意在欲復儺蠟鄉飲之舉。蓋先生睹教匪之亂，推其遠近諸因而爲之，其周備如此。後來朱伯韓（琦）載《民論》入文集後序。

十九年甲戌　二十九歲

在揚州唐文館，吴山尊（鼒）所延也。與山尊及秦敦夫、顧千里、陳小松等相從於文酒間，考證文字、金石及唱和吟詠。

侯子有卒。

以婦病返上元。

二十年乙亥　三十歲

悼亡。

惜抱先生卒。姚春木（椿）、方植之皆來會，哭之甚哀。

二十一年丙子　三十一歲

館城外歐氏。一生從，主人又憐愛姑息，而先生乃得日夜取古人文字，放聲誦之。

姚春木索文穆公奏議行狀。先生覆書，稱史之難爲，苟有一失平，則小人因以無忌憚。無忮求之心與軒輊之見，乃能爲之。

方植之詩來，感念惜抱先生，反覆致望於先生之繼起。先生賦詩答之。

二十二年丁丑　三十二歲

在上元，續娶婦。

二十三年戊寅　三十三歲

在揚州，寓寶林菴。旋移虹橋道院。

二十四年己卯　三十四歲

遇顧㱿菴，談藝。王惠川卒於豫章。

二十五年庚辰　三十五歲

在揚州。

宣宗道光元年辛巳　三十六歲

舉順天鄉試。出戴均元門。

成進士。出顧晴芬門。

見陳石士先生。石士爲先生之父故同年友也，因視先生如猶子，深友疏客，譽之不已。是時，交游多好古博洽之士，曰葉筠潭、陳易庭、張琦、魏源、黃洵。

康刻《古文辭類纂》成。先生賦詩呈陳石士先生，言之甚喜也。答陳石士札曰：「今世人頗謂士大夫患在空疏，苟反是，則天下之能事盡矣。背道傷理，吾小疵也。此說也，猶婦之庸奴其夫，而自曰『吾不失行』。」又曰：「今人議論敗理道，好詆毀儒先，片言隻字之訛，穿鑿詆欺，文致大惡，駭動後學，不顧所安。《傳》所謂『小人無忌憚』，荀卿所謂『陋儒嵬容』者也。」

自京赴欒城視弟，旋又入京。

二年壬午 三十七歲

與汪平甫同寓京師。以知縣注廣西。戴均元謂顧晴芬曰：「梅生得縣令，無奈何！毋令遽出京。」將出京，汪平甫乞言，先生贈序，有曰：「自先秦兩漢之書，下到今，讀其近古者。不如是，文卑。黃帝顓頊之書，下到周，讀其近今者。不如是，文僞。因吾所能，以求古人。無循古人所能而忘吾身，無達於心而畏難於手，無玩其詞而不求聲，無割裂首尾而資高言，無改易途轍而適異路，無小有所獲而襮於人，無告人以不問而取憎，無畏乎時譏，無疑乎古人，無欺乎後人。」

出京。自德州赴歷城，經禹城，飲趵突泉。十月抵家。

三年癸未 三十八歲

正月，告病繳照。蓋父母年老，不欲子遠離也。

上汪尚書書。言州縣無能有爲者，以六、七級上官及六、七級胥吏鉗制逆阻，因欲如國初之法：州縣課最，入爲御史。又論天下可慮者爲姦民，姦民不易知，惟州縣知耳。然權不重、志不在，則亦相率而不知不問。故欲消姦民，必重州縣權；重，莫若中外互用。

四月，回寶城掃墓。時大水。

殤兒。

四年甲申　三十九歲

在宣城。時講文峰家塾。

五年乙酉　四十歲

在宣城。回上元。

陳石士主試江南。撤棘，相過，撫松摩竹，問屋之價，擬終結鄰焉。而以相携書籍盡貽先生，先生爲題授經圖而去。

六年丙戌　四十一歲

在上元。九月，至安慶。客鄧嶰筠尚書幕府。尚書時巡撫吾皖，管異之、馬湘帆、汪平甫皆在署。方植之亦時來，文酒流連，想見太平景象。

七年丁亥　四十二歲

客熊民懷六合官署。

八年戊子　四十三歲

在上元。母喪。陳石士自閩試還，過先生，致唁，賻儀頗厚。先生送之至鎮江金焦之間，僧帽對著，濯足江流。既罷，别去。

九年己丑　四十四歲

住上元。受陶宫保聘，主如泉講席。

十年庚寅　四十五歲

主翠螺書院。

十一年辛卯　四十六歲

在上元。陶宫保就升總督，先生時依其幕府，而葆益舟、任階平、王竹璵、汪筠之、程春海等皆在。

十二年壬辰　四十七歲

在上元。旋北上。

十三年癸巳　四十八歲

在京。與張淵甫、荔門范今甫、王慈雨、楊至堂、朱小坡、孫秋士交，討論文字，甚樂。

十四年甲午　四十九歲

入貲，官郎中。與陸萊莊、徐廉峰、何竹薌、黄樹齋友。

十五年乙未　五十歲

服京官。馬壽齡等從游。

十六年丙申　五十一歲

服京官。朱蘭坡(珔)、陶薌泉、賀耦庚、鄒松友等，談詩及文，甚樂。鄧嶰筠入覲。先生及鄉人官京師者，與之夜論聲韻之學，因記其《宣南夜話圖》。

十七年丁酉　五十二歲

服京官。王叔原、程春海等，相游聚過從。

十八年戊戌　五十三歲

服京官。與同年爲真率會。飯一盂，菜四器，約曰：「毋入酒人。」

十九年己亥　五十四歲

服京官。姚石甫(瑩)出獄，湯海秋(鵬)觴之萬柳堂。海秋至是與先生始識，謂先生曰：「爲文當學兩漢及先秦以上才大，慎毋習時人所謂『八大家』者。」先生謝曰：「歸、方吾且未知，何論唐宋！」湯大慚服。邀先生至其家，以《浮邱子》求正，意懇懇如也。

二十年庚子　五十五歲

服京官。

二十一年辛丑　五十六歲

服京官。朱伯韓(琦)、馮魯川、姚春木、余小叔等相游從，陳藝叔、張端甫等從游。與陸立夫論堅壁清野事，謂：莫如於賊登陸處去海十餘里，多掘深溝，人藏溝中，待彼至，而後接戰；又多掘小坎於左右，以亂之。

二十二年壬寅　五十七歲

服京官。汪顯仲等從游。

二十三年癸卯　五十八歲

服京官。

二十四年甲辰　五十九歲

服京官。王少鶴、羅兩峰、冷公調等相游從，文酒吟詠，反覆討論古文義法終日。少鶴之學，從此益邃。

二十五年乙巳　六十歲

服京官。湯敦甫、王少鶴、邵位西、吴子序等，相討論古文義法。楊至堂以先生六十，屬全抄舊稿，將刊行爲壽。

二十六年丙午　六十一歲

服京官。邵位西、吴子序、張石舟、朱伯韓、趙伯厚、馮魯川、龍翰臣、劉蕉雲皆在京，時與先生過從談藝，邵、朱、吴、龍與先生尤密。先生偕諸人爲山谷生日。

二十七年丁未　六十二歲

服京官。朱、龍、劉、邵，皆仍在京。曾滌生（國藩）、孫芝房（鼎臣）亦來，時聚論，因爲歐公生日。是年，先生頗起鄉思。

與邵位西多倡和之作。位西於時方用功於惜抱集，先生相與講論尤勤。滌生既聞方植之所言，而得惜抱尺牘，乃一意用力古文。而先生稱述師説，發明馬、班、韓、歐文章義法。滌生乃得益，進而窺見美富，芝房、蕉雲篤志宋學，而先生爲發義理、考據、詞章不可偏廢之意。

朱丹木相見。別去，移書請益。先生曰：「文章之事，莫大因時。立言必吾言在此，雖細物微事，而一時朝野風氣好尚，可於吾言得之。」

二十八年戊申　六十三歲

服京官。其妻送女南歸。先生是時名聲益大，海内言文章者爭歸之。先生開掖講説，彌勤以勵，而文風大盛。嘗有宦寺，亦能詩，頗與公卿往返，叩門求見，欲稱弟子。先生謝之，曰：「吾豈康對山邪！」吴子序書來，先生答之，告讀古人書，求其爲吾意而已；求其疵而辨勝之，無當也；專求其疵，則其可以爲我益者寡矣。

二十九年己酉　六十四歲

服京官。

三十年庚戌　六十五歲

服京官。其秋，辭官去。冬，出都。抵家。

文宗咸豐元年辛亥　六十六歲

主講梅花書院。先生去揚州且二十年，至是重來，盡訪舊游。而昔之人無復存者，淒然感舊，託之吟詠而已。

孫芝房寄衣服，且問古文法。先生答之曰：「夫古文與他體異者，以首尾不可斷，有二首尾，則斷矣。」又曰：「成章者，一氣者也。」又曰：「觀書用目一官而已，必出於口，成於聲，暢於氣。氣者吾身之至精者也。以吾身至精，御古人至精，故渾合無間。然文之弊，又在空疏寡情，實非博學心知其意不能也。」

二年壬子　六十七歲

在揚州梅花書院。吴子序來訪。書院諸生視先生甚親，多約游山水，有贈花草者。冬，歸上元。

三年癸丑　六十八歲

在上元。粤匪陷城。先生處城中，不得出，爲賊所得，役以擔水。先生勉任之，而相以詩。賊奇焉，問之，知爲貧老讀書之士，乃釋之去。先生潛走出城，居城北。凡三月，又還家至王墅。

四年甲寅　六十九歲

居王墅，又移興化，又移淮安。乃得至清江浦，依南河總督楊至堂(以增)。楊因先生同年，館先生於署之清宴園，朝夕與楊論藝。蓋流離賊中，至是始定。方先生之在王墅、興化、淮安也，日猶手一卷，吟哦不已。盜賊烽火之中，自若也。

五年乙卯　七十歲

居清江清宴園。楊至堂以先生七十，乃開雕先生集。先生在亂離奔竄中，獨携其稿自隨，故皆全。即至清江浦，無事，頗自删益。而楊校刻之。冬，楊至堂卒。

六年丙辰　七十一歲

居清江浦。自楊至堂卒，先生益若無所歸。然楊之二子，視先生禮甚至。先生既成楊家傳，始自慨年衰力竭，恐將死矣。二月，先生卒。三月，集刊成。

穆宗同治三年甲子

先生文集補及駢文刊成，合丙寅刊成者，共爲《柏梘山房集》三十一卷。按先生集，唐氏涵通樓刊本，在乙巳、丙午之間，其後作者不具（今世傳石印本，及王氏《續古文辭纂》，皆依唐氏本。然石印本不知何以又有後來文爲唐本未具者），其文句亦與楊氏刊本有殊。朱伯韓跋楊氏本，謂先生時時攻《易》，故此本之文，較前乃精嚴特甚。蓋楊本勝唐本矣。惟楊本於駢文未注年代，集補位置亦失宜。方植之一文係評語，楊誤以爲跋，而中亦有誤字須正。蓋楊公將死，已非曩時校書之精力，而續其功者，又出於子姓之手，故不能無失。苟有篤古學文者舉而重刊，此不宜仍之者也。

（原載民國二十五年九月十五日《國專月刊》第四卷第一號）

【附録二】傳記及序跋材料輯録

清史稿・梅曾亮傳

梅曾亮，字伯言，上元人。少時工駢文。姚鼐主講鍾山書院，曾亮與邑人管同俱出其門，兩人交最篤，同肆力古文，鼐稱之不容口，名大起。間以規曾亮，曾亮自喜，不爲動也。久之，讀周、秦、太史公書，乃頗寤，一變舊習。義法本桐城，稍參以異己者之長，選聲練色，務窮極筆勢。道光二年進士，用知縣，援例改户部郎中。居京師二十餘年，與宗稷辰、朱琦、龍啓瑞、王拯、邵懿辰輩游處，曾國藩亦起而應之。京師治古文者，皆從梅氏問法。當是時，管同已前逝，曾亮最爲大師；而國藩又從唐鑒、倭仁、吴廷棟講身心克治之學，其於文推挹姚氏尤至。於是士大夫多喜言文術政治，乾、嘉考據之風稍稍衰矣。未幾，曾亮依河督楊以增。卒，年七十一。以增爲刊其詩文，曰《柏梘山房集》。

清史列傳・梅曾亮

梅曾亮，字伯言，江蘇上元人。道光三年進士，用知縣，援例改户部郎中。少時，文喜駢儷，既游姚鼒門，與管同友善，同輒規之，始頗持所業相抗。已乃一變爲古文辭，義法一本桐城，稍參以歸震川。居京師二十餘年，篤老嗜學，與宗稷辰、朱琦、龍啓瑞、王拯輩游處，咸嘖嘖稱賞其才。一時碑版記敘，率其手筆。

嘗著《民論》曰：「天下有亂民，有姦民。毒官吏，迫飢寒，挺刃而卒起，索黨與隨和以自救，此亂民之常態也。若夫無所激發，而倡爲狂悖之説，以招誘愚聱，而名之曰教，是爲姦民。姦民者，古無是也。且夫教之名民，所不易受於長上者也，而匹夫能得之於鄉里，非民之所爲也，勢也。今夫民之生也，耕而食，織而衣，貿貿然相往來，不知有士大夫聲名文物之樂，又非如富厚有力者有鳴鐘連騎、采色視聽之娱。若此者，枯槁寂滅之士或能堪之，而民固不能樂乎此也。聖人憂之，於是有飲射之典，有儺蜡之禮，有月吉讀法之令，奔走之，馳驟之，而不憚其勞拙。其意以爲吾法之可知者，在乎角才能，習教訓，而消息乎時氣；而法之不可知者，在使民回易耳目，震蕩血氣，陽遂其鼓舞之情，而陰輯其静而思騁之意。其教如是而已。當漢之盛時，凡鄉射、大儺，都肄鄉會，皆太守與縣令親之，猶古法也。法之廢，其東漢之衰乎？嗟夫，此黄巾米賊之禍所以起而不可禁也。夫民所樂趨之事而不爲利導之，草野之間，必有因民之欲，竊吾意以售其姦者，其始特出於私，立名字，斂財帛，賽會徵逐而已。而其後遂爲有國者之憂。至於爲有國者之憂，蓋非獨從而和者不樂也，而亦豈倡之者之始意及此哉？然而勢必至乎此者，何也？吾爲之説以導之，吾聚之吾能散之，故其權在上；民自爲聚者，非法之所許也。民知意不出於上，而恐法及己也，緦緦然有與上相持之心，其勢遂聚而不可復散。故曰非民之所能爲也。昔子貢觀於蜡，以爲一國之人皆若狂。夫至於一國若狂，雖後世游民聚衆之盛，無過於此，而聖王行之。孔子曰：『張而不弛，文武弗能也。』夫文武所不能者，而後人能之，必其民皆標枝野鹿，如上古之不相往來者而後可也，而豈有是理哉？嗟乎！權出於士，而黨錮清流之禍成；權出於民，而左道亂政之禍烈。然則以王者之權，而謂教化不易興者，則妄矣。」曾亮見川楚教匪之亂，及嘉慶十九年林清之變，故其言如此。其上汪志伊書，亦諄諄言豪民易治，姦民難知，知之者獨州縣，而今爲州縣者皆苦無權。是時天下方全盛，亂端未兆。其後粵賊起，陷江南，卒如其言。

又著《刑論》，頗中近日刑部説帖駁案之弊。既以文名輦轂，有宮監謬聯文雅士，傾動朝列，慕曾亮名，就門請謁。曾亮笑曰：「吾豈學康對山哉？」卒謝之。有後進來謁，曾亮戒以「長安居大不易」，惟「擇交游，端言行，勤讀書」三言而已。其人本誠篤，用是益兢兢，無纖芥過，回里猶尋味其言不置云。詩亦天機超妙，爲同所推。官户部二十餘年，冲淡自得，以資久將遷，聞弟病，遽乞歸。主講揚州書院，金陵亂後，依河道總督楊以增，以增爲刊所著《柏梘山房文集》十六卷，《詩》十二卷，《駢文》二卷。柏梘，宣城山名，曾亮祖居也。咸豐六年，卒，年七十一。

江寧府志・梅曾亮傳

梅曾亮，字伯言，上元人。父沖，世所稱抱邨先生者也。曾亮成道光壬午進士，以知縣用，援例改户部郎中。少時文喜駢儷，既游姚郎中門，與管同友善，同輒規之。始頗持所業相亢，已乃悟俳優所爲，無真面目，乃一變爲古文詞。其文洗伐最深，故饒姿韻。官京師久，以文自贍，一時碑版記叙，率其手筆，時論盛稱之。

嘗著《民論》，言亂民、姦民之别，而推極於五斗米張角之所由來。其《上汪稼門書》，亦諄諄言豪民易治，姦民難治，治之者獨州縣；而今爲州縣者，皆苦無權。夫州縣豈無權哉？民事利病、修廢之宜，方竭其聰明才力以求之，猶未必盡舉。然事之萬全無害者幾何？而倡議行之文書之上簿者，上官六七級，此合彼牾，返往曠日，迫切成過，誤功未收，而罪已集矣。夫足以有爲之才，值萬不得已之事，而逆阻於文報階級之繁擾，以聽其破壞於冥冥中者，什蓋八九，故曰無權也。曾亮見川楚教匪之亂，及嘉慶十九年林清之變，故其詞如此。

又著《刑論》，頗中近日刑部説帖駮案之弊。其詞謂：法貴易知而難犯，決一人之死，而可使千萬人之不敢入於死，此法之整齊簡易者也。古之人非不知情事有萬不齊，然一切之法不足悉其變、不若從其略者，乃天下之公失也。大抵曾亮駢文爲上，詩次之。散文循桐城家法，平易無情實；於《史記》師其論贊姚佚，而置其八書之典博。同時諸公，倒屣禮待，極令聞廣譽施身之致。

有後進謁於京邸者，戒以「長安居大不易」，惟「擇交游、端言行、勤讀書」三言而已。其人本誠篤，用是益兢兢無纖芥過，回里猶尋味其言不置云。江寧老宿能以德望服人，而人服之無退詞者，惟聞管同與曾亮。既以文名輦轂，邑人許宗衡謁之，與論文，至千百言，其他靜默而已。

晚歲罷官，洊經粵逆之亂，浮沈江淮間。其同年生楊以增，總督南河，招之，且爲刊所著《柏梘山房文集》十六卷，及詩十二卷，駢文二卷，行於世。年七十一，卒。

（録自《碑傳集補》卷四十九）

梅伯言先生誄辭

吴敏樹

爲古文詞之學於今日，或曰當有所授受。蓋近代數明崑山歸太僕，我朝桐城方侍郎於諸家爲得文體之正。侍郎之後，有劉教諭、姚郎中，各傳侍郎之學。皆桐城人，故世言古文有桐城宗派之目。而上元梅郎中伯言，又稱得法於姚氏。余曩在京師，見時學治古文者，必趨梅先生以求歸、方之所傳。而余頗亦好事，顧心竊隘薄時賢，以爲文必古於詞，則自我求之古人而已，奚近時宗派之云？果若是，是文之大阨也。而余聞從梅先生語，獨有以發余意。又讀其文數十篇，知先生於文，自得於古人，而尋聲相逐者，或未之識也。余自是益求之古書。

自道光甲辰，又九年，咸豐壬子，余復入都，則梅先生已去官歸金陵，而粵寇之亂大作。明年，金陵陷，聞先生得出。丁巳，余寓長沙，孫侍讀子餘告余曰：「梅先生以前二歲卒矣！」余於先生才數面，而與先生游京師者，稱先生語，未嘗不及余。余窮老於世，今且避徙無所，而先生亦可謂不得志以死者。其才俊偉明達，固非但文人，而趣寄尤高。以進士不欲爲縣令，更求爲貲郎；及補官，老矣；而歸又逢世之亂，可傷也。乃爲之誄曰：

才何以兮不施，名何爲兮大馳。獨爲文章之人兮，世安賴而有斯。嗚呼哀哉！伯言父其文之好耶？其志之皦耶？其又以逢天之忌而卒於顛倒者耶？

（録自《柈湖文集》卷十二）

梅伯言小傳

章炳麟

先生名曾亮，南京上元人。道光壬午進士。官户部郎中。己酉秋告歸。主揚州書院。洪楊之亂，金陵既失，乃依河帥楊至堂。楊刻其《柏梘山房集》十六卷、《續集》一卷、《詩集》十卷、《續集》二卷、《駢體文》二卷。咸豐五年卒。

（録自民國十二年上海文明書局版《梅伯言文》卷首）

書梅伯言事

上元梅曾亮伯言善文章，能言政事，在清時官部郎，老歸其鄉。至今江蘇人言伯言嘗受洪氏尊禮爲三老五更。余觀吴敏樹爲伯言誄辭，以名高爲嘲，以卒於顛倒爲詬，因疑傳之者非無因。

民國初，遇桐城馬其昶於京師，因問伯言事。其昶言：「聞洪氏破金陵時，伯言不及走，爲所掠，令擔水，老不勝任，則厲聲誦詩以助力。見者怪之，良久知爲金陵尊宿，擔水之役得弛。其後仕洪氏以否，不敢知也。」今歲，余以事赴金陵，入其圖書館，見金陵儒先著述，檢得《柏梘山房集》，以館長鍾某爲金陵士族，因問：「伯言仕洪氏至三老五更，信乎？」鍾答曰：「不敢質。然金陵城中積口相傳盡如是。且其始嘗應洪氏鄉試，中式舉人，後始至三老五更爾。」余念清人言洪氏者指爲逆賊，故無敢實徵伯言事，然鄉里相傳無異口，是豈文字所能掩耶？伯言既爲金陵耆舊，洪氏欲用則用之，必以鄉試中式延進，懼非其實。意者弛擔以後，即命爲三老五更耶？

伯言先世本宣城人，移家南都，其聞弘光間事，視他人爲切至。晚迫於洪氏，受其尊禮，亦自謂無損大節也。以伯言之才輔相新主，雖未足比於劉基、陳遇，必不在宋濂、陶安下。顧洪王非有太祖之略，虚致尊養，終不采納其言。而伯言亦老矣，以子孫爲累，則去之亦宜。按《柏梘山房集》，癸丑歲無文辭，續集乃録其詩甚多，有《癸丑春避地王墅村》詩及《六無嘆》，是時猶未遇洪氏也。其《借衣嘆》諸詩，則多重九前後作，又已去洪氏也。《雜詠》五首在夏時，則正處洪氏軍中，有云：「蛛網結牆隅，弋獲那可必？胡爲翾飛蟲，避空自投窒？膠絲一罥挂，振羽空唧唧。」又云：「飛蚊卧繞鬢，屢摑不可去。言爲人氣拘，如魚遭網布。君看帳外蛟，擾擾進謀路。方無人卧時，過此了不顧。大患在有身，小物亦可悟。」此前一首爲被洪氏拘繫，後一首則已作老更，而他人欲緣以進身也。又有《移家詩》云：「庚桑俎豆非吾願，好伴魚樵作幸民。」伯言在金陵，一退老之郎官耳，非有民社之職，何故以庚桑俎豆爲言？則知移居者爲辭洪氏而歸。庚桑俎豆者，指三老五更爲洪氏所尊事也。伯言出後，仍居王墅，故甲寅七月有《王墅有警携家赴鹽城詩》。

昔劉公輔明祖，禮貌甚至。然猶時歸括蒼，有大事則以書問計。伯言之歸王墅，其果與洪氏絶否，猶不可知也。自赴鹽城後，則託於南河總督楊以增，以訖於死。其於前事，即汲汲以文章自解。且其在南都不過數月，諱之甚易。癸丑諸詩疑有事後爲之者，若王右丞《凝碧池口號》，正爲免罪計，豈果在禄山時所作耶？由今觀之，伯言本算師梅定九裔，定九杜門習數，未嘗求聞達，而終以獻書自禐。其孫曰玨成者，少養於君，仕至都御史。然亦執方技以事上，不能以大儒節概責也。伯言挺然學於姬傳，以文行自飭。而姬傳亦故降臣姚文然後也，世宦虜朝，終身不敢言夷夏事。視戴名世輩，蓋有薰蕕之辨矣。伯言之受洪氏尊禮，雖由羈致，然受之不辭。是明知虜非吾主，死節爲不足尚，視曾國藩之倫以死力爲虜爪牙迷以終身者，其相去豈不甚遠矣哉？假令守之不退，雖爲其父與師幹蠱可也。然以進退不恒，既去洪氏而復不能隱遯，寄食淮上，以媿辭自解免，所謂卒於顛倒者，蓋有之矣。然吳敏樹數親國藩，亦不足以詆伯言也。余謂《清史》傳伯言者，入之《文苑》，不如入之《逆臣》。清之逆，非中國之順歟？

（録自《太炎文録續編》卷六之上）

柏梘山房文稿跋

高均儒

《柏梘山房文稿》九册，分十八卷，上元梅户部撰，聊城楊侍郎録存，户部復自加墨編定。間有近年之稿，則户部手録。侍郎依之以付刊。户部因侍郎囑録舊稿，有詩並寄，歲在乙巳。時侍郎按察甬，户部居郎省，數千里惓惓索録文稿，意之深厚，非徒以同進士之友也。均儒久欽户部名，於惜抱軒、太乙舟集中，略識户部。不學之詣，恨未覯止。

侍郎由陝撫來督南河，均儒來游，友人有屬以校勘事者，刊本爲侍郎所賞，遂出所藏古籍及近儒撰著，示榷訂談，次及户部，知已引退，主揚州書院。歲癸丑，粤匪南擾，未得户部音耗，侍郎念之輒欲歔欷。冬，均儒旋里。明年八月，聞户部再徙淮郡，侍郎館之于清宴園。又明年五月，均儒應侍郎招，復游淮浦，侍郎導均儒與户部相見。侍郎曰：「伯言文集已刻而板未勘正，盍見校之？」校畢，刻工滯至十月始修成。十一月，校詩集，刻未三卷，十二月，侍郎薨。户部與均儒視斂，相對哽咽不能語。先是，户部苦鼻塞減食，二十二日，旋淮郡，寮舍瀕水，語均儒曰：「楊公子善體先志，期必刻完拙集，讎校仍倚君。」均儒諾之。二月，楊公子奉侍郎喪還，泣申前意。均儒且校且刻，三月告蕆。其詩十二卷，多户部手稿，以無副本，應與全集版並歸梅氏。文集既爲侍郎所録之副，每葉刊注「益之手校」四字，户部重加乙替，當别有寫本，是允宜歸楊公子珍弆，用垂先於來祼。

噫！侍郎十年前録此本，十年後户部更定，乃付刻。夫豈徒重區區同進士之誼哉！文章有道，即懵懵如均儒，尚不禁撫是本而嘆老來俱也。悲夫！

咸豐六年四月三日，閩高均儒書。

柏梘山房文集跋

董文焕

右《柏梘山房文集》十八卷，上元梅伯言先生手訂，聊城楊端勤公家藏者也。先生此編，屢有删益，雖憂患之録，未嘗去手。分體之中，仍寓年次。其加墨處，皆精當不易。蓋先生之文也，足信今而質古，而猶悲歲月之推遷，驗功力之淵深。信所謂年愈進而志愈精，得失寸心知者乎？

公與先生同年進士，爲文字交最久，嘗數千里外索録先生文稿。咸豐甲寅歲，粵匪南擾，先生避地淮郡，時公任河帥，館先生于署之清宴園，遂以先生文稿校勘付梓。刊甫成，續校詩集及駢體文，工未及半，而公遽薨。先生撰公家傳。甫成不愈旬，而先生亦卒。嗚乎！可謂文字有神交有道矣。余既仰先輩情誼之厚，而又念協卿能什襲珍弆，以揚先德之美，是以可紀也，用識詞卷，以志敬。

時同治壬申初正，洪洞董文焕書。

柏梘山房集跋

曾國藩

《柏梘山房集》，咸豐九年五月，劉星房都轉贈。凡文集十六卷，續集文六篇，詩集十卷，續集二卷，駢體文上下二卷，都卅一卷。

余官京師，與梅君過從，凡四年，未得畢讀其集，今始細讀一過耳。

己未六月七日，國藩記。

梅伯言全集跋

朱慶元

梅伯言先生著《柏梘集》，古文十六卷，文續一卷，駢文二卷，古近體詩十卷，詩續二卷。咸豐間，先生同年友楊至堂河帥刊於清河，既，其猶子卓菴太守刊於江寧。越數十年，板寖佚缺，梅氏裔力難再鋟。嗜先生文者爭謀之余。先生，余外舅行。將與先生季子少言内弟重事釐刊。會少言遘疾，不果爲。臨絶，屬其家以先生手寫本郵示余。書作鍾體，塗乙盈簡端，蓋原稿也，視刊行者不盡同。因參互勘訂，以付剞劂。

嗚呼！先生以文章爲世重也久矣。余以所聞先生成進士後，官郎署二十餘年，沖淡自得。時某宫監謬聯文雅士，傾動朝列，至有踏其庭以納交者。以慕先生名，就邸請謁。先生笑曰：「吾豈學康對山哉？」卒謝之。後進來見，惟教以「擇交、勤讀、端言行」三語，他請輒不答。既以資久將遷轉，聞弟病遽乞歸。弟即外舅仲卿先生也。迹先生之志節行誼，豈僅以文見者哉？即以文論，生桐城方、姚代起之會，盡得其義與法，更進震川，而與歐、曾比烈者幾人？先生故姚桐城高第弟子。姚既卒，世之鴻儒碩彦爭請業焉。吾蘇則同邑許氏宗衡、山陽魯氏一同、無錫鄒壯節鳴鶴，山西則代州馮氏志沂，浙江則仁和邵氏懿辰，江西則南豐吴氏嘉賓、新城陳氏學受，湖南北則湘鄉曾文正國藩、善化孫氏鼎臣、漢陽劉氏傳瑩，廣西則馬平王氏錫振、臨桂龍氏啓瑞、朱氏琦，一以先生爲歸，俟其可否爲重輕。大抵講明者不逾几席，而應求輒迄於宇内。承其澤而斯文不墜，又將百年。而爲國家肩翊風化氣運之人，胥出其際。則雖謂我朝之文，得方而正，得姚而精，得先生而大，其可也。

柏梘者，宣城山名，蓋先生祖居，意不忘其先，故以名集，今仍之。是集之成，將傳之其人耶？抑藏之名山耶？惜少言前逝，不獲起而質，一慰臨絶之痛也。悲乎！

嗚呼！時方多事，金氣蕭然遍寰海。

光緒二十有七年辛丑季春，從甥朱慶元謹跋。

柏梘山房全集跋

蔣國榜

甲寅春，國榜始爲《金陵叢刻》，乙卯四月，復得《柏梘山房全集》板片於淮上，爲之喜躍。豈天於道喪文敝之時，將昌吾邑人文之運與？吾邑言古文者，首推梅、管，世所謂「桐城派」者，又以兩先生爲大宗。伯言先生以進士官户部，留京師廿餘年，朝野歸之。自曾湘鄉、邵位西、龍翰臣、朱伯韓諸彦，咸以所業爲質。曾氏文以昌大，相與馳驟聲光，乃逾焕發，可謂偉矣。

桐城之稱派，偶創於周書昌、程魚門兩先生之説。姚氏自爲《古文辭類纂》，以劉海峰上承歸、方八家，或指爲不廣，然亦偶標師法耳，至書與王剔甫，僅自居宋穆伯長、柳仲塗一流，初未敢自承，亦當乾嘉時，或恐諸老宿詰難。先生雖承姚氏之緒，又豈肯持門户派別之説哉！文本無所謂義法，更所何謂派！殆後馴至空疏者强定一尊，熟其起承轉换之法，樂其輕易，若填匡廓，家都成集，人自以爲劉、姚，爲歸、方，於姚氏所倡義理、考據、詞章並重之説，亦且顯背。源既竭矣，派於何有！是重病，桐城周、程創言所不及料矣。故其間豪傑之士，如巴陵吴敏樹南屏作書與曾氏，力自矯異，曾氏答書，情亦輸服，戲許除名；其文乃奇偶錯綜，厚集其氣，規恢闊闊，雅近班氏。先生職志猶是，故雖祧在桐城，聲貌初不相襲。少時兼習駢儷，浸淫於古，旁溢於四出，所作峻潔其詞，吞吐其意，獨辟意境，尤饒姿韻。以自成其派，較異之管氏，洗伐似尤深，至於戲讀先生之文者，識先生不必因桐城而重，且求先生所以卓立自異於桐城者，更無姝姝持派別之説，斷斷焉以固其陋，庶不爲先生所呵矣乎。

先生集，爲同年生楊至堂河帥刊以爲壽，板展轉入丹徒趙廣文彦修季梅家，其家中落，合肥蒯禮卿曾與商讓，未果，今世變日亟，去先生之世，甲子一周餘矣，幸復得之淮上，歷經兵燹，無多散佚。國榜以固陋爲《叢刊》四集，既竣役，復爲刊補，整理成帙，公諸吾黨，以衍吾邑人文之傳。其事資可記矣，因並論及先生古文端委，漫書以證來哲。

戊午八月晦日，邑後學蔣國榜謹識。

【附録三】相關評論資料輯要

伯言丈詩天機清妙，不多著墨而自然有餘意。金陵亂後，依楊至堂河帥，河帥爲刻詩文集。其續集皆被兵後作，詩境一變矣。

——録自符葆森《國朝正雅集》引《韓齋詩話》

憶庚子在京，餞春於尺五莊，會者十三人，丈（按：謂梅曾亮）年最長，見張亨甫詩，嘆爲絶唱，遂繼作七言短古（按：即《和張亨甫》詩），皆爲同人推服。今十七年而丈已謝世，良可慨也。

——同上

（伯言）詩則往來清氣，用事無痕。

——録自符葆森《寄心盦詩話》

先生罷官後，最樂閑寂，故《寓齋偶成》詩云：「難拋書卷因閑甚，欲整冠巾奈懶何。」

——同上

温明叔侍郎及惜抱之門，與梅伯言甲乙科皆同榜，自謂實師事之。謂伯言論詩，以真爲貴。伯言有

《品彙》自點本，屬覓《樂府廣序》同肄之，皆謹識不忘云云。足見其服義虚受也。高棅爲閩十子之一，選別唐詩，終明之世，館閣咸宗之。虞山、新城、秀水攻《品彙》一編不遺餘力。伯言平點本未之見。大抵詩文各有入手處，正不必故爲高論耳。

——録自楊鍾義《雪橋詩話・餘集》

伯言初爲駢體文，既聞姚惜抱古文之學，始專力於古文辭，論者至以姚、梅並稱。詩不逮其文，然質直渾樸，得詩教敦厚之旨。此境亦未易幾也。

——録自徐世昌《晚晴簃詩彙・詩話》

梅伯言先生於道光二年登天長戴湘圃殿撰蘭芬榜，成進士，授主事，擢郎中。已酉歸金陵，旋掌教揚州。咸豐癸丑避亂袁浦，依楊至堂河帥數年，卒，楊公爲刻其詩文集。駢文似齊、梁，古文師惜抱，得桐城家法。詩筆俊拔，似謝元暉，集名「柏梘」，念故山也。

——録自陳詩《尊瓠室詩話》

曾滌生《寄番禺張南山維屏》有句云：「今日天涯餘二老，江南梅叟嶺南張。」梅即指伯言。伯言官京師，時與滌生爲文酒之會，而又皆紹惜抱之傳，故尤相契合。其《贈姚春木聞姬傳先生卒來會喪江南》、《和方植之來詩感念姬傳先生殁已逾年》、《康中丞刊姬傳先生文辭彙纂成書此呈石士先生》、《書示張生端甫》、《答邵位西讀惜抱軒集見贈》，皆自述其私淑之願，於師門之感，不覺言之痛切如此。至其詩則評者不一其説。……然其學詩宗尚，於集内《澄齋來訶余久不出因作此並呈石生明叔一章》内見之。詩云：「我初學此無檢束，虞出九百恣荒唐。稍參涪翁變詩派，意趣結約無飛揚。」又云：「古人精嚴有真放，下手得快天機張。六朝文士不解此，散葉駿馬驅跛羊。」又云：「句律稍悟嗟已晚，嗜好多可無專場。千金狐裘綿羔袖，漢冠晉制兼唐裝。吾文所病亦在此，自成一家今未嘗。」諸家之論，雖各有當，究不如其自言之真切也。已酉去官歸金陵，未幾遭亂，轉徙吴地，身世之感，自比少陵，多激楚之音。楊至堂初取其全稿付刻，晚年復刻其詩集及駢文。伯言賦詩謝之，所謂「爲刊三篋稿，多愧百朋儀」者是也。

——録自陳融《顒園詩話》

梅伯言則力量當在惜抱上。……非獨文佳，詩亦甚佳。

——録自黄曾樾《陳石遺先生談藝録》

道光辛卯以來，江南常患水災，洪流泛濫，圩岸崩摧，登城以望，天與水合，茫無津涯。梅伯言郎中曾亮詩云：「野老無船踏破扉，一篙欹側傍墻隈。石頭城上人如海，炫服新妝看水來。」士女嬉游，與杭州觀潮同，則真全無心肝矣。至戊申、已酉間，灌入衢市，全城皆在水中。高者冒屋頂，淺者猶及半扉。清涼、冶山一帶結廬難容。凌伯炎大令煜有《水退》一首云云。痛定思痛，數百年未有之奇變也。

——録自陳作霖《可園詩話》

當(姚)石甫坐事逮問,張亨甫際亮於淮上待之,從至京師,迄昭雪出獄乃别去。梅伯言《贈亨甫》詩云:「尺五莊曾共杯酌,衆客酣譁君落落。别來江海飽軍聲,詩膽輪囷壓鮫鱷。新陪季布入關西,故人喜見翔金雞。宿心雖了莫歸去,好賦西京燕喜詩。」季布謂石甫也。……見風義之篤。

——録自郭則澐《十朝詩乘》

梅伯言户部……避賊袁浦,村居無書、無墨、無筆、無硯、無紙、無衣,作《六無嘆》詩云:「我家高樓向南起,懸隔方山四十里。去家避地王墅村,村居正著方山趾。茫然四顧將安歸?親戚暫保聊因依。荒居人事斷還往,無書撥悶如輖饑。兒童咿唔魯論半,春秋那復窺斷爛。出愁入愁朝復朝,出對方山入空案。」「我性不能書,頗亦好塗抹。浣衣老嫗頻有言,衫袖常汙遭墨潑。自經喪亂棄家具,蒼璧玄珪愛全割。宋人始貴墨,唐人始貴茶。詩人寒餓無長物,饋遺獨此相矜誇。我並無一亦復佳,不受墨磨消歲華。小兒無事難塗鴉,看飲黄犢翻水車。」「乍可坐無席,不可案無筆。塞塞默默空面壁。使我無以寫憂疾。筆工昨日來解包,三錢雞毛索價高。青銅三百不可得,何由遠致中山豪。嗚呼筆耕吾已倦,尖奴張軍空自炫。不如長槍大戟隨官軍,横掃千人看一戰。」「東坡無田耕破硯,祇今破硯不可見。借人作計終愧人,生硬況如磨鐵面。我有三硯常自奇,蕉葉金星一澄泥。以手運墨如畫脂,無復有石相磨治。倉皇萬卷盡棄卻,此物豈復能提攜。我無硯田勿自嘆,且喜村田無水旱。但願甌窶滿篝汙滿車,不齎盜糧民作爨。」「懷素芭蕉無地種,鄭公柹葉難爲用。會稽九萬婺州百,有紙誰能與我共?小紙寄書常畏嗔,殘箋寫傳那堪誦？聊同抱朴自娱戲，反覆作行無罅縫。嗚呼！國家深仁邁豐芑，寬租發租無時已，蜂屯蟻聚胡爲起？我欲作箋問天公，安得青天變作一張紙。」

——録自魏秀仁《陔南山館詩話》

王少鶴京卿振，廣西馬平人，原籍山陰縣。道光辛丑進士，由主事入樞垣。曾從賽相國於粤西軍中，後累擢至通政司副使。引疾歸，數年卒。素以古文名，詩詞皆擅長。梅伯言、何子貞、宗滌甫諸老宿，交相引重。與曾文正公、張海門、孔繡山諸公，結文社，譽滿京洛。

——録自杜文瀾《憩園詞話》卷三

當嘉道間，傳惜抱先生古文法者，有吴仲倫、梅伯言、管異之諸君……伯言名曾亮，上元人，道光壬午進士，官户部郎中。古文紹姬傳之緒。詩天機清妙，皆爲同人推服。己酉秋告歸，主揚州書院。金陵亂後，依楊至堂河帥。河帥爲刻其《柏梘山房集》。

——録自李元度《國朝先正事略》卷四十三《姚姬傳先生事略》附梅曾亮

梅伯言，初名曾蔭，字葛君，改字伯言。繆後。道光二年進士，官户部郎中。書法醇古，毫無俗俶，頗類孫夏峰、湯荆峴兩先生。

——録自李放《皇清書史》卷七引《李葉匳法書記》

朱伯韓嘗從倭良峰、曾滌生游，與聞宋儒緒論。其經術考據，則與何子貞、張石洲相切劘。至於詩古文，精深雅潔，則與梅曾亮、邵位西、劉椒雲、馮魯川及其鄉人龍翰臣、王少鶴，同時各成一家。蓋道光朝魁偉振奇人也。

——録自易宗夔《新世説》卷二

梅曾亮字葛君，一字伯言，上元人。道光壬午進士，官户部郎中。師事姚鼐，受古文法，裒然居「姚門四傑」之首。居京師二十餘年，四方人士以文字從其講授及求碑版者，至無虚日。其爲文，義法一本之桐城，稍參以歸有光，精悍簡質，清夷往復，獨深於性情，實有精到處，能窺昌黎門徑。其勝處最在能窮盡筆勢之妙，磬控縱送，無不如志。其修詞愈於方、姚諸公，而一意專精於是，氣體理實不能窮極廣大精微之致，然頓挫峭折，矯然自異，足以自樹一幟。詩亦天機清妙。主講揚州書院。撰《柏梘山房文集》十六卷、《文續集》一卷、《駢體文》二卷、《詩集》十卷、《詩續集》二卷、《隨筆》□卷、《詩話》□卷、《離騷解》□卷。後三種遭亂佚。

補遺　梅曾亮，原名曾蔭，主講梅花書院。詩文皆實有獨到處，足以自樹一幟。雖未盡雅馴，而矯然自異，所造固已夐乎不易及。其清峻峭折，固視古人而無愧。文獨本於子，其精到處頗能窺昌黎門徑。其於詩也，意欲其深，詞欲其粹；一思之偶淺，必鑿而幽之；一語之稍粗，必礱而精之。賦一詩或累日逾時而後出，故堅致古勁，神鋒内斂，特以文名太盛，詩爲之掩。

——録自劉聲木《桐城文學淵源考》卷七

（管）同少時求友於鄉中，其先得而交者二人。强圉而不移，深沈而不露，處事精明勁悍，是梅君伯言之行也。吾交而厚之。喜事尚義，於衆人也泛以愛，於良士也折以親，是馬君韋伯之行也。吾交而厚之。是二君者，迹未全合也，情未嘗符也，動静未嘗相似也，吾一交而厚之，何哉？曰：其爲賢且才則一也。君子之取友也，取其賢且才焉者爾。志之不同如其面，吾烏乎能一之同？始與二君學爲古詩歌雜文，伯言之於詩也，意欲其深，詞欲其粹，一思之偶淺，必鑿而幽之；一語之稍粗，必礱而精之。賦一詩或累日逾時而後出。韋伯則不然。其言曰：詩也者，形吾之意也。吾意止是而宛轉以深之，其爲意也已僞矣。僞，吾奚取焉！故韋伯爲詩，稱心而言，如雲出潮湧，下筆數千言立就。吁！同交二君二十餘年矣。憶少時嘗共宿棲霞，又嘗乘月登雞籠，夜半歌吟嘯呼，聲震林樾，見者以爲仙。今二君逾壯而同老矣，何生平議論猶未能歸於一也與？雖然，是二君者，其得名同也，其宦達同也，其爲海内議者所珍愛同也。烏知伯言之是而韋伯之非耶？烏知韋伯之是而伯言之非耶？烏知伯言、韋伯之無是非，而吾與世人妄是非之耶？是亦無傷也。天下之事有大平詩者，韋伯與伯言共勉焉其可也。

——録自管同《書梅伯言馬韋伯詩後》

乾隆之末，桐城姚姬傳先生鼐善爲古文辭，慕效其鄉先輩方望溪侍郎之所爲，而受法於劉君大櫆及其世父編修君範。三子既通儒碩望，姚先生治其術益精。歷城周永年書昌爲之語曰：「天下之文章，其在桐城乎？」由是學者多歸向桐城，號「桐城派」。猶前世所稱「江西詩派」者也。姚先生晚而主鍾山書院講席，門下著籍者：上元有管同異之、梅曾亮伯言，桐城有方東樹植之、姚瑩石甫四人者，稱爲高第弟子，各以所得傳授徒友，往往不絶。

——録自曾國藩《歐陽生文集序》

（姚）郎中君既没，弟子晚出者爲上元梅伯言。當道光之季，最名能古文，居京師，京師士大夫日造門問爲文法。而是時，湘鄉曾文正公尤以閎文繫衆望，其持論亦推本姚氏。故梅、曾二家，賓客相通流。先生既傳業於李方伯，及入京師，則數與梅伯言、曾文正往來。其於姚氏之學，既沈漸而癖好之。嘗寄詩伯言，自詭出桐城門下，用相矜寵。

——録自吴汝綸《孔叙中文集序》

先生少喜駢體文，至壯而始有意乎漢唐宋之作。其論文曰：「文章之作，莫大乎因時。雖其事之至微、物之甚小，而一時朝野之風俗好尚，皆可因吾言以見之。」持論如此，猶是姚氏不廢義理考據之本旨焉。知此，可以讀先生之文矣。

——録自《梅伯言文揭要》，見民國十二年上海文明書局版《梅伯言文》卷首

道光時，京朝士大夫好談考據訓詁，其後梅曾亮、曾國藩倡爲古文，邵懿辰、龍啓瑞、陳用光、王拯、

朱琦皆從之游。一時爲文者雖才力各有不同，皆接踵方、姚，尊尚義法，各以品誼相高。

——録自胡思敬《國聞備乘》卷二

自來處士横議，不獨戰國爲然。道光十五、六年後，都門以詩文提倡者陳石士、程春海、姚伯昂三侍郎；諫垣中則徐廉峰、黄樹齋、朱伯韓、蘇賡堂、陳頌南；翰林則何子貞、吴子序；中書則梅伯言、宗滌樓；公車中則孔宥涵、潘四農、臧牧菴、江龍門、張亨甫，一時文章議論，掉鞅京洛，宰執亦畏其鋒。禁煙之疏，實子序、牧菴、龍門三人夜談翦燭，無意及之，遂成一稿，而黄樹齋亟上之。其詞危栗，宣宗閲之大動，遂決計施行。

——録自《水窗春囈》卷下《禁煙疏》

桂林朱伯韓觀察居諫垣，與蘇廷槐、陳慶鏞齊聲，號稱三直（見前筆）。又從倭文端、唐確慎、李文清諸公游，與聞道學之統。其經術、考據，則與曾文正公、何子貞、張石洲諸君相切劘。其工詩古文，與梅伯言、邵位西、張端甫、吴子序、余小頗、陳藝叔、劉椒雲、馮魯川六、七君子，及其鄉人龍翰臣、王少鶴，同時各成一家，蓋道光朝魁偉振異人也。

——録自《郎潛紀聞二筆》卷十二《朱伯韓力保張忠武》

（趙氏）子敦詩，字鼎門，由户部山東司主事官至陝西道監察御史。鯁直敢言，屢劾權貴。僚友花松岑、宗滌樓、梅伯言、姚石甫、湯海秋、魏默深、陳雲心類皆風骨□□，以道義、文章相砥礪。

——録自趙慎畛《榆廬雜識》附録《武陵趙文恪公事略》

上元梅伯言先生《柏梘山房文鈔》有標題曰《記聞》者，事絶奇偉可傳，文尤簡重，足以傳之，移録如左：「杜奎熾，昌黎狂生也，以狂死。嘉慶戊辰應鄉試，書策後千餘言。言直隸官吏不能奉宣德意，旗民買漢人田，免租，漢人買旗民田，没其田，且治罪，非普天下王臣王土之意。又民遇饑饉，毋得携族過山海關，非古人移民移粟之道。又言後之人君不以一權與人，大小事必從中覆，臣下皆無所爲作，委成敗於天子；不能給，則委之律例，故權之名出於天子，而其實則出於吏。與其權出於吏，無寧分其權於臣。書聞，大臣訊之曰：『當年少，不知爲此。言指使者免罪。』奎熾大言曰：『奎熾所言，皆忠孝事。天生之，孔孟教之，何者爲指使？奎熾生十八年，今乃知孔孟爲千古忠孝訟師。』訊者皆噤，且怒。或叱曰：『汝沽名耳，何知忠孝！』奎熾曰：『然。奎熾誠沽名，然奎熾今死矣。公等爲宰輔，受大恩，萬一樹牙頦，論列是非，朝廷念大體，當不死。輕者罰一歲俸，至款段出都門，極矣。公等愛一歲俸，不沽名；奎熾以性命沽名。奎熾誠沽名。』遂罷訊。」按，杜生之論，得之百數年前，雖朝陽鳴鳳曷逮焉。

——録自況周頤《眉廬叢話》

侍王府在城南，過秦淮河。府中有三老人，稱爲中國年高有大學問者，最爲王所禮遇。其一南京上元人梅先生曾亮，稱爲古文大家，年殆七十左右，出入王必掖之。隨侍王見梅老先生一次，先生垂問美國學術、人情、風俗甚悉，白鬚方袍，盎然有道翁也。其二爲安徽包先生，稱爲中國書法第一人，曾寫對聯一副贈予。其三爲湖南魏先生，通達中外地理，予未得見。侍王問予外國耶穌教，是否與天國相同？予曰：「歐洲中世紀來，政教未分，故有十字軍諸戰，今美國已成民主國，由民爲政，以宗教教化人心。上帝好生惡殺，耶穌捨己救人，亦猶中國孔子民爲貴之義也。」王曰：「忠王屢言，天國當愛人民，適合耶穌之道，梅先生亦以此爲言，予當向天國各王鄭重言之。」（禺按：漢陽葉名澧《敦夙好齋集》謂：梅伯老年七十矣，久無音耗，哀其衰老，陷身賊中。北京當時奉伯言爲桐城古文派圭臬，如葉名澧、朱琦、孔繡山多人，皆咨嗟嘆息，發爲詩歌，葉集中均見之。又言包慎伯在家鄉，魏默深在揚州，音信俱渺，想亦不能自賊中來也云云。聞老輩言，魏默深作《聖武記》，原稿急就，進呈獲安。汪梅村士鐸集中所載歷年在南京圍城中困苦情形，城破顛沛情形甚慘。梅村知名之士，其能安居城中乎？《湘綺樓説詩》卷五載：過十廟街，就蟠里，登清涼山，乃誤過而西，還看皇姑，李秀成妹也。再送茶，談事風雅，頗請官禮。秀成之妹，即侍賢之妹，是亦當年禮賢下士之流風餘韻乎？）

——録自劉成禺《世載堂雜憶·紀先師容純父先生》

有清中葉以還，士大夫競趨訓詁、考訂之學，桐城派古文，蔚爲文章泰斗。曾國藩服膺姚姬傳，臨文以桐城派爲指歸。更擴姬傳之意，浸淫漢魏。據國藩日記所述，其生平作文用功處，以桐城派爲體裁骨格，以漢魏以上文增益其聲調奥衍。當時桐城師承籍盛，在京朝官，彼如桂林朱伯韓（琦），桂林龍翰臣（啓瑞），馬平王少鶴（拯）及山右馮魯山等。在外交通聲氣者，如魯通父（一同），吴子序等。奉爲正宗大師者，爲姚姬傳大弟子上元梅伯言（曾亮）。周旋其間者，爲桐城嫡派漢陽葉名琛弟葉志詵之子葉潤臣（名澧）。名澧以虎坊橋西宅爲集會之地，迎梅伯言入京瞻拜大師，在其《敦夙好齋集》中記載甚詳。後梅伯言身在金陵，京師古文家太息傷感之文詞甚夥。迨葉名琛事敗，潤臣亦出京，桐城古文家之幟遂倒。降及同、光，張裕釗、吴汝綸之流，尚承道、咸朝士遺風焉。

——録自《世載堂雜憶・桐城派的盛行》

惜抱幼時，即喜親大槐。客退，輒肖其衣冠談笑爲戲。故（姚）範授以經學，而復使受古文法於大槐。瑞金羅有高、新城魯仕驥，均受業於建寧朱仕琇，後乃更事惜抱。惜抱主江寧書院前後二十年，門下著籍者，以上元梅曾亮、管同、婁縣姚椿、寶山毛岳生及同邑劉開爲著。範之曾孫瑩、同邑方東樹、戴鈞衡皆能傳桐城之學，最近則有蕭穆、吴汝綸。

——録自《清稗類鈔》

廣西永福吕璜與吴德旋處，璜之鄉人有臨桂朱琦、龍啓瑞、馬平王拯，皆步趨吴氏、吕氏，而益求廣其術于梅曾亮，由是廣西有桐城之學。

——録自《清稗類鈔》

八家之外，儀徵有阮元，陽湖有劉嗣綰、董基誠、董佑誠，臨川有樂鈞，鎮洋有彭兆蓀，金匱有楊芳燦、楊揆，仁和有查初揆，桐城有劉開，上元有梅曾亮，大興有方履籛，其文皆閎中肆外，典麗肅穆，足以並駕齊騖。武進李兆洛志在通駢散之界，一心復古，所選最精。其自製文，亦多上法東京，力爭崔、蔡，文境尤高。

——同上

嘉慶初，姚姬傳主江寧鍾山書院，管異之與梅伯言最受知。其後，管苦力孤詣，學日以進，四方賢士爭欲識之。

——同上

【附録四】諸家酬唱及交往詩文摘録

梅伯言馬湘帆湯海秋王少鶴四户部何子貞編修陳頌南蘇賡堂朱伯韓三侍御迭次招余同亨甫爲觴燕之樂九月二十六日復集蒹葭閣蓋丙申年入都伯言湘帆置酒處也諸君各以詩文見贈余行有日輒成七律數章酬别（之二）

姚瑩

餘霞閣上曾同醉，龍爪樹前再舉杯。此日登臨欣健在，半生懷抱爲君開。哀葭莽蒼天無際，往迹銷沈恨不回。明到江南如寄問，浮山嵐翠撲人來。

——録自《後湘續集》卷二

不見黄樹齋十四年矣宦轍不同而同見謫己酉十月君以入都過白下梅伯言亦歸自京師樹齋約登鍾山寒不果爲無言一章

姚瑩

……梅福都中來，亦已懸車軌。少同慷慨言，白首不相鄙。兩君多雄文，實事必有紀。生能爲我歌，死當爲我誄。

——録自《後湘續集》卷七

贈梅伯言

姚瑩

故人京師來，廿載車塵洗。文成道以遠，何必太倉米？先廬經未荒，穨苑籬可抵。枯荷滿園池，遠嵐接階薺。日夕對鍾山，不見山扉啓。時有龐公來，不作賓主禮。

——録自《後湘續集》卷七

復梅伯言書 辛丑閏三月

姚瑩

臺地民情浮動，好亂。當凋敝之後，芟夷而安定之，撫循而休息之，二年以來，甫見清謐。詎逆夷多，故海内外□事戒嚴。上年夷船再犯臺灣，幸爲數少，而我以有備之兵勇擊之，比即退去，嗣更加意設防。全臺南北一千四百餘里，要口十七，親往相度形勢，部署稍定。蓋臺灣不同内地，他處但防夷耳，臺則兼防内亂也。大要在不動聲色，静以鎮之。各路陸營弁兵仍舊彈壓地方，不輕調動，以防内變。守口之事，惟責成水師，而助以鄉勇，駐防其各屬村莊。則如前收養游民之法，使民莊頭人選壯丁自爲團練，造送名册，以備臨時調用。無事時，各安其業。既使游手有歸而官無口糧之費。其給口糧者，獨長駐守口之二千六百八十人，而團練待調者，則一萬三千矣。由此推行，可得精鋭數萬。蓋守口者日久則罷不可用。故臨敵之師，必儲蓄之，養其鋭氣，乃可戰也。外既有備，内亦無擾。

頃覆制府書有云：「以結人心安反側爲本，計籌經費，繕守備，和文武，策群力，爲亟圖。」區區之愚，所以治臺守臺之術，不外乎此。惜同事武人，不知方略；性復矜猜，不洽輿情，爲可慮耳。惟有委曲善全，期無僨事，然亦極費經營矣。至於夷人大局，一誤再誤，人所共知，瑩則以爲畏葸者固非，而輕敵者亦未爲是。忠於謀國者，總當無立功好名之心，審量事勢機宜，善權終始，豈一言所能概耶？瑩職在守土，惟知守土而已，不敢他及也。

——録自《東溟文後集》卷七

又與梅伯言書

姚瑩

歲内一書，屬陳子農大令携至京師，聞尚未成行，想新歲起居定增勝也。瑩待罪逢州，本擬三年，然後告歸，詎藏中有調辦糧台之請。蓋後藏外接披楞，即英夷孟加剌之屬部也。披楞又名噶里噶達。孟加剌又名第里巴察，與後藏之阿里，皆古東印度地。英既佔東南中三印度之半，思進窺後藏久矣，昔賴廓爾喀之小部落哲孟雄大山所阻。山極險，僅通一羊行。近年此山爲英所據，開山通道，可以長驅入藏。又廓夷與英連和，心輕中國，不肯爲我藩籬。藏失其險，復無屏翰，英遂有通市藏中之謀。朝議已許之，使斌少寇出鎮經理藏事。少寇請瑩爲助，殊不知瑩爲英所深讎，斷不能預和市，英必藉口稱戈大臣，以邊事歸罪，惟有受誅而已。國家既無毫末之補，而徒有大損，豈人臣忠於謀國之義哉？又無人計此爲上言者。少寇已亡，大府亦不欲瑩此行。自念老病，陳情開缺回籍，即于二月三日卸事矣。公私累殊甚，設法摒擋，未知濟否。儻能于川水未盛前登舟，何幸如之！

桐城債負，擬鬻薄産以償，更於近地覓一書院爲活，或可得乎？閣下見藏奏，必念，輒佈區區。不具。

——録自《東溟文後集》卷八

再與梅伯言 丁未八月

入蜀後僅一致書，而相念之情則未嘗一日去懷也。著作文章想更宏富。閣下蚤歲志在有爲，既而專功文章。惜翁後，異之往矣，今海内兹事，舍閣下其誰屬耶？然文之至者，固皆深明於天人事物之理，與夫古今學術、人才、政治是非、得失之故，宏通精實，蓄之既深且久，然後提要鈎玄，無所不當。此古大家之文，所以異於世俗浮淺之作也。異之之文精矣，而惜其未宏。意者其在閣下乎？虞伯生宋潛溪，雖未及古作者，猶能自著一代，況不甘爲虞宋者哉？瑩於此事未能深用功力，固自愧其家學矣。

蓬州受事經年，地僻事簡，不啻山居之樂。造物於我，果何負哉！身世所遭，則有義命，非人所能爲。年踰耳順，此中寧尚有未豁然者乎？聖人云：「君子不憂不懼。」又云：「作《易》者其有憂患。」合而觀之，可以得其會通矣。

久别，無可言者，輒鈔近歲詩及雜文各一册，由薦青家兄轉致，閣下觀之，可知其在蜀情事也。閣下在部已久，補缺之期當近，長安居甚不易。秋氣已深，伏惟珍重。不具。

——同上

閏五月五日劉侍御位坦韓農部泰華招集城南龍樹寺同坐陳給諫慶鏞梅郎中曾亮戴侍御絅孫趙宫贊振祚何編修紹基張明經穆江陰吴冠英爲之圖賦此紀事

曹楙堅

送梅似江南，礎潤連朝雨。九衢泥漉漉，差喜少塵土。選辰赴朋招，蕭寺展重午。蒲葉青漸稀，榴花紅可數。彌望有蒹葭，微風浪掀舞。惜無艕舠船，嘔啞聽雙櫓。軸簾對西山，雲氣化煙縷。諸公腹便便，經史互撑拄。氊椎慫搜求，有好物斯聚。寬甫、小亭精於鑒賞，家多收藏。因之念同閈，幾人歸宿莽？校書推潤蒼，顧氏。鋟版稱蕘圃。黄氏。不及顧二孃，小研琢鸜鵒。小亭新得研，爲吴門女子顧二孃所製。佳游快合并，勝引足儔侣。文章擅金閨，趙伯厚、何子貞。著録有民部。梅伯言。安道始乘驄，雲帆。孟公已解組。頌南。張君氣量豪石舟。酒龍而詩虎。胸中萬磊塊，觴行孑毋怒。不見秋曹郎，口瘖不能吐。猶能工飲啖，煎爝適腸肚。「腸肚鎮煎爝」見昌黎詩。岧岧江翁亭，落日照檷宇。昔廢今已修，新翠撲城堵。當年修禊人，展卷喜重覩。寺藏丙申年江亭展禊卷子，是日重題名焉。高興集簪裾，異時想樽俎。亟須買東絹，團團繪賓主。儘喫缸面酒，寶者任藏弆。勿使永和年，名氏獨千古。

——録自《曇雲閣詩集》卷七

仲冬廿二日劉寬夫侍御招同梅伯言戴雲帆何子貞趙伯厚張石州錢韓小亭農部出守潼川

晴冬無雪交三九，不用消寒買滄酒。餞筵共此鐙燭光，故人去作潼川守。畫隼翩翩到蜀中，緜陽水與涪江通。單車定已知龔遂，治譜從教推弱翁。君家錢唐門列戟，粉省含香早通籍。奇字常摩瓦屑文，斷碑好訪蠶叢石。小亭博雅，多收藏。城南杯宴記留連，蕭寺榴花紅欲然。閏重午日，集飲龍樹寺，吴生作圖，同人各有題詠。清詞麗句傳千紙，雅雨黎風判一天。須知化俗歸文雅，不數後張與前賈。益部爭誇十樣箋，中和樂職詩能寫。犉牛草馬最關心，東華雙鬢愁侵尋。但有名流選臺閣，那教離思感商參。參横斗轉車聲動，主人勸客重開甕。獸火紅添蠟炬明，貂裘白厭霜花重。萍篷會合更何時，滿酌春醪君莫辭。送人作郡吾已慣，今宵雅集能無詩？

——録自《曇雲閣詩集》卷七

梅伯言來主梅花書院有詩奉答

吴清鵬

落盡梅花盼到遲，尚留芍藥共看時。詩因善謔無妨戲，文到能傳竟孰知。馬隊只堪同一笑，駱邱豈是獨爲悲！梁園當日延賓客，回首鄒枚更有誰？嘉慶間，揚州設唐文館時與校勘之役者，今獨伯言與余在。

——録自《笏菴詩》卷十九

又簡伯言

伯言以古文自名，而詩多許余。伯言存文稿甚少，余詩近多作，故有此簡。

君文合可壓折軸，我昨問知怪且惑。當時千篇已有餘，此日一寸翻不足。得失豈不在自知？我亦三十年學詩。於今老去轉多作，日與少年相角馳。韓生好詆茍揚議，毛穎一篇獨游戲。春秋謹嚴老氏遠，何若左莊兩夸肆？君不見周穆之傳山海經，流泛極愛陶淵明。此老豈是好奇者，中有羲皇以上情。

——録自《芴菴詩》卷十九

次韻伯言前在都見寄之作

十年卧疾向淮南，一絲老盡如春蠶。每記前時報書至，書不盡言詩與談。爲約廣陵他日見，未知可便還江潭？紅橋白塔證此語，年年相待情何堪！豈期今年果遇此，江山留席煩君參。可惜史公墓下路，我病不得同游探。保城花事昨又過，幾日風雨愁紅酣。一甌獨有可清話，要共試取中濡甘。此邦財賦雖凋敝，九重潤色恩意覃。勿悲舊日巢痕改，且作新燕語呢喃。方今人物定誰數？正是我輩夫何慚。忽憶當年巷南北，鄰接只隔松筠菴。

——同上

又用前韻簡伯言

試從江北望江南，江上群山若卧蠶。金焦兩點作眸子，只無人可東坡談。先生家本秣陵住，一水直下趨龍潭。頻年京國定回首，白髮老郎何所堪。縱教便得把麾出，那更手板事謁參？固應昨歲決歸計，及此猶得恣搜探。揚州如我乃寄耳，豈爲貪戀歌笑酣。君來要亦非得已，子雲寂寞清自甘。卻道草玄何日就，半生辛苦精思覃。誰能好事還載酒，閉門獨語徒譊譊。不如且出共游樂，一洗塵市塵顔慙。挂帆直上江天閣，歸棹重尋海岳菴。

——同上

野外見杏花 以下八首和伯言作

昌黎遠謫似長沙，嶺海傷春見杏花。古寺來看雖自好，瘴鄉流落可勝嗟。江南此日情何限，郭外相逢興正賒。不用移栽向京國，只宜常在野人家。來詩有「若移京國情何限，豈獨昌黎爲嘆嗟之句。」

前詩非伯言意改之

細雨濛濛側帽斜，數枝短短隔籬遮。江南久別仙姝色，郭外初逢野舍家。正使尚書應不羨，何緣京國若爲嗟。知君未有昌黎感，流落惟教惜此花。

種菜

漠漠春寒積雨昏，講堂深寂閉閒門。無人載酒從過宅，有地栽蔬擬傍園。誰議食單煩弟子，自鋤菜甲學王孫。他時分餉如蒙惠，滋味猶能説咬根。

玉清宫道旁見杏花甚多

曾過平山昨見之，玉清宫畔待來遲。幽尋要覓花多處，薄暝剛逢雨霽時。虎守仙家猶許到，鶯啼客館莫愁思。明朝重訪應須早，怕有殘英雪落吹。

聞桃花菴桃花已開

落盡風梅杏雨酣，采蘭又過月初三。橋邊野水添新渡，墻外桃花放小菴。尚記佩壺留夙約，「佩壺同過桃花菴」，伯言前在都時寄余句也。只難曳杖逐幽探。得詩急走煩相報，句裏猶能一悟參。

詠月季花

雪中猶見鬬紅芳，疑似吴宫不卸粧。風裏忽看攢緑刺，卻如洛浦自申防。吾園舊種枝枝艷，每歲能開月月常。聞道君家兩株色，昨還新植近階旁。

戲答

花下時來抱枕眠，重門不閉每安然。偷兒亦笑留氈語，乞子何愁胠篋篇？筍置籬間渠自愧，棗從鄰撲我須憐。寄言莫太遮防甚，且放風光共賞前。

東園後晚眺

暮春天氣雨初稀，散步東園暝色微。積水空邊花自落，歸雲盡處鳥猶飛。回頭紫陌爭馳鞚，撲面黄塵泥汙衣。爲問清閑能此否？信知今是昨真非。

丁酉人日春海年丈約偕蔡友石年丈吴荷屋中丞梅伯言郎中同游海王村阻雪不果乃移尊龍樹院登高賞雪談宴竟日月午方歸詩以紀之　張穆

諏勝及春七，追攀駢組玠。言尋海王村，萬簽秘金鼛。藉彼雲漢麗，散我塵土械。勁風吹暮霰，虹月翳宵靄。供張胹雲熟，簪裹翼以屆。有防斜川屐，更卓參軍旆。淅瀝揣封擢，解駮沈霧壞。研北騰餘笑，城南築高會。絶頂應携眺，雜廁乃任噲。金鞅躪璧甸，雞棲逐豹軑。到門鵲鷲噪，憑閣目恣快。離婁眼纈廣，刻露眉棱峣。澘澌動亭午，半瑩見沙瀨。言言跨樓堞，站站回樹蓋。渥尺澮禾蝗，合寸蒸蕭艾。浩淼玉鏡光，超軼金粟界。卻坐蒹葭簃，一拓胸次隘。窗明息凡響，耳定來清籟。諦審嘉泰槧，共下髯翁拜。據梧劇新賞，炷檀展宿戒。得雋弁屢側，忍俊泉獨丐。遥遥四君子，寤語塵壒外。今情既解遺，古兒獲商兑。翻笑泥塗士，屆戹無乃太。新黄潤眼福，虚白振筋懈。趖日宕昔昏，行庖割脯膾。縱飫擴酒床，清言噤機械。須臾月波湧，倒翻雪浪派。出没煙帆穩，稠直江樹殺。一望清萬頃，缺陷聲澎湃。此景信天貺，相期責吟債。通玄拂妙素，挈我入界繪。今日圖中人，慚愧羽獨鎩。離莅傷春毬，毦氄感秋解。搜峭勒八闋，支涷删五噫。蠟鳳錯槃匜，漏鯨鏗城廨。客袞軒然舉，騶鈴甚矣憊。歸趁鼓耽耽，雜送聲嘰嘰。兹游判洪荒，結念每循帶。小詩用紀實，筆孱弜自劊。

——録自《晚晴簃詩彙》卷一三五

偕伯言過廠肆買書有作

邵懿辰

莊生貧如涸轍鱗，豈有群書供獺祭。翻新不肯襲糟魄，屬書離辭何詄麗。古者私家無竹帛，閭塾相傳但經藝。後來著作日紛紛，棗木行將塞四裔。傳摹甚易得不難，翻使聰明受掩蔽。當年制字煩鬼哭，更欲燒書起秦帝。就中古册不可無，一二菁英擢蕪翳。連鑣不厭百回看，洛陽市肆歡游詣。先生庋架盈古香，十萬驊騮簡精鋭。此皆下駟不足貪，識寶波斯偶留憩。叨同雅好耽緗素，愧與市人生校計。得虞重費囊底羞，失每牽懷夢中囈。先生一笑子歸休，卧想陶陶結繩世。

——録自《晚晴簃詩彙》卷一三六

邵懿辰

劉寬夫侍御藏沈啓南畫像絶類伯言戲簡

侍御傳觀石田象，酷類先生貌清敻。石田翁生宣德世，歷見七朝迄弘正。是時明祚日方中，年登人和無癘病。時平光嶽倍鍾英，治久百物能永命。覃精繢事老不厭，八十丹青筆猶勁。前承清秘後停雲，文彩蘇臺遠輝映。圖書沾被僮奴慧，亭館駢羅水竹淨。於今青史位逸民，流傳鬚眉堪起敬。先生行義我能道，累葉高門襲華晟。起家科目解白衣，郎署雖卑奉朝請。棲遲京洛避黄塵，獨把殘書伴孤檠。僻巷閑庭寂如水，壞墻醜石殊非靚。但用文章自怡説，緒續方姚昔未竟。聲名雖閴有千秋，密友深譚推主盟。蹤迹於翁兩不謀，意獨老壽相頡競。今過六十後方長，生平亦際乾隆盛。先生一笑子不知，吾與此翁真季孟。人面相同心定異，散曠各抱邱園性。翁蹈邱園我依隱，何當歸休理吴榜。前身儻竟石田翁，三百年來换名姓。會從侍御更乞取，掃壁高張愈窺鏡。

——録自《晚晴簃詩彙》卷一三六

邵懿辰

贈伯言南歸

戰國之士群好游，漆園仙吏赦獨不。偶出貸粟監河侯，嗒焉隱几夫何求。漢士執經意酋酋，子長足迹半九州。海嶽寄觀萬里收，歸來金匱羅千秋。一隱一宦梢不侔，天遣二鳥鳴相酬。我識先生文所繇，氣則腐史神莊叟。非獨貌合强鐫鍐，高懷逸趣自可疇。少日才名豈謬悠，京居廿載拙比鳩。黄門懷槧聊淹留，今竟翛然指故邱。青溪舊宅鄰潮溝，敬亭山居擬探幽。著書何必緣窮愁，千載相從頗綢繆。論文如水以石投，文章極境高岑樓。洎乎上與神者謀，庖丁目視無全牛。掃落秕稃養空浮，行矣衆盲失離婁。敬爲先生舉餞甌，願壽而康食忘憂。好學爲福耄敢偷，卮言漫衍不自休。成唐一經手刊修，亦玄亦史汎虚舟，江水門前萬古流。

——録自《晚晴簃詩彙》卷一三六

伯言先生决意南歸有感賦呈

馮志沂

昔歲辛丑時初秋，朱君介我從翁游。余二三子亦同志，微言奥義窮探搜。五年頗極文字樂，志欲據此輕王侯。浮雲變滅那可道，酒人一散如輕漚。朱雲慨慷幸不死，王郎抑塞誰相收。江南勞客魚赬尾，塞北逐臣烏白頭。如數子者豈得已，當時頗惜余雅州。輕將麈蓋易觴詠，一官萬里天西陬。年來自視頗失笑，簿書堆案如山丘。得閑對酒不敢醉，始知人事難自由。先生曹署甚清暇，乃亦不樂思歸休。小園花木手自葺，扶疏紅蓼文窗幽。前年種竹爲久計，作記曾笑黄岡樓。敬亭山水自可念，胡不暫爲學子留。翁言我往計已决，子方少壯宜遠謀。賤子聞言竊愧汗，引鏡自照白髮稠。讀律何關致君事，無田不退坡公羞。耦耕亦要有沮溺，政使去住無良籌。文酒流連樂已細，是不余畀餘何求。他年儻訪通德里，願執吟鞭隨杖鳩。

——録自《晚晴簃詩彙》卷一三九

贈梅伯言二首

曾國藩

隘巷蕭蕭劣過車，蓬門寂寂似逃虚。爲杓不願庚桑楚，爭席誰名揚子居？喜潑緑成新引竹，仍磨丹覆舊讎書。長安掛眼無冠蓋，獨有文章未肯疏。

單緒真傳自皖桐，不孤當代一文雄。讀書養性原家教，績學參微況祖風。衆妙觀如蜂㖸蜜，獨高格似鶴騫空。上池我亦源頭識，可奈頻過風日中。

——録自《曾文正公詩集》卷三

送梅伯言歸金陵三首

曾國藩

金門混迹髮蒼蒼，從此菰蒲歲月長。人世正酣爭奪夢，老翁已泊水雲鄉。自緇素業衡輕重，久覺紅塵可憫傷。祇恐詩名天下滿，九州無處匿韓康。

徵君絶學冠寰瀛，又見文孫樹立宏。六葉弓裘傳柏梘，百年耆舊數宣城。緬懷仁廟虚前席，盡訪鴻儒佐太平。豈獨當時能感激，至今臣子涕縱横。伯言，宣城人，著有《柏梘山房詩文集》。

文筆昌黎百世師，桐城諸老實宗之。方姚以後無孤詣，嘉道之間又一奇。碧海鼇呿鯨掣候，青山花放水流時。兩般妙境知音寡，它日曹谿付與誰？

——同上

上梅伯言先生書

龍啓瑞

伯言先生閣下：憶前歲春間，蒙賜先人陷幽之文，當即肅復，敬申哀謝。道遠，未知何時得達？比逆賊踰嶺出，息耗益梗不通，聞先生陷危城中，曾作一詩感懷，末由奉寄。嗣於新之方伯處，知先生已脱賊自歸，移家黄墅，爲之欣忭者彌日。會粤西土匪益熾，牽於集鄉兵、議團費，終日卒卒，脣吻枯燥，逮晚不得休息，又地方官相與違難，噫氣填胸肺間，因自戒執筆，恐發攄太過，以益時忌，故不能以一函詢近況、道款曲。然依企之誠，則未嘗一日而置諸懷也。

伏維遯迹休閒，興居安善。金陵異族偪處，聞數十里外，村落尚可安居，未審近復何如？憂患播遷之餘，以道自勝，親近圖史，神明不衰，固當爲先生祝之耳。近年變端殊大，非前時意料所及。然先生文集中《上汪尚書書》已言之，良佩深識遠見。抑某竊有進者。

姦民固非重州縣之權不辦，今州縣雖無權，然察一結盟聚黨之姦民固力有餘也，特上之督撫不肯擔代處分，又樂以容忍欺飾爲事。有一二能辦之員，且多方駁飭之，使逆知吾意，而不敢爲。然督撫亦非真以爲事之宜如此也。大抵容身固寵，視疆場若無與。苟及吾身幸無事，他日自有執其咎者。又上之則有宰相風示意旨，謂水旱盜賊，不當以時入告，上煩聖慮。國家經費有常，不許以毫髮細故輒請動用。由前之説，固非古大臣之所以事君矣。由後之説，其所以防冒濫，非不善也，然疆吏因此而不敢辦盜。逮其潰決，則所費者愈多。爲督撫者類皆儒生，寒素夙昔，援引遷擢，不能不藉助於宰相。如不諂而後行，則事必不成而有礙，是以受戒，莫敢復言。蓋以某所聞皆如是也。金田會匪萌牙於道光十四五年，某作秀才時，已微知之。彼時巡撫某公，方日以游山賦詩、飲酒爲樂，繼之者猶不肯辦盜，又繼之者，則所謂窺時相意旨者是也。當其時，馮雲山、韋振、胡以洸等，蓋無人不爲本地紳民指控，拘於囹圄者數月，府縣以爲無是事也，而故縱之。逮其起事，始以八百人聚於桂平之紫金山，紳民知必爲巨患，集鄉兵千餘，自備口糧、器械，欲往勦捕，具公揭於道府，但請委員督視，使知非私鬭而殺人得免於抵償。蓋其時，粵西初有團練，而民之畏法如此。道府顧置之不問。紳民再三催促，始委一候補知縣薩某應之，而夫馬又不時給。委員因逡巡不去。賊聚黨瞬至巨萬，團練弱，且嗛官兵之莫爲助，遂群撒手。而賊勢滔天矣。蓋某所聞於官中者如此，此不能不爲之太息痛恨也。今天下州縣多矣，即一省不下數十百餘，安得盡賢者爲之？惟督撫得人，則州縣不期而自治；督撫不肯欺蒙皇上，則州縣亦必不敢欺蒙督撫。此其勢然也。竊謂如先生之論，使州縣得人爲御史，固足以激勵人材，而建白不至爲空言，然列薦牘而上之者，督撫也，如使他人論之，恐非時政所宜，亦未必遂公且明於督撫，州縣雖賢，安能違其意而自致於高明哉？惟宰相實有抑揚督撫之權，督撫皆得其一言以爲事勢之輕重。故從古天下之治亂，未有不由乎宰相者。今粵西之始禍可覩已，此蓋先生文之所未及者，故某引伸其説，以爲世鑒，先生其然之否耶？

數年里居，因團練事，時與官吏交涉，竊見今之所患，有甚於昔，殆親見前人覆轍而躬自蹈之者。如使一誤再誤，則爲憂更大。去冬，曾據實瀝情，入告廟堂，初意極爲慎重，浸淫爲持魁柄者所遏。彼人不能扼我而能忌我，又賊勢滋蔓，凡鄉團之良如唐子實輩，皆敗不肯出。某於是不得不奉母引去，忌我者亦不能留也。蓋某之所以出處進退者如此，其委折非言可盡。自十月十一日自家起程，今日始抵衡陽，將取道襄樊，以達秦中，謁見座師王雁汀中丞，擇便地安置老弱，再圖北上。今之時勢，談何容易！況以空疏無據者爲之，其能有萬一之濟耶？儻容隱居奉母，媮得一寬閒寂寞之區，則私願已足。先生其必有以教我。

滌笙侍郎一軍，居然近今豪傑。觀其起事之始，其氣足以吞川濤、撼山嶽，而幕下人才，亦皆一往無前，陵厲蓋世，宜其有以攝凶頑而吐氣也。然自九江而下，賊愈悍，我愈孤。江北之蜂屯蟻聚者，其志量尤不可窺測。則恃蒼生之福命爲之。滌笙到此，則更爲其難矣。

前歲感懷二律，並今歲立春日寄懷近作，附録呈正。先生文集曾否刻成？便乞以一帙見寄。今年在粤，與伯韓子實裒集師友文刻之，而以子實居其名，命曰《涵通樓師友文鈔》。先生文，從伯韓鈔本録出。近作則先人墓誌《黄个園傳》皆與焉，頗有集隘不能盡登之憾。此外月滄先生、子穆、伯韓、少鶴，及某六人，爲書九卷，先生及伯韓、少鶴皆二卷。而少鶴及同鄉蘇虛谷之詞，合鄙作共爲一卷。凡十卷，今已裝釘印行。詩鈔擬俟續刻。蓋貲與日皆不能給，而先生詩集從前未經録出，不知能以副本見寄否？

兵戈擾擾，勞生僕僕，無補時艱。獨平日文章之好，結習未忘，常自笑且自憐也。獨以識一時師友淵源之緒，則先生或亦有取焉？道遠，書何能悉！

——録自《續古文辭類纂》卷十一

與梅伯言先生書

吴敏樹

敏樹再拜奉書伯言先生座前：在都於項君几山所，得見先生，既乃因緣進謁，遂蒙賜示大著文集，伏而讀之，皆若古人之作，非今世之所有者。於是乃知天下之文章，固在於先生。隨又得接侍一二次，備聞指論。覽及鄙作，亦荷許與之言。時方落第春官，意思乃復軒起。將歸而求之古人，究竟其平生所欲爲者，未敢自悲其不遇也。因竊念前此嘗兩至都下，身名孤寂，不獲一覿海内大君子而奉教焉，今乃得見先生，誠平生萬幸。而又自計南歸之日，將長侍老母，無宜復偕上計。以數望左右之清光，故遂不自忖度，冒以先人墓表爲請；而先生則已幸而許之矣。敢具述事行如狀，伏惟矜憐，而終惠賜之。其爲感戴，豈可涯量！

嘗試觀古今文章叙述之家，所傳之人，大抵歷官治行有關於天下國家之故，則銘志之作，與史相參，不可以或遺也。至於窮賤幽隱之士，而有聞於世者，必談道著書。其人爲學者所師，否則多奇怪可喜之行，及他技能殊特而人樂稱道之耳。然近世人尤務名，雖鄉里鄙夫，苟其錢財足用，而子孫能自達於搢紳者，往往附飾虚美，假寵於當世鉅人之文章，而有識者觀之，誠無以爲也。夫既爲鄉里之恒人矣，其生平行事不足爲鄉之子弟所仰法，徒以氣力雄長閭伍之間耳。則及其死也，固無流風餘思之存焉，而何銘志之爲？雖或有人焉，善爲之文辭，其鄰之廁賤猶將笑之，況欲僥倖於無窮者耶？且夫文章之果有重於世者，何以哉？豈不以其中之存者，其至誠之積也？而求者掩飾以售欺，應者牽率以塞諾，何誠之與有？則其於文也，抑豈能以至於工耶？抑今世之有述者，其所爲善，亦多有出於其鄉人之所推舉。其善或有迹，而非出於欺者之爲。然孔子惡鄉原者，豈非不取其善也哉？今之世，有能竊鄉原之似，必獲一鄉之譽，而君子宜慎取焉。若夫誠有善者，斯不然矣。其有善知無善，雖知其善，不易知其所以善，乃其鄉之賢者則知之矣。其家人子孫觀於庭户之間，則得之矣。得而述之，不誇張，不驚詭，必有合於性情之所以然。而深明文理者，因而著之，發揮幽潛，震動耳目，世皆服其爲言，人莫不以興感。夫是，故其文可傳，而其事足貴也。今若敏樹，不肖無狀，誠不足以知其先人。然先人之歿，逮今二十年，而敏樹當時年已二十有一矣，懷棄養之痛，追維行實，以謂必得當世大賢爲之紀録，乃無憾耳。抱闕至今，未敢妄求於人，今幸獲請於先生。凡所爲狀，固未敢有一言之欺，以辱高文而滋罪謗，先生其亦多諒之也。

昔歐陽文忠表應山連處士之墓，處士誠賢人，而聲光至今者，以文之爲也。先人行義，差不愧處士。先生表而章之，比於處士之遇歐，固相似也。

里人毛西垣孝廉入都，謹附書狀，屬令面呈。毛君下邑之俊才，爲詩甚有古風。先生宏獎士類，並敢以聞。臨書無任懇切遥仰之至。

——録自《續古文辭類纂》卷十一

中國近代文學叢書已出書目

梅曾亮　　《柏梘山房詩文集》（增補本）
何紹基　　《東洲草堂詩集》
張際亮　　《思伯子堂詩文集》
林昌彝　　《林昌彝詩文集》
鄭　珍　　《巢經巢詩文集》
曾國藩　　《曾國藩詩文集》
江　湜　　《伏敔堂詩録》
金　和　　《秋蟪吟館詩鈔》
張裕釗　　《張裕釗詩文集》
葉衍蘭　　《葉衍蘭集》
王　韜　　《王韜詩集》
李慈銘　　《越縵堂詩文集》
翁同龢　　《翁同龢詩集》
張之洞　　《張之洞詩文集》（增訂本）
寶　廷　　《偶齋詩草》
吴汝綸　　《吴汝綸文集》
樊增祥　　《樊樊山詩集》
陳寶琛　　《滄趣樓詩文集》
釋敬安　　《八指頭陀詩文集》
張　謇　　《張謇詩集》
陳三立　　《散原精舍詩文集》（增訂本）
文廷式　　《文廷式詩詞集》
范當世　　《范伯子詩文集》（修訂本）
易順鼎　　《琴志樓詩集》
鄭孝胥　　《海藏樓詩集》（增訂本）
俞明震　　《觚庵詩存》
金天羽　　《天放樓詩文集》
楊　圻　　《江山萬里樓詩詞鈔》
陳去病　　《浩歌堂詩鈔》
陳曾壽　　《蒼虬閣詩集》
吕碧城　　《吕碧城集》